심훈문학연구총서3

심훈
문학의
사유

심훈문학연구총서3

심훈 문학의 사유

권보드래 외 지음
(사)심훈선생기념사업회 엮음

아시아

작가 세계

작품 세계

『심훈 문학의 사유』를 펴내며

심훈(沈熏, 본명 대섭大燮, 1901~1936) 선생의 정신과 문학의 맥을 잇고자 세 번째 심훈 문학 연구 총서를 발간한다. 제1권『심훈 문학 세계』가 심훈 연구의 초기 성과를 다루고 있다면, 제2권『심훈 문학의 발견』에는 다각도로 전개된 심훈 연구의 방향성이 담겨 있다. 그리고 이번에 발간하는 제3권『심훈 문학의 사유』는 심훈 연구의 새로운 층위와 깊이 있는 고찰을 발견케 한다. 예컨대 그동안 논문으로 다뤄지지 않았던 심훈 선생의 시조 및 아동문학 등을 텍스트로 삼은 논문, 일본과 중국 등 동아시아 국가에서 발견한 선생의 발자취를 통해 작품을 고찰한 연구, 심훈 작품의 초판본과 그 이후 발간된 여러 판본을 비교해 오류를 바로잡는 논문 등이 그 결과물이다.

더욱이 반가운 것은『심훈 문학의 사유』작업을 하는 동안에도 심훈 연구가 다양하게 이루어졌다는 사실이다. 2000년대 이후의 연구물이 지난 30년 동안의 연구물보다 많다는 점과 2015년 이후부터 근래 연구물이 더욱더 많아지는 추세를 통해 학계의 관심과 연구자의 애정을 확인할 수 있었다. 심훈 선생과 그의 문학이 오늘날 현재적 의미와 가치로 태동하고, 더 먼 미래를 향해 문학적 행보를 이어나갈 수 있다는 실감이 무엇보다 큰 희망으로 다가온다.

2018년은 심훈 연구와 그 계승 사업에서 중요한 진전이 있던 해였다. 심훈 선생과 관련한 사업을 총체적으로 진행하고자 창립한 (사)심훈선생기념사업회는 <심훈의 역사적 의의와 문학사적 위상>이라는 첫 번째 심포지엄 개최 이후 <심훈 연구의 현황>과 <심훈의 동아시아>를 주제로 한 포럼을 진행하였다. 더불어 심훈을 주제로 한 석·박사 학위논문 지원사업을 통해 젊은 연구자들의 학문적 성취를 독려하고자 하였다. 심훈의 고장, 당진시에서도 매년 <심훈상록문화제>를 개최하며 필경사와 심훈기념관이라는 지역 거점을 통해 대중적 관심과 참여를 증대시키고 있다.

심훈 선생은 삼십육 년간의 짧은 생애를 가히 불꽃처럼 살았다. 우리 민족의 가슴을 뜨겁게 울리는 저항시와 시대적 지평을 열게 해준 계몽소설을 다수 집필한 시인이자 소설가. 동시에 영화 제작에 활발하게 참여한 영화인이자 영화소설 등 전에 없던 장르를 최초로 개척했던 종합예술인. 또한, 신문사 기자로 근무하며 펜으로 저항정신을 써 내려간 언론인이자 맹렬히 활동했던 독립운동가. 심훈 선생만큼이나 한 생을 걸고 자신이 할 수 있는 일과 해야만 하는 일을 무결하게 행하고 고르게 성취한 인물도 드물다. 그렇기에 앞으로도 (사)심훈선생기념사업회는 사명감을 가지고 심훈 선생의 문학·예술적 족적과 학술적 위상에 걸맞은 심층적 연구를 진행하고, 한국문학과 문화 전반에 기여할 수 있는 바를 찾아 문학예술의 창조적 활용에 힘을 기울일 것이다.

끝으로 귀한 논문을 기꺼이 제공해준 연구자들께 다시 한 번 깊은 감사의 말씀을 올린다. 오로지 심훈 선생을 향한 애정으로 기념사업회 설립 초기부터 지금껏 물심양면 애써주신 인하대 최원식 교수와 중앙대 방현석 교수 등 연구자와 문학인들에게도 지면을 빌어 감사함을 전한다. 마음을 보태주신 그분들의 바람대로 심훈 문학 연구 총서가 심훈 연구의 든든한 토대가 되어 선생의 업적을 살피고 정신을 전파하는 데 보탬이 될 수 있기를 바란다.

(사)심훈선생기념사업회

일러두기

1. 이 연구 총서의 논문들은 2008년부터 2015년까지 연구 결과물이다.
2. 논문들은 작가론과 작품론으로 분류한 뒤 연도별로 정리하였다.
3. 한자로 쓰인 논문은 한글로 변환하고 한자를 병기하였다.
4. 각주와 참고문헌은 각 논문의 표기 방식에 따랐고, 논문의 출처는 별도로 정리하여 수록하였다.

심훈문학연구총서3

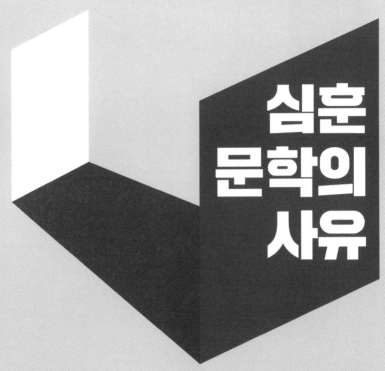

심훈 문학의 사유

권보드래 외 지음

(사)심훈선생기념사업회 엮음

작가
세계

1

심훈의 중국생활과 시세계

윤기미
인덕대학교 관광서비스경영학과 강사

■

1

들어가는 글

심훈(1901~1936)은 소설가, 시인, 영화인이다. 본명은 대섭大燮이고 아명은 삼준, 삼보, 호는 해풍海風이다. 백랑白浪이라는 별호도 사용하였다. 1920년대 초 심훈은 중국에 건너가 북경, 상해, 항주 등 여러 도시를 표랑하면서 생활한 적이 있다. '백랑'이라는 별호는 바로 그가 중국 항주에서 유학할 당시 달밤에 뛰노는 전당강의 물결을 보고 낭만적 기분으로 지은 것이다.[01] 신문학 초창기 이후 육당, 춘원 그리고 김동인, 주요한 등을 비롯한 많은 문학인, 지식인들이 식민지 종주국인 일본에 유학한 것에 비하여, 심훈이 중국 여러 곳을 표랑하면서 학창생활을 이끌어간 것은 중요한 의미를 갖는다.

심훈은 중국에서 생활하면서 주로 시와 수필을 창작하였다. 일부 연구자들은 심훈이 중국에 건너간 것을 '망명' 혹은 '유학차 망명'이라고 본다. 심훈이

---

01 심훈, 「나의 아호, 나의 이명」, 『그날이 오면(외)』, 범우사, 2005, p.230.

중국에 건너간 것을 '망명'이라고 본다면 그가 중국에 체류하는 동안 창작한 시와 수필들은 모두 망명문학[02]이라고 할 수 있다. 그러나 심훈의 중국행 목적이 뚜렷하지 않고 또한 심훈에 있어서 이 시기 문학은 분명한 특징이 있다고 할 수 없기 때문에 본고에서는 심훈이 중국으로 건너간 것을 '망명'으로 보지 않고 이 시기 창작한 작품들도 '망명문학'이라고 칭하지 않겠다.

심훈은 "자신이 쓰기를 위해서 시를 써본 적이 없고 더구나 시인이 되려는 생각도 해보지 아니하였다."라고 했다. 그러나 시에 대한 그의 열정은 그의 시집『그날이 오면』의 머리말에서 확인할 수 있다. "다만 닫다가 미칠 듯이 파도치는 정열에 마음이 부대끼면 죄수가 손톱 끝으로 감방의 벽을 긁어 낙서하듯 한 것이 그럭저럭 근 백수나 된다." 시는 일반적으로 '순간적 체험으로서의 생의 지각의 표출방식'이라고 한다.[03] 따라서 중국 체류 시기 심훈의 시세계에 대한 고찰을 통하여 심훈의 내면적인 의식을 더 정확하게 밝힐 수 있다고 생각한다.

심훈이 중국에서 생활하면서 창작한 시들은 그의 초기 시작이다. 따라서 이 시기 시에 대한 연구는 그의 전반적인 시세계를 이해하는 데 중요한 의미가 있다. 심훈의 전반적인 시에 대한 연구는 몇몇 연구자들에 의하여 진행되어 왔지만 중국 체류 시기 창작한 시에 대한 연구는 아직 미진한 상태라고 할 수 있다. 또한 주로「북경北京의 걸인乞人」,「상해의 밤」등 몇 편의 시에 집중

---

02 원래 망명문학이란 정치적인 이유로 다른 나라에 망명한 작가들에 의하여 이루어진 문학을 이른다. 그러나 일제하에서 망명문학은 단순히 위에서 말하는 자국에서 정치적인 이유로 문학활동을 할 수 없는 이유만이 아니라 자국에서 여하간의 이유로 살기가 어려워 국외로 가서 거기서 이루어진 문학을 총칭한다고 하였다. 진영일,「심훈 시 연구」,《동국어문논집》, 동국대인문과학 국어국문학과, 1989, p.234 참조.

03 박용찬,「친일시의 양상과 자기비판의 문제」,《국어교육연구》제35집, 국어교육학회, 2003, p.97.

되어 있거나 몇 단문의 감상에 가까운 글이어서 이 시기 심훈의 시세계를 오도하기까지 한다. 그리고 심훈이 중국에 건너간 시기도 아직 분명하지 않다. 1919년 말과 1920년 말 두 가지 설이 있는데 연구자들은 아직 확실한 근거를 제시하지 못하고 있다. 따라서 본고에서는 심훈의 시와 수필 등을 통하여 그가 중국에 건너간 시기, 중국행을 선택한 이유, 중국에서의 생활 그리고 이 시기의 시세계를 살펴보고자 한다.

2

심훈의 중국행과 중국생활

1) 중국행 시기

현재까지 심훈이 중국에 건너간 시기에 대하여 두 가지 설이 있다. 하나는 1919년 말에 중국으로 건너갔다는 설과 다른 하나는 1920년 말에 건너갔다는 설이다. 심훈은 1919년 경성고보(현 경기고) 4학년 재학 중 3·1운동에 가담하였다가 헌병대에 잡혀 투옥되어, 6개월간의 옥고를 치르고 같은 해 8월에 집행유예로 석방되었다. 첫 번째 설은 3·1운동 가담으로 옥고를 치른 후 동년 겨울에 바로 중국으로 건너갔다는 것이다. 전자를 주장하는 연구자들은 1919년 12월 작으로 표기된 「북경의 걸인」과 「고루鼓樓의 삼경三更」, 1920년 2월 작으로 표기된 「심야과황하深夜過黃河」 그리고 1920년 11월 작으로 되어 있는 「상해의 밤」을 그 근거로 삼고 있다. 그리고 「단재丹齋와 우당于堂(1)」이라는 글에서 "기미년 겨울에 봉천을 거쳐 북경으로 탈주를 하였다."라는 것을 근거로 1919년 말이라는 것이 분명하다고 주장한다. 후자를 주장하는 연구자들은 심훈이 남긴 1920년 1월 3일부터 6월 1일까지의 일기를 근거로 삼고 있다. 이 일기에는 중국이 아닌 한국에 있는 생활을 기록하였다. 연구자들은 모두 심훈 본인의 글을 통해 자신의 주장을 증명할 만한 근거를 제시하였지만 다른 주장을 반박할 근거는 명확하게 제시하지 못하였다. 그 이유는 심훈 자신의 글임에도 불구하고 서로 모순된 점이 많기 때문이다. 그러므로 심훈의 글만 통하여 중국행 시기를 확인할 수 없다. 따라서 본고에서는 그의 주변인물에서 그 단서를 찾아보고자 한다. 심훈은 「단재와 우당(1)」에서 그가 여러 번 단재를 만나봤다고 하였다.

> 기미년 겨울 옥고를 치르고 난 나는 어색한 청복淸服으로 변장하고 봉천奉天을 거쳐 북경으로 탈주하였다. 몇 달 동안 그 곳에 두류逗留하며 연골에 견디기 어려운 풍상을 겪다가 성암醒庵의 소개로 수삼차數三次 단재를 만나 뵈었는데 신고新橋 무슨 호동胡同엔가에 있는 그의 우거寓居에서 며칠 저녁 발치잠을 자면서 가까이 그의 성해謦咳를 접하였었다.[04]

이 글에서 심훈은 북경에 머무르는 동안 단재 신채호를 여러 번 만났다고 하였는데 그가 신채호를 만난 시기는 언제인가? 심훈의 「심야과황하」의 날짜는 1920년 2월로 표기되어 있다. 1919년 말 북경으로 건너갔다는 연구자들의 주장에 따른다면 그는 1919년 말부터 1920년 2월 사이 북경에 머물렀다는 것이다. 그러나 이 시기 신채호는 북경에 없었고 상해에 있었다. 신채호는 1920년 4월 상해에서 북경으로 이동한 것이다.[05] 따라서 심훈이 신채호를 서너 번 만날 가능성은 없다고 볼 수 있다. 만약 1920년 말에 중국에 건너갔다면 신채

04 심훈, 「단재와 우당(1)」, 『그날이 오면(외)』, 범우사, 2005, p.187.

호를 만날 수 있었다. 왜냐하면 이 시기 신채호가 북경에서 다른 곳으로 이동한 기록이 없으며 심훈이 북경에 있을 때 머무른 곳은 우당의 집, 즉 독립운동가들이 모여드는 장소이기에 몇 차례 만날 가능성은 충분히 있다. 그러므로 심훈이 중국에 건너간 시기는 1919년 말이 아니고 1920년 말이다. 수필 「무전여행기」를 보면 1921년 2월에 북경대학을 다닐 때 프랑스 노동유학 소식을 듣고 상해로 가기로 결정하였다. 이 날짜와 「심야과황하」에 표기된 날짜 1920년 2월과 대조해보면 정확히 1년 차이가 난다. 따라서 심훈이 중국으로 건너간 시기는 1919년이 아니고 1920년이라는 것을 다시 확인할 수 있다. 그러므로 「북경의 걸인」, 「고루의 삼경」, 「심야과황하」, 「상해의 밤」의 창작 시기는 모두 1년 뒤로 미루어야 한다.

1920년 말 북경에 건너간 심훈은 왜 날짜를 1919년 말이라고 적었을까? 이는 두 가지 가능성이 있다. 하나는 실수로 날짜를 잘못 적은 경우, 다른 하나는 의도적인 것이다. 그러나 한 편이 아닌 여러 편에서 날짜를 모두 잘못 적은 것은 실수라고 보기 힘들다. 이는 심훈이 의도적으로 적은 것이라고 볼 수 있다. 사실 심훈의 글에서 여러 가지 모순된 점을 찾아볼 수 있다. 우선 앞에서 말한 「북경의 걸인」을 비롯한 시 4편 그리고 「단재와 우당(1)」은 일기와 시간적으로 전혀 맞지 않다. 그리고 수필 「무전여행기」와 시 「상해의 밤」은 내용적인 면에서 서로 모순된다. 「무전여행기」에서 심훈은 "예술의 나라인 블란서 일류의 극장과 화려무비한 오페라 무대를 몽상하여 며칠 밤을 밝히다시피 하였다. 아무튼 배가 상

05 1919년 3월에 북경에서 상해로 이동하여 독립운동가들과 더불어 임시정부 수립에 적극 참여하고 10월에 임시정부와 결별한 신채호는 《신대한》이라는 신문을 발행하는 작업을 하고 있으며 장소는 역시 상해이다. 《신대한》은 2월에 더 이상 발행되지 못하고 4월에 북경으로 이동하였다. 단재신채호전집편찬위원회, 『단재신채호전집』 제9권, 독립기념관 한국독립운동사연구소, 2008, pp.440~441 참조.

해에서 떠난다니 그곳까지 가자!"라고 하면서 연극을 배우기 위해 상해를 통해 프랑스로 갈 수 있어 너무 기쁜 마음을 표현하고 있다. 반면 시「상해의 밤」에서는 심훈은 '용솟음치는 붉은 피 뿌릴 곳을 찾는 까오리 망명객'으로 자처하며 상해에 간 목적은 프랑스로 가기 위한 것이 아니라 '혁명'을 위한 것이라고 밝히고 있다. 이런 모순된 글들은 그의 복잡한 심경에서 비롯된 것이라 볼 수 있다. 연극 공부 즉 자기 개인적인 꿈을 실현하기 위하여 유학가고 싶은 생각과 3·1운동에 참여한 자로서 망국에 대한 책임의식, 이 두 가지가 그로 하여금 모순된 글을 쓰게 한 것이라고 생각한다. 이 시기 그의 글에 망국의 한이 담겨져 있지만 일제에 대한 강력한 저항의식은 찾아볼 수 없다. 1920년 3월 1일 일기를 보더라도 3·1운동 1주년 되었을 때 같이 체포되었던 아우들을 걱정하는 내용만 적었을 뿐 일제에 대하여 규탄하는 내용은 찾아볼 수 없다. 즉 이 시기 그는 자신의 꿈과 이상의 실현에 대한 관심이 더 컸을 것이라고 본다.

2) 중국행 동기

심훈은 처음부터 중국으로 가려고 한 것은 아니었다. 서양에 가고 싶었지만 여러 여건이 안 되어 일본으로 유학을 가려고 생각하였었다.

> 나의 일본 유학은 벌써부터 숙망이요. 갈망이다. 여기만 있어가지고는 아주 못할 것은 아니나 내가 목적하는 문학길은 닦기가 극난하다. 아무리 원수의 나라라도 서양으로 못갈 이상에는 동양에는 일본밖에 가 배울 곳이 없다. 그러나 내 주위의 사정은 그를 용서치 않는다. 그러나 나는 기어이 올 봄 안으로는 가고야 말 심산이다. 오는 3월 안에 가서 입학을 하여도 늦을 것인데…… 어떻든지 도주를 하여서라도 가고야 말란다.[06]

위에서 본 바와 같이 주위 사정이 어렵지만 그는 문학을 배우기 위해 도주를 하여서라도 일본에 가겠다는 결심이 확고하였다. 비록 그는 일본을 원수나라라고 생각하지만 일본문인 쿠니키다 돗포國木田獨步의 「사랑을 사랑하는 사람戀を戀する人」, 「정직자正直者」, 「묘猫」 등 작품을 즐겨보았다. 또한 그의 일기에서 일본문호에 대한 동경심도 엿볼 수 있다. 이에 비해 "동양에는 일본밖에 가 배울 곳이 없다."라고 한 것은 이 시기 그는 중국으로 유학 가려고 생각해본 적이 없다는 것을 뜻한다.

얼마 지나지 않아 3월 9일 일기에는 일본유학을 포기하겠다고 하였다. 주요 원인은 집안 반대와 재력 문제 그리고 영어를 준비해야 하는 것이었다.

> 오랫동안 동경하던 나의 일본유학을 몇 해 동안 중지하거나, 아주 유람으로 가거나 하기 외에는 안가기로 결정하였다. 이렇게 사람의 마음이 변하여 가는 것이로구나 하고 내일이언만 의심치 않을 수 없다. 원래 단단하지는 않으나 믿고 있는 형님도 나의 공부나 유학에 대한 열성이 없고 아버지도 극력 반대요. (완고보수적 반대가 아니라) 제2는 재력문제로 어찌할 수 없으며 또 나의 공부도 당장은 영어를 준비하여야 할 것이라, 여기에 있어 기타의 준비를 얼마큼 하여 가지고 해외로 갈 작정이다.[07]

일본유학은 포기하였지만 다른 준비를 더하고 해외로 나갈 생각은 버리지 않았다. 4월 8일 일기에는 "청년회관의 서학(영어부) 입학시험을 치렀고…… 아무리 하여서라도 영어와 음악은 배워야 할 터인데"라고 하였다. 영어공부를

06 심훈, 『그날이 오면(외)』, 범우사, 2005, p.337.
07 위의 책, p.364.

계속 하는 것을 보더라도 서양에 가는 것을 완전히 포기한 것 같지 않았다. 즉 일본유학은 포기하였지만 일본이 아닌 해외에 나가는 여러 가능성은 열어둔 것이다.

1920년 말 드디어 심훈은 조선을 떠났다. 그가 간 곳은 프랑스도 아니고 일본도 아닌 중국이었다. 그는「상해의 밤」,「단재와 우당」등에서 스스로 망명객이라고 자처하였다. 그는 중국으로 가기 전 사회주의에 관심이 있었다. 중국으로 떠나기 직전 1920년 10월에 사회주의 성향의 잡지《공제》[08] 제2호에 시「노동의 노래」를 발표하였었다.[09] 그러나 사회주의에 관심이 있어도 그 의식은 지극히 초보적인 수준을 넘어서지 않았고[10] 또한 이 시기 심훈은 어떤 조직에 가담한 기록이 없는 점을 고려할 때 정치적인 탄압을 피하여 중국으로 망명간 것은 아니라고 볼 수 있다. 따라서 심훈이 중국으로 가게 된 동기는 지적 갈증에 대한 욕구, 국내 상황의 답답함, 중국이 주는 어떤 가능성에 대한 동경, 우당과 같은 어른들의 현실적 존재[11] 등이라 볼 수 있다. 그리고 중국을 통해 서양으로 가는 가능성도 열어둔 것이다.

> 내가 연극공부를 하려고 불란서 같은 데로 가고 싶다는 소망을 들으시고는 강경히 반대를 하였다. "너는 외교가가 될 소질이 있으니 우선 어학에 정진하라" 고 간곡히 부탁을 하였다.[12]

---

08 《공제》는 1920년 9월 10일에 창간된 조선노동공제회 기관지이다.

09 한기형,「'백랑'(白浪)의 잠행 또는 만유-중국에서의 심훈」,《민족문학사연구》제35호, 민족문학사연구소, 2007, p.444 참조.

10 한기형,「습장기(1919-1920)의 심훈」,《민족문학사연구》제22호, 민족문학사연구소, 2003, p.219.

11 위의 글, p.217.

12 심훈,「단재와 우당(2)」,『그날이 오면(외)』, 범우사, 2005, p.191.

심훈이 북경에 머무는 시기는 그렇게 길지 않았다. 그럼에도 불구하고 북경에 있을 때 이미 연극을 공부하기 위해 프랑스 같은 데로 가겠다고 한 것은 중국으로 건너가기 전부터 중국을 통해 서양으로 유학 갈 생각이 있었다는 것을 말한다.

3) 중국에서의 생활

심훈은 우당의 소개로 북경에 가게 되었다.[13] 다시 말하면 심훈의 북경행은 사전 준비가 있었던 것이다. 비록 우당의 소개로 갔지만 우당과 심훈의 생각은 달랐다. 심훈은 북경에 가서도 프랑스 같은 나라로 연극을 공부하러 가고 싶어 하였지만 우당은 심훈이 연극공부 하는 것을 반대하고 외교가가 되기를 바랐다. 심훈은 두 달 동안 우당의 집에 있다가 식비가 와서 우당 댁을 떠나 동단패루東單牌樓에 있는 공우公寓로 갔다.[14] 북경에 있으면서 성암의 소개로 신채호도 만나보았다.

심훈은 극문학을 전공하려고 북경대학 문과를 다니려고 하였지만 그만두고 프랑스로 노동유학을 떠나기 위해 상해로 떠났다.

> 1921년 2월 싯누런 먼지를 섞은 몽고바람이 북국의 눈을 몰아다가 객기의 들창 밑까지 수북이 쌓아놓은 어느 날 이른 아침, 나는 북경대학의 문과를 다니며 극문학을 전공하려던 나는 양포자洋包子를 기다랗게 늘이고 허리가 활등처럼 구부러진 혈색 없는 대학생들이 동양차東洋車를 타고 통학하는 것을 보니 홍

13 북경서 지내던 때의 추억을 더듬자니 나의 한평생 잊지 못할 또 한 분의 선생님 생각이 난다. 그는 수년 전 대련서 칠십 노구를 자수로 쇠창살에 매달려 이미 고혼이 된 우당 선생이다. 나는 맨 처음 그 어른에게로 소개를 받아서 북경으로 갔었다. 위의 글, p.190.

14 심훈, 「무전여행기」, 『그날이 오면(외)』, 범우사, 2005, p.192.

지鴻志를 품고 고국을 탈출한 그 당시의 나로서는 그네들의 기상이 너무나 활달치 못하게 실망치 않을 수 없었다. 그뿐 아니라 희곡 같은 과정을 상급이나 되어야 1주일에 겨우 한 시간쯤 그것도 셰익스피어나 입센의 강의를 할 뿐인 것을 그 대학의 영문과에 수학 중이던 장자일씨張子一氏에게서 듣고 두 번째 낙심을 하였다. 그러던 차에 블란서 정부에서 중국 유학생을 환영한다는 'xx'라는 것이 발기되어 유학생을 모집하는데 조선 학생도 입적만 하면 갈 수 있다는 소식을 듣고 작약雀躍하였다. 하루 몇 시간 노동만 하면 공부를 할 수 있다니 그야말로 천재일우의 호기회를 놓치고 말 것인가?

예술의 나라인 블란서 일류의 극장과 화려무비한 오페라 무대를 몽상하여 며칠 밤을 밝히다시피 하였다.

"아무튼 배가 상해에서 떠난다니 그곳까지 가자!"[15]

그가 북경대학의 공부를 그만둔 이유로 학생들의 무활기, 극문학 커리큘럼의 소략함, 그리고 학교교사의 실력에 대한 불신 등을 제시하였다. 그러던 차에 프랑스 노동유학 소식을 듣고 이것을 천재일우의 좋은 기회라 생각하여 상해로 떠났다. 그러나 상해에서 프랑스로 가는 배를 타지 못하였다. 그 이유는 아직 밝힌 바 없지만 필자는 유학수속이 뜻대로 되지 않아서라고 생각한다. 「무전여행기」에서 "불란서 정부에서 중국 유학생을 환영한다는 'xx'라는 것이 발기되어 유학생을 모집하는데 조선 학생도 입적만 하면 갈 수 있다"고 하였다. 여기에서 조선학생이 구체적으로 어떤 것에 입적을 해야 하는지는 밝히지 않았지만 이 과정에서 문제가 생긴 것으로 볼 수 있다.

15 위의 글, p.201.

심훈은 상해에서 다시 항주로 갔다. 「항성의 밤」에서 심훈은 "시가市街가 정제하고 깨끗하기가 중국도시 중에는 항주杭州가 으뜸이리라"고 말하였다. 2년 동안 머무르면서 제2의 고향으로 생각할 만큼 항주에 대한 애정이 깊었다.

항주杭州는 나의 제2의 고향이다.
미면약관未免弱冠의 가장 로맨틱하던 시절을 2개성상二個星霜이나
벌써 십년이나 되는 옛날이언만 그 명미明媚한 산천이
몽매간에도 잊히지 않고 그곳의 단려한 풍물이
달콤한 애상과 함께 지금도 머릿속에 채를 잡고 있다.
더구나 그 때에 유배나 당한 듯이 호반에 소요하시던 석오石吾, 성제省齊 두 분
선생님과 고생을 같이하며 허심탄회로 교류하던
엄일파嚴一波, 염온동廉溫東, 정국진鄭國眞 등
제우諸友가 몹시 그립다.
유랑민의 신세…… 부유와 같은지라 한번 동서로 흩어진 뒤에는
안신雁信조차 바꾸지 못하니
면면한 정회情懷가 절계를 따라 간절하다.
이제 추억의 실마리를 붙잡고 학창시대에 끄적여 두었던 묵은 수첩의 먼지를
털어본다.
그러나 항주와는 인연이 깊던 백낙천, 소동파 같은 시인의 명편名篇을 예빙例憑
치 못하니
생색이 적고 또 고문古文을 섭렵한 바도 없어
다만 시조체로 십여 수를 벌여볼 뿐이다.[16]

항주에 있는 동안 석오, 성제 등 우국지사들로부터 많은 감화를 받았으며

엄일파, 염온동, 정국진 등과도 가깝게 지냈다. 그러나 그가 어느 조직에 가담하였다는 기록은 없다. 그는 항주 지강대학에 입학하여 수학하였으나 당시 부인이었던 이해영에게 보낸 편지 네 통 중에서나 귀국 후 중국시절 회고록 등에도 학과나 대학에 대한 내용이 없다.[17]

> 학교에 있지 않고 노는 것이 아니요 하루면 하루 공부하고 있으니 공부 일체엔 마음 놓으실 것이며 형편에 의지하여 팔월 중순엔 아름다운 항주의 산천을 버리고 북경으로 돌아가려하나 큰 걱정이외다. 하여간 외국 유학을 한 대야 별안간에 성공의 면류관이 하늘에서 별똥 떨어지듯 하는 것이 아니요 항상 허황한 일을 바랄 것이 아니며 결코 조급히 생각할 것이 아닌가 합니다. ……나도 올해 귀국할 생각 간절하였으나 내년에나 가게 될 듯 세월은 길고도 빠른 것이라 미구에 기쁜 날이 올 것이외다.[18]

이 글에서 심훈이 귀국일정을 그 다음 해로 미룬 것으로 보아 편지를 쓴 시기는 아마도 1922년일 것이다. 그리고 8월 중순에 항주를 떠나 북경으로 돌아가려고 하였다. 그러나 북경에 돌아갔다는 기록은 없다. 북경에 다시 가려고 한 구체적인 이유를 밝히지 않았지만 "외국 유학을 한 대야 별안간에 성공의 면류관이 하늘에서 별똥 떨어지듯 하는 것이 아니요"라는 말을 보아 아마 공부와 관련된 이유 때문일 듯하다. 심훈은 중국에서의 생활이 그렇게 순탄하지 않았던 것 같다. 많은 어려움을 겪었고 실패도 당해보았고 마음 상한 일들

16 심훈, 『심훈문학전집 1: 그날이 오면』, 차림, 2000, p.153.
17 유병석, 「심훈의 생애 연구」, 《국어교육》 제14호, 한국국어교육연구회, 1968, p.13.
18 심훈, 『그날이 오면(외)』, 범우사, 2005, p.387.

도 많이 있었다. 이는 심훈이 항주에 있을 때 아내 이씨한테 보낸 편지에서도 확인할 수 있다.

> 그동안 지난 일과 모든 형편은 어찌 다 쓸 수 있으리까마는 고통도 많이 당하고 모든 일이 마음 같지 않아 실패도 더러 하였으며 지금도 마음 상하는 일은 많으나 그 대신 많은 경험도 하였고, 다 일시의 운명이라 인력으로 어찌하리까마는 그대의 간곡한 말씀과 같이 결코 낙심하거나 실망할 리 없으며 또는 그리 의지가 박약한 사나이는 아니니 아무 염려 말아 주시오.[19]

현실에 대한 회의와 절망을 표현한 시 「돌아가지이다」의 창작도 이와 관련이 있다고 생각한다. 여러 가지 어려움이 있음에도 불구하고 이 시기 심훈은 개인적인 이상의 실현에 대한 관심은 컸다.

> 내가 무슨 공부를 목적삼아 하며, 그것이 어떤 학문이며 장차 어찌해야 할 것인데 지금 내 신세는 어떠하며, 어떤 길을 밟아 나아가서 입신하고 출세하려 하는가 하는데 대하여 그대에게 자세히 알게 하여 드리지 못함은 참으로 큰 유감이외다. 그러나 몇 권 책을 꾸며 보낸다 하더라도 잘 이해하여 보지 못 할 듯하니 참 답답한 일이외다.[20]

이 편지에서 심훈은 자신이 하고 있는 공부, 장차 해야 할 일, 그리고 미래의 꿈을 아내 이씨에게 알려주고 싶지만 아내가 그것을 이해하지 못한 것에

19 위의 책, p.387.
20 위의 책, p.387.

대한 답답함을 표현하고 있다. 그는 편지에서 장차 자신이 '입신'하고 '출세'하는 것에 대하여 언급하였다. 이 시기 심훈은 조선의 미래전망에 대한 관심보다 개인의 이상 실현에 관심이 더 컸을 것이라고 짐작할 수 있다.

드디어 1923년 심훈은 중국을 떠나 귀국하였다. 귀국 연대를 1923년으로 잡은 근거는 첫째로 심훈의 글 「항주일기」에서 본인이 항주에 2년 동안 머물렀다고 밝힌 바 있고, 둘째로 윤극영, 윤석중, 유광열 등 친지의 회고에 1923년이 틀림없다고 말한 바 있으며, 셋째로 심재영 등 가족의 기억에 1923년으로 단정되는 점이다.[21]

3

중국 체류 시기 심훈의 시세계

심훈의 시작詩作 연대는 1920년부터 시작하여 1936년 작고하기까지에 걸쳐 있다.[22] 그의 시는 그의 생애 및 사회, 역사적 상황과 관련하여 변화하는 점이 많다. 중국 체류 시기 창작한 시들은 그의 초기 시작이라 할 수 있다. 이 시기 심훈이 창작한 시로는 「북경의 걸인」, 「고루의 삼경」, 「상해의 밤」, 「돌아가지이다」, 「칠현금七絃琴」, 「전당錢塘의 황혼黃昏」, 「목동牧童」, 「삼담인월三潭印月」, 「방학정放鶴亭」, 「고려사高麗寺」 등이 있다. 그리고 「겨울밤에 내리는 비」, 「기적汽笛」, 「전당강상錢塘江上에서」, 「뻐국새가 운다」, 「심야과황하」 등은 심훈이 부인 이씨

21 유병석, 「심훈의 생애연구」, 《국어교육》 제14호, 한국국어교육연구회, 1968, p.14 참조.

22 중국으로 건너가기 전 「감옥에서 어머님께 올린 글월」 등 시 몇 편을 창작하였으나 본격적으로 시 창작을 한 것은 1920년부터이다.

에게 보낸 편지에 동봉했다가 뒷날, 시집 『그날이 오면』에 수록되었다. 「평호추월平湖秋月」, 「소제춘효蘇提春曉」, 「채연곡採蓮曲」, 「남병만종南屛晩鐘」, 「누외루樓外樓」, 「항성抗城의 밤」 등은 『항주유기』라는 이름으로 된 시조로 《삼천리三千里》 잡지에 발표되고 『그날이 오면』에 수록되었다.[23]

이 시기 심훈이 창작한 시는 '현실에 대한 회의와 절망'을 노래한 시와 '객수와 망향'을 노래한 시로 나눌 수 있다. 화자는 망국의 한으로 현실에 대한 회의와 절망을 느끼고 또한 이국타향에서 혼자 살면서 느껴지는 외로움으로 고향과 가족을 그리워한다.

1) 현실에 대한 회의와 절망

중국 체류 시기 심훈이 창작한 조국상실의 비애를 담은 시에는 「북경의 걸인」, 「상해의 밤」, 「돌아가지이다」, 「평호추월」 등이 있다. 시적 화자는 조국상실의 아픔으로 현실에 대하여 회의와 절망을 느끼게 된다. 아래 먼저 「북경의 걸인」을 보도록 하자.

> - 세기말 맹동孟冬에 초췌한 행색으로 정양문正陽門 차참에 내리니 걸개의 떼 에워싸며 한푼의 동패銅牌를 빌거늘 달리는 황색차 위에서 수행을 읊다 -
>
> 나에게 무엇을 비는가?
> 푸른 옷 입은 인방隣邦의 걸인이여,
> 숨도 크게 못 쉬고 쫓겨오는 내 행색을 보라,

23 한량숙, 「심훈연구 - 작가의식을 중심으로」, 계명대 석사논문, 1986, p.14.

선불 맞은 어린 짐승이 광야를 헤매는 꼴 같지 않으냐.

정양문正陽門 문루門樓 위에 아침 햇발을 받아
펄펄 날리는 오색기를 쳐다보라.
네 몸은 비록 헐벗고 굶주렸어도
저 깃발 그늘에서 자라나지 않았는가?

거리거리 병영의 유량한 나팔소리!
내 평생엔 한 번도 못 들어보던 소리로구나.
호동胡同속에서 채상菜商의 외치는 굵다란 목청
너희는 마음껏 소리 질러보고 살아왔구나.

저 깃발은 바랬어도 대중화大中華의 자랑이 남고
너의 동족은 늙었어도 「잠든 사자」의 위엄이 떨치거니
저다지도 허리를 굽혀 구구히 무엇을 비는고
천년이나 만년이나 따로 살아온 백성이어늘……

때묻은 너의 남루와 바꾸어 준다면
눈물에 젖은 단거리 주의周衣라도 벗어주지 않으랴.
마디마디 사무친 원한을 나눠준다면
살이라도 저며서 길바닥에 뿌려주지 않으랴,
오오 푸른 옷 입은 북국北國의 걸인이여!

이 시는 심훈이 중국에 건너가서 쓴 첫 작품이다. 시에는 시적 화자가 이국땅 중국에서 느낄 수밖에 없는 민족적 열패감이 표출되어 있다. 첫 연에서 '숨도 크게 못 쉬고 쫓겨오는' 화자는 자신이 "선불 맞은 어린 짐승이 광야를 헤매는 꼴 같다"고 비유하면서 망명자로서 불안하고 쫓겨다니는 초라한 모습이 중국의 걸인보다 못한 신세를 한탄하고 있다. 둘째 연과 셋째 연에는 오히려 중국인 하층민의 모습이 부러운 것으로 나타난다. 걸인들은 '헐벗고 굶주렸어도 저 깃발 그늘에서 자랄 수 있'다. 화자는 이런 주권국가 국민에 대한 부러움을 표현하고 있다. 또한 자그마한 골목에서 야채장사를 하는 상인이더라도 '마음껏 소리 질러보고 살아왔을 만큼' 당당하게 사는 모습에 부러움을 감추지 않는다. 이 두 연에서 화자는 약소국민으로 살아오다가 마침내 식민지 백성으로 전락된 동족의 초라하고 왜소한 모습에 대한 재인식이 담겨져 있다.[24] 넷째 연에서는 '저 깃발은 바랬'어도 그것은 '대중화의 자랑이 남겨 있는' 중국 즉 자기 나라가 아니라는 것을 뜻하고 있다. 여기에는 대중화와 걸인 사이에 아이러니가 드러나 있다.[25] '잠든 사자의 위엄이 떨치고 있'는 중국인이 무엇 때문에 따로 살아온 이국 백성한테 구걸하는가를 반문하고 있다. 어울리지 않는 그 모습이 오히려 화자의 비애로서 다가오는 것이다. 마지막 연에서는 이러한 비애와 열패감이 강한 울분으로 분출되었다. 구걸하는 중국 걸인들을 바라보면서 때 묻은 걸인의 남루와 자신의 주의를 바꾸겠다고 하는 말에서 중국 걸인보다 못한 자신의 신세한탄과 망국의 한이 드러나 있다. 그러면서 '마디마디 사무친 원한'을 풀어준다면 '살이라도 저며서' 길바닥에 뿌리겠다는 시인의 결연한 각오와 희생 의지가 표현되어 있다.

3·1운동을 전후한 시기의 이상주의적인 세계관들은 이 운동의 무참한 실

---

24 김재홍, 『한국현대시인연구』, 일지사, 1986, p.111.

25 위의 책, p.111.

패로 말미암아 다양한 양상으로 나타나는데, 그중 하나는 조국의 해방이란 문제에서 의문을 품게 됨으로 당대 지식인의 분위기는 허무적이고 패배적이고 이상을 상실한 분위기를 낳게 된다.[26] 아래 시 「상해의 밤」도 조국상실의 비애를 담고 있다.

우중충한 농당弄堂 속으로
훈둔장사 모여들어 딱딱이 칠 때면
두 어깨 웅숭그린 년놈의 떠드는 세상집집마다
마작麻雀판 뚜드리는 소리에
아편에 취醉한 듯 상해上海의 밤은 깊어 가네.

발 벗은 소녀少女, 눈먼 늙은이를 이끌며
구슬픈 호궁胡弓에 맞춰 부르는 맹강녀孟姜女 노래,
애처롭구나 객창客窓에 그 소리 장자腸子를 끊네.

사마로四馬路 오마로五馬路 골목골목엔
'이래양듸', '량쾌양듸' 인육人肉의 저자
침의寢衣바람으로 숨바꼭질하는 야아지의 콧장등이엔
매독梅毒이 우굴우굴 악취惡臭를 품기네.

집 떠난 젊은이들은 노주老酒잔을 기울여

26 진영일, 「심훈 시 연구」, 《동국어문논집》 제3집, 동국대 인문과학대학 국어국문학과, 1989, p.9.

걷잡을 길 없는 향수鄕愁에 한숨이 길고
취醉하고 취醉하여 뼛속까지 취醉하여서는
팔을 뽑아 장검長劍인 듯 내두르다가
채관菜館 쏘파에 쓰러지며 통곡痛哭을 하네.

어제도 오늘도 산란散亂한 혁명革命의 꿈자리!
용솟음치는 붉은 피 뿌릴 곳을 찾는
'까오리' 망명객亡命客의 심사를 뉘라서 알고
영희원影戱院의 산데리아만 눈물에 젖네

이 시는 시적화자가 상해의 구석구석을 살필 때 느껴지는 회의와 절망을 표현하였다. 1연에서는 도박, 마작과 아편이 득실거리는 상해의 밤을 묘사하고 있다. 2연에서는 발 벗은 소녀가 눈먼 늙은이를 이끌며 구슬픈 호궁에 맞춰 맹강녀 노래를 부르며 구걸하는 처량한 모습을 그리고 있는데 이 노래 소리는 화자의 장자를 끊을 만큼 애처롭게 느껴진다. 사마로 오마로 골목에서는 '이래양듸', '량쾌양듸' 가격을 부르면서 공개적으로 인신매매를 하고 있다. 4연에서는 타향에서 온 젊은이가 향수에 취하여 통곡하며 슬퍼하는 모습을 그리고 있다. 1연부터 4연까지에서 화자는 상해 하층민들의 생활에 초점을 맞추었는데 상해는 도박, 아편, 마작, 인신매매, 굶주림 등으로 그려지고 있다. 5연에서 화자는 스스로 조선의 망명객으로 자처하면서 '용솟음치는 붉은 피 뿌릴 곳을 찾고 있지만 어제도 오늘도 산란한 혁명의 꿈자리'를 통하여 혁명의 불투명한 미래에 대하여 비관적인 태도를 표현하고 있다. 1연부터 4연까지 묘사된 타락한 상해의 모습에서 화자는 오늘날 혁명의 불투명한 미래를 보게 된 것이다. 이런 슬픈 마음은 누구도 모르지만 '영희원의 산데리아'만 자신의 마음을 알고 슬퍼해준다는 것을 통해 상해에 머무른 시기에도 연극에 대한 사랑을 버리지 않았다는 것을 엿볼 수 있다. 한편 시에서 '붉은 피', '혁명' 등 어휘들이 등장하였지만 이것으로 심훈이 투철한 현실인식에 의한 철저한 지사적 신념을 지니고 있었다고 보기는 어렵다.[27] 아래 시 「돌아가지이다」를 보도록 하자.

돌아가지이다, 돌아가지이다.
동요의 나라, 동화의 세계로
다시 한 번 이 몸이 돌아가지이다.

세상 티끌에 파묻히고
살길에 시달린 몸은,
선잠 깨어 고사리 같은 손으로
어루만지던 엄마의 젖가슴에 안기고 싶습니다,
품기고 싶습니다.
그 보드랍고 따듯하던 옛날의 보금자리 속으로
엉금엉금 기어들고 싶습니다.

(……생략)

바람이 부더이다, 바람은 차더이다.

27 박명순, 「심훈 시 연구」, 한국외국어대 교육대 석사논문, 1997, p.12 참조.

온 세상이 거칠고 쓸쓸하더이다.
가는 곳마다 차디찬 바람을
등어리에 끼얹어 주더이다.

(……생략)

아아 옛날의 보금자리에
이 몸을 포근히 품어 주소서
하루도 열두 번이나 거짓말을 시키고도
얼굴을 붉히지 말라는 세상이외다.
사람의 마음도 돈으로 팔고 사는
알뜰히도 더러운 세상이외다.
동요의 나라, 동요의 세계로
한 번만 다시 돌아가지이다.

앞에서 심훈이 아내 이씨에게 보낸 편지에 여러 가지 고생과 실패를 겪었고 마음 상한 일이 많다고 말한 바 있다. 시 「돌아가지이다」는 바로 이런 어려움을 겪으면서 세상에 대한 회의적인 인식을 담은 작품이다. '온 세상이 거칠고 쓸쓸하고 가는 곳마다 차디찬 바람을 등어리에 끼얹어 주'는 만큼 화자는 사람들한테서 외면당하고 있다. 지금 살고 있는 공간이 '하루도 열두 번이나 거짓말을 시키고도 얼굴을 붉히지 말라는 세상'이고, '사람의 마음도 돈으로 팔고 사는 알뜰히도 더러운 세상'이기 때문에 시인은 세상에서 벗어나고 싶고 다시 동요의 세계로 돌아가겠다고 말하고 있다. 여기에서 동요의 세계는 '선잠 깨어 고사리 같은 손으로 어루만지던 엄마의 젖가슴'이고 '보드랍고 따뜻하던 옛날의 보금자리 속'이다. 즉 식민지로 전락되기 전의 조선을 말하고 있다. 이는 '엄마의 젖꼭지는 말라붙었고', '엄마의 젖가슴은 식어버린다'에서 확인할 수 있다. '세상 티끌에 파묻히고 살 길에 시달리는' 심훈의 중국생활은 그렇게 순탄하지 않았음을 엿볼 수 있다. 북경에서 상해로 갈 때만 해도 차료를 사고 남은 돈은 겨우 대양이각일 만큼 경제적인 어려움도 컸다. 그리고 「단재와 우당(2)」에서 심훈은 "그때 무슨 일이든 다 되는 줄 알았던 때였다"라고 한 것은 사실 그 후 중국에 있으면서 여러 가지 뜻대로 되지 않은 일들이 많았음을 암시하고 있다. 따라서 이 시에서 여러 가지 어려움을 겪은 화자는 현실에 대한 회의적인 감정을 토로하고 있다. 식민지로 전락되기 전의 조선으로 돌아가고 싶지만 조선은 이미 식민지로 전락하였다. 그러므로 화자는 암담한 현실에서 벗어나고 싶지만 돌아갈 곳이 없는 상황에 대하여 비관하고 있다. 아래 「평호추월」을 보도록 하자. 이 시는 망국의 한과 현실에 대한 회의적 인식을 담은 시이다.

1

중천의 달빛은 호심湖心으로 쏟아지고
향수는 이슬 내리듯 마음속을 적시네
선잠 깬 어린 물새는 뉘 설움에 우느뇨.

2

손바닥 부르도록 뱃전을 두드리며
「동해물과 백두산」 떼를 지어 부르다가
동무를 얼싸안고서 느껴느껴 울었네.

3

나 어려 귀 너머로 들었던 적벽부赤壁賦를

운파만리雲波萬里에 와서 당음唐音읽듯 외단말가

우화이羽化而 귀향하여서 내 어버이 뵈옵고저

이 시는 모두 3연으로 되어 있다. 1연에서 화자는 중천의 달과 선잠에 깬 물새를 빌어 '이슬 내리듯 마음을 적시는' 향수를 노래하고 있다. 2연에서 화자와 동무들은 손바닥으로 뱃전을 두드리며 애국가를 부르다가 망국의 한에 슬퍼 서로 안고 울었다. 3연에서 '나 어려 귀 너머로 들었던 적벽부를 운파만리에 와서 당음 읽듯 외단말가'를 통해 먼 이국땅 중국에 온 것이 과연 정확한 선택인지에 대한 회의감을 표현하고 있다. 그러나 셋째 연에서 '귀향하여서 내 어버이 뵈옵고저'를 통해 중국을 떠나 돌아가겠다는 확고한 의지를 표현하고 있다.

위에서 보다시피 중국 체류 시기 심훈의 시에는 현실에 대한 회의와 절망이 담겨 있다. 조선이 식민지로 전락하여 화자는 망국의 한에 슬퍼하며 민족적 열패감을 느끼게 된다. 3·1운동에 가담하였던 심훈은 이국타향에 살면서 민족적 열패감을 더욱 강하게 느끼게 된다. 이런 좌절감은 시에서 현실에 대한 회의와 절망으로 표출되었다. 그러나 이 시기 그의 시에서 작가의 민족의식을 전혀 찾을 수 없는 것은 아니다. 예컨대 「북경의 걸인」에 나타나는 "마디마디 사무친 원한"과 「상해의 밤」에 나타나는 '혁명', '용솟음치는 붉은 피' 등은 작가의 정열적인 민족의식을 보여주기에 충분하다. 하지만 이는 작가가 민족의 현실에 대한 구체적인 체험을 통해 얻어진 것이 아니고 청년 초기의 열정에서 연유된 것[28]이라고 볼 수 있다.

2) 객수와 망향

심훈이 중국 체류 시기 창작한 시 중에 '객수와 망향'을 노래한 시들이 여러 편 있다. 이 시들에는 이국타향에서 느껴지는 나그네의 서러움과 가족에 대한 그리움이 담겨져 있다. 이 시들은 대체로 애상적이고 감상적이다. 먼저 아래의 「고루의 삼경」을 보도록 하자.

> 눈은 쌓이고 쌓여
> 객창客窓은 길로 덮고
> 몽고바람 씽씽 불어
> 왈각달각 잠 못 드는데
> 북이 운다 종이 운다.
> 대륙의 도시, 북경의 겨울밤에 -
>
> 화로에 메철煤炭도 꺼지고
> 벽에는 성애가 슬어
> 얼음장 같은 촹 위에
> 새우처럼 오그린 몸이
> 북 소리 종 소리에 부들부들 떨린다
> 지구의 맨 밑바닥에 동그마니 앉은 듯
> 마음조차 고독에 덜덜덜 떨린다.

---

28 유양선, 「심훈론 - 작가의식의 성장과정을 중심으로」, 《관악어문연구》 제5집, 서울대 인문대학, 1980, p.49 참조.

거리에 땡그렁 소리도 들리지 않으니
호콩장사도 인제는 얼어 죽었나 보다.
입술을 꼭꼭 깨물고 이 한 밤을 새우면
집에서 편지나 올까? 돈이나 올까?
「만터우」 한 조각 얻어먹고 긴 밤을 떠는데
고루鼓樓에 북이 운다 종鐘이 운다

이 시는 북경 겨울밤 추위와 굶주림 속에서 떨고 있는 작가의 고독한 마음과 외로움을 표현했다. 심훈은 북경에 도착해 먼저 우당 집에서 두 달 정도 있었다. 우당 이회영의 집은 베이징 자금성 뒤 거대한 고루鼓樓 근처인 소경창이란 곳에 있었다. 심훈은 집에서 식비가 와 우당 댁을 떠나 동단패루 쪽으로 거처를 옮겼다. 이 시는 우당 집에 있을 때 지었을 것이다. 1연에서는 시간적, 공간적 배경이 제시되어 있다. 즉 이 시의 배경은 북경의 추운 겨울밤이다. 2, 3연에서는 추운 겨울날 추위와 외로움 속에서 지내는 쓸쓸한 마음을 표현하고 있다. 추운 겨울밤 화로의 불마저 꺼져 화자는 추위에 떨고 있을 뿐만 아니라 마음도 고독에 떨고 있으며 추위와 외로움을 견디기 위해 '입술을 꼭꼭 깨물고 한 밤을' 샌다. "집에서 편지나 올까? 돈이나 올까?" 화자는 계속 외로움과 배고픔에 시달릴 것을 걱정하고 있다. 1, 3연의 '북이 운다 종이 운다'와 2연의 '북소리 종소리에 부들부들 떤다'의 표현은 씽씽 불어가는 몽고바람에 의해 북이 울고 종이 우는 것을 표현한 것이기도 하지만 작가가 추운 겨울에 추위와 굶주림 그리고 외로움에 떨고 있으면서 마음속으로 울고 있다는 것을 뜻하기도 한다. 아래 「뻐꾹새가 운다」를 보도록 하자.

오늘 밤도 뻐꾹새는 자꾸만 운다.

깊은 산 속 비인 골짜기에서
울려 나오는 애처로운 소리에
애끓은 눈물은 베개를 또 적시었다.

나는 뻐꾹새에게 물어 보았다.
"밤은 깊어 다른 새는 다 깃들었는데
너는 무엇이 설기에 피로 우느냐"고
뻐꾹새는 내게 도로 묻는다.

"밤은 깊어 사람들은 다 꿈을 꾸는데
당신은 왜 울며 밤을 밝히오"라고
아, 사람의 속 모르는 날짐승이
나의 가슴 아픈 줄을 제 어찌 알까
고국은 멀고 먼제 임은 병들었다니
차마 그가 못 잊혀 잠 못 드는 줄더구나
남의 나라 뻐꾸기가 제 어찌 알까?

이 시는 이국타향에 있으면서 고국에 아내를 두고 떠나와서 홀로 밤을 지내며 비통해 하는 시인의 모습을 담았다. 1연에서 화자는 '뻐꾹새의 울음'을 통하여 객수의 애상을 표현하고 있다. 밤에 우는 뻐꾹새 소리는 유랑민의 비애를 북돋워 줄 뿐만 아니라 내심에 잠재해 있던 뿌리 깊은 향수를 일깨워준다.[29] 2, 3연에서 화자는 뻐꾹새에게 "밤은 깊어 다른 새는 다 깃들었는데 너는 무엇이 설기에 피로 우느냐"라고 물었지만 뻐꾹새는 그 물음에 답하지 않고 오히려 화자에게 "밤은 깊어 사람들은 다 꿈을 꾸는데 당신은 왜 울며 밤을 밝히오"라고 반문을 한다. 이런 속 모르는 날짐승의 반문은 화자의 비탄과 애상을 한층 더 강하게 드러나게 한다. 화자가 이렇게 슬퍼하는 이유는 고국에 병든 아내를 두고 타향에서 홀로 밤을 지내고 있기 때문이다. 시의 마지막 연 '더구나 남의 나라 뻐꾸기가 제 어찌 알까?'에서 이국생활에 결코 동화될 수 없는 이방감이 담겨져 있다.[30] 그 외 「겨울밤에 내리는 비」, 「전당강 위에서」, 「기적」 등 모두 이러한 객수와 망향에서 비롯된 애상을 표현하는 시이다. 아래 「겨울밤에 내리는 비」를 보도록 하자.

뒤숭숭한 이상스러운 꿈에
어렴풋이 잠이 깨어
힘없이 눈을 뜬 채 늘어져
창 밖에 밤비 소리를 듣고 있다.

음습한 바람은 방 안을 휘 - 돌고
개는 짖어 컴컴한 성 안을 울릴 제
철 아닌 겨울밤에 내리는 저 비인 듯
나의 마음은 눈물비에 고요히 젖는다!

이 팔로 향기롭던 애인의 머리를 안고
여름밤 섬돌에 듣는 낙수의 피아노
즐거운 속살거림에 첫닭이 울던

---

29 김재홍, 앞의 책, p.108.

30 위의 책, p.108.

그윽하던 그 밤은 벌써 옛날이어라!

오, 사랑하는 나의 벗이여!
꿈에라도 좋으니 잠깐만 다녀가소서
찬비는 객창에 부딪치는데
긴긴 이 밤을
아, 나 홀로 어찌 밝히잔 말이냐!

이 시는 비 내리는 겨울밤에 홀로 지내는 화자의 쓸쓸하고 외로운 마음과 사랑하는 사람에 대한 그리움을 표현했다. 1연과 2연에서 뒤숭숭한 이상한 꿈에 깨어난 화자가 창밖에 내리는 빗소리를 들으면서 마음은 눈물비에 젖은 것처럼 쓸쓸하다는 것을 표현하고 있다. '음습한 바람', '컴컴한 성안' 등은 음산한 분위기를 조성하여 화자의 쓸쓸한 마음과 잘 어울린다. 이와 대조되는 것으로 3연에서 화자는 옛날 어느 밤에 사랑하는 애인과 같이 있었던 즐거운 시간을 회상하고 있다. 옛날의 즐거움과 현재의 쓸쓸함을 대조시켜 표현함으로써 현재 화자의 외로운 정서를 한층 더 고조시킨다. 따라서 1, 2연의 시간적 배경은 겨울밤이지만 3연에서는 여름밤으로 되어 있고 2연에서 개가 짖어 성안을 울리는 것과 달리 3연에서는 즐거운 속살거림에 첫닭이 우는 장면으로 되어 있다. 4연에서 화자는 '오'라는 감탄사를 사용하여 사랑하는 사람에 대한 그리움을 토로하고 있다. '꿈에라도 좋으니', '잠깐만 다녀가소서'라고 말하면서 사랑하는 사람을 보고 싶어 하는 간절한 마음을 표현하고 있으며 마지막 연 4, 5행에서는 찬비가 내리는 겨울밤에 어떻게 혼자 외로움 속에서 지내겠는가를 반문하고 있다. 『항주유기』의 시에서도 이국생활에서의 쓸쓸함과 사랑하는 이에 대한 그리움을 애상적으로 표현한 시들을 찾아볼 수 있다. 아래

「누외루樓外樓」를 보도록 하자.

> 술을 마시고 싶어 인호상이引壺觴而 자작自酌할까
> 가슴 속 타는 불을 꺼보려는 심사로다
> 취하여 난간에 기대서니 어울리지 않더라.

> 누외루는 호반의 서사西肆의 이름. 정면에 큰 체경體鏡을 장치하여 수면을 반조反照하니 화방花舫의 남녀 - 한 쌍의 원앙인 듯, 선어鮮魚를 안주하여 때로 통음痛飮하다

'누외루'는 항주 서호西湖판 유명한 음식점이다. '정면에 큰 체경을 장치하여 수면을 반조하니 화방의 남녀가 한 쌍의 원앙'과 같지만 화자는 혼자서 술을 마시고 있다. 즐거워서 술을 마시는 것이 아니고 가슴 속 타는 불을 꺼보려고 술을 마시는 것이다. 외롭게 혼자서 술을 마시는 화자는 취하여 난간에 기대서니 한 쌍의 원앙 같이 행복해 보이는 남녀와 선명한 대조를 이루어 화자는 어울리지 않다고 말한다. 이 시에는 아내를 두고 이국땅에서 혼자 지내면서 느껴지는 외로움과 쓸쓸함이 담겨져 있다. 그 외 「방학정」, 「항성의 밤」에서도 감상적이고 애상적인 내용을 찾아볼 수 있다.

이처럼 심훈이 이국땅에서 느끼는 외로움과 아내에 대한 그리움은 시에 고스란히 담겨져 있다. 이 시기 그의 시는 사회의식이니 민족의식이니 하는 때가 묻지 않은 순수한 낭만적 서정시들이 주류를 이루었다. 특히 심훈에 있어 항주는 '명미한 산천', '단려한 풍물', '달콤한 애상' 등의 표현처럼 정치성이 배제된 개인의 영역[31]으로 인식된 곳이므로 여기에서 창작한 시에는 대체로 이국생활에서 느껴지는 고독과 쓸쓸함을 노래하는 가운데 사랑하는 이에 대

한 그리움이 애상적으로 묘사되어 있다.

심훈이 중국 체류 시기 창작한 시들은 대체적으로 삶이나 현실에 대응하는 깊이 있는 통찰이 아니라 막연하고 추상적인 현실인식에 바탕을 두고 있다. 따라서 구체적으로 민족의 미래에 대한 전망을 드러내지 못하고 개인적인 한탄에 머무르고 있다.[32] 중국에 건너간 초기 즉 북경, 상해에 있을 때 창작한 시편이 많지 않지만 이때 창작한 시는 주로 조국상실의 비애에 집중되어 있다. 그러나 이에 비해 항주에 있는 2년 동안 창작한 시에서는 객수와 고향에 대한 그리움 등 애상적이고 감상적인 감정들이 주류를 이루고 있다. 이는 심훈이 중국에 있으면서 절망적인 조국상실의 현실로부터 벗어나고 싶은 현실도피 의식이 작용한 것이라고 짐작할 수 있다. 이 시기 그의 작품에 반영된 내면의식은 1930년대 작품에 반영된 민족의식과 거리가 먼 것으로 볼 수 있다.

4
나가는 글

본고에서는 심훈이 중국으로 건너간 시기, 중국행을 선택한 이유, 중국에서의 생활 그리고 이 시기 심훈의 시세계를 살펴보았다. 우선 심훈이 중국으로 건너간 시기는 신채호를 통해 확인되었다. 신채호는 1920년 4월에 상해에서 북경으로 이동하였다. 심훈이 1919년 말에 건너가서 1920년 2월에 북경에서 상

31 한기형, 「'백랑(白浪)'의 잠행 혹은 만유-중국에서의 심훈」, 《민족문학사연구》 제35호, 민족문학사연구소, 2007, p.453.

32 박명순, 앞의 논문, p.16.

해로 갔다고 한다면 두 사람은 북경에서 만날 수 없었다. 따라서 심훈이 중국에 건너간 시기는 1919년이 아니라 1920년 말이었다.

심훈이 중국으로 가게 된 동기는 지적 갈증에 대한 욕구, 국내 상황의 답답함, 중국이 주는 어떤 가능성에 대한 동경, 우당과 같은 어른들의 현실적 존재 그리고 중국을 통해 서양으로 갈 수 있는 가능성 등으로 볼 수 있다.

심훈은 봉천을 거쳐 북경으로 갔다. 북경대학에서 연극학과를 다니려고 했지만 학생들의 무활기와 극문학 커리큘럼의 소략함, 그리고 학교교사의 실력에 대한 불신 등으로 그만두고 프랑스 노동유학을 가려고 상해로 갔다. 하지만 끝내 프랑스로 가는 배를 타지 못하고 항주에서 2년 동안 유학생활을 하다가 1923년 귀국하였다. 중국에 있으면서 많은 경험도 쌓았지만 여러 가지 고생과 실패를 겪었다고 볼 수 있다.

마지막으로 중국 체류 시기 심훈의 시세계에 대하여 살펴보았다. 그는 시를 통해 주로 '현실에 대한 회의와 절망' 그리고 '객수와 망향'을 노래하였고, 애상적이고 감상적인 시들이 주류를 이루었다. 비록 시에서 작가의 민족의식을 엿볼 수 있는 내용도 있었지만 이는 현실에 대한 구체적인 체험을 통해 얻어진 것이 아니었다고 볼 수 있었다. 그리고 중국 가기 전 사회주의 의식이 싹트기 시작하였지만 중국 체류 시기 그의 시에서는 찾아볼 수 없었다. 즉 이 시기 그의 시는 민족의 미래에 대한 전망보다도 개인적인 한탄에 머무르고 있다. 그가 항주에 있는 동안 창작한 시들은 중국에 건너간 초기 조국상실의 비애에 한탄한 작품에 비해 객수와 망향 등을 주제로 삼았다. 이는 심훈의 현실도피 의식이 작용하였을 것이다. 이런 현실도피 의식은 3·1운동 실패 후 조국의 해방이란 문제에서 의문을 품게 되는 당대 지식인의 분위기와 관련이 있을 것이다. 중국 체류 시기 심훈의 시세계에 대한 고찰을 통하여 이 시기 시에 반영된 내면의식은 1930년대 작품에 반영된 민족주의와는 거리가 상당히 먼 것으로 볼 수 있다. 그러나 중국 체류 시기 북경, 상해, 항주 등지를 유랑하면서 신채호, 이회영, 여운형 그리고 이시영, 이동녕 등 인물과 교류한 사실을 보아 중국에서의 체험은 그의 민족의식을 형성하는 데 깊이 작용하였을 것이라고 볼 수 있다. 심훈은 3·1운동의 가담자로서 구국救國을 해야 하는 책임감을 느끼지만 한편 개인의 이상실현에 대한 욕망도 컸다. 그는 우국지사들과 교류하면서도 어떤 조직에도 가입하지 않았다. 그러나 이런 교류는 그에게 직접적인 영향을 주지 않았더라도 잠재적으로 영향을 미쳤을 것이라고 짐작할 수 있다. 그러므로 이 시기는 심훈의 민족의식 형성의 예비단계라고 볼 수 있다.

■ 참고문헌

1. 단행본

김재홍, 『한국현대시인연구』, 일지사, 1986.

단재신채호전집편찬위원회, 『단재신채호전집』 제9권, 독립기념관한국독립운동사연구소, 2008.

신경림, 『그날이 오면, 그날이 오며는』, 지문사, 1982.

심 훈, 『그날이 오면(외)』, 범우사, 2005.

심 훈, 『심훈문학전집 1: 그날이 오면』, 차림, 2000.

2. 논문

박명순, 「심훈 시 연구」, 한국외국어대학교 교육대학원 석사학위논문, 1997.

박용찬, 「친일시의 양상과 자기비판의 문제」, 《국어교육연구》 제35집, 국어교육학회, 2003.

유병석, 「심훈의 생애 연구」, 《국어교육》 제14호, 한국국어교육연구회, 1968.

유양선, 「심훈론 - 작가의식의 성장과정을 중심으로」, 《관악어문연구》 제5집, 서울대학교 인문대학, 1980.

진영일, 「심훈 시 연구」, 《동국어문논집》 제3집, 동국대 인문과학대학 국어국문학과, 1989.

한기형, 「'백랑(白浪)'의 잠행 혹은 만유 - 중국에서의 심훈」, 《민족문학사연구》 제35호, 민족문학사연구소, 2007.

한기형, 「습작기(1919-1920)의 심훈」, 《민족문학사연구》 제22호, 민족문학사연구소, 2003.

한량숙, 「심훈연구 - 작가의식을 중심으로」, 계명대 석사논문, 1986.

2

심훈 문학과 영화의 상호텍스트성*

김외곤
상명대학교 영화영상전공 교수

* 이 논문은 2005년 정부(교육인적자원부)의 재원으로 한국학술진흥재단의 지원을 받아 수행된 연구임(KRF-2005-079-GS00ll).

1

대중문화 시대의 만능 예술가

문학 분야에서 시 「그날이 오면」과 소설 『상록수』를 발표함으로써 널리 이름을 알린 심훈은 같은 시대에 활동했던 임화나 이상에 못지않게 문학뿐만 아니라 다른 예술 분야에도 많은 관심을 가졌던 인물이다. 이는 그의 집안이 근대적 저널리즘과 깊은 관련을 맺고 있었던 사실과 무관하지 않다. 언론인이란 뉴스를 다루기 때문에 세상이 돌아가는 사정에 누구보다도 민감하고 새로운 문물의 수용에도 적극적인 속성을 지닌 부류이다. 심훈의 맏형인 심우섭은 이광수와 절친한 사이로 《매일신보》의 기자를 역임하고 연재소설을 발표하기도 하였으며, 심훈 역시 신문사와 방송국에서 근무하기도 하였다.[01] 더구나 그는 박헌영·한설야 등과 같이 경성제일고등보통학교를 다니다가 3·1운동에 가담하여 옥고를 치른 뒤, 1920년 겨울에 중국으로 건너가 1923년까지 항주 지강

---

01 김윤식, 「『상록수』를 위한 5개의 주석」, 『환각을 찾아서』, 세계사, 1992, 80~81면.

之江대학을 다니면서 일찍이 외국 문물의 세례를 받은 터였다.[02] 이런 이유로 그는 근대적 문화 예술을 받아들이는 데 별다른 저항감을 보이지 않는다.

심훈이 중국에서 귀국하던 무렵은 3·1운동의 실패로 인한 좌절감이 어느 정도 극복되고 식민지 조선의 문화예술이 새로운 전환기를 맞이하던 시기이다. 일간 신문으로 기존의 《매일신보》 외에 《동아일보》와 《조선일보》가 창간되고 잡지 《개벽》도 발행됨으로써 인쇄 매체 중심의 저널리즘이 확산되었다. 또 문학 분야에서는 신소설과 신체시가 퇴조하고 《백조》, 《영대》, 《금성》 등의 근대적 문학 동인지들이 잇따라 간행되어 활기를 띠었다. 무엇보다도 근대적 연극인 신극과 함께 영화가 등장하였다. 이 새로운 예술은 대중들의 정서와 미의식을 바꿔놓음으로써 대중문화의 형성에 결정적인 계기를 마련한다.[03] 바야흐로 봉건적인 문화 예술은 자취를 감추고 대중문화의 시대가 도래하고 있었던 것이다.

이러한 시대적 분위기 속에서 심훈도 또래의 젊은이들처럼 일본을 통해 들어온 서구의 근대적 음악·미술·무용·연극·영화 등에 마음이 끌리게 된다. 음악과 관련해서는 동경음악학교 사범과 출신으로 색동회를 조직하고 동요 〈반달〉을 작곡한 고종 사촌 동생 윤극영과의 친분 관계를 빼놓을 수 없다. 윤극영은 우리나라 최초의 노래단체인 달리아회를 조직하였는데, 심훈은 음악에 취미가 있어 이 단체의 모임장소인 고모 집을 수시로 드나들었던 것이다. 그러면서 그는 나중에 두 번째 부인으로 맞이하는 안정옥을 만나게 되는데,

---

02 중국에서 유학하던 동안 심훈은 민족주의와 사회주의 사이에서 사상적 편력을 함으로써 하나의 전기를 맞게 된다. 최원식, 「심훈 연구 서설」, 김학성 외, 『한국 근대 문학사의 쟁점』, 창작과비평사 1990, 235면,

03 김진송, 『서울에 딴스홀을 허하라』, 현실문화연구, 1999, 160면.

당시 그녀는 윤극영에게서 동요를 배우고 있었고 무용에도 관심이 많은 소녀였다.[04]

심훈이 음악보다 더 활발한 활동을 펼친 분야는 연극이다. 그가 연극에 관심을 가지던 1920년대 초반은 우리 연극사에서 일대 전환이 일어나던 때라고 할 수 있다. 임성구가 1911년에 우리나라 최초의 신파극단인 혁신단을 설립하여 〈육혈포 강도〉, 〈장한몽〉 등으로 인기를 끈 이후 식민지 조선에는 선미단·문수성·유일단·예성좌·취성좌·신극좌 등 수많은 신파극단이 생겨났다. 이 가운데 신극좌는 1919년 김도산에 의해 설립되었는데, 이 극단은 연극과 영화를 결합한 최초의 연쇄극 〈의리적 구토〉를 1919년 10월 27일에 단성사에서 공연하였다. 이후 혁신단과 이기세가 이끄는 문예단이 연쇄극 제작에 가세하여 1921년까지 약 10여 편의 작품이 공개되었다. 1921년에 이르러서는 최초의 영화감독 윤백남에 의해 본격적인 영화인 〈월하의 맹서〉가 제작되어 1923년에 상영되기에 이른다. 심훈은 연쇄극이 전성기를 구가하던 시대에는 국내에 있지 않았지만, 신파적인 내용에는 관심이 많았던 것으로 보인다. 그의 초창기 영화소설이 신파적인 요소를 다분히 띠고 있는 것으로 미루어 짐작할 수 있다.

신파극이 연쇄극을 거쳐 영화로 이어지는 동안에 신극은 1920년 봄에 김우진·조명희·김영팔·유엽·진장섭·홍해성·고한승·손봉원 등이 동경에서 극예술협회를 조직한 이래로 1923년 5월에 박승희·김복진·김기진·이서구·김을한 등이 토월회를 조직하여 국내 공연을 하면서 본격적인 궤도에 오른다. 심훈은 중국 항주에서 귀국한 1923년에 윤극영, 안종화 등과 어울려 다녔는

---

04 심훈, 「신혼 공동 일기」, 『심훈 문학 전집』 3, 탐구당, 1966, 629면.

데, 9월 19일부터 일주일간 개최된 토월회 제2회 공연 기간 중에는 김영팔, 최승일과 함께 〈부활〉(일명 〈카튜샤〉)을 관람하러 가서 네플류도프 역으로 출연한 배우 안석주와 인사까지 한다.[05] 또한 그는 극예술협회가 조직한 형설회 순회 연극단의 일원으로서 1923년 7월 6일부터 8월 1일까지 국내 순회공연을 하러온 배우 김영팔과도 교분을 쌓는다. 이후 두 사람은 최승일과 함께 이호·이적효·김홍파 등이 1922년 9월에 창립한 염군사 극부劇部에 가담하였다. 이렇게 연극인들과 교분을 쌓은 심훈은 1923년에 고한승·김영보·이경손·이승만·최승일·김영팔·안석주 등과 함께 극문회劇文會를 조직하고 간사로 활동하게 된다.[06] 이들 가운데 특히 주목해야 할 인물은 화가 이승만이다. 그는 평소 미술에 관심이 많던 심훈과 가까이 지내게 되어 후일 심훈의 유일한 영화인 〈먼동이 틀 때〉를 제작할 때 세팅을 담당하기도 한다. 한편 평소 친분이 돈독하던 안석주는 '파스큘라'의 멤버가 되고 심훈은 최승일·김영팔과 함께 염군사 동인이 되어 둘은 서로 갈라지지만, 두 단체가 합동하여 1925년 8월에 카프KAPF를 조직하는 과정에서 다시 뭉친다.

이처럼 심훈은 음악이나 연극 분야에도 많은 관심을 기울였지만, 본격적인 문화 예술인으로 활동한 이후 생을 마감할 때까지 지속적으로 관심을 가진 분야는 영화이다. 영화 제작을 필생의 천직으로 삼고 오랫동안 적은 노력이나마 해왔다는 고백[07]과 죽기 직전까지 소설 『상록수』를 영화화하기 위해 직접 시나리오로 각색하는 등의 노력을 했던 사실로 미루어 알 수 있다. 주지하다시피 영화는 움직임이라는 시간적 요소와 시각성이라는 공간적 요소가 결합

---

05 안종화, 『조선 영화 측면 비사』, 현대미학사, 1998, 116면.

06 유병석, 「심훈 연구」, 서울대학교 대학원 석사논문, 1964, 23면.

07 심훈, 앞의 글, 628면.

된 예술이다. 영화를 제대로 만들기 위해서 감독은 배우의 움직임, 세팅의 미술적 요소, 다양한 종류의 사운드 등에 대해 일정한 수준의 지식과 감각이 있어야 한다.[08] 심훈의 경우 위에서 살펴본 것처럼 이미 음악·미술·연극 등의 분야에서 일정한 소양을 갖추고 있었기 때문에 영화 제작과 관련하여 그다지 큰 어려움은 없었던 것으로 보인다.

이경손 감독이 연출한 〈장한몽〉의 대역 배우로 영화계에 발을 들여놓은 심훈은 이후 영화소설 작가, 시나리오 작가, 영화감독, 영화평론가로 활동하였다. 비록 우리 영화의 초창기이기는 했지만, 다방면에서 활동한 것으로 보아 그의 능력과 열정이 예사롭지 않았음을 짐작할 수 있다. 그런데 한국 문학사와 영화사에서 심훈이 동시에 주목을 받는 것은 『탈춤』이라는 제목 아래 영화소설과 그것을 각색한 시나리오를 창작하고 『상록수』라는 제목 아래 소설과 각색 시나리오를 창작하였기 때문이다. 말하자면 그는 이미 오래전부터 자신이 창작한 텍스트를 다른 장르로 재창작함으로써 상호텍스트성intertextuality을 실천했던 것이다. 여기에서는 이의규명에 앞서 영화와 관련된 심훈의 도정道程을 살펴보고, 상호텍스트성이 구현된 이 두 쌍의 작품들 중에서 소설 『상록수』와 각색 시나리오 「상록수」를 대상으로 삼아 상호텍스트성이 어떤 방식으로 구현되었는지를 집중적으로 고찰해 보려고 한다. 그동안 심훈의 문학과 영화에 대하여 다수의 연구 성과들[09]이 나왔지만, 영화를 전공한 조혜정의 논문 이외에는 대부분 영화소설이나 소설을 대상으로 삼아 서사 구조의 특정을 설명하거

08 영화 연출의 중요 요소 중 하나로, 감독이 영화 화면에 나타나는 것들을 관리한다는 의미로 사용되는 미장센(mise-en-seen)만 하더라도 세팅·조명·의상·헤어스타일·분장·등장인물의 행동 등의 요소를 포함한다. Amy Villarejo, *Film studies: the basic,* London & New York: Routledge, 2007, pp.28~35.

나 영화적 기법의 적용 양상을 설명한 것이 대부분이었다. 이러한 결과가 빚어진 것은 전공 영역마다 고유한 연구 관행과 관련이 있는 것으로 보인다. 문학 전공자들은 문학과 영화의 장르적 차이를 고려하면서 둘의 교섭 양상을 연구하기보다 장르 이동에 따른 내러티브의 변화 양상을 연구하는 데 주로 초점을 맞추었던 것이다. 이에 이 글에서는 문학과 영화의 장르적 특성에 기초하여 내러티브의 변화가 일어난 원인을 규명해 보고자 한다.

2

영화배우에서 감독으로의 도정

심훈이 문학예술 분야 활동을 시작하던 초창기에 새로운 장르인 영화소설을 창작한 것은 상당히 이례적이라 할 만하다. 당시로서는 영화와 소설을 결합한 파격적 형식의 영화소설을 신문에 연재한 것 자체가 사람들의 주목을 끌기에 충분했다. 지금도 마찬가지지만, 한국 영화사의 초창기인 1920년대 중반 무렵에 영화감독으로 데뷔하는 가장 보편화된 방법의 하나는 시나리오를 직접 창작한 뒤에 그것을 영화화해줄 제작 회사를 찾아가는 것이었다. 비록 영화소

09 대표적인 연구 성과로는 다음과 같은 것들이 있다. 김종욱, 「『상록수』의 '통속성'과 영화적 구성 원리」, 《외국문학》, 1993년 봄 ; 김경수, 「한국 근대소설과 영화의 교섭양상 연구. 근대소설의 형성과 영화체험」, 《서강어문》 제15집, 서강어문학회, 1999 ; 전흥남, 「심훈의 영화소설 『탈춤』과 문화사적 의미」, 《한국언어문학》 제52권, 한국언어문학회, 2004 ; 전우형, 「1920~30년대 영화소설 연구: 영화소설에 나타난 영상-미디어 미학의 소설적 발현 양상」, 서울대학교 대학원 박사논문, 2006 ; 박정희, 「영화감독 심훈의 소설 『상록수』 연구」, 《한국현대문학연구》 21, 한국현대문학회, 2007 ; 조혜정, 「심훈의 영화적 지향성과 현실인식 연구: 〈탈춤〉, 〈먼동이 틀 때〉, 〈상록수〉를 중심으로」, 《영화연구》 31호, 한국영화학회, 2007

설을 본격적인 시나리오라고 평가할 수는 없지만, 심훈이 그런 형식의 작품을 썼다는 사실은 영화감독으로서 영화를 연출해 보고 싶다는 욕망을 표출한 것이라고 할 수 있다.

그가 이처럼 영화감독이 되고자 했던 것은 영화 분야에서의 첫 경험과 무관하지 않다. 앞에서 언급한 것처럼 심훈은 1925년에 영화배우로서 영화계에 첫발을 내디뎠다. 그 전해에 《동아일보》 사회부 기자가 된 그는 당시 첫 번째 아내 이해영과 이혼한 상태였는데, 이러한 개인적 불상사를 겪은 뒤에 출연한 〈장한몽〉은 계림영화협회에서 제작을 맡은 작품이었다. 계림영화협회는 1913년에 번안 소설 『장한몽』을 신문에 연재하여 널리 이름을 날린 조중환이 설립한 제작사이다. 그는 우리나라 최초의 독립 제작사인 백남프로덕션이 1925년 1월에 설립된 이후 〈심청전〉 한 편을 겨우 제작하고 해산되자, 그 구성원들을 받아들여 새로운 회사를 꾸렸다. 조중환은 자신이 번안한 〈장한몽〉을 첫 작품으로 정하고 백남프로덕션에서 〈심청전〉의 감독을 역임한 이경손과 자신이 직접 공동 각색을 하여 1925년 10월에 영화화에 착수하게 된다. 그런데 촬영 도중에 주인공 이수일 역을 맡았던 일본인 주삼손朱三孫이 행방불명되는 바람에 이경손 감독과 극문회 시절부터 가깝게 지내던 심훈이 대역으로 출연하게 된다.[10] 1926년 3월에 단성사에서 개봉된 이 영화는 두 명의 배우가 차례로 이수일 역할을 하여 관객을 혼란에 빠뜨렸지만, 흥행에는 실패하지 않아서 제작사가 두 번째 작품을 준비하는 데 용기를 준 것으로 평가되고 있다.[11]

한 편의 영화에서 처음부터 끝까지 온전하게 주인공 역할을 맡은 것은 아

10 이영일, 『평전·한국 영화인 열전』, 영화진흥공사, 1982, 137면.
11 이영일, 『한국 영화 전사』, 소도, 2004, 87면.

니지만, 〈장한몽〉의 주인공으로 출연한 경험은 심훈의 인생에 하나의 전환점이 된다. 영화가 개봉된 직후 곧 철필구락부 사건이 터져 그는 기자직을 그만두게 되는데, 엎친 데 덮친 격으로 8개월 동안이나 근육염을 앓아 병원 신세를 지게 된다. 그런데 거듭되는 불행도 한번 불붙은 영화에 대한 열정을 결코 꺼뜨릴 수는 없었던 것으로 보인다. 무엇보다도 다리수술을 받고 병상에 누운 채로 아픔을 견디면서 영화소설『탈춤』을 신문에 연재하는 괴력을 발휘했기 때문이다.[12]

심훈이 창작한 유일한 영화소설『탈춤』에 대해서는 기존의 연구 논문들에서 주제적 측면과 서사적 측면 등에 대해 깊이 있게 분석한 바 있다. 그렇기 때문에 여기에서는 탐욕스런 부자 때문에 가난한 연인이 사랑을 이루지 못한다는 비극적인 내용에 대한 자세한 소개는 생략하기로 하고, 기존의 논의들이 연구한 내용들을 정리해 보고자 한다. 먼저 이 작품의 주제는 '가난한 연인들의 비극적인 사랑' 또는 '핍박받는 사랑'으로 요약할 수 있다.[13] 주제가 보여주는 성향으로만 판단하면 이 작품은 신파조의 통속적인 요소를 지녔다.[14] 또한 여자 주인공의 생애에 초점을 맞추어보면, 우리 문학사에서 전통적 요소의 하나로 전해져 오는 '여성 혼사 장애' 모티프를 잇고 있는 것으로 볼 수도 있다. 이 모티프는 근대 이후에는 신파극에 수용되어 증폭되는 양상을 보이는데, 이 작품도 그러한 부류에 속한다고 하겠다. 한편 서사적 측면에서 볼 때 후반부의 결혼식 장면에서 보이는 행동 중심의 시나리오적 구성 요소와 다른 부분에서 발견되는 소설적 구성 요소, 예컨대 이야기의 진행에 관한 서술자의 침입

---

12 심훈,『탈춤』,《동아일보》, 1926.12.16.

13 조혜정, 앞의 글, 168면.

14 전흥남, 앞의 글, 459면

이 과도하게 드러나거나 인물들의 심리적 태도에 대해 자세하게 진술하는 등의 요소가 공존하는 특징을 보인다.[15] 이는 과도기적 형식으로서의 영화소설이 지닌 특정이라고 할 수 있을 것이다. 이처럼 신파조의 통속성을 지닌 영화소설 『탈춤』의 주제는 동시대 김동인, 염상섭, 현진건, 나도향 등이 발표한 소설의 주제와 비교할 때 상당히 시대에 뒤떨어진 것으로 볼 수 있다. 하지만 위에서 살펴본 것처럼 시나리오적 구성 요소와 소설적 구성 요소를 혼합한 서사적 측면과 영화배우들의 연기 장면을 찍은 스틸 사진을 적극적으로 이용한 형식적 측면은 상당히 새로운 것이었는데, 시각성을 중시하는 영화로부터 대부분 차용해 온 것이라고 할 수 있다. 문화적 측면에서 볼 때 영화소설의 유행은 영화 관람을 통해 육성된 새로운 소비자들의 욕망을 전제로 한 것이었다. 그런 점에서 영화소설이 새로운 독자 대중을 창조하고 그들에게 맞는 형식을 선보였다는 평가[16]는 적절하다고 하겠다.

심훈의 영화소설이 신파극의 틀에서 크게 벗어나지 못한 것은 영화배우로 출연했던 첫 작품이 신파극의 대부라고 할 수 있는 조중환이 설립한 계림영화협회의 작품이었다는 사실과 무관하지 않은 듯하다. 심훈은 『탈춤』을 영화로 만들기 위해 시나리오로 각색하고 배우와 스텝을 선정하는 등 준비 작업을 진행하였지만 일이 뜻대로 진행되지 않는다. 이런 상황에서 그가 선택한 것은 영화 수업을 위한 일본행이다. 『탈춤』의 연재가 끝난 후 연말연시를 전후하여 배우 강홍식과 함께 심훈은 경도京都에 있는 일본 니카츠 촬영소를 찾아가게 되었던 것이다.[17] 거기서 심훈은 무라타 미노루 감독 아래에서 두 편의 영화에

15 김경수, 앞의 글, 173면,

16 전우형, 앞의 글, 47면.

17 안종화, 앞의 책, 113면.

출연하며[18] 영화 제작을 집중적으로 배운다.

당시 일본에서는 시대극이나 검객 영화가 인기를 끌고 있었는데, 무라타 감독은 이러한 대중적 취향을 따르지 않고 크로스 커팅에 이르는 다양한 기법을 구사하며 〈노상의 영혼〉 같은 기독교 박애주의 교훈극을 제작한 바 있다.[19] 그는 원래 쇼치쿠松竹 키네마를 통해 영화계에 데뷔하였다가 니카츠로 건너 왔는데, 당시의 일본 영화감독들 중에서 가장 철저하게 서양 연극의 학습을 계속하던 인물로 평가받고 있다.[20] 이런 이유 때문에 그는 당대의 일본 영화계에서 항상 서양파로 분류되었다. 심훈은 이런 성향의 무라타 감독 아래서 〈춘희椿姬〉의 제작 과정에 참여하였다. 그런데 심훈의 첫 출연작이 주연 남자 배우의 행방불명으로 혼란을 겪은 것처럼, 이 영화 역시 공교롭게도 제작 도중에 남녀 주연배우가 사라지는 일을 겪는다. 두 편의 영화 제작에 배우로 참여하면서 무라타 감독의 연출력을 배운 심훈은 1927년 5월 8일에 귀국하였는데, 국내의 한 일간신문에서 그가 영화 연구 및 실습을 하고 돌아왔다는 동정을 알렸다.[21]

귀국 후 심훈은 다시 계림영화협회로 돌아와 『탈춤』의 영화 제작을 포기하고 새로 쓴 시나리오를 영화화하기 위해 힘쓰는데, 그 작품이 바로 그의 유일한 영화 연출작인 〈먼동이 틀 때〉이다. 이 영화는 『탈춤』처럼 남녀 간의 전형적인 삼각관계를 다룬 작품이 아니라, 두 쌍의 남녀를 대비시키면서 과거와 미래, 희생과 희망을 이야기하는 이중 플롯을 지닌 작품이다.[22] 이 영화는

18 심훈, 「경도의 니카츠 촬영소」, 《신동아》, 1933.5, 135면.
19 요모타 이누히코, 박전열 역, 『일본 영화의 이해』, 현암사, 2001, 71면.
20 사토오 다다오, 유현목 역, 『일본 영화 이야기』, 다보문화, 1993, 71면.
21 《조선일보》, 1927.5.12.
22 조혜정, 앞의 글, 175면.

1930년대 말에 개최된 영화제에서 무성영화 부문 7위에 오를 정도로 인기를 끌기도 하였는데, 신파조의 내용에서 어느 정도 벗어남으로써 작품의 수준이 높아졌기 때문이다.[23] 한편 배우의 연기와 촬영 기법에서도 이 영화는 주목을 받았다. 주인공은 심훈과 함께 니카츠에서 배우 훈련을 받은 강홍식이 맡았고 촬영은 일본인 촬영 기사인 하마다 쇼자부로濱田秀三郎가 맡았는데, 이동 촬영이나 과거 장면 삽입 같은 테크닉을 사용함으로써 조선 영화의 신기원을 개척하였던 것이다.[24] 이처럼 〈먼동이 틀 때〉가 성공을 거둘 수 있었던 중요한 이유 중 하나로, 심훈이 일본의 니카츠 촬영소로 건너가 일본 현대 영화를 선도하던 무라타 감독에게서 영화 제작을 배웠던 사실을 다시 한 번 지적하지 않을 수 없다. 이는 무엇보다도 〈먼동이 틀 때〉가 촬영 기법은 물론이고 주제면에서도 기독교적 희생과 재생이라는 무라타 감독의 영화 주제와 유사하다는 것을 통해 입증된다.

3
소설 『상록수』의 영화적 속성

〈먼동이 틀 때〉 이후 한동안 영화 제작을 중단했던 심훈은 『상록수』의 창작을 계기로 또다시 영화 제작을 향한 의지를 불태운다. 『상록수』는 영화감독이 쓴 소설이라는 점만으로도 사람들의 이목을 끄는 작품인데, 다시 저자의 손에 의

23 임화는 이 작품에 대해 서구의 문예영화를 접하는 듯한 느낌을 갖는다고 하면서 〈아리랑〉과 더불어 기억해둘 우수작이라고 평가하였다. 임화, 「조선 영화 발달 소사」, 《삼천리》, 1941.6, 202면.

24 한국예술연구소 편, 『이영일의 한국 영화사 강의록』, 소도, 2002, 136면.

해 시나리오로 각색되는 과정을 거쳤기 때문에 더욱 문제적인 작품이 되었다. 물론 영화소설『탈춤』도 시나리오로 각색되는 과정을 거쳤지만, 그 작업은 심훈 혼자 힘이 아니라 윤석중의 도움을 받아 이루어진 것이기 때문에 동일한 저자에 의한 다시 쓰기 차원의 상호텍스트성을 논의하는 대상으로 삼기에는 다소 무리가 있다. 그리고 영화소설 자체가 원래부터 영화적 요소를 많이 가지고 있기 때문에 소설에서 시나리오로 각색한 작품에 비해 장르 이동의 효과도 상대적으로 적을 수밖에 없다고 하겠다. 이에 반해『상록수』는 저자가 직접 자기 소설을 시나리오로 각색한 드문 예에 속한다. 물론『상록수』는 장르 이동의 여러 가지 경우 가운데 소설을 시나리오로 각색한 것이기 때문에 가장 일반적인 경우라고 할 수 있다. 이와 반대로 오늘날에는 영화가 극장가에서 흥행에 성공하면 그 시나리오를 다시 소설로 펴내어 베스트셀러로 만들기도 하지만, 심훈이 활동하던 시대에는 이런 일이 거의 일어나지 않았다. 그래서 일제강점기의 작품을 대상으로 하여 영화에서 소설로의 장르 이동과 관련된 상호텍스트성을 논의하기에는 매우 힘들다. 하지만 심훈은『상록수』이전에 두 편의 시나리오를 써본 경험이 있기 때문에, 그 작품들과『상록수』의 관련성을 고찰해봄으로써 제한적으로나마 영화에서 소설로 이동하는 과정의 상호텍스트성을 논의해볼 수 있다.

심훈은 과거에「탈춤」과 〈먼동이 틀 때〉의 시나리오를 쓸 때 사용하던 수법을 소설『상록수』를 창작하는 과정에 상당히 많이 적용시켰다. 그리하여 결과적으로 소설『상록수』는 영화처럼 시각을 중심으로 다른 감각까지 활용하는 복합 감각적, 종합 예술적 장면을 많이 갖게 되었다, 영화와 소설의 상호텍스트성은 둘 다 내러티브를 갖고 있다는 데서 출발하는데, 영화가 소설처럼 내러티브를 중심 요소로 갖게 되는 이유는 움직임이라는 특성 때문이라고 할 수 있다. 그런데 극장에서 영화를 관람할 때는 한 번 지나간 장면을 다시 되돌릴 수 없기 때문에 이 움직임은 계속 이어져야만 하는 운명에 처한다. 만약 영화가 소설처럼 과거 회상 장면을 통해 시간의 역전을 여러 번 반복해서 보여주게 되면 관객들은 영화의 내용을 일목요연하게 파악하지 못한 채 혼란을 겪게 된다. 이런 이유 때문에 영화에서의 시간은 가능하면 선조적線條的으로 흘러갈 수밖에 없는 것이다. 물론 실험 영화 같은 일부 영화는 일부러 관객이 영화의 내용을 지각하는 것을 지연시키거나 방해하기 위해 포스트모더니즘 소설처럼 시간을 자유자재로 배치하기도 하지만, 이는 어디까지나 특수한 경우일 뿐이다.

선조적 구성과 관련하여 영화는 심리보다는 행동 중심으로 진행된다. 심훈이 『상록수』 이전에 창작한 영화소설 및 시나리오 「탈춤」과 시나리오 〈먼동이 틀 때〉는 마치 액션 영화를 연상시키듯이 등장인물들의 격렬한 행동이 많은 비중을 차지하고 있다. 속도가 빠른 격투 장면도 들어 있고 걷거나 달리는 등의 육체적 행동이 중심이 된 장면들도 곳곳에 들어 있다. 소설 『상록수』 역시 영화가 아니라 소설임에도 불구하고 앞서 창작한 작품들과 마찬가지로 과거 회상이나 의식의 흐름 등을 써서 독자들로 하여금 시간의 경과를 의식하기 힘들도록 만드는 장면은 거의 포함하고 있지 않다. 그 대신 사건을 순차적으로 배치한 대부분의 극영화처럼 행동 중심의 사건이 꼬리에 꼬리를 물고 연쇄적으로 일어나고 있음을 발견할 수 있다. 등장인물들은 액션 영화의 한 장면처럼 동혁이 불을 지르는 동생을 제지하는 장면 등에서 격렬한 움직임을 보이기도 하고, 특히 주인공 동혁은 누구보다도 많이 걷는다.

공간적 배경의 측면에서도 영신이 잠시 유학을 가는 일본이나 그녀의 고향, 두 주인공이 학교를 다니던 서울 등을 제외하면 거의 청석골과 한곡리가 중심 무대가 되어 교대로 등장한다. 그렇기 때문에 독자들은 이 소설을 읽는 동안 과도한 장소 이동 등으로 인한 혼란은 전혀 겪지 않는다. 처음에 청석골과 한곡리에서 따로따로 활동하던 영신과 동혁이 사건의 진행에 따라 서로 관계를 맺고 나중에 가서는 비록 죽은 뒤에라도 한 자리에 모이게 되는 것은 20세기 초의 그리피스 이래 영화의 중요한 편집 기법의 하나로 자리잡은 교차편집의 방법을 그대로 적용한 것이다. 물론 그리피스 역시 이 방법을 디킨스 등의 소설에서 배워왔지만 심훈의 경우 서양 소설보다는 평소 그가 관심을 기울이던 영화로부터 이 방법을 배웠을 가능성이 훨씬 크다고 할 수 있다. 그는 이미 〈먼동이 틀 때〉에서 전과자인 주인공과 그의 아내가 각자 헤어져 살다가 마지막에 극적으로 만나는 장면들을 제작할 때 이 방법을 효과적으로 사용한 바 있다.

한편 영화에서 대사는 소설과 달리 무작정 길어질 수 없고 오로지 관객이 기억할 수 있을 만큼의 길이를 가져야 한다. 너무 긴 대사는 배우가 처리하기에도 힘든 측면이 있다. 특히 무성 영화의 대사는 프레임 안에 넣을 수 있을 만큼 적은 분량이어야 한다. 심훈 시대에는 무성 영화가 대부분이었기 때문에 대사는 프레임 안에 넣을 수 있을 만큼 적은 분량이어야만 했다. 그런데 프레임 안에 들어가는 영화의 요소 중에서 대사보다 더 중요한 것이 바로 장면화-미장센의 대상들이다. 소설보다 영화는 프레임이라는 틀 때문에 묘사의 제한을 훨씬 강하게 받는다. 그래서 등장인물의 대사와 행동에만 신경을 써야 하는 것이 아니라 다른 요소들의 배치에도 관심을 기울여야 하는 것이다.

> "멀구두 가까운 게 뭘까요?"
>
> 끝도 밑도 없는 수수께끼와 같은 말에 영신의 눈은 둥그래졌다. 무어라고 대답을 하면 좋을지 몰라서 눈을 깜박깜박하더니,
>
> "글쎄요…… 사람과 사람의 사일까요?"
>
> 하고 동혁의 표정을 살핀다.

"알 듯허구두 모르는 건요?"

"아마…… 남자의 맘일 걸요."

그 말 한마디는 서슴지 않았다.

"아니, 난 여자의 맘인 줄 아는데요."

동혁의 커다란 눈동자는 영신의 가슴속을 뚫고 들여다보는 듯하다.

달은 등 뒤의 산마루를 타고 넘으려 하고 바람은 영신의 옷깃을 가벼이 날리는데, 어느덧 밀물은 두 사람의 눈앞까지 밀려들어와 날름날름 모랫바닥을 핥는다.[25]

위의 인용문에서 대사는 마치 무성 영화의 그것처럼 최대한 절제되어 있다. 그래서 읽는 사람으로 하여금 혼란을 일으키게 하거나 기억을 할 수 없게 하지 않는다. 그리고 감정을 최대한 잘 전달하기 위해 말줄임표를 적절하게 이용하여 등장인물의 대사 처리까지 신경 쓰고 있음을 알 수 있다. 또 마치 카메라를 작동시키듯이 '눈이 둥그레졌다'처럼 때로는 클로즈업을 연상시키는 장면을 넣기도 하고 팬pan 기법을 쓴 것처럼 산마루에 걸린 달에서 영신의 옷깃으로 시선이 옮겨 오는 장면을 넣기도 했다. 이러한 배려는 영화 텍스트가 여러 개의 표현 요소를 동시에 나열하는 복합 구성을 해야 하기 때문에 문학 텍스트에 존재하지 않는 창조적 연출 작업이 필연적으로 요구된다는 것[26]을 이해하고, 이것을 일부러 문학 텍스트에 적용한 듯한 느낌을 가지게 한다. 그만큼 이미 두 편의 영화 시나리오를 쓴 경험이 있는 심훈의 소설 『상록수』는

25 심훈, 『상록수』, 『한국소설문학대계』 21, 동아출판사, 1995, 104면.

26 유지나, 「문학 텍스트에서 영화 텍스트로의 이동; 마르그리뜨 뒤라스를 중심으로」, 《문학정신》, 1992.3, 48면.

그 작품들의 영향을 받아 영화적 요소를 대폭적으로 담고 있는 문학 텍스트라고 할 수 있다.

4
각색 시나리오 『상록수』의 특징

소설을 시나리오로 각색할 때 내용과 형식면에서 변화가 일어나는 가장 궁극적인 이유는 두 장르의 속성이 다르기 때문이다. 소설이 속한 서사 양식과 시나리오가 속한 극 양식은 공통적으로 이야기를 전달한다. 그래서 이야기를 담고 있는 사건이 있고, 사건을 일으키는 등장인물이 존재한다. 일반적으로 작품의 핵심적 내용을 담고 있는 플롯 라인은 사건과 사건의 끊임없는 연쇄로 이루어져 있다. 플롯 라인만 따라가면 어떤 일이 벌어지고 있는지를 쉽게 파악할 수 있다. 그런데 이야기를 전달할 때는 사건만 보여줄 수 없고 등장인물에 대한 설명도 덧붙여야 한다. 다시 말해 인물 간의 관계라든가 인물의 성격에 대한 서술이 있어야 하는 것이다. 소설과 시나리오에서는 이러한 역할을 담당하는 부분을 서브플롯이라고 하는데, 서브플롯이 많아지면 전달되는 이야기의 내용이 헷갈릴 가능성도 있다. 곁가지가 많기 때문에 몸통이 잘 보이지 않을 수 있다는 것이다.

흔히 어떤 작품에서 플롯 라인이 뚜렷하면 '방향'direction을 가졌다고 하고 서브플롯이 많으면 '폭'dimensionality을 가졌다고 한다. 방향은 클라이맥스를 향해 곧장 나아간다. 이때 추동력이 되는 것은 사건과 행동이다. 다음에 무엇이 일어날지 기대감을 갖게 하면서 사건과 사건이 이어지는 것이다. 이에 비해 폭은 등장인물의 성격을 드러내주고, 테마를 발전시켜준다.[27] 소설은 종이에 적힌 문자로 이루어져 있기 때문에 얼마든지 방향이 헷갈리면 돌아가서 읽을 수가 있다. 방향이 뚜렷하지 않아도 되고 폭이 넓어도 되는 것이다. 반면 극장에서 보는 영화는 한 번 보고 나면 다시 되돌려서 보기가 힘들다. 영화는 폭이 넓으면 방향을 상실하여 관객들을 혼란에 빠뜨릴 가능성이 많다. 가능하면 폭을 좁히고 방향만 뚜렷하게 보이도록 조정해야 한다. 소설을 시나리오로 각색할 때도 이 원칙은 그대로 유효하다.

각색 과정에서 작품의 폭을 줄이는 방법은 여러 가지가 있다. 가장 흔한 방법은 소설 『상록수』를 각색한 시나리오 「상록수」처럼 등장인물 수를 대폭 줄이는 것이다. 소설에서 영신이 한곡리를 처음 방문했을 때 공동경작회원 가운데 거머리에 물리면서 논을 갈던 칠룡이는 역할이 미미해서 영화에서는 등장하지 않는다. 영화에 인물이 지나치게 많이 등장하면 인물 간의 관계도 헷갈리고 방향도 헷갈리기 때문에 수를 줄인 것이다. 소설에서 제법 많은 분량을 차지하면서 한곡리 사람들과 관계를 맺는 지주집의 기만이가 빠진 것도 비슷한 경우다.

등장인물 수를 줄이는 것 다음으로 흔히 쓰는 방법은 장소 이동을 최소화하는 것이다. 영신은 청석학원 낙성식을 눈앞에 두고도 느닷없이 청석골을 떠나 고향을 방문하고 낙성식이 끝난 뒤에는 일본 유학을 가기도 하는데, 이는 원래 소설이 겨냥한 '농촌 계몽'이라는 주제와 밀접한 관련이 있는 부분이 아니다. 그래서 시나리오에서는 삭제되지 않을 수 없는 운명에 처한다. 동혁과 영신이 기독교에 대해 논쟁을 벌이는 것도 자칫 '농촌 계몽'이라는 방향을 잃게 할 수도 있기 때문에 역시 시나리오에서 삭제되었다. 이외에도 영신의 맹

---

27 LInda Seger, *The art of adaptation: turning fact and fiction into film,* New York, NY: Henry Holt & Co,. 1992, p.77.

장염과 같은 크게 중요하지 않은 여러 서브플롯이 작품의 방향을 보다 뚜렷하게 보이도록 하기 위해 각색 과정에서 자취를 감추었다.

> 전해달라는 편지는 받아 두고도 영신에게 전할 필요를 느끼지 않았다. 영신이가 그런 편지를 직접 받았더라도 몸이 불편하다고 핑계를 하든지 해서 이른바 초대회에 까닭없는 주빈 노릇 하기를 거절하였으리라. 동리의 가난한 사람들을 위하는 일이나 무슨 집회 같은 데는 자발적으로 출석을 하였지만, 기만의 심심풀이를 해주거나 그런 사람이 자랑하는 생활을 보기 위해서, 더구나 홀로 지낸다는 남자를 찾아가고 싶지가 않았던 것이다. 사업을 위해서는 소 갈 데 말 갈 데 없이 다니나, 이러한 경우에는 처녀로서의 처신을 가지고 조심하지 않을 수 없는 것을 잘 알고 있었기 때문이다.[28]

위의 인용문은 동혁이의 머릿속에서 벌어지고 있는 일을 적은 것이다. 동혁이가 영신을 얼마나 배려하고 신뢰하는지가 분명하게 드러난다. 하지만 이 장면은 시나리오로 각색되는 과정에서 삭제될 수밖에 없다. 서브플롯에 해당하는 것이라서 삭제된 것이 아니라 장면화가 어렵기 때문에 삭제된 것이다. 영화 속의 영상은 크리스티앙 메츠의 말처럼 다른 무엇이 아닌 영상일 뿐이고 일단 시니피앙으로서 기능한다.[29] 그렇기 때문에 일단 영상화가 되지 않는 것은 시니피앙으로 기능을 다할 수 없기 때문에 시나리오에서는 부득이하게 뺄 수밖에 없는 것이다. 반면에 아래 장면처럼 '감옥을 나왔다'는 서술 하나로 표현하기에는 부족할 경우에는 구체적인 장면으로 확대시켜 재창조할 수도 있다.

---

28 심훈, 앞의 책, 92면

29 유지나, 앞의 글, 48면.

(나) S 감옥 문전門前

(F.I) 감옥 담 옆을 걸어오는 동혁

(조그마한 보자기를 들었다)

사방을 몇 번 둘러본다. (각구角口)

(눈이 부신 듯이)

기다리고 섰는 건배

(차입소 배경)

멀리 걸어오는 동혁

달려가는 건배

달려드는 건배와 동혁

서로 감격해 쳐다본다.

건배

T『모든 것이 내 탓일세.』

동혁, 머리를 흔든다.

T『아-니』[30]

그가 감옥에서 어떤 행색으로 나오는지, 또 기다리는 건배와 동혁이 어떤 심정으로 서로 만나는지 길게 설명하지 않아도, 즉 폭이 별로 없어도 사건만으로 분명하게 알 수 있다. 이것이 바로 영화가 가진 장점으로 시각 중심 장면화의 힘이다. 다른 말로 하면 시니피앙이 가진 힘이기도 하다. 이 장면이 특정한 시니피에로만 해석되어야 하는 것은 아니다. 일반적으로 대부분의 관객들

30 심훈, 「상록수」, 『심훈 전집』 3, 앞의 책, 507면.

이 공유하는 문화적 코드에 따라 이 장면은 일정한 시니피에로 환원되겠지만, 모든 장면이 항상 그런 것은 아니다. 딥 포커스처럼 프레임의 앞부터 뒤쪽까지 모두 선명하게 보인다면 화면 속의 어떤 요소를 볼 것인가는 관객의 몫이 될 수도 있다. 또 어떤 위치에서 보는가에 따라 같은 사물이라도 시니피에가 달라질 수도 있다. 영화 제작 과정에서 발생하는 문제로 영화의 시점 및 쇼트와 관련된 것이다. 이처럼 소설을 시나리오로 각색하는 것은 단지 소설 언어를 시나리오 언어로 바꾸는 데 그치지 않고 시나리오 언어를 다시 영상 언어로 바꾸는 차원까지 고려해야 하는 것이다.

5
경계를 넘나드는 상호텍스트성

원작 소설 작가에 의한 직접적 다시 쓰기로서 시나리오로의 각색 작업은 각색의 종류만큼이나 다양한 층위를 지니고 있다, 심훈의 소설『상록수』와 시나리오「상록수」는 비교적 충실한 각색에 해당한다고 볼 수 있다. 그런데 심훈의 소설은 그 이전의 영화 제작 경험 때문인지는 몰라도 영화적인 요소를 상당히 강하게 지니고 있음이 특정적이다. 이러한 점은 복잡하지 않은 시간 구성, 짧은 대사 등을 통해 쉽게 찾아볼 수 있다. 특히 작가는 달빛이 비치는 해변에서의 연애 장면에서 볼 수 있는 것처럼, 프레임 안에 들어오는 여러 요소에 대한 배치를 의미하는 미장센과 관련해서도 세팅, 조명, 등장인물의 행동을 면밀하게 통제하는 솜씨를 보인다.

유성영화 시대로 넘어오면 소설에서 영화로의 각색은 훨씬 복잡해진다. 한 편의 영화가 영상으로서의 영화 텍스트 외에 소리로서의 영화 텍스트를 하나 더 가지고 있기 때문이다. 그래서 두 개의 텍스트를 어떻게 결합하느냐에 따라 소설을 시나리오로 각색하는 작업은 훨씬 많은 상호텍스트성을 구현할 수 있게 된다. 심훈의 경우 유성영화 제작을 경험해보지 못한 채 요절했기 때문에 현대의 영화감독들에 비해 상대적으로 소극적이고 보수적인 상호텍스트성을 보여주었다. 이것은 그가 각 장르의 속성에 맞지 않는 부분만 새로 쓰고, 나머지 부분은 장르 이동만 했을 뿐 거의 변화를 주지 않았다는 것을 통해 증명된다.

그럼에도 불구하고 심훈은 소설에서 시나리오로의 장르 이동을 통한 텍스트 다시 쓰기를 선구적으로 수행하였으며, 직접 영화 제작까지 감행하기도 하였기 때문에 오늘날까지도 많은 주목을 받고 있다. 즉, 그는 소설에서 시나리오로의 각색에 끝나지 않고 시나리오에서 영화로 변환하는 장르 이동까지 수행하였다. 말하자면 그의 작품들은 '문자에서 문자로' 그리고 '문자에서 영상으로' 구현되는 이중적 상호텍스트성의 양상을 찾아볼 수 있는 좋은 예인 것이다.

■ 부록 - 심훈의 영화 관련 글 목록

제목	발표매체	발표시기	비고
몽유병자의 일기-병상잡조病皮雜祖	문예시대2	1927.1.	<탈춤>
조선 영화계의 현재와 장래	조선일보	1928.1.1-6.	
<최후의 인ㅅ> 내용 가치-단성사 상영중	조선일보	1928.1.14-15.	
영화 비평에 대하여	별건곤	1928.2.	
영화 독어獨語	조선일보	1928.4.18-24.	
아직 숨겨 가진 자랑 갓 자라나는 조선 영화계	별건곤	1928.5.	
아동극과 소년 영화 어린이의 예술 교육은 어떤 방법으로 할까	조선일보	1928.5.6.~9.	
우리 민중은 어떤 영화를 요구하는가를 논하여『만년설』군에게	중외일보	1928.7.11.~25.	
관중의 한 사람으로	조선일보	1928.11.17.~20.	
〈암흑의 거리〉와 반 크로프트의 연기	조선일보	1929.11.27.	
발성 영화론	조선지광	1929.1.	
조선 영화 총관	조선일보	1929.1.1.~4.	
영화화한 〈약혼〉을 보고	중외일보	1929.2.22.	
프리츠 랑의 역작 〈메트로폴리스〉	조선일보	1929.4.30.	
문예 작품의 영화화 문제	문예공론1	1929.5.	
백설같이 순결한 거리의 천사	조선일보	1929.6.14.	
성숙의 가을과 조선의 영화계	조선일보	1929.9.8.	

제목	발표매체	발표시기	비고
영화 단편어	신소설1	1929.10.28.	
소비에트 영화 〈산 송장〉 시사평	조선일보	1930.2.14.	
영화평을 문제 삼은 효성군에게 언함	동아일보	1930.3.18	
상해 영화인의 〈양자강〉 인상기	조선일보	1931.5.5.	
조선 영화인 언 퍼레이드	동광	1931.7.	
1932년의 조선 영화-시원치 않은 예상기	문예월간	1932.1.	
연예계 산보-〈홍염〉 영화화 기타	동광	1932.10.	
영화가 산보	중앙1	1933.11.	
경도京都의 일활日活 촬영소	신동아	1933.5.	
민중 교화에 위대한 임무와 연극과 영화 사업을 하라 조선 연극의 향상 정화 / 조선 영화의 재건 방책	조선일보	1934.5.30.~31.	백랑생白浪生
다시금 본질을 구명하고 영화의 상도常道에로 단편적인 우감수제偶感數題	조선일보	1935.7.13.~17.	
박기채 씨 제1회 작품 〈춘풍〉을 보고서	조선일보	1935.12.7.	
〈먼동이 틀 때〉의 회고	조선영화1	1936.10.	유고
조선서 토키는 시기상조다	조선영화1	1936.10.	미완
서커스에 나타난 채플린의 인생관	심훈전집3	1966.4.	탐구당

■ 참고문헌

1. 기본자료

김수남, 『조선 시나리오 전집』 1, 집문당, 2003.

서광제, 「조선 영화 소평; 〈먼동이 틀 때〉를 보고」, 《조선일보》, 1929.1.30.

심 훈, 「경도의 니카츠 촬영소」, 《신동아》, 1933.5, 135면

심 훈, 「조선 영화계의 현재와 장래」, 《조선일보》, 1928.1.4.~6.

심 훈, 『심훈전집』 3, 탐구당, 1966.

안석영, 「연초에 처음인 명화 〈침묵〉과 〈먼동이틀 때〉 전자는 조권(朝劇) 후자는 단성사에서: 인상기」, 《조선일보》, 1928.1.30.

안종화, 『조선 영화 측면 비사』, 현대미학사, 1998.

임 화, 「조선 영화 발달 소사」, 《삼천리》, 1941.6, 202면.

2. 단행본 및 논문

김경수, 『한국 근대소설과 영화의 교섭양상 연구: 근대소설의 형성과 영화체험』, 《서강어문》 제15집, 서강어문학회, 1999.

김려실, 『투사하는 제국, 투영하는 식민지』, 삼인, 2006.

김윤식, 「『상록수』를 위한 5개의 주석」, 『환각을 찾아서』, 세계사, 1992.

김정남, 「소설과 미디어 환경에 관한 연구; 비문자 매체의 소설적 형상화와 기법적 수용의 문제」, 《현대소설연구》 32, 한국현대소설학회, 2004.

김종욱, 「『상록수』의 '통속성'과 영화적 구성 원리」, 《외국문학》, 1993년 봄.

김진송, 「서울에 딴스홀을 허하라」, 현실문화연구, 1999.

로버트 리차드슨, 이형식 역, 『영화와 문학』, 동문선, 2000.

막스 태시에, 최은미 역, 『일본 영화사』, 동문선, 2000.

박정희, 「영화감독 심훈의 소설 『상록수』 연구」, 《한국현대문학연구》 21, 한국현대문학회, 2007.

사토오 다다오, 유현목 역, 『일본 영화 이야기』, 다보문화, 1993.

요모타 이누히코, 박전열 역, 『일본 영화의 이해』, 현암사, 2001.

요아힘 패히, 임정택 역, 『영화와 문학에 대하여』, 민음사, 1997.

유병석, 「심훈 연구」, 서울대학교 대학원 석사논문, 1964.

이영일, 『평전·한국 영화인 열전』, 영화진흥공사, 1982.

이영일, 『한국영화 전사』, 소도, 2004.

이주형, 『한국근대 소설 연구』, 창작과비평사, 1995.

전우형, 「1920~30년대 영화소설 연구: 영화소설에 나타난 영상-미디어 미학의 소설적 발현 양상」, 서울대학교 대학원 박사논문, 2006.

전흥남, 「심훈의 영화소설 『탈춤』과 문화사적 의미」, 《한국언어문학》 제52권, 한국언어문학회, 2004.

정재형 편저, 『한국초창기의 영화이론』, 집문당, 1997.

조연정, 「1920~30년대 대중들의 영화체험과 문인들의 영화체험」, 《현대문학연구》 14, 한국현대문학회, 2003.

조정래, 「소설과 영화의 서사론적 비교 연구: 이미지와 서술」, 《현대 문학의 연구》 22, 현대문학연구학회, 2005.

조혜정, 「일제 시대 조선 영화인의 영화 인식 및 비평 담론 연구: 1930년대 영화 평문을 중심으로」, 《한국영화사연구》 제2호, 2004.

채트먼, 한용환·강덕화 공역, 『영화와 소설의 수사학』, 동국대학교출판부, 2001.

최원식, 「심훈 연구 서설」 김학성 외, 『한국근대 문학사의 쟁점』, 창작과비평사, 1990.

프랑시스 바누아, 송지연 역, 『영화와 문학의 서술학. 문자의 서술, 영화의 서술』, 동문선, 2003.

한국예술연구소 편, 『이영일의 한국 영화사 강의록』, 소도, 2002.

Seger, Linda, *The art of adaptation: turning fact and fiction into film*, New York, NY: Henry Holt & Co., 1992.

Villarejo, Amy, *Film studies: the basics*, London & New York: Routledge, 2007.

3

심훈 영화비평의 전문성과 보편성 지향의 의미

전우형
건국대학교 교양교육센터 교수

■

1

영화비평의 한 양상

1920년대에 들어서면서 조선은 영화시대의 본격적인 서막을 열게 된다. 비록 자본력과 기술력 모두 일천하기는 하나 프로덕션이 세워지고 자체 제작 조선영화들이 봉절되는 회수가 빈번해지기 시작했다. 영화에 대해 '서양의 오락물'이라는 단일한 이미지를 세워두고 있는 조선의 영화팬들 사이에 균열이 가기 시작했고, 나운규의 〈아리랑〉(1926)이 흥행에 성공하는 것을 계기로 이 균열은 실재화되었다. 이때부터 본격적으로 조선영화에 대한 담론이 시작되는데, 소위 조선영화에 대한 비평이 대거 등장하면서 이를 주도했다. 서구로부터 수입된 영화만으로 유지되었던 시절에는 침묵할 수밖에 없었던 비평이 조선영화의 가능성이 가시화되기 시작하는 것을 계기로 말문이 트였다는 사실은 기억해둘 만하다. 왜냐하면 그런 빚에도 불구하고 그때 등장하기 시작한 조선의 영화비평은 조선영화의 부재로부터 발생하기 때문이다. 이런 영화비평의 현상에 대해 날선 대응을 하며 영화비평에 대한 관점을 정립해나간 이가 바로 심훈이다.

심훈의 영화 관련 글 중에 비교적 덜 알려진 글의 일부를 인용하는 것으로 심훈, 또는 조선영화 초기에 등장한 영화비평의 한 양상을 살펴보기로 한다. 심훈은 자신이 발표한 영화비평, 엄밀하게 말하자면 영화 시사평이 표절 시비에 휩싸이자 반박하는 짧은 글을 발표한다. 이 글이 흥미로운 것은 심훈이 무구해 보일 만큼 공손한 태도로 자신의 잘못을 시인하고 변호를 구한다는 점이다. 이전의 한설야 등과의 논쟁에서 보였던 신경질적인 반응이 아니라는 점, 이 글의 대상이 익명의 영화관객이었기 때문은 아니었을까. 그래서 이 글은 단순한 반박을 넘어 심훈 자신의 영화비평관을 피력하는, 그리고 그것을 실천하는 하나의 영화비평이 되는 것이기도 하다.

이미서명까지해서독자에게읽히게되는이상 책임잇는붓을 무정견하게날릴수도업고 더구나 영화의시사평이란아즉보지안흔 관중에게 적지안흔영향을끼치는것임으로 소개와 비평을아울러 진중히하지아니하면아니될 담대한 변론을띌것이라 마지못해 붓을들 경우에는 먼저내외의영화잡지나 신문에실린 그영화의 소개문이나 시사평가튼것을뒤져보고 재료를오려까지두엇다가 그작품이 조선에나온뒤에내눈으로 친히감상하고나서는 나의주관으로 비처어보아가지고 다른사람들의비평이정당을 어덧다고생각할것가트면 의견이합치되는구절을 주해도하고 부연도달아서 참조해쓰는때도업지안습니다 그러하는것이돌이어그당시에서 일시에본자기일개인의소주관으로만판단해던지는것보다는 남의노력의결정을침해할위험성이 적을줄로생각한까닭이외다(중략)
『쌤 프레트』한권이나마 우리의손으로되는 것을 읽지못하는대중에게는 자기가먼저읽어서소화시켜논것을곱삶아먹이고 정당한해석을부처주는것이 이시기에잇서서는면치못한사정일줄로생각하는바외다[01]

심훈은 톨스토이 탄생 100년을 기념하기 위해 러시아에서 만들어진 영화 〈산송장〉에 대한 시사평[02]을 발표한다. 그런데 며칠 뒤 《동아일보》에 이 글이 일본의 영화잡지 《신흥영화》의 독자문단에 실린 글을 '찰절剎竊'했다는 효성의 비판[03]이 제기되고 심훈은 이틀 뒤 동일지상에 이에 대한 반박문을 게재한다. 심훈은 이 글에서 우선 자신의 글 중 일부가 필자가 이미 지적한 원문에서 인용한 것임을 시인한다. 그리고 변명을 덧붙이는데, 영화 소개나 비평 등의 글을 쓸 경우 주관적이고 인상적인 평을 지양하고자 다른 글들을 인용한다는 것과 다양한 글들을 먼저 읽고 그중에 정당한 해석을 소개하는 것이 작금의 조선 영화대중들의 무지한 사정에는 더욱 의미가 있다는 식으로 이해를 구한다. 비록 변명에 가까운 것이기는 하나 이 글에서 심훈은 영화비평이 보편적인 해석을 구하고 관객을 지향해야 한다는 자신의 소견을 명확히 제시하고 있다. 영화 소개와 비평을 구분하여 줄 것을 당부하며 글을 마치나 당시 영화비평의 범주가 명확히 구분되지도 않았을 뿐더러 이 글의 쓰인 계기가 되었던 시사평 역시 단순히 소개에 그친다고 보기는 힘들다.

이 글은 처음으로 글을 쓴다는, 그저 '영화광'임을 자처하는 효성이라는 필자에게 단순히 공손한 태도로 자기를 변호하는 내용이기는 하나 조선에서 영화비평의 존재 양상이나 존립 근거를 살피는 데 몇 가지 문제를 제기하고 있어 흥미롭다. 그의 다른 영화비평들을 참조하자면 심훈에게 영화비평은 전문적인 방법론을 갖추어야 하는 것이며, 동시에 영화대중에게 영화에 대한 보편적인 해석을 전달해주는 경로가 되어야 하는 것이다. '비평'과 '전문성'은 그렇

01 심훈, 「문단탐조등_ 영화평을문제삼은 효성군에게 일언함」, 《동아일보》, 1930.3.18.

02 심훈, 「영화와연예_ 쏘배트영화, <산송장>시사평」, 《조선일보》, 1930.2.14.

03 효성, 「문단탐조등_ <산송장>시사평은 일문《신흥영화》지소재」, 《동아일보》. 1930.3.16.

다 치고 여기에 '관객 지향성'이라는 결합은 자연스러워 보인다고 할 수는 없다. 이를 두고 심훈의 영화비평관이 그저 저널리즘에 가깝다거나 아니면 몰이해라고 말하는 것은 섣부른 판단이다. 다음 인용을 보면 심훈 자신도 비평의 자의성을 충분히 인정하고 있고, 따라서 전문적 시각, 그리고 보편적 해석이라는 영화비평의 방법론은 하나의 의도적 전략으로 읽힐 가능성이 있다.

> 적절한 영화평 사람마다 눈이 다르고 생각이 갓지 안코 입장과 태도가 또한 다르닛가 그 표준을 통일할 수는 업슬 것이요 겸兼하야 각인갹양 여러 가지 방면으로 보아 주고 뚱겨 주는 것이 흥미도 잇고 조흔 참고도 될 것이다. 그러나 그 평한 바가 모다 수박西瓜것 할기에 끗친다 하면 매우 섭섭한 일이다.
> 붓끗이 속속드리 파고 들어간대야 무슨 달콤한 밀즙蜜汁이 솟아 나올 것 업는 무미건조無味乾燥한 내용들이지만은 그러타고 당초에 기준이 틀니고 넘어나 개념적概念的이요 그 중의 엇던 분의 비평은 일편一片의 성의조차 보히지 안는데 이르러서는 제절로 고개가 돌녀지고 만다.[04]

심훈에게 이 '객관적 방법론과 보편적 해석의 비평'이란 자신과 영화, 또는 현실과 영화 사이에 내재하는 간극과 닮은 구석이 있어 흥미롭다. 앞으로 규명해야 할 문제이나, 문인이면서 영화인이기도 한 심훈, 영화면서 영화가 아닌 조선영화의 운명이 고스란히 배어 있어 주의를 요하는 것이기도 하다. 주관성이 충분히 허용되어야 할 비평에 보편성이라, 그렇다고 주관을 철저히 배제하는 것도 아니고 자신의 주관을 다른 글에 비춰봄으로써 보편적 해석과 평

04 심훈, 「영화비평에 대하야」, 《별건곤》, 1928.2, 147쪽.

가를 지향하는 비평은 심훈 개성의 소산일 수도 있으나, 영화비평 초기의 혼란을 반영하는 것일 가능성이 더 커 보인다. 따라서 심훈의 영화비평이 왜 전문성을 동력으로 보편성을 지향하는 형식으로 구성되어야 했는지에 대한 적절한 답을 구하는 것이 이 논의의 목표이다. 그리고 이 과정은 우리 근대 영화 초창기 영화비평의 한 양상에 대한 탐색이라는 점에서 의의를 기대할 수 있다.

2

저항적 기표로서 비평의 전문화

잘 알려진 대로 심훈은 번역으로 시작한 소설가이자 시인이며, 시나리오 작가와 감독, 배우로도 참여한 적 있는 영화인이자 연극연출가이기도 하다. 게다가 방송국에 입사하여 라디오드라마 작가와 성우로도 활약한 경력[05]까지 더해지면 인쇄와 전파를 두루 넘나든 미디어 연출가로 불릴 만하다. 다양한 분야에서 활동하면서도 심훈은 영화에 대한 열정만은 줄곧 놓을 줄 몰랐다. 중국에 다녀오는 동안을 제외한 모든 시기에 걸쳐 영화 관련 일을 했으며, 『상록수』를 집필하던 필경사 시절에도 영화 〈먼동이 틀 때〉 연출 당시 들었던 메가폰에 대한 향수를 노골적으로 표출하기도 했다.[06] 중국 체류기에 발표된, 또는 그 당시를 회고하는 많은 글들에서 그는 자신의 중국행을 연극공부를 위한 유학으로 소개하고 있으나 상해를 경유했던 이력을 감안한다면 그 시절 역시

05 김영팔, 「방송극(放送劇), 엇던 무대감독(舞臺監督)의 이약이 전일막(全一幕), 극연구회제7회 방송대본(劇研究會第7回放送臺本)」, 《별건곤》 9, 1927.10.

06 심훈, 「다시금 본질을 구명하고 영화의 상도에로」, 《조선일보》, 1935.7.13.~7.15 참조.

그로부터 영화를 떼어내기 힘들지도 모른다. 상해란 그 당시 중국영화의 성지로 급부상하기 시작한 곳 아니던가.

그간 많은 연구들을 통해 심훈과 『상록수』 또는 『그날이 오면』에 주목하여 그를 소설가, 시인 등 문인으로만 동일화하려는 시각이 많이 거두어진 것이 사실이다.[07] 중국 유학 이후 본격적으로 시작된 그의 창작이나 문필업의 중심에는 항상 영화가 놓여 있었다. 그의 기자생활은 몇 편의 소설 번역이나 시 창작을 제외하면 줄곧 영화 관련 글쓰기에 집중되었으며, 〈장한몽〉의 주연 대역을 맡았던 것도 이 시기였다. 단언하기는 힘들지만 그의 소설 쓰기 또한 영화적인 것을 지향하거나, 영화화를 의도한 측면이 강했다. 그의 소설 창작이 영화소설 『탈춤』(《동아일보》, 1926.11.9.~12.16.)으로부터 시작되었다는 사실이나 경도 일활日活로의 영화유학과 실제로 무성영화 〈먼동이 틀 때〉(1927)를 연출한 사실, 그리고 그의 죽음이 자신의 대표작인 『상록수』(1935)를 영화화하기 위해 동분서주하던 중에 찾아왔다는 점 등은 그의 창작활동으로부터 영화를 쉽게 떼어내기 힘들게 한다. 최서해의 『홍염』을 영화로 만들기 위해 투자자를 찾아다녔던 이력이 더해진다면 심훈의 생애는 그 자체로 영화적이었다고 할 만하다. 직접 연관성은 없으나 1941년에 발표된 조선영화 〈반도의 봄〉에는 이런 에피소드가 소개된다. 시나리오 작가인 주인공 이영일은 신문사의 소설 현상에 당선되어 받은 현상금을 모두 영화제작에 쏟아붓는다. 영화 속에서 주인공의 소설쓰기는 영화제작을 위한 것 이외에는 어떤 의미도 획득하지 못한다. 소설쓰기가 영화제작을 위해 존재하는 것, 이것이 아무리 영화의 허

07 박정희, 「영화감독 심훈(沈勳)의 소설 『상록수』 연구」, 《현대문학연구》 21, 2007 참조. 이 논문은 심훈의 영화감독으로서의 욕망이 소설 『상록수』의 계몽적 열정과 독자에 대한 흡인력의 원천이라는 점을 규명하고 있다.

구적 현실이라 하더라도 현실에서 역시 가능한 한 장면일 수 있고, 심훈의 삶이 사실 그러했다.

그러나 당시 조선이 당면한 현실이란 심훈의 삶과는 너무 이질적인 것이었다. 문학은 모든 예술의 중심이었고, 다른 예술에 대한 문인들의 간섭은 매우 자유로웠다. 이들의 간섭은 실제 창작의 형식을 띠는 경우도 있었으나, 대체로 비평의 형식을 취했다. 그 당시로서는 연출의 형식으로 영화에 참여하는 경우는 극히 드물기도 했고, 이 경우가 비평으로 참여하는 경우보다는 훨씬 덜 간섭적이었다. 한 번이라도 연출의 경험이 있는 문인이라면 그들의 입장은 영화 쪽으로 보다 기울게 마련이다. 그러나 비평은 사정이 좀 다르다. 조선에서 영화비평 역시 문단의 지위를 등에 업은 문인들의 참여에 의해 시작되었다. 이때의 문인들은 비교적 영화라는 새로운 미디어에 개방적인 태도를 취하는 이들이었으나, 이들의 영화비평은 줄곧 문학성에 의존하여 영화를 해석하는 수준에 머물렀다. 아무리 영화에 개방적인 문인들이라 해도 문학과 영화의 위계서열화된 당대의 질서로부터 자유로울 수 없었으며, 스스로 이를 부정하려고도 하지 않았다. 이들은 영화에 대한 선호도나 취향을 묻는 자리에서 답을 회피하거나 영화 보는 것을 달가워하지 않는 것처럼 위장해야 하는 문인들의 태도와 별반 구별되지 않는 것이었다.[08] 영화를 보고, 또 좋아하기까지 하면서도 그것을 겉으로 드러낼 수 없는, 말하자면 표준화된 답이 따로 존재하는 그 시절의 모순적인 한 국면이다.[09] 그 모순 안에는 물론 '소설은 예술, 영화는 오락'이라는 앙상한 도상이 폭력적으로 자리 잡고 있다. 이렇게 서열화된 인식 수준에서 영화비평은 줄곧 문학에 비하여 열등한 것이라는 내용으로

08 문단제씨, 「내가조화하는 1.작품과작가, 2.영화와배우」, 《문예공론》 창간호, 1929.5, 73~80쪽 참조.

채워지기 일쑤였다. 심훈은 이에 대한 불편한 심경을 재치 있는 입담으로 표현한다.

> 요사이 문단인이나 영화비평가(?)들이 해석하는 것과 같이 영화는 문학에 예속한 것, 문학적 내용을 이야기해주는 한 가지의 문학적 표현양식이라고 인정할 것 같으면 「최후의 인」이나 「황금광시대」같은 영화를 원고지 위에다가 펜으로 그려볼 수 있는가 없는가를 한 번 시험해보라고 하고 싶다. 다만 한 장면이라도 영화와 똑같이 묘사를 해놓지 못할 것을 나는 단언한다.[10]

위의 글에서 심훈은 영화를 문학 표현의 한 양식으로 견강부회하는 문인, 또는 문단의 영화비평가들에게 영화를 원고지에 옮겨볼 수 있는가를 반문하며 불가능함을 단언한다. 이런 식으로 그는 문학과 영화는 서로 다른 형식이므로 그에 적절한 내용을 따로 갖는다는 논의를 전개한다. 문인 출신 영화비평가들의 오만함에 대한 불편한 심경을 전달하는 방식이 어디 내용뿐이런가. '영화비평가' 뒤에 붙인 물음표는 그들의 비평가적 자질에 대해 직접적으로 의문시하고 반감을 드러내는 표현이라 오히려 재기 넘친다. 심훈에게 문인들은 그들이 예술의 재료로 삼는 언어와 추상 수준이 높은 그들의 재현능력에 의해 이미 우위가 결정된, 그리하여 조선의 근대화 과정에서 사회적 목소리를 부여

---

09 조연정, 「1920-30년대 대중들의 영화체험과 문인들의 영화체험」, 《한국현대문학연구》 14, 2003.12, 216~218쪽 참조. 이 글은 문인들의 이러한 반응을 두고 영화라는 공적 환상을 통해 자신들의 사적 환상을 메워갔던 대중들의 영화체험과 달리 문인들의 영화체험은 영화라는 공적 환상을 향유하는 자신들의 모습이 외부로 비춰졌을 때 자신들의 사적 환상을 인정하는 꼴이 되어버릴 것을 두려워한 데에서 기인한 것으로 해석하고 있다.

10 심훈, 「문학작품의 영화화문제」(《문예공론》, 1929.5.), 『심훈문학전집 3』, 탐구당, 1966, 527쪽.

받은 최초의 예술가를 식별해내는 예술의 재현적 체제[11]에 상응한다. 따라서 심훈의 영화비평은 문인들이 대거 참여하는 영화비평에 대한 대타적 인식으로부터 출발해 이러한 예술의 재현적 체제로부터 영화를 해방시키려는 출발점으로 보일 가능성이 크다. 심훈의 영화비평이 전문성을 지향하는 것은 문학과 영화의 위계서열화 된 관계로부터 자유로워지고자 하는 욕망의 기표이다. 계몽성이나 사상성, 또는 사실성 등 문학비평의 준거들로 영화를 평하는 문인들의 자의성에 맞서는 방법으로서 심훈은 우선 영화비평의 객관적 기준에 대한 집요한 집착을 보여주고 있다.

> 내 생각 가터서는 여러분이 아즉까지 무대극의 약속을 가지고 영화를 평하려는 것갓고 넘어 자기 자신의 기호嗜好나 의견만을 표준하는 것갓고 또는 문예작품을 평하는 태도와 논법으로써 또 엇던 분은 계급의식을 가지고서 때로는 그 경개梗槪만을 주서 가지고 피상적이요 부분적인 감상을 적어 놈에 지나지 못한 것이나 아닌가 한다. 대개는 국외자局外者라고 해서 이른바 영화인들의 비난을 지면只免하려는 눈치지만 당사자들이라고 사도斯道의 조예造詣가 깁거나 장구한 경험이 잇는 것이 아니다. 또는 영화 그것은 자체가 문학적 산물이 아닌 동시에 이 환경에서 민족주의를 고취하는 기旗ㅅ대가 되거나 계급의식을 표방한 투쟁의 도구가 되기 어려움을 알어 주어야 겟다. 그리고 본질상 영화는 그다지 고상한(귀족적임을 가르침이 아님) 예술이 아니요 고다지 과중하게 사상적으로 촉망을 밧기에는 넘어나 가벼운 상품인 것이다.[12]

11 J. ranciere, 주형일 역, 『미한 안의 불편함』, 인간사랑, 2008, 60~65쪽 참조.
12 심훈, 「영화비평에 대하야」, 《별건곤》, 1928.2, 148쪽.

인용문은 당대 영화비평에 대한 심훈의 비평론 일부이다. 이 글은 당시 몇몇 문인들이 신문과 잡지 등을 통해 이미 조선영화들에 대한 평을 발표하는 일이 빈번해지자 이에 대한 대응으로서 쓰인 감이 크다. 이 글은 작금의 영화비평이 기껏 연극의 관습으로 영화를 평하는 수준에 머물고 있다는 점을 간단히 지적한다. 영화비평에 관한 글이면서도 이 글에서는 영화비평이란 무엇인가에 대한 답은 끊임없이 지연되고 유보된다. 이 글은 우선 문학과 영화는 본질적으로 차이가 있으며, 영화비평가를 자처하는 문인들은 '국외자'라는 표현 뒤에 숨어 비평의 윤리를 거스른다는 지적으로부터 출발한다. 심훈에게 문인 출신의 영화비평가들이 즐겨 사용하는 '국외자'[13]라는 표현은 문학과 영화가 차이가 있다는 것을 알면서도, 그 차이에 주의를 기울이지 않는 자의적 비평을 구성하는 기표이다. 그들의 비평은 고작 "자기 자신의 기호나 의견"을 피력하는 것이며, "문예작품을 평하는 태도와 논법"으로서 "경개"만을 읽고 해석하기 일쑤이다. 따라서 심훈에 의해 그들의 비평에 담긴 기만적인 태도가 비판되는데, 영화를 꼼꼼히 보지 않으면서 영화를 민족의식을 고취하거나 계급의식을 통해 투쟁을 선전하는 내용으로 읽어내려는 과욕이 그것이다. 비평이라는 그들의 행위 자체에 내재한 모순. 따라서 영화가 문학에 비해 한갓 상품에 지나지 않는다는 것을 알기 때문에 문학만큼 주의를 기울여 읽지 않으면서도 문학이 하고 있다고 믿는 그 내용과 결과만을 기대하는 그들의 태도에 대한 심훈의 비교적 지적인 대응이라 이 글은 더 읽어볼 것이 있다.

영화비평의 기준을 고상한 예술에만 두지 말고 먼저 공예품을 품평하는 태도

13 노방초(路傍草), 「국외자(局外者)로서 본 오늘까지의 조선영화(朝鮮映畵)」, 《별건곤》, 1927.12. 참조.

와 예비지식을 가지고 보아야 할 것이다. 한가지 공예품을 완전히 감상하랴면 원료의 생산지도 알어야 겟고 공장의 내용 만드는 형편도 짐작斟酌해야 겟고 공장工匠의 노력勞力이나 기교技巧도 그 부분부분을 따러서 쪼개븐 뒤에 비로소 쓰고 못쓸 것 좃코 낫분 것을 종합해서 말할 수 잇슬 것이다.(중략) 어듸까지가 원작을 저작詛嚼한 각색의 힘이요 어느 것이 감독의 「테크니크」요 무엇이 「캬메라 워크」요 어느 점까지가 배우들이 기예技藝인 것을 「스크린」에 나타난 것만 보고라도 분간할 줄 알어야 할 것이다. 좀더 구체적으로 평을 하랴면 「쎗팅」 배광配光, 「커티」에 이르기까지도 유의해야 할 것이다.[14]

심훈이 이 글에서 강조하는 것은 영화비평의 준거, 즉 무엇을 대상으로 어떻게 입증하여 평가할 것인가와 관련된 객관적 기준 마련의 필요성이다. 앞에서는 그저 "가벼운 상품"이라는 말로 문학과 영화의 차이를 간소화했는데, 이번에는 예술fine art과 공예craft라는 비교적 분석적인 시각으로 접근하고 있다. 예술과 공예는 표현방식은 물론 구성의 원리나 의도하는 효과에서 분명한 차이가 있고, 따라서 예술과 공예는 평가하는 방식에 있어서도 독자성을 확보해야 하는 것이 마땅하다는 것이 그의 견해이다. 영화는 공예품을 감상하고 비평하듯, 그것의 재료와 그것으로 인해 만들어지는 영화의 질감에 주의를 기울이는 것에서 영화비평이 출발되어야 한다는 심훈의 주장은 비평의 방법론에 대한 혁신을 담고 있어 흥미롭다. 심훈의 이러한 태도는 당시로서는 예술과 공예의 분리에 초점이 맞추어져 있기는 하나 영화비평을 통해 예술비평이라는 것이 승자의 서술이었음을 드러내고, 동시에 영화를 예술로 승격시키고 예술 또한

14 심훈, 앞의 글, 149쪽.

해방시키는 하나의 방법에 대한 성찰이라는 점에서 의의가 있다.[15]

이어서 심훈은 문제의식을 구체화시켜 영화비평은 문학비평이 주로 의존하는 내용 중심으로부터 탈피해야 함을 강조한다. 이런 입장에서 심훈은 자신의 연출작인 〈먼동이 틀 때〉에 대한 당대의 비평을 예시로 삼아 영화비평의 객관적 기준을 제안한다.

> 「어둠에서 어둠으로」라는 제명題名부터 통과가 되지 못하기 때문에 흐리멍덩한 「먼동이 틀때」가 되고 따러서 윤형尹兄의 말한 막연한 여명운동黎明運動이 되고 만 것은 두고두고 유감이 되는 바이다. 그러나 작형雀兄의 말과 가티 이 작품의 실패는 원작에 잇는 것이 아니요 첫재는 촬영이 선명치 못햇고 다음으로는 각색이 묘妙를 엇지 못하고 감독이 또한 경험이 업서서 만흔 모순을 나엇슬뿐 아니라 배우들의 숨은 기예를 발휘해 줄만한 수완手腕이 업섯고 또는 「카메라」를 자유자재自由自在하게 구사하지 못한 곳에 잇는 것은 자인自認할지언정 원작 때문에 실패햇다고는 강복降伏할 수 업다.[16]

위의 글에서 심훈은 〈먼동이 틀 때〉의 실패를 인정한다. 다만 작품의 실패는 기존의 여러 영화비평에서 줄곧 지적되는 것처럼 원작의 실패에만 있는 것이 아니라 오롯이 연출의 실패로부터 기인하는 것으로 평가한다. 자신의 작품을 스스로 언급하는 것을 꺼려왔던[17] 심훈이 굳이 자신의 작품을 예시로 삼으

---

15 L. Shiner, 김정란 역, 『예술의 탄생』, 민음사, 2007 참조.

16 심훈, 앞의 글, 150쪽.

17 위의 글, 146쪽 참조. 심훈은 자신의 영화 〈먼동이 틀 때〉의 실패 원인이 장면 구성 등 연출에 있음을 분석해 놓은 바 있으나, 함께 일한 스태프나 무엇보다 투자자에게 송구한 마음에 직접 언급은 피하고 있다고 변명한다.

면서까지 주장하고자 한 것은 원작이 영화를 대표할 수는 없다는 것, 따라서 영화의 비평이 원작에만 초점이 맞추어져 있는 것은 부적절한 현상이라는 것을 지적하기 위함이다. 문인들의 영화비평이 평가의 대상으로 삼는 원작은 영화의 본질이 아닌 일부이며, 그것보다는 각색이나 편집, 그리고 카메라 워크 등의 연출이 영화의 본질이고 따라서 비평의 준거는 이러한 것들로 구성되어야 한다는 것이다. 작금의 영화비평을 자처하는 글들이 조선영화를 민족의식이나 계급의식의 결여상태로 평가하는 근원적인 문제점을 심훈은 그들의 의식 속에 자리 잡힌 '영화=원작(소설)'에 있다고 판단한다. 그리고 이러한 판단의 기저가 되는 그들의 의식이란 물론 문학과 영화의 위계서열화된 관계이다.

그러나 심훈 역시 온전한 의미에서 영화비평의 객관적 준거를 마련한 것으로 보이지는 않는다. 심훈은 그저 영화를 구성하는 재료로서 미장센이나 카메라 워크, 그리고 각색, 편집 등 가장 기초적인 표현기법이나 서술방식만을 준거로 제시할 뿐이다. 심훈은 자신의 이러한 영화비평 방법론을 영화 단평 형식을 통해 실천에 옮긴다. 주로 《조선일보》 지면을 빌려 발표한 영화 단평들은 주로 '영화적 표현형식'이라는 말을 강조하며, '영화적'이라는 것도 말을 배제한 채플린의 몸짓에서 나아가 카메라의 "회화적 유동미"나 "감각적으로 완성된 일편의 실사" 같은 의미로 바뀌었음을 강조하기도 한다.[18] 공교롭게도 그가 호평하는 외화들이 대체로 사건이 부재하는 식으로 원작이 일반적인 소설 구성과 달리하기도 하고, 원작에 대한 평은 아끼는 대신 그의 영화비평

---

18 심훈, 「영화_ <최후의인>의 내용가치」, 《조선일보》, 1928.1.14. 참조.

은 이처럼 카메라 워크나 철저히 배우의 연기[19] 또는 각색[20]을 기준으로 구성된다.

영화비평의 객관적 준거에 대한 심훈의 집요한 집착은 사실 "문단인文壇人이 영화를 오즉 문학적 견지로써 보려하고 더구나 「프로트」만을 들어서 비평하는 것이 큰 편견이요 또 오진인 것이다"[21]라는 문장의 반복으로 드러나듯 문인 출신의 영화비평에 대한 강박적 거부의 징후이다. 이런 상황에서 심훈의 영화비평은 그저 문단의 배경이 없는 영화인의 열등감이 표출된 것으로만 오해되기 쉽다. 다만 조선의 영화인이나 영화를 비평하는 이들이 공히 영화에 대한 지적인 이해가 결여되어 있음을 분명히 인식하고 있는 점 등은 그의 비평 방법론 구상이 단순한 열등감의 표출이라기보다는 영화비평의 전문화를 통해 영화의 예술화 노력의 일환으로 볼 필요가 있다. 서론에서 인용했던 표절 반박문을 통해 볼 때, 그가 조선에는 없고 일본에는 있는 본격 영화잡지를 탐독했던 영화팬이었다는 점을 고려한다면 그의 영화비평이 그 잡지에 있는 영화에 대한 세련된 의사소통 방식을 참조하고 있을 가능성이 커 보인다. 심훈의 이러한 영화비평 방법론은 사실 영화인들 사이에서 영화를 평하는 자리에서는 매우 보편적인 것이기도 했다.[22]

---

19 심훈, 「영화시감_ 암흑의거리와 쌩크롭트의 연기」, 《조선일보》, 1928.11.27. 참조.

20 심훈, 「상해영화인의 <양자강> 인상기」, 《조선일보》, 1931.5.5.

21 심훈, 「영화비평에 대하야」, 《별건곤》, 1928.2, 149쪽; 심훈, 「우리 민중은 어떠한 영화를 요구하는가-를 논하여 「만년설군」에게-」, 《중외일보》, 1928.7.11.~7.25(『심훈문학전집 3』, 탐구당, 533쪽에서 재인용) 참조.

22 「명배우(名俳優), 명감독(名監督)이 모여 「조선영화(朝鮮映畵)」를 말함」, 《삼천리》 8권 11호, 1936.11, 82~99쪽 참조.

3
보편적 해석의 영화비평과 대중 지향

심훈의 영화비평은 이처럼 줄곧 영화에 비해 훨씬 엘리트적인 영화비평에 대한 반감으로 채워져 있다. 영화가 대중의 위안과 오락을 위해 존재하는 데 비해, 영화비평은 그들 대중이 아닌 문인 지식인들을 대상으로 씌고 있다는 점에 대한 비판적 인식이 그것이다. 이때 엘리트적이라는 말은 영화비평의 준거를 문학적 요소에서 구하고 문학성을 구성하는 생경한 용어로 영화를 해석하는 상황을 지시한다. 앞에서 살펴본 대로 심훈이 구상하는 비평의 방법론은 영화를 구성하는 보다 실제적인 요소를 준거로 삼아 객관적이고 전문적인 비평에 대한 욕망으로 채워져 있다. 여기에서 그의 비평관은 현실과 맞닥뜨리는 또 하나의 간극을 발견하고 극복하는 방향으로 나아가는데, 그의 비평은 전문성의 임계치를 재설정하는 것, 즉 전문성이 동시에 대중의 보편적 이해에 도달하는 방법에 대한 탐색으로 이어진다. 영화의 관객과 영화비평의 독자 사이에 놓인 간극은 심훈의 비평적 관점이 정립되는 데 중요한 역할을 한 것으로 보인다. 심훈의 눈에는 별반 다를 것 없는 문인과 대중이 영화를 둘러싸고 두 집단으로 양분되어 있는 꼴이 영 마뜩치 않다.

> 문단인이나 일반 영화감상자 사이에도 아직껏 영화, 소설과 활동사진을 구별치 못하는 사람이 없다고 할 수 없으므로 그 경계선을 정확하게 갈라놓고 싶은 생각으로 두어 마디 적어볼까 하는 바이다.[23]

23 심훈, 「문학작품의 영화화문제」(《문예공론》, 1929.5.), 『심훈문학전집 3』, 탐구당, 1966, 525쪽.

위 인용문에서 심훈은 당시의 문인들이나 일반 영화관객들을 소설과 영화, 활동사진의 구분조차 버거워 하는 집단으로 뭉뚱그리고 있다. 이 구절이 오만함으로 읽힌다기보다는 작금의 조선영화에 대한 비교적 정확한 진단과 파악이라는 점에서 그의 비평적 태도를 살피는 데 유용해 보인다. 조선의 영화계는 이제 갓 출발하였으며, 따라서 한참 뒤떨어졌으며, 그만큼 새롭게 논의해야 할 것들이 산재해 있다는 것이 그의 전제이다. 심훈은 그들의 영화비평이 영화의 실제 관객이 아닌 특정 집단을 대상으로 하고 있다는 사실을 당시 조선영화계에 대한 그들의 몰이해로부터 비롯되는 것, 동시에 보다 근본적으로는 그러한 둔감한 반응 이면에 자리 잡고 있는 문단의 권위의식으로부터 비롯되는 것으로 파악한다.

> 영화비평의 표준을 자신에게만 두지를 말 것이니 집필하는 분들은 고급「팬」이라느니 보담도「인텔리겐챠」에 속하는 분들이라. 그럼으로 정작 영화를 향락享樂하는 민중과는 거리距離도 멀거니와 그 수효數爻로도 비교가 될 수 엄슬만치 적은 것이니 정말의 소리는 전문술어를 알지 못하는 아랫층 한복판에서 들녀 나오는 것.[24]

이러한 인식으로부터 심훈은 위의 글에서 실제로 영화비평을 발표하는 사람들은 영화팬이라기보다는 여전히, 그저 문인 또는 지식인일 뿐이라고 진단한다. 영화에 대한 전문성 면에서는 별반 다를 것 없는 엘리트와 대중 두 집단이 차이를 만드는 것은 '술어'의 차이, 즉 엘리트의 문학적 언어와 대중의 그나

24 심훈,「영화비평에 대하야」,《별건곤》, 1928.2, 147쪽.

마 영화적 언어의 충돌이다. "영화비평의 표준을 자신에게만"이라는 표현은 이 글에서는 생략되었으나 대부분의 영화비평가들이 문인이라는 점을 감안하면, 그 표준이란 결국 문학성이라 할 만하다. 그들의 영화비평은 영화를 매개해야 함에도 불구하고 영화의 공백이 여실하며, 따라서 영화를 보는 실제 관객대중과의 소통은 소원할 따름이다. 영화비평에 영화가 부재하는 상황은 문인들의 권위의식의 소산이기도 하지만, 영화에 대한 지식인과 대중의 서로 다른 지향으로부터 비롯된 것이기도 하다. 심훈은 대중 또는 민중으로 호명되는 영화팬들을 동일성의 실체로 파악하는 것은 불가능하다고는 하나, 영화와의 관계를 중심으로 비교적 구체적이고 선명한 상을 가지고 있는 것으로 보인다. 《중외일보》에 연재한 「우리 민중은 어떠한 영화를 요구하는가-를 논하여 「만년설군」에게-」(1928.7.11.~7.25.)에서 심훈이 제시하고 있는 조선 영화팬의 사정은 매우 설득력 있다.

> 우리는 걸핏하면 「대중」이니 「민중」이니 하는 말을 흔히 쓴다. 그러나 이 말처럼 모호하고 막연한 말은 없을 것이다. 온갖 계급 남녀노소 각층각양의 사람들을 통틀어 가리키는 명사일진대 한 상설관에 모여 앉은 오색가지 뭇 사람들 중에 어떠한 부류의 관객을 표준해가지고 그들의 흥미를 끌고 기호에 맞출 만한 작품을 만들 것인가?(중략)
> 서울이나 지방도시의 상설관을 불문하고 관중의 전부는 도회인이다. 유동관객이라고는 아주 없다고 할 수 있으니 농민이나 순전한 노동자는 그림자도 찾을 수 없다. 연초직공이나 자유노동자들이 활동사진 구경을 다니던 때야 입장료를 오 전이나 위층이 겨우 십 전을 받던 우미관 전성시대니 그것은 벌써 십 년이나 되는 옛말이요 그야말로 호랑이 담배 먹던 시절이다. 진종일 비지땀을 흘려서 간신히 양쌀 한 되를 사먹는 사람들로서는 하룻밤에 육, 칠십 전을 변

> 출할 여유가 없을 것이니 조선의 영화팬이란 유식계급의 쁘띠 부르조아지들로 국한되어 있는 것을 발견할 수 있을 것이다.(중략)
> 어쨌든 영화전당에는 아직도 짚신을 신고 감발을 한 사람들의 발자국이 한 번도 이르러보지 못한 것이니 우리가 말하는 의미의 대중이나 민중과는 아주 거리가 먼 사람들에게 독점된 향락장인 것이다.[25]

위의 글에서 심훈은 조선의 영화팬 대부분이 그나마 살림살이를 갖춘 도시의 부르주아 계급에 속하는 것으로 파악한다. 저녁이면 영화관으로 구름떼처럼 몰려드는 영화팬들에게 유일한 자격요건이 있다면 영화 편당 50전 이상의 입장료를 지불할 수 있는 경제력일진대, 조선의 노동자나 농민에게는 그만한 경제적 여력이 없다는 것이다. 위의 글이 영화가 계급의식을 고취시키고 프롤레타리아트의 혁명수단이 되어야 함을 역설하는 글에 대한 반박 취지로 쓴 글인지라, 영화팬의 부르주아 집단화가 자기변호를 위해 다소 편향되고 과장된 것처럼 보일 수는 있다. 그러나 당시 조선의 경제사정을 고려하면 전혀 근거가 없는 말도 아닐뿐더러, 외부로부터 수입된 영화들이 흥행의 대부분을 차지하는 상황에서 그런 영화들과 조선 프롤레타리아트 사이에 동일성을 찾기란 쉬운 일이 아닌 것도 사실이다. 러시아의 영화들을 들어 반박할 수도 있겠으나, 러시아의 영화들은 대부분 내지에서부터 검열로 인해 상영이 불허되는 경우가 허다했다. 당시의 영화는 그렇게 경제적 여력이 되는, 즉 여가를 즐길 수 있는 도시의 부르주아들을 대상으로 파급력을 확대시키는 과정에 있었다.

---

25 심훈, 「우리 민중은 어떠한 영화를 요구하는가-를 논하여 「만년설군」에게-」, 『심훈문학전집 3』, 탐구당, 539~540쪽.

> 그러므로 조선의 극장과 상설관이 대중적으로 개방이 되지 못하고 한 군데도 프롤레타리아의 손으로 지대되어 있지 못한 것을 알 수 있는 것이다. 해설자가 관중에게 하소하느라고 혹시 『다 같은 무산계급이 아니고는 이러한 동정을…』 운운하기만하면 손뼉을 치고 함성을 지른다. 그러나 아직까지 부형의 등골을 뽑는 학생들로서 참 정말 무산계급인의 감정은 맛도 보지 못하였으려니와 놀고 먹는 기생충들이나 화류계 계집들은 왜 손뼉을 치는지조차 모르는 것이다.[26]

그 당시 조선의 흥행계는 철저히 도시의 부르주아들에 의해 점령당하고 프롤레타리아트들을 자연스럽게 소외시켰다. 심훈은 변사들이 가끔 무산계급이라는 말을 입에 올리기만 하면 관객들의 큰 호응을 이끌어내는 것은 사실이나, 단지 흥행의 요소일 뿐 공감은 부재하는 것이 흥행계의 현실이라고 진단한다. 계급의식은 그렇게 영화 안에 존재한다기보다 영화관에 존재하며, 식민지화된 조선의 처지를 상기시켜 눈물과 환호를 이끌어내는 감정 촉매제로서 겨우 유지된다. 심훈은 사실 그것마저도 관객 대중의 호응을 전부 이끌어내는 데에는 실패할 수밖에 없음을 강조하고 있다. 그렇다면 심훈이 곳곳에서 문제시한 영화의 관객과 영화비평의 독자 사이의 거리 문제는 영화의 부르주아 취향과 영화비평의 프롤레타리아트 경향의 차이에서 오는 낯설고 생경한 말들의 충돌로 볼 수 있다. 심훈 자신도 조선의 영화가 프롤레타리아트들의 혁명 수단이 되어야 한다는 당위성에 대해서는 충분히 공감하면서도, 작금의 상황에서 이는 시기상조이며 따라서 영화비평에서는 유보되어야 마땅하다는 것이

26 위의 글, 540쪽.

그의 입장이다.[27] 영화비평이 굳이 영화와 관객과의 소통을 원활하게 매개해야 할 필요는 없으나, 적어도 당시 조선영화나 관객의 수준이 저열한 상태를 벗어나지 못하는 상황에서 영화비평의 임무는 영화에 대한 관객의 이해를 높일 수 있는 것이어야 한다는 것이 심훈의 판단이다.

> 그런데 이 관중들이 어느 정도의 감상안을 가지고 극장에 임하는가? 참으로 영화를 예술로서 감상하고 각색의 묘미를 알며 여러 사람의 감독술을 견주어 보고 촬영과 배우의 연기에 비판의 눈을 가지고 영화예술이 나날이 발달되어 나가는 과정을 유의하여 특별한 취미를 가지고 들어가는 고급팬이 과연 몇 사람이나 될까? 시내 각관으로 몰려 들어가는 학생들만 하더라도 그상한 취미를 기르고 무슨 점잖은 정신의 양식을 얻고자 심하면 교과서까지 팔아가지고 다니는 것일까?[28]

심훈은 위의 글에서 영화관을 찾는 관객들의 취향에 대해 비판적 시각을 내비친다. 소위 애활가로 통칭되는 그들은 영화에 대한 지식은커녕 영화들 사이의 차이 따위에는 관심도 없다. 입장료를 지불하고 들어와 스크린 위로 투사된 단지 그 영화에만 관심이 있을 뿐, 감상의 묘미도 모를뿐더러 따라서 영화의 수준이 어디까지 성장했는가를 알 도리도 없다. 위의 인용문에서 심훈이 강조하는 것은 영화와 관객의 괴리야말로 영화의 발전을 저해하는 데 결정적인 걸림돌이라는 것이다. 심훈의 눈에 이 애활가들은 영화에 대해 종교적 신념에 가까운 열광을 공유하는 집단일 뿐 스스로 비판적 거리를 만들어내기에

27 위의 글, 534쪽 참조.

28 위의 글, 540쪽.

는 턱없이 부족해 보인다. 이것이 문제인 이유는 그 시점이 바로 조선영화의 관객이 막 형성되기 시작한 때이기 때문이다. 수입 외화에만 의존하던 조선의 영화계가 〈아리랑〉의 흥행 성공에 의해 조선영화의 시장이 만들어지는 시점에 영화와 관객의 발전된 관계를 모색해야 할 필요성에 직면했던 것이다. 발전의 첫 단계를 맞이하는 조선 영화계는 영화팬들이 요구하는 영화를 만들고, 영화에 충분히 공감하는 관객의 창출이 가장 급선무였다. 이 글을 통해 심훈은 교양 있는 영화팬을 창출하기 위해 충분한 자본과 전문적인 기술을 가진 영화인들의 출현을 고대하며, 영화와 관객의 소통을 위해 비평의 역할이 중요함을 강조한다.

> 카메라 한 대도 쓸만한 것이 없고 기계적 설비라고는 거울 한 개와 은지를 바른 반사판 쪽 밖에는 없다 가난한 것도 어지간해야 세궁이라도 하는 것이니 아주 씻은 듯 부신 듯 터무니도 없는데야 그야말로 어불성설이다.(중략)
> 촬영 감독 각색자 기사 배우를 막론하고 한 개의 기술자로 서게 되려면 다른 방면의 전문지식을 닦는 이상의 근고와 적공을 해야되는 것이다. 가장 복잡한 종합예술인 영화를 이해만 한다 하더라도 여간 잡지권이나 뒤져본 것으로는 그 윤곽도 짐작치 못할 것이니 실제 촬영에 관한 전문적 지식이 있어야 할 것은 물론이어니와 예술가로서 천품을 갖추어야 할 것이다.[29]

심훈은 이 글에서 영화연출가의 입장에 서서 그가 영화를 통해 도달하려고 하는 사실주의가 가능하기 위해서는 충분한 자본과 전문적인 기술력의 획

29 위의 글, 537~538쪽.

득이 전제가 되어야 함을 역설한다. 조선영화의 현 단계를 서구로부터 수입된 외화를 모방하는 수준에서 한 발짝도 벗어나지 못한 것으로 진단하면서 그 원인을 시나리오 작가나 솜씨 좋은 각색가, 그리고 이를 스크린에 옮기는 전문적인 기술자의 부재에서 찾는다. 그리고 이것의 근본적인 원인은 물론 카메라 하나 마음대로 사용할 수 없는 조선영화계의 빈곤한 경제상황, 그리고 전문적인 인력을 양성하고 그들의 생활을 보장해줄 수 없는 척박한 환경을 거론하고 있다. 이런 상황에서 조선영화는 흥행에 성공한 외화를 마구잡이로 베끼는 정도로 연명하며,[30] 이럴 때 생길 수밖에 없는 부자연스러움과 결핍은 조선의 영화팬이 조선영화를 외면하는 구실밖에 안 된다는 것이다.

영화연출에 대한 심훈의 변은 영화와 관객의 소통을 매개해주는 영화비평의 역할을 상기시킨다. 그의 비평에 매개로서의 역할이 어떻게 개입하는가를 구체적으로 살피기 위해서는 다시 조선의 영화팬에 대한 계층 분석으로 돌아갈 필요가 있다. 영화팬의 대부분이 외화에 열망하는 도시의 부르주아 계층에 속하는 상황에서 그들의 눈을 조선영화로 돌리려면 지금보다 완벽한 기술력으로 그들의 취향을 만족시킬 영화를 만드는 수밖에 없다. 그렇기 때문에 아직 조선의 노동자, 농민 등 프롤레타리아트를 위한 영화는 도달하지 않은 미래이다. 러시아의 정치적 상황과 당이 주도하는 러시아 영화의 문화적 수준을 언급하면서 심훈이 "영화천국"[31]이라는 단어에 불시착하는 것은 꽤나 진정성이 있어 보인다. 따라서 심훈에게 도달하지 않은 미래를 당위의 현실로 전제하고 휘두르는 영화비평은 따라서 지양될 필요가 있다. 그것보다 조선영화는

30 심훈, 「영화독어」, 《조선일보》, 1928.4.18.~4.21 참조.

31 심훈, 「우리 민중은 어떠한 영화를 요구하는가-를 논하여 「만년설군」에게-」, 『심훈문학전집 3』, 탐구당, 534쪽.

아직 예술이 되기에는 해결해야 할 것이 많은, 따라서 도시 부르주아에게 오락과 위안을 제공하는 숙련된 공예품의 지위를 우선 선취해야 한다는 것이 심훈의 분명한 입장이다.

> 가정에서 위안을 받지 못하고 사회에서 재미있는 일이라고는 구경도 못하며 술집밖에 오락기관이라고는 하나도 없는 이 땅에서 생활에 들볶이는 일그러진 영혼들에게는 이 움직이는 사진의 그림자밖에 없는 것이다.
> 오락과 위안! 헐벗고 굶주리는 백성일수록 오락을 갈구하고 고민과 억압에 부대끼는 민중이기 때문에 위적문제를 무시하고 등한치 못하는 것이다. 그러므로 언 시기까지는 한 가지 주의의 선전도구로 이용할 공상을 버리고 온전히 대중의 위로품으로써 영화의 제작가치를 삼자는 말이다.[32]

오락과 위안을 제공하는 공예품으로도 영화란 심훈의 눈에 비친 조선의 영화팬과 그들이 처해 있는 상황에서 꽤나 의미 있는 것이다. 심훈은 식민지라는 우울한 현실과 낮은 경제적·문화적 수준으로 인해 다른 여가를 갖지 못하는 그들에게 그들의 현실을 견디게 하는 찰나적 향락으로서 영화의 가치를 매긴다. 부르주아 계층으로 살아가는 동안 길러진 그들의 수동적이고 관조적인 성정이나 감수성으로 인해 영화비평가들이 당위로 삼는 경향성이 파고들 여지가 적기 때문에, 심훈은 영화연출가의 입장에서 영화의 새로운 스토리를 제안한다.

32 위의 글, 541쪽.

자본주의의 독액이 인간의 골수에까지 침윤되고 현대남녀의 애욕갈등이란 또(돈) 즉 생활문제로 말미암아 일어나는 경우가 많겠고 여자란 결국 돈 있는 놈에게로 팔려가는 상품이요, 용모나 재화는 <시세>의 고저나 금액의 다산을 보이는 인육판매의 광고판에 불과하는 것이다-.[33]

심훈은 검열문제로부터 자유로워지고 영화관객의 취향을 만족시키는 스토리로 연애담을 제안한다. 그리고 위에서처럼 덧붙이는데, 연애문제가 단순히 당시의 퇴폐적인 청춘의 생활상을 반영하는 것에 머무르는 것이 아니라, 자본주의로 인해 황폐화된 심성과 사회상에 대한 표상으로 읽힐 가능성을 언급하고 있다. 이것은 단순히 스토리의 제안으로 그치는 것이 아니라 그 스토리가 관객에게 어떤 의미로 해석되기를 바라는가도 함께 제시되고 있다는 점에서 비평의 역할을 상기시킨다. 심훈은 이 과정에 비평을 개입시키고 있는 것이다. 이처럼 심훈의 영화비평은 영화연출가의 입장에 서서 영화와 관객의 소통을 원활하게 하는 차원에서 정립되기 때문에 관객지향이라는 보편성을 지향할 수밖에 없다. 도시 부르주아 관객들의 등을 돌리지 않게 함으로써 조선영화의 시간을 지속케 하고 그가 또는 조선의 영화인들이 도달하려고 하는 사실주의와 혁명의 기표를 영화에 새겨 넣으려는 전략이 보편성이라는 미완의 비평론을 경유하는 것이다. 따라서 영화비평은 영화관객에게 영화관람 체험을 벗어나지 않는 익숙한 것으로 채워져야 마땅하며, 그로부터 점차 그들의 현실을 비출 수 있는 거울의 역할로 나아가야 하는 것이다.

심훈의 영화비평은 말 그대로 미완의 형식이었다. 이때 미완이라 함은 앞

---

33 위의 글, 542쪽.

서 언급했던 그의 영화적 지향점을 위한 토대 구축과 관련된 것이라는 점에서 그러한 것이며, 영화연출가로서의 삶이 지배적이게 되면서 더 많은 비평을 보여주지 못한 점을 의미하는 것이기도 하다. 그의 생이 일찍 마감한 점도 물론 포함된다. 그렇기 때문에 그의 영화비평은 무성영화에서 발성영화로 넘어가는 상황에 대해서는 발성영화에 대한 심리적 거부감을 표출하는 것 이외에는 거의 언급한 바 없다. 다만 미완의 형식으로 남아 있는 그의 영화비평이 주의를 요하는 것은 적어도 1930년대 후반까지 여전히 유효했던 문학의 오만과 영화의 자기비하라는 영화의 적대적 환경을 일찌감치 문제시했다는 점 때문이다. 그의 사후이기는 하나 1939년 박기채가 소설 『무정』을 영화로 만든 것을 기념하기 위해 삼천리사에서 주최한 '영화 〈무정〉의 밤'에 흐르는 긴장을 들여다볼 필요가 있다. 이 자리에 초대된 김동인 등 문단의 대가들이 영화에 대해 그들이 만들어낸 전가傳家의 보도寶刀를 휘두르며 영화인들의 침묵을 강요하는 풍경.[34] 적어도 그 시대에는 해결될 수 없는 문제를 드러낸 것이기에 그의 비평론은 미완의 형식이 될 수밖에 없는 운명을 타고난 것이기도 하다.

앞에서 살펴본 대로 심훈의 영화비평에 대한 관점과 방법론은 문학과 영화의 위계서열화된 관계를 전제로 삼아 문단의 권위를 뒤에 업은 문인들의 영화비평에의 참여가 활발해지는 시점에 대타적으로 정립된 것이다. 그의 객관적 준거를 통한 전문적 방법론과 관객과의 소통을 위해 보편성을 지향하는 비평은 근본적으로는 문단의 전횡에 대한 저항적 기표이면서 동시에 조선영화의 수준 제고를 위한 영화인으로서의 윤리적 태도를 반영한다. 그렇기 때문에 심훈의 영화비평은 동시대 활발한 영화비평을 펼쳤던 임화나 1930년대 후반

34 졸고, 「'영화 〈무정〉의 밤에 비친 기묘한 풍경의 원근법」, 《문학의오늘》, 2012 여름호, 300~304쪽 참조.

서광제의 태도와 구별된다. 문단에서의 확고한 지위를 바탕으로 신흥영화, 소형영화 운동을 제안했던 임화나 기업형 영화사를 염원하던 연장선에서 영화가 국책사업화가 되어가는 과정에 편입되어 갔던 서광제와 다른 지평을 형성한다. 서광제의 경우는 심훈이 보지 못한 현실로부터 비롯된 것이라 치고 임화의 소형영화 운동 제안은 그 자체로는 매우 의미가 있으나 당시로서는 실현 불가능한 것이며 게다가 여전히 문학적인 것이다. 그저 조선영화의 지속과 주권적 위치를 염원했던 순수한 영화인으로서 심훈의 삶이 그의 영화비평에 고스란히 스며들어 있다.

4
결론

이렇게 살펴본 심훈의 영화비평은 비교적 쉽다. 그리고 심훈이 문단에서나 영화계에서 차지하는 비중은 크다고 말할 수는 없다. 심훈의 문학세계나 영화세계를 보다 면밀히 살펴본 뒤에 규명할 문제이기는 하나, 거칠게 말하자면 그의 창작과 비평은 대타적인 동력으로 구성되었기 때문에 어느 한 쪽으로 수렴될 수 없으며 따라서 어느 쪽에서도 확고부동한 지위를 점유하지 못한다. 위에서 살펴 본대로 영화비평의 객관적 방법론과 보편성의 지향 사이의 길항작용 역시 그러한 역학을 기반으로 하고 있기 때문에 실제적인 효과면에서는 미약할 수밖에 없었다. 이런 이유에서 그의 영화비평적 태도를 열등감의 표출이나 영화비평의 혼종성 강화 등의 부정적 징후 가득한 것으로 평가할 수도 있다. 다만 영화비평을 둘러싼 그의 이러한 태도는 문학과 영화, 영화와 현실 사이에 내재하는 간극에 대한 비교적 날카로운 인식으로부터 비롯된 것이며, 따라서 문단이라는 권위의식의 역학을 문제시하고 조선영화의 후진성을 극복하려는 노력과 연동된다는 점에서 의의를 찾을 수 있다.

심훈의 영화비평이 문인들의 그것에 대한 대타적 위치를 발견하고, 이것이 영화비평에 자율적 지위를 부여한다는 논의는 그의 영화에 대한 이해와도 긴밀하게 연결되어 있다. 더욱이 문학과 영화의 위계화는 예술의 재현적 식별 체제로부터 비롯된 것이기 때문에, 비평의 형식을 띠는 그의 저항적 기표는 감각에 대한 지성의 권력에 대한 거부로도 읽을 수 있어, 분할된 감각의 해방이라는 예술의 정치화 문제에도 닿아 있다 할 수 있다.

■ 참고문헌

1. 1차 자료

《조선일보》, 《동아일보》, 《문예공론》, 《별건곤》, 《삼천리》

『심훈문학전집』 1, 2, 3, 탐구당, 1966.

2. 국내외 논저

김경연, 「1930년대 농촌 · 민족 · 소설로의 회유(回遊) - 심훈의 『상록수』론」, 《한국문학논총》 48, 한국문학회, 2008.

박정희, 「영화감독 심훈(沈勳)의 소설 『상록수』 연구」, 《현대문학연구》 21, 2007.

이진경, 「수행적 민족성 - 1930년대 식민지 한국에서의 문화와 계급」, 《한국문학연구》 28, 한국문학연구소, 2005.

전우형, 「'영화 〈무정〉의 밤'에 비친 기묘한 풍경의 원근법」, 《문학의오늘》, 2012 여름호.

조연정, 「1920-30년대 대중들의 영화체험과 문인들의 영화체험」, 《한국현대문학연구》 14, 2003.

조혜정, 「심훈의 영화적 지향성과 현실인식 연구: 『탈춤』, 『먼동이 틀 때』, 『상록수』를 중심으로」, 《영화연구》 31, 한국영화학회, 2007.

주 인, 「영화소설(映畵小說) 정립(定立)을 위한 일고(一考):심훈(沈熏)의 『탈춤』과 영화 평론(映畵 評論)을 중심으로」, 《어문연구》 34, 한국어문교육연구회, 2006.

한기형, 「습작기(1919~1920)의 심훈: 신자료 소개와 관련하여」, 《민족문학사연구》 22, 민족문학사학회, 2003.

한기형, 「21세기(世紀) 인문학(人文學)의 창신(創新)과 대학(大學): 서사의 로칼리티, 소실된 동아시아 -심훈의 중국체험과 『동방의 애인』」, 《대동문화연구》 63, 대동문화연구원, 2008.

Ranciere, J., 주형일 역, 『미학 안의 불편함』, 인간사랑, 2008.

Shiner, L., 김정란 역, 『예술의 탄생』, 민음사, 2007.

Singer, Ben, 이위정 역, 『멜로드라마와 모더니티』, 문학동네, 2009.

4

심훈 장편소설의 "동지적 사랑"이 지닌 의의와 한계*

엄상희
경희대학교 후마니타스칼리지 강사

* 이 논문은 2011년도 정부재원(교육부)으로 한국연구재단의 지원을 받아 연구되었음(NRF-2011-35C-A00461).

1
서론

심훈(1901~1936)의 대표작 『상록수』(1935)는 농촌계몽운동에 뜻을 함께 한 연인 박동혁과 채영신의 지고지순한 사랑이야기로 잘 알려져 있다. 동혁과 영신은 연인이자 동지로서 각자의 계몽운동을 격려해주는 가운데 민족 계몽에 열정적으로 헌신한다. 소설가 심훈에게 그들은 시대의 요구에 부응하는 이상적 연인의 모델이었다. 심훈은 『상록수』의 동혁과 영신을 탄생시키기 이전에도 연인의 이념적·실천적 결합을 연애의 이상 혹은 모범적 연애의 하나로 그려왔다. 심훈 소설의 남·여 주인공들은 민족 해방에 자신의 젊음을 헌신하겠다는 강한 소명의식을 지니고 있는 청년들이고, 심훈은 이들의 동지애와 결합된 연애를 통해 개인의 열정을 사회적으로 승화시키라고 역설한다. 이와 같은 연애관은 자유연애를 사적인 영역에서 공적인 영역으로 이끌어낸다. 연애의 목적이 연인들의 성적 욕망의 충족이랄지, 결혼, 가족의 구성 내지 사랑이라는 감정 그 자체에 있는 것이 아니라, 국가, 민족, 계급의 이해관계로 확장되는 것이다.

1920년대는 자유연애의 시대였다. 자유연애는 자신의 인생을 자율적으로 선택해 나갈 권리가 있다는 선언이 되었다. 1920년대를 풍미한 자유연애론은 근대적 개인의 정체성 형성과 관련이 깊었으며, 성과 사랑의 담론을 중심으로 표출된 근대에 대한 열망은 개인과 가족, 국가에 대한 인식을 새롭게 구성하는 것으로 나아갔다.[01] 나혜석, 김일엽, 윤심덕 등 1세대 신여성들이 급진적으로 제기했던 자유연애는 여성에게 억압적인 전통사회에서 벗어나는 길이었다. 연애도, 정조도 사회가 아니라 개인의 전적인 자유에 맡겨야 한다는 그녀들의 주장은 개인의 성性을 사적 영역으로 돌려보내는 한편, 근대적 개인의 자율적 권리로 파악한다. 특히 이 당시 자유연애론은 엘렌 케이나 콜론타이의 이론을 바탕으로 명쾌하게 제시되었고, 자유연애가 '인간성'을 드높이는 일로 예찬되었다. 엘렌 케이의 『연애와 결혼』의 영향을 받은 자유주의자들은 연애를 결혼과 자녀 생산의 과정으로 사고했던 한편, 콜론타이의 『붉은 연애』의 영향을 받은 사회주의자들은 연애를 혁명의 한 수단으로 사고했다. 양자 모두 연애를 공리적 관점에서 바라보았는데, 자유주의 연애론이나 사회주의 연애론의 성 담론은 모두 근대적 민족 국가 건설이나, 사회 진보와 같은 거시담론의 지배를 받았다.

특히 1920년대 조선의 사회주의자들은 연애가 조선의 청년들을 현실 도

---

01 1920년대는 "성에 대한 다양한 주장들이 치열하게 대립하고 정치화되는 시기"였다. 동아시아에서 '연애(戀愛)'는 중국의 전통적인 '색(色)'의 범주처럼, 육체적이고 감각적인 측면에 초점을 맞춘 개념이 아니라, "19세기부터 20세기 초까지 서양으로부터 수입된 근대적 지식체계"였다. 따라서 자유연애란 "근대적 교육을 받은 '사각모'가 누릴 수 있는 특권이자 상징"이었다. 그렇기 때문에 급진주의적 자유연애론이나, 자유주의적 자유연애론, 사회주의적 자유연애론으로 유형 분류될 수 있었던 1920년대의 자유연애론은 1) 여성 억압적인 전통사회의 부정 2) 민족발전과 사회진보를 위한 가치 3) 계급해방을 통해서만이 실현가능한 것으로 새로운 근대이념의 지평 속에서 주장되었던 것이다. 김경일, 『여성의 근대, 근대의 여성』, 푸른역사, 2004, pp.119~169.

피와 타락의 함정에 빠지게 만든다고 생각했다. 사회주의자들에게 연애란 부르주아의 향락적 특권에 다름 아니었기에, 그들은 "계급사회에서 참 연애란 없다."고 주장했다.[02] 그러나 1928년을 전후로 사회주의 진영의 연애담론은 변화한다. 알렉산드라 콜론타이Aleksandra Kollontai, 1872~1952의 『붉은 사랑』 열풍 속에서, 소위 '붉은 연애'가 유행한 것이다.[03] 사회주의자들에게 연애는 배척해야 할 것에서 사회주의운동의 추진동력이 될 수 있도록 남녀 주의자들을 결합시키는 매개로 변모해갔다. 콜론타이의 연애관에서 이상적 연애는 "사회주의 사회 건설에 공헌하는 남녀 동지 간의 사랑이며, 남녀의 사상적 연대와 결합"에 있었다. 조선에서 콜론타이의 연애관이 지닌 급진적 여성해방론까지 수용된 것은 아니었지만,[04] 남녀의 사랑을 계급과 이념, 실천의 장 속에서 공적으로 승화시켜야 한다는 주장만큼은 저항주체의 형성과 결집이 절실했던 당대 조선의 시대적 요구에 부응한다고 받아들여졌다. 일례로 서광제는 "먼저 정확한 사회의식을 파악한 후에, 자기의 동지로서 일할 만한 사람과 결혼해야 한

---

02 위의 책, p. 140, p.200.

03 알렉산드라 콜론타이(Aleksandra Kollontai, 1872~1952)는 러시아 볼셰비키 혁명의 주역 중 하나였으나, 혁명 이후 여성해방을 전담할 제노탈 설립문제로 볼세비키 당내에서 갈등을 빚게 되어 중앙 정계로부터 소외되어 외교관으로 파견된다. 이 시기에 그녀가 창작한 소설들이 해외 각국에서 선풍적인 인기를 끌었다. 특히 그녀의 자전소설 『바실리사 말리기나』가 『붉은 사랑』(Red Love)이라는 제목으로 1927년 뉴욕, 일본, 중국 등지에서 번역되어 100판을 돌파할 만큼 젊은이들에게 많이 읽혔다. 콜론타이의 『붉은 연애』는 조선 지식인 사회에서도 인기를 끌었고, 베벨의 『여성과 사회』와 함께 청소년 필독서가 되기도 했다. 이사유, 「1920년대 후기 프로소설의 연애문제」,석사학위 논문, 인하대학교, 2009. p,31.

04 콜론타이는 여성 해방 차원에서 연애와 결혼에 관한 기존의 성도덕을 전복시킬 만한 급진적인 주장을 전개했다. 그녀는 프롤레타리아 계급의 여성에게는 '등록되지 않는 결혼'이 적합하다는 관점을 지니고 있었다. '등록되지 않는 결혼'이란 여성들에게 1) 결혼제도에 종속되지 않으면서, 2) 자신의 육체적 충동을 감추지 않고 3) 자기 아이의 아버지를 능동적으로 선택할 권리를 부여해야 한다는 주장이었다. 앞의 책, pp.31~33.

다."[05]고 '붉은 연애'의 방법을 제시하기도 했다. 그는 모든 것이 목적의식적으로 변화하듯, 연애도 그렇게 변화해가야 한다는 관점으로 '붉은 연애'를 이해했다.[06] 이처럼 조선에서의 '붉은 연애'는 '동지적 사랑'을 목적의식 즉 '계급 이념'에 귀속되는 것으로 주장된다.

심훈 장편소설의 핵심 모티브인 '동지적 사랑의 구현' 과정에는 이와 같은 당대의 연애관이 반영되어 있다. 그가 1930년부터 1935년까지 대략 6년 동안 5편의 장편소설을 창작하는 동안 일관되게 유지한 이상적 연애의 양상은 연인들의 동지적 결합에 있었다. 1920년대 붉은 연애의 유행 속에서 프로 문학가들은 '동지적 사랑'을 바탕으로 연애와 혁명을 결합시킨 작품들을 썼다. 심훈의 장편소설 또한 연애에 대하여 이와 유사한 이상을 품고 있었다. 이 논문은 우선 1920년대 프로문학의 상상적 전유물로 여겨졌던 '붉은 연애'를 다양한 사상적 편력을 지니고 있었던 심훈 역시 동경했다는 사실에 주목하여, 그의 연애관을 형성한 보다 심층적인 사상적 원천을 탐색해볼 것이다. 그리고 그가 초기 장편소설『동방의 애인』에서부터 줄곧 상당히 급진적이고 실천적인 사회주의자들을 그려내고 싶어 했음에 주목하여, 심훈이 이상화하고 있는 '동지적 사랑'의 실체가 무엇인지 살펴보고자 한다. 심훈의 장편소설에서는 1920년대 사회주의자들이 주장했던 '붉은 연애'의 흔적들을 찾아볼 수 있는데, 그가 이념에 투신하는 젊은이의 사랑을 반복적으로 이야기하기 때문이다. 이러한 심훈 장편소설에서의 '동지적 사랑'의 추구가 지닌 의의와 한계가 무엇이었는지 살펴봄으로써, 심훈 문학을 작동시키는 이데올로기와 연애의 관계를 구명해보고자 한다.

---

05 서광제, 「자유연애(自由戀愛)에 대(對)하여」, 《조선일보》, 1929.9.19.~21

06 앞의 책, pp.31~33.

2
심훈 소설의 사상적 원천과 '동지적 사랑'의 관계

심훈은 첫 장편소설 『동방의 애인』(《조선일보》, 1930.10.29.~12.10.) 연재를 시작하면서 밝힌 "작자의 말"을 통해 그의 소설 쓰기가 지향하는 바를 밝힌다.

> 우리는 보다 더 크고 깊고 변함이 없는 사랑 가운데 살아야 하겠습니다. 그러려면 우리 민족民族과 같은 계급에 처한 남녀노소가 사랑에 겨워 껴안고 몸부림칠만한 새로운 공통된 애인을 발견치 않고는 견디지 못할 것입니다. * 나는 그것을 찾아내고야 말았습니다. 〔…〕 그와 동시에 여러분에게 그의 정체를 보여드려야만 하는 의무義務와 감격感激을 아울러 느낀 것입니다.[07]

이 글에 따르면 심훈의 소설 창작은 '우리 민족과 같은 계급에 처한 남녀노소'에게 '새로운 공통의 애인'을 찾아서 보여주기 위함이다. '새로운 공통의 애인'은 소설 속의 청춘 남·여가 열정을 바쳐야 할 대상으로 상상된 애인으로, 연인의 사랑이 개인을 넘어선 민족과 계급을 향한 사랑으로 승화될 때 만날 수 있다. '동지적 사랑'과 '연인의 사랑'을 일치시키려는 심훈의 이상적 연애를 향한 갈망에는 민족과 계급의 발견이라는 사상적 배경이 놓여 있다. 심훈의 소설 문학은 꽤 오랫동안 농촌계몽소설 『상록수』(1935)에만 국한되어 편협하게 이해되어 왔다. 그러나 『상록수』를 포함해서, 나머지 4편의 장편소설 모두, 작중 인물로 등장하는 이른바 '○○주의자'들의 행보를 살펴보면 브나로

07 심훈, 『심훈문학전집 2(沈熏文學全集 2)』, 탐구당, 1966, p.53.

드운동을 전개한 민족개량주의와는 거리가 있다.[08] 김기진, 백철 등은 심훈의 문학을 『상록수』에 국한시켜서, 심훈의 사상적 스펙트럼을 이상주의적 민족주의, 소시민적 자유주의로 규정한다.[09] 그러나 1960년대 유병석에 의해 이루어진 심훈 생애에 대한 실증적 연구는 심훈의 사상적 지향이 단순하지 않다는 점을 시사한다.[10] 유병석의 선행연구 이후 홍이섭, 최원식은 심훈의 급진적 저항의식이 언제 어떻게 형성되었는가에 대해 탐색하기도 했다.[11] 특히 그가 3·1운동 당시 경성청년구락부에 소속되어 있었다는 사실이나, 중국으로 망명한 후, 상해임시정부 인사들과 무정부주의자들과 교류했으며[12], 몽양 여운형, 벽초 홍명희 등의 진보적 민족주의 계열의 지도자들과 막역한 관계였다는 체험

---

08 "브나로드운동(《동아일보》, 1931~1934)은 신간회 해소 이후 개량적 민족주의 세력이 이념적 중심을 만들기 위해서 벌인 다양한 운동과 연관되어 있다. 그러나 심훈의 『상록수』는 브나로드운동과는 상당히 많은 차이가 있다. 브나로드운동은 1) 지방 유지의 지도를 받고, 2) 진흥회나 교회의 도움을 받아, 3) 단순히 글자만 가르치라는 것이었다. 그러나 『상록수』는 1) 지방 유지 및 2) 진흥회와 대립하며, 3) 부채탕감과 소작권 보호 등의 농민 생존이 더 근원적인 문제임을 발견하고, 이를 위한 경제투쟁을 각오하며 끝난다." 박헌호, 「'늘 푸르름'을 기리기 위한 몇 가지 성찰-『상록수』 단상」, 『상록수: 심훈장편소설』, 문학과지성사, 2005, pp.443~447.

09 백철, 『조선 신문학사조사 : 현대편』, 백양당, 1949, p.162.

10 유병석, 「심훈연구 : 생애와 작품」, 석사학위 논문, 서울대학교, 1964.

11 홍이섭은 『동방의 애인』과 『불사조』에 주목할 때 심훈을 민족주의 작가로만 보기는 힘들다고 보았다. 이후, 최원식은 심훈 문학의 사상적 기반을 파악하기 위해서는 그가 1920년부터 1923년까지 중국에 머물면서 당대의 망명 지사들과 어떻게 연관되어 있는가를 밝힐 필요가 있다고 문제제기한다. 최원식 역시 생애 심훈이 이르쿠츠파 공산당 상해지부 지도자 이동휘 그룹과 친분이 있었고, 경성고보 동창생 박열, 박헌영과 중국에서 교류했을 가능성을 제기한다. 귀국 후, 안석주, 최승일, 홍명희, 여운형 등과의 친분으로 보았을 때, 이후에는 민족주의 좌파의 성향을 띠지 않았을까 판단한다. 최원식, 「심훈 연구 서설」, 『한국근대문학을 찾아서』, 인하대 출판부, 1999, p.240.

12 기미년 3·1운동을 전후로 한 심훈의 행적을 바탕으로, 심훈 문학의 사상적 원천에 관해 실증적으로 접근한 연구는 다음과 같다. 한기형, 「습작기(1919~1920)의 심훈」, 《민족문학사연구》 22권, 민족문학사학회, 2003 ―, 「"백랑(白浪)"의 잠행 혹은 만유:중국에서의 심훈(산책)」, 《민족문학사연구》 35권, 민족문학사학회, 2007. ―, 「서사의 로칼리티, 소실된 동아시아-심훈의 중국체험과 『동방의 애인』」, 《대동문화연구》 63집, 대동문화연구회, 2008.

적 사실에 주목하면서, 심훈은 급진적 사회주의자, 민족주의 좌파, 혹은 무정부주의자로 재조명되기도 했다.[13]

1919년 3·1운동을 전후한 시기부터 1932년 충남 당진으로 낙향하여 장편소설 창작에 매진했던 시기까지, 심훈의 이력은 매우 다채롭기 때문에 20대 청년기의 심훈과 낙향 이후의 심훈 사이에는 사상적 경향의 차이가 클 수 있다. 장편소설에서도 심훈의 급진적 행동주의자에 대한 형상화 역시 전기작과 후기작 사이에서 변화하는 것을 볼 수 있다. 1920년, 기미년 이후로 되돌아가서 중국 망명시절에 만난 활동가들을 추억하는 『동방의 애인』(1930)이나, 무산계급 청년의 투옥 및 고문 장면을 적나라하게 서술한 『불사조』(1931)는 작중 인물이 죽음과 고문도 불사하고 급진적 행동과 시위에 뛰어드는 직접적인 실천 양상을 보여준다. 그에 비해 학생 운동가들의 후일담 성격이 강한 『영원의 미소』(1932), 봉건지배층의 몰락과 구여성의 수난사를 다룬 『직녀성』(1934), 농촌계몽소설 『상록수』(1935)는 실천 방식이나, 운동 방향에 있어서, 전자[14]에 비해서는 온건하다는 느낌을 준다.

심훈은 3·1운동 당시 체포되어 6개월간 감옥에 있었다. 경성고보에서 퇴학당한 심훈은 중국으로 망명하여 그곳에서 유학했다. 귀국 후에 그는 언론사 사회부 기자 및 영화 제작 활동 등 다양한 영역에서 바쁘게 활동했다. 그는 '염

---

13 박정희, 「심훈소설 연구」, 석사학위 논문, 서울대학교, 2003, pp.6~8.

14 『동방의 애인』(1930)의 주인공들은 3·1운동 이후 중국으로 건너가서 국제공산주의운동을 배워왔고, 『불사조』(1931)에서는 국내에서 무산자운동을 전개하는 하층민 청년들의 투옥과 고문 장면, 그리고 감옥 안에서 만난 만주 항일 무장 세력들에 대한 존경심 등을 상세히 서술한다. 또 『직녀성』(1934)의 봉순, 세철 등의 사회주의 청년들은 봉건귀족 가문의 구시대적 억압과 지배계급의 하층민 및 여성착취에 대해 비판적 담론을 펼친다.

군사'와 'KAPF'에 가입하였다가 탈퇴하기도 했고,[15] 안석주, 최승일 등과 신극 단체 '극문회劇文會'를 조직하여 활동하기도 했다. 또 각 신문사의 사회부 기자들의 단체인 '철필구락부'(1924~1925)에 소속되어 언론사 최초의 임금투쟁을 벌인 후 동아일보에서 퇴사하기도 했다. 심훈은 중국 망명 이전에는 기독교 민족주의에 관심을 기울이기도 했던 청년이었으나, 귀국 후에는 주로 사회주의 계열의 문인, 예술인들과 뜻을 같이 했었음을 알 수 있다. 그러나 1928년을 전후로 심훈은 사회주의 지식인들에 대해 비판적 거리를 취하게 된다. 1929년에 쓴 수필 「수상록隨想錄」에는 심훈의 인텔리로서의 자아에 대한 반성이 드러나 있다.

> '아침부터 저녁까지 헐떡거리고 돌아다녀도 나 한 몸의 생활生活을 지탱 못한다. 그러니 내게도 무산자無産者, 『프롤레타리아』라는 관사冠詞가 붙을 것이다.〔…〕그러나 나 자신自身이 과연 『프롤레타리아』의 생활生活을 하였는가?〔…〕부끄럽다! 의분義憤의 발로發露란 전차電車 속에서 내 발등을 밟은 사람을 대할 때에 일어나는 감정感情이요, 자기희생自己犧牲이란 손톱눈 하나라도 뽑아가는 사람에게 대한 인색吝嗇일 것이다〔…〕나와 같은 백면白面의 인간이 가두街頭에 나서고 농촌農村으로 들어가는 그 때를 상상想像해 본다. '프롤레타리아'의 '프'자字도 모르는 참 정말 '프롤레타리아'인 농민農民이나 노동자勞動者들은 손에 못 하나 박히지 못하고 빤빤한 얼굴에 가장 동정同情이나 하는듯한 표정表情을 읽을 것 같으면 ×욕慾밖에는 일으킬 것이 없을 것이다. 오오 나에게 강철鋼

15 1923년에 염군사에 가입하였고, KAPF 창립멤버였으나, 1926년 12월 이전에 탈퇴한 것으로 보인다. 사상적 변화 때문이라기보다, 1925년 이혼과 실직, 그리고 발병 등 신상문제 때문에 활동할 수 없어서 탈퇴한 듯하다. 최원식, 앞의 책. pp.253~257.

鐵과 같은 의지意志의 힘을 달라! 발가벗고 종로鐘路 한 복판에 나설만한 용기勇氣를 빌리라![16]

1928년에 영화 〈먼동이 틀 때〉(1927)에 대한 한설야의 혹평은 한설야, 임화와 심훈 사이에 영화의 대중성 논쟁을 불러일으킨다. 심훈은 프로 문학가들이 관념 속에서 외치는 '프롤레타리아'가 사실은 '짚신을 신고 감발을 한 사람들'이라는 점을 상기시키면서, 프로 문예 비평가들에게 '민중을 위한 영화를 만들라는 요구'는 쉽지만, 민중들은 조선의 영화관에 한 발도 내딛을 수가 없는 법[17]이라고 충고한 바 있다. 결국 이론의 공소空疎함을 깨닫지 못하는 한 인텔리들은 프롤레타리아가 없는 곳에서, 프롤레타리아를 논하게 된다는 것이다. 이론만을 떠들 뿐인 문사文士들에 대한 반발감은 심훈 장편소설이 행동주의를 주장하는 배경이 된다.

따라서 심훈에게 5편의 장편소설은 인텔리로서의 나약함을 벗어던지고, 식민지의 지배 권력을 향한 직접적인 저항에 나서는 행동을 보여주고자 하는 의지의 한 표현이다. 혹은 '가두에 나서고, 농촌에 들어'갈 수 있는, 실제로 프롤레타리아가 되어 운동하는 데 필요한 '강철 같은 의지'를 지닌 인물을 창조적으로 형상화하고 싶은 욕구의 표현이기도 하다. 그런 까닭에 심훈의 장편소설은 식민지 민중이 처한 현실의 모순 그 자체를 재현하려는 노력보다 지금 눈앞에서 벌어지는 투쟁과 실천의 장에서 의지를 다지는 영웅적 인물들의 활약과 헌신이 더 중시된다. 3·1운동 이후 중국으로 망명하여 국제공산주의운

16 심훈, 「수상록(隨想錄)」,『심훈문학전집 3(沈熏文學全集 3)』, 탐구당, 1966, pp.507~509.

17 심훈, 「우리 민중(民衆)은 어떠한 영화(映畵)를 요구하는가-를 논(論)하여 「만년설군(萬年雪君)」에게」 위의 책, pp.531~543.

동에 뛰어드는 『동방의 애인』(1930)의 주인공들이나, 한곡리와 청석골로 귀향하여 아이들에게 한글을 가르치고 농우회를 조직하여 생활개선 및 자력갱생을 시도하는 『상록수』(1935)의 주인공들 모두 사상적 경향의 차이를 넘어서, 식민지 민중 속으로 들어가 그들의 영웅이 되는 지식인상의 모습을 지니고 있다. 즉 심훈 장편소설 속에서 재현되고 계몽되는 '민족해방운동'의 실천노선은, 그것이 사회주의이건 민족주의이건 크게 중요한 것이 아닐 수 있다. 심훈의 소설이 펼쳐보이고자 목표로 삼은 것은, 조선의 지식 청년들의 과업이 식민지 극복과 자본주의 모순 극복을 가능하게 하는 모든 실천에 있다는 것을 인물을 통해 보여주는 것이기 때문이다. 그는 '강인한 의지와 용기'를 지닌 행동하는 조선 청년들의 이야기로 거슬러 올라가고, 그렇기 때문에 11년 전의 3·1운동 당시를 회고하는 것이다.

심훈의 소설이 '동지적 사랑'이라는 모티프를 매번 반복하는 까닭도 여기에 있다. 심훈 장편소설 주인공들의 '희생적 실천'을 추동하는 사상의 기반에 대하여 민족주의와 사회주의라는 기존 사유체계로 설명하기 난감한 이유는 그가 '계급문제'와 '민족문제'를 동시에 사유하기 때문일 수도 있고, 사회주의의 '민족화'라는 관점을 보여주기 때문일 수도 있다. 하지만 그보다는 그의 장편소설에서 초지일관 '영웅적 인물의 저항'을 추동하는 힘이 이념이나 사상체계가 아니라, 3·1운동의 기억[18]에서 나온다고 보는 것이 더 타당할지도 모른다.

그가 여러 해를 두고 수 삼차나 깊은 밤에 목선 바닥에 엎드려 건느기도 하고, 조선 천지가 뒤끓던 기미년 봄에는 어울리지도 않는 청복을 입고 인력거를 몰

18 심훈 문학을 이해하는 데 있어서 무엇보다 3·1운동 당시의 감옥체험에 대한 기억이 그의 사상적 기반을 쌓았다는 점에 주목할 필요가 있다. 박정희, 앞의 글, p.22.

던 철교 위를 지금 기차 속에 앉아 천천히 달리고 있다. 〔…〕파란이 자못 중첩하였던 지난 일을 돌이켜 보자면 이제로부터 십 년도 세월을 거슬러 올라가야만 비로소 그 서막序幕이 열릴 것이다. * 〔…〕— 진이와 동렬이는 일 년이 넘는 형기를 마치고 옥문을 나섰다. 그 동안에 치른 가지가지의 고초는 한 풀이 꺾이기는커녕 그들로 하여금 도리어 참을성을 길러주고 의기를 돋우기에 가장 귀중한 체험이 되었던 것이다.[19]

3·1운동은 조선의 청년에게 스스로를 항일의 주체로서 체험했던 가장 강렬한 경험이었다. 더구나 3·1운동 이후에 심훈이 경험한 감옥 생활, 해외 망명자로서의 생활 등은 심훈의 사회사상, 민족의식의 요람으로 남아 있다. 따라서 심훈 장편소설의 청년주체들에게 있어서 그들이 사회주의운동에 나서거나 농촌계몽운동에 나설 때, 그 이념운동의 방향이 무엇인가가 중요하기보다는 3·1운동이 폭발시킨 식민통치에 대한 분노와 절망을 극복할 '실천 의지' 그 자체가 중요해진다. 그래서 그들은 3·1운동의 기억 속에서 함께, 동지라 불렸던 남·녀 학생 간의 동지적 사랑과 연애의 기투企投를 연애의 이상으로 삼고서, 콜론타이식의 붉은 연애처럼 '남녀 간의 연애와 혁명 이상'을 결합시키는 것이다.

19 심훈, 『동방의 애인』, 앞의 책, p.540.

3
애정 갈등의 전환, '사랑과 혁명' 사이

일제의 검열로 연재 중단된 미완성 작품 『동방의 애인』(1930)과 『불사조』(1931)에서는 직접적인 계급투쟁 및 공산주의운동 노선을 걷는 주의자들의 사랑이 그려졌다. 『영원의 미소』(1932)와 『상록수』(1935)에서는 도시의 룸펜 프롤레타리아로 전락하고 만 학생운동의 주역들에게 농촌의 빈곤문제를 해결하는 데에서 변혁의 전망을 찾을 것을 계몽한다. 또 봉건 지배층 가문의 침묵 당하는 타자인 구여성의 억압적 삶을 다룬 장편소설 『직녀성』(1934)에서는 사회주의 청년운동가 세철과 신여성 봉희의 연애와 결혼을 통해, 새로운 남녀관계의 전형을 창출하고자 한다. 5편 모두 연애의 문제와 조선의 청년들에게 필요한 사회적 실천의 문제를 결합시켜가는 과정을 이야기한다는 공통점이 있다. 심훈은 자신의 장편소설이 지향하고 있는 실천의 방향이 계급투쟁을 통한 사회주의운동과 맞닿아 있지만, 무엇보다 시급한 건 기미년의 3·1운동을 다시 상기하여 민족을 식민지로부터 해방시키는 운동임을 이야기하는 것이다.

많은 근대의 장편소설이 대개 '돈이냐, 사랑이냐'식의 '세속적 욕망과 애정' 사이의 갈등이 주축이 되어 서사를 전개하곤 했다. 부유한 속물과 가난한 청년, 그리고 역시 가난한 여성이 삼각 갈등의 꼭짓점 위에 놓여서 욕망의 삼각형을 형성하는 식이다. 식민지 시대의 부재지주나 그 대리인인 마름, 도시 부르주아들은 순수한 남녀의 사랑을 방해하는 악한으로 등장했다. 이들이 축적한 부는 상당 부분 친일이나 속물적 이익 추구로부터 형성된 것이기 때문에, 악한을 미워하는 것만으로도 시대적 양심과 정의를 옹호한 듯한 정의로운 판타지를 생성하는 도식적 구성은 장편소설의 한 유형을 형성한다.

그에 비해, 심훈의 장편소설은 '동지적 사랑'의 구현 과정에 집중한다. 심훈은 『영원의 미소』(1932)를 제외한 나머지 4 작품에서는 세속적 악한이 나타나서 연인의 사랑을 훼방놓는 식으로 서사적 갈등을 만들어가지는 않는다. 그의 작품세계에서 세속적 악한은 가난한 농민들에게서 높은 소작료를 거둬가고, 동시에 그들을 상대로 고리高利사채를 놓아 부를 축적했기 때문에 부정적이다. 따라서 그들은 주인공들과 사회적으로 대립관계를 형성한다. 통속적 애정소설에서 사랑을 방해하는 악한의 전형이 되어버린 부유한 속물들은 심훈의 장편소설에서는 지배계급의 타락과 몰락을 이야기하기 위해 등장한다. 그들은 '동지적 사랑'을 통해 조선 민중을 구제하겠다는 운동에 나서는 젊은이들이 척결해야 할 세력의 전형으로 주인공과 대립하는 것이다. 이처럼 심훈의 장편소설은 1920년대 프로문학의 영향으로 흔히 볼 수 있었던 계급적 대결 구도를 축으로 서사를 구성하여 민족의 대다수를 구성하는 가난한 민중을 구제하는 사업에 나선 청년의 희생을 이야기하는 데 주력한다. 그 결과 소설의 젊은 남녀에게 발생하는 애정 갈등은, 제3자에 의한 장애요소보다는 '사랑'이 '혁명(운동)'에 방해될지도 모른다는 내적인 고민의 비중이 더 크다.

> ㉮ 아아 큰 일을 위하여는 이 육신을 산 제물로 바치려고 맹세한 우리로서 해외에 나와 첫 번으로 착수한 사업이 연애란 말이냐?
> 아니다. 안된다! 우리는 여자와 관계를 맺을 자격이 없다. 나도 없거니와 아내가 있는 진이는 더구나 없다. 어느 때든지 귀신도 모를 죽음을 하면 뼈도 찾지 못할 놈들이 아닌가……[20]

---

20 심훈, 『동방의 애인』, 앞의 책, p.61.

㉯ 연애를 하는데 소모되는 정력이나 결혼생활을 하느라구, 또는 개인의 향락을 위해서 허비되는 시간을 온통 우리 사업에다 바치고 싶어요. 난 내 몸 하나를 농촌 사업이나 계몽운동에 아주 희생하려고 하나님께 맹세까지 한 몸이니깐요.[21]

『동방의 애인』(1930)의 김동렬은 박진과 함께 기미년 3·1운동으로 1여 년 동안 감옥에 갇혀 있었다. 3·1운동이 있던 날, 같은 포승줄에 묶여 끌려갔던 세정에게 동렬은 첫눈에 반했다. 출옥 후에 그들은 '순전한 남녀 간의 동지로서 운동에 관한 이야기도 하는 등'의 교제를 갖는다. 이와 같은 남·녀의 만남은 계속 되풀이된다. 『영원의 미소』(1932)의 김수영-최계숙, 『불사조』(1931)의 홍룡-덕순 사이의 연애 감정도 '만세운동'이나, '지하조직활동'으로 함께 체포·투옥된 경험과 옥중의 만남이 계기가 되어 싹튼 것이었고, 『상록수』(1935)의 박동혁-채영신 역시 ○○신문사 주최의 학생계몽운동 대원 보고 대회에서 강렬한 첫인상을 주고받는다. 이들 남녀가 단순한 동지적 관계에서 연인으로 발전해나가는 과정이 이 소설들의 서사이다. 혁명운동, 농촌계몽운동의 진행 과정과 그들의 감정 변화가 교차 서술되어나가는 방식이다. '큰 일'을 하고자 상해로 떠난 동렬과 진은 극단적 궁핍에 시달리며, 겨우 중국어를 배우러 야학에 다니는 중에, 공산주의운동의 지도자 이×씨를 찾아가 도움을 요청할 계획밖에는 세우지 못하는 등 조선을 떠날 때의 큰 포부는 요원하기만 하다. 그런 와중에 상해로 그들을 따라오겠다는 세정의 편지가 오고, 한편으로는 설레지만 한편으로는 마중 나갈 차비도 궁해서 근심이다. 이런 상황에서, '침착하

21 심훈, 『상록수』, 『심훈문학전집(沈熏文學全集)』, 탐구당, 1966. p.214.

고 의지적인 성격'의 동렬을 짓누르는 것은 자신들의 처지로서는 '연애'를 꿈꿀 수 없다는 사실이다. 연애나 결혼과 같은 사적 욕망은 조선 청년의 책무를 방해하기도 하고, 그들이 하려는 일이 언제든 '희생'을 전제로 한 활동이기 때문이다. 첫눈에 반한 이성에게 향하는 식민지 청년들의 자연스러운 사랑의 감정은 민족/민중을 위해 헌신하려는 '맹세'에 억압당한다. '육신을 산 제물로 바치겠다는 맹세'는 기미년 직후에 해외의 사회주의운동 진영을 찾아가는 동렬이나, '농촌계몽운동'에 헌신하겠다고 결심한 『상록수』의 채영신에게서 동일한 갈등을 가져다준다. 혁명가나 계몽운동가에 있어서 사랑은 감정의 사치이자, 무책임한 꿈에 불과하지 않을까라는 내적 두려움이다.

연애소설은 사랑의 방해자들이 패배하고 연인이 승리함으로써 멜로 드라마적 시적 정의poetic justice를 획득하여 독자의 기대지평을 만족시킨다. '만남-시련-이별-(재회)' 등으로 이어지는 연애소설의 전형적인 극적 구조는 독자들을 소설이라는 허구적 세계 속으로 끌어들이는 가장 일반적인 방법이었다. 하지만 심훈 소설에서 주인공들의 연애는 삼각관계에 휘말려들기보다는 '시련'의 구조를 '연애 감정과 실천 활동과의 긴장과 교섭'으로 재구성하여, 운동가 내면의 두려움을 동지적 관계의 확립을 통해 극복해간다. 실천 활동과 공존할 수 있는 이상적인 연애의 방향을 제시하는 것으로 갈등을 해결하는 것이다.

사랑에 빠진 남·녀의 가장 큰 애정 갈등이 '사랑은 자신이 품은 큰 뜻을 방해할지도 모른다'는 것은 아이러니다. 그럼에도 불구하고, 개인과 사회, 사적 욕망과 공적 대의 사이의 불편한 충돌은 조선 청년의 책임과 의무라는 사회적 초자아의 명령을 통해 쉽게 해소되어버린다. 연인 간의 자유연애가 궁극에는 국가와 사회를 위한다는 거시담론에 지배당한다는 것은 1920년대 자유연애론과 신여성담론이 1930년대에 들어서 급격히 퇴조할 수밖에 없었던 배경과도 맞닿아 있다. 자유연애를 통해 가족과 사회의 억압으로부터 개인의 자율적 삶을 주장하려던 목소리가 다시 연애를 통한 국가와 사회 건설의 서사로 바뀐다는 것은 자유연애론이 내장하고 있었던 성과 사랑의 담론을 통해 남성중심의 사회로부터 억압되어 있는 여성을 해방시키려는 급진적 에너지에 제동을 걸기 때문이다.

4

'동지적 사랑'을 형성하는 남성 중심적 시각

심훈 역시 3·1운동 이후, 조선의 문단에 등장한 신문학 세대의 일원이다. 심훈 역시 자유연애주의자였다. 그는 1925년에는 조혼한 처 이해영과 이혼했는데, 그 즈음 발표한 「결혼의 예술화」라는 글에서, "조선에서 자유연애를 시험할 시기는 이미 지난 듯하며, 이제는 자유이혼을 허락할 때"라고 주장한다. 낡은 봉건제도를 유지할 목적의 습속에 불과한 결혼제도는 연애의 무덤일 뿐이기 때문이다.

> 연애는 일종의 예술이다. 가장 순수한 예술이다. 창조의 기쁨이 항상 거기에 움직이고 생명이 거기에서 뛰며 영적인 것이 거기에 지배된다. 그들은 시인이요 또한 종교가다. 미의 창조가 그들을 지배할 뿐만 아니고 경건한 그 무엇이 그들의 마음을 지배한다.〔…〕연애의 자유를 말하는 자는 연애를 그 무덤에서 구해내야 하겠다. 즉 연애로 하여금 무대를 주어야 하겠다.〔…〕새로운 무대라는 것은 결혼을 예술화한다는 것이다.[22]

연애를 심미적으로 예찬하고 있는 한편, 현실의 결혼제도가 연애로부터 약동하는 생명력을 빼앗아간다면, 이제는 결혼을 연애의 무덤이 아닌 연애의 새로운 무대로 바꿀 필요가 있다는 주장이다. 그 방법으로 결혼의 예술화를 제시한다. 그 내용은 '소유 및 물질적 관계로부터 벗어난 미적 창조의 과정'으로 결혼을 생각해야 한다는 것으로 다소 추상적인 자유연애와 연애결혼 예찬론이다.

『불사조』의 정혁이나, 『영원의 미소』의 서병식은 조혼으로 이루어진 가정을 부담스러워했던 식민지 시대의 남성 지식인의 전형이다. 그들은 바깥에서는 조직운동의 이론분자로 살아가는 양심 있는 지사이거나 잡지에 글을 싣는 문필가이기도 하지만, 가정에서는 처자식을 돌보지 않는 무능한 가장일 뿐이다. 『불사조』의 정혁은 애정 없는 아내와 굶어서 칭얼대는 자녀들이 있는 집은 돌아가고 싶지 않은 장소라고 생각하며 동가식서가숙한다. 그리고 결국은 이념이나 운동에서도 전망을 찾지 못하고 취직도 할 수 없어서 술로 도피하고 만다. 『영원의 미소』의 서병식은 여주인공 최계숙을 사랑하지만 조혼한 아내와 자식들을 부양할 의무가 그의 발목을 잡고 있어서, 계숙과는 의남매처럼 지내야 한다고 자신의 감정을 억누른다. 병식은 계숙과 수영이 사랑하는 사이가 되고 다니던 인쇄소에서 해고되자 삶의 의미를 상실한 채 자살을 택한다.

조혼과 정략혼으로 이루어진 봉건적 결혼이 지닌 억압상은 구여성의 경우도 마찬가지다. 심훈은 『불사조』의 정희가 시집에서 뛰쳐나오기까지 이야기를 전개시키다 연재 중단을 당한다. 그래서 『불사조』에서 다루었던 구여성에 관한 문제를 본격적으로 확대시킨 작품이 『직녀성』인데, 『직녀성』은 조선의 봉건지배층이 몰락하는 과정 속에서 잊혀져버린 존재인 구여성 인숙이 어

22 심훈, 「결혼의 예술화」, 앞의 책, p.519.

린 시절, 아무것도 모른 채 시집와서 겪는 수난사로 『불사조』의 문제의식을 역사적으로 확대시킨 대서사이다. 그녀들은 유학을 떠난 남편에게서 모두 버림받는다. 그들이 유학에서 돌아올 때는 혼자가 아니었기 때문이다. 전근대적 결혼제도 속에서는 남성도 여성도 불행해진다는 것은 자유연애의 실험뿐 아니라, 자유이혼을 정당화하는 근거가 되었다. 결혼은 연애가 지닌 창조의 기쁨, 생명의 도약을 빼앗아가는 일에 다름 아니기 때문이다. 그런데 심훈은 다른 작가들과 달리 조혼한 처와 일찍 시집갔다가 청상과부가 되어 돌아온 누이에 대한 연민의 감정이 컸다. 그는 봉건적 가부장제가 구여성의 삶을 노예화하는 과정을 가까이에서 지켜보았다. 열 살도 채 되기 전에 시집온 아내는 근대적 교육을 받을 기회도 없이 며느리로 살아간다. 십대 후반에 유학을 떠났다 돌아오는 남편들에게는 대개 신여성 애인이 생겼기 때문이다. 구여성에게 결혼은 『직녀성』의 인숙의 삶처럼 껍데기뿐인 예법과 빈 방을 지키는 일이며, 가사 노동에 혹사당하는 불평등한 종속관계를 받아들이는 일이다. 결혼을 노예화된 삶의 고리로부터 끊어내는 가능성을, 심훈은 이념적, 실천적 삶을 함께 할 수 있는 동지적 관계에 기반한 연애로부터 찾으려 했다. 결혼을 예술화할 수 있는 '창조의 기쁨'은 물질적 결합이나, 소유관계를 넘어선 '정신적 결합'이 전제될 때 누릴 수 있는 것이기 때문이다.

그러나 이와 같은 연애가 성립하는 조건은 연애가 품고 있는 낭만성만으로 충분하진 않다. 심훈은 구여성의 삶을 동정했지만, 구여성은 그가 이상으로 제시하고 있는 연애의 목적에 함께 도달할 수가 없다. 따라서 '동지적 사랑'의 모티프는 항상 여학생과의 연애에서 시작한다. 어느 사회에서나 연애는 그 사회가 구성원들을 어떻게 계층화하는가를 반영한다. 특히 봉건적 신분사회를 유지하는 결혼 풍습이 여전히 현존해 있었던 20세기 초반의 조선에서는 연애 또한 교육을 받을 수 있는 특권층의 전유물이었다. 연애는 인간의 본능적 감정에 따른 남녀관계를 의미하거나, 육체적이거나 감각적 차원의 충동이 아니었다. 연애가 예술이자 경건한 종교로 격상된 데에는 연애를 성립시키는 중요한 전제조건에 '교육'이 놓여 있기 때문이다. 더구나 심훈이나 사회주의자들이 하나의 이상적 연애로 제시한 '동지적 사랑'은 지식인 사회에서나 가능한 연애 방식이었던 것이다. 프롤레타리아 해방을 주창할 수 있었던 계몽의 주체들은 결코 프롤레타리아 출신이 아니라는 역설처럼, 프롤레타리아 여성에게 그리고 사회주의 건설 주체들에게 적합한 연애로서 제시되었던 '붉은 연애'의 당사자들은 조선사회의 '의식 있는 인텔리'들에게나 해당되었다. 또한 젊은 남녀를 봉건적 가부장제의 예속으로부터 걸어 나오게 하여, 남·녀가 동등한 가운데 자신의 배우자를 자유롭게 선택하자는 자유연애의 주체들은 자유연애를 통해서도 사회적으로 동등한 위치에 오를 수 없었다. 신여성에 대한 남성 지식인 사회의 이중 시선은 그녀들을 자유연애의 상대로 생각하지만, 그녀들이 기존 사회의 성도덕이나 사회적 성차에 따른 남·녀의 영역 구분에 도전하는 것에 대해서는 비난했다. 신여성들은 지식인 남성이 추구하는 자유연애의 파트너이지만, 어설픈 엘리트 의식으로 서구문화를 모방하여 살려는 사치와 허영의 표식으로 비난받고 그녀들의 이혼이나 정사情死는 공격과 조롱의 표적이 되었다.

그에 비하면 심훈의 장편소설에서 구현되어 있는 '동지적 사랑'을 기반으로 한 이상적 연애에서는 상대 여성을 동등한 정신적 동반자로 대하는 듯 보인다. 하지만 그렇게 보이는 것일 뿐 심훈 장편소설의 여성 동지는 그 자격 요건이 더욱 까다롭다. 『동방의 애인』에서 시작된 조선 청년들의 연애와 혁명의 결합이라는 '동지적 사랑'의 모티프는 『상록수』의 채영신을 통해 완성된다. 채영신은 오직 청석학원 설립이라는 농촌계몽사업을 성공시키고 싶은 허영 외에는 다른 욕심이 없다. 그녀는 박동혁이 한곡리에서 벌이는 농민운동의 든든한 정신적 후원자이자 그의 강인한 의지를 뛰어넘는 헌신성을 지닌 여성운동가로 그려진다. 민중을 계도할 의무가 있는 남성 주체에게 연인이 필요하다면 채영신과 같은 여성이어야 한다는 심훈 식의 '붉은 연애' 공식이 『상록수』로 완성되는 것이다. 그러나 동지적 사랑의 파트너로 구상되는 의지적, 헌신적 여성상은 당대 남성 지식인의 시각으로 재구성된 것이기도 하다.

『영원의 미소』[23]를 예로 들어보자. 『영원의 미소』는 다른 작품들에서 본격적으로 다루지 못했던 사회운동에 함께 나설 수 있는 '연인의 조건'에 대한 남성 중심적 시각이 노골적으로 드러난 작품이다.

> ㉮ 계숙은 따로 떨어져 앉아서 피곤한 다리를 뻗고 새로 나온 부인 잡지를 보기에 정신이 없다. 계숙은 다른 점원들과는 얼리지도 않을 뿐더러 계집애들이 틈만 나면 모여서서 참새처럼 재잘대는 것이 시끄러웠다. 그래서 손이 없을 때에는 한 귀퉁이에 가 돌아서서 소설이나 잡지를 읽었다. '코론타이'의 '붉은 사랑'같은 것은 읽어 넘긴지도 오래지만 일본의 좌익작가의 소설을 끼고 다니며 틈틈이 읽었다.
>
> 바로 몇 해 전에는 연애편지 한 장도 똑똑히 못쓰던 동무들이 요새 와서 시를 쓰느니 소설을 짓느니 하는 것이 속으로는 우스웠다. (중략) '내가 글을 좀 쓰려두서 푼짜리 여류문사 속에 낄까 봐 싫더라' 하고 어지간히 저 자신을 믿었다.[24]

---

23 이 작품은 '(6·10)만세사건' 이후 학교를 졸업하거나 그만둔 '주의자(主義者)' 남-녀의 방황과 그 극복으로서의 농촌사업으로의 투신을 이야기한다. 학생들이 항일주체로 '만세사건' 이후의 학생운동 후일담 성격을 지니고 있다. 그들이 룸펜프롤레타리아로 전락하여 잉여적 삶을 살아가지 않으려면, 농촌으로 들어가서 근대문명으로부터 소외되고, 지주-소작제와 일제의 농업정책 양측으로부터 수탈당하느라 피폐해진 농민의 삶을 구제해야한다는 구상이 담겨 있다. 심훈은 『상록수』는 이 작품의 그 이후 이야기를 쓰고자 했던 계획과 우연히 동아일보 현상공모가 맞아떨어져서 나오게 된 소설이라고 밝혔다.

㉯ 어쨌든 계숙이가 우리들이 기대하던 정반대로 조선의 인텔리 여성들이 보통으로 밟는 길로 빠져들어갈 것은 도리어 예사로 생각하네만, 그러 말미암아 헛되이 정열을 소비하는 자네가 매우 가엾을 따름이네. (중략) 소위 이상이 있고 이해가 깊다는 모던걸, 인텔리 여성을 이 벽강궁촌에다 잡아넣을 수가 있을까? 몽당치마를 벗기고 굽 높은 구두 대신에 짚신을 신기기까지의 노력은 여간이 아닐 것이라 하였다. 그러자면 속도 무한히 썩어야겠고 애도 무진 태워야 겠다고도 생각해보았다. 꿩의 새끼를 잡아다 기르면 기어이 산으로 기어 올라가듯이 애쓰고 속 태운 보람이나 있을는지가 매우 의문이요, 또한 장담 못할 노릇이었다.[25]

『영원의 미소』는 '○○사건' 당시 여학교 대표로 서병식, 김수영과 함께 운동을 조직했던 여학생 최계숙을 중심으로, ○○사건 이후의 이야기를 다룬다. 김수영과 최계숙은 ○○사건의 주모자로 나란히 신문지상에 실릴 만큼 핵심적인 역할을 했다고 설정되어 있다. 그러나 학교를 졸업하고 갈 곳이 없는 이 청년들은 신문배달부, 백화점 직원, 인쇄공으로 취직한다. 그런데 모두들 생계를 해결하기 위해 '노동'하는 것은 마찬가지이지만, 유독 최계숙이 백화점 판매원으로 나선 것은 스캔들처럼 취급된다. 수영이나 병식은 계숙의 취업에 대해 부르주아들의 노리개로 전락이라도 한 것 마냥 근심한다. 학생운동을 지도했던 의식 있는 여학생이 백화점 직원으로 진열장 앞에 섰다는 소식은 마치 그녀가 카페여급이 되기로 했다는 소식처럼 타락의 시작이라고까지 여기는 것이다. 그러나 계숙은 ○○사건에서 학생운동을 이끌었고, 맑스 걸로서의

24 심훈, 『영원의 미소』, 앞의 책, p.82.
25 위의 책, p.201.

자긍심이 있다. 그녀는 백화점 판매원이지만, 다른 신여성들의 유치한 문학취향을 비웃거나 여류문사로 행세하는 신여성들에 대한 우월감을 지니고 있다. 그러나 그녀의 남성 동지들에게는 계숙 역시 보통의 조선 인텔리 여성들이 밟아가는 길로 빠져들 것이라고 여기면서 갈등이 시작된다. 계숙은 그녀의 남성 동지들이 바라보는 시선대로 움직인다. 사치스러운 옷을 사 입기 시작하고, 빚을 끌어다 쓴 이유로 조경호의 흑심을 알고 있으면서도 경호·경자 남매의 후원을 받아서 동경유학이라도 다녀오자는 허영심으로 자신이 사랑하는 애인을 놓치기 직전에 처한 것이다. 삶에 희망이 남아 있지 않다는 유서와 함께 자살을 선택한 병식은 마지막까지 계숙을 타락의 길에서 구해야 한다는 부탁을 수영에게 당부한다. 전날의 다부진 학생운동 동지였던 계숙은 먹고 살기 위해 백화점에서 일을 하는 순간부터 허영심 많은 도시 여성, 결국은 봉건적 결혼제도의 바깥에서 남성에게 기생하는 삶으로 전락하는 신여성의 대표가 된다. 계숙에 대한 사회적 조롱은 남성 지식 사회에서뿐 아니라 계숙이 깔보는 여류문사의 필봉에 의해서도, 그리고 그녀와 '만세사건'의 추억을 공유하고 있는 동지들에 의해서도 이루어지는 것이다.

왜냐하면 계숙의 우월감을 형성하는 서 푼짜리 여류문사와 코론타이의 '붉은 사랑' 정도는 탐독할 줄 아는 맑스 걸과의 위상 차이는 남성 주체의 시선으로 위계화된 것인 까닭이며, 그녀의 우월감이 남성 주체의 시선에는 별다른 위력을 발휘할 수 없는 것은 그녀 역시 결국은 보통의 조선 인텔리 여성이기 때문이다. 즉 남성에게 도시 신여성은 근대식 교육을 받는 바가 있어 뜻이 통한다고는 하지만, 유치한 수준으로 남성의 영역—문화, 예술, 사회 활동—을 넘보는 존재일 뿐이다. 게다가 그녀들을 대하는 시선에는 도시 소비자본주의가 양산하는 사치스러운 소비욕망에 지배당하며, 결국은 구여성이나 시골여자에게는 없는 허영심으로 말미암아 대부호의 첩이 되거나 화류계로 흘러든다는 편견이 들어 있다. 결국 이와 같은 신여성이 남성 주체와 동등한 동지적 관계를 맺기 위해서는, '몽당치마'를 벗어야 하고 '다시, 짚신으로' 갈아 신어야 한다. 남성에 의해 재교육되거나 아니면 애초부터 신여성의 표식들을 지니지 않은 여성일 때라야 그들은 연인들과 진정한 동지적 관계를 맺는다는 것이다. 수영은 계숙을 힐책하는 두 번의 편지로 계숙과 이별했다가 병식의 자살 소식을 듣고 상경한 후 재회한다. 그는 결코 계숙에게 '가마고지'로 함께 내려가자는 이야기를 하지 않는다. 계숙이 스스로 몽당치마를 벗고 구두를 짚신으로 갈아 신을 때까지 사랑을 허락하지 않는 것이다.

그렇기 때문에 진정한 동반자로서의 자격을 얻는 여성들은 남성 주체와 동일하게 강인한 의지와 이지적이고 민중들의 삶을 구해야 한다는 지식인으로서의 소명을 지닌 희생적인 투사의 상을 지녀야 했다. 기미년의 옥사와 농촌계몽운동의 경험을 공유하는 신여성이라 할지라도, 그녀들은 다시 남성주체에 의해 교육되는 타자가 된다. 그녀들은 자신도 남성 동지 못지않은 강인한 실천 의지가 있다는 것을 증명해야 한다. 내면의 허영심, 인텔리 여성으로서의 우월감을 버려야 하고 신여성을 상징했던 새로운 패션과 소비의 흔적을 벗어야 한다. 그녀들은 소박하고 남루한 옷차림에도 불구하고 강해서 아름다울 수 있는 성격을 지녀야 하며 포기를 모르는 근성을 지녀야 한다. 그녀 자신이 민중의 딸이자 민중 속에서 살아갈 수 있다는 것을 남성에게 보여줄 수 있어야, 그녀는 그와 연인이자 (그의) 큰 뜻을 함께 이뤄나갈 수 있는 동지적 사랑의 주체로 인정받는 것이다. 심훈 장편소설의 여성 동지들은 신여성들의 허영심을 극복해야 하고, 구여성적인 인습으로부터 벗어난 주체의식을 지녀야 하며, 동지이자 연인인 남성이 시련—옥사, 고문, 계몽사업 등에서 비롯한 위기상황—을 겪을 때 이를 뒷바라지해주는 여성이어야 한다. 남녀가 동등한 위치에서 이념적 동지의 관계를 맺는다는 이상적 연애를 지향해가는 과정에는,

이처럼 남성 주체에 비해 극복해야 할 것들과 희생해야 할 것들이 훨씬 많다. '동지적 사랑'이 남성 중심적 시각으로 여성을 지사로 만드는 방식이라면, 여기에는 또 다른 방식의 여성성의 억압이 존재할 수밖에 없을 것이다. 이러한 점이 심훈 장편소설이 연애소설이자 계몽소설로서 '동지적 사랑'이라는 모티프를 반복하면서 강화시켜 온 한계라 볼 수 있다.

5
결론

이 논문은 심훈의 1930년대 장편소설이 당대 사회주의 연애관의 영향과 심훈의 3·1운동에 대한 기억을 바탕으로, '동지적 사랑'의 모티프를 반복하는 특징에 관하여 분석하였다. 1920년대 자유연애론은 전근대사회의 습속과 여성 억압적인 성도덕을 전복시킬 만한 급진성을 지니고 있었다. 하지만 남성 중심의 지식사회에서는, 자유연애론은 일관되게 주장하되 신여성에 대해서는 이중 잣대를 적용하였다. 1920년대 후반 알렉산드라 콜론타이의 『붉은 연애』가 인기를 끌고 그 영향으로 계급사회에서 참 연애는 불가능하다는 사회주의 연애관은 연애도 혁명을 위해 복무할 수 있어야 한다는 '동지적 사랑'으로 변모한다.

심훈이 장편소설에서 청춘 남녀의 연애가 지닌 낭만과 열정을 사회적으로 승화시키는 연애에 대한 이상을 반복, 강화해온 사상적 원천은 그의 사회주의적 지향에서 찾을 수 있다. 하지만 민족주의, 사회주의로 나뉠 수 없는 3·1운동에 대한 기억은 그의 소설 주인공들을 행동주의적 실천에 나서게 하는 원동력이다. 실제로 남녀가 동등한 가운데 연애가 이루어지기 힘든 조선사회에서 심훈 소설의 주인공들이 '동지적 사랑'을 구현해갈 수 있었던 것은 그들이

3·1운동을 비롯한 학생 항일 시위에서 항일의 주체로 나선 남·여 학생이기 때문이다. '동지적 사랑'을 모티프로 전개해나가는 심훈의 연애소설은 연애소설의 공식이 되어버린 애정 삼각 갈등보다 연애와 사회운동 사이의 갈등을 축으로 진행되어 나간다. '동지적 사랑'의 모티프로 말미암아 사적 욕망과 공적 대의 사이의 갈등을 진지하게 다룰 수 있었다는 점은 심훈 장편소설의 의의이다. 하지만 '동지적 사랑'으로 연애를 이끌고 가면서 개인의 감정과 사생활을 이데올로기에 종속시키거나, 국가건설의 당위로 용해시키면서 청년의 책무라고 강조하는 것은 또 다른 근대의 폭력이었을 수도 있다. '동지적 사랑'을 실천하기에 앞서, 남성 주체는 자신과 그와 같은 관계를 맺을 수 있는 여성 주체의 자격 조건을 걸어둔다. 그 과정에서 구여성과 신여성 모두 타자화되고 남성중심적 시각으로 여성 주체가 재구성된다. 이런 과정을 통해 맺어지는 '동지적 사랑'이 여전히 성의식에 있어서만큼은 기존의 차별적 시선을 지니고 있다는 점이 한계로 발견된다.

■ 참고문헌

1. 기본자료

심　훈, 『심훈문학전집(沈熏文學全集)』 1 ~ 3, 탐구당, 1966.

2. 참고자료

김경일, 『여성의 근대, 근대의 여성』, 푸른역사, 2004.

남상권, 「직녀성 연구」, 《우리말글》 vol.39, 우리말글학회, 2007, pp.309~338.

박정희, 「심훈소설 연구」, 석사학위 논문, 서울대학교, 2003.

백　철, 『조선신문학사조사: 현대편』, 백양당, 1949.

심진경, 「여성 성장소설의 플롯–심훈의 직녀성 고(考)」, 『현대소설 플롯의 시학』, 태학사, 1999.

송지현, 「심훈 직녀성–그 드라마적 특성을 중심으로」, 《한국언어문학》 31권, 한국언어문학회, 1993, pp.417~429.

유병석, 「심훈연구: 생애와 작품」, 석사학위 논문, 서울대학교, 1964.

이사유, 「1920년대 후기 프로소설의 연애문제」, 석사학위 논문, 인하대학교, 2009.

이혜령, 「신문·브나로드·소설–리터러시의 위계질서와 그 표상」, 《한국근대문학연구》 vol.15, 한국근대문학회, 2007, pp.165~196.

임　화, 『문학의 논리』, 학예사, 1940.

조남현, 「심훈의 직녀성(織女星)에 보인 갈등상」, 『한국소설과 갈등』, 문학과비평사, 1988.

전영태, 「진보주의적 정열과 계몽주의적 이성」, 『한국근대작가연구』, 삼지원, 1985.

최원식, 「심훈 연구 서설」, 『한국근대문학을 찾아서』, 인하대 출판부, 1999.

최종길, 『심훈기념관 자료집–심훈·유족, 심훈기념관 그리고 당진』, 도서출판 맥, 2011.

한기형, 「습작기(1919~1920)의 심훈」, 《민족문학사연구》 22권, 민족문학사학회, 2003, pp.190~222.

———, 「"백랑(白浪)"의 잠행 혹은 만유: 중국에서의 심훈(산책)」, 《민족문학사연구》 35권, 민족문학사학회, 2007, pp.438~460.

———, 「서사의 로칼리티, 소실된 동아시아–심훈의 중국체험과 『동방의 애인』」, 《대동문화연구》 63권, 대동문화연구회, 2008, pp.425~447.

5

심훈의 장편소설에 나타나는 “사랑의 공동체”

무로후세 코신[室伏高信]의 수용 양상을 중심으로

권철호
서울대학교

1
서론

한국문학사에서 심훈(1901~1936)은 시집 『그날이 오면』과 장편소설 『상록수』의 작가로 기억되고 있다. 그의 작품들은 피식민지인이 느꼈던 분노와 비애감을 가감 없이 보여주고 있다. 이 때문에 심훈은 일반 독자들에게 일제강점기 시대의 대표 작가로 기억되고 있다. 그러나 일반 독자들이 갖고 있는 강렬한 인상에 반해, 연구자들이 심훈을 바라보는 평가는 높지 않다. 심훈의 작품 세계에 대한 연구자들의 부정적인 평가는 임화로부터 시작된다. 임화는 「통속소설론」에서 심훈의 장편소설이 예술소설에서 김말봉 식의 통속소설로 나아가는 과정에 놓여 있다고 평가하고, 그의 작품은 (사회의 혹은 서사 내부의) 모순을 통속적인 방법으로 해결한다고 지적한다.[01] 심훈에 대한 부정적 평가들은 단순한 플롯, 서술자의 빈번한 개입, 리얼리즘에 대한 몰이해 등이 작품 곳

01 임화, 「통속소설론」, 『문학의 논리』, 소명출판, 2009, 315면.

곳에서 노출되고 있다는 점에서 기인하고, 그의 소설이 근대 소설의 미학적 규범을 결여하고 있다고 지적한다.[02] 이 때문에 그의 장편소설들은 빈번히 노블novel의 미달태인 로망스romance라고 평가받는다. 이러한 부정적인 평가로 인해 문학사에서 심훈의 자리는 마련되지 못했으며, 단지 1930년대 농촌계몽소설로 『상록수』 정도가 언급되고 있을 뿐이다.[03] 그러나 『상록수』마저도 문화계몽주의가 보여주는 작가의 문제의식이 "유년기적 순진성"에 머물고 있다고 평가받았다.[04]

심훈에 대한 이러한 평가는 정당한 것일까? 1930년대 초중반 심훈은 당대의 어떤 작가보다 장편소설 창작에 노력을 기울였던 작가로, 그의 소설은 이 시기 한국 문학 수준을 이해하는 바로미터로 볼 수 있다. 그는 1926년 영화소설 『탈춤』을 《동아일보》에 연재하면서 새로운 소설 양식을 실험했으며, 1930~31년에는 『동방의 애인』과 『불사조』를 《조선일보》에 연재함으로써 당시 일제 당국의 검열의 한계에 도전했다. 이후 1933~1936년까지 『영원의 미소』, 『직녀성』, 『상록수』를 《조선중앙일보》, 《동아일보》에 잇달아 연재하면서 장편소설 창작을 통해 대중성과 문제의식을 동시에 획득한 작가였다. 36살의 나이로 요절할 때까지 소설 쓰기를 멈추지 않았던 작가였음에도 불구하고, 그가 한국문학사에서 온전히 가치평가 받지 못했던 것은 당대 문단 내에서 그의 위치가 명확히 규명되지 않았기 때문이다. 1920년대 초 사회주의적 성격이 강한 극문회의 회원이자 카프KAPF의 창립 멤버였다는 작가의 이력만을 살펴본다

---

02 최원식, 「동아시아 서사학의 전통과 근대: 서구 근대소설 대 동아시아 서사 -심훈 『직녀성』의 계보-」, 《대동문화연구》 40, 2002.

03 권영민, 『한국현대문학사』 1, 민음사, 2002, 521~522면.

04 김윤식, 경원대학교 편(編), 「문화계몽주의의 유형과 그 성격-『상록수』의 문제점」, 『언어와 문학』, 역락, 2001, 43면.

면, 그는 사회주의 문학 진영에 공명하고 있었던 것으로 보인다. 그러나 반대로 심훈이 프로 문학 진영과 벌인 논쟁을 살펴본다면 그는 민족주의 계열의 지식인으로 규정된다. 김기진은 심훈을 '민족주의-소시민적 자유주의-이상주의자'로 규정한 바 있다.[05] 심훈은 '민족주의'와 '사회주의'라는 문단의 양쪽 진영에서 상반된 평가를 받았던 작가로 이항 대립적인 문학사에서 그의 자리는 온전히 평가받기 어려웠다.

심훈 소설이 갖고 있는 두 가지 한계점, 즉 서양 근대소설의 규범인 노블novel에 미달하는 로망스romance라는 평가를 극복하고, 작가의 모호한 사상적 지향성을 이해하기 위해 선학들은 두 가지 방향으로 연구를 진행해왔다. 첫째, 심훈 소설에 대한 미학적 평가를 재고하기 위해 영화인으로서 심훈의 이력에 관심을 기울인 연구들이 등장했다. 선학들은 심훈의 영화평론들을 통해 작품세계를 새롭게 조망하거나, 『탈춤』, 『상록수』 등의 소설을 영화적 기법으로 재해석하려고 시도한 바 있다. 일련의 연구들은 그의 소설이 근대소설의 문법이 아닌 영화문법에 따라 형성된 것임을 밝히고 있다.[06] 이러한 최근의 연구 경향은 심훈 소설이 근대 소설의 미달태가 아님을 밝히고, 당대 매체와의 상관관계 속에서 이해되어야 함을 밝혀냈다는 점에서 의의가 있다. 하지만 이러한

---

05 김기진, 「조선 프로문학의 현재의 수준」, 《신동아》, 1934.1.

06 전흥남, 「심훈의 영화소설 『탈춤』과 문학사적 의미」, 《한국언어문학》 52, 한국언어문학회, 2004.
주인, 「영화소설 정립을 위한 일고: 심훈의 『탈춤』과 영화 평론을 중심으로」, 《국어연구》 34, 한국어문교육연구회, 2006.
박정희, 「영화감독 심훈의 소설 『상록수(常綠樹)』 연구」, 《한국현대문학연구》 21, 한국현대문학학회, 2007.
조혜정, 「심훈의 영화적 지향성과 현실인식 연구: 『탈춤』, 『먼동이 틀 때』, 『상록수(常綠樹)』를 중심으로」, 《영화연구》 31, 한국영화학회, 2007.
김외곤, 「심훈 문학과 영화의 상호텍스트성」, 《한국현대문학연구》 31, 한국현대문학학회, 2010.

접근 방식은 영화인으로서의 짧은 행보에 그의 문학 작품 전반을 환원하려는 시도가 될 수 있기에 위험을 내포하고 있다.

한편 심훈의 사상적 지향성을 밝히려는 연구는 초기부터 지속되어 온 편이다. 그러나 1960년대 유병석의 연구 이후 심훈의 전기를 재구하거나 그의 사상적 지향성을 밝히려는 연구는 한동안 정체에 빠져 있었다.[07] 대표작인 『상록수』가 1930년대 브나로드Vnarod운동의 영향 아래 창작된 농촌계몽소설이라는 통념으로 인해 심훈은 '계몽주의자'[08] 혹은 '나로드니키주의자'[09]라고 규정돼 왔고, 그의 사상적 지향성은 작품에 형상화된 인물 유형을 통해 '자유 유동적 지식인'[10], '인텔리 노동인간'[11] 등으로 이해되어 왔다. 반면 최원식은 심훈과 당대 사회주의자들과 인적 네트워크를 맺고 있다는 점에 주목해 그의 사상이 사회주의 문학 진영에 밀접하다고 추정했다.[12] 같은 맥락에서 염군사나 철필구락부 사건에 개입했었다는 사실에 주목해 작가가 사회주의 사상과 공명했음을 주장하면서 그를 민족주의 진영에서 사회주의 진영으로 자리바꿈하려는 시도가 이어지고 있다.[13] 그럼에도 불구하고 연구자들은 대체로 심훈이 전통적인 맑스·레닌주의를 철저하게 이해하지 못했다는 평가를 유지하고 있다.

이를 극복하기 위해 최근 들어 실증주의에 입각해 심훈의 전기를 재구하려는 작업이 나타났다. 한기형은 1919~1920년 습작기 심훈의 전기적 사실을

---

07 유병석, 「심훈 연구」, 서울대 석사논문, 1964.

08 전광용, 「『상록수(常綠樹)』고(考)-작가의식을 중심으로」, 『한국근대소설사론』, 한길사, 1982.

09 유문선, 「나로드니키의 로망스-심훈의 『상록수(常綠樹)』론(論)」, 『장편소설로 보는 새로운 민족문학사』, 열음사, 1993.

10 전영태, 「진보주의적 정열과 계몽주의적 이성-심훈론」, 『한국근대작가연구』, 삼지원, 1985.

11 김붕구, 「심훈-'인텔리 노동인간'의 농민운동」, 『작가와 사회』, 일조각, 1982.

12 최원식, 「심훈연구서설」, 『한국근대문학사의 쟁점』, 창작과비평사, 1990.

13 주인, 「심훈 문학 연구 방법에 대한 서설」, 《어문논집》 34, 중앙어문학회, 2006.

새롭게 밝혀 심훈의 문학적 원형을 찾으려 했다. 그는 경성구락부의 《신청년新青年》에 실린 심훈의 처녀작 「찬미가에 쌓인 원혼」을 발굴하고, 방정환, 류종석 등 천도교 계열 문인들과의 인적 네트워크를 추적하고, 중국 지강대학의 유학 경험에 주목해 작가의 전기를 재구성하려는 연구를 진행했다.[14] 심훈의 새로운 전기적 사실을 밝혀나가려는 선학들의 시도는 결국 작가의 위치를 당대 문학장 속에서 재설정하려는 시도로 귀결된다. 심훈이 맺고 있던 인적 네트워크를 통해 그의 사상적 지향성을 확인하고, 이로써 작가의 작품 세계를 재독하려는 시도는 충분히 의미 있는 작업이지만 한계점을 내포할 수밖에 없다. 왜냐하면 심훈은 김문집, 이태준으로부터 홍명희, 신채호, 박영희, 김기진 등에 이르는 다양한 이념적 스펙트럼을 갖은 문인들과 교우하고 있었기 때문에, 오로지 인적 네트워크만으로는 그의 사상적 지향성을 파악하는 것은 어려운 작업이다.

본고는 선학들의 연구 성과와 그 한계를 토대로 논의를 시작하고자 한다. 우선 작가 심훈의 사상적 지향성을 이해하고 이를 통해 작품 세계를 해석하는 것을 목적으로 하는데, 이를 위해 두 가지 방법론을 채택하고자 한다. 첫 번째로 그의 소설 작품에서 반복적으로 나타나는 모티프에 주목하고 그러한 모티프가 나타나게 된 연원을 살펴보는 것이다. 모티프는 "예술 작품에 특별한 인상을 부여하는 주제적 요소"로 문학 작품의 주제를 조직하는 데 준거점이 된

---

14 한기형, 「습작기(1919~1920)의 심훈: 신자료 소개와 관련하여」, 《민족문학사연구》 22, 민족문화연구소, 2003.
한기형, 「"백랑(白浪)"의 잠행 혹은 만유: 중국에서의 심훈」, 《민족문학사연구》 35, 민족문화연구소, 2007.
한기형, 「21세기 인문학의 창신과 대학: 서사의 로칼리티, 소실된 동아시아 -심훈의 중국체험과 『동방의 애인』-」, 《대동문화연구》 63, 성균관대학교 대동문화연구원, 2008.

다. 그러므로 한 작가가 동일한 모티프를 반복하는 것은 그의 문제의식과 이념적 지향성을 표출하는 것이다.[15] 한 작가에게 반복적으로 등장하는 모티프는 그것이 작가의 무의식적 징후든 의도적 창작 전략이든 작가의 사상적 지향성을 엿볼 수 있는 통로가 된다. 두 번째로 이러한 모티프가 나타나게 된 이유를 살펴보기 위해 작가 접했던 당대 사상의 조류를 살펴볼 것이다. 심훈이 참고reference했던 서지들을 통해 그의 사상적 맥락을 재구하는 작업을 진행하도록 하겠다. 이를 통해 작가의 작품 세계를 재고할 수 있는 새로운 가능성을 여는 것이 본고의 목적이다.

2

'사회주의'와 '낭만주의'의 원류

영화소설 『탈춤』(《동아일보》, 1926.11.9.~12.16.)은 작가의 첫 장편소설이라는 점에서 사상적 원류를 엿볼 수 있는 작품이다. 작품의 「머리말」에서 심훈은 "『돈』의 탈을 쓴 놈, 『권세』의 탈을 쓴 놈, 『명예』, 『디위』의 탈을 쓴 놈…또한 요술장이들의손에서는 끈임업시『련애』라는 달큼한술이 비저나온다."라고 썼다.[16] 돈, 권세, 명예, 지위라는 사회문제가 연애와 밀접한 관계가 있음을 보여주기 위해 작가는 '또한'이라는 부사어를 통해 두 문제를 대등한 층위에서 연결시킨다. '사회문제=연애'라는 머리말에 나타난 작가 의식은 『탈춤』의 서사

15 홀스트 잉그리스 뎀리히, 이재선 편역(篇譯), 「모티프와 주제」, 『문학주제학이란 무엇인가』, 민음사, 1996, 143~149면.

16 심훈, 『탈춤』, 《동아일보》, 1926.11.9.

구조에서도 드러난다. 『탈춤』은 남주인공인 오일영과 이혜경, 그리고 이들의 연적戀敵인 임준상이 만들어내는 삼각관계가 핵심적인 서사구조를 이루고 있다. 작가는 삼각관계라는 통속적인 서사구조를 빌려 고학생인 오일영과 그의 친구 강홍열이 부르주아 계층인 임준상과 빚어내는 계급적 갈등을 표현한다. 한 명의 여성을 둘러싼 삼각 구조를 중심으로 계급·사회적 문제를 표현하는 심훈 특유의 서사구조는 1930년에 발표된 미완성 장편소설인 『동방의 애인』에서도 똑같이 변주되어 나타난다. 「작가의 말」을 살펴보면 심훈의 문제의식이 직접적으로 언급된다.

> 남녀간에 매저지는 련애의결과는 조그만 보금자리를 얽어놓는데 지나지못하고 어버이와 자녀간의사랑은 피ㅅ줄을 니어나아가는 한낫정실관계貞實關係에 긋치고 마는것입니다.
>
> ◇
>
> 우리는 보다 더 크고 깁고 변함이업는 사랑가운데에 사러야하겟습니다. 그러려면은 우리민족과 가튼계급에 처한남녀로소가 사랑에겨워 껴안고 몸부림칠만한 새로운 공통된 애인을 발견치안코는 견대지못할것입니다.
>
> ◇
>
> 나는 그것을 차저내고야 말엇습니다!
> 오래ㅅ동안 초조하게도 기다려지든 그는 우리와 지극히 갓가운거리距離에서 아조 평범한사람들속에 나타나고잇섯든것입니다. 그와 동시에 여러분에게 그의정체를 보여드려야만할의무義務와 감격感激을 아울러 늣긴것입니다.[17]

17 심훈, 「작가의 말」, 《조선일보》, 1930.10.26.

심훈은 "남녀간에 매저지는 련애", 그리고 부모와 자식의 "정실관계貞實關係"라는 외연을 넘어선 '사랑'의 의미를 강조한다. 이러한 외연의 범주를 넘어선 '사랑' 속에 "우리민족과 가튼 계급"의 문제가 내포되어 있으며, 작가는 그 '사랑'의 의미를 찾아내고 표현하기 위해 『동방의 애인』을 창작한다고 포부를 밝히고 있다. 이는 통속적인 맥락에서 '사랑'이라는 개념을 절취해서 새롭게 재정의 하려는 시도로 보인다. 그는 남녀 간에 연인관계를 지칭하는 "애인愛人"이라는 개념이 "새로운 공통된 애인"으로 확장되어야 한다고 주장하는데, 그 "공통된 애인"이란 다름 아닌 "평범한사람들"이다. 심훈은 '사랑'이라는 개념의 외연을 민족과 계급이라는 영역으로 확장시키고자 한다.

작가의 이러한 기획은 『동방의 애인』이 미완에 그치면서 작품 속에서 명확하게 형상화되지는 못한다. 연재된 부분만을 살펴본다면, 『동방의 애인』은 3·1운동에 가담했다가 상해로 떠난 박진과 김동렬이라는 두 남자 주인공이 독립운동에 투신하는 과정에서 각각 백영숙과 강세정이라는 여인을 만나는 연애 서사가 주를 이룬다. 『동방의 애인』은 심훈과 친분을 유지하던 박헌영이 박진의 모델로 등장한다는 점이나 조선인 대표로 러시아의 노동대회에 참석한다는 내용을 염두에 둔다면, 심훈의 작품 중에서 사회주의적 성격이 가장 강하게 나타난 작품이라고 할 수 있다. 그러나 연재된 내용만을 살펴본다면 두 주인공의 이념적 행보는 연애와 결혼이라는 서사구조 속에서 구체적으로 나타나진 않는다. 작품이 미완에 그치면서 심훈이 재정의 하고자 했던 '사랑'은 구체적으로 형상화되지 않는다.

한 가지 주목할 만한 것은 『동방의 애인』 이후부터 『불사조』에서 『영원의 미소』, 『직녀성』, 『상록수』으로 이어지는 과정에서 남녀 주인공의 연애 서사 속에서 '사랑'이 '동지애'에 기반한다는 점이다. 작품들에서 남녀 주인공들은 '사랑'에서 '동지애'로 나아가거나, '동지애'에서 '사랑'으로 나아가면서 두 가지 감정이 결합되는 형태로 나타난다. 이를 통해 작가는 남녀 간의 연애 문제를 계급·사회적 문제와 자연스럽게 결부시킨다. '동지애-사랑'의 양상은 그의 소설이 '낭만주의'가 '사회주의' 혹은 '반反자본주의'와 교직하는 서사구조를 만들어내는 원동력이 되었다. '낭만주의'와 '사회주의'가 동시에 나타나는 것은 일견 모순적이기 때문에, 연구자들은 심훈의 소설이 맑스주의적 문제의식을 통속적인 서사로 귀결시킨다고 평가해왔다. 또한 계급·사회적 문제가 '사랑'이라는 연애 서사구조로 형상화된 것을 두고, 연구자들은 작가가 맑시즘에 대해 몰이해했다고 평가내리거나, 식민지 시대에 작가들이 숙명으로 받아들여야 할 표현의 한계였다고 지적했다.

하지만 이러한 평가들은 재고의 여지를 갖고 있다. 이를 재고하기 위해서는 심훈이 카프 진영과 논쟁을 벌였던 내용에 주목할 필요가 있다. 심훈은 카프의 초창기 멤버였음에도 불구하고 한설야, 임화 등과 논쟁을 펼치면서 계급 문학 진영과 일정한 거리를 유지하고 있었다. 한설야는 「예술영화에 대한 관견」(《중외일보》, 1928.7.1.~9.)이라는 글을 통해 심훈의 영화 〈먼동이 틀 때〉를 비판했으며, 심훈은 이에 대한 반박으로 「우리 민중民衆은 어떠한 영화映畵를 요구하는가-를 논論하여 「만년설군萬年雪君」에게-」(《중외일보》, 1928.7.26.~27.)를 발표했다. 이후 임화는 「조선영화가 가진 반동적 소시민성의 말살-심훈 등의 도량에 항하여」(《중외일보》, 1928.7.28.~8.4.)를 통해 심훈의 평론에 재반박을 가했다. 심훈은 한설야와의 논쟁에서 자신의 예술론을 드러내는데, "마르크시즘의 견지로서만 영화映畵를 보고 이른바 유물사관적唯物史觀的 변증법辨證法을 가지고 키네마를 척도하려 함은 예술藝術의 본질本質조차 해득解得지 못한 고루固陋한 편견偏見에 지나지 못"한 것이라고 비판하면서 자신의 예술론이 맑시즘의 '유물사관적 변증법'과 거리를 두고 있음을 밝힌다. 오히려 심훈은 한설야와의 논쟁 속에서 남녀 간의 연애 문제, 즉 '사랑'이라는 테마가 당대 사회의 암면을 묘파할 수 있는 통로이며, 대중들의 흥미를 이끌어 낼 수 있는 방법이라고 주장한다.

> 내 생각 같아서는 모든 문제 가운데서 우리에게 절박切迫한 실감實感을 주고 흥미를 끌며 검열관계檢閱關係로도 비교적 자유롭게 취급할 수 있는 것은 성애문제性愛問題일까한다. (……중략……) 현대남녀現代男女의 애욕갈등愛慾葛藤이란 또한 (돈) 즉 생활문제生活問題로 말미암아 일어나는 경우가 많겠고 여자란 결국 돈 있는 놈에게로 팔려가는 상품商品이요, 용모容貌나 재화才華는 <시세時勢>의 고저高低나 금액金額의 다과多寡를 보이는 인육판매人肉販賣의 광고판廣告板에 불과하는 것이다.[18]

심훈은 카프 작가들이 계급의식을 직접적으로 표출할 것이 아니라, 자본주의의 폐해를 보여주기 위해 '성애문제性愛問題'를 다뤄야 한다고 주장한다. 이는 카프 내부에서 주창되었던 김기진의 '대중문학론' 문제의식을 선취한 것이었다. 김기진은 1928년 11월에야 「통속소설소고通俗小說小考-문예시대관단편文藝時代觀斷片」을 통해 일제의 검열로 인해 계급의식을 표현하는 것이 자유롭지 못하므로, 대중들이 쉽게 공감할 수 있는 제재인 부르주아 계급의 연애 문제를 다루어야 한다고 주장한다. 심훈이 김기진의 '대중문학론'을 창작방법론으로 삼았다는 연구자들의 통념과 달리, 심훈은 이보다 앞선 1928년 7월에 김기진의 '대중문학론'과 유사한 논의를 이미 개진하고 있었다.[19] 그는 검열이라는 현실적 한계 속에서 "애욕갈등愛慾葛藤"이라는 우회로를 통해 당대 조선사회의 문

18 심훈, 「우리 민중(民衆)은 어떠한 영화(映畫)를 요구하는가-를 논(論)하여 「만년설군(萬年雪君)」에게-」, 《중외일보》, 1928.7.26.~27.

제점을 포착할 것을 주장한다. 자본주의 사회에서 연애와 결혼의 문제가 생활 문제, 즉 물질적 기반에서 자유롭지 못하다고 지적하고 인간의 가장 순수하고 내밀한 감정의 영역인 '사랑'마저 상품화되었다고 비판한다. 심훈은 대중들에게 흥미를 일으킬 수 있는 연애 문제를 통해 자본주의의 폐해를 드러낼 수 있음을 카프 측에 역으로 제안하고 있다.[20] 이는 심훈 소설에서 남녀 간의 애정 갈등이 주요 모티프로 나타나는 것은 단순히 통속적인 흥미만을 고려한 것이 아니라, 당대 사회문제 제반을 다루기 위한 서사적 장치임을 보여준다. 남녀 간의 '성애性愛' 문제를 통해 당대 사회 문제를 돌파하겠다는 심훈의 주장이 한설야와의 논쟁에서 나온 궁여지책이 아님은 이보다 앞서 쓰인 「결혼結婚의 예술화藝術化」라는 글을 통해서 확인할 수 있다.

심훈이 1925년 《동아일보》에 발표한 「결혼結婚의 예술화藝術化」라는 평론은 '자유결혼' 문제를 다루고 있다. 1920년대 초중반, 조선의 문단 내에서는 '자유연애'나 '자유결혼' 담론이 다양한 방식으로 공론화되었다. 노자영 등의 문인

---

19 신경림은 김기진과 심훈의 관계를 들어, 심훈이 김기진의 대중소설론에 영향을 받은 것이라고 주장했다. 신경림(申庚林), 『그날이 오면 그날이 오며는』, 지문사, 1982, 60~61면.
이주형은 심훈이 김기진의 예술대중화론의 자장 아래에서 창작활동을 개진한 '통속적 사회주의 소설' 작가라고 이해하고 있지만, 실상 예술 대중화의 문제를 선취하고 있었던 것은 심훈으로 보인다. 이주형, 『한국근대소설연구』, 창작과비평사, 1995.

20 작가가 보여주는 프로문학과의 거리감은 1930년대에 이르면 보다 뚜렷하게 나타난다. 그는 「푸로문학(文學)에직언이삼(直言二三)」(《동아일보》, 1932.1.25.~26.)에서 카프 문단의 문제를 지적한다. 심훈은 카프 문단이 이론적으로 통일되지 못한 채 파벌주의에만 관심을 기울이며, 조직 외부의 문인들에게 지나치게 배타적이며, 대중들은 이해할 수 없는 팜플렛 같은 어휘와 문장을 사용한다고 비판한다. 카프 진영에 대한 이러한 비판은 「무되인 연장과 녹이 슬은 무기(武器)」(《동아일보》, 1934.6.15.)에서도 반복된다. 심훈은 카프 진영과의 논쟁 속에서 사회문제를 다루는 방식으로 카프 진영과 대립한다. 심훈이 카프 문단에 가하는 비판 중 가장 핵심적인 것은 카프가 대중들에게 계급의식을 강제로 주입하려 한다는 데 있다. 대중들이 이해할 수 없는 용어와 문장으로 된 소설을 써봤자 대중 독자들은 이에 관심을 기울이지 않는다는 것이었다.

들은 엘렌 케이Ellen Key의 『연애 결혼론』이나 구리야가와 하쿠손廚川白村의 『근대의 연애近代の戀愛』를 통해 조선의 문학장에서 '자유연애' 문제를 공론화 시켰다. 넓은 맥락에서 본다면, 심훈의 「결혼結婚의 예술화藝術化」도 당대 문학장의 담론 속에서 '자유연애' 문제를 다루고 있는 것으로 보이지만 실상 내용에서는 커다란 차이를 보여준다.[21] 심훈은 「결혼結婚의 예술화藝術化」에서 '자유결혼'보다 '자유이혼'의 중요성을 강조한다. 그가 '자유이혼'을 강조하는 것은 결혼이라는 제도가 연애의 감정과 상충된다고 보기 때문이다.

> 나는결혼結婚이연애戀愛의무덤이라고하엿다 그러나결혼結婚은연애戀愛의무덤이아니다 현대現代의모순矛盾된제도制度와 습관習慣으로 말미암은 결혼結婚은연애戀愛의무덤이되고만다는말이다.
>
> ◇
>
> 금일今日의결혼結婚은 소유所有의원리原理우에섯다. 결혼結婚하고자하는욕망慾望은소유所有하고자하는욕망慾望이다. 금일今日의결혼結婚이 파괴적破壞的이요 생맥生脈이뛰는사람을「산송장」을 만들고자하는가장 어리석은 노력努力이다. 소유所有하고자하는순간瞬間에 연애戀愛는 사멸死滅하야 금일今日의소위결혼所謂結婚이라고하는것이니 연애戀愛의무덤이되고만것은 이까닭이다.[22]

---

21 심훈이 구리야가와 하쿠손과 엘렌 케이 등의 연애론에서 일정거리를 두고 있었다는 것은 그의 장편소설 『직녀성』에서도 잘 나타난다. "『피이-할 일이 없으면 낮잠을 자지』하고 들은척 만척할 뿐이다. 그 뒤로 장발에게서는 편지가 오지 않고 『근대의 연애관』이니 『연애와 결혼』이니 하는 따위의 책이 뒤를 달아 왔다. 인제는 방침을 변경해서 연애학을 책으로 공부를 시켜 가며 실지로 시행해볼 계획인 모양이다."라는 내용을 통해서 두 연애학 서적에 대해 부정적인 인식을 취하고 있음을 보여준다. 심훈, 『직녀성』, 『심훈문학전집 2』, 탐구당, 1966, 267면.

22 심대섭(沈大燮), 「편상(片想)-결혼(結婚)의예술화(藝術化)-」, 《동아일보》, 1925.1.26.

심훈은 당대의 결혼 제도가 자본주의 사회의 사적 소유라는 모순된 제도에 기초하고 있기 때문에 연애의 무덤이 되었다고 주장한다. 그는 모순으로 점철된 결혼 제도를 극복하기 위해 '자유이혼'이 필수적이라고 주장하며, 사적 소유에 기반한 결혼에서 벗어나 "결혼結婚을예술화藝術化"해야 한다고 주장한다. "예술藝術로서의결혼結婚"이란 "소유所有의결혼結婚"과 대비되는 것으로 "소유"가 아닌 "창조"의 원리를 통해서 이루어질 수 있다고 설명한다. 남녀 간의 결혼을 사적 소유의 문제로 파악하는 그의 논지는 1920년대 중반 유행했던 앨렌 케이나 구리야가와 하쿠손의 연애관에서는 찾아볼 수 없는 것이다. 그렇다고 해서 엥겔스Friedrich Engels나 베벨August Bebel 식의 맑시즘에 기반한 가족제도 비판과도 연결되고 있지는 않다. 왜냐하면 심훈은 결혼 제도를 사적 소유라는 자본주의 사회의 문제로 이해하면서도 그 해결방식을 사회구조에서 찾는 대신 "예술藝術로서의결혼結婚"이라는 모호한 명제로 설명하기 때문이다. 심훈은 "결혼結婚의예술화藝術化"라는 명제를 통해서 이지理智를 대신할 사랑, 이해利害를 대신할 미美, 과학科學을 대신할 종교宗敎의 의미를 강조한다. 심훈이 『동방의 애인』의 「작가의 말」에서 언급한 '사랑'이라는 개념을 「결혼結婚의 예술화藝術化」에서 언급했던 '연애'와 결부시켜 이해한다면, 심훈에게 '사랑'이란 사회구조의 문제를 확인하는 지점이자 그 문제를 극복할 수 있는 출발점이 된다. 그렇다면 연애와 사랑에 대한 심훈의 이러한 문제의식은 어디에서 기원하는 것일까?

우리는 그 단초를 「결혼結婚의 예술화藝術化」의 끝에 있는 "무로후세 씨室伏氏의논문論文을기초基礎로함"이라는 부기에서 확인할 수 있다. 기실 심훈의 「결혼結婚의 예술화藝術化」는 무로후세 코신室伏高信의 「예술로서의 결혼藝術としての結婚」을 초역抄譯한 논설이다. 무로후세 코신은 「예술로서의 결혼藝術としての結婚」에서 '예술로서의 결혼'과 '물질적 소유에 의한 결혼'을 대립시킨다. 그는 남녀의 결혼 관계가 자본주의 사회의 물질적 소유관계에 기반하고 있음을 밝히며, 소유

의 결혼과 대비되는 예술적 창조, 물질적 '정체停滯'를 대신할 영혼의 '유동流動'을 강조한다. 그는 남녀 관계에서 진정한 자유연애와 예술적인 결혼이 이루어지기 위해서는 물질에 기반한 육체의 해방이 아닌, "자유로운 영혼의 해방"이 이룩되어야 한다고 주장한다.[23] 심훈의 '사랑'이라는 문제의식은 무로후세 코신의 사상에서 연원한 것으로 보인다.

심훈과 무로후세 코신의 사상적 영향관계를 「결혼結婚의 예술화藝術化」라는 하나의 글만으로 이해하는 것은 무리가 있어 보일 수도 있다. 그러나 심훈이 소장하고 있던 장서들의 목록을 살펴본다면 심훈과 무로후세 코신의 상관관계는 보다 뚜렷하게 드러난다. 2013년 심훈의 유족이 기증한 심훈의 장서 목록에서는 무로후세 코신과 관련된 저서들이 다수 확인된다.[24]

23 무로후세 코신[室伏高信], 「예술로서의 결혼(藝術としての結婚)」, 『세계의 몰락(世界の沒落)-여성의 창조(女性の創造)-』, 비평사(批評社), 1925, 141~146면

24 심천보 씨가 보관하고 있던 심훈의 유품이 당진의 심훈기념관에 기증되면서 심훈이 소장하고 있던 장서가 2013년에 공개되었다. 심훈의 유품 목록은 전수 작업에 참여했던 《충청투데이》 손진동 기자님께서 제공해 주셨다. 심훈의 장서 목록은 심훈과 무로후세 코신의 사상적 상관관계를 규명하는 데 많은 도움이 되었다. 목록을 제공해주신 손진동 기자님께 감사의 인사를 올린다.

일련번호	저자	제목	발행년도	특이 사항
No.397, 귀허 29	무로후세 코신 室伏高信 著	문명의 몰락 文明の沒落 흙으로 돌아가다 土に還る	1929(소화4)	
No.409, 귀허 22	무로후세 코신 室伏高信 著	아메리카 アメリカ	1936(소화11)	
No.412, 귀허 19	무로후세 코신 室伏高信 著	위기의 선언 危機の宣言	1928(소화3)	
No.413, 귀허 27	무로후세 코신 室伏高信 著	일본의 다음 일보 日本の次の一步	1934(소화9)	
No.417, 귀허 14	무로후세 코신 室伏高信 著	가두의 사회학 街頭の社會學	1927(소화2)	
No.420, 귀허13	무로후세 코신 室伏高信 著	아세아주의제삼책 亞細亞主義第三冊		
No.421, 귀허 12	무로후세 코신 室伏高信 著	아세아주의 亞細亞主義	1931(소화6)	
No.426	무로후세 코신 室伏高信 著	만몽론 滿蒙論	1928(소화3)	
No.427, 귀허 30	무로후세 코신 室伏高信 著	문명의 몰락 文明の沒落	1932(소화7)	
No.428, 귀허 24	무로후세 코신 室伏高信 著	중간계급의 사회학 中間階級の社會學	1929(소화4)	
No.431	무로후세 코신 室伏高信 著	전원, 공장, 사사장 田園.工場.仕事場		크로프트킨 원저

심훈의 유품인 장서들을 목록을 봤을 때 「예술로서의 결혼藝術としての結婚」을 쓴 무로후세 코신의 저서가 다수 포함된 것을 확인할 수 있었다. 이는 심훈이 무로후세 코신의 연애관에만 관심을 기울인 것이 아니라 사상 전반적인 차원에서 영향관계가 존재함을 추측케 한다.

3

심훈과 무로후세 코신의 사상적 동궤: 사랑의 사회주의

심훈이 초역한 「예술로서의 결혼藝術としての結婚」은 무로후세의 출세작인 『문명의 몰락文明の沒落』의 3권 격인 『여성의 창조女性の創造』(비평사批評社, 1925)에 실려 있는 논문이다. 무로후세 코신은 심훈 외에도 다수의 조선 지식인에게 영향을 준 비평가이자 사상가였다. 1923년 3월 신민공론사新民公論社는 무로후세를 사회주의 사상가로 소개하고 조선에 초청해 강연회를 열었다. 무로후세는 조선을 방문하는 동안 <문화급민족文化及民族의 원리原理>, <신시대인新時代人의사명使命과조선민족朝鮮民族의장래將來>, <사회운동社會運動의현재급장래現在及將來>라는 주제로 강연을 했다.[25] 또한 《개벽開闢》의 논설에서도 아나키스트인 황석우와 원종린 등이 무로후세의 사상에 대해 관심을 기울이고 평가를 내린 바 있다.[26] 무로후세가 사회주의 사상의 입문서로 쓴 『사회주의비판社會主義批判』은 일본 내에서 큰 인기를 끌었을 뿐 아니라, 1923년 《동아일보》를 통해서 조선에서도 번역·소개된 바 있다.[27] 당대 조선 지식인들이 무로후세에게 많은 관심을 기울였던 것은 그가 친조파親朝派 지식인이었다는 점에서 기인하는 것으로 보인다. 그는 《동아일보》 창간 10주년 기념으로 조선의 독립을 옹호하는 기고문을 보낸 바 있는데, 《동아일보》는 그의 기고문을 게재했다는 이유로 정

25 「무로후세 씨[室伏氏]의대강연(大講演)」, 《조선일보》, 1923.2.19.

26 황석우는 무로후세 코신을 국가사회주의에 의거한 '허무주의자'로 이해하고 있었으며, 원종린은 볼셰비키즘이 사회주의의 원류가 아니라 사회주의 사상의 한 분파라는 무로후세의 해석을 소개하기도 했다. 황석우(黃錫禹), 「현일본(現日本) 사상계(思想界)의 특질(特質)과 그 주조(主潮), 부(附) 현일본(現日本) 사회운동(社會運動)의 그 수단(手段)」, 《개벽》, 1923.4, 43 면. ; 원종린(元鐘麟), 「노농노국(勞農露國)의 종국(終局), 볼쉐뷔키와 무정부주의(無政府主義)」, 《개벽》, 1924.3, 64면.

간을 맞기도 했다.[28]

무로후세는 실제 정치활동에도 참여했다. 그는 일본의 무산당인 전국노농대중당에서 활동하면서 범사회주의적 정치운동가로 이해되었다. 식민지 조선의 지식인들은 무로후세를 광의廣義의 사회주의자로 이해했지만, 그의 사상이 맑시즘이나 아나키즘에 기반하고 있었던 것은 아니었다. 1920년대 초 무로후세는 개조사改造社 특파원으로 독일에서 체류하면서, 당대 서구의 사상적 조류를 발 빠르게 수용했다. 그가 지은 『문명의 몰락文明の沒落』과 후속작 『흙으로 돌아가다-문명의 몰락2-土へ還る-文明の沒落2-』는 당대 일본과 조선의 지식인들에게 널리 읽혔던 문명 비판서였다. 이 저서들은 사회 진화론적 역사관과 맑스의 유물사관을 모두 부정하며, 슈펭글러Oswalt Spengler의 『서구의 몰락』에 나타난 유기적 '역사 형태학'의 관점을 차용하고 있다. 그는 근대를 세계도시와 기계화로 대표되는 '문명文明'의 시대로 이해하고, 1차 세계대전을 기점으로 '문명'의 시대가 몰락하고 자연과 농촌에 기반한 '문화文化'의 시대로 회귀할 것이라고 예측했다. 심훈의 장서 목록에서도 확인되는 『문명의 몰락文明の沒落』 3부작은 일본뿐 아니라 조선에서도 널리 읽힌 저서였다. 그의 사상은 다양한 서구 사조를 발 빠르게 받아들여 자기 나름의 방식으로 독특하게 해석하고 있기 때문

27 무로후세 코신은 『사회주의비판(社會主義批判)』을 스스로 사회주의 이론의 입문 서적이라고 밝히고 있었다. 이 책은 1922~23년까지 15쇄를 찍어냈을 정도로 폭넓게 읽혔던 서적이었다. 시마네 키요시(しまねきよし), 「평전(評傳) 무라후세 코신[室伏高信]」, 『계간세계정경(季刊世界政経)』(68), 1979, 164면. 시마네 키요시(しまねきよし)의 평전은 무로후세 코신의 전기와 사상을 이해하는 데 많은 도움이 되었다. 이 평전은 국민대학교 서재길 선생님께서 전달해 주셨다. 서재길 선생님께 감사의 인사를 올린다.

28 무로후세 코신[室伏高信], 「점진주의(漸進主義)로써 자유연맹(自由聯盟) 결성(結成)」, 《동아일보》, 1930.4.1. ; 『일정하(日政下) 동아일보(東亞日報) 압수사설집(押收社說集)』, 동아일보사, 1978, 384면.

에 비판을 받기도 했지만, 식민지 지식인들에게 많은 영향을 주었다.[29]

실례로 1920년대 중반 김기진은 박영희가 《개벽》에 번역·연재했던 『인조노동자』를 비평하면서 카렐 차페크의 『R. U. R Rossum's Universal Roberts』에서 무로후세의 사상이 나타난다고 설명한 바 있다.

> 작자作者(카렐 차페크-인용자)는기계문명機械文明 자본주의資本主義에대對하야애愛의 세계영혼世界靈魂의세계본능世界本能의세계世界로환원還元하자함에잇서서는독일獨逸의『라-테나우』와일본日本의『무로후세 코신室伏高信』등等의사상思想과일치一致되는점點이만코그가실제적혁명주의實際的革命主義를고창高唱하고예술藝術을최고이상最高理想으로한세계世界를위爲하야제사계급第四階級과악수握手한사회혁명社會革命의봉화烽火를드는점點에잇서서는 불란서佛蘭西의『빠르뷔스』일파一派와기맥氣脈이상련相連한점點이잇다[30]

김기진은 박영희가 번역한 『인조 노동자』가 기계문명을 대변하는 자본주의에 대립해 사랑의 세계, 영혼의 세계, 본능의 세계로 환원하자는 주제의식을 담고 있다고 설명하면서, 이는 무로후세 코신과 독일의 라테나우 사상과 일치한다고 주장한다. 무로후세의 사상과 공명하고 있다는 라테나우의 사상과, 자본주의에 대립한 "사랑愛의세계世界, 영혼靈魂의세계世界, 본능本能의세계世界"란 무엇이었을까? 이를 알기 위해서는 무로후세의 사상이 어디에 근거하고 있는지를 살펴볼 필요가 있다. 1920년대 초 무로후세 코신의 사상을 집약하고 있는 저서라 볼 수 있는 『영의 왕국靈の王國』에서 우리는 그의 사상을 확인할 수 있다.

29 창백자(蒼白子), 「완동산필(頑童散筆)(기이(其二))」, 《동아일보》, 1933.12.19.
30 여덜뫼, 「카-렐차팩크의 인조노동자(人造勞動者)(속(續))」, 《동아일보》, 1925.3.9.

『영의 왕국靈の王國』은 독일 특파원 시절의 무로후세 코신이 발터 라테나우 Walther Rathenau의 철학 세계를 접하고 이를 소개하는 저서이다.[31] 무로후세는 자전적 소설에서 발터 라테나우를 통해 새로운 철학에 눈을 떴다고 밝힌 바 있다. 『영의 왕국靈の王國』에서 설명하고 있는 발터 라테나우의 철학은 범박하게 '사랑의 사회주의'라고 정리할 수 있다. 코신과 라테나우는 맑스와 대척점에서 있는데, 그들은 맑스가 유물론적 관점을 취하고 있기 때문에 자본주의 사회를 극복하는 데 한계가 있다고 주장한다. 유물론은 인간의 합리적 지성을 전제하고 있는데, 자본주의 사회 자체가 인간 지성이 만들어낸 합리성의 산물임으로 맑시즘으로로는 자본주의 사회의 모순을 극복할 수 없다는 것이다. 지성을 강조하는 합리주의 전통은 인간을 '기계화Mechanisieiung'하며 인간 소외를 야기할 뿐이라고 비판한다. 그들은 맑시즘 역시 기계화와 유물론에 기대고 있기 때문에 인간소외의 문제를 해결할 수 없으며, 맑스주의자들이 주장하는 공산주의란 국가에 의해 산업통제가 이루어지는 전체주의의 또 다른 양상일 뿐이라고 비판한다. 무로후세와 라테나우는 현대 자본주의와 기계문명을 극복하기 위해 강조되어야 할 것은 인간 본연의 '영혼靈·soul'이며, 지성과 대립되는 사유 방식인 '직관'이라고 주장한다. 합리적 지성을 넘어선 진실한 사유의 규범은 '직관'에 있으며, '직관'이야말로 예술과 선험 세계로 진입하는 힘이라고 설명한다.[32] 그는 합리화된 지성이 넘어서는 지점, 즉 감각적 사유가 물질을 이해하는 지점을 넘어선 직관으로 '사랑愛'이 확인된다고 주장한다.[33]

맑스주의에서 계급이란 동일한 물적 '상태'에 놓인 이들이 이익의 동일성

---

31 《동아일보》 1922년 9월 25일자에 『영의 왕국(靈の王國)』에 대한 광고가 게재되어 있다.

32 무로후세 코신[室伏高信], 『영의 왕국(靈の王國)』, 개조사(改造社), 1922, 12면.

33 무로후세 코신[室伏高信], 『결혼의 서(結婚の書)』, 개조사(改造社), 1922, 273면.

과 공동성을 확인함으로써 일정한 행동으로 나아가는 존재들이라면,[34] 이들은 '사랑愛·love'을 통해 '공통혼共通魂·communal soul'이 형성될 수 있으며 '사랑'에 기반한 '희생sacrifice'과 '연대solidarity'를 통해서 공동체가 성립된다고 주장한다. 무로후세는 기계 문명에 의해 파편화되어 있는 노동자들이 영혼의 창조적 힘을 발현하는 '몰목적인沒目的人'이 되어야만, 노동자가 기계화에서 벗어날 수 있다고 주장한다.[35] 그들에게 진정한 사회주의란 "감득적 창조感得的 創造"를 통해 자본주의 기계화와 소외를 극복하는 것이다.

심훈이 장편소설에서 계급과 민족의 문제를 연애서사로 풀어내고, '사랑'이라는 관점을 통해 민족과 계급의 문제를 주장하는 다소 낭만주의적이고 이상주의적 관점을 보여주었던 것에는 무로후세의 영향이 컸던 것으로 보인다. 심훈이 당대 자본주의 사회의 문제점을 비판한다는 점에서 '반자본주의'적인 성격을 보여주고 있음에도 불구하고, 카프 진영과의 논쟁 속에서 '유물사관적 변증법'을 비판한 점도 이를 통해 이해할 수 있다. 당시 카프 작가들이 도시 노동자들이 주도하는 계급투쟁을 형상화하는 것에 관심을 기울였다면, 심훈은 남녀 주인공이 '동지애'에 기반한 '사랑'을 성취하는 과정에 주목해 왔다. 이것은 작가가 맑시즘에 대해 몰이해했던 것이 아니라, 인간 소외와 영혼의 회복

---

34 김호균, 「맑스 계급론의 방법론적 재구성과 현대성」, 《한독사회과학논총》 14, 한국사회과학논총, 2004, 197~198면.

35 무로후세 코신이 발터 라테나우의 철학을 해제하는 과정에서 강조되고 있는 '직관(直觀)', '창조(創造)', '생명(生命)' 등의 개념은 다이쇼 생명주의와 데모크라시의 자장 내에서 라테나우의 철학이 수용되었음을 추측하게 해준다. 다이쇼 생명주의에 영향을 준 베르크손의 '생철학(生哲學)'과도 밀접한 관계가 있는 것으로 보인다. 다이쇼 생명주의에 영향을 미친 베르크손의 영향을 생각해봤을 때, 라테나우가 일본 문단에서 수용되는 과정에 대한 본격적인 연구가 필요할 것으로 보인다. 이를 바탕으로 1920년대 조선에서 《백조》의 낭만주의가 사회주의로 이행해가는 과정을 설명할 수 있을 것으로 추측할 수 있다. 이에 대한 연구는 추후의 과제로 남겨둔다.

을 위한 또 다른 사회주의의 형태를 기획했던 것으로 이해할 수 있다.

심훈과 무로후세의 상관관계는 단순히 '사랑'이라는 문제의식에서만 겹쳐지는 것이 아니다. 심훈은 경성 출신의 인텔리 지식인이었음에도 불구하고, 그의 대표작들은 농촌소설로 기억된다. 1930년대 쓰인 농촌 소설인 『영원의 미소』와 『상록수』에 나타나는 문제의식 역시 무로후세의 사상과 밀접한 관련을 맺고 있다. 무로후세는 도시문명에 대한 거부감을 보이고, 유물론을 비판적 견지에서 바라보면서 두면서 당대 농촌 문제에 많은 관심을 기울였다. 1923년부터 1925년 사이 《개조改造》에 농촌 문제와 관련된 10여 편의 논문을 발표하며 농촌 사회에 대한 적극적인 관심을 보였다. 「도회문명에서 농촌문화로都會文明から農村文化へ」와 「농촌의 문제農村の問題」로 대표되는 그의 논문들은 농민이 지주로부터 일차적으로 착취를 당하고 있지만, 동시에 농민과 농촌이 기계화된 '도시문명'에게 착취를 당하고 있다고 주장한다. 맑스의 사회주의는 도시문명에 기반한 유물론적 관점을 취하기 때문에 혁명의 주체로 공장노동자를 상정한다. 하지만 무로후세의 관점에서는 현대 사회의 본질적인 문제는 부르주아와 프롤레타리아의 대립에 있는 것이 아니라, 인구와 자본이 집약되어 있는 '도시문명'에 의해 농민들이 착취당하고 있다는 점이다. 그는 농촌이 '도시문명'에 착취되면서 '농촌문화'가 상실되어 가고 있다고 주장한다. 그는 자본주의 사회의 모순을 극복하는 방법은 노동자가 혁명의 주체가 되고 농민들이 이를 뒤따르는 '공주농종工主農従'의 방식으로는 이루어질 수 없으며, 오히려 농민이 주체가 되고 노동자들이 이를 따르는 '농주공종農主工従'의 방식을 통해 해결될 수 있다고 주장한다.[36]

농촌문제에 대한 무로후세의 관심은 1930년대에 들어서 『농민이 일어나다農民は起ちあがる』를 통해서 구체화된다. 미국에서부터 세계 대공황이 시작되고, 일본의 식민지였던 대만이 모라토리움moratorium을 겪으면서 일본 경제는 위

기를 맞이하게 된다. 특히 대공황으로 인해 1920년대 후반부터 조선과 일본의 미가米價가 폭락하는 과정을 겪으며 농촌경제는 파탄에 이르게 된다. 무로후세는 이러한 현상이 나타나게 된 근본적인 이유가 '세계도시' 그리고 '금융자본주의'에 있다고 지적한다. 그는 세계도시에 집약된 금융자본이 농촌의 토지를 생산수단으로 이해하는 것이 아니라 은행의 담보물로 평가함으로써 농촌을 황폐화하고 있다고 지적한다. 점차 세계화되고 있는 금융자본의 반대편에는 도시 공장 노동자가 있는 것이 아니라 농민이 있음을 강조한다. 당대 자본주의 사회의 모순을 해결하는 방법은 공장 노동자 계급에 의한 혁명이 아니라, 농촌 문제를 해결하고 농민들이 봉기해 나가는 데 있다고 설명한다.[37]

실제로 무로후세는 1931년 일본촌치파동맹日本村治派同盟 창립에 참가하고, 1932년에는 가나가와현神奈川県 츠쿠이津久井의 미사와촌三沢村으로 귀향해서 자급경제와 상호부조의 원리에 기반한 농촌 협동체를 실험한다. 그는 당시 일본이 도시 중심인 대의정치代議政治 제도로 조직되어 있다고 비판하고, 소사회를 중심으로 한 직접 민주주의를 구현할 것을 주장했다.[38] 무로후세의 '촌치파村治派' 운동은 영국의 길드-사회주의 형태를 농촌에 적용한 것이었다. 생산자들의 자율적인 공동체와 직접 민주주의의 이상을 추구했던 길드-사회주의를 농촌사회에 적용함으로써 촌을 단위로 한 자유로운 공동체가 성립되고, 이를 통해 이상적인 국가가 성립될 수 있다고 생각했다. 그는 라테나우를 수용하면서 추구했던 '사랑의 사회주의'를 기획할 수 있는 공간으로 농촌을 상정했던 것이다.

36 무로후세 코신[室伏高信], 「농촌의 문제 2(農村の問題(二)」, 『새 시대란 무엇인가 (新らしき時代とは何乎)』, 비평사(批評社), 1926, 137~138면.

37 무로후세 코신[室伏高信], 『농민이 일어나다(農民は起ちあがる)』, 평범사(平凡社), 1932, 303면.

38 나카미 마리[中見眞理], 「무로후세 코신과 야나기 무네요시(室伏高信と柳宗悅)」, 『청천여자대학기요(清泉女子大学紀要)』(통호(通号) 48), 2000, 61면.

1932년 충남 당진으로 내려가 농촌 공동체를 구현하고자 했던 심훈의 행적은 1930년대 이후 무로후세의 모습과 공통점을 보인다. 심훈은 1930년《조선일보》에 비교적 사회주의적 성격이 강한 작품이었던『동방의 애인』과『불사조』를 연재했지만 검열에 의해 미완에 그치자, 이후 당진으로 자신의 거처를 옮긴다. 이 시기부터 그는 본격적으로 자본주의 사회의 문제 해결을 도시 노동자의 계급투쟁이 아니라, 당대 농촌 사회에서 찾고자 했다. 심훈이 농촌 속에서 '사랑의 사회주의'의 가능성을 찾으려는 과정을 보여준 작품이 바로『영원의 미소』이다.

4

도시로부터의 귀환과 농촌 공동체의 구현

『영원의 미소』(《조선중앙일보》, 1933.7.10.~1934.1.10.)는 학생운동을 펼쳤던 세 명의 동지가 그려내는 삼각관계를 서사구조로 한다. 작품의 주인공인 김수영은 학생운동에 투신해 감옥에 다녀온 인물로 그에게는 두 명의 동지가 있다. 한 명은 문인이자 ××일보 문선공으로 일하고 있었던 서병식, 다른 한 명은 서병식의 의동생이자 여성운동가였던 최계숙이다. 세 인물 모두 사회운동과 학생운동에 투신했었지만 실패로 돌아간 후, 생계를 위해 노동자로 변신한다. 병식은 일본에서 문학을 공부한 동경 유학생 출신이지만 몰락한 집안에서 노모를 모시고 있으며, 사랑 없는 처자를 부양하기 위해 신문사 문선공으로 일하고 있다. 수영은 전문대학을 졸업했지만 감옥에서 출소한 후 일자리를 찾지 못하고 병식이 근무하는 ××일보의 신문배달부가 된다. 계숙 역시 백화점 화장품 코너의 판매원이 되면서 생활전선에 뛰어든다. 이들은 당대 조선의 인텔리 계층이지만 사회운동에 실패한 후 도시노동자로 전락한다.

『영원의 미소』는 활로를 잃은 1930년대 조선의 인텔리 계층 사회운동가들이 당대 현실사회에서 포섭될 수밖에 없는 상황을 여실히 보여준다. 『영원의 미소』에서 세 주인공은 학생운동을 주도한 것으로 그려지고 있는데, 이는 1929년도에 있었던 학생전위동맹學生前衛同盟 사건을 배경으로 삼고 있는 것으로 추측된다. 한때 이들은 사상운동의 "최전선의 병사"였지만, 감옥에서 나온 이후 현실에서는 일개의 임금노동자로 경성의 '도시문명'에 포섭되어 살아간다. 서병식은 투철한 이론투쟁가로 이 학생운동을 기획했지만, 지금은 현실에서 희망을 찾지 못한 채 술에 취해 하루하루를 견뎌나가는 폐인이 되어버렸으며, 수영은 강인한 체력과 의지를 갖고 있는 인물이었지만 신문배달부들이 입는 '합비'를 입고서는 자신이 연모戀慕하는 계숙 앞에 떳떳이 나서지 못하는 인물로 그려진다. 계숙 역시 "노동은 신성한 것이다."라고 생각하며 백화점 판매원으로 일하는 것이 부끄러운 것이 아니라고 자기 위안을 삼지만, 결국 그녀는 "곡마단에 팔려다니는 계집애 모양으로 큰 길거리 진열장 앞에 나서서 구경거리"인 "마네킹걸이 되"어 버렸다고 자탄을 한다.

사회운동의 전위분자였던 세 동지는 자본주의 사회의 노동 시장으로 진입하는 순간, 도시 노동자로써 계급의식을 자각하기는커녕, 인텔리로서 투철했던 사상성을 망실하고 무기력한 도시노동자가 된다. 환각적인 대도시의 자본주의 메커니즘에 포섭되어 '물화Verdinglichung'된 인간상으로 변질된다. 심훈은 백화점 세일즈걸이 된 계숙을 통해 '도시문명'의 암면暗面을 묘파한다.

> 「감옥은 인생의 축도縮圖」라고한 수영의 말에 대를 채운다면 「백화점은 인생의 쓰레기통」이라고 하리만치, 사람격난을 하기에는 알마즌 곳이엇다.
>
> 백화점은 입을 커다라케 버리고 큰길을 훱쓰는 틔끌을 마셔들이고, 전차 자동

> 차ㅅ소리, 「뻐쓰」가 사람이나 잡아먹을듯이 으르렁대는소리—온갓 도회지의 소음騷音이 장마뒤의 개고리소리처럼 들끌어 들어온다. 이층으로 삼층으로 뽀얏케 서리어 올르는 먼지, 뭇사람의 땀내와 후터분한 운김. 식료품부에서 풍기는 시크무레한 냄새—. (……중략……) 계숙이가 처음 들어갓슬때는, 인에 둘려서 현긔증이 낫다. 마츰 경품을 부쳐서 대매출大賣出을 하는 때라, 사람장마가 져서 인간사태에 머리골치가 휭휭내둘렷다. 밤이되면 눈이 부시게 희황한 몇백촉광의 전등불이 눈을 피곤하게하고, 신경을 자극시켜서 사숙으로 돌아가도 잠이 들지를 안혓다.[39]

계숙이가 일하는 백화점은 온갖 먼지와 소음들, 그리고 다양한 악취들이 뒤섞인 쓰레기통으로 묘사되고 있다. 인생의 쓰레기통을 가득 채우고 있는 것은 화려한 조명과 수많은 인파다. 백화점은 근대인들의 오욕惡慾이 집산하는 장소이다. 화장품 판매원인 계숙은 마네킹과 동일시되면서 주변의 상품들과 함께 하나의 '전시가치Ausstellungswert'를 띤 상품이 된다. 1930년대 도시 자본주의 자장에 의해 놓여 있는 운동가들은 자신들의 이념에 상관없이 '물화'될 수밖에 없다. 작가가 묘사하는 경성은 '도시문명'의 퇴폐적인 모습들이다. "휘황한 전등불", "전차소리, 버스의 으르렁거리는 소음들", "극장에 광고를 돌리는 악대樂隊"들이 만들어내는 '도시문명'의 몽타주들은 라테나우가 『정신의 기계학 혹은 영혼의 제국Zur Mechanik des Geistes oder vom Reich der Seele』에서 영혼이 상실한 환락의 공간으로 묘사한 대도시와 유사하다.[40] 심훈은 경성의 '도시문명' 속에서 당시 사회주의자들의 심신이 피폐해져가는 모습을 그린다. 심훈은 자작시인「조선

39 심훈, 『영원(永遠)의 미소(微笑)』, 《조선중앙일보》, 1933.7.25.

은 술을 먹인다」를 작중에서 서병식이 쓴 것으로 작품 속에 삽입시켜 놓음으로써, 1930년대 사회운동의 활로가 상실된 현실 속에서 계급의식을 상실한 당대 인텔리들의 비관적인 삶을 보여준다.

백화점이라는 '도시문명'의 상징적 공간은 근대적 욕망인 연애의 문제가 발생하는 곳이기도 하다. 백화점에서 하나의 '전시상품'으로 전락한 계숙을 둘러싸고 수많은 남자들이 그녀에게 접근한다. 심훈은 백화점을 전시와 소비의 공간뿐 아니라, 연애라는 형태로 변형된 자본주의의 사적 소유욕이 집합되고 있는 장소로 그려낸다. 계숙은 그녀에게 관심을 보이는 남자들을 의식하기 시작하면서 점차 여성운동가에서 모던걸로 변질되어 간다. 계숙은 옛 동지였던 수영이 아프다는 이야기를 듣고, 그를 병문안하러 가는 길에서 차장에 비친 자신의 모습을 보고 변해버린 자신의 모습을 확인한다.

> 머리를 지저서 몃가락을 이마에 꼬부려 부치고, 눈섭을 그리고 한갑에 이원이나하는 「코틔」분을 발른 제얼굴을 드려다 보앗다. 비단안을 바친 유록빛 외투에, 녹피장갑에, 굽노픈 구두에,아조 「모-던껄」로 변한 저의 차림차림을 들러보고 굽어보앗다. (……중략……) 순진하고 검소하든 저와는 아주딴판으로 변한 백화점 상품과가튼 「계숙」이를 거울속으로 노리고 들여다 볼때, 이불속에서 졸지에 찬바람을 쏘인것처럼 숨엇든 양심이 떨렷다. 일금십오원에 팔린몸

40 "영혼이 없는 장소는 무섭다. (…) 시골로부터 대도시로 다가서는 방랑자는 광야로의 추락을 경험한다. 넘쳐흐르는 안개의 분위기를 헤치고 나가면 어두운 이빨 같은, 사람 사는 상자 곽들이 나타나 하늘을 차단한다. 녹색 불길이 길의 가장자리를 감치고, 불 밝힌 철선이 매끈한 아스팔트 위로 인간 짐짝들을 끌고 간다. 야한 불빛 속에서 도는 기계들과 철로들은 굉음을 낸다. 이곳은 열락(悅樂)의 장소다. 수천 명이 깜박이는 눈을 하고 황야의 플래카드 앞에 서 있다." 김숙희, 「표현주의 예술과 도시」, 《뷔히너와현대문학》 15, 한국뷔히너학회, 2000, 125면에서 재인용.

이라는것을 의식할때에는 마음이 아펏다. 경박하고 사치스러운 도회지의 탈假面을 뒤집어쓴 저 자신에게 향해서

「아아 옛날의 계숙이가 아니로구나!」

하고 한숨을 지었다.[41]

파마를 하고, 짙은 화장을 한 계숙은 스스로를 전시하는 '백화점 상품'이라고 인식한다. 계숙은 백화점에서 하루 15시간 동안 일한 대가로 월급 15원을 받으면서도 값비싼 화장품과 옷차림으로 꾸민다. 서술자는 계숙이 "경박하고 사치스러운 도회지의 탈假面"을 뒤집어썼다고 서술하면서 도시문명에 의해 그녀의 인간성이 변질되고 타락했음을 보여준다. 도시문명 속에서 여성 사회운동가가 자신을 하나의 상품으로 변질시키고 스스로 전시하는 모던걸로 변질된 것이다. 심훈이 인간의 '물화' 양상에 관심을 기울일 수 있었던 것은 무로후세가 주장했던 현대 여성의 문제점을 참조해 소설 속에서 형상화한 것으로 보인다. 무로후세는 라테나우의 설명을 빌려서 현대 여성들이 자본주의 도시문명에서 소비에 주목하게 되면서 생기는 '허영심'이 영혼을 타락시킨다고 지적한다. 자본주의 사회의 기계화는 인간을 분화시킬 뿐만 아니라 스스로를 대상화시킨다. 여성들은 스스로를 상품처럼 꾸미고 남성들은 결혼이라는 문제를 상품을 구매하는 사적 소유 문제로 이해한다고 주장한다.[42]

심훈은 자본주의의 '도시문명'이 인간의 영혼을 파괴한다는 문명비판론을 넘어서, 도시를 농촌과 적극적으로 대비하려는 의식을 『영원의 미소』 후반부에서 구체화한다. 도시와 농촌의 착치와 피착취의 관계가 소설 속에서 구체적

41 심훈, 위의 글, 1933.8.6.

42 무로후세 코신[室伏高信], 앞의 책, 61~62면.

으로 형상화한다. 계숙과 사랑을 맹세한 김수영과 계숙에게 지속적인 구애를 하는 대학교수 조경호는 각각 농촌과 도시를 상징하는 대립적인 이항으로 나타난다. 계숙은 두 사람을 두고 고민하는 과정에서, "경호의 몸에서 향수냄새가 풍긴다면 수영의 몸에서는 조선의 흙냄새"가 난다고 평가한다. 「가난고지」 마을의 대지주 아들로 경성에서 호위 호식하는 경호는 도시문명의 상징인 "향수"로, 농촌에서 올라온 수영은 "흙냄새", "거름냄새"로 표현된다.

농촌으로 표상되는 수영과 도시로 표상되는 경호의 대립관계는 부친들 사이의 경제적 수탈 관계로 표상된다. 경호의 아버지는 도시에 살고 있는 대지주이며, 수영의 아버지는 고향에서 경호의 아버지에게서 토지를 빌리는 마름으로 설정되어 있다. 일반적인 카프 작가들의 농촌소설이 지주와 소작농, 혹은 마름과 소작농의 관계에 주목하고 있는 데 비해, 심훈의 『영원의 미소』에서는 이러한 관계 양상이 나타나지 않는다. 심훈은 보다 거시적인 관점에서 도시와 농촌의 착취와 피착취에 주목한다. 도시와 농촌의 착취와 피착취 관계는 수영의 귀향을 통해서 작품 전면에 나타난다. 그는 아버지가 전매청을 거치지 않고 담배를 샀다가 유치장에 갇혔다는 이야기를 듣고 급하게 고향에 내려간다. 고향에서 그는 피폐한 농촌의 모습을 확인하고 농촌의 현실을 지각하게 된다.

> 제가 일평생의 일터로 작정한 농촌이, 관찰을 거듭할수록 한숨과 환멸幻滅을 느끼게 할 따름이요, 지상의 락원을 건설해보겟다는 꿈보다도 (차라리 저주하고 싶은 생각이 앞을 설 때도 있었다.)

> 그런데 「사발통문」이 속달우편이요, 「파발」이 전보노릇을 하든 호랑이 담배먹든 시대의 교통상태와 다름이 업는 시골이, 조선안에 잇다는것은, 더구나 서울서 불과 삼사백리 박게 아니되는 곳에 잇다는 것은, 도회의사람으로는 꿈에도

생각못할 사실이다. 교통긔관의 시설이 업다는것보다도 더 한층 놀라울만한 사실은 모-든 근대의 문명이 농촌과는 아모런 인연이업다. 문명의 혜택을 입기는커녕, 이고장 주민들은 적어도 몃백년전에 공기를 오늘까지 호흡하고 잇는 것이다.

(이것이 조선의 농민이다. 도회의 양반들에게 외씨같은 이밥을 먹여주기 위하여 저 밭에서 논에서 대대 손손이 등이 휘고 뼈가 으스러지도록 일을 하는 것이 농민이다. 그리고 그 댓가代價로 강조밥 꽁보리밥도 제 때에 못얻어먹고, 짐승도 안먹는 풀뿌리를 캐고 나무껍질을 벗겨먹다가 부황이 나고 똥구멍이 막히는 것이 누구냐? 오오 농민이다!)[43]

수영은 고향의 모습을 보고 근대 자본주의와 기계화의 세례를 받은 경성의 도시문명과 대비된 자신의 고향을 확인한다. 도시문명의 성장이 결국 농촌의 수탈에 의한 것이었음을 깨달은 그는 다섯 해 동안 경성에서 자신의 삶을 반추하며 회의를 느낀다. 그는 자신이 배운 지식, 그리고 학생운동과 수감생활, 계숙과의 연애가 모조리 부질없던 것이었다고 반성한다. 그는 자신 역시 고향집에서 학비를 받아썼다는 점에서 고향 마을을 수탈한 것과 다른 것이 아니었음을 깨닫고, 자신의 고향으로 돌아와 농촌으로 귀향할 것을 결심한다.

『영원의 미소』에서 나타나는 계숙을 둘러싸고 수영과 경호가 만들어내는 삼각관계는 단순히 연애의 갈등이 아니라, 도시와 농촌의 갈등으로 변형시킨

43 심훈(沈熏), 「영원(永遠)의 미소(微笑)」, 《조선중앙일보》, 1933.10.28. 밑줄 친 부분은 신문연재본에서는 검열된 부분이다. 단행본 출판과정에서 복원된 것으로 보이나, 작가의 의도를 살려서 그대로 복원된 것은 아닌 것으로 보인다. 첫 번째 인용문은 "제가 일평생의 일터로 작정한 농촌이 관찰을 거듭할사록 한숨과 환멸(幻滅)을 느끼게 할 다름이요, (한 단락 검열)"의 형태로 되어 있다. 두 번째 인용문은 밑줄 친 부분 전체가 검열의 대상으로 되어 있다. 심훈, 『영원의 미소』, 한성도서주식회사, 188~189면.

것이다. 수영과 경호의 갈등으로 환원되는 도시와 농촌의 갈등은 계숙이 수영을 따라나서자 보다 현실적인 문제로 나타난다. 경호는 계숙이를 놓친 분풀이로 수영의 아버지로부터 논밭을 떼고 집을 내놓으라고 협박을 한다. 수영에 대한 경호의 협박은 자본이 집약된 도시가 농촌의 생사여탈권을 쥐고 있음을 보여준다. 그러나 수영은 이에 굴하지 않고 마름을 봐오던 일과, 토지 소작하던 것 전부를 내놓기로 결심한다. 그는 "상전과 노예의 관계가 깨끗이 청산되는 것이 무한히 유쾌"하다는 편지를 경호에게 보내고 더 이상 그들에게 의존하지 않기로 결심한다. 도시문명과 자본으로부터의 관계를 단호하게 끊는 수영의 모습에는, 충남 당진에서 필경사筆耕舍를 세우고 농촌 사회의 독자적인 공동체를 회복하려는 심훈의 의지가 나타난다.

모든 생활 터전을 잃어버린 수영이지만, 작가는 『영원의 미소』를 결코 비극적으로 마무리하지 않는다. 심훈은 농촌 문제를 해결을 유물론적 투쟁이 아닌 '사랑의 공동체'라는 방식으로 형상화하고 있다. 삶의 희망을 잃은 병식의 자살로 상경한 수영은 자신 혼자 농촌운동에 투신하는 것이 스스로에 대한 기만이라고 인식하고, 사랑하는 계숙과 함께 농촌으로 돌아올 것을 결심한다. 조경호의 집에서 숙식을 하면서 동경유학을 꿈꿨던 계숙 역시 병식의 죽음을 계기로 도시로부터 벗어나 수영과 함께 농촌으로 돌아갈 것을 결심한다. 계숙은 수영의 고향에 들어섰을 때, 수영이 화염에 휩싸인 집에 뛰어들어 한 아이의 생명을 구하는 모습을 보고 깊은 감화를 받는다. 그녀는 한 아이의 생명을 구하기 위해 뛰어드는 수영의 모습을 보고 자신도 농촌운동에 투신할 것을 결심한다. 그녀가 수영을 위해 약을 구하러 가는 길은 '동지애'가 '사랑'으로 변화하는 과정을 그린 고난에 찬 통과의례다.

아까시아 나무를 심은 신작로는 빤-하게 내어다 보이면서도 언제까지나 끄티

나지를 안헛다. 울퉁 불퉁한 조악돌에 구두코가 벗겨지고 타박 타박해서 도모지 걸을수가업다. 노픈 굽이 요리 삑근 조리 삑근 해서 발목만 시큰 거리는데, 한이십리도못가서 발이 부르터다.

뒤꿈치 노픈 구두의 비애를 눈물이 나리 만치 맛 보면서, 그래도 이를 앙물고 걸엇다. 나종에는 참다 참다 견딜수 없어서, 구두를 버서들고 맨발로 걸엇다. 자전거나 사람을 맛나면 신꼬, 지나만 가면 도로 버서 들엇다. 콩알만하게 부루튼 발바닥은 모래가 끼어서 따가워 깡충깡충 뛰겠는데 발톱끄티 돌부리와 부듸처서 피가 밝아게 배여나왔다.[44]

계숙의 '도시문명'을 상징하는 "뒤꿈치 높은 구두"는 농촌 문화에 어울리지 않는다. 그녀가 구두를 벗어던지고 맨발로 걸어오는 것은 농촌으로 회귀하면서 잃어버린 영혼과 인간성을 회복하는 과정이다. 수영과 계숙이 농촌으로 돌아오게 되는 계기는 사회주의적 계급의식이나 농민들을 계몽하기 위한 시혜의식에서 출발한 것이 아니다. 그녀의 행보는 도시문명에서 벗어나 인간성을 회복하려는 의지로 표현된다. 경호에게 소작권을 빼앗겨 모든 생활의 기반을 잃은 수영과 계숙은 전일의 전위적인 사회운동가가 아니다. 그들은 서로의 '동지애' 속에서 더 큰 의미의 '사랑'을 확인하고 이를 통해 새로운 농촌 공동체를 설립한다. 정안수만을 떠놓고 올리는 그들의 가난한 결혼식은 슬픈 비애감이 아니라, 마을사람들이 참여해 만든 '사랑의 공동체'의 생동감 있는 축제로 그려진다. 심훈은 가난하지만 젊은 두 사람의 사랑과 새로운 출발을 통해 새롭게 건설된 농촌공동체의 미래를 암시한다.

---

44 심훈, 위의 글, 1933.12.31.

『영원의 미소』의 마지막에서 그 둘은 보리밭 사래를 "우리들의 생명선"이라고 말한다. 작가는 흙과 자연 속에서 인간 본연의 생명을 회복하려고 노력하는 두 젊은 부부의 모습을 보여준다. 심훈이『영원의 미소』에서 부각시키고자 한 것은 농민들의 생사여탈권을 쥔 지주계급과의 적극적인 투쟁이 아니라, 농촌을 착취하는 도시문명을 벗어나 농촌문화 속에서 인간성을 회복하는 과정이었던 것이다.『영원의 미소』에 나타나는 '사랑의 공동체'는, 농촌공동체는 현대 자본주의를 극복하는 방식으로 도시의 기계·소비 문명에서 벗어나 '사랑'을 통한 인간성 회복이 절실히 요구된다는 심훈의 작가 의식이 반영된 것으로 볼 수 있다.

5
결론

본고에서는 심훈의 사상적 지향성을 이해하기 위해서 심훈의 소설에 나타나는 주요 모티프를 확인했다. 심훈의 소설은 남녀 간의 연애문제와 계급·사회문제를 교차시키는 경향이 나타나는데, 몇몇 연구자들은 이를 통속적인 서사구조로 치부하거나 맑시즘에 대한 몰이해와 시대적 한계로 평가했다. 그러나 심훈에게 있어서 남녀 간의 연애 문제는 자본주의의 사적 소유라는 당대 사회의 암면을 묘파할 수 있는 지점이었으며, '사랑'을 통해 새로운 공동체를 구축할 수 있는 문제의식의 시작점이었다. '사랑'에 대한 심훈의 문제의식은 1920~30년대 활동했던 일본의 비평가 무로후세 코신의 사상을 받아들이면서 가능한 것이었다.

무로후세 코신은 슈펭글러나 라테나우의 사상을 해석하면서 '도시문명'과

‘농촌문화’를 대립시키고, 당대 자본주의의 한계점을 극복하기 위해서는 ‘사랑’과 ‘희생’을 통한 공동체의 구축이 필요하다고 주장했다. 이러한 공동체가 구현될 수 있는 공간으로 농촌을 상정했으며, 길드 사회주의를 적용한 촌 단위의 자치제도를 중심으로 이상적인 국가를 성립할 수 있다고 생각했다. 1932년 당진으로 거처를 옮기고 필경사筆耕舍에서 조선의 농촌 문제를 고민했던 심훈의 사상은 무로후세의 사상과 동일한 궤적을 그리고 있다. 『영원의 미소』는 사회주의운동의 활로를 잃은 당대 운동가들이 농촌으로 귀향함으로써 ‘도시문명’에서 잃었던 인간성을 회복하고 ‘사랑의 공동체’를 만들어내기 위한 과정을 그리고 있다.

심훈은 『영원의 미소』를 창작한 이후, 『직녀성』과 『상록수』를 잇달아 창작하면서 자신의 문제의식을 심화시키고 있는 것으로 보인다. 『직녀성』에서는 다양한 계급의 인물들이 대안 가족 형태를 만들면서 공동체를 형성하는 과정을 그리고 있으며, 『상록수』에서는 박동혁과 채영신의 사랑을 통해 서로 다른 지향성을 갖는 농촌공동체가 연대하는 모습을 그리고 있다. 『직녀성』과 『상록수』에 나타나는 ‘사랑의 공동체’ 형태를 분석하고, 제국 일본의 비평가였던 무로후세 코신과 식민지 조선의 작가였던 심훈의 사상적 지향성이 서로 분기分岐하는 과정을 연구하는 작업은 앞으로의 과제로 남겨둔다.

■ 참고문헌

1. 기본자료

심　훈, 『심훈전집』, 탐구당, 1966.

심　훈, 『영원의 미소』, 한성도서주식회사, 1935.

《동아일보》, 《조선일보》, 《중외일보》, 《조선중앙일보》, 《개벽》, 《신동아》.

2. 국내논저

경원대학교편(編), 『언어와 문학』, 역락, 2001.

권영민, 『한국현대문학사』 1, 민음사, 2002.

김붕구, 『작가와 사회』, 일조각, 1982.

김숙희, 「표현주의 예술과 도시」, 《뷔히너와현대문학》 15, 한국뷔히너학회, 2000.

김용성·우한용편(編), 『한국근대작가연구』, 삼지원, 1985.

김외곤, 「심훈 문학과 영화의 상호텍스트성」, 《한국현대문학연구》 31, 한국현대문학학회, 2010.

김학성 외, 『한국근대문학사의 쟁점』, 창작과비평사, 1990.

김호균, 「맑스 계급론의 방법론적 재구성과 현대성」, 《한독사회과학논총》 14, 한국사회과학논총, 2004.

동아일보사편(編), 『일정하(日政下) 동아일보(東亞日報) 압수사설집(押收社說集)』, 동아일보사, 1978.

박정희, 「영화감독 심훈의 소설 『상록수(常綠樹)』 연구」, 《한국현대문학연구》 21, 한국현대문학학회, 2007.

신경림, 『그날이 오면 그날이 오며는』, 지문사, 1982.

이주형, 『한국근대소설연구』, 창작과비평사, 1995.

임　화, 『문학의 논리』, 소명출판, 2009.

전흥남, 「심훈의 영화소설 『탈춤』과 문학사적 의미」, 《한국언어문학》 52, 한국언어문학회, 2004.

정호웅 외, 『장편소설로 보는 새로운 민족문학사』, 열음사, 1993.

조혜정, 「심훈의 영화적 지향성과 현실인식 연구: 『탈춤』, 『먼동이 틀 때』, 『상록수(常綠樹)』를 중심으로」, 《영화연구》 31, 한국영화학회, 2007.

주　인, 「영화소설 정립을 위한 일고: 심훈의 『탈춤』과 영화 평론을 중심으로」, 《국어연구》 34, 한국어문교육연구회, 2006.

———, 「심훈 문학 연구 방법에 대한 서설」, 《어문논집》 34, 중앙어문학회, 2006.

최원식, 「동아시아 서사학의 전통과 근대: 서구 근대소설 대 동아시아 서사 -심훈 『직녀성』의 계보-」, 《대동문화연구》 40, 2002.

최원식 외, 『한국근대소설사론』, 한길사, 1982.

유병석, 「심훈 연구」, 서울대 석사논문, 1964.

한기형, 「습작기(1919~1920)의 심훈: 신자료 소개와 관련하여」, 《민족문학사연구》 22, 민족문화연구소, 2003.

——, 「"백랑(白浪)"의 잠행 혹은 만유: 중국에서의 심훈 (산책)」, 《민족문학사연구》 35, 민족문화연구소, 2007.

——, 「21세기 인문학의 창신과 대학: 서사의 로칼리티, 소실된 동아시아 -심훈의 중국체험과 『동방의 애인』」, 《대동문화연구》 63, 성균관대학교 대동문화연구원, 2008.

3. 국외논저

이재선편역(篇譯), 『문학주제학이란 무엇인가』, 민음사, 1996.

室伏高信, 『靈の王國』, 改造社, 1922.

————, 『結婚の書』, 改造社, 1922.

————, 『世界の沒落-女性の創造-』, 批評社, 1925.

————, 『新らしき時代とは何乎』, 批評社, 1926.

————, 『農民は起ちあがる』, 平凡社, 1932.

中見眞理, 「室伏高信と柳宗悅」, 『清泉女子大学紀要』(通号 48), 2000.

しまねきよし, 「評傳 室伏高信」, 『季刊世界政経』(68), 1979.

6

심훈의 중국 체류기 시 연구

하상일

동의대학교 한국어문학과 교수

1
머리말

심훈은 1920~30년대 소설, 영화를 중심으로 시, 평론, 시나리오, 연극 등 전방위적인 활동을 했다. 1901년 태어나 1936년 타계하기까지 30여 년의 세월 동안 전집 3권 분량의 많은 작품을 남겼음에도 불구하고 그동안 그에 대한 논의는 『상록수常綠樹』를 중심으로 한 농촌 계몽 서사와 시 「그날이 오면」의 저항적 성격에 치중한 일면적인 연구가 대부분이었다. 최근 들어 그의 전방위적 활동에 대한 전면적이고 다양한 연구가 진행되고 있지만, 식민지 시기의 다른 문학인에 비해 여전히 그 연구는 활발하지 못한 실정이다. 게다가 1966년 『심훈문학전집沈熏文學全集』 세 권[01]이 발간되었지만 원본과의 엄밀한 대조 작업을 거치지 않아 오류가 아주 많고, 그 이후 〈심훈기념사업회〉에서 『심훈문학전집

01 『심훈문학전집(沈熏文學全集)』 1권(시(詩),「상록수(常綠樹)」,「탈춤」, 시나리오), 2권(「직녀성(織女星)」, 「동방(東方)의 애인(愛人)」, 단편(短篇)), 3권(「영원(永遠)의 미소(微笑)」,「사조(不死鳥)」, 수필(隨筆), 평론(評論), 일기(日記), 서간(書簡)), 탐구당, 1966.

① 그날이 오면』(차림, 2000)을 발간했지만 여전히 오류는 고쳐지지 않아 결정본으로 삼기 어렵다. 또한 어떤 이유에서인지 소설과 산문 등을 묶은 후속 전집도 발간되지 않아서 아직까지 심훈 문학 연구의 텍스트는 불완전한 상태에 머물러 있다. 그 결과 지금까지 심훈 연구는 결정본 텍스트가 없어서 상당히 많은 오류를 답습하지 않을 수 없었다. 특히 시의 경우 생전에 그가 출간하려다 일제의 검열에 의해 중단되었던 『심훈시가집沈熏詩歌集 제일집第一輯』(경성세광인쇄사인행京城世光印刷社印行, 1932)이 일본 총독부 검열본 상태로 영인본이 출간되었음에도 불구하고, 여전히 와전된 텍스트인 『그날이 오면』(1949년 발간, 1951년 한성도서출판주식회사에서 재간행)을 그대로 수록한 『심훈문학전집沈熏文學全集』 1권을 주된 텍스트로 삼고 있어서 심훈 시 연구는 원전 확정에서부터 상당히 많은 문제점을 노출하고 있다.

짧은 생애에도 불구하고 심훈의 행적에 대한 전기적 사실도 아직까지 미확인 상태로 남겨진 것이 많아서 그를 대상으로 한 시인론을 완성하는 데도 여러 가지 한계에 부딪치지 않을 수 없다. 특히 그동안 1930년대 이후 발표된 그의 소설에 대한 연구에 치중한 나머지 심훈 문학의 초기라고 할 수 있는 1920년대 중국 체류 시기에 대한 관심은 상당히 부족했던 것이 사실이다. 이러한 결과는 심훈의 문학과 사상을 형성하는 기본적 토대가 되었다고 할 수 있는 중국에서의 행적과 활동을 실증할 만한 자료가 거의 남아 있지 않다는 사실도 중요한 요인이 되었을 것이다. 게다가 당시 그가 발표한 20여 편의 작품이 시에만 한정되어 있어서 심훈 문학 연구의 본령이 소설에 있다는 일반적인 연구 관점에 치우쳐 그의 초기 시에 대한 연구는 거의 이루어지지 않았던 것으로 보인다. 하지만 심훈의 중국에서의 행적에 대한 실증적 탐색은 그의 문학적 지향성이 어디에서 비롯되었는지를 파악하는 중요한 단서가 된다는 점에서 결코 간과할 수 없는 부분이다. 1920년대 중국 공산당과의 밀접한 관계 속에서 상해를 중심으로 한인 공산주의 계열 독립운동이 두드러졌다는 사실로 미루어 볼 때, 당시 심훈의 뜻밖의 중국행[02]은 단순한 유학으로만 볼 수 없는 어떤 특별한 사정이 있었을 것으로 짐작되기 때문이다.

이상의 문제의식으로 본고는 심훈이 중국에 체류한 동안의 행적을 추적하면서 그의 초기 시세계의 변화를 살펴보는 데 주된 목적이 있다. 비록 시의 완성도나 수준이 일정한 단계에 이르지 못한 작품도 일부 있지만, 그의 문학적 지향점과 사상적 거점을 이해하는 데 있어서는 중요한 의미를 가진다는 사실을 무엇보다도 주목하였다. 이 시기에 그가 발표한 시는 북경에서 쓴 「북경北京의 걸인乞人」, 「고루鼓樓의 삼경三更」, 북경에서 상해로 이동하는 중에 쓴 「심야과황하深夜過黃河」, 상해에서 쓴 「상해의 밤」, 남경과 항주에 있을 때 쓴 것으로 그의 첫 번째 부인 이해영에게 보낸 편지에 동봉한 「겨울밤에 내리는 비」, 「기적」, 「전당강 위의 봄밤」, 「뻐꾹새가 운다」, 그리고 〈항주유기杭州遺記〉 연작 14편이 있다.[03] 이외에 현재까지 알려진 것으로는 귀국 이전의 마지막 작품인 「돌아가지이다」가 있다. 그리고 중국 체류 당시의 작품은 아니지만 중국에서 밀접하게 교류를 나누었을 것으로 짐작되는 박헌영과 여운형을 모델로 한 귀국 이후의 작품 「박군朴君의 얼굴」, 「R씨氏의 초상肖像」도 중국 체류 시기 발표한 시의 연장선상에서 논의할 필요가 있다.[04]

---

02 심훈은 처음부터 중국으로 갈 생각은 전혀 없었던 것으로 보인다. 서양으로 가기 어렵다면 일본으로 유학을 갈 결심을 아주 강하게 굳히고 있었기 때문이다. 하지만 경제적인 이유를 들어 갑자기 일본 유학을 포기했음을 밝혔다. 그렇다고 해서 중국으로 유학을 가겠다고 공개적으로 밝힌 바도 없다.

03 「평호추월(平湖秋月)」, 「삼담인월(三潭印月)」, 「채연곡(採蓮曲)」, 「소제춘효(蘇堤春曉)」, 「남병만종(南屛晩鐘)」, 「누외루(樓外樓)」, 「방학정(放鶴亭)」, 「행화촌(杏花村)」, 「악왕분(岳王墳)」, 「고려사(高麗寺)」, 「항성(杭城)의 밤」, 「전당강반(錢塘江畔)에서」, 「목동(牧童)」, 「칠현금(七絃琴)」. <심훈기념사업회> 편, 『심훈문학전집① 그날이 오면』, 차림, 2000, 156~173쪽.

2

북경으로의 망명과 위장된 행로

심훈의 북경행은 1919년 설과 1920년 설 두 가지가 있다. 연보[05]에 따르면 심훈은 1919년 경성고등보통학교 재학 당시 3·1운동에 가담하여 3월 5일 헌병대에 잡혀 투옥되었다가 7월에 집행유예로 풀려났다. 그리고 이듬해 1920년 겨울 변장을 한 채 중국으로 망명, 유학의 길을 떠났고, 1921년 북경을 떠나 상해, 남경을 거쳐 항주 지강대학之江大學에 입학했으며 1923년 중국에서 귀국하였다. 즉 심훈은 1920년 말부터 1923년 중반[06]까지 만 2년 남짓, 햇수로 따지면 4년에 걸쳐 중국에 있었다는 것이다. 그런데 그가 남긴 글이나 여러 지인들의 글을 보면 연보의 사실과 어긋나는 것이 많아서 여러 가지 의문이 증폭된다.

---

04 본고에서는 <심훈기념사업회>에서 발간한 『심훈문학전집① 그날이 오면』의 전반부에 수록된 일본 총독부 검열본을 영인한 『심훈시가집(沈熏詩歌集) 제일집(第一輯)』 (경성세광인쇄사인행(京城世光印刷社印行), 1932)에 수록된 시를 텍스트로 삼아 논의할 것이다. 이하 이 책에서 인용한 것은 『그날이 오면』이라 약칭하고 페이지만 밝힐 것인데, 특히 시 인용의 경우 영인본의 페이지를 그대로 따른 것이다.

05 『그날이 오면』, 121~124쪽.

06 안종화의 『한국영화측면비사(韓國映畵側面秘史)』(춘조각, 1962.12.)에 의하면, <토월회(土月會)> 제2회 공연(1923년 9월)에 네프류도프 역을 맡은 초면의 안석주에게 심훈이 화환을 안겨준 인연으로 그들은 평생에 가장 절친한 동지로 지내면서 이후 문예, 연극, 영화, 기자 생활 등을 같이 했다고 한다. (유병석, 「심훈의 생애 연구」, 《국어교육》 제14호, 한국국어교육연구회, 1968, 14쪽에서 재인용) 또한 그는 『심훈시가집(沈熏詩歌集) 제일집(第一輯)』을 묶으면서 「밤」을 서시(序詩)로 두었는데, 이 시 말미에 "1923년 겨울 '검은돌' 집에서"라고 써두었다. '검은돌'은 그가 태어난 고향으로 지금의 '흑석동'을 말한다. 그러므로 아무리 길게 잡아도 1923년 여름 이전에는 귀국했을 것으로 추정된다. 하상일, 「심훈과 중국」, <중한일(中韓日) 문화교류(文化交流) 확대(擴大)를 위한 한국어문학(韓國語文學) 및 외국어교육연구(外國語敎育硏究) 국제학술회의(國制學術會議) 발표논문집>, 절강수인대학교, 2014. 10. 25. 63쪽.

심훈은 "기미년己未年 겨울, 옥고獄苦를 치르고 난 나는 어색한 청복淸服으로 변장變裝하고 봉천奉天을 거쳐 북경北京으로 탈주脫走하였었다. 몇 달 동안 그 곳에 두류逗留하며 연골軟骨에 견디기 어려운 풍상風霜을 겪다가 성암醒庵의 소개로 수삼차數三次 단재丹齋를 만나 뵈었는데 신교新橋 무슨 호동胡同엔가에 있는 그의 우거寓居에서 며칠 저녁 발치잠을 자면서 가까이 그의 성해聲咳를 접接하였다."[07]라고 1919년 겨울 중국 북경에서의 일들을 상세히 기록해두었다. 또한 "나는 맨 처음 그 어른에게로 소개紹介를 받아서 북경北京으로 갔었다. 부모父母의 슬하膝下를 떠나보지 못하던 십구세十九歲의 소년少年은 우당장于堂丈과 그 어른의 영식令息인 규용씨圭龍氏의 친절한 접대接待를 받으며 월여月餘를 묵었었다"[08]라고 회고하면서 그의 북경행의 시기를 '십구세十九歲'로 밝히기도 했다. 그리고 심훈은 그가 쓴 글의 말미에 거의 대부분 쓴 날짜를 적어두었는데, 「북경의 걸인」, 「고루의 삼경」 등의 시를 쓴 날짜가 "1919년 12월 북경에서"인 것으로 보면 1919년 겨울에 그는 이미 북경에 있었다는 것이 된다. 생전에 그가 출간하기 위해 정리한 시집 표지에는 "『심훈시가집沈熏詩歌集 제일집第一輯』, 경성세광인쇄사인행京城世光印刷社印行, 1919~1932"와 "치안방해治安妨害", "일부분삭제一部分削除" 등의 검열 흔적이 그대로 남아 있는데, 여기에서 '1919'라는 연도는 이 시집이 북경에서 창작한 시부터 모은 것임을 명시해놓은 것이라는 점에서 이 사실을 다시 한 번 확인할 수 있다. 만일 심훈의 북경행이 1920년 말이라고 기록한 연보가 사실이라고 한다면, 그가 중국행 시기에 대해 여러 차례 동일한 오류를 반복하고 있다는 것인데 어딘가 모르게 석연찮은 부분이 많다. 게

07 심훈, 「단재(丹齋)와 우당(于堂)(1)」, 『심훈문학전집』 3, 탐구당, 1966, 491쪽. 이하 이 전집에서 심훈의 글을 인용할 때는 『전집』이라고 표기하고 제목, 호수, 페이지만 밝힐 것임.

08 「단재(丹齋)와 우당(于堂)(1)」, 『전집』 3, 492~493쪽.

다가 "그가 3·1운동運動 당시 제일고보第一高普(경기고京畿高)에서 쫓겨나 중국中國으로 가서 망명유학亡命留學을 다섯 해 동안 한 적이 있는데"라는 윤석중의 회고에서도 '다섯 해'[09]라고 되어 있어 1919년을 포함해야만 사실에 부합하는 기억이 된다.

연보에 적힌 대로 1920년에 북경으로 떠났다는 주장은 심훈이 자신의 행적에 대한 기록에 많은 오류를 남겼다는 점을 기본적인 전제로 하고 있다. 심훈은 1920년 1월 3일부터 6월 1일까지 5개월 남짓의 일기[10]를 남겼는데, 그 내용을 보면 이희승, 박종화, 방정환 등 문사들과의 교유 관계와 습작 활동 및 잡지 투고 상황 그리고 독서에 관한 일 등 당시 한국에서 지낸 일상적인 일들을 기록한 것이어서 1920년 하반기에 북경으로 떠났다는 주장을 뒷받침한다. 이처럼 실제로 심훈의 글과 기록은 여러 군데에서 서로 어긋나는 점이 많다는 점에서 분명 어떤 혼선이 있는 것으로 짐작된다. 하지만 이러한 혼선이 생긴 이유에 대해서는 논리적으로 증명할 만한 근거가 없다. 이에 대해 "과거 체험의 현재성에 남아 있는 위험을 고려한 '의도된 착오'의 사례이다. 심훈의 문헌들을 지배하고 있는 모호함과 착란은 그가 자신의 개인기록을 긴장된 정치적 텍스트로 상정하고 있"[11]기 때문이라는 분석이 있다. 또한 신채호가 상해를 떠나 북경으로 이동한 것이 1920년 4월이라는 사실에 근거하여, 심훈과 단재의 만남이 가능했다면 1919년 겨울에 북경으로 간 것은 시기상으로 맞다는 견해도 있다. 그리고 심훈이 1921년 2월에 북경대학에 머무를 때 프랑스 노동유학

---

09 윤석중, 「인물론 - 심훈(沈熏)」, 《신문과방송》, 한국언론진흥재단, 1978, 74쪽.

10 『전집』 3, 581~613쪽.

11 한기형, 「'백랑(白浪)'의 잠행 혹은 만유 - 중국에서의 심훈」, 《민족문학사연구》 35, 민족문학사학회, 2007, 442쪽.

소식을 듣고 상해로 가기로 결정했다고 했으므로, 이 날짜와 상해로 이동 중에 쓴 것으로 보이는 시 「심야과황하」에 표기된 '1920년 2월'이 정확히 1년 차이가 난다는 점에서 '1919년'은 '1920년'의 착오로 파악하기도 한다.[12] 아마도 1966년에 발간된 『심훈문학전집』의 연보는 이러한 추정들에 더 신빙성이 있다고 보고 그의 북경행을 1920년 말로 정리한 것으로 생각된다. 하지만 이 또한 추정일 뿐 명확하게 증명할 만한 근거가 부족하다는 점에서 섣불리 단정 지어서는 안 된다.

심훈이 북경으로 가서 처음으로 쓴 시 「북경의 걸인」을 보면, "숨도 크게 못 쉬고 쫓겨오는 내 행색을 보라,/선불 맞은 어린 짐승이 광야를 헤매는 꼴 같지 않느냐"[13]라는 시구가 있는데, 당시 그가 중국으로 떠날 때의 사정이 아주 복잡하고 긴박했음을 짐작하게 한다. 그의 경성고보 동창이자 고종사촌인 윤극영도 "불 일던 세월은 지나가고 삼三보(심훈 - 필자 주)는 병으로 출옥하였다. 그의 얼굴은 백지장만큼이나 창백했고 누룩 같이 떠오른 피부 속에는 한 많은 상처들이 울고 있었다. 요시찰의 낙인이 붙어 형사들의 미행이 연달아 심사를 돋구는 것이었다. 견디다 못해 삼보는 중국 '상해'로 뛰었다"[14]라고 회고했는데, 이 또한 심훈이 중국으로 떠나기 직전의 상황이 상당히 좋지 않았음을 말해주는 증언이다. 이러한 당시의 상황으로 볼 때 감옥에서 나온 시점인 1919년 7월부터 중국으로 간 것으로 알려진 1920년 12월 무렵까지 거의 1년 반 동안이나 그가 국내에 남아 있기는 어렵지 않았을까 하는 의구심을 갖지 않을 수 없다. 따라서 1919년 7월부터 1920년 12월까지 그의 행적에 대한

12 윤기미, 「심훈의 중국생활과 시세계」, 《한중인문학연구》 28집, 한중인문학회, 2009. 12. 112~113쪽.
13 『그날이 오면』, 141쪽.
14 윤극영, 「심훈시대(沈熏時代)」, 『전집』 2, 636쪽.

실증적 재구가 명확히 이루어지기 전까지는 그의 중국행 시기에 대한 논의는 좀 더 신중한 접근을 해야 할 것으로 생각된다.

나에게 무엇을 비는가?
푸른 옷 입은 인방隣邦의 걸인이여,
숨도 크게 못 쉬고 쫓겨오는 내 행색行色을 보라,
선불 맞은 어린 짐승이 광야曠野를 헤매는 꼴 같지 않느냐.

정양문正陽門 문루門樓 위에 아침 햇발을 받아
펄펄 날리는 오색기五色旗를 쳐다보라.
네 몸은 비록 헐벗고 굶주렸어도
저 깃발 그늘에서 자라나지 않았는가?

거리거리 병영兵營의 유량한 나팔喇叭소리!
내 평생平生엔 한번도 못 들어보던 소리로구나!
호동胡同 속에서 채상菜商의 외치는 굵다란 목청
너희는 마음껏 소리 질러보고 살아왔구나.

저 깃발은 바랬어도 대중화大中華의 자랑이 남고
너의 동족同族은 늙었어도 '잠든 사자獅子'의 위엄威嚴이 떨치거니
저다지도 허리를 굽혀 구구히 무엇을 비는고
천년千年이나 만년萬年이나 따로 살아온 백성百姓이어늘……

때묻은 너의 남루襤褸와 바꾸어준다면

눈물에 젖은 단거리 주의周衣라도 벗어주지 않으랴.
마디마다 사무친 원한을 놓아준다면
살이라도 저며서 길바닥에 뿌려주지 않으랴,
오오 푸른 옷 입은 북국北國의 걸인乞人이여!

-「북경의 걸인」 전문[15]

"세기말世紀末 맹동孟冬에 초췌憔悴한 행색行色으로 정양문正陽門 차참車站에 내리니 걸개乞丐의 떼 에워싸며 한 분分의 동패銅牌를 빌거늘 달리는 황색차黃色車 위에서 수행數行을 읊다"라는 프롤로그로 시작되는 이 시는, 심훈이 중국에서 쓴 첫 번째 시로 알려져 있다. 화자와 걸인의 대비를 통해 식민지 청년으로서의 민족적 열패감을 강렬하게 표출하고 있는 작품이다. "숨도 크게 못 쉬고 쫓겨오는" 화자에게 있어서 "헐벗고 굶주렸"을 "걸인"마저 "저 깃발 그늘에서 자라"나고 "마음껏 소리 질러보고 살아"왔다는 점에서 오히려 부러울 따름이다. 비록 "저 깃발은 바랬어도 대중화大中華의 자랑이 남"아 있고, "동족同族은 늙었어도 '잠든 사자獅子'의 위엄威嚴이 떨치"는 중국의 현실 앞에서 망명을 떠나온 화자 자신의 모습은 더없이 초라하게 느껴졌던 것이다. 설령 "남루"일지언정 "걸인"과 처지를 바꾸고 싶은 심정이므로, "저다지도 허리를 굽혀 구구이 무엇을 비는고"라고 반문하는 화자의 내면은 식민지 조선의 현실에 대한 비애로 가득 차 있었다. 아무리 가난하다 해도 국가의 주권主權을 잃어버리지 않은 나라, 가진 것은 없을지라도 어떤 말이든 마음껏 소릴 질러 할 수 있는 나라의 백성으로 살아가고 싶은 화자의 절절한 소망이 "걸인"이라는 극단적인 인물과

15 『그날이 오면』, 141~143쪽.

의 대비를 통해 더욱 선명하게 부각되고 있는 것이다. 화자의 감상적인 태도가 조금은 엿보이긴 하지만, 이 시는 심훈의 중국행이 조국의 현실을 넘어서기 위한 어떤 뚜렷한 목적을 지닌 것이 아니었을까 하는 생각을 갖게 한다. 단 한 번도 중국 유학에 대해서 말하지 않았던 그가 갑자기 중국으로 떠났고, 중국에 도착하자마자 이러한 민족적 비애를 토로한다는 점이 결코 예사롭지 않은 동기를 은폐하고 있는 것으로 비춰지기도 하는 것이다.

심훈의 중국행 목적이 "기회를 노려 미국이나 프랑스로 연극을 공부하러 가려는 것"[16]이었다고 하는데, 그렇다면 더더욱 일본으로 갔어야 중국으로 가야 할 이유가 없었을 것이다.[17] 열아홉 살의 나이로 3·1운동에 가담하여 옥살이까지 하고 나온 그의 전력에 비추어, 이와 같은 갑작스런 중국행에는 어떤 위장된 목적이 은폐되어 있었을 가능성이 많은 것으로 보인다. 실제로 심훈은 "나는 맨 처음 그 어른에게로 소개紹介를 받아서 북경北京으로 갔었다"[18]고 밝혔는데, 여기에서 "그 어른"은 우당 이회영을 가리킨다. 그리고 앞에서 언급한

16 유병석, 앞의 글, 13쪽.

17 그는 1920년 1월의 일기에서 일본 유학에 대한 결심을 분명히 말했었다. "나의 일본(日本) 유학은 벌써부터의 숙망(宿望)이요, 갈망이다. 여기만 있어 가지고는 아주 못할 것은 아니나 내가 목적하는 문학 길은 닦기가 극난하다. 아무리 원수의 나라라도 서양(西洋)으로 못갈 이상(以上)에는 동양(東洋)에는 일본(日本) 밖에 가 배울 곳이 없다. 그러나 내 주위의 사정은 그를 용서치 않는다. 그러나 나는 기어이 올 봄 안으로는 가고야 말 심산이다. 오는 삼월(三月)안에 가서 입학(入學)을 하여도 늦을 것인데 ……어떻든지 도주(逃走)를 하여서라도 가고야 말란다." (『전집』 3, 591쪽.) 하지만 3월의 일기에서 이미 "나의 갈망하던 일본(日本) 유학은 삼월(三月)에 들어 단념하게 되었다."라고 밝히면서, 그 이유를 네 가지로 적어두었다. "일(一), 일인(日人)에 대한 감정적(感情的) 증오심이 날로 더해감이요, 이(二), 학비문제(學費問題)니 뒤를 대어줄 형님이 추호의 성의가 없음, 삼(三), 이(二)·삼(三)년간은 일본(日本)에 가서라도 영어(英語)를 준비해야 하겠는데 그만큼은 못하더라도 청년회관(靑年會館)에서 배울 수 있는 것, 사(四), 영어(英語)와 기타 기초 교육을 닦은 뒤에 서양(西洋)유학을 바람 등이다. 부친(父親)도 극력 반대이므로."(『전집』 3, 608쪽.)

18 「단재(丹齋)와 우당(于堂)(2)」, 『전집』 3, 492쪽.

대로 "성암"의 소개로 신채호를 만나 잠시 동안 그의 집에 머무르기도 했는데, 여기에서 "성암醒庵"은 이광李光으로 이회영과도 아주 가까운 혁명 동지였다.[19] 이제 스무 살밖에 되지 않는 청년 심훈이 당시 이러한 항일 망명 지사들과 접촉할 수 있었다는 사실 자체가 그의 중국행을 단순한 유학으로만 볼 수 없게 한다. 아마도 당시 심훈은 민족운동에서 출발해서 무정부주의로 나아갔던 단재와 우당 그리고 이광 등과 같은 아나키스트들의 사상을 많이 동경했던 것으로 보인다. 따라서 당시 심훈의 중국행은 유학으로 가장한 채 정치적 목적을 수행하기 위한 위장된 행로였다고 할 수 있다.

> 눈은 쌓이고 쌓여
> 객창客窓은 길로 덮고
> 몽고蒙古바람 씽씽 불어
> 왈각달각 잠 못 드는데
> 북이 운다, 종鐘이 운다.
> 대륙大陸의 도시都市, 북경의 겨울밤에-
>
> 화로火爐에 메췰(매탄煤炭)도 꺼지고
> 벽壁에는 성에가 슬어
> 얼음장 같은 촹 위에

19 "일본 와세다대학과 중국 남경의 민국대학을 졸업한 이광은 신민회원이었고, 이회영과 함께 경학사와 신흥무관학교를 운영한 가까운 동지였다. 그는 임정 임시의정원 의원과 외무부 북경 주재 외무위원을 겸임하며 한중 양국의 외교적 사항을 처리할 만큼 중국통이었"다. 이덕일, 『이회영과 젊은 그들』, 역사의아침, 2009, 198쪽.

새우처럼 오그린 몸이
북소리 종鐘소리에 부들부들 떨린다
지구地球의 맨 밑바닥에 동그마니 앉은 듯
마음조차 고독孤獨에 덜덜덜 떨린다.

거리에 땡그렁 소리도 들리지 않으니
호콩장사도 인제는 얼어 죽었나
입술을 꼭꼭 깨물고 이 한 밤을 새우면
집에서 편지나 올까? 돈이나 올까?
<만터우> 한 조각 얻어먹고 긴 밤을 떠는데
고루鼓樓에 북이 운다, 종鐘이 운다.

-「고루의 삼경」 전문[20]

인용시는 우당 이회영과의 만남을 회고한 글「단재丹齋와 우당于堂(2)」에 삽입되어 있는 작품으로 심훈이 이회영의 집에 머무를 때 쓴 것으로 보인다.[21] "북경의 겨울밤"을 배경으로 "마음조차 고독孤獨에 덜덜덜 떨"리는 화자의 심경을 담고 있다. 그런데 이 시에서 "고루鼓樓"의 "북소리와 종鐘소리"를 주목할 필

20 『그날이 오면』, 144~146쪽.

21 뒷날 산문에 삽입된 시는 개작을 하였는데 원래의 것보다 압축되었지만 그 흐름과 의미에는 큰 변화가 없다. "눈은 쌓이고 쌓여/객창(客窓)을 길로 덮고/몽고(蒙古)바람 씽씽 불어/왈각달각 잠못 드는데/북이 운다, 종(鐘)이 운다./대륙(大陸)의 도시(都市), 북경의 겨울밤에.//화로(火爐)에 메칠(매탄(煤炭))도 꺼지고/벽(壁)에는 성에가 슬어/창 위에도 얼음이 깔린 듯./거리에 땡그렁소리 들리잖으니/호콩장사도 인고만 얼어 죽었다.//입술 꼭 깨물고/이 한 밤만 새우고 나면/집에서 돈표든 편지나 올까?/만두 한 조각 얻어먹고/긴긴 밤을 달달 떠는데,/고루(鼓樓)에 북이 운다./뗑뗑 종이 운다."「단재(丹齋)와 우당(于堂)(2)」, 『전집』 3, 493~494쪽.

요가 있는데, 화자가 떨리는 것은 "얼음장 같은 추위" 때문이기도 하지만 "북소리와 종소리" 때문이기도 하다는 사실이다. 즉 당시 이회영의 집 근처에 있었던 "고루"에서 들려오는 "북소리와 종소리"는 가난과 추위로 독립운동에 대한 의지가 점점 약해져만 가는 화자의 태도를 다시 곧추세우는 일종의 각성의 소리이기도 했다. 화자에게 닥친 현실은 "북경의 겨울밤"처럼 견디기 힘든 밤의 연속이었으므로 "집에서 편지나 올까? 돈이나 올까?"를 생각하는 한없이 나약해지는 일상적 자아의 모습에 허덕일 수밖에 없었는데, 그때마다 "고루"에서 울려퍼지는 "북소리와 종소리"를 들으면서 자신의 북경행의 이유와 목적을 다시 한 번 성찰하는 계기로 삼았던 것이다.

그렇다면 심훈의 중국행에는 어떠한 목적이 은폐되어 있었기에 위장된 행로를 할 수밖에 없었을까를 밝히는 것이 아주 중요한 과제로 대두된다. 이는 북경에서의 일만으로는 추정할 수 없고 당시 중국 내의 항일독립운동의 전체적인 맥락 속에서 살펴볼 필요가 있다. 실제로 심훈은 북경에서 몇 개월 머무르지도 않은 채 상해로 서둘러 떠났다. 만일 그가 유학을 목적으로 북경으로 온 것이었다면 굳이 상해로 가야 할 이유는 없었을 것이다. 그가 다니고자 했던 북경대학의 분위기가 활기가 없다는 식의 조금은 피상적인 논평[22]을 하면서 상해로 이동했는데, 당시 북경대학에 대한 그의 비판이 사실에도 맞지 않을뿐더러[23], 그렇다고 해서 그가 정착한 항주의 지강대학이 북경대학보다 더 나은 곳이라고 할 만한 근거는 더더욱 없었다. 결국 이회영, 신채호, 이광 등과의 정치적 만남이 상해로 이동하는 어떤 계기가 되었을 것으로 짐작되는데, 그가 상해를 비롯한 남경, 항주 등에서 이동녕, 이시영 등 초기 임시정부 인사

22 「무전여행기(無錢旅行記) - 북경(北京)에서 상해(上海)까지 -」, 506~507쪽 참조.

들과 만남을 이어갔다는 사실은 이를 뒷받침하는 사실이다. 특히 그의 경성고보 동창생인 박헌영의 중국에서의 이동 경로와 심훈의 행로가 겹치는 부분이 많다는 점도 주목하지 않을 수 없다. 또한 상해 시절 여운형과의 만남도 각별하였다는 점을 염두에 둔다면, 심훈의 중국행과 북경에서 상해로의 이동은 1920년대 초반 상해 지역을 중심으로 전개된 한인 사회주의 독립운동과 밀접한 관련이 있지 않았을까 생각되기도 한다. 이런 점에서 심훈의 중국행은 단순한 유학을 위한 것이었다기보다는 어떤 정치적 목적을 은폐하기 위한 위장된 행로였다고 할 수 있다.

3
상해로의 이동과 사회주의 독립운동가들과의 교류

1920년대 초반 상해는 동아시아 사회주의 운동의 중심지로 급부상하고 있었다. 1920년 8월 상해사회주의청년단이 설립되었고, 1921년 7월에는 중국공산당 창립 제1대회가 상해에서 개최되었다. 5·4운동의 영향을 받은 청년학생들

23 1920년 말의 북경대학은 차이위안페이(蔡元培)가 교장이었고, 천두슈(陳獨秀), 리다자오(李大釗), 후스(胡適) 등 신문화 운동의 주역들이 포진해 있었다.(백영서, 「교육독립론자 차이위안페이 - 중국의 대학과 혁명」, 『전환의 시대 대학은 무엇인가』, 한길사, 2000 참조.) 게다가 루쉰(魯迅)의 특별 강의로 북경대학 안팎의 많은 학생들이 학교로 몰려드는 그 어느 때보다 활기가 넘치는 곳이었다. 그럼에도 불구하고 당시 북경대학의 분위기를 활기가 없다는 식으로 다소 피상적인 논평을 한 것은 아마도 어떤 정치적 의도를 은폐하기 위한 담론적 수사가 아니었을까 짐작된다. 당시 심훈은 한 계절도 머무르지 않은 채 북경에서의 계획된 짧은 일정을 마치고 상해로 떠나야 하는 명분을 만들기 위해 의도적으로 북경대학의 분위기를 그런 식으로 몰아가는 거짓 진술을 한 것으로 볼 수 있다. 하상일, 앞의 글, 58쪽.

이 《성기평론星期評論》, 《각오覺悟》, 《신청년新靑年》 등의 급진적인 매체를 중심으로 모여든 곳도 바로 상해였다.[24] 조선인 사회주의자들의 움직임도 활발하여 이동휘를 중심으로 상해파 공산당이 1920년 5월경 조직되었고, 이를 확대 개편하여 1921년 5월 고려공산당이 만들어졌다.[25] 심훈은 중국으로 떠나기 직전 사회주의 성향의 잡지 《공제共濟》 2호의 '현상노동가' 모집에 「노동의 노래」를 투고할 정도로 사회주의에 관심이 많았던 것으로 보인다. 「노동의 노래」에서 그는 "풀방석과 자판 우에 티쓸 맛이나/로동자의 철퇴같은 이 손의 힘이/우리 사회 굿고 구든 주추되나니/아아! 거룩하다 로동함이여"[26]라고 하여 사회주의 노동의 숭고함과 올곧은 가치를 분명하게 제시하고자 했다. 이런 점에서 1920년대 초반 상해는 심훈에게 있어서 자신의 사상과 문학을 펼칠 수 있는 가장 이상적인 장소가 되지 않을 수 없었을 것이다. 앞서 언급한 대로 이러한 생각에는 그의 친구 박헌영과의 만남 또한 상당히 중요한 요인으로 작용했을 것이다.

이게 자네의 얼굴인가?
여보게 박군朴君, 이게 정말 자네의 얼굴인가?

알콜병甁에 담가논 죽은 사람의 얼굴처럼 창백蒼白하고
마르다 못해 해면海綿같이 부풀어오른 두 뺨

24 백영서, 『중국현대대학문화연구』, 일조각, 1994, 259~260쪽.
25 반병률, 『성재 이동휘 일대기』, 범우사, 1998, 265~266 참조.
26 한기형, 「습작기(1919~1920)의 심훈 - 신자료 소개와 관련하여」, 《민족문학사연구》 22호, 민족문학사학회, 2003, 218쪽에서 재인용.

두개골頭蓋骨이 드러나도록 바싹 말라버린 머리털
아아 이것이 과연果然 자네의 얼굴이던가?

쇠사슬에 네 몸이 얽히기 전前까지도
사나이다운 검붉은 육색肉色에
양미간兩眉間에는 가까이 못할 위엄威嚴이 떠돌았고
침묵沈黙에 잠긴 입은 한번 벌리면
사람을 끌어당기는 매력魅力이 있었더니라.

사년四年동안이나 같은 책상冊床에서
벤또 반찬을 다투던 한 사람의 박군朴君은
교수대絞首臺 곁에서 목숨을 생生으로 말리고 있고
C사社에 마주 앉아 붓을 잡을 때
황소처럼 튼튼하던 한 사람의 박朴은
모진 매에 장자腸子가 꿰어져 까마귀밥이 되었거니.

이제 또 한 사람의 박朴은
음습陰濕한 비바람이 스며드는 상해上海의 깊은 밤
어느 지하실地下室에서 함께 주먹을 부르쥐던 이 박군朴君은
눈을 뜬 채 등골을 뽑히고 나서
산송장이 되어 옥문獄門을 나섰구나.

박朴아 박군朴君아 ××아!
사랑하는 네 아내가 너의 잔해殘骸를 안았다

아직도 목숨이 붙어있는 동지同志들이 네 손을 잡는다
아 이 사람아! 그들을 알아보지 못한단 말인가?
이빨을 악물고 하늘을 저주咀呪하듯
모로 흘긴 저 눈동자瞳子
오 나는 너의 표정表情을 읽을 수 있다.

오냐 박군朴君아
눈은 눈을 빼어서 갚고
이는 이를 뽑아서 갚아 주마!
너와 같이 모든 ×를 잊을 때까지
우리들의 심장心臟의 고동鼓動이 끊길 때까지.

-「박군의 얼굴」 전문[27]

북경에서 상해로 옮겨온 후 심훈의 행적을 추적할 만한 자료는 현재로서는 전혀 없다. 귀국 이후 박헌영을 모델로 한 인용시 「박군의 얼굴」과 여운형을 모델로 한 것으로 추정되는 「R씨의 초상」으로 당시 상해에서 심훈의 행적과 교류를 유추해 볼 수 있을 따름이다. 인용시에서 "교수대絞首臺 곁에서 목숨을 생生으로 말리고 있"는 "박군朴君"은 박열이고, "모진 매에 장자腸子가 퀘어져 까마귀밥이 되었"다고 하는 "박군"은 박순병이며, "산송장이 되어 옥문獄門을 나섰"던 "박군"은 박헌영을 가리킨다.[28] 박열과 박헌영은 심훈과 경성고보 동창생이었고 박순병은 시대일보사에서 같이 근무했던 친구였는데, 박열은 '천

27 『그날이 오면』, 54쪽.

황 암살 미수사건'으로 무기형을 선고받아 당시 복역 중이었고, 박순병은 조선공산당 사건으로 구속되어 취조 중에 옥사했으며, 박헌영은 조선공산당 사건으로 구속되었다가 1927년 11월 22일 병보석으로 출감했다. 이 시는 당시 출감하는 박헌영의 처참한 모습을 보고 동지이자 친구들의 고통과 슬픔을 형상화한 것으로 보인다. 박헌영은 1920년 11월 동경을 떠나 나가사키를 경유하여 상해로 망명하여 1921년 3월 이르쿠츠파 공산당의 지휘를 받는 고려공산청년단 상해회 결성에 참가했고, 같은 해 5월에 안병찬, 김만겸, 여운형, 조동우 등이 주도하는 이르쿠츠파 고려공산당에 입당했다.[29] "음습陰濕한 비바람이 스며드는 상해上海의 깊은 밤/어느 지하실地下室에서 함께 주먹을 부르쥐던" 친구의 처참한 모습을 보면서 "눈은 눈을 빼어서 갚고/이는 이를 뽑아서 갚아주마!"라고 말하는 화자의 울분은 심훈과 박헌영 두 사람의 동지적 관계가 아주 특별했음을 말해준다. 어쩌면 박헌영은 심훈 자신이 독립운동을 위해 따라가야 할 이정표와 같은 존재였을지도 모른다.[30] 게다가 당시 여운형과의 밀접했던 관계를 생각할 때 상해 시절 심훈의 사상적 교류가 사회주의에 상당히 기울어져 있었음을 알 수 있다. 그에게 있어서 "절망絶望을 모르고 끝까지 조금도 비관悲觀치 않는" 여운형의 강인한 기개 역시 또 하나의 이정표가 되기에 충분했던 것이다.[31]

하지만 1920년대 초반 상해의 모습은 사회주의를 지향했던 심훈에게 있

28 최원식, 「심훈연구서설」, 김학성, 최원식 외, 『한국근대문학사의 쟁점』, 창작과비평사, 1990, 237~238쪽. ; 이정박헌영전집편집위원회 편, 『이정박헌영 전집』 제4권, 역사비평사, 2004. 7, 745쪽.

29 임경석, 『이정 박헌영 일대기』, 역사비평사, 2004, 65~68쪽 참조.

30 1930년대 《조선일보》에 연재하다 일제의 검열에 의해 중단된 『동방의 애인』은 1920년대 상해를 무대로 활동했던 사회주의 계열 독립운동 조직의 활약상을 담은 작품으로, 주인공 김동렬이 바로 박헌영을 모델로 했고 박진은 심훈 자신의 모습을 투영한 것으로 볼 수 있다.

어서 그다지 이상적인 장소로만 각인될 수 없었던 것 또한 사실이다. 상해임시정부를 중심으로 한 독립운동 내부의 첨예한 갈등이나 상해파와 이르쿠츠크파[32]로 노선을 달리했던 사회주의운동의 분파주의에 실망한 탓도 물론 있겠지만, 무엇보다도 제국주의적 근대의 모순으로 가득 찬 상해의 이중적 모습에 크게 절망했던 것으로 보인다. 조선의 독립을 위한 이정표라는 기대감으로 찾아온 상해가 식민지 근대의 모순으로 고통 받는 조선의 현실과 전혀 다를 바 없다는 현실 인식은, 조국을 떠난 어떤 명분도 채울 수 없는 또 다른 식민지 제

31 「조선신문발달사(朝鮮新聞發達史)」(《신동아(新東亞)》 1934년 5월호)에 의하면, 《중앙일보(中央日報)》가 1933년 2월 대전에서 출옥한 여운형을 사장으로 추대하고 같은 해 3월에 《조선중앙일보(朝鮮中央日報)》로 제호를 바꾸었다. 여운형은 상해에 있을 때부터 심훈을 대단히 아끼던 처지로서, 심훈이 『영원의 미소』와 『직녀성』을 동지에 연재하여 생활의 곤경을 조금이라도 면할 수 있었던 것은 그의 호의였다. 그리고 심훈의 영결식에서 그의 마지막 시 작품인 「절필(絶筆)」을 울면서 낭독한 사람도 여운형이었다고 하니 두 사람의 관계가 얼마나 각별했었는지를 알 수 있다.(유병석, 앞의 글, 18~19쪽.) 이런 사실로 미루어 볼 때, 그의 시 가운데 「R씨의 초상」(1932.9.5.)은 여운형을 모델로 한 것으로 보인다. "내가 화가(畵家)여서 당신의 초상화(肖像畵)를 그린다면/지금 십년(十年)만에 대(對)한 당신의 얼굴을 그린다면/채색(彩色)이 없어 파레트를 들지 못하겠소이다/화필(畵筆)이 떨려서 획(劃) 하나 긋지 못하겠소이다.//당신의 얼굴에 저다지 찌들고 바래인 빛깔을 칠할/물감은 쓰리라고 생각도 아니하였기 때문입니다./당신의 이마에 수(數)없이 잡힌 주름살을 그릴/가느다란 붓은 준비(準備)도 하지 않았기 때문입니다.//물결 거치른 황포탄(黃浦灘)에서 생선(生鮮)같이 날뛰던 당신이/고랑을 차고 삼년(三年)동안이나 그물을 뜨다니 될 뻔이나 한 일입니까/물푸레나무처럼 꼿꼿하고 물오른 버들만치나 싱싱하던 당신이/때아닌 서리를 맞아 가랑잎이 다 될 줄 누가 알았으리까.//'이것만 뜯어먹어도 살겠다'던 여덟 팔자(八字) 수염은/흔적(痕迹)도 없이 깎이고 그 터럭에 백발(白髮)까지 섞였습니다그려./오오 그러나 눈만은 샛별인 듯 전(前)과 같이 빛나고 있습니다./불똥이 떨어져도 꿈쩍도 아니하던 저 눈만은 살았소이다!//내가 화가(畵家)여서 지금 당신의 초상화(肖像畵)를 그린다면/백호(百號)나 되는 큰캔버스에 저 눈만을 그리겠소이다./절망(絶望)을 모르고 끝까지 조금도 비관(悲觀)치 않는/저 형형(炯炯)한 눈동자만을 전신(全身)의 힘을 다하여 한 획(劃)으로 그리겠소이다." 『그날이 오면』, 120~122쪽.

32 두 그룹은 혁명노선상의 본질적 차이가 있었다. 상해파는 민족혁명을 일차과제로 한 연속 2단계 혁명노선을 취했으며 독자적인 한인공산당 건설을 지향했다. 반면 이르쿠츠크파는 즉각적인 사회주의 혁명을 목표로 한 1단계 혁명노선을 견지했고, 러시아공산당에 가입한 인물들이 주축이었다. 반병률, 「진보적인 민족혁명가, 이동휘」, 『내일을 여는 역사』 3, 2000, 165쪽.

국의 도시가 바로 상해라는 비관적 태도로 귀착되고야 만 것이다. 「상해의 밤」은 이러한 식민지 조선 청년의 절망을 당시 상해의 중심지였던 "사마로四馬路 오마로五馬路" 거리를 통해 형상화한 작품이다.

우중충한 농당弄堂 속으로
훈둔장사 모여들어 딱딱이 칠 때면
두 어깨 웅숭그린 년놈의 떠드는 세상,
집집마다 마작麻雀판 두드리는 소리에
아편鴉片에 취한 듯 상해上海의 밤은 깊어가네.

발벗은 소녀少女, 눈먼 늙은이를 이끌며
구슬픈 호궁胡弓에 맞춰 부르는 맹강녀孟姜女 노래,
애처롭구나! 객창客窓에 그 소리 장자腸子를 끊네.

사마로四馬路 오마로五馬路 골목 골목엔
'이쾌양듸 량쾌양듸' 인육人肉의 저자
단속옷 바람으로 숨바꼭질하는 야-지의 콧잔등이엔
매독梅毒이 우글우글 악취惡臭를 풍기네

집 떠난 젊은이들은 노주老酒잔을 기울여
건잡을 길 없는 향수鄕愁에 한숨이 길고
취醉하여 취醉하여 뼈속까지 취醉하여서는
팔을 뽑아 장검長劍인 듯 내두르다가
채관菜館 소파에 쓰러지며 통곡痛哭을 하네.

어제도 오늘도 산란散亂한 혁명革命의 꿈자리!
용솟음치는 붉은 피 뿌릴 곳을 찾는
'까오리' 망명객亡命客의 심사를 뉘라서 알고
영희원影戱院의 산데리아만 눈물에 젖네.

-「상해의 밤」 전문[33]

서구적 근대와 제국주의적 근대가 착종된 1920년대 상해의 어두운 밤을 적나라하게 보여주는 작품이다. "두 어깨 웅숭그린 년놈의 떠드는 세상,/집집마다 마작麻雀판 두드리는 소리에/아편鴉片에 취한 듯 상해上海의 밤은 깊어 가네."라는 데서 알 수 있듯이, 당시 상해의 모습은 마작, 아편, 매춘 등이 난무하는 자본주의적 모순 공간으로서의 폐해를 그대로 노출하고 있었다. 특히 "사마로四馬路 오마로五馬路 골목 골목"은 수많은 희원(戱院 : 전통극 공연장)과 서장(書場 : 사람을 모아 놓고 만담, 야담, 재담을 들려주는 장소), 다관과 무도장, 술집과 여관 등이 넘쳐 났고, 유명한 색정 환락가로 기방들이 줄지어 들어서 있어 떠돌이 기녀들이 엄청난 무리를 이루어 호객을 하는 곳이었다.[34] 식민지 현실을 극복하는 독립운동의 기지로서 무한한 동경을 가졌던 국제적인 도시 상해는 "노주老酒잔을 기울여/건잡을 길 없는 향수鄕愁에 한숨"만 나오게 하는, "취醉하여 취醉하여 뼈속까지 취醉하여서는" "채관菜館 소파에 쓰러지며 통곡痛哭을 하"게 만드는 절망의 악순환을 경험하게 할 뿐이었다. 그가 진정으

33 『그날이 오면』, 149~151쪽.

34 사마로(四馬路)와 오마로(五馬路)는 지금의 푸저우루(福州路)와 화이하이중루(悔海中路)로 당시 난징루(南京路)와 더불어 상하이의 대표적인 번화가였다. 이에 대한 자세한 내용은, 니웨이(倪伟), 「'마도(魔都)' 모던」, 《ASIA》 25, 2012 여름호, 30~31쪽 참조.

로 기대했던 것처럼 상해는 조국 독립의 혁명을 가져오는 성지가 아니라 "어제도 오늘도 산란散亂한 혁명革命의 꿈자리!"가 난무하는 곳이었으므로, 화자는 "'까오리'(고려) 망명객亡命客"으로서의 절망적 통한痛恨에 괴로워할 수밖에 없었던 것이다. 결국 그에게 남은 것은 하루라도 빨리 상해, 아니 중국을 떠나 조국으로 돌아가는 길밖에는 없었을 것이다.

돌아가지이다, 돌아가지이다.
동요童謠의 나라, 동화童話의 세계世界로
다시 한 번 이 몸이 돌아가지이다.

세상 티끌에 파묻히고
살길에 시달린 몸은,
선잠 깨어 고사리 같은 손으로
어루만지던 엄마의 젖가슴에
안기고 싶습니다, 품기고 싶습니다.
그 보드랍고 따뜻하던
옛날의 보금자리 속으로
엉금엉금 기어들고 싶습니다.

그러나 이를 어찌하오리까.
엄마의 젖꼭지는 말라 붙었고
제 입은 계집의 혀를 빨았습니다.
엄마의 젖가슴은 식어버리고
제 염통에는 더러운 피가 괴었습니다.

바람이 붑디다, 바람은 찹디다.
온 세상이 거칠고 쓸쓸합디다.
가는 곳마다 차디찬 바람을
등어리에 끼얹어 줍디다.

(중략)

아아 옛날의 보금자리에
이 몸을 포근히 품어주소서.
하루도 열두 번이나 거짓말을 시키고도
얼굴도 붉히지 말라는 세상이외다.
사람의 마음도 돈으로 팔고 사는
알뜰히도 더러운 세상이외다.

돌아가지이다, 돌아가지이다.
동요童謠의 나라, 동화童話의 세계로
한 번만 다시 돌아가지이다.

-「돌아가지이다」 중에서[35]

「돌아가지이다」는 1922년 2월에 심훈이 항주에 있을 때 쓴 시로 추정된다. 중국 체류 당시의 복잡한 심경에서 비롯된 탄식을 직접적으로 토로한 작

35 『그날이 오면』, 33~40쪽.

품으로, 상해를 떠난 이후에도 중국에서의 생활이 여전히 절망의 연속이었음을 유추할 수 있게 한다. 심훈은 그의 아내 이해영에게 보낸 편지(1922년 7월 7일에 쓴 것으로 추정됨)에서 "나도 올해 귀국할 생각 간절하였으나 내년에나 가게 될 듯 세월은 길고도 빠른 것이라 미구에 기쁜 날이 올 것이외다."[36]라고 적고 있다. 자세한 사정은 알 수 없으나 편지의 내용으로 볼 때 중국에서의 생활이 아주 힘든 일들의 연속이었으며 쉽게 말할 수 없는 비밀스런 사정이 많았음을 짐작할 따름이다. 따라서 그는 더 이상 중국에서 어떤 가능성도 찾을 수 없다는 생각에 중국으로 간 지 만 2년이 채 되기 전부터 귀국을 서둘렀던 것으로 보인다. 인용시에서 "동요의 나라 동화의 세계"는 "하루도 열두 번이나 거짓말을 시키고도/얼굴도 붉히지 말라는 세상", "사람의 마음도 돈으로 팔고 사는/알뜰히도 더러운 세상"과 대비되는 "이 몸을 포근히 품어 주는" "옛날의 보금자리"와 같은 곳이다. 심훈이 중국에 머무는 동안 어떤 일들을 겪어서 깊은 절망에 빠지게 되었는지 구체적으로 알 수는 없지만, "제 입은 계집의 혀를 빨았"고 "제 염통에는 더러운 피가 괴었"다는 강렬한 자기비판적 어조에서 "말라붙은" "엄마의 젖꼭지"를 되찾기를 간절히 소망하는 화자의 뼈아픈 성찰을 발견할 수 있다. 이러한 절망적 탄식이 그의 중국 체류 후반부에 속하는 남경, 항주 시절의 시에서 개인적 서정성으로의 두드러진 변화를 가져오는 계기가 된 것은 아닌지 관심 있게 살펴볼 필요가 있다.

---

36 "그동안 지난 일과 모든 형편은 어찌 다 쓸 수 있으리까마는 고통도 많이 당하고 모든 일이 마음 같지 않아 실패도 더러 하였으며 지금도 마음 상하는 일은 많으나 그 대신 많은 경험도 하였고, 다 일시의 운명이라 인력으로 어찌 하리까마는 그대의 간곡한 말씀과 같이 결코 낙심하거나 실망할 리 없으며 또는 그리 의지가 박약한 사나이는 아니니 아무 염려 말아 주시오. 다만 내가 무슨 공부를 목적삼아하며, 그것이 어떤 학문이며 장차 어찌해야 할 것인데 지금 내 신세는 어떠하며, 어떤 길을 밟아나아가서 입신하고 출세하려 하는가 하는 데 대하여 그대에게 자세히 알게 하여 드리지 못함은 참으로 큰 유감이외다." 「나의 지극히 사랑하는 해영씨!」, 『전집』 3, 616~617쪽.

4
남경, 항주 시편과 개인적 서정성에 대한 의문

심훈은 북경을 떠나 상해로 갔지만 오래 머물지 않고 항주로 갔고 지강대학[37]을 다니면서 2년 동안 체류하였다. 앞서 언급한 대로 1920년대 초반 북경대학의 분위기를 비판했던 그가 어떤 이유에서 지강대학을 선택하게 되었는지, 그리고 상해와 항주가 가까운 거리이기는 하지만 굳이 상해를 떠나 항주에 정착한 까닭은 무엇이었는지 의문으로 남는다. 또한 그의 중국에서의 행적들이 아주 복잡한 사정을 거쳐야 했다면, 상해를 떠나 항주로 올 수밖에 없었던 과정에서 정치적, 사상적으로 큰 변화가 있었을지도 모른다는 생각이 들기도 한다. 하지만 〈항주유기〉의 머리말을 보면 그가 항주에 머무를 당시의 정치적, 사상적 교류는 이전과 크게 다를 바 없었던 것으로 보인다. "그때에 유배(流配나 당한 듯이 호반湖畔에 소요逍遙하시던 석오石吾, 성제省齊 두 분 선생先生님과 고생苦生을 같이 하며 허심탄회虛心坦懷로 교류交流하던 엄일파嚴一波, 염온동廉溫東, 정진국鄭眞國 등等 제우諸友가 몹시 그립다."[38]에서 짐작할 수 있듯이 당시 상해 임시정부 인사들과도 여전히 활발한 교류를 했던 것이다. 다만 "사회주의적

---

37 지강대학은 현재 절강대학교 지강캠퍼스로 편입된 곳으로 미국 기독교에 의해 세워진 대학이다. 당시 중국의 13개 교회대학 가운데 가장 먼저 세워진 학교로 화동(華東) 지역의 5개 교회대학(금릉(金陵), 동오(東吳), 성약한(聖約翰), 호강(滬江), 지강(之江)) 가운데 거점 대학이었다. 1912년 12월 10일 신해혁명의 주역 쑨원(孫文)이 지강대학을 시찰하고 강연을 했을 정도로, 당시 이 대학은 서양을 향한 중국 내의 중요한 통로 역할을 했으며, 학생들은 "타도 제국주의! 타도 매국적(賣國賊)"을 외치며 5·4운동에도 적극 가담하는 등 서구적인 문화와 진보적인 위기를 동시에 배양하고 있는 곳이었다. 『지강대학(之江大學)』, 주해출판사(珠海出版社), 1999. ; 장문창(張文昌), 「지강대학(之江大學)」, 『절강문사자료선집(浙江文史資料選輯)』, 1985 참조. 본고에서는 한기형, 「'백랑(白浪)'의 잠행 혹은 만유 - 중국에서의 심훈」, 454~455쪽에서 재인용.

38 『그날이 오면』, 153~154쪽.

가치를 동경하되 실제로는 비타협적 민족주의자들과 더 가까웠던 심훈의 처신"[39]에 비추어 볼 때, 당시 상해를 중심으로 한 독립운동의 노선 갈등에 적잖이 실망하고 상해를 떠나 항주로 간 것으로 생각된다. 따라서 그의 항주 시절은 망명객으로서의 절실함을 잃어버린 채 자기 회의에 깊이 빠질 수밖에 없었던 방황의 시절이었다고 할 수 있다. 그 결과 북경, 상해에서 쓴 시와 남경, 항주에서 쓴 시 사이에는 일정한 괴리가 생기게 된 것이다. 즉 남경과 항주에서 쓴 시들은 역사적 주체로서의 자각보다는 조국을 떠나 살아가는 망향객으로서의 비애와 향수 등 개인적인 정서가 표면화되어 그 이전과 비교해 두드러진 변화를 보인다. 이에 대해 "상해가 공적 세계라면 항주는 감각과 정서에 기초한 사私의 발원처"이고, "북경과 상해가 잠행의 공간인 것에 반해 항주는 만유의 장소였다"[40]는 견해가 있는데, '공적 세계'와 '사私의 발원처'라는 대비는 일리가 있지만 '잠행潛行'과 '만유漫遊'의 대비는 선뜻 동의하기 어렵다. 심훈의 중국에서의 행적이 '잠행'이었다는 데는 필자도 전적으로 동의하지만, 그 과정에서 비롯된 절망과 회의가 항주로 오는 시기에 개인의 내면으로 표출된 것이지 그의 항주 체류가 결코 '만유'의 시절이었다고까지 볼 수는 없기 때문이다.

> 뒤숭숭한 이상스러운 꿈에
> 어렴풋이 잠이 깨어
> 힘없이 눈을 뜬 채 늘어져
> 창 밖의 밤비 소리를 듣고 있다.
> 음습한 바람은 방 안을 휘돌고

---

39 「'백랑(白浪)'의 잠행 혹은 만유 - 중국에서의 심훈」, 454쪽.
40 「'백랑(白浪)'의 잠행 혹은 만유 - 중국에서의 심훈」, 453쪽.

개는 짖어 컴컴한 성 안을 울릴 제
철 아닌 겨울밤에 내리는 비!
나의 마음은 눈물비에 고요히 젖는다.

이 팔로 향기로운 애인의 머리를 안고
여름밤 섬돌에 듣는 낙수의 피아노
즐거운 속살거림에 첫닭이 울던
그윽하던 그 밤은 벌써 옛날이어라.

오, 사랑하는 나의 벗이여!
꿈에라도 좋으니 잠깐만 다녀가소서
찬 비는 객창에 부딪치는데 긴긴 이 밤을
아, 나 홀로 어찌나 밝히잔 말이냐.

-「겨울밤에 내리는 비」 전문[41]

시의 말미에 "1월 5일 남경에서"라고 적혀 있는데, 심훈이 그의 부인 이해영에게 보낸 편지에 동봉한 작품이므로 1922년에 쓴 것으로 추정된다.[42] 심훈이 북경에서 몇 달 머무르다 1921년 2월 갑자기 상해로 이동할 때, "중원中原의 복판을 뚫는 경한선京漢線으로 포구浦口까지 가려면 이주야二晝夜는 걸린다. 포구

41 『전집』 1, 131~132쪽.

42 심훈이 이해영에게 보낸 편지는 세 통이 남아 있는데, 7월 7일, 4월 29일, 8월 18일이고, 그 연도는 그가 귀국하기 일 년 전인 1922년으로 유추된다. 특히 시 4편을 동봉한 편지는 7월 7일자 편지이고 그 안에 「기적(汽笛)」이 2월 16일, 「전당강 위의 봄밤」이 4월 8일, 「뻐꾹새가 운다」가 5월 5일로 쓴 날짜를 기록하고 있다. 『전집』 3, 615~622쪽 참조.

에서 내려 양자강楊子江을 건너 남경南京을 거쳐서 상해上海까지 가야 할 사람의 주머니에는 단 돈 이각二角밖에 없다니 실實로 나에게는 큰 모험冒險이다."[43]에서 '남경'을 단 한 번 언급한 적이 있다. 하지만 이때 쓴 것으로 보기는 어려운 것이 시를 쓴 날짜가 몇 달에 걸쳐 있고, '1월 5일'이라면 그가 북경에서 아직 상해로 떠나지도 않은 때이므로 이 시의 창작 연도는 1922년이라고 해야 앞뒤가 맞다. 그렇다면 이때 그가 무슨 이유로 남경에 있었는지는 심훈이 남경에 대한 언급을 앞서 단 한 번 했던 것이 유일하므로 더더욱 알 길이 없다.

인용시를 보면 '겨울밤'과 '여름밤'의 대비를 통해 현재 화자의 처지와 과거 화자의 모습을 선명하게 대조하여 절망과 비애의 정서를 극대화하고 있다. "뒤숭숭한 이상스러운 꿈", "음습한 바람"과 "개 짖는 소리"는 화자가 어떤 불안과 근심에 허덕이고 있음을 상징적으로 보여준다. 더군다나 겨울밤에 차가운 비까지 내리니 그 빗소리가 화자의 마음을 더욱 고통스럽게 하는 것은 당연하다. 하지만 정작 문제는 겨울이어서도 밤이어서도 비여서도 아니고, 지금 화자가 처한 현실이 깊은 회의와 절망의 한 가운데에 놓여 있기 때문이다. 그에게도 빗소리가 "여름밤 섬돌에 듣는 낙수의 피아노" 소리처럼 영롱할 때도 있었고, "즐거운 속살거림에 첫닭이 울던/그윽하던 그 밤"의 아름다운 추억일 때도 있었다. 하지만 지금 낯선 이국의 땅 겨울밤에 내리는 비는 화자에게 이러한 시절을 더욱 그리워하게 만드는 깊은 상처로 자리 잡을 뿐이다. 그래서 이 순간 가장 "사랑하는 나의 벗"을 떠올리고 "꿈에라도 좋으니 잠깐만 다녀가소서"라는 애절한 호소를 하는 것은 너무도 자연스러운 모습이 아닐 수 없다.

그렇다면 심훈은 왜 이 시를 그의 아내에게 보내는 편지에 동봉한 것일까?

---

43 「무전여행기(無錢旅行記) - 북경(北京)에서 상해(上海)까지 -」, 507쪽.

이 시가 아내를 향한 그리움을 담은 연가戀歌였기 때문이었을까? 물론 이 시 외에도 여러 편의 시를 편지에 동봉하여 보냈고, 그 내용으로 보아 아내를 향한 그리움과 망향의 정서를 서정에 기대어 형상화하는 데 치중한 측면이 있는 것도 사실이다. 그렇다고 해서 당시 심훈의 시를 무조건 정치성이 배제된 개인적 서정성의 확대로만 이해하는 것은 좀 더 신중한 접근이 필요하다. 이 시가 표면적으로는 망향의 외로움과 그리움에 젖은 비애를 선명하게 드러내지만, 무엇이 화자를 이런 고독과 절망에 빠트렸는가 하는 외부적 요인을 전혀 배제하고 시를 해석해서는 안 되기 때문이다. 즉 당시 심훈에게 찾아온 절망은 낯선 땅에서 혼자가 되어 살아가는 데서 오는 개인적 상실감뿐만 아니라, 중국으로의 망명이 조국 독립을 목표로 한 어떤 새로운 가능성도 남기지 못한 데서 오는 깊은 회의와 좌절에서 비롯된 것이라는 점을 반드시 염두에 두어야 하는 것이다. 그가 항주 시절 쓴 〈항주유기〉를 단순히 자연에 기대어 개인의 정서를 노래한 전통 서정시 계열의 작품으로만 볼 수 없는 이유도 바로 여기에 있다.

1

중천中天의 달빛은 호심湖心으로 쏟아지고

향수鄕愁는 이슬 내리듯 마음속을 적시네

선잠 깬 어린 물새는 뉘 설움에 우느뇨.

2

손바닥 부르트도록 뱃전을 두드리며

「동해東海물과 백두산白頭山」떼를 지어 부르다가

동무를 얼싸 안고서 느껴느껴 울었네.

3.

나 어려 귀 너머로 들었던 적벽부赤壁賦를

운파만리雲波萬里 예 와서 당음唐音 읽듯 외단말가

우화이羽化而 귀향歸鄕하여서 내 어버이 뵈옵고저.

-「평호추월平湖秋月」 전문[44]

<항주유기>는 인용시를 포함하여 모두 14편으로 이루어져 있다. 제목으로 볼 때 항주의 서호 10경西湖十景이나 정자, 누각 그리고 전통 악기 등을 소재로 자연을 바라보는 화자의 심경을 전통 서정의 세계로 승화시킨 작품들이 대부분이다.[45] 인용시에서 1연을 보면, '향수鄕愁', '설움' 등의 표현에서 고향에 대한 그리움과 중국에서의 생활이 가져온 비애가 전면에 그대로 부각된다. 하지만 2연에서처럼 이러한 절망적 탄식을 동지적 연대감으로 극복하려는 몸짓을 보였다는 점을 주목할 필요가 있다. "손바닥 부르트도록 뱃전을 두드리며/「동해東海물과 백두산白頭山」떼를 지어 부르"는 행위는 절망적 현실과 타협하지 않으려는 최소한의 의지적 행위로 이해할 수 있는 것이다. 그럼에도 불구하고 화자에게 남은 것은 "동무를 얼싸 안고서 느껴느껴 울었"던 눈물밖에 없었다. 하지만 이국땅에서 눈물의 의미를 진정으로 안다는 것만으로도 중요한 깨

44 『그날이 오면』, 156~158쪽.

45 심훈이 "시조체(時調体)로 십 여 수(十 餘 首)를 벌여볼 뿐"(<항주유기(杭州遊記)> 머리글, 『그날이 오면』, 154~155쪽.)이라고 밝힌 대로, 형식적으로 보면 이 시들은 모두 시조이다. 심훈의 시는 정형적인 리듬감이 느껴지는 작품들이 많다. 그리고 <항주유기(杭州遊記)> 외에도 여러 편의 시를 시조체로 썼다. <농촌(農村)의 봄>이란 제목 아래 「아침」등 11편, 「근음 삼수(近吟 三數)」, 「영춘 삼수(詠春 三數)」, 「명사십리(明沙十里)」, 「해당화(海棠花)」, 「송도원(松濤園)」, 「총석정(叢石亭)」등이 있다. 시조 형식에 반영된 심훈 시의 특징은 다른 논문에서 별도로 다루기로 하고 본고에서는 내용적 측면만 논의하고자 한다.

달음이 되었을 것이다. 그래서 화자는 "나 어려 귀 너머로 들었던 적벽부赤壁賦를/운파만리雲波萬里 에 와서 당음唐音 읽듯 외단말가"라는 자기성찰에 이르게 된다. 즉 서호를 바라보면서 중국의 풍류나 경치를 외고 있는 자신의 모습에서, 중국으로의 망명이 조국의 현실을 타개할 뚜렷한 방향성을 가져다줄 것이라고 기대했던 자신의 이상이 철저하게 무너졌음을 직시한다. 결국 그에게 남은 것은 "귀향歸鄕하여서 내 어버이 뵈옵고저"와 같이 중국에서의 생활을 정리하고 서둘러 귀국하는 것 외에는 다른 대안이 없다는 뼈저린 통찰을 하게 되는 것이다.

이처럼 남경, 항주에서의 심훈의 행적은 '만유'의 과정이었다기보다는 뼈아픈 '자기성찰'의 과정이었다. 비록 그가 중국으로 떠나올 때의 굳은 결의가 여지없이 무너져 내렸지만, 그 결과 식민지 청년으로서 조국의 독립을 향한 역사 인식과 문학의 방향은 더욱 선명하게 내면화되는 계기가 되었을 것이다. 귀국 이후 그의 문학 활동이 본격적인 궤도에 진입하여 중국에서의 성찰적 인식을『동방의 애인』,『불사조』와 같은 소설을 통해 이끌어낼 수 있었던 것도 바로 이러한 중국에서의 생활이 가져다준 의미 있는 결과였다. 그에게 있어서 중국에서의 체험은 혁명을 꿈꾸는 한 문학 청년이 숱한 갈등과 회의를 거쳐 비로소 올바른 사상과 문학의 길을 찾아가는 중요한 계기가 되었던 것이다. 이런 점에서 심훈의 중국에서의 행적과 시세계의 의미는 '변화'의 측면보다는 '일관성'의 관점에서 바라볼 필요가 있다. '정치적'인 것에 대한 희망과 동경이 결국에는 '정치적'인 것에 대한 절망과 회의로 변화된 것이란 점에서, 심훈의 시는 처음부터 끝까지 '정치적'인 것을 전제한 일관성을 유지했다고 평가해야 하는 것이다.

5

맺음말

이상에서 살펴봤듯이 심훈은 중국에서 만 2년 남짓의 시간을 보내고 조국으로 돌아왔다. 그는 생전에 글 대부분의 말미에 쓴 날짜를 적어놓을 정도로 꼼꼼하고 세심한 성격을 지녔었다. 그럼에도 불구하고 그는 중국에서의 행적에 대해서는 그 어떤 글에서도 구체적인 언급을 하지 않았다. 물론 그가 만났던 애국지사들이나 사회주의 독립운동가들에 대한 언급은 소략하게 적어두었지만, 대체로 그 이름만 소개하는 데 그칠 뿐 특별한 사건이나 그들을 만난 이유에 대해서는 거의 말하지 않았던 것이다. 게다가 그가 2년여의 짧은 체류 기간 동안 북경, 상해, 남경, 항주 등을 복잡하게 이동하였다는 사실, 특히 항주에서 지낸 2년을 제외하면 채 1년이 안 되는 시간 동안 북경과 상해의 먼 거리를 옮겨 다녔던 이유가 무엇인지는 전혀 알 수가 없다. 결국 이 글은 심훈의 중국에서의 행적을 따라가면서 그의 시세계의 변화를 살펴보고자 한 것임에도 불구하고, 가장 중요한 실증은 거의 하지 못한 채 추측으로만 일관하는 치명적인 한계를 지니고 있다. 그가 남긴 모든 글과 지인들이 쓴 회고 등을 총망라하여 그 근거를 찾아 최대한 사실에 가깝게 행적을 추적해보기는 했지만, 현재로서는 명확한 사실에 입각한 논증이라고 할 수는 없어 이후 실증적 논의가 진전된다면 이 글의 상당 부분은 수정되어야 할지도 모르겠다.

필자는 이 글에서 심훈이 중국 체류 기간 동안 썼던 시들을 두 가지 경향으로 이원화해서 후반부 시가 개인적 서정으로 변화했다고 보았던 그동안의 논의에 대해서는 일정하게 비판적 입장을 피력하였다. 비록 이십대 초반의 청년 심훈이었지만 3·1운동 이후 옥살이까지 하고 나온 그가, 항주에서의 2년여의 시간을 '만유'의 과정으로 지냈을 것이라는 추정은 설득력을 갖기 어렵다.

특히 그의 중국행이 어떤 정치적 목적을 은폐한 위장된 행로였다는 점에서 더더욱 납득하기 힘든 견해가 아닐 수 없다. 그러므로 필자는 심훈의 항주 체류 시기를 '자기성찰'의 과정으로 바라봄으로써 당시 그가 발표한 시들을 '변화'가 아닌 '일관성'의 관점으로 이해하고자 했다. 즉 그가 항주에서 쓴 시가 개인적 서정의 경향이 두드러진 것은 분파주의와 노선 갈등으로 치닫는 중국 내의 독립운동의 현실에 대한 실망과 좌절에서 비롯된 것이므로, 망향객으로서 조국을 향한 근원적 그리움이나 연인을 향한 애정을 표상한 철저하게 개인화된 작품으로만 평가해서는 안 된다고 보는 것이다.

이런 점에서 그의 항주 시절을 '만유'의 과정으로 바라봄으로써 일정 부분 정치성이 탈각된 것으로 논의하는 것은, 표면적인 것과 이면적인 것의 차이를 드러내는 식의 중층성을 충분히 고려하지 않은 성급한 판단이라고 할 수 있다. 귀국 이후 심훈의 문학적 지향이 정치적 태도에서 확연히 다른 변화를 보이지도 않았다는 사실은 이를 뒷받침한다. 1930년 발표한 그의 대표시 「그날이 오면」에서 "그날이 오면 그날이 오면은/……/두개골頭蓋骨은 깨어져 산산散散조각이 나도/기뻐서 죽사오매 오히려 무슨 한恨이 남으오리까.", "그날이 와서, 오오 그날이 와서/……/우렁찬 그 소리를 한 번이라도 듣기만 하면/그 자리에 거꾸러져도 눈을 감겠소이다."[46]라는 결연한 의지와 우렁찬 감격이 절로 터져 나올 수 있었던 것은, 심훈의 중국행이 남긴 절망과 회의가 역설적으로 가르쳐준 조국 독립에 대한 올바른 인식의 정립이 있어 가능했음을 주목해야 한다. 다시 말해 심훈에게 중국에서의 절망과 회의는 '정치적'인 것에 대한 올곧은 관점과 태도를 정립하는 역설적 계기가 되었고, 이러한 자기성찰의 과정은

46 『그날이 오면』, 32쪽.

귀국 이후 문학 창작의 결정적 토대가 되었다는 점에서, 심훈의 시세계를 변화의 과정이 아닌 일관성의 관점에서 비판적 역사의식의 심화 과정으로 이해할 필요가 있는 것이다.

■ 참고문헌

1. 기본자료

『심훈문학전집① 그날이 오면』, 차림, 2000.

『심훈문학전집』1~3, 탐구당, 1966.

2. 단행본/논문/낱글

니웨이(倪伟), 「'마도(魔都)' 모던」, 《ASIA》 25, 2012 여름호, 26~34쪽.

반병률, 『성재 이동휘 일대기』, 범우사, 1998.

백영서, 『중국현대대학문화연구』, 일조각, 1994.

백영서, 「교육독립론자 차이위안페이 - 중국의 대학과 혁명」, 『전환의 시대 대학은 무엇인가』, 한길사, 2000. 163~185쪽.

유병석, 「심훈의 생애 연구」, 《국어교육》 제14호, 한국국어교육연구회, 1968, 10~25쪽.

윤기미, 「심훈의 중국생활과 시세계」, 《한중인문학연구》 28집, 한중인문학회, 2009. 12, 27~135쪽.

윤석중, 「인물론 - 심훈(沈熏)」, 《신문과방송》, 한국언론진흥재단, 1978, 74~77쪽.

이덕일, 『이회영과 젊은 그들』, 역사의아침, 2009.

이정박헌영전집편집위원회 편, 『이정박헌영 전집』 제4권, 역사비평사, 2004.

임경석, 『이정 박헌영 일대기』, 역사비평사, 2004.

최원식, 「심훈연구서설」, 김학성, 최원식 외, 『한국근대문학사의 쟁점』, 창작과비평사, 1990, 229~246쪽.

하상일, 「심훈과 중국」, <중한일(中韓日) 문화교류(文化交流) 확대(擴大)를 위한 한국어문학(韓國語文學) 및 외국어교육연구(外國語教育研究) 국제학술회의(國制學術會議) 발표논문집>, 절강수인대학교, 2014. 10. 25, 55~68쪽.

한기형, 「습작기(1919~1920)의 심훈 - 신자료 소개와 관련하여」, 《민족문학사연구》 22호, 민족문학사학회, 2003, 190~222쪽.

한기형, 「'백랑(白浪)'의 잠행 혹은 만유 - 중국에서의 심훈」, 《민족문학사연구》 35, 민족문학사학회, 2007, 438~460쪽.

한기형, 「서사의 로칼리티, 소실된 동아시아 -심훈의 중국체험과 『동방의 애인』」, 《대동문화연구》 제63집, 성균관대 대동문화연구원, 2008, 425~447쪽.

7

심훈과 중국

하상일
동의대학교 한국어문학과 교수

1
심훈의 중국행

심훈은 1919년 "경성고등보통학교 4학년 재학시에 3·1운동에 가담하여 3월 5일 헌병대에 잡혀 투옥되었고, 같은 해 7월에 집행유예로 출옥하였다. 이 사건으로 학교에서 퇴학당하였으며" 1920년 "그 해 겨울 이름을 바꾸고, 변장하고 중국으로 망명, 유학의 길을 떠나" 1921년 "북경에서 상해, 남경 등을 거쳐 항주 지강대학之江大學에 입학"했고, 1923년 "중국에서 귀국"하였다.[01] 그렇다면 심훈은 1920년 말부터 1923년 초까지 만 2년 남짓, 햇수로는 4년에 걸쳐 중국에 머물렀다는 것인데, "그가 3·1운동運動 당시 제일고보第一高普(경기고京畿高)에서 쫓겨나 중국中國으로 가서 망명유학亡命留學을 다섯 해 동안 한 적이 있는데"[02]라는 윤석중의 회고와는 1년의 차이가 난다. 그리고 심훈은 그의 시 「북

01 「심훈 연보」, 『심훈문학전집① 그날이 오면』, 차림, 2000, 121~122면. 이하 이 시집에서 인용한 경우 『그날이 오면』이라 약칭하고 페이지만 밝힐 것임.

02 윤석중, 「인물론 - 심훈(沈熏)」, 《신문과방송》, 한국언론진흥재단, 1978, 74면.

경의 걸인」, 「고루鼓樓의 삼경三更」 등의 말미에 시를 쓴 날짜를 "1919년 12월 북경에서"라고 직접 적어둔 것으로 보아 1919년 겨울에 이미 북경에 있었다는 것인데, 이는 1920년 말 중국으로 떠났다는 그의 연보와는 어긋난다. 게다가 그는 「단재丹齋와 우당于堂(1)」에서 "기미년己未年 겨울, 옥고獄苦를 치르고 난 나는 어색한 청복淸服으로 변장變裝하고 봉천奉天을 거쳐 북경北京으로 탈주脫走하였었다."[03]라고 했고, 「단재와 우당(2)」에서는 "나는 맨처음 그 어른에게로 소개紹介를 받아서 북경으로 갔었다. 부모父母의 슬하膝下를 떠나보지 못하던 십구세十九歲의 소년少年은 우당장于堂丈과 그 어른의 영식令息인 규용씨圭龍氏의 친절한 접대接待를 받으며 월여月餘를 묶었었다"[04]면서 북경행의 시기를 "십구세十九歲"로 회고하고 있기도 해서, 그의 연보에서 심훈의 중국행을 1920년 말로 기록하고 있는 것은 여러 가지 의문을 남기지 않을 수 없다.

그런데 심훈은 1920년 1월 3일부터 6월 1일까지 대략 5개월간의 일기[05]를 남겼는데, 그 내용을 보면 이희승, 박종화, 방정환 등 문사들과의 교유 관계와 습작 활동 및 잡지 투고 상황 그리고 독서에 관한 일 등 한국에서 지낸 일상적인 일들을 적어두고 있어서 "기미년 겨울"에 북경으로 갔다는 그의 기억은 분명 어떤 혼선이 있는 것으로 보인다. 이에 대해 한기형은, "심훈이 실제로 북경에 도착한 것은 기미년이 아닌 1920년 초겨울 무렵이었다. 그는 1920년 내내 청년 작가로의 입신을 꿈꾸며 습작에 매진하고 있었다. 심훈은 여러 기록에서 자신의 과거 행적의 구체적 시간에 대한 많은 오류를 남겨놓았"는데, 이

03 심훈, 「단재(丹齋)와 우당(于堂)(1)」, 『심훈문학전집』 3, 탐구당, 1966, 491면. 이하 이 전집에서 심훈의 글을 인용할 때는 『전집』이라고 표기하고 제목, 호수, 페이지만 밝힐 것임.

04 「단재(丹齋)와 우당(于堂)(2)」, 『전집』 3, 492~493면.

05 『전집』 3, 581~613면.

와 같은 오류는 "과거체험의 현재성에 남아 있는 위험을 고려한 '의도된 착오'의 사례이다. 심훈의 문헌들을 지배하고 있는 모호함과 착란은 그가 자신의 개인기록을 긴장된 정치적 텍스트로 상정하고 있"[06]기 때문으로 보았다. 이러한 견해는 일면 그럴 듯하지만 명확히 단정할 만한 근거가 부족하다는 점에서 심훈의 북경행 시기에 대한 의혹을 완전히 해소하기는 어렵다.

또한 "불 일던 세월은 지나가고 삼三보(심훈 - 필자 주)는 병으로 출옥하였다. 그의 얼굴은 백지장만큼이나 창백했고 누룩 같이 떠오른 피부 속에는 한 많은 상처들이 울고 있었다. 요시찰의 낙인이 붙어 형사들의 미행이 연달아 심사를 돋구는 것이었다. 견디다 못해 삼보는 중국 '상해'로 뛰었다"[07]라는 그의 경성고보 동창이자 고종사촌인 윤극영의 회고를 들어보면, 당시 심훈이 식민지 조선에 머무르기 어려웠던 여러 가지 긴박한 사정들이 있었던 것으로 짐작된다. 즉 그의 출옥 시점인 1919년 7월부터 중국으로 간 것으로 알려진 1920년 12월 무렵까지 거의 1년 반 동안이나 그가 국내에 남아 있기는 어렵지 않았을까 하는 추정도 충분히 가능한 것이다.[08] 결국 1919년 7월부터 1920년 12월까지 그의 행적에 대한 실증적 확인이 명확히 이루어지기 전까지는 그의 중국행 시기에 대한 논의는 좀 더 신중한 접근이 필요하다.

심훈은 자신의 중국행 목적에 대해 "북경대학北京大學의 문과文科를 다니며 극문학劇文學을 전공專攻하려던"[09] 것이었다고 밝혔는데, 열아홉 살의 나이로

---

06 한기형, 「'백랑(白浪)'의 잠행 혹은 만유 - 중국에서의 심훈」, 《민족문학사연구》 35, 민족문학사학회, 2007, 442면.

07 윤극영, 「심훈시대(沈熏時代)」, 『전집』 2, 636면.

08 심훈이 북경으로 가서 처음으로 쓴 시 「북경(北京)의 걸인(乞人)」에 "숨도 크게 못 쉬고 쫓겨오는 내 행색을 보라,/선불 맞은 어린 짐승이 광야를 헤매는 꼴 같지 않느냐"라는 시구가 있는데, 당시 그가 중국으로 떠날 때의 사정이 아주 복잡하고 긴박했음을 짐작하게 한다.

09 「무전여행기(無錢旅行記) - 북경(北京)에서 상해(上海)까지 -」, 『전집』 3, 506면.

3·1운동에 가담하고 옥살이까지 했던 전력에 비추어 볼 때 이러한 표면적 이유는 정치적 목적을 은폐하기 위한 위장술이지 않았을까 판단된다. 그가 감옥에 있을 때 어머니에게 보낸 편지를 보면 식민지 청년으로서의 고뇌와 의지가 강하게 드러나는데, 이를 통해 볼 때도 심훈의 중국행이 정치적 목적과 무관한 단순한 유학이었을 가능성은 다소 희박한 것으로 보이는 것이다.

> 어머님!
>
> 우리가 천번 만번 기도를 올리기로서니 굳게 닫힌 옥문이 저절로 열려질 리는 없겠지요. 우리가 아무리 목을 놓고 울며 부르짖어도, 크나큰 소원이 하루아침에 이루어질 리도 없겠지요. 그러나 마음을 합하는 것처럼 큰 힘은 없습니다. 한데 뭉쳐 행동을 같이 하는 것처럼 무서운 것은 없습니다. 우리들은 언제나 그 큰 힘을 믿고 있습니다.
>
> 생사를 같이 할 것을 누구나 맹세하고 있으니까요 ……. 그러기에 나이 어린 저까지도 이러한 고초를 그다지 괴로워하여 하소연해 본 적이 없습니다.
>
> 어머님!
>
> 어머님께서는 조금도 저를 위하여 근심치 마십시오. 지금 조선에는 우리 어머님 같으신 어머니가 몇 천 분이요 또 몇 만 분이나 계시지 않습니까? 그리고 어머님께서도 이 땅에 이슬을 받고 자라나신 공로 많고 소중한 따님의 한 분이시고 저는 어머님보다 더 크신 어머님을 위하여 한 몸을 바치려는 영광스러운 이 땅의 사나이외다.[10]

10 「감옥에서 어머님께 올린 글월」, 『전집』 1, 20~21면.

아직 성년의 나이에도 못 미친 학생의 글로 보기에는 너무나 성숙하게 느껴질 정도로 조국을 사랑하는 굳센 결의가 역력히 드러난다. “한데 뭉쳐 행동을 같이 하는 것처럼 무서운 것은 없”다는 그의 강인한 태도에서, “어머님보다 더 크신 어머님” 즉 조국을 위해 “한 몸을 바치”는 것이 전혀 두려울 게 없다는 식민지 조선 청년의 강인한 의지를 온전히 느낄 수 있다. 그가 북경에 도착해서 이회영, 신채호 등 항일 망명인사들을 만나고 그들의 집에 머무르면서 감화를 받았다는 사실도 심훈의 중국행에 내재된 정치의식을 짐작하게 한다.[11] 즉 민족운동에서 출발해 무정부주의로 나아갔던 단재와 우당의 사상적 실천은 이후 심훈의 문학과 사상을 형성하는 중요한 토대가 되었을 것이다.[12] 특히 이들과의 만남이 우연이 아닌 예정된 것이었다[13]는 점에서 심훈의 중국행이 단순히 유학만을 위한 것이 아니었을 가능성이 크다. 결국 심훈의 중국행은 식민지 청년으로서 조국의 현실을 올바르게 직시함으로써 역사적 주체로서의 올곧은 자각과 새로운 시대를 열어나가기 위한 실천적 방법을 찾고자 한 정치적 목표의식의 결과였다고 할 수 있다.[14]

---

11 이때의 만남을 심훈은 두 편의 글로 남겨두었다. 「단재(丹齋)와 우당(于堂)(1)」, 「단재(丹齋)와 우당(于堂)(2)」, 『전집』 3, 491~494면.

12 심훈은 「단재(丹齋)와 우당(于堂)(1)」에서 “성암(醒庵)의 소개로 수삼차(數三次) 단재(丹齋)를 만나뵈었”다고 했는데, 여기에서 “성암(醒庵)”은 이광(李光)이다. “일본 와세다대학과 중국 남경의 민국대학을 졸업한 이광은 신민회원이었고, 이회영과 함께 경학사와 신흥무관학교를 운영한 가까운 동지였다. 그는 임정 임시의정원 의원과 외무부 북경 주재 외무위원을 겸임하며 한중 양국의 외교적 사항을 처리할 만큼 중국통이었”다. 이덕일, 『이회영과 젊은 그들』, 역사의아침, 2009, 198면.

13 심훈은 「단재(丹齋)와 우당(于堂)(2)」에서 “나는 맨 처음 그 어른에게로 소개(紹介)를 받아서 북경(北京)으로 갔었다”(『전집』 3, 492쪽)라고 밝혔는데 그 상세한 과정은 알 수가 없다.

2
중국 체류 시기 심훈의 행적과 작품 활동

심훈의 중국행은 북경으로 들어가 상해, 남경을 거쳐 항주에 정착하는 복잡한 과정을 거쳤다. 만일 1920년 말에 출발한 것이 사실이라면, 1923년까지 만 2년 남짓의 짧은 기간 동안 결코 순탄하지 않은 여정이었다고 할 수 있다. 단순한 유학을 목적으로 중국으로 간 것이 확실하다면 처음의 결심대로 북경대학 문과에서 극문학을 전공하는 조금은 안정된 생활을 하면 되었을 것이다. 하지만 애초부터 그는 중국이 아닌 일본 유학을 간절히 원했다는 사실에 비추어 봐도[15], 유학이 유일한 목적이었다면 굳이 중국으로 가지는 않았을 것이다. 게다가 그가 중국에서 가장 오랜 시기를 보낸 항주의 지강대학에서도 졸업도 하지 않은 채 서둘러 귀국한 사정을 미루어 짐작할 때, 그의 중국행은 정치적인 이유가 은폐되어 있었으므로 특정 대학에 다니거나 특정 지역에 머무르는 것은 그에게 큰 의미가 없었을 것이다. 즉 그의 중국행은 어쩌면 치밀하게 계산된 "하나의 트릭"[16]일 가능성을 전혀 배제할 수 없는 것이다.

심훈은 북경에 있을 때 "연극공부演劇工夫를 하려고 불란서佛蘭西 같은 데로

14 심훈의 중국행이 1920년 말에 이루어진 것이 분명하다면, 그가 중국으로 떠나기 직전 사회주의 성향의 잡지 《공제(共濟)》 2호(1920.10.11.)의 '현상노동가' 모집에 투고한 「노동의 노래」를 보면 당시 그가 사회주의에도 깊은 관심을 가지고 있었음을 알 수 있다. 전문 가운데 후렴과 5연에서 이러한 면모를 발견할 수 있는데 그 부분은 다음과 같다. "후렴-방울 방울 흘린 땀으로/불길가튼 우리 피로써/시들어진 무궁화에 물을 뿌리자/한배님의 끼친 겨레 감열케 하자.//오(五). 풀방석과 자판 우에 티끌 맛이나/로동자의 철퇴카튼 이 손의 힘이/우리 사회 굿고 구든 주추되나니/아아! 거룩하다 로동함이여." 한기형의 「습작기(1919~1920)의 심훈 - 신자료 소개와 관련하여」(《민족문학사연구》 22호, 민족문학사학회, 2003)에서 재인용. 이에 대해 한기형은, "민족주의적 구절"과 "사회주의적 노동예찬이 공존하고 있"는 것으로 해석하였다. 「'백랑(白浪)'의 잠행 혹은 만유 - 중국에서의 심훈」, 444~445면.

가고 싶다는 소망所望"[17]을 말했다. 그래서 그는 북경대학 문과에서 극문학을 전공하려고 했던 것인데, 당시 북경대학 학생들의 활기 없는 모습과 희곡 수업을 일주일에 겨우 한 시간 남짓밖에 하지 않는 교과과정에 실망하여 생각을 접었다고 했다. 그런데 프랑스 정부에서 중국 유학생을 모집하는데 조선 학생도 갈 수 있다는 소식을 접하고 무조건 기회를 잡아야 한다는 결심으로 프랑스행 배가 떠나는 상해로 갔다는 것이다. 하지만 그는 상해에서 프랑스행 배를 타지도 않았고, 상해를 거쳐 항주의 지강대학에 입학하였다. 물론 심훈이 연극과 영화에 심취했던 것은 그 이후의 활동을 통해서도 충분히 알 수 있다는 점에서, 만일 당시 북경대학의 사정이 정말 그러했다면 그의 상해로의 이동은 어느 정도 설득력을 가진다. 하지만 "그 당시의 나로서는 그네들의 기상이 너무나 활달치 못함에 실망치 않을 수 없었다"[18]라는 1920년 말 북경대학 학생들의 모습에 대한 논평은 당시의 사정에 비추어 볼 때 억지스러운 측면이 많다. 1920년 말의 북경대학은 차이위안페이蔡元培가 교장이었고, 천두슈陳獨秀,

15 그는 1920년 1월의 일기에서 일본 유학에 대한 결심을 분명히 말했었다. "나의 일본(日本) 유학은 벌써부터의 숙망(宿望)이요, 갈망이다. 여기만 있어 가지고는 아주 못할 것은 아니나 내가 목적하는 문학 길은 닦기가 극난하다. 아무리 원수의 나라라도 서양(西洋)으로 못갈 이상(以上)에는 동양(東洋)에는 일본(日本) 밖에 가 배울 곳이 없다. 그러나 내 주위의 사정은 그를 용서치 않는다. 그러나 나는 기어이 올 봄 안으로는 가고야 말 심산이다. 오는 삼월(三月)안에 가서 입학(入學)을 하여도 늦을 것인데 ……어떻든지 도주(逃走)를 하여서라도 가고야 말란다."(『전집』 3, 591면.) 하지만 3월의 일기를 보면, 이미 "나의 갈망하던 일본(日本) 유학은 삼월(三月)에 들어 단념하게 되었다."라고 밝히면서, 그 이유를 네 가지로 적어두었다. "일(一), 일인(日人)에 대한 감정적(感情的) 증오심이 날로 더해감이요, 이(二), 학비문제(學費問題)니 뒤를 대어줄 형님이 추호의 성의가 없음, 삼(三), 이·삼(二·三)년간은 일본(日本)에 가서라도 영어(英語)를 준비해야 하겠는데 그만큼은 못하더라도 청년회관(青年會館)에서 배울 수 있는 것, 사(四), 영어(英語)와 기타 기초 교육을 닦은 뒤에 서양(西洋)유학을 바람 등이다. 부친(父親)도 극력 반대이므로."(『전집』 3, 608면.)

16 한기형, 「'백랑(白浪)의 잠행 혹은 만유 - 중국에서의 심훈」, 447면.

17 「단재(丹齋)와 우당(于堂)(2)」, 『전집』 3, 493면.

18 「무전여행기(無錢旅行記) - 북경(北京)에서 상해(上海)까지 -」, 506~507면.

리다자오李大釗, 후스胡適 등 신문화 운동의 주역들이 포진해 있었으며, 루쉰魯迅의 특별 강의로 북경대학 안팎의 많은 학생들이 학교로 몰려드는 그 어느 때보다 활기가 넘치는 곳이었기 때문이다.[19] 그럼에도 불구하고 당시 북경대학의 분위기를 활기가 없다는 식으로 다소 피상적인 논평을 한 것 역시 어떤 정치적 의도를 은폐하기 위한 담론적 수사가 아니었을까 짐작된다. 당시 심훈은 한 계절도 머무르지 않은 채 북경에서의 계획된 짧은 일정을 마치고 상해로 떠나야 하는 명분을 만들기 위해 의도적으로 북경대학의 분위기를 그런 식으로 몰아가는 거짓 진술을 했을 가능성이 많은 것이다.

그렇다면 북경에서 상해로의 이동은 심훈의 중국행에서 이미 예정된 수순이었다고 할 수 있는데, 당시 상해가 동아시아 사회주의운동의 중심 기지로 급격히 부상하고 있었다는 점에서 이러한 유추는 상당히 설득력을 가진다. 즉 상해파 공산당이 1920년 5월경에 조직되었고, 심훈의 경성고등보통학교 동창인 박헌영이 당시 상해에 있었다는 점 등 여러 가지 정황이 심훈의 상해행과 어떤 관련성을 지녔을 수도 있는 것이다.[20] 물론 현재로서는 심훈의 중국에서의 행적이 당시 상해의 정치적 동향과 직접적인 관련이 있음을 밝혀낼 만한 명확한 근거는 없다. 하지만 중국행 이전부터 사회주의에 대한 관심이 뚜렷했던 심훈에게 상해행은 결코 예사롭지 않은 의미가 숨겨져 있었을 것으로 짐작된다. 그런데 그가 상해에도 오래 머물지 않고 항주로 가서 2년 동안이나 있으면서 지강대학[21]을 다닌 경위를 생각하면 여러 가지 의문이 계속해서 중

19 이에 대한 자세한 내용은 백영서, 「교육독립론자 차이위안페이 - 중국의 대학과 혁명」, 『전환의 시대 대학은 무엇인가』, 한길사, 2000 참조.

20 본문 3장에서 자세히 언급할 심훈의 소설 『동방의 애인』과 시 「박군의 얼굴」은 박헌영을 모델로 한 작품이다.

폭된다. 심훈이 절실하게 소망한 극문학 공부와 지강대학의 관련성도 불분명할 뿐만 아니라, 아무리 상해와 항주가 가까운 거리라 하더라도 왜 굳이 상해를 떠나 항주에 정착했는지에 대해서도 의혹을 해소할 근거가 현재로서는 전무하다. 다만 항주에 있을 당시 그의 첫 번째 아내 이해영에게 보낸 편지의 내용으로 볼 때, 중국에서의 생활이 아주 복잡한 일들의 연속이었으며 쉽게 말할 수 없는 비밀스런 사정이 있었음을 유추해볼 따름이다.

그동안 지난 일과 모든 형편은 어찌 다 쓸 수 있으리까마는 고통도 많이 당하고 모든 일이 마음 같지 않아 실패도 더러 하였으며 지금도 마음 상하는 일은 많으나 그 대신 많은 경험도 하였고, 다 일시의 운명이라 인력으로 어찌 하리까마는 그대의 간곡한 말씀과 같이 결코 낙심하거나 실망할 리 없으며 또는 그리 의지가 박약한 사나이는 아니니 아무 염려 말아 주시오. 다만 내가 무슨 공부를 목적삼아하며, 그것이 어떤 학문이며 장차 어찌해야 할 것인데 지금 내 신세는 어떠하며, 어떤 길을 밟아나아가서 입신하고 출세하려 하는가 하는 데 대하여 그대에게 자세히 알게 하여 드리지 못함은 참으로 큰 유감이외다.[22]

21 지강대학은 현재 절강대학교 지강캠퍼스로 편입된 곳으로 미국 기독교에 의해 세워진 대학이다. 당시 중국의 13개 교회대학 가운데 가장 먼저 세워진 학교로 화동(華東) 지역의 5개 교회대학(금릉(金陵), 동오(東吳), 성약한(聖約翰), 호강(滬江), 지강(之江)) 가운데 거점 대학이었다. 1912년 12월 10일 신해혁명의 주역 쑨원(孫文)이 지강대학을 시찰하고 강연을 했을 정도로 당시 이 대학은 서양을 향한 중국 내의 중요한 통로 역할을 했으며, 학생들은 "타도 제국주의! 타도 매국적(賣國賊)"을 외치며 5·4운동에도 적극 가담하는 등 서구적인 문화와 진보적인 위기를 동시에 배양하고 있는 곳이었다. 『지강대학(之江大學)』, 주해출판사(珠海出版社), 1999. ; 장문창(張文昌), 「지강대학(之江大學)」, 『절강문사자료선집(浙江文史資料選輯)』, 1985 참조. 본고에서는 한기형, 「'백랑(白浪)'의 잠행 혹은 만유 - 중국에서의 심훈」, 454~455면에서 재인용.

22 「나의 지극히 사랑하는 해영씨!」, 『전집』 3, 616면.

편지의 내용에서 알 수 있듯이 심훈의 중국 생활은 결코 순탄치 않았던 듯하다. 중국 체류 시기에 발표한 그의 시는 이러한 복잡한 내면의 갈등과 회의가 곳곳에 배어 있다. 그가 모든 시의 말미에 적어놓은 창작 연도에 근거하면, 유고 시집『그날이 오면』에 수록된「북경의 걸인」,「고루의 삼경」,「심야에 황하를 건너다深夜過黃河」,「상해의 밤」,「돌아가지이다」5편, 부인 이해영에게 보낸 편지 속에 동봉한「겨울밤에 내리는 비」,「기적汽笛」,「전당강 위의 봄밤」,「뻐꾹새가 운다」4편은 중국에서 지내는 동안 쓴 시가 분명하다. 이외에 〈항주유기杭州遊記〉로 묶인 시조「평호추월平湖秋月」을 포함하여 14편이 있는데, 이 작품들은 항주 체류 당시 초고로 써두었던 것을 10여 년이 지난 1930년대 초에 다시 고쳐 썼거나 항주에서 지낼 때의 여러 생각과 느낌을 메모해 둔 것을 토대로 그때의 정서를 떠올려 뒷날 창작했을 가능성을 전혀 배제할 수 없다는 점[23]에서 중국 체류 시기의 작품으로 볼 수 있을지에 대해서는 좀 더 자세한 검토가 필요하다.

중국에 체류하는 동안 썼던 심훈의 시는 북경, 상해에서 쓴 시와 남경, 항

23 "항주(杭州)는 나의 제이(第二)의 고향(故鄕)이다. 미면약관(未免弱冠)의 가장 로맨틱하던 시절(時節)을 이개성상(二個星霜)이나 서자호(西子湖)와 전당강변(錢塘江邊)에 두류(逗留)하였다. 벌써 십년(十年)이나 되는 옛날이언만 그 명미(明媚)한 산천(山川)이 몽매간(夢寐間)에도 잊히지 않고 그 곳의 단려(端麗)한 풍물(風物)이 달콤한 애상(哀傷)과 함께 지금도 머리속에 채를 잡고 있다. 더구나 그 때에 유배(流配)나 당한 듯이 호반(湖畔)에 소요(逍遙)하시던 석오(石吾), 성제(省齊) 두 분 선생(先生)님과 고생(苦生)을 같이 하며 허심탄회(虛心坦懷)로 교류(交流)하던 엄일파(嚴一波), 염온동(廉溫東), 정진국(鄭眞國) 등(等) 제우(諸友)가 몹시 그립다. 유랑민(流浪民)의 신세(身勢) ……… 부유(蜉蝣)와 같은지라 한번 동서(東西)로 흩어진 뒤에는 안신(雁信)조차 바꾸지 못하니 면면(綿綿)한 정회(情懷)가 절계(節季)를 따라 간절(懇切)하다. 이제 추억(追憶)의 실마리를 붙잡고 학창시대(學窓時代)에 끄적여 두었던 묵은 수첩(受牒)의 먼지를 털어본다. 그러나 항주(杭州)와는 인연(因緣)이 깊던 백낙천(白樂天), 소동파(蘇東坡) 같은 시인(詩人)의 명편(名篇)을 예빙(例憑)치 못하니 생색(生色)이 적고 또한 고문(古文)을 섭렵(涉獵)한 바도 없어 다만 시조체(時調体)로 십여(十餘) 수(首)를 벌여볼 뿐이다."「항주유기(抗州遊記)」머리글,『그날이 오면』, 153~155면.

주에서 쓴 시 사이에 일정한 괴리가 있다. 앞의 시들은 심훈이 중국으로 온 초기에 쓴 것으로 역사적 주체로서의 자각이 분명하게 드러나는 데 반해, 뒤의 시들은 조국을 떠나 살아가는 망향객으로서의 비애와 향수 등 개인적인 정서가 두드러지는 것이다.

우중충한 농당弄堂 속으로
훈둔장사 모여들어 딱딱이 칠 때면
두 어깨 웅숭그린 년놈의 떠드는 세상,
집집마다 마작麻雀판 두드리는 소리에
아편鴉片에 취한 듯 상해上海의 밤은 깊어가네.

발벗은 소녀少女, 눈먼 늙은이를 이끌며
구슬픈 호궁胡弓에 맞춰 부르는 맹강녀孟姜女 노래,
애처롭구나! 객창客窓에 그 소리 장자腸子를 끊네.

사마로四馬路 오마로五馬路 골목 골목엔
'이쾌양듸 량쾌양듸' 인육人肉의 저자
단속옷 바람으로 숨바꼭질하는 야-지의 콧잔등이엔
매독梅毒이 우글우글 악취惡臭를 풍기네

집 떠난 젊은이들은 노주老酒잔을 기울여
건잡을 길 없는 향수鄕愁에 한숨이 길고
취醉하여 취醉하여 뼈속까지 취醉하여서는
팔을 뽑아 장검長劍인 듯 내두르다가

채관菜館 소파에 쓰러지며 통곡痛哭을 하네.

어제도 오늘도 산란散亂한 혁명革命의 꿈자리!
용솟음치는 붉은 피 뿌릴 곳을 찾는
'까오리' 망명객亡命客의 심사를 뉘라서 알고
영희원影戲院의 산데리아만 눈물에 젖네.

-「상해上海의 밤」 전문[24]

'상해의 밤'이라는 제목에서 알 수 있듯이 1920년대 상해의 어두운 밤을 상징적으로 형상화한 작품이다. 마작, 아편, 매춘 등이 난무하는 "사마로四馬路 오마로五馬路"(지금의 푸저우루福州路와 화이하이중루淮海中路[25])는 문명의 도시이면서 혁명의 도시로 인식되었던 상해의 근대적 모순이 그대로 드러나는 절망과 암울의 공간이었다. 근대 문명과 자본이 넘쳐나는 국제적인 도시 상해에서 선진 학문을 배움으로써 식민지 현실을 극복하는 혁명에 대한 희망과 조선의 궁핍한 현실을 넘어서는 새로운 방향을 찾고자 했던 식민지 조선 청년들의 열망은 "노주老酒잔"에 기대어 "한숨"과 "통곡痛哭"에 빠져버리는 악순환의 연속을

24 『그날이 오면』, 149~151쪽.(이 책에서의 시 인용은 영인본에 적힌 페이지를 그대로 따름) 1932년 심훈은 그동안 썼던 시를 묶어서 시집 『심훈시가집(沈熏詩歌集) 제일집(第一輯)』(경성세광인쇄사(京城世光印刷社))을 발행하고자 총독부에 신청했으나 출판이 허가되지 않았다. 해방 이후 1949년 시집 『그날이 오면』이 발간되었지만 일본 총독부에 의해 삭제되거나 지워져버려 원본이 심각하게 훼손된 상태였다. 1966년 심훈 전집 세 권이 발간되어 제1권에 그때까지 발굴된 시를 수록하였지만, 훼손된 원본을 복원하지는 못한 채 1949년 발간된 『그날이 오면』을 그대로 사용하여 오류가 전혀 고쳐지지 않았다. 2000년에 와서 <심훈기념사업회>에서 『심훈문학전집① 그날이 오면』(차림, 2000)을 발간하였는데, 원본과 대조 작업이 제대로 이루어지지 않은 탓으로 여전히 오류가 그대로 남아 있어서 정본으로 삼기 어렵다. 결국 본고에서는 『그날이 오면』에 수록된 시 인용은 이 시집의 영인본 원본에서 했고, 여기에 수록되지 않은 시를 인용할 때는 『전집』 1권에서 했음을 밝혀둔다.

경험하게 될 뿐이었다. 이런 점에서 당시 심훈에게 상해는 "어제도 오늘도 산란散亂한 혁명革命의 꿈자리!"가 될 수밖에 없었다. 진정한 혁명을 꿈꾸며 조국을 떠나 먼 길을 왔지만 혁명의 길을 찾기는커녕 국제적인 도시의 가면을 쓰고 제국주의 모순으로 울부짖는 또 하나의 식민지를 경험하는 "'까오리'(고려) 망명객亡命客"의 절망적 현실과 맞닥뜨리게 된 것이다.

여기서 주목해야 할 사실은 일본 총독부의 검열 기록이 남아 있는 원본 영인 자료를 보면 인용시 가운데 5연 4행 전부가 붉은 글씨로 '삭제削除'라는 표시가 선명하게 남아 있다는 점이다. 비록 시 전체의 정조는 당시 상해의 현실에 대한 절망과 비관이 압도적이어서 항일과 저항의 성격이 뚜렷하다고 할 수는 없지만, "'까오리'(고려) 망명객亡命客"으로서의 역할과 사명에 대해 자각하고 있는 화자의 태도를 일본의 검열관들이 결코 놓치지 않았던 것이다. 이처럼 심훈이 중국에 체류하는 동안 북경과 상해에서 남긴 시는 식민지 청년으로

25 당시 사마로(四馬路)와 오마로(五馬路)에 대한 다음 글을 보면 인용시의 배경이 되는 1920년대 상해 거리가 선명하게 떠오른다. "푸저우루(福州路)와 샤페이루(霞飛路) : 지금의 화이하이중루)는 상하이의 또 다른 번화가였다. 푸저우루는 속칭 스마로(四馬路)라고도 불렸다. 난징루(南京路)와 평행으로 나란히 뻗어 있는 이 거리는 동쪽 와이탄에서 시작하여 서쪽 경마장(지금의 인민광장과 인민공원 자리 - 필자 주)에 이르는 구간을 말한다. 20세기 초 난징루가 크게 번성하기 전까지 푸저우루는 줄곧 상하이에서 가장 번화한 지역이었다. 이 거리에는 상하이의 거의 모든 신문사와 서점이 운집해 있었을 뿐만 아니라 수많은 희원(戲院 : 전통극 공연장)과 서장(書場) : 사람을 모아 놓고 만담, 야담, 재담을 들려주는 장소), 다관과 무도장, 술집과 여관 등이 두루 포진해 있었다. 또한 경마장 인근의 서쪽 구간은 더 유명한 색정 환락가로 기방들이 줄지어 들어서 있어 떠돌이 기녀들이 엄청난 무리를 이루었다. (중략) 샤페이루는 프랑스조계에 위치해 있었다. 플라타너스가 심어져 있는 이 가로수 길에는 짙은 이국의 정서가 가득했고 길 양쪽에 늘어선 상점들도 주로 양식집과 양복점, 유럽의 패션 소비품 상점인 것이 특징이었다. (중략) 이 모든 것들이 사람들에게 몽롱하고 희미한 느낌을 가져다주었고 유럽 교민들에게는 고향집에 온 것 같은 친밀감을 느끼게 해주었다. 현지의 중국 신사들은 이러한 이국 풍정을 문명 진보의 상징으로 잘못 이해하기도 했다. 이런 의미에서 샤페이루는 디즈니공원과 마찬가지로 온통 기표로 쌓아올린 거리로 사람들을 환각 상태에 빠지게 하는 일종의 환영(simulacrum)이었다고 할 수 있다." 니웨이(倪伟), 「'마도(魔都)' 모던」, 《ASIA》 25, 2012 여름호, 30~31면.

서의 혁명에 대한 열정과 고뇌가 직간접적으로 드러난 작품들이 대부분이다. 그렇다면 그가 중국에서 가장 오래 체류한 항주에서의 시들과 그 이전에 남경에서 쓴 시들은 어떻게 해서 정치성이 거의 사라진 개인적 정서가 두드러지게 되었는지 의문으로 남지 않을 수 없다.

오늘 밤도 뻐꾹새는 자꾸만 운다.
깊은 산 속 빈 골짜기에서
울려나오는 애처로운 소리에
애끊는 눈물은 베개를 또 적시었다.

나는 뻐꾹새에게 물어보았다.
"밤은 깊어 다른 새는 다 깃들었는데
너는 무엇이 섧기에 피나게 우느냐"라고
뻐꾹새는 내게 도로 묻는다
"밤은 깊어 사람들은 다 꿈을 꾸는데
당신은 왜 울며 밤을 밝히오"라고.

아 사람의 속 모르는 날짐승이
나의 가슴 아픈 줄을 제 어찌 알까.
고국은 멀고 먼데 임은 병들었다니
차마 그가 못잊혀 잠 못드는 줄
더구나 남의 나라 뻐꾹새가 제 어찌 알까.

-「뻐국새가 운다」 전문[26]

이 시는 심훈이 남경에서 쓴 시로 자신의 아내에게 보내는 편지에 동봉한 작품이다. '임' 해석을 확대한다면 정치적으로 읽을 여지가 전혀 없는 것은 아니지만, 어쨌든 표면적으로는 타국에서 병든 아내를 걱정하는 화자의 안타까운 심경을 '뻐꾹새'의 모습에 감정이입하여 형상화하였다. 실제로 심훈은 이해영에게 보낸 편지 곳곳에 "신병이 다 낫지 않거든 가을에도 학교에 다니지 않으시는 것이 좋을 듯하외다."[27]와 같이 아내를 걱정하는 마음을 직접적으로 표현하였다. 이 시 외에도 여러 편의 시를 편지에 동봉하여 보낸 것으로 보아 당시 심훈은 아내를 향한 그리움과 망향의 정서를 서정에 기대어 형상화하는 데 치중한 것으로 보인다. 게다가 앞서 언급한 〈항주유기〉로 묶인 시조 작품 모두가 이국땅에서 살아가는 화자의 외로움과 슬픔을 자연에 빗대어 형상화한 것이란 점에서, 이때의 시들은 대체로 정치적인 것과는 조금은 거리를 둔 개인적 정서를 담은 작품들이다.

그렇다면 북경에서 상해, 남경을 거쳐 항주에 정착하는 과정에서 심훈에게 정치적으로나 사상적으로 어떤 급격한 변화가 있었던 것일까? 그건 분명 아닌 것이, 〈항주유기〉의 머리글에서 "그때에 유배流配나 당한 듯이 호반湖畔에 소요逍遙하시던 석오石吾, 성재省齋 두 분 선생先生님과 고생苦生을 같이 하며 허심탄회虛心坦懷로 교류交流하던 엄일파嚴一波, 염온동廉溫東, 정진국鄭眞國 등等 제우諸友가 몹시 그립다."[28]라고 밝힌 것으로 미루어 볼 때, 항주에서도 이동녕, 이시영 등 임시정부 주요 인사들과 여전히 활발한 교류를 한 것으로 확인된다. 다만 사회주의에 대한 깊은 관심과 동경을 가지고 있으면서도 실제로는

---

26 『전집』 1, 133~134면, 『전집』 3, 619~620면 두 곳에 실림.

27 『전집』 3, 622면.

28 『그날이 오면』, 153~154면.

비타협적 민족주의자들과 교류가 많았던 심훈의 행적을 생각한다면, 당시 상해를 중심으로 한 독립운동의 여러 노선 투쟁에 실망하면서 그들과 일정한 거리를 둔 채 자기 회의에 빠졌던 시기가 아니었을까 짐작된다. 따라서 "상해가 공적 세계라면 항주는 감각과 정서에 기초한 사私의 발원처"이고, "북경과 상해가 잠행의 공간인 것에 반해 항주는 만유의 장소였다"[29]라는 견해는 일면 타당한 듯 보이지만, 항주 시절 심훈의 시를 정치성의 배제 혹은 탈각으로 읽기보다는 정치적인 것에 대한 절망과 회의에서 비롯된 내적 심경의 변화로 이해하는 것이 더욱 타당하지 않을까 싶다. 즉 정치적인 것으로부터의 좌절이라는 뼈아픈 현실 인식에서 비롯된 변화의 모습이므로, 망향객으로서의 비애나 연인을 향한 그리움 등 개인적인 서정의 세계로 해석하는 것은 표면적인 것과 이면적인 것의 중층성을 간과한 성급한 판단이 될 수도 있는 것이다.

1922년 2월에 쓴 것으로 되어 있는 「돌아가지이다」라는 시에는 이러한 그의 복잡한 심경으로부터 비롯된 깊은 절망과 탄식이 역력히 드러난다. 민족 주체로서의 올곧은 자각과 조국의 독립을 위한 큰 발걸음으로 중국행을 선택한 심훈이 어떤 경위로 중국에서의 현실에 깊은 회의와 절망에 빠져버렸는지는 정확히 알 수 없지만, 그는 "돌아가지이다, 돌아가지이다./동요의 나라, 동화의 세계로/다시 한 번 이 몸이 돌아가지이다."라고 당시의 심경을 직접적으로 토로한다. 여기에서 '동요' 혹은 '동화'의 세계는 "하루도 열두 번이나 거짓말을 시키고도/얼굴도 붉히지 말라는 세상", "사람의 마음도 돈으로 팔고 사는/알뜰히도 더러운 세상"이 아닌 "이 몸을 포근히 품어 주는" "옛날의 보금자리"[30]와 같은 곳을 의미한다. 즉 이 세계가 식민지 이전의 "엄마의 젖가슴"과

---

29 한기형, 「'백랑(白浪)'의 잠행 혹은 만유 - 중국에서의 심훈」, 453면.

30 『그날이 오면』, 33~40면.

같은 조선의 형상일 뿐만 아니라, 시인이 맞닥뜨린 모순적 현실을 넘어서는 새로운 가능성으로서의 세계임에 틀림없다. 결국 그는 더 이상 중국에서는 이러한 가능성을 찾을 수 없다고 판단하고 중국으로 간 지 만 2년이 채 되기 전부터 귀국을 서둘렀던 것으로 보인다.[31] 심훈에게 중국에서의 생활은 독립운동을 위한 일종의 반면교사로서의 경험이 되었다고 할 수 있다. 즉 조국 독립을 위해서 그가 진정으로 추구해야 할 가치와 방향을 일깨워주는 소중한 기회가 되었던 것이다. 귀국 이후 중국 체험을 문학적으로 형상화한 그의 작품을 예사롭게 볼 수 없는 이유도 바로 여기에 있다. 심훈의 중국행은 혁명을 꿈꾸는 한 청년이 숱한 갈등과 회의를 거쳐 비로소 올바른 문학의 진로를 찾아가는 중요한 계기가 되었다고 할 수 있는 것이다.

3
귀국 이후 중국 체험의 문학적 형상화

앞서 살펴본 대로 심훈의 중국 체류는 1920년 말에서 1923년까지 대략 만 2년 남짓 된다는 것이 지금까지의 선행연구에서 제시된 일반적인 견해였다. 중국으로 떠난 시점에 대해서는 앞으로 실증적인 자료를 발굴하여 좀 더 면밀한 논의를 해야겠지만, 대체로 귀국 시점이 1923년이라는 견해에는 별다른 이견이 없

31 그가 아내에게 보낸 편지(1922년 7월 7일에 쓴 것으로 추정됨)에서 "나도 올해 귀국할 생각 간절하였으나 내년에나 가게될듯 세월은 길고도 빠른 것이라 미구에 기쁜 날이 올 것이외다."라고 적고 있다. 「나의 지극히 사랑하는 해영씨!」, 『전집』 3, 617면.

어 보인다.[32] 앞서 살펴본 대로 3·1운동에 가담하여 옥살이까지 하고 나온 심훈은 식민지 청년으로서 조선 독립을 위한 뚜렷한 목적을 가지고 중국행을 결심했던 것으로 짐작된다. 또한 그것이 단순한 유학을 위한 과정이었다면 2년 남짓의 짧은 기간 동안 북경, 상해, 남경, 항주로 이어지는 복잡한 여정을 거치지는 않았을 것이라는 추정도 가능했다. 북경에서 이회영, 신채호 등 항일 망명 지사를 만났던 일이나 상해에서 이동녕, 이시영 등 애국지사와 접촉한 일 등은 그의 중국행이 유학보다는 정치적 목적의 의미가 더욱 뚜렷했음을 말해주는 것이다. 게다가 앞에서 언급했듯이 심훈의 중국에서의 이동 경로가 그의 경성고보 동창생 박헌영의 동선動線과 겹치는 부분이 많다는 점도 특별히 주목할 필요가 있다. 귀국 이후 상해 체험을 형상화한 그의 소설 『동방의 애인』의 주인공 김동렬이 바로 박헌영을 모델로 했고, 박진은 심훈 자신의 모습을 투영한 것으로 볼 수 있다는 점에서 이러한 견해는 상당히 설득력이 있다.

주지하다시피 식민지 시기 상해는 중국 혁명의 핵심 거점으로 독립사상과 혁명의식을 가진 많은 지사들의 망명지였다. 또한 군사와 경제적 측면에서도 혁명군의 주요 거점이 되어 동아시아 민족운동의 중심지 역할을 하였다.[33] 뿐만 아니라 식민지 시기 상해한인사회는 해외 한인 독립운동의 총본부 역할

32 안종화의 『한국영화측면비사(韓國映畵側面秘史)』(춘조각, 1962.12.)에 의하면, <토월회(土月會)> 제2회 공연(1923년 9월)에 네프류도프 역을 맡은 초면의 안석주에게 심훈이 화환을 안겨준 인연으로 그들은 평생에 가장 절친한 동지로 지내면서 이후 문예, 연극, 영화, 기자 생활 등을 같이 했다고 한다. (유병석, 「심훈의 생애 연구」, 《국어교육》 제14호, 한국국어교육연구회, 1968, 14면) 또한 그는 『심훈시가집(沈熏詩歌集) 제일집(第一輯)』을 묶으면서 「밤」을 서시(서시(序詩))로 두었는데, 이 시 말미에 "1923년 겨울 '검은돌' 집에서"라고 써두었다. '검은돌'은 그가 태어난 고향으로 지금의 '흑석동'을 말한다. 그러므로 아무리 길게 잡아도 1923년 여름 이전에는 이미 귀국했을 것으로 추정된다.

33 김희곤, 「19세기 말~20세기 전반, 한국인의 눈으로 본 상해」, 《지방사와지방문화》 9권 1호, 역사문화학회, 2006. 5, 253면.

을 했던 대한민국임시정부의 사회적 지지기반으로, 당시 임시정부를 중심으로 전개된 독립운동과 민족운동은 상해한인사회의 전폭적인 지지가 있어 가능했다. 이처럼 식민지 시기 상해한인사회는 상해 지역 독립운동과 아주 밀접한 관련을 맺고 있었으므로 상해한인사회에서 조선 문인들의 창작 활동 역시 이러한 정치적 활동과의 밀접한 연관 속에서 논의되어야 한다.

『동방의 애인』은 1920년대 상해를 무대로 활동했던 공산주의계열 독립운동 조직의 활약상을 담은 작품으로, 김원봉이 이끌었던 〈의열단〉과 깊은 관련을 지닌 것으로 보인다. 중심인물 가운데 한 사람인 박진이 황포군관학교를 졸업했고, 공산주의계열 독립운동 조직에 속해 있었으며, 국내로 잠입하는 과정이 치밀하게 그려진 데서 〈의열단〉의 활동과 상당한 관련성이 있음을 짐작하게 하는 것이다.[34] 『동방의 애인』에서 주목해야 할 또 한 가지 사실은 표면적으로는 혁명적 정치의식과 낭만적 사랑의 성격이 혼재된 연애소설의 형식을 드러내고 있다는 점이다. 혁명적 정치성은 현실의 억압과 구속을 넘어서 진정한 자유와 해방을 추구하는 방향성을 지녔다는 점에서 낭만적 사랑에 대한 동경과 일치되는 점이 많다. 이런 점에서 『동방의 애인』은 연애소설의 형식으로 사회주의 혁명을 말하고자 했던 정치소설이라고 할 수 있다.

> 남녀 간에 맺어지는 연애의 결과는 조그만 보금자리를 얽어놓는 데 지나지 못하고 어버이와 자녀간의 사랑은 핏줄을 이어 나아가는 한낱 정실情實관계에 그치고 마는 것입니다.
>
> 우리는 보다 더 크고 깊고 변함이 없는 사랑 가운데 살아야 하겠습니다. 그러

34 정호웅, 「한국 현대소설과 상해」, 《한국언어문화》 36, 한국언어문화학회, 2008. 8, 299~301면 참조.

려면 우리 민족과 같은 계급에 처한 남녀노소가 사랑에 겨워 껴안고 몸부림칠 만한 새로운 공통된 애인을 발견치 안고는 견디지 못할 것입니다.
나는 그것을 찾아내고야 말았습니다. 오랫동안 초조하게도 기다려지던 그는 우리와 지극히 가까운 거리에서 아주 평범한 사람들 속에 나타나고 있었던 것입니다. 그와 동시에 여러분에게 그의 정체를 보여드려야만 하는 의무義務와 감격感激을 아울러 느낀 것입니다.[35]

여기에서 말한 "새로운 공통된 애인"은 혁명적 정치성에 토대를 둔 낭만적 사랑의 결실을 의미한다. "남녀 간에 맺어지는 연애의 결과"도 "어버이와 자녀 간의 사랑"도 아닌 "우리 민족과 같은 계급"이 함께 "껴안고 몸부림칠만한" 것, 그것은 바로 '사회주의혁명'을 의미하는 것이다. 이러한 점은 혁명 지사로 살아가는 박진과 허영심으로 가득 차 일본으로 놀러 다니는 영숙의 연애와, 무산계급의 해방을 달성하기 위해 모스크바에 가서 직접 혁명을 배우는 동렬과 세정의 연애를 대비함으로써 선명하게 제시된다. 동렬과 세정의 연애를 통해 식민지 청년들의 진정한 사랑과 연애의 모습을 보여줌으로써 사회주의 혁명과 '공통의 애인'의 관련성, 즉 혁명적 정치성과 낭만적 사랑의 일치를 더욱 확고하게 제시하고자 했던 것이다.[36]

×씨를 중심으로 동렬이와 진이와 그리고 그들의 동지들은 지난날의 모든 관념과 '삼천리강토'니 '이천만 동포'니 하는 민족에 대한 전통적 애착심까지도

35 「작자의 말」, 『전집』 2, 537면.
36 김호웅, 「1920~30년대 한국문학과 상해 - 한국 근대문학자의 중국관과 근대 인식을 중심으로」, 《현대문학의연구》 23, 한국문학연구학회, 2004. 7, 32~34면 참조.

버리고 새로운 문제를 내걸었다.

"왜 우리는 이다지 굶주리고 헐벗었느냐"

하는 것이 그 문제의 큰 제목이었다. 전 세계의 무산대중이 짓밟히는 것이 모두 이 문제 때문에 신음하고 있는 것이 확실하다. 이 문제를 먼저 해결치 못하고는 결정적 답안이 풀려나올 수가 없다. 따라서 이대로만 지내면 조선의 장래는 더욱 암담할 뿐이라 하였다.

(중략)

얼마 후에 동렬과 진이와 세정이는 ×씨가 지도하고 모든 책임을 지고 있는 ○○당 ××부에 입당하였다. 세정이는 물론 동렬의 열렬한 설명에 공명하고 감화를 받아 자진하여 맨 처음으로 여자 당원이 된 것이었다.

……어느 날 깊은 밤에 ×씨의 집 아래층 밀실에서 세 사람의 입당식이 거행되었다. 간단한 절차가 끝난 뒤에 ×씨는 세 동지의 손을 단단히 쥐며(그 때부터는 '동포'니 '형제자매'니 하는 말을 집어치우고 피차에 동지라고만 불렀다)

"우리는 이제부터 생사를 같이 할 동지가 된 것이요! 동시에 비밀을 엄수할 것은 물론 각자의 자유로운 행동은 금할 것이요. 당의 명령에 절대 복종할 것을 맹세하시오!"

하고 다 같이 ×은 테를 두른 ××의 사진 앞에서 손을 들어 맹세하였다.[37]

×씨는 1920년 말 상해 지역 한인공산당의 중앙위원장이었던 이동휘[38]로

37 『전집』 2, 577~578면.

38 1918년 4월 창립된 한인사회당은 1920년 9월 초 당대표회의를 개최하고 당의 명칭을 한인공산당으로 개칭하고 조직을 확대 개편했는데, 상해 지역 한인공산당 중앙위원장으로 이동휘를, 김립, 이한영, 김만겸, 안병찬을 중앙위원으로 선출했다. 반병률, 『성재 이동휘 일대기』, 범우사, 1998, 265~266 참조.

추정되는데, 그는 1921년 5월 개최된 상해 고려공산당대회에서 상해파(고려공산당) 위원장으로 선출되기도 했다.[39] 그렇다면 심훈이 실제로는 상해파와 이르쿠츠크파[40]로 노선을 달리했던 이동휘와 박헌영을 소설에서는 ×씨와 동렬의 동지적 연대로 묶고, ×씨의 주선으로 동렬이 공산당에 입당한 것으로 서사화한 이유가 무엇인가 하는 점이 중요한 문제로 남는다.[41] 이에 대해 "심훈은 박헌영의 행적을 서사적인 골격으로 삼으면서도 혁명운동의 방향은 이동휘의 민족적 사회주의 노선을 지지했던 것"[42]으로 파악한 견해는 상당히 설득력이 있다. 『동방의 애인』에서 상해는 혁명과 사랑을 동시에 꿈꾸는 해방구이자 러시아공산당과 접촉할 수 있는 장소로 설정되어 주인공 동렬 일행 역시 모스크바로 가서 사회주의에 대한 견문을 얻고 상해로 돌아오지만, "혁명의 나라 같지 않구나!"[43]라는 마음속의 생각을 그대로 노출한 데서 유추할 수 있듯이 그들에게 비친 러시아의 모습은 이상적 공간으로만 볼 수 없는 여러 가

39 반병률, 위의 책, 323~326 참조.

40 한국 공산주의운동에 적지 않은 해악을 끼친 상해파와 이르쿠츠크파 간의 파쟁은, 러시아공산당 조직에서 볼셰비키의 지도를 받아 성장한 이르쿠츠크파와 민족운동에서 고립되고 있던 대한국민의회 세력의 연합세력이 볼셰비키의 권위와 권력을 등에 업고 이동휘가 이끌던 한인사회당-상해파 고려공산당으로부터 공산주의운동, 나아가서는 민족운동의 주도권을 빼앗으려 한 데서 비롯되었다. 거의 모두가 러시아공산당원이었던 이르쿠츠크파 고려공산당은 러시아공산당원들의 지도와 명령을 당연하게 받아들였다면, 상해파는 한국 민족혁명운동의 전통과 독자성을 강조했으므로 이동휘를 포함한 핵심 간부 대부분이 러시아공산당에 가입하지 않았다. 반병률, 「이동휘-선구적 민족혁명가·공산주의운동가」, 《한국사시민강좌》 47, 일조각, 2010, 9~11면 참조.

41 물론 박헌영이 상해로 간 시점인 1920년 말에서 1921년 초만 하더라도 이동휘와의 관계가 대립적이지는 않았던 듯하다. 오히려 그가 남긴 이력을 보면, "거기서 민족 단체들과 연계를 맺고, 조선인 공산주의자들이 만든 공산당 조직에 들어갔다. 이 조직의 지도자들로는 김만겸, 이동휘 등이 있었다."라고 되어 있어 처음에는 두 사람의 관계가 밀접했던 것으로 보인다. 임경석, 『이정 박헌영 일대기』, 역사비평사, 2004, 65면.

42 한기형, 「서사의 로칼리티, 소실된 동아시아 -심훈의 중국체험과 『동방의 애인』」, 《대동문화연구》 제63집, 성균관대 대동문화연구원, 2008, 432면.

43 『전집』 2, 605면.

지 문제점을 드러냈다. 일제의 검열에 의해 모스크바에서 상해로 돌아온 시점에서부터 연재가 중단되어 그 이후 인물의 서사적 행로를 더 이상 알 수는 없지만, 소설 속에 구현된 ×씨와 동렬의 동지적 연대는 당시 상해 독립운동의 대립적 노선을 통합한 새로운 사회주의 독립운동의 방향을 제시하고자 했던 작가의식의 결과였다고 할 수 있다. 그래서 그의 소설은 실제와는 다르게 이동휘와 박헌영을 동지적 연대로 결속시켜 새로운 역사의 서사를 지향했던 것이다. 그가 말한 '공통의 애인'에서 '공통'과 '애인'의 의미적 결합은 바로 이러한 문제의식에서 이해할 때 더욱 심화된 의미를 찾을 수 있다.

경성고보 동창생 박헌영과 심훈의 상해에서의 만남을 실증할 만한 자료가 없어 실제 두 사람의 관계가 어떠했는지를 명확히 유추할 수는 없지만, 위에서 언급한 대로 『동방의 애인』에서 주인공으로 삼았을 뿐만 아니라 「박군朴君의 얼굴」이라는 시를 통해 옥고를 치르고 나온 박헌영의 처참한 몰골에 분개했던 걸로 보아 당시 두 사람의 관계는 아주 각별했던 것으로 생각된다. 상해에서 이 두 사람의 관계가 어떠했는지를 실증적으로 규명하는 것은 심훈의 중국행에 대한 여러 의혹들을 풀어내는 중요한 근거가 될 수 있다는 점에서 앞으로 심훈 연구가 반드시 염두에 두어야 할 과제이다.

> 이게 자네의 얼굴인가?
> 여보게 박군朴君, 이게 정말 자네의 얼굴인가?
>
> 알콜병瓶에 담가논 죽은 사람의 얼굴처럼 창백蒼白하고
> 마르다 못해 해면海綿같이 부풀어오른 두 뺨
> 두개골頭蓋骨이 드러나도록 바싹 말라버린 머리털
> 아아 이것이 과연果然 자네의 얼굴이던가?

쇠사슬에 네 몸이 얽히기 전前까지도
사나이다운 검붉은 육색肉色에
양미간兩眉間에는 가까이 못할 위엄威嚴이 떠돌았고
침묵沈默에 잠긴 입은 한번 벌리면
사람을 끌어당기는 매력魅力이 있었더니라.

사년四年동안이나 같은 책상冊床에서
벤또 반찬을 다투던 한 사람의 박군朴君은
교수대絞首臺 곁에서 목숨을 생生으로 말리고 있고
C사社에 마주 앉아 붓을 잡을 때
황소처럼 튼튼하던 한 사람의 박朴은
모진 매에 장자腸子가 꿰어져 까마귀밥이 되었거니.

이제 또 한 사람의 박朴은
음습陰濕한 비바람이 스며드는 상해上海의 깊은 밤
어느 지하실地下室에서 함께 주먹을 부르쥐던 이 박군朴君은
눈을 뜬 채 등골을 뽑히고 나서
산송장이 되어 옥문獄門을 나섰구나.

박朴아 박군朴君아 ××아!
사랑하는 네 아내가 너의 잔해殘骸를 안았다
아직도 목숨이 붙어있는 동지同志들이 네 손을 잡는다
아 이 사람아! 그들을 알아보지 못한단 말인가?
이빨을 악물고 하늘을 저주咀呪하듯

모로 흘긴 저 눈 동자瞳子

오 나는 너의 표정表情을 읽을 수 있다.

오냐 박군朴君아

눈은 눈을 빼어서 갚고

이는 이를 뽑아서 갚아 주마!

너와 같이 모든 ×를 잊을 때까지

우리들의 심장心臟의 고동鼓動이 끊길 때까지.

-「박군朴君의 얼굴」 전문[44]

박헌영은 조선공산당 사건으로 구속되었다가 1927년 11월 22일 병보석으로 출감하여 병원에 입원했는데, 심훈은 박헌영의 출감에 즈음하여 이 시를 발표했다. 심훈은 경성고보 동창생인 박열과 박헌영 그리고 시대일보사에서 같이 근무했던 박순병을 대상으로 이 시를 지었다. 박열은 '천황 암살 미수 사건'으로 무기형을 선고받아 복역하고 있었고, 박순병은 조선공산당 사건으로 구속되어 취조 중에 옥사했다. 인용시에서 "교수대絞首臺 곁에서 목숨을 생生으로 말리고 있"는 박군이 박열이고, "모진 매에 장자腸子가 퀘어져 까마귀밥이 되었"다고 하는 박군은 박순병이며, "산송장이 되어 옥문獄門을 나섰"던 박군은 박헌영을 가리킨다.[45] 일본 경찰의 취조 기록에 의하면, 박헌영은 1920년 11월 말 동경을 출발해서 나가사키를 경유하여 상해로 도항했고, 1921년 3

44 『그날이 오면』, 54면.

45 최원식, 「심훈연구서설」, 김학성, 최원식 외, 『한국근대문학사의 쟁점』, 창작과비평사, 1990, 237~238면. ; 이정박헌영전집편집위원회 편, 『이정 박헌영 전집』 제4권, 역사비평사, 2004.7, 745면.

월 이르쿠츠파 공산당의 지휘를 받는 고려공산청년단 상해회 결성에 참여했으며, 같은 해 5월 안병찬, 김만겸, 여운형, 조동호 등이 주도하는 이르쿠츠파 고려공산당에 입당했다.[46] 여운형과 박헌영의 관계 그리고 여운형과 심훈의 밀접했던 관계[47]를 연결 지어 인용시를 읽어보면, 상해 시기 심훈의 문학 활동에 있어서 박헌영이라는 친구와의 교류가 아주 특별한 의미를 지녔을 것이라는 추정에 어느 정도 확신을 가지게 한다. "음습陰濕한 비바람이 스며드는 상해上海의 깊은 밤/어느 지하실地下室에서 함께 주먹을 부르쥐던" 친구의 처참한 모습을 보면서, "눈은 눈을 빼어서 갚고/이는 이를 뽑아서 갚아 주마!"라고 말하는 화자의 울분에서 두 사람의 동지적 관계가 확고했음을 알 수 있다. 박헌영은 심훈 자신이 독립운동을 위해 따라가야 할 이정표와 같은 존재였다. "쇠사슬에 네 몸이 얽히기 전前까지도/사나이다운 검붉은 육색肉色에/양미간兩眉間에는 가까이 못할 위엄威嚴이 떠돌았고/침묵沈黙에 잠긴 입은 한번 벌리면/사람을 끌어당기는 매력魅力이 있었"던 박헌영의 강인한 기개야말로 심훈이 추구하고자 했던 진정한 민족 투사의 모습이었던 것이다.

이상에서 보았듯이 심훈에게 상해 체험은 민족적 사회주의의 길을 걷고자 했던 자신의 사상적 거점을 마련하는 중요한 발판이 되었고, 이러한 경험

---

46 임경석, 앞의 책, 65~68면 참조.

47 「조선신문발달사(朝鮮新聞發達史)」(《신동아(新東亞)》 1934년 5월호)에 의하면, 《중앙일보(中央日報)》가 1933년 2월 대전에서 출옥한 여운형을 사장으로 추대하고 같은 해 3월에 《조선중앙일보(朝鮮中央日報)》로 제호를 바꾸었다. 여운형은 상해에 있을 때부터 심훈을 대단히 아끼던 처지로서, 심훈이 『영원의 미소』와 『직녀성』을 동지에 연재하여 생활의 곤경을 조금이라도 면할 수 있었던 것은 그의 호의였다. 그리고 심훈의 영결식에서 그의 마지막 시 작품인 「절필(絶筆)」을 울면서 낭독한 사람도 여운형이었다고 하니 두 사람의 관계가 얼마나 각별했었는지를 알 수 있다. 유병석, 앞의 글, 18~19면. 그의 시 가운데 「R씨의 초상」(1932.9.5.)은 여운형을 모델로 한 것으로 보인다.

을 토대로 그는 귀국 이후의 새로운 문학 활동의 방향을 찾는 데 주력하였다. 물론 그가 중국에서 오래 머물지 않고 급히 귀국한 데는 근대적 문명과 제국주의적 모순이 충돌하는 공간으로서의 상해의 이중성에 대한 절망과 독립운동의 노선 갈등에서 비롯된 정치적 분파 투쟁에 대한 실망이 바탕에 깔려 있었다. 따라서 그는 중국을 자신의 독립운동을 위해 큰 꿈을 펼칠 이상적 공간으로만 생각하던 태도를 넘어서, 조국으로의 귀환을 통해 상해에서 체득한 정치적 회의와 갈등을 극복하는 문학 중심의 새로운 활동을 펼쳐나가고자 했다. 1930년 발표한 시 「그날이 오면」과 『동방의 애인』, 『불사조』 등의 소설은 바로 이러한 문학적 지향성을 구체화한 작품들이라고 할 수 있다. 다만 이 작품들은 일제의 검열을 통과하지 못해 완성된 세계를 창출해내지 못했다는 점에서, 그의 후기 소설들은 이러한 검열을 피하는 서사 전략으로 '국가'를 '고향'으로 변형시켜 계몽의 서사로 전이시키는 양상을 보였다. 이런 점에서 『상록수』로 대표되는 그의 후기 소설을 단순히 계몽의 서사로만 읽어낼 것이 아니라 식민지 내부에서 허용 가능한 사회주의 서사의 변형 혹은 파열로 이해하는 문제의식을 가질 필요가 있다.[48]

이상에서 심훈의 사상과 문학의 형성 과정에서 중국 체험이 어떤 의미를 지녔는가를 중심으로 그의 문학 세계를 개괄적으로 살펴보았다. 그가 남긴 세 권 분량의 『전집』과 시집 『그날이 오면』 그리고 지인들이 남긴 짤막한 산문들만으로는 그의 중국행의 뚜렷한 목적과 중국 안에서의 행적들, 지강대학에 다니기 위해 항주로 간 이유 등 대부분의 사실을 명확하게 재구성하거나 실증하기 어려웠다. 그러다 보니 이 글 대부분이 짐작이나 추측으로 일관하는 가정

48 이러한 문제의식에 대한 자세한 논의는, 한만수, 「1930년대 '향토'의 발견과 검열우회」, 《한국문학이론과비평》 30집, 한국문학이론과비평학회, 2006, 379~402면 참조.

법의 서술이 되고 말아 논리적 한계는 명백하다. 아마도 관련 자료가 새롭게 발굴되고 정리된다면 이 글에서 언급한 논의의 상당 부분이 수정되어야 할지도 모르겠다. 그럼에도 불구하고 앞으로 심훈 연구가 해결해야 할 쟁점에 대한 문제제기를 우선적으로 강조하는 데 의의를 두면서, 그의 중국행이 지닌 의미에 대한 선행 논문들에 기대어 중국행 이전과 중국 체류 시기 그리고 귀국 이후로 나누어 살펴보았다.

마무리하면서 한 가지 사족을 덧붙인다면, 『심훈문학전집沈熏文學全集』 세 권과 이후에 발간된 『심훈문학전집① 그날이 오면』 현대어 부분과 총독부 검열본 영인본을 비교 대조해본 결과, 발표연도의 차이, 시행이 빠진 부분, 방언의 훼손, 시인이 생전에 교정한 부분의 미적용 등 여러 군데에서 심각한 오류가 있었다. 그의 작품 모두를 수록한 『전집』이 발간된 것이 1966년의 일이었고, 2000년에 시 작품만을 대상으로 한 『심훈문학전집① 그날이 오면』이 출간되었지만 정본 확정도 제대로 되지 않은 상태에서 발간되었고, 이후 소설, 산문 등을 망라한 『전집』의 나머지 권은 무슨 이유에서인지 계속해서 출간되지도 않았다. 따라서 앞으로 심훈 연구는 『전집』 발간 이후 발굴된 새로운 작품과 글들까지 모두 포괄하는 정본 확정 작업을 엄밀하게 수행하여 『결정본 심훈 전집』을 발간하는 것이 시급한 과제임을 특별히 강조해두고자 한다.

■ 참고문헌

1. 기본자료

『심훈문학전집① 그날이 오면』, 차림, 2000.

『심훈문학전집』 1~3, 탐구당, 1966.

2. 단행본/논문/낱글

김호웅, 「1920~30년대 한국문학과 상해 - 한국 근대문학자의 중국관과 근대 인식을 중심으로」, 《현대문학의 연구》 23, 한국문학연구학회, 2004. 7, 7~37면.

김희곤, 「19세기 말~20세기 전반, 한국인의 눈으로 본 상해」, 《지방사와지방문화》 9권 1호, 역사문화학회, 2006. 5, 249~285면.

니웨이(倪伟), 「'마도(魔都)' 모던」, 《ASIA》 25, 2012 여름호, 26~34면.

반병률, 『성재 이동휘 일대기』, 범우사, 1998.

반병률, 「이동휘-선구적 민족혁명가·공산주의운동가」, 《한국사시민강좌》 47, 일조각, 2010. 1~15쪽.

백영서, 「교육독립론자 차이위안페이 - 중국의 대학과 혁명」, 『전환의 시대 대학은 무엇인가』, 한길사, 2000. 163~185쪽.

유병석, 「심훈의 생애 연구」, 《국어교육》 제14호, 한국국어교육연구회, 1968, 10~25면.

윤석중, 「인물론 - 심훈(沈熏)」, 《신문과방송》, 한국언론진흥재단, 1978, 74~77면.

이덕일, 『이회영과 젊은 그들』, 역사의아침, 2009.

이정박헌영전집편집위원회 편, 『이정 박헌영 전집』 제4권, 역사비평사, 2004.

임경석, 『이정 박헌영 일대기』, 역사비평사, 2004.

정호웅, 「한국 현대소설과 상해」, 《한국언어문화》 36, 한국언어문화학회, 2008.8.

최원식, 「심훈연구서설」, 김학성, 최원식 외, 『한국근대문학사의 쟁점』, 창작과비평사, 1990, 229~246면.

한기형, 「습작기(1919~1920)의 심훈 - 신자료 소개와 관련하여」, 《민족문학사연구》 22호, 민족문학사학회, 2003, 190~222면.

한기형, 「'백랑(白浪)'의 잠행 혹은 만유 - 중국에서의 심훈」, 《민족문학사연구》 35, 민족문학사학회, 2007, 438~460면.

한기형, 「서사의 로칼리티, 소실된 동아시아 -심훈의 중국체험과 『동방의 애인』」, 《대동문화연구》 제63집, 성균관대 대동문화연구원, 2008, 425~447면.

한만수, 「1930년대 '향토'의 발견과 검열우회」, 《한국문학이론과비평》 30집, 한국문학이론과비평학회, 2006, 379~402면.

8

심훈 문학과 3·1운동의 '기억학'

박정희

서울대학교 교수학습개발센터 연구교수

1

머리말

심훈(1901~1936)은 짧은 생애 동안 문학, 언론, 영화 등 문화계 전반에서 다양한 활동을 펼친 인물이다. 그의 문학 활동은 1919년 3·1운동으로 옥고를 치르고 난 이듬해 처녀작 「찬미가에 싸인 원혼」을 시작으로 꾸준한 시작詩作활동[01]과 더불어 영화소설 『탈춤』(1926)을 발표하고 영화 〈먼동이 틀 때〉를 제작했으며 『동방의 애인』(1930:미완), 『불사조』(1931:미완), 『영원의 미소』(1933), 『직녀성』(1934~1935), 『상록수』(1935) 등의 장편소설을 남겼다. 심훈의 예술활동은 시, 소설, 영화 등에 걸쳐 있으나, 그간 심훈에 대한 논의는 소설 연구가 압도적으로 많았다. 부분적으로 시작품에 대한 논의가 이루어졌으며 최근에 이르러 그의 영화미학에 대한 논의가 이루어지고 있다. 그간의 연구가 연구대상을 시나 소설로 나누어 논의한 탓에 한 주체가 이룩한 문학적 성과임에

01 심훈은 사후 발간된 시집 『그날이 오면』에 수록된 작품을 포함해 100편 가까운 시작품을 남겼다.

도 불구하고 마치 다른 주체의 활동인 양 논의가 이루어진 것이 사실이다. 게다가 그의 예술 활동은 영화제작 욕망으로 점철되어 있었다는 사실을 고려하면,[02] 심훈의 예술 활동이 문학작품에만 국한하여 논의하는 것도 한계가 아닐 수 없다.

본고는 심훈의 시, 소설 그리고 영화 활동 등에 걸쳐 이루어진 예술 활동 전반을 대상으로, 그의 예술 활동을 추동한 동력과 미학적인 성과에 대해 고찰해보고자 한다. 그간 심훈의 사상적 지반을 규명하려는 시도와 예술관(문학관)을 밝히는 작업은 지속적으로 이어져 왔다. 김기진이 1934년을 전후한 한국문인의 계보를 작성하면서 심훈을 '민족주의-소시민적 자유주의-이상주의'[03]로 분류한 이래, 그의 사상은 '자유주의적 낭만주의 지향'[04], '자유 유동流動 지식인'[05]과 '중도좌파 민족주의자'[06], '중산층 지식인'[07] 등으로 규정되어 왔다. 이러한 다양한 규정은 연구자가 처한 역사적 상황과 연구의 관점이 반영된 때문이기도 하겠지만, 전반적인 경향은 『상록수』를 중심에 두고 민족주의 작가

---

02 영화감독 심훈과 그의 영화예술에 대한 인식에 대해서는 박정희, 「영화감독 심훈의 소설 『상록수』 연구」, 《한국현대문학연구》 21(2007) 참고.

03 참고로 김기진의 분류에 따르면 주요한, 김동환, 김석송, 박월탄, 홍사용, 변영로, 박팔양, 박용철, 정지용, 이하윤, 김상용, 유완희, 윤석중 등이 심훈이 속한 범주에 드는 작가들인데, 그들의 대부분은 시인이다. 1934년까지 영화평론 등에서 활발한 활동을 펼치고 있었으며 시를 줄곧 발표해오고 있었다는 점 등을 고려할 때 『동방의 애인』과 『불사조』 그리고 『영원의 미소』를 발표했음에도 불구하고 심훈의 소설가로서의 입지는 아직 미비했다고 할 수 있으며 또한 이러한 기질은 이후까지도 이어진 것이라고 할 수 있을 것이다. 김기진, 「조선 프로문학의 현재의 수준」(《신동아》, 1934.1), 홍정선 편, 『김팔봉문학전집』 I (문학과지성사, 1988), p.172 참고.

04 윤병로, 「식민지 현실과 자유주의자의 만남-심훈론」, 《동양문학》 2(1998.08) 참고.

05 전영태, 「진보주의적 정열과 계몽주의적 이성-심훈론」, 김용성·우한용, 『한국근대작가연구』(삼지원, 1985) 참고.

06 최원식, 「심훈연구서설」, 김학성·최원식 외, 『한국근대문학사의 쟁점』(창작과비평사, 1990) 참고.

07 이영원, 「심훈 장편소설 연구」(석사학위 논문, 경북대학교 대학원, 1999) 참고.

로 규정되어 오다가 홍이섭[08]에 의해 『동방의 애인』과 『불사조』에 대한 주목이 요청된 이래 최원식[09]의 심훈의 인간관계 및 사상형성의 배경이 고찰되면서 프로문학과의 연관관계에 대한 논의로 확대되었고 그의 사회주의 사상에의 경도에 대한 논의는 지속되고 있다.[10] 그 결과 심훈은 김기진의 예술대중화론의 자장 안에 있으며[11] 카프의 밖에서 '프로문학의 대중적 회로를 개척하기 위해 고투'[12]한 작가라는 논의가 일반화되었다.[13] 그리고 심훈의 사상적 지반과 예술관은 민족주의 작가라는 규정에 대한 재고와 프로문학과의 연계로 나아갔지만 사회주의에서 찾을 수만도 없는 '점진적 개량론의 관점에 선 나로드니키주의적 세계관'[14]이라는 규명에까지 논의가 구체화되기도 했다.

이런 논의를 종합해볼 때 '심훈의 문학적 세계관은 민족문학과 계급문학의 양 진영에 속하기도 하고 또 그 모두로 벗어나 있기도 한'[15] 것임에는 분명한 것 같다. 이처럼 연구자들의 논의 결과를 보더라도 심훈의 사상적 지반은 어느 하나의 관점으로 포섭되지 않는 면모를 지니고 있다. 이러한 사항이 심

08 홍이섭, 「30년대 초의 심훈문학-『상록수』를 중심으로」, 《창작과비평》(1972, 가을) 참고.

09 최원식, 전게논문, 참고

10 대표적인 연구로 한기형의 심훈 연구논문들과 권철호의 논문 「심훈의 장편소설에 나타나는 '사랑의 공동체'」, 《민족문학사연구》 55(2014) 참고. 특히 권철호는 심훈의 사회주의 사상이 갖는 특이성을 문명비판가 모로후세 코신[室伏高信]의 대안공동체적 성격의 '대가정제도'의 모색 등과의 영향관계로 설명한 바 있다.

11 이주형, 『한국근대소설연구』(창작과비평사, 1995) 참고.

12 최원식, 전게논문, 참고.

13 김현주, 「『상록수』의 리얼리즘적 성격연구」(석사학위 논문, 연세대학교 대학원, 1992) ; 오현주, 「심훈의 리얼리즘 문학 연구-『직녀성』과 『상록수』를 중심으로」, 한국문학연구회 편, 『1930년대 문학연구』(평민사, 1993).

14 유문선, 「나로드니키의 로망스-심훈의 『상록수』에 대하여」, 《문학정신》 58(1991) 참고.

15 류양선, 「좌우익 한계 넘은 독자의 농민문학-심훈의 삶과 『상록수』의 의미망」, 『상록수.휴화산』(동아출판사, 1995) 참고.

훈의 '독특한' 문단적 위치, 즉 그 어디에도 자리하지 못하는 이유가 될 수도 있겠다. 그런데 한 작가의 '사상적' 지반에 대한 질문이 오히려 한 작가의 다채로운 예술적 성과를 제대로 보지 못하게 하는 것은 아닐까? 한 작가의 예술적 성과를 분석하고 평가하여 문학사적 위상을 자리매김하는 일이 문학 연구의 목표임에는 틀림없겠지만, 사상이나 이념의 범주를 넘어서는 어떤 지점에서 작품 활동이 이루어진 경우도 존재할 수 있을 것이다. 특히 심훈의 경우가 그렇다고 본다. 심훈의 '사상'에 대한 질문을 유보하고 그의 예술 활동을 검토하면 한 가지 분명한 특징을 확인할 수 있다. 그것은 그의 예술에 거칠고 강렬한 언어로 표현되어 있는 '열정'이다. 사상이나 이념적인 차원에서 행해지는 실천의 '열정'이라기보다는 그 자체로 현현하는 단독적인 어떤 '열정'이다.

심훈에게 예술은 특정 이데올로기 혹은 '사상'을 위한 것이 아니라[16] 그러한 이데올로기조차 어떤 하나를 위한 것일 뿐이다. 심훈의 '열정의 논리'는 한 가지 속성을 위하여 나머지 모든 것들을 삼켜버리고 무화시키는 하나의 우세한 특성에 근거하여 등가 혹은 대체시키는 논리를 가지고 있는 것이다.[17] 심훈 예술에서 확인되는 '열정'은 '자유'에의 열정이며 이를 획득하기 위한 저항으로서의 열정이다.

이러한 심훈 예술을 추동하는 '열정'은 작가의 원체험적인 것에 해당하는

16 심훈은 1935년 10월 《삼천리》에서 설문한 「조선문학의 주류론-우리가 장차 가져야할 문학에 대한 제가답(諸家答)」에 응해, 문단의 '민족파, 계급파, 해외파'의 "삼위일체를 주장"한 바 있다. 한편 심훈은 이미 1929년에 "소생(小生)은 경파(硬派), 연파(軟派), 또는 억지프로파(派), 난삽파(難澁派)의 작품(作品)을 질기지 안코"(「내가 조화하는 1. 작품과 작가, 2. 영화와 배우」, 《문예공론》(1929.05), p.77.)라고 말한 바 있는데, 이러한 점을 통해 심훈은 예술에 특정 이데올로기를 주입시키거나, 그러한 이데올로기에 입각해 각기 자신의 예술의 정당성을 주장할 것이 아니라 그 모든 이데올로기들의 목적을 오로지 '조선적 상황'의 극복에 맞춰야 한다고 피력하고 있다.

17 미셸 메이에르, 전성기 역, 『열정의 레토릭』(고려대학교 출판부, 2004), p.59.

3·1운동에서 기인하는 것이라고 볼 수 있다. 심훈에게 그것은 향후 예술 활동의 근원으로 작용하고 있는 것이다. 본고에서는 심훈 예술 활동의 토대를 형성하고 있는 원체험으로써의 3·1운동과 그 원체험에 대한 '기억'의 실천으로써 예술적 성과에 대해 살펴보고자 한다. 심훈의 예술 활동이 3·1운동에 대한 '기억'의 실천이라는 의미는 복잡하지 않다. 기억이 공간과 시간의 현재성 속에서 이루어지는 회상 행위라면 기억된 내용이 말해주는 것은 과거와 관련된 어떤 것이 아니라 기억하는 주체의 현재적 상황이라고 할 수 있을 것이다.[18] 따라서 식민지 상황의 지속 아래 심훈의 3·1운동 '기억' 행위는 그가 처한 현재적 상황에서의 '실천'에 해당한다.

심훈의 예술 활동은 지속되는 식민지 상황과 그 극복의 방법으로 3·1운동을 '기억'하고자 하는 강렬한 열정의 산물이다. 본고에서는 이 내용을 고찰하기 위해 먼저 2장에서 심훈에게 3·1운동 원체험은 어떤 성격을 갖는지를 당시의 일기와 작품을 통해 살펴보고, 이를 바탕으로 그 원체험에 대한 '기억'의 예술적 실천 양상을, 3장에서는 '저항에의 열정'의 언어로 점철된 시작품에 대해서, 그리고 4장에서는 '청년-영웅들의 열정'을 서사화한 (영화)소설 작품에 대해서 분석해보고자 한다. 이러한 연구는 그간 심훈 문학에 대한 연구가 시와 소설로 구분되어 논의되거나 특정 작품에 국한되어 논의되던 문제점을 극복하고 심훈 예술의 전반적인 성격을 규명하는 데 기여할 수 있을 것이라 기대한다.

18 김현진, 「기억의 허구성과 서사적 진실」, 최문규 외, 『기억과 망각』(책세상, 2003), p.227.

2

심훈 저항문학의 원체험: '신성한 3·1운동'

심훈은 19세의 경성제일보고 학생으로 3·1운동에 참여했다. 그는 1919년 3월 5일 오전에 "남대문 역전에서 수만의 학생과 같이 조선독립 만세를 불"렀고 밤에 일경에 체포되어, 경성총감부 경성헌병분대에 유치되었다. 그는 1년이 지난 "그날!"에 대해서 "심문을 받을 때 만세를 불렀다고 바로 말함으로 인하여 2개월 동안이나 고생"[19]을 했다고 일기에 썼다. 제국의 헌병에게 망설임 없이 '바로 말함'으로써 '만세'에 참여한 자신의 행위의 정당성을 표현했다. 이러한 망설임 없음에는 '수만의 학생과 같이' 했다는 집단적 체험이 작용했을 것이다.

> 오늘이 우리 단족檀族에 전천년前千年 후만대後萬代에 기념할 3월 1일! 우리 민족이 자주민임과 우리나라가 독립국임을 세계만방에 선언하여 무궁화 삼천리가 자유를 갈구하는 만세의 부르짖음으로 **2천 만의 동시에 분기 열광**하여 뒤끓던 날!
>
> 오- 3월 1일이여! 4252년의 3월 1일이여! 이 어수선한 틈을 뚫고 세월은 잊지도 않고 거룩한 3월 1일은 이 근역槿域을 찾아오도다. 신성한 3월 1일은 찾아오도다.
>
> 오! 우리의 조령祖靈이시여, 원수의 칼에 피를 흘린 수 만의 동포여, 옥중에 신음하는 형제여, 1876년 7월 4일 필라델피아 독립각에서 울려 나오던 종소리가

---

19 심훈, 「1920년 3월 5일 일기」 중에서, 『심훈전집』(탐구당, 1966).

우리 백두산 위에는 없으리이까! 아! 붓을 들매 손이 떨리고 눈물이 앞을 가리는도다.(밑줄, 굵은 글씨 강조-인용자)[20]

위의 인용문은 1920년 3월 1일에 쓴 심훈의 일기이다. 3·1운동에 참여해 체포되어 옥살이를 하고 출옥한 그가, 1년이 지나 '그날'을 맞는 날의 심정을 기록하면서 그날을 "신성한 3월 1일"로 쓰고 있다. '신성함'은 개인적인 것이 아니라 "2천 만의 동시에" 행해진 것이라는 점, 수만의 동포가 "피"를 흘린 점 등에서 획득되는 것이다. 심훈에게 3·1운동은 집단적 혹은 공동체적 경험으로 기억되어 있음을 알 수 있다. 한편 함께 참여하고도 자신은 출옥했지만 아직 "옥중에 신음하는 형제"에 대해 기록하고 있다.

아무리 춥더라도 방에 불을 마음대로 때고 그것도 부족하여 화로에 숯을 이글이글하게 피우고 요를 쓰고 종일 들어누워 궁둥이가 뜨거워 이리 딩굴 저리 딩굴하는 나야 무엇이 추우랴, 참 호팔자好八字다. 지금쯤 얼음 속 같은 옥중獄中에 그저 남아 있는 사람들이야 과연 어떠할까? 살을 깎아내는 북풍北風은 철창鐵窓에 불고 눈덩이 같은 밥을 먹고 하고한 날 우루루 떨기만 할 때에 그이들의 마음이야 과연 어떠할까. 그러나 그들의 마음은 그저 뜨거울 것이다. 서대문감옥西大門監獄 높은 담 위에 태극기太極旗가 펄펄 날릴 때 굳센 팔다리로 옥문獄門을 깨뜨리고 환호와 만세의 부르짖음으로 열광熱狂하여 뛰는 군중群衆-에워싸인 것을 꼭 믿고 생각하고…… 오-상제上帝여 그의 원한을 속히 이루어 주소서! [21](밑줄 강조-인용자)

20 심훈, 「1920년 3월 1일 일기」, 『심훈전집』 3(탐구당, 1966), p.600.

21 심훈, 「1920년 1월 17일 일기」 중에서, 상게서, p.586.

심훈 자신도 체포되어 감옥에서 "그 많던 고초와 느낌"[22]을 겪었다. 1년이 지난 지금 자신은 출옥하여 추운 날에 뜨거운 방안에서 뒹굴고 있지만, 아직 '옥중에 남아 있는 형제들'이 있다. 심훈에게 세상과 삶은 '감옥'을 중심으로 안과 밖으로 나뉜다. 심훈의 문학에서 '감옥 밖의 삶을 사는 나'는 언제나 '감옥 안의 삶'을 택한 동지들에 대한 부채의식을 지고 있다. 이러한 의미에서 심훈에게 '감옥'은 이중적이다. 독립을 위해 투쟁하는, 즉 '감옥의 삶'을 택한 형제들은 해외에도 있다. 심훈 또한 1920년 말경에 중국으로 향했다. 그러곤 어떤 연유에서인지는 정확하게 알 수 없지만 다시 조선으로 돌아온다. 『불사조』의 주인공처럼 국내 활동을 수행하기 위한 것은 아닌 것으로 보인다. 결국 '감옥=해외의 삶'이 아닌 감옥 밖의 삶(귀국)을 살았다. 따라서 심훈에게 3·1운동 체험은 죽음과 공포를 무릅쓰고 '감옥 안의 삶'을 선택한 형제들의 희생적 삶에 대한 부채감 또한 기억하게 하는 것이다.

한편, 이 시기 심훈은 3·1운동 감옥 체험을 바탕으로 한 단편소설을 썼다. 단편소설 「찬미가에 싸인 영혼」은 1920년 8월에 발행한 《신청년》 제3호에 게재된 작품이다. 이 작품은 "감옥 안에서 천도교 대교구장(서울)이 돌아갈 때와 그의 시체를 보고 그 감상을 쓴 것"[23]으로, 1920년 3월 15일에 탈고한 것으로 기록하고 있다. 원고지 13매 내외의 짧은 분량으로 작성된 이 작품은 감옥을 배경으로 죽어가는 한 노인과 그 죽음을 애도하는 "여러 청년들의 마음"을 다루고 있다. 수감자들이 어떻게 해서 감옥에 들어오게 되었는지는 중요하지

---

22 심훈의 1920년 2월 7일 일기 중에 다음과 같은 구절이 있다. "조한진(趙漢軫)을 찾았다. 그를 만나고 보니 반갑기도 하려니와 작년 봄 감옥에 같이 있던 일이 바로 어제 같이 새삼스럽게 생각난다. 야반(夜半) 옥창(獄窓)에 만세성(萬歲聲)이며…… 그 많던 고초와 느낌을 어찌 이 짧은 곳에 쓸 수 있으랴.", 『심훈전집』 3(탐구당, 1966), p.594.

23 심훈, 「1920년 3월 17일 일기」 중에서, 상게서, p.604.

않다. 다시 말해 수감자들은 '독사 같은 눈'을 가진 간수와 대립할 뿐 노인과 청년들의 수감은 역설적으로 정당한 삶이다. 그러나 감옥 안은 한 죽음을 극대화하는 공간으로 묘사된다. 죽음은 침묵과 소리의 혼합으로 묘사된다. 침묵의 공간을 틈입하는 죽음으로 치닫는 노인의 신음 소리를 대비시킨다. 그 공간 속에서 노인의 죽음은 청년들과 연대한다. "노인의 흐릿한 눈과 소년의 샛별 같은 눈의 시선은 마주치고 눈물 고인 두 눈은 전등 빛에 이상히 번득였다."[24] 노인의 죽음은 '원혼冤魂'에 싸인 것이다. 그 죽음에 대한 청년들의 애도는 '찬미가讚美歌'를 빌은 '합창'의 형식이다. 그의 죽음은 남겨진 "우리"들의 몫으로 남았다는 것이 이 작품의 메시지이다.

이상에서 일기와 「찬미가에 싸인 원혼」을 통해 살펴본 심훈의 3·1운동 체험의 의미는 다음과 같이 정리해볼 수 있다. 심훈에게 3·1운동은 '성스러운 것'이다. 죽음과 공포를 체험했음에도 불구하고 집단적 행위의 환희를 경험한 동시에 '감옥 안의 삶'에 대한 부채감이 그의 삶 속에 자리하게 한 체험이었다. 심훈에게 3·1운동은 죽음을 무릅쓴 집단적 참여와 그 가치의 신성함을, 그리고 그 신성함을 기억-실천하는 한 방법으로 죽음의 '원한'(부채감)에 대한 애도 역할을 부여받은 사건이었다.

24 심대섭, 소설 「찬미가(讚美歌)에 싸인 원혼(怨魂)」, 《신청년》 3호(1920.08), p.5.

3

“빤꼬호의 필력筆力”으로 그린 ‘얼굴’: 기억과 애도의 시학詩學

100편에 육박하는 심훈의 시는 몇 가지 점에서 특징적인 면이 있다. 첫째, 서정성을 주조로 하는 시와 이른바 ‘저항시’의 계열로 비교적 분명하게 구분된다는 점이다. 둘째, 초기 습작기에 쓰인 「유형식 군을 보고」를 비롯하여 「박군의 얼골」, 「만가輓歌」, 「곡 서해」, 「R씨의 초상」, 「조선의 자매여」 그리고 마지막 절필 시로 알려진 「오오, 조선의 남아여!」에 이르기까지 실존인물을 기리는 작품들이 많다는 점이다. 셋째, 꿈과 광기의 언어로 시적 상황을 매개하는 작품이 많이 확인된다는 점이다. 이러한 심훈 시의 표면적 특징을 추동하는 동력에는 현재의 상황과 관계된 ‘기억’의 영역이 존재하고 있다. 그의 시세계는 ‘기억’하고자 하는 ‘열정’의 산물이라고 할 수 있다. 그 ‘기억하기’에는 추억이나 회상의 정서보다 강렬하고 거친 ‘열정’의 언어로 표출되어 있다.

1930년 3월 1일 창작된 것으로 알려진 「그날이 오면」은 심훈의 대표작이면서 우리 시문학사에도 빛나는 ‘저항시’의 하나이다.

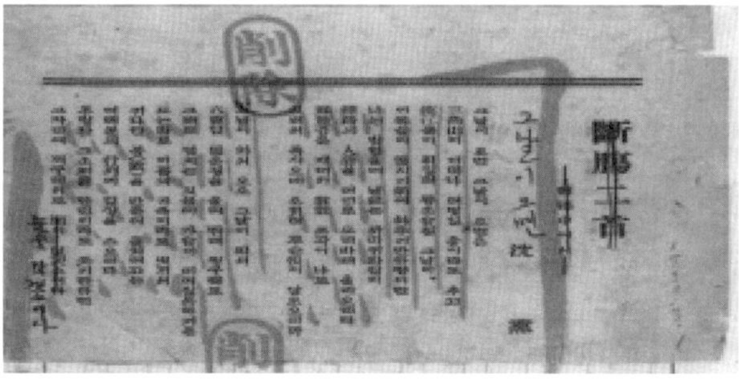

출처 : 『그날이 오면』(차림, 2000)

이 시에서 시적 화자의 '그날'에 대한 희구의 간절함을 표현하기 위해 구사된 언어들과 그 언어들이 그려낸 이미지들에 주목할 필요가 있다. '삼각산이 일어나 춤을 추고', '한강물이 뒤집혀 용솟음치고', '두개골이 깨어져 산산조각이 나고', '이 몸의 가죽을 벗겨/ 북을 만들어' 등등. 이러한 이미지들은 한 편의 시 속에서 하나하나 소개되면서 반복되는 동시에 누적되어 시적 화자의 '열정'을 '강화'하는 구조를 취하고 있다. 그런데 이러한 거친 언어들이 만들어내는 이미지들은 얼마간 환상적이고 공포스럽기까지 하다. 그럼에도 불구하고 이러한 이미지들은 오로지 '열정'의 강화에 기여하고 있기 때문에 자연스럽게 받아들여진다. 한편 이 시의 제목이 애초에 지면에 발표될 당시에 「단장이수斷腸二首」[25]였다는 점을 알고 있는 사람은 많지 않다. 제목에서 확인할 수 있듯이 '그날'을 향한 열정의 이미지를 구축한 언어를 '단장斷腸의 언어'라고 해도 무방할 것이다.

이 내용도 덧붙여보자. 「그날이 오면」은 '꿈'의 상황을 다루고 있다. 이러한 상황은 다음 글을 통해서 명확해진다.

> ………………그리하여서 우리에게도 아주 <u>자유로운 날</u>이 왔습니다. <u>이날</u>이란 <u>이날</u>은 드메 구석이나 산골 궁벽한 마을까지 방방곡곡이 봉화가 하늘을 끄스를 듯이 오르고 백성들의 환호하는 소리에 산신령까지도 기쁨에 겨워 사시나무 떨듯합니다.

25 심훈은 1919년부터 1932년까지 쓴 시를, 1932년 『심훈시가집 제1집』이라는 제목으로 묶어 '세광사'에서 출간하기 위해 조선총독부 경무국에 검열본을 납부했지만 검열로 인하여 발간하지 못했다. 이 자료는 시 「그날이 오면」의 친필 원고에 해당하는 것이다. 이 시는 「단장이수」라는 제목으로 발표가 된 듯한데, 아직 그 지면은 확인되지 않았으며, 제목의 오른 쪽 아래 자필로 '1930.3.1.'이라는 기록을 해두고 있음을 확인할 수 있다.

서울 장안長安에는 집집마다 오래간만에 새로운 깃발을 추녀 위에 펄펄 날리고 수만數萬의 어린이들은 울긋불긋하게 새 옷을 갈아입고 기旗행렬 제등提燈행렬을 하느라고 큰길은 온통 꽃밭 이루었습니다. 할아버지와 할머니는 고생스러웠던 옛날을 조상弔喪하는 마지막 눈물이 주름살 잡힌 얼굴에 어리웠고 새파란 젊은이들은 백주에 부끄러운 줄 모르고 사랑하는 사람을 하나씩 끌고나와 제각금 얼싸안고는 길바닥에서 무용회를 열었습니다. 세로 뛰고- 가로 뛰고- 큰바다로 벗어져 나온 생선처럼 뜁니다 뜁니다.

해는 빙그레 웃으며 더럽힌 역사의 때를 씻고자 서해西海 속으로 목욕을 하러 들어가고 달은 둥근 얼굴을 벙긋거리며 솟아올라 기쁨과 행복으로 가득 찬 이 땅위를 오렌지 빛으로 어루만져 줍니다.

나는 지금 일을 같이해온 동지들과 높직한 노대露臺 위에 올라앉아서 평생에 좋아하는 맥주잔을 맞대고 어울러져서 ○○노래를 우렁찬 목소리로 부르고 있습니다.

한 병, 두 병, 어찌나 통쾌한지 한꺼번에 열두 병, 스물네 병, 폭식, 경음鯨飮, 통쾌! 막 나팔을 불었습니다.

어찌나 취했는지 땅덩이가 팽팽 돌고 하늘이 돈짝만해서 정신이 대단히 몽롱한지라. 도모지 꿈인지 생신-지 분간을 할 수 없습니다. 그래서 아리숭 아리숭한 환혹幻惑의 세계로 찾아들어가는 중입니다.

××

모기 빈대와 격투를 해가며 종야불매終夜不昧, 전전반측輾轉反側, 꼼꼼 생각에 부지불사不知何事를 위지통쾌謂之痛快외다. 그래서 가끔 찾아오는 조그만 꿈의 일절을 벗겨놓습니다.

이상以上[26](밑줄 강조-인용자)

위 글은 '의분공분심담구상통쾌義憤公憤心膽俱爽痛快!! 가장 통쾌痛快하엿든 일'에 대해 써달라는 《별건곤》의 청탁을 받고 심훈이 「남가일몽南柯一夢」이라고 제목을 붙여 답으로 쓴 것이다. 생애 가장 통쾌했던 경험에 대해 참여한 대부분의 작성자들이 자신의 경험담으로 답하고 있는 점을 감안할 때, 심훈은 통쾌한 '이날'의 모습을 '꿈'의 상황으로 연출하여 작성해 놓고 있다는 점이 흥미롭다.

「남가일몽」에서 '이날'은 이미 도래한 상황으로, 시 「그날이 오면」에서 '그날'은 도래하지 않은 미래의 상황이라는 점에서 대비된다. 하지만 그것은 '환혹의 세계'이며 '꿈의 일절'일 뿐이라는 점에서 다르지 않다. '이날'과 '그날'은 과거에 존재하는 것이며, 현재의 상황이 아니며, 도래해야 할 상황이라는 점에서 다르지 않은 것이다. 따라서 이 시를 '과거의 그날'에 대한 애도의 형식으로 읽는 것도 가능하다. 애도의 행위는 한계 상황에서 우리의 삶의 모순을 체득하게 하고 우리 자신의 본질을 자각하게 만든다고 할 때[27], 심훈에게 '그날'은 한계 상황에 처한 주체의 애도 대상이 되는 것이다. 「그날이 오면」이 1930년 3·1운동을 기념하기 위해 '구고舊稿'의 제목을 바꾼 것도 시인의 '그날'에 대한 애도로서의 '기억' 행위에 해당하는 것이라고 하겠다. 그리고 그 기억의 실천은 1927년의 어느 날이나 11주년이 되는 날이나, 심훈의 삶 속에서는 지속적인 행위임을 알 수 있다.

「그날이 오면」의 강렬한 이미지를 구축하는 시적 상황은 꿈, 환상 그리고

26 「남가일몽(南柯一夢)」, 《별건곤》 제8호(1927.08), p.51. 참고로 이 특집에는 심훈 이외에도 나용환(羅龍煥), 최남선(崔南善), 한용운(韓龍雲), 권덕규(權悳奎), 박창훈(朴昌薰), 김병로(金炳魯), 박팔양(朴八陽), 류광렬(柳光烈), 김기진(金基鎭), 박영희(朴英熙), 김영팔(金永八), 류홍종(劉洪鍾) 등의 필자가 참여하였다. 대부분의 필자들은 경험담을 서술하고 있다.

27 베레나 카스트, 채기화 옮김, 『애도(개정판)』(궁리, 2015), p.291.

광적狂的인 것을 바탕으로 하고 있는데, 이러한 특징은 다른 시들에서도 확인되는 것이다. 초기작에 해당하는 「광란의 꿈」(1923)은 지구 종말의 상황을 연출하여 '우주 개벽'을 갈망하고 있는데, 그 시적 언어는 '세상의 마지막', '인류의 멸망'을 거칠고 강렬하게 다루고 있다. 총 8연으로 이루어진 이 시에서 어느 부분을 막론하고 이러한 상황이 연출되어 있다. 다음은 그중 6연이다.

> 우루루, 우루루!
> 집채가 넘어가고 산山이 묺어진다.
> 십육억十六億의 사람의 씨알들이
> 악마구리 끓듯 한다, 아우성을 친다.
> 사람은 이ㅅ발을 갈며
> 사람의 고기를 물어 뜯고,
> 뼉다귀를 다토아 깨무는
> 주린 즘생의 으르렁거리는 소리!
> 해골骸骨을 쪼아먹는 까마귀의 떼우름!

인류 멸망의 장면에서 아수라장의 지구 상황을 묘사하는 대목이다. 이렇게 이 작품 전체는 '광란'의 언어로 채워져 있다. 이러한 꿈과 광란의 상황을 거친 언어로 연출한 작품은 「태양의 임종」(1928)에도 나타난다. '대륙에 매어달린 조그만 이 반도'의 입장에서 "너", 즉 태양이 제 역할을 하지 못하는 상황을 설정하고 "나는 너를 겨누고" "오라!"고 외친다. 태양이 '오면' 우리는 모조리 타 죽고 말 것을 알지만 그럼에도 불구하고 '나'는 '임종'을 종용한다. '정의의 심장이 미친 개의 이빨에 물려 뜯기되 못 본 채 세기와 세기를 밟고 지나가는 너'에 대한 불만과 저항의 언어는 죽음을 불사한 열정으로 가득 차 있다.

이렇듯 광기와 꿈, 종말 등의 상황 연출과 거칠고 강렬한 시적 언어의 구사가 심훈의 많은 시에서 확인된다. 광기의 시적 언어와 강렬한 이미지의 연출을 가능하게 한 동력은 어디에서 기인하는 것일까? 본고는 다른 글에서 심훈의 소설 창작과 영화미학에 대한 논의를 통해, 그가 1920년대 독일 표현주의 영화와 프랑스 인상주의 영화에 대한 이해를 바탕으로 영화예술론을 펼친 바 있으며 소설 창작에 영향을 받고 있음을 고찰한 바 있다.[28] 이 글에서는 심훈의 영화예술론의 바탕이 되는 독일 표현주의 영화가 당대의 표현주의 회화의 영향 아래 있다는 점에 주목해보고자 한다. 심훈의 강렬한 시적 언어와 이미지가 후기 인상주의와 표현주의 회화의 정신 및 특징과 공유하는 점이 확인되기 때문이다. 주지하다시피 독일 표현주의 영화는 당대 표현주의 회화 요소를 영상언어로 표현하고자 했다. 즉 장면의 연결, 인물의 표정, 화면의 배경, 카메라, 빛 소도구, 분장, 세트 등의 영화의 서사 구조를 성립시키는 모든 요소들인 장면화mise en scène를 통해 표현주의 회화의 특성을 충실히 반영하고자 했다.[29] 그리고 표현주의 회화는 세기말의 불안한 분위기와 경제적 불안, 전운이 감도는 사회적 분위기 속에서의 정신적인 황폐함을 포착하며, 화풍은 거친 붓자국과 강렬한 색채를 사용하고 구성을 기하학적으로 단순화시키는 등의 특징을 보였다.[30] 이러한 표현주의 회화의 선구로 꼽히는 화가들 가운데 세잔, 고갱, 고흐Gogh, Vincent Willem van: 1853~1890 등이 있다. 특히 고흐는 색채를 중시한 인상주의 전통에 속하지만, 그가 색채를 중요시한 이유는 색채가 대상에 대해

28 박정희, 「영화감독 심훈의 소설 『상록수』 연구」, 《한국현대문학연구》 21(2007) 참고.

29 서영주, 「독일 표현주의 회화와 영화 연구 : 〈칼리가리 박사의 밀실〉을 중심으로」(석사학위 논문, 한국교원대학교 대학원, 2004), p.1.

30 진일상, 「독일 표현주의 영화-회화적 요소와 영상언어」, 《독일문학》 제85집(2003), pp.349~340. 참고.

느낀 감정을 효과적으로 표현하는 데 적극적으로 사용할 수 있는 수단이기 때문이었다.[31]

한편 이러한 색채의 해방과 내면의 정신세계로부터 출발한 새로운 회화에 대한 이념을 보여준 독일 표현주의 회화는 니체의 사상을 이어받은 것이다. 니체의 예술철학은 도덕과 진리로부터 자유로우며, 생성과 소멸을 반복하는 활동이며, 이는 과학이나 다른 학문이 아닌 예술에 의해 생명성의 본질을 회복하고 허무를 극복할 수 있다고 요약할 수 있다.[32] 이러한 니체 사상의 중심은 표현주의 회화에 이어져 전통에 대한 파괴, 넘쳐흐르는 자아의 표현, 형태의 파괴 등으로 나타난 것이다. 고흐는 자신이 통찰한 대상에 대한 인상을 그 어떤 외부적인 규범이나 평들에 연연하지 않고 오직 자기에게 가장 잘 이해될 수 있는 방식으로 '내면의 자유'를 표현하고자[33] 하는 예술적 욕망으로 점철되어 있었다는 점에서 니체의 사상을 내재한 표현주의 회화의 한 선구자에 해당한다.

이상에서 서술한 1920년대 독일 표현주의 영화와 회화 그리고 이러한 표현주의 예술에 내재한 니체의 사상, 고흐의 '내면의 자유' 추구로서 예술 활동 등에 대한 내용은 심훈 예술의 한 특징을 설명할 수 있는 관점에 닿아있다고 판단된다. 앞서 살펴본 심훈 시의 강렬한 이미지는 꿈과 광기의 상황을 연출하여 '파괴'와 '개벽'의 변증법을 보여주며 다른 시들에서도 '자유-생명'에의 강렬한 열정을 담아내고 있다. 흥미로운 점은 이러한 특성이 심훈의 독일 표현

---

31 이순이, 「독일 표현주의의 색채의 문제」, 《조형연구》 9(2003), pp.135~137. 참고.

32 전게논문, pp.122~126. 참고.

33 이명곤, 「근대 프랑스 미술문화에 나타나는 '자유의 이념': 세잔, 고흐, 피카소를 중심으로」, 《유럽사회문화》 7(2011), pp.132~138. 참고.

주의 영화에 대한 이해를 바탕으로 한 영화예술론과 아울러 니체의 사상[34]과 '고흐의 필력'에 대해 공명한 사항임을 확인할 수 있다는 것이다.

내가 화가畵家가 된다면
피어드리처럼 고리삭고,
밀—레만치 유한悠閑한 그림은

34 "나는 「낙양(落陽)」 앞에서 서서 속으로 이렇게 부르짖고 싶었다. 해가 넘어간다. 아아 뜨거운 힘을 가지고 불절(不絶)이 싸워오던 해는 마침내 저 산 너머로 넘어를 가는 것이다. 그러나 그것은 용사의 죽음이다. 또한 그러나 용사의 죽음은 언제나 아름다웁지 않은가? 보라! 산비탈에는 침묵의 그림자가 떨어지면서 있다. 그것은 자색(紫色)의 심원한 반성(反省)의 찰나(刹那)의 그림자이다. 그리고 정열과 침묵과의 색채의 미묘한 대조와 조화의 장렬(壯烈)한 용사의 거동의 놀라운 미관(美觀)을 보아라. 붉은 햇빛은 최후일각까지도 절대한 자아의 강열한 생명을 대담하게 각 찰나에서 오리려 창조하면서 있지 않은가! 그렇다. 청춘의 뜨거운 피를 창조하야라! 만유(萬有)와 한 가지 인생은 저 햇빛과 같이 절대적으로 자유다. 그리고 자유인 까닭에 저렇게 아름다운 것이다. 최후까지 자아의 자유와 생명을 창조하는 것은 모두 저렇게 아름다웁다./ 그러나 저와 같은 장렬한 창조의 미(美)는 자아의 최후의 생명까지 완전히 진력(盡力)하는 곳에만 있는 것이다. 실로 니체-의 말과 같이 「미(美)」는 전의사(全意思)를 가지고 스스로 의욕 아니 할 수 없는 곳에만 있는 것이다. 오오 그러면 이 세상에 사는 젊은이들이어! 너의 전생명(全生命)을 다하야 너의 의욕하는 곳을 향하야 돌진하라! 조금도 주저할 것은 없다. 미를 창조하랴거든 직선적으로 너의 자유와 생명을 그대로 돌진시켜라. 미를 창조하려는 너의 앞에는 생사도 오히려 동일한 것이다. 그러나 용사의 죽음은 저렇게 아름답지 않은가!" 심훈, 「총독부 제구회(第九回) 미전화랑(美展畫廊)에서」, 《신민》(1929.08), pp.117~118. 앞에 인용한 글은 1929년 조선미전화랑(朝鮮美展畵廊)을 관람한 후 작성한 비평문의 일부분이다. 심훈은 서양화 가운데 김주경(金周經)의 작품 「낙양(落陽)」에 대해 평하면서, 작품 속에서 '절대한 자아', '절대적 자유', '자아의 자유와 생명 창조' 등을 발견하고 그것을 니체의 예술론을 인용하여 강조하고 있다. 참고로 김주경은 서구의 인상주의를 한국적 정서에 맞게 토착화시킨 근대초기 서양화가로 평가받고 있다. 그의 생애와 작품 세계에 대한 내용은 다음 글 참고. 손순옥, 「김주경 연구」(석사학위 논문, 충북대학교 대학원, 2001). 김주경의 「낙양」(1929)은 현존 확인이 어려우며, 당대의 감상평으로 그 실체를 추측할 수 있을 뿐이다. 손순옥은 이 작품에 대해 "활달한 필치로 저녁 무렵의 자연 풍경을 그린 이 작품에는 광선의 급격한 변화와 대기의 흐름을 포착하려는 작가의 의도가 빛을 받으면서 일렁이는 수목들과 구름을 통해 충실히 전달되고 있다."(p.14)고 설명하면서, 이 작품은 초기의 다른 작품들과 달리 김주경의 중기 인상주의적 화풍을 잇는 과도기적 성격을 가지고 있다고 평가하고 있다..

마음이 간지러워서 못 그리겠소.

뭉툭하고 굵다란선線이 살어서

흑운黑雲속의 용龍과같이 꿈틀 거리는

빤꼬호의 필력筆力을 빌어

나와 내친구의 얼골을 그리고 싶소!

검고 시뿕은 원색原色만 써서

우리의 사는 꼴을 그려는 보아도

대대손손代々孫々이 그 그림을 전傳하지는 않으려오.

그 그림은 한칼로 찢어버리려는 까닭에……[35](밑줄 강조-인용자)

위에 인용한 시는 1932년 10월 8일에 창작하여 《삼천리》 11월호에 발표한, 총 3연으로 이루어진 「생명의 한 토막」이라는 시의 2연에 해당한다. 이 시는 시적 화자의 "내 생명의 한 토막을/ 짧고 굵다랗게 태워버리고" 싶다는 마음을 '강렬하게' 담아내고 있다. 그 강렬함은 "뭉툭하고 굵다란 선이 살아서/ 흑운속의 용과 같이 꿈틀거리는", "검고 시뿕은 원색만 써서" 구사하는 '필력'으로 채워져 있다. 그리고 그 '필력'으로 그리려고 하는 대상은 추상적이거나 낭만적인 어떤 것이 아니라 '나와 내 친구의 얼굴'이며, '우리의 사는 꼴'이다. 하지만 "그 그림은 한칼로 찢어" 후손에게 전하고 싶지 않다는 표현을 통해 반전反轉이 이루어지는데, 이는 '생명의 한 토막'을 태워 버리는 행위의 강렬함 그 자체를 강화시키기 위한 전략에 해당하는 것이다. 이 시에서 고흐의 필력으로 그리고자 한 '얼굴'의 구체적인 모습들은 심훈의 시 가운데 상당한 부분을 차

35 시 「생명의 한 토막」, 《중앙》(1933.11.01.), pp.121~122.

지하는 실존인물을 '애도'하는 시편들에서 확인할 수 있다.

이게 자네의 얼골인가?
여보게 박군朴君 이게정말 자네의얼골인가?

알콜병甁에당거논 죽은사람의얼골처럼
말르다못해 해면海綿가티 부푸러올는 두뺨
두개골頭蓋骨이 들어나도록 밧삭말어버린 머리털
아아 이것이 과연果然자네의얼골인가?[36]

위에 인용한 시는 「박군朴君의 얼골」의 1연과 2연에 해당한다. '산송장'이 다 되어 출옥한 '박군'의 상황과 그에 대한 이야기를 이러저러하게 기술하고 있지만, 이 시는 제목이 보여주듯 '박군'의 모습을 강렬하게 담아내는 것에 목적이 있다. 그 대상이 '얼굴'에 맞춰진 까닭과 그것을 그려내는 시적 화자의 거칠고 강렬한 언어들이 선택된 이유는 시적 대상에 대한 '애도'의 형식이기 때문이다. 이러한 애도의 '초상화 그리기' 방법은 '과거'와 달라진 현재의 모습을 형상화하는 과정에서 시적 대상에 대한 '공유한 기억'을 환기시킴으로서 미래를 현재화하게 된다.

「이것만 뜯어 먹고도 살겟다」든 여덜팔자八字 수염은
흔적痕迹도 없이 깎이고 그 털억에 백발白髮까지 섞엿습니다그려.

---

36 시 「박군(朴君)의 얼골」, 《조선일보》(1927.12.02.)

오오 그러나 눈만은 샛별인듯 전前과 같이 빛나고 잇습니다.

불똥이 떨어저도 꿈적도 아니하든 저 눈만은 살엇소이다!

내가 화가畵家여서 지금 당신의 초상화肖像畵를 그린다면

백호百號나 되는 큰 캄빠쓰에 저 눈만을 그리겟소이다.

절망絶望을 모르고 끝까지 조금도 비관悲觀치 안는,

저 형형炯々한 눈동자瞳子만을 전신全身의 힘을 다하야 한획劃으로 그리겟소이다![37]

(밑줄 강조-인용자)

위의 시 「R씨의 초상」의 부분이다. 시적 화자는 10년 만에 만난 '당신'의 모습에서 '황포탄에서 생선같이 날뛰던' 과거의 모습과 '찌들고 바래인 빛깔'인 지금의 모습을 대비하여 놓고 있다. 그리고 지금의 모습 속에서도 "전前과 같이 빛나고 있"는 "형형한 눈동자"를 그리겠다고 한다. "전과 같이"라는 표현을 통해 "형형한 눈동자"는 '기억'되는 것이고 그러한 기억 행위를 통해 현재의 상황(절망, 비관)을 타개할 강렬한 "한획劃"의 열정을 표현하고 있는 것이다.

4

'그날'에 의한, '그날'을 위한: '기억'의 공유共有

'영화소설' 『탈춤』[38]은 심훈의 저널리스트적 감각과 영화계 활동 그리고 신문

37 시 「R씨의 초상」(1932.9.5.) 총 4연 가운데 3연과 4연, 검열본 『심훈시가집』 제1집(1932) pp. 122~123. 이 시는 상해시절 만난 적이 있었던 여운형을 대상으로 하여 쓴 시라고 알려져 있다.

38 심훈, 「탈춤」, 《동아일보》(1926.11.09.~1926.12.16.).

사의 기획이 만나 탄생할 수 있었다. 이 작품은 인텔리 오일영과 리혜경의 사랑에 방해자로 등장하는 자본가 림준상을 오일영의 친구이자 무산자 영웅인 강홍렬이 골탕을 먹인다는 단순한 줄거리를 가지고 있다. 인텔리 청년 오일영의 허무주의적 모습과 무산자 강홍렬의 영웅성의 대비를 통해 인텔리 청년의 나약함에 비극성을 부여하는 동시에 부르주아지 림준상의 횡포를 폭로하는 과정에서 무산자의 영웅성이 부각되어 있는 작품이다. 이러한 서사의 내용은 기존의 신문연재소설이 다루는 통속적인 연애세계를 반복하고 있을 뿐 새롭다고 할 만한 것은 아니다. 그럼에도 불구하고 '영화'와 소설을 결합하려고 한 시도 덕분에 신문연재소설의 새로운 확장성을 담아낼 수 있었다. 『탈춤』의 경우 영화적 이야기 전개를 통해 서사의 스펙타클화를 강화하고 있다는 점이 특징적이다.

영화소설 『탈춤』은 1920년대 중반의 '영화'의 이야기 전개 방식을 소설 속에 끌어들이고 있다. 이 시기 영화는 외화의 격투나 추격과 같은 활극적 요소로 대중적 인기를 끌고 있었다. 영화의 활극적 요소를 소설의 언어로 재현하여 스펙타클의 효과를 획득하려는 목적이 '영화소설'을 낳았다.[39] 그런데 『탈춤』의 경우 스펙타클의 효과가 '탈춤'이라는 상징적 이미지와 작중에서 사건해결의 역할을 하고 있는 강홍렬의 영웅성에 부가된 '광인'의 이미지에서 비롯되고 있다는 점이 흥미롭다.

39 전우형은 근대 '영화소설'의 영상-미디어적 특성을 논하는 가운데 『탈춤』의 스펙타클적인 요소에 대해 분석한 바 있다. 전우형, 「1920-1930년대 영화소설 연구」(박사학위 논문, 서울대학교 대학원, 2006) 참고. 하지만 『탈춤』의 경우 다른 영화소설과 다르게 '괴상스러운 사람', '검은 그림자' 등으로 등장하는 강흥렬의 '광인'의 이미지가 스펙타클을 창조하는 데 기여하고 있다는 점이 중요하다. 『탈춤』의 '광인'의 이미지는 심훈의 영화관(映畵觀)과 영화 <아리랑>(1926)과의 관계 속에서 살펴볼 사항이다.

(1) 「여러분! 이 두 사람의 결혼식에 대하여 이의가 없으십니까? 지금 이 당장에 말씀하시지 않으면 따로이 말하지 못합니다.」
장내는 쥐죽은 듯이 고요해졌다. 이의를 말하는 사람이 없다. 목사는 안심하고 기도로 무사히 예식을 마치려 한다. 여러 사람은 머리를 숙인다.
이때이다! 별안간에 맞은 편 우리창이 활짝 열리자 어린 아이 하나를 안은 괴상한 그림자의 정체가 나타나며 예배당이 떠나갈 듯이 무어라도 고함을 지른다. 하늘로 뻗친 흐트러진 머리와 불을 뿜는 듯한 두 눈은 맹수와 같이 신랑을 쏘아본다. 여러 사람은 과도로 놀란 끝에 정신 잃은 사람들 모양으로 눈들을 크게 뜨고 어찌된 영문을 몰라 어리둥절한다. 괴상한 사람은 말없이 성큼성큼 신랑 앞으로 다가들어 안고 있던 어린 아이를 신랑에게 안겨 주려 한다.
「어-」
소리를 지르며 신랑은 얼굴을 가리고 쩔쩔 매다가 뒷걸음질을 치고 목사는 쥐구멍을 찾는다. 동시에 신부는 그 자리에 혼도하여 쓰러진다. 그럴 즈음에 괴상한 사람은 어린애를 내려놓고 신부를 들쳐안고서 몸을 날려 어디론지 사라져버렸다.
결혼식장은 그만 수라장이 되고 말았다. 무슨 까닭으로 결혼식장에서 이런 풍파가 일어났으며, 신부를 빼앗아 가지고 종적을 감춘 괴상한 사람은 대체 누구일까? 이 영화소설이 횟수를 거듭함에 따라 수수께끼 같은 이 놀라운 사건의 진상이 차차 드러날 것이다.[40](밑줄 강조-인용자)

(2) 그의 이름은 강홍렬이니 본시 일영과 고향 친구로 어려서부터 한 동리에

40 심훈, 『탈춤』(1회), 《동아일보》(1926.11.09.)

자라나서 학교도 형제같이 다니다가 칠 년 전 그가 중학교 삼학년급에 나닐 때에 그해 일흔 봄의 온 조선의 젊은 사람의 피를 끓게 하든 사건이 니러나자 한번 분한 일을 당하면 목숨을 사리지 안코 날뛰는 과격한 성격을 가진 홍렬이는 울분한 마음을 억제치 못하고 자긔 고향에서 일을 꾸며 가지고 성난 맹수와 가치 날뛰다가 사람으로서는 참아 당하지 못할 고초를 격글 때에 그는 가치 일하든 동지를 위하여 혀를 깨물어서 일조에 반벙어리가 된 후에도 삼년이란 긴 세월을 자유롭지 못한 곳에서 병신이 되다십히한 몸이 꺽여 나왓다. 그동안의 자긔의 집은 파산을 당하야 류리걸식을 하고 다니는 가족을 길거리에서 만나게 되엿던 것이다.[41]

(1)은 『탈춤』의 서사적 과제가 제시되어 있는 연재 1회분의 내용이다. 연재 1회분의 '실연사진'의 '말풍선'이 압축하고 있듯이, "신부를 들쳐 안고 종적을 감"춘 "괴상스러운 사람"의 정체를 밝히는 것이 소설의 과제라고 되어 있다. 남의 결혼식에 나타나 신부를 들쳐 안고 사라진 사람의 정체가 수수께끼로 제시된 것인데, 이 사람은 "하늘로 뻗친 흐트러진 머리와 불을 뿜는 듯한 두 눈"을 가진 '괴상스러운 사람'이다. 이후 이야기가 전개됨에 따라 밝혀지는 '괴상한 그림자'의 주인공은 강홍렬이라는 인물이다. (2)에서 서술자에 의해 밝혀진 인물에 대한 정보를 통해서 그 '괴상함'의 이유를 알 수 있다. 그는 3·1 운동에 참여한 뒤 투옥되었고 '동지를 위해 혀를 깨물어 반벙어리가 될 만큼' 투철한 의지를 가진 투사였지만 3년이란 감옥 생활을 통해 병신이 되어 출옥했다. 출옥 후 "정치적으로나 더구나 경제적으로나 나날이 멸망에 빠져 가는

41 심훈, 『탈춤』(4회), 《동아일보》(1926.11.12.).

비참한 조선의 현실"[42]에서 그는 정상성을 회복할 수 없었다. 이러한 상황에서 그는 선인들의 사랑 속에 악인의 방해라는 이야기에 등장해 악인을 응징하고 선인을 구출하는 영웅적 역할을 수행한다. 여주인공이 악인에게 겁탈을 당할 위기의 순간에 '검은 그림자'로 등장하여 구출하는 역할은 결국 부르주아의 돈, 권세, 명예, 지위 등의 '탈'을 벗기는 소설의 주제를 실천하는 데까지 확대된다. 이 과정에서 '과거의 영웅'은 현재에 광인狂人의 이미지로 형상화되어 소설적 긴장감과 스펙타클의 효과를 획득하게 된다.

『탈춤』에서 3·1운동에 참여했던 강홍렬은 '일그러진 영웅'의 모습으로 등장한다. 비참한 현실을 서사화하기 위해, 영화소설 속에 등장시킨 강홍렬의 모습과 그 서사적 역할이 '일그러진 형상'일 수밖에 없었던 이유가 있었을 것이다. 다른 이유가 있겠지만, 본고는 그것을 작가의 영화미학적 인식의 산물에 상응하는 것으로 보고자 한다. 즉, 『탈춤』에서 이러한 광인 이미지의 강렬함은 작가의 '영화적 상상력'이 만들어낸 결과라고 할 수 있다.[43] 이는 앞장에서 살펴보았듯이 심훈의 독일 표현주의 영화와 프랑스 인상주의 영화에 대한 관심[44], 고흐의 '필력'에 대한 이해 등과 관련하여 설명할 수 있는 사항이다.[45] 아울러 '광인-영웅'의 캐릭터가 탄생할 수 있었던 배경에는 작가의 정치적 의도가 놓여 있다는 점도 확인할 수 있다. 심훈에게 3·1운동의 체험은 그 '기억'의 행위를 통해 언제나 회복해야 할 '신성한 공간'으로 존재했다. 『탈춤』에서도 강홍렬의 이력을 통해 알 수 있듯이, 그는 3·1운동에 참가해 옥고를 치르고

42 심훈, 『탈춤』(4회), 《동아일보》(1926.11.12.).

43 심훈의 관심을 가졌던 영화는 할리우드 영화보다 독일의 초기 표현주의 영화와 프랑스의 인상주의 영화 그리고 찰리 채플린의 영화들이다. 구체적인 작품과 이와 관련된 내용은 다음 글 참고. 박정희, 「심훈 소설 연구」(석사학위 논문, 서울대학교 대학원, 2003), pp.22~24. 참고.

병신이 되어 출옥했다. 정치적으로나 경제적으로 더욱 암울해져 가는 식민지 조선의 상황을 타개할 역할은 오일영과 같은 나약한 도시 인텔리가 감당할 수 없다는 인식에서, 작가는 '과거의 영웅'을 호출한다. 이때 3·1운동의 '영웅'은 '괴상한 사람'으로 형상화되었다. 3·1운동 정신을 통속적인 연애 이야기 속에서 보여주려는 작가의 의도와, 그것을 인물의 행위를 통해 스크린 위에 보여주어야 하는 '영화소설'의 글쓰기 상황이 동시에 작용한 결과, 영웅은 '검은 그림자', '괴상한 사람'으로 묘사될 수밖에 없었던 것이다.

1930년은 심훈에게 특별한 의미를 갖는 해이다. 심훈은 시인으로서 이를 기념하는 시 「그날이 오면」을 쓰고, 식민지 상황에서의 신문기자의 글쓰기가 가져야 하는 태도에 대해 언론잡지 《철필》에 「필경筆耕」이라는 시를 발표하며, 이어 작가의 3·1운동 체험, 즉 '상해시대'의 기억을 소설화한 『동방의 애인』을 《조선일보》에 발표한다. 1930년에 시인-신문기자-소설가로서 발표한 글들은 한결같이 3·1운동의 기억과 식민지 상황의 타개를 위한 글쓰기의 역할을 강조

44 프랑스 인상주의 영화는 영화적 기법들을 통해 인물의 주관성을 전달하는 것을 형식적 특징으로 하며, 이 주관성은 환상, 꿈 또는 기억들과 같은 정신적인 영상들, 광학적인 시점 화면 그리고 시점화면 없이 묘사되는 사건들을 인물이 지각하는 것을 의미한다. 인상주의 영화에서 플롯은 인물들을 극히 정서적으로 괴로운 상황에 위치시키며, 인물들을 실신하거나 맹목적이 되거나 절망에 빠지며 이러한 상태는 카메라 기법을 통해 생생하게 묘사된다. 한편 독일의 표현주의 영화는 사실주의에 대한 반작용으로서 세기의 전환기에 나타난 몇 가지 경향 중 하나였는데 외양을 보여주기보다는 오히려 감정적인 내적 현실을 표현하기 위해 극단적인 왜곡을 사용한다. 프랑스 인상주의 영화의 특징이 카메라의 움직임이라면, 독일 표현주의 영화의 특징은 장면화의 사용이다. 따라서 양식화된 표면, 대칭, 왜곡, 과장 그리고 비슷한 형상의 병치를 사용한다. 크리스틴 톰슨, 데이비드 보드웰, 주진숙·이용관·변재란 외 역, 『세계영화사-영화의 발명에서 무성영화 시대까지』(시각과 언어, 2000), pp.182~184. 참고.

45 이러한 환상적 장면의 구성을 직접적으로 확인할 수 있는 작품이 1회로 중단되고 말았지만 시나리오 「대경성광상곡(大京城狂想曲)」, 《중외일보》(1928.10.29)이다.

하고 있다. 시「필경筆耕」[46]은 언론의 현실 역할론과 기자의 글쓰기가 지향해야 하는 방향을 '필경'에 빗대어 형상화하는 데 성공한 작품이다. 특히 "마지막 심판審判날을 기약期約하는 우리의정성精誠"이라는 기자의 역할론은 먼저 발표한 시「그날이 오면」에서 적극적으로 표현한 '그날'을 위해 복무해야 하는 '전위의 투사'의 이미지로 구체화되고 있다. 1930년대 초《조선일보》기자로 근무하던 시기에 심훈의 내면은 '조선의 특수한 현실'을 타개하기 위해 보다 적극적으로 행동하는 영웅을 갈망하고 있었다. 심훈의 '영웅투사'에 대한 갈망은 '조선의 영웅'에 대한 탐색으로 이어진다.「필경」에서 현실의 타계를 위해 요청한 '영웅'은 소설『동방의 애인』의 인물들을 호출한다. 이른바 심훈의 '상해시대' 기억 속에서 '영웅'들을 불러내고 있는 것이다. '영웅'에 값하는 현실모델로서 박헌영, 여운형 등의 삶과 심훈 자신의 체험이 투영된 '상해시대'가 선택된 것이다. 이들은 심훈 개인의 3·1운동 체험과 그 사회적 기억으로서 3·1운동이라는 기념일이 결합하여 만들어낸 '영웅'들에 해당한다고 하겠다.

『동방의 애인』은 3·1운동에 참여해 옥고를 치른 젊은이들이 상해에서 민족해방 투쟁을 위해 국제 공산당에 가입하는 과정과 모스코바에서 열리는 '국제당 청년 대회'에 참석하는 데까지의 내용을 다루다 중단되었다. 작가에게 3·1운동의 기억은 '상해 시대'로 서술되어, 상해라는 공간을 '투사'들의 열정으로 가득 채우고 있다. 성스럽기까지 한 상해라는 공간에서 펼쳐지는 이야기에는 밀정이나 악한이 등장하지만 의미 있는 역할을 하지 못한다. 영웅적인 인물들의 열정 속에 그들은 틈입할 여지가 없다. '희생과 연애'라는 이중과제를 설정하고 김동렬과 강세정의 연애담을 비중 있게 다루고 있지만, 영웅들의

46 심훈,「필경(筆耕)」,《철필》창간호(1930.07), p.82.

'연애'는 별다른 갈등과 장애 없이 동지적 결합으로 '희생'의 서사에 수렴되고 있다. '희생'의 서사는 이야기를 구성하는 인물간의 대결이나 내면적 갈등보다는 민족해방을 위해 얼마나 헌신적으로 희생할 수 있을 것인가에 대한 언어로만 채워져 있다. 극동민족대회에 참가하는 여정에 대한 서술 부분이 서사적 공간의 구체성을 획득하지 못한 채 영화관의 스크린에 비춰지는 언어처럼 느껴지는 한계도 이 때문이다.

1930년 심훈의 시와 소설은 '붓끝'이 아니라 '투사鬪士'의 '창끝'의 언어로 작성한 작품들이다. 하지만 '창끝'의 언어로 쓰는 글쓰기는 식민제국의 검열에 의해 실패할 수밖에 없었다. 『동방의 애인』과 『불사조』의 '시적 언어'는 좌절(연재 중단)을 경험하게 된다. 이념과 신념으로 무장한 열정적인 '투사'가 현실의 한계에 봉착했을 때, 심훈은 조선적 현실의 맥락 속에서 새로운 '영웅'을 모색하게 된다. 이론과 신념을 '붓끝'으로만 주장하는 '인텔리'를 거부하고 농촌운동에 참여하여 조선의 현실 속 '노동'의 의미를 실천하는 청년들에서 새로운 영웅을 발견한다. 그러한 과정에 있는 작가의 내적 고투를 그린 작품이 『영원의 미소』이다.

『영원의 미소』[47]는 도시 무산자 계급 인텔리의 귀농의 계기와 그 과정을 그린 작품이다. 이 작품은 무산자 계급의 인텔리이면서 도시 생활에 대한 환멸을 느끼던 주인공 김수영이 어떤 계기를 통해 낙향하여 농촌계몽운동을 실천하게 되는 과정을 다루고 있다. 그 과정에서 한때 학생운동의 주모자로 함께 감옥에서 만나 동지애를 나누던 최계숙과 연애와 도시 인텔리로서 시를 쓰고 가정과 사랑에 갈등하다가 결국 자살하고 마는 서병식과 우정이 그려지고

47 『영원의 미소』는 1933년 5월 27일 탈고한 것으로 1933년 7월 10일부터 1934년 1월 10일까지 《조선중앙일보》에 연재된 작품이다.

있다. 이전 작품에서 '희생과 연애'의 서사 구도를 반복하며 '희생'의 소설적 과제를 수행한 인물은 이 작품에서 열정적인 '투사-영웅'의 모습을 하고 있다. 김수영과 서병식은 짝패에 해당한다. 병식과 수영은 패배자/의지의 인간, 사랑과 의리의 조화 실패/사랑과 의리의 조화 성공, 도시형 지식인/농촌형 지식인과 같은 대조를 보인다.[48] 이와 같이 대조적인 성격을 이루는 두 인물은 결국 작가의 분열된 두 자아에 해당하는 것이라고 할 수 있다. 작가는 김수영의 귀농 '실천'을 위해, 작가의 또 하나의 내면이라고 볼 수 있는 시를 쓰며 허무주의에 사로잡힌 서병식의 성격을 자살이라는 방법으로 제거하고 있는 것이다. 이 소설에서 서병식에 대한 내용은 작가의 자기 반성적 산물에 해당한다.

『영원의 미소』의 이야기에서 '조선의 영웅'의 호출에 하나의 기제가 작동하고 있음을 확인할 수 있다.

> 인왕산 골짜기로 피어오르는 뽀얀 밤안개 속에 눈[雪]을 뒤집어쓰고 너부죽이 엎드린 것은 서대문 형무소다. 성벽처럼 드높은 벽돌담 죽음의 신호탑信號塔인 듯 우뚝 솟은 굴뚝! 수영이는 발을 멈추고 서서 숨을 휘유- 하고 길게 내뿜었다. 한참이나 박아놓은 듯이 섰던 수영의 눈에는 눈물이 핑 돌았다. 그 눈물방울은 금세 고드름이 되어 눈썹에 매달리는 것 같다. 이 추운 겨울밤에 다리에서 자개풍이 나도록 뛰어다녀야만 하는 제 신세가 새삼스러이 가엾은 생각이 들었다. - 중략 - 그러나 실상 수영의 눈에 눈물까지 맺게 한 것은 다른 까닭이었다. 그것은 아직도 고생을 하고 있는 동지들에게 미안한 생각이었다. 수영의 눈앞으로는 물에 빠져 죽은 시체와 같이 살이 뿌옇게 부푼 어느 친구의 얼굴

48 조남현, 「한국현대소설사-1930년대 전기 중·장편 소설의 두 흐름」, 《소설과 사상》(1998, 가을), p.291.

이 봉긋이 떠오른다. 그 얼굴이 저를 비웃는 듯이 히죽히죽 웃기도 하고 그런 얼굴이 금세 백이 되고, 천이 되어 일제히 눈을 홉뜨고 앞으로 왈칵 달려들기도 한다. 생각만 해도 마음 괴로운 이 얼굴 저 얼굴이 감옥의 하늘을 온통 뒤덮었다가는 또 다시 안개 속으로 뿌옇게 사라지곤 한다. 그중에는 그곳에서 죽어나온 어느 동무의 얼굴도 섞여 있는 것 같다.[49](밑줄 강조-인용자)

그것은 바로 '감옥 안의 삶'을 살고 있는 '동지'들에 대한 부채감이다. '감옥 밖의 삶'을 살고 있는 김수영에게 그들의 '얼굴'이 환영이 되어 뒤덮고 있다. 인용 부분에서 그 '얼굴들'에 대한 서술은 앞장에서 살핀 시적 언어들과 다르지 않다. 이는 작품 속에서 '이태 전 학생사건' 정도로만 표현되어 있는데, 1929년의 광주학생운동을 의식한 것으로 보인다. 함께 한 동지들의 삶은 '감옥 안'에서 지속되고 있는 것이다. 이러한 김수영의 부채의식은 '출옥' 이후 자신의 삶 속에서 깊어질 뿐이며, 그러한 부채의식은 '감옥 밖의 삶' 속에서 타락해가는 자신과 최계숙의 삶을 구원해내는 데 모아진다. 부채의식을 덜어내고 타락하는 삶을 구원해주는 방법은 '그 사건 당시'에 대한 '기억하기'를 통해 이루어진다.

계숙이는 미리 준비하였던 과일과 과자를 꺼내놓고 연방 권한다. 두 사람은 그 사건 당시에 같이 활동하던 추억담으로 한 시간이나 보냈다. 붙잡혀 가던 일, 감옥에서 지내던 생각을 되풀이하는 동안에 수영과 계숙의 마음은 차츰차츰 한 끄나풀에 얽어매어지는 것과 같이 발아졌다. 영혼과 육체가 한 살 한 뼈로

49 심훈, 『영원의 미소』(3회), 《조선중앙일보》(1933.7.12.).

녹아 들어가는 듯이 친근해지는 것을 둘이 함께 느꼈다.

"난 그 시절이 그리워요! 온몸의 피를 끓이던 그 때가 여간 그립지 않아요!"

계숙이는 수영의 무릎에 머리를 파묻고 들부비고 싶은 충동을 느꼈다.

"그립구말구요. 우리는 언제든지 그때의 기분으로 살아야 합니다! 정열情熱이 식은 사람은 산송장이니까요. 다만 가슴 속의 불덩이를 아무 때나 함부로 꺼내 보이지를 않을 뿐이지요!"[50](밑줄 강조-인용자)

사상 관련 운동으로 짐작되는 '사건'으로 옥살이를 하고 나온 주인공들은 '그 일에 관계했던' 것에 상당한 자부심을 가지고 있다. 그들에게 감옥 체험은 그들의 신념에 대한 자부심인 동시에 감옥을 나온 뒤의 삶을 지켜주는 것이 된다. 하지만 그동안의 세상의 변동과 '밥벌이 문제'에 타협할 수밖에 없는 현실 속에 주인공들은 신문 배달부, 백화점 점원으로 살아간다. 감옥 밖의 현실을 살아가는 주인공들의 삶은 '서대문 형무소 안'의 동지들에 대한 부채감과 '그 사건'을 함께했다는 연대에 대한 '기억'이 결합된 의식으로 지탱된다. 각다분한 현재의 상황이 강화될수록 서로는 '첫 만남의 기억'을 통해 현재의 상황을 견디거나 극복하려는 의지를 다진다. 결국 이 '첫 만남'의 기억은 김수영에게는 삶의 방향을 모색하는 동력으로 작용하고, 최계숙은 여성의 타락을 막아주는 역할을 하게 된다. 『영원의 미소』에서 인물들이 참여했던 '그 사건'은 1929년 광주학생운동에 해당하는 것일 것이다. 전국적으로 확대되었던 광주학생운동에 대한 작가의 현재적 반응으로 『영원의 미소』를 읽는다면, 이 작품은 심훈 문학의 원체험인 '신성한 3·1운동'에 대한 '기억' 행위로서의 예술적 실

50 심훈, 『영원의 미소』(52회), 《조선중앙일보》(1933.9.1.).

천에 해당하는 것이라고 할 것이다.

이러한 '감옥 안의 삶'에 대한 부채감으로 '감옥 밖의 삶'을 사는 청년들은 '함께' 참여한 경험과 '첫 만남'의 '기억'을 환기함으로써 감옥 안팎을 '잇고' 있는데, 이러한 내용은『직녀성』에서도 반복된다.『직녀성』[51]은 이인숙이라는 한 여성이 봉건적인 결혼 제도로 희생되어 조혼한 남편의 여성 편력과 시댁 식구의 핍박을 견디지 못해 자살을 기도하기도 하지만 협조자들의 도움으로 결국 새로운 삶을 찾게 되는 과정을 그리고 있다. 이 작품의 중심 서사는 양반 가문의 몰락과정과 이인숙의 자각과정이다. 그리고 이인숙의 이러한 자각과정에 조력자로서 '주의자' 박복순의 역할이 부각되어 있다. 한편 이인숙의 시누이인 윤봉희와 노동자 박세철의 사랑이 서사의 한 축을 이루고 있다.

> 그동안 세철은 서울 살림에 진력이 나고 구명도생으로 그날그날 밥이나 얻어먹는 생활에 환멸을 느껴 저의 나아갈 길을 찾느라고 몹시 고민하던 끝에 원산서도 몇 백리나 더 올라가는 해변의 조그만 도회로 떠났다. 고학생 시대에 친하게 지내던 동지의 한 사람이, 저의 고장에 내려가서 동지들을 규합해 가지고 노동조합을 만들고 활동을 하다가 비합법운동으로 몰려서 다수한 동지들과 부자유한 몸이 된 후에, **그네들의 일의 뒤를 이어 주기 위해서** 분연히 일어섰다. 그가 원산 방면에 다녀온 것도 (일남이가 죽기 전 봉희가 인숙이를 저의 집으로 데리고 갔을 때) 그네들과 연락을 취하기 위함이었다.[52](밑줄 진하게 강조-인용자)

51 『직녀성』은 《조선중앙일보》에 1934년 3월 24일부터 1935년 2월 26일까지 연재된 작품이다.

52 심훈, 『직녀성-백의의 성모(6)』, 《조선중앙일보》(1935.2.21.).

인용한 대목에서 확인할 수 있는 건, 노동자 박세철의 삶과 작품 전체의 결말을 향하는 부분에 주인공 '영웅'들의 삶의 방향을 재조정하는 과정에서 "부자유한 몸이 된" 동지들의 "뒤를 이어 주기 위해서 분연히 일어"선 청년들의 이야기가 삽입되어 있다는 점이다. 박세철이 현재 자신의 삶과 '나아갈 길'의 모색을 가능하게 하는 순간에 "고학생 시대"라는 장면이 '기억' 행위로 서사 속에 틈입해 들어온다. '고학생 시대'에 대한 기억과 그 행위는 『직녀성』의 결말에서 원산에서의 혈족가족을 넘어선 새로운 형태인 '대안가족공동체'[53] 형성이라는 '실천'을 가능하게 하는 힘으로 작용한다.

이상에서 살핀 심훈 소설의 주인공들은 '청년 영웅'의 모습이다. 심훈은 '정치적으로나 경제적으로 나날이 멸망에 빠져가는 비참한 조선의 현실'을 타파하기 위한 영웅들의 '희생' 서사를 보여주고 있다. '희생'의 서사를 추동하는 서사적 계기로 인물들의 '기억하기'가 놓여 있다. 기억의 대상은 감옥 체험, '상해시대', '고학시대' 등으로 나타나는데, 중요한 것은 그것이 '공유한 체험'이라는 점이다. 검열에 의해 소설에 서술할 수 없었지만, 인물들이 공유한 '그 사건'들의 구체적 내용들은 '3·1운동'이라는 공동체적인 체험의 변주들에 해당하는 것이라고 볼 수 있다. 다시 말해 심훈의 문학은 3·1운동의 실천적 기억으로서 '제2의 3·1운동'이라는 문학적 기획에 해당하는 것이다.

---

53 권철호, 「심훈의 장편소설 『직녀성』 재고」, 《어문연구》 166(2015). 참고.

5

결론

본고는 그간 심훈 문학에 대한 연구가 시와 소설로 구분되어 논의되거나 특정 작품에 국한되어 치우쳐 논의되던 문제점을 극복하고, 심훈 예술의 전반적인 성격을 규명하고자 하는 시도로 이루어졌다. 심훈 문학은 '열정'의 언어로 가득 차 있다. 강렬하고 역동적인 시적 언어와 소설 주인공들의 '희생'의 서사를 위해 서술된 언어들은 어떤 '열정'의 표현에 해당하는 것이다. 본고는 심훈 문학의 기저에 흐르고 있는 '열정'의 기원이 '3·1운동 체험'에 닿아 있음에 주목하였다. 심훈에게 그것은 자유 획득을 위한 공동체적 체험인 동시에 '옥중의 삶'을 사는 사람들에 대한 부채감을 남긴, 즉 '신성한' 체험으로 인식되었다. 결과적으로 심훈 문학은 이러한 '신성한 3·1운동'을 '기억'하는 행위에 해당하는 것이라고 말해도 지나치지 않다. 그 '기억하기'의 실천으로 표현된 강렬한 시적 언어들은 니체와 반 고흐의 예술정신에 닿아있음을 확인할 수 있다. 그리고 소설 속 인물들의 '희생'의 서사에서 '옥중의 삶'을 선택한 동지들에 대한 부채감과 현실을 견디고 극복의 자세를 다지는 계기로 '함께 한 사건'에 대한 '기억의 공유'를 제시하고 있다. 따라서 심훈의 문학 활동은 이러한 성스러운 기억을 억압하고 망각을 강요하는 식민지 현실 속에서 3·1운동을 '기억'하고 지속하는 행위에 바쳐진 것이라 하겠다.

■ 참고문헌

권철호, 「심훈의 장편소설에 나타나는 '사랑의 공동체'」, 《민족문학사연구》 55, 2014, pp.179~209.

권철호, 「심훈의 장편소설 『직녀성』 재고」, 《어문연구》 166, 2015, pp.357~385.

김기진, 「조선 프로문학의 현재의 수준」(《신동아》, 1934.1), 홍정선 편, 『김팔봉문학전집』 Ⅰ, 문학과지성사, 1988.

김현주, 「『상록수』의 리얼리즘적 성격연구」, 석사학위 논문, 연세대학교 대학원, 1992.

김현진, 「기억의 허구성과 서사적 진실」, 최문규 외, 『기억과 망각』, 책세상, 2003.

류양선, 「좌우익 한계 넘은 독자의 농민문학-심훈의 삶과 『상록수』의 의미망」, 『상록수.휴화산』, 동아출판사, 1995.

미셸 메이에르, 전성기 역, 『열정의 레토릭』, 고려대학교 출판부, 2004.

박정희, 「심훈 소설 연구」, 석사학위 논문, 서울대학교 대학원, 2003.

박정희, 「영화감독 심훈의 소설 『상록수』 연구」, 《한국현대문학연구》 21, 2007, pp.109~141.

베레나 카스트, 채기화 옮김, 『애도-상실과 마주하고 상실과 더불어 살아가기』(개정판), 궁리, 2015.

손순옥, 「김주경 연구」, 석사학위 논문, 충북대학교 대학원, 2001.

서영주, 「독일 표현주의 회화와 영화 연구 : 〈칼리가리 박사의 밀실〉을 중심으로」, 석사학위 논문, 한국교원대학교 대학원, 2004.

심대섭, 소설 「찬미가(讚美歌)에 싸인 원혼(怨魂)」, 《신청년》 3호, 1920.08, pp.4~6.

심　훈, 「총독부 제구회(第九回) 미전화랑(美展畫廊)에서」, 《신민》, 1929.08, pp.112~120.

심　훈, 『그날이 오면』(검열본), 차림, 2000.

오현주, 「심훈의 리얼리즘 문학 연구-『직녀성』과 『상록수』를 중심으로」, 한국문학연구회 편, 『1930년대 문학연구』, 평민사, 1993.

이명곤, 「근대 프랑스 미술문화에 나타나는 '자유의 이념': 세잔, 고흐, 피카소를 중심으로」, 《유럽사회문화》 7, 2011, pp.121~147.

이순이, 「독일 표현주의의 색채의 문제」, 《조형연구》 9, 2003.

이영원, 「심훈 장편소설 연구」, 석사학위 논문, 경북대학교 대학원, 1999.

이주형, 『한국근대소설연구』, 창작과비평사, 1995.

전영태, 「진보주의적 정열과 계몽주의적 이성-심훈론」, 김용성·우한용, 『한국근대작가연구』, 삼지원, 1985.

전우형, 「1920~1930년대 영화소설 연구」, 박사학위 논문, 서울대학교 대학원, 2006.

조남현, 「한국현대소설사-1930년대 전기 중·장편 소설의 두 흐름」, 《소설과 사상》, 1998 가을, pp.282~317.

진일상, 「독일 표현주의 영화-회화적 요소와 영상언어」, 《독일문학》 제85집, 2003, pp.348~366.

최원식, 「심훈연구서설」, 김학성·최원식 외, 『한국근대문학사의 쟁점』, 창작과비평사, 1990, pp.229~246.

크리스틴 톰슨, 데이비드 보드웰, 주진숙·이용관·변재란 외 역, 『세계영화사-영화의 발명에서 무성영화 시대까지』, 시각과언어, 2000.

홍이섭, 「30년대 초의 심훈문학-『상록수』를 중심으로」, 《창작과비평》, 1972 가을, pp.281~595.

작품 세계

9

1930년대
농촌·민족·소설로의 회유

심훈의 『상록수』론

김경연

부산대학교 국어국문학과 부교수

I

머리말

심훈(본명 심대섭, 1901~1936)의 행적을 추적하다 보면 심훈 자신이 명쾌하게 해석되지 않는 일종의 텍스트임을 발견하게 된다. 언론계, 영화계, 문단을 넘나들면서 다양한 지적 편력을 보였던 그는 '소설가'라는 단일한 호명보다 이질적인 영역들을 횡단하며 문화·예술 전반을 섭렵했던 '문화인'이라는 명명이 더욱 적합해 보인다. 그의 문학적 관심 역시 소설에 국한되지 않고 시의 영역을 아우르는 것이었다. 이 다기하고 특이한 이력으로 하여 심훈은 한국 근대문학사에서 독특한 위치를 점하고 있는 작가로 평가받아 왔다.

심훈이 온전히 소설로, 특히 그의 가장 두드러진 예술적 성취로 평가받는 '장편소설'로 복귀한 것은 1930년대를 전후한 무렵이었다. 1919년 경성고등보통학교 4학년생으로 3·1운동에 참가했다 투옥되기도 했던 심훈은 그 경험을 바탕으로 3·1운동 참여자들의 영어생활을 그린 소설 『찬미가에 싸인 원혼』(《신청년》 3호, 1920.8.1.)을 발표한다.[01] 그러나 주로 소설을 창작하며 짧은 문학 습작기를 보내던 그는 1920년 중국으로 건너간다.[02] 3년간의 망명 유학을 끝내고 귀국해 《동아일보》(1924~1925)와 《조선일보》(1928~1931)에서 기자 생활을 했던 심훈은 소설가보다는 언론인으로서의 행적이 두드러졌고, 20년대 내내 연극이나 영화에 더 많은 관심을 기울인 것으로 보인다. 1923년 이경손·최승일·김영팔·안석주·임남산 등과 더불어 신극연구단체인 '극문회'를 조직하기도 했던[03] 심훈은 1924년 염군사에 가담했을 당시에도 문학부가 아닌 '극부'에서 활동했다고 한다.[04] 1925년 심훈은 이경손이 연출한 〈장한몽〉의 이수일 역 후반부를 대역하게 되는데 이를 계기로 영화와 본격적인 인연을 맺은 것으로 보인다. 이후 심훈은 1926년 우리나라 최초의 영화소설 『탈춤』을 발표했고, 1927년에는 영화 공부를 위해 일본으로 건너갔으며 짧은 도일渡日

01 한기형, 「습작기(1910~1920)의 심훈」, 《민족문학사연구》 2003년 상반기, 192쪽. 한기형은 이 논문에 심훈의 소설 『찬미가에 싸인 원혼』을 발굴해 수록하고 있다. 심훈은 일기(1920, 3. 16.)에 이 작품이 1919년 3·1 만세운동에 연루돼 투옥된 천도교대교구장이 돌아갈 당시와 그 시체를 보고 느낀 감상을 쓴 것이라고 기록하고 있다.(「일기」, 『심훈문학전집』 3, 탐구당, 1967, 604쪽.)

02 이 책에 수록된 심훈의 일기에는 중국으로 떠나기 전인 1920년 무렵 「생리사별」, 「폐가의 월야」, 「꽃의 설움」, 「여울의 낙일」 등 10편 정도의 소설을 창작했다고 기록되어 있다. 또한 일기와 더불어 전집 3권에 실린 연보에 따르면 심훈은 1919년 3·1운동에 가담했다 투옥되어 집행유예 처분을 받고 7월 출옥했으며, 이듬해 집안의 반대로 일본 유학의 뜻을 접고 중국으로 망명 유학을 떠나게 된다. 심훈의 일기를 읽어 보면 일본 유학에 대한 심훈의 의지는 상당히 강했던 것으로 보인다. 1920년 1월 31일의 일기에는 "나의 일본 유학은 벌써부터의 숙명(宿命)이요, 갈망이다. 여기만 있어 가지고는 아주 못할 것은 아니나 내가 목적하는 문학 길은 닦기가 극난하다. 아무리 원수의 나라라도 서양(西洋)으로 못 갈 이상에는 동양(東洋)에는 일본밖에 가 배울 곳이 없다. 그러나 내 주위에는 그를 용서치 않는다. 그러나 나는 기어이 봄 안으로 가고야 말 심산이다"(591쪽)라고 적혀 있다. 중국에 간 심훈은 북경대학의 문과를 다니며 극문학을 전공하려 하였으나 여의치 않아 포기하고 프랑스로 건너갈 생각도 했던 것으로 보인다. 그러나 집안의 반대와 경제적 사정으로 이 역시 좌절되고 이후 상해, 남경 등을 거쳐 항주 지강대학에 입학하게 된다.(『심훈문학전집』 3, 탐구당, 1967. 506~507쪽, 634쪽, 한기형, 앞의 글, 194~204쪽 참조)

03 「일기」, 『심훈문학전집』 3, 635쪽, 최원식, 「심훈연구서설」, 『한국근대문학사의 쟁점』, 창작과비평사, 1990, 235~243쪽 참조.

04 주인, 「심훈 문학 연구 방법에 대한 서설」, 중앙대 《어문논집》 제34집, 2005, 254~255쪽 참조.

이후 귀국해 첫 영화 〈먼동이 틀 때〉를 만들었다.[05] 그런데 《조선일보》에 소설 『동방의 애인』이나 『불사조』를 연재하던 1930년 무렵, 문학으로 출발했던 심훈은 언론, 연극, 영화를 경유하여 다시 문학으로 회귀하는 모습을 보인다. 줄곧 언론인이자 영화인이었던 그는 1930년을 통과하면서 사망한 1936년까지 '소설가-심훈'이라는 단일한 정체성 속에 귀의했던 것이다. 이 전회의 중심에 《동아일보》 창간 15주년 기념 '장편소설 특별공모'에 당선된 심훈의 『상록수』(1935)가 있다.[06] 1930년대는 모든 면에서 심훈에게는 일종의 회유回遊[07]의 시기였다. 언론인·영화인·연극인 그리고 시인이라는 혼종적 표지의 담지자였던 심훈은 1930년대에 소설가 혹은 문사文士라는 단일한 의미망 속으로 안착했을 뿐만 아니라, 1920년대 조선에서 중국으로, 식민지 조선에서 식민본국인 일본으로, 부단히 국경과 국경을 넘나들며 이동했던 그는 1932년부터 충남 당진으로 하방해 정주하게 된다. 중국의 북경이나 상해, 제국의 수도인 동경과 같은 메트로폴리스를 유동했던 심훈은 1932년 돌연 식민지의 변방인 충남 당진행을 선택했던 것이다.

그런데 이 급격한 회유의 시기, 1920년대 내내 지적 모험을 감행해 왔던 심훈의 모호한 사상적 궤적 역시 어떤 단일한 모습을 드러내고 있는 것으로 보인다. 3·1운동에 참여하면서 민족을 자각했으나, 이후 염군사의 일원으로 카프와도 관계를 맺으면서 민족·민족성·민족주의라는 특수성보다 계급·계급

05 「연보」, 『심훈문학전집』 3, 635쪽 참고.

06 당시 동아일보사는 '농촌계몽운동'을 소설의 제재로 정한다.

07 '회유'는 식민지 시기 조선인들의 유학을 일종의 '회유현상'으로 분석한 박선미의 연구에서 빌려온 용어이다. 박선미는 유학을 식민지 조선 밖으로 나가는 사회적 이동만이 아니라 '마을에서 메트로폴리스로, 다시 마을로' 돌아오는 식민지적 순환을 이루고 있으며, 따라서 유학이라는 사회문화적 순환을 '회유'에 비유할 수 있다고 설명한다.(박선미, 『근대 여성, 제국을 거쳐 조선으로 회유하다』, 창비, 2007, 12~13쪽 참조)

성·사회주의라는 보편성에 더욱 관심을 기울이기도 했던 심훈은 1930년대 들어 다시 민족이라는 특수성을 천착하고 있는 것이다. 《동아일보》가 주관한 브나로드 운동(1931~1934)의 소설적 재현인 『상록수』는 사회주의라는 보편보다 민족 내지 민족주의로 귀의하는 작가 심훈의 사상적 회유를 확인할 수 있는 작품이라 판단된다.

심훈이 내보인 다양한 사상적 이력 때문에 『상록수』에 대한 해석은 분분할 뿐만 아니라 그 평가 또한 상반된 경우가 많다. 주지하다시피 실력양성을 통한 점진적 독립을 주장한 민족주의 우파 진영인 《동아일보》가 주관한 것이 브나로드 운동이었고 이 운동을 배경으로 그 성과와 한계를 결산하는 소설이 『상록수』라는 점에서 이 소설을 우파 민족주의의 논리를 담지한 작품으로 평가하면서도, 20년대 내내 심훈이 보여준 사상적 궤적으로 하여 『상록수』를 단순히 우파 민족주의의 논리를 낭만적으로 재현한 소설로 규정하는 데는 대개 유보적이다.

20대 초반 중국으로의 낭만적 탈출을 감행했던 심훈은 신채호나 이회영 같은 무정부주의자의 문하에 출입했고, 여운형과 교유했으며, 귀국 후 염군사에 가담했고, 카프의 창립회원이기도 했다. 그러나 한설야·임화 등과 격렬한 논쟁을 벌이면서 이들이 주도권을 잡은 카프와 일정한 거리를 두게 된다. 《동아일보》 시절 박헌영 등과 함께 "우리나라 언론사상 최초의 기자단체에 의한 급료 인상 투쟁"[08]으로 기록된 '철필구락부' 사건으로 퇴사한 심훈은 신간회(1927~1931)의 지도자였던 홍명희의 강력한 자장 아래 있기도 했다. 때문에 『상록수』에 대한 기왕의 논의들은 대개 《동아일보》 편집국장이었던 이광수

08 정진석, 『일제하 한국언론투쟁사』, 정음사, 1975, 174쪽.

가 1932년에 쓴 농촌계몽소설 『흙』과는 사상적 측면에서 변별되는 "일제에 항거하는 민족주의 정신"[09]을 구현한 작품으로 평가하는 경우가 많다. 그럼에도 불구하고 이른바 '회유'의 시기에 창작된 『상록수』는 단순한 항거라기보다는 심훈이 의도했든 의도하지 않았든, 개조와 갱생, 실력양성과 점진적 독립으로 대변되는 우파 민족주의의 논리를 상당 부분 흡수하고 있는 것 또한 사실이다.

본고는 『상록수』를 통해서 식민지와 제국, 민족이라는 특수성과 이념이라는 보편성, 문학과 문화(영화·연극) 사이를 부단히 유동했던 심훈이라는 텍스트, 말하자면 식민지 지식인의 한 전형인 심훈이 1930년대 중반 식민지·민족·문학으로 귀의하는 지점을 읽어보고자 한다. 심훈을 식민지[10]·민족·문학으로 견인한 논리가 무엇인지 가늠해 보면서, 그가 『상록수』를 통해 조선인들을 민족으로 새롭게 전유하는 방식을 살피는 것도 이 글의 주요한 목적이다. 민족이라는 집단적 주체를 새롭게 구성하기 위해 배제되는 존재들과 그들을 배제하는 방식, 이들을 타자화하면서 승인하는 '민족'의 정체를 검토하며 1930년대 심훈이 도달한 민족주의의 내막, 농촌-민족-소설의 친연성을 살펴보고자 한다. 또한 기존 연구에서 비교적 간과되었던 남성 계몽 주체인 박동혁과 여성 계몽 주체인 채영신의 관계에 주목해 민족주의와 젠더의 문제 역시 검토할 것이다.

다음 장에서는 먼저 1930년대 심훈의 하방下方과 하방하기까지 그가 걸어간 지적 행로를 따라가 보고자 한다. 심훈이 발견한 농촌 혹은 고향의 의미, 그리고 그를 식민지·민족·문학으로 이끈 다양한 계기들을 살피는 것이다.

---

09 류양선, 「『상록수』론」, 《한국현대문학연구》 제4집, 한국현대문학회, 1995.2, 11쪽.

10 앞으로 구체적으로 논의하겠으나 '농촌' 혹은 '고향'은 '식민지 조선'의 알레고리로 생각해볼 수 있겠다.

2
식민지 지식인 심훈의 하방下方과 지적 행로

최원식은 「심훈연구서설」에서 1932년 충남 당진으로 내려간 심훈의 '하방'을 다소 이해할 수 없는 돌연한 사태로 기록한다. "혁명의 열정에 거침없이 자신을 던지는가 하면 카프의 공식주의적 경향에는 반대하고 때로는 조혼한 아내에게 지순한 헌신을 맹세하는가 하면 당대의 무용가 최승희를 비롯한 신여성들과 화려한 염문에 휩싸이기도 하고, 영화에 열광했던"[11] 심훈은 당대 가장 도시적인 '모던보이'였다. 문학literature이라는 서구의 박래품을 흉내 내면서 서구적인 문화와 조우했으나, 문학 습작을 하던 시기에도 심훈은 더 새로운 박래품인 연극이나 영화에 매혹되었던 것으로 보인다. 그가 남긴 1920년의 일기에는 김소랑, 김도산, 김영환, 안종화 등 당시 신파극을 주도했던 인물들과의 만남, 그들의 연극에 대한 관심 등이 기록되어 있는가 하면, 단성사에서 상영한 〈씨빌리제이션〉이라는 영화에 대한 인상도 적혀 있다. 영화라는 근대의 스펙터클에 매료된 20살의 심훈은 배우가 되고 싶다는 소망을 일기에 적어 놓기도 했다.

> 원동서 저녁을 먹고 아저씨에게 돈을 얻어 가지고 병섭 언니와 같이 단성사 활동사진 구경을 갔다. 세계의 유명한 <씨빌리제이션>이라고 하는 사진을 보게 되었다. 훌륭한 사진이다. 폭악과 전횡, 인도와 정의의 전쟁이다. 나는 많은 느낌을 얻었다. 깊은 인상을 새겼다.[12]

11 최원식, 앞의 글, 231쪽.
12 「일기」, 『심훈문학전집』 3, 599쪽.

김도산 일행이 와서 다른 연쇄극을 한다 하기에 방군方君과 같이 갔다. (중략) 부산 부근을 배경으로 한 사진인데 통틀어 말하면 각본이 너무도 유치하다. (중략) 그러나 점차로 우리 극계도 발달하여 감을 보면 기쁜 마음을 솟지 않을 수 없다. 나도 장래에는 극劇도 해 볼 생각이다. 배우도 해 볼 작정이다.[13]

'정情의 만족'을 통해 전통의 '문文'과 새로운 '문학literature'의 구별 짓기를 시도했지만, 식민지에서 문학은 정서와 감각의 만족을 넘어 도덕과 정신을 개조(계몽)하는 장치로 항상 과잉결정 되었다. 때문에 서구의 식민지인 동양에서 다시 동양 내의 식민지인 조선에서 문학이라는 제국의 박래품은 전통적인 문文과 혼란스럽게 뒤얽히는 양상이었고, 식민지의 작가들은 시인이나 소설가이기 이전에 '문사文士'라는 호명이 더욱 익숙했다. 과거에는 존재한 적이 없던 영화는 전통과 근대가 여전히 착종되어 있는 당시의 문학보다 더욱 서구적이고 모던한 것이었다. 모던한 문학, 다시 더 모던한 영화에 매료돼 영화배우로 출연하는가 하면, 영화를 직접 만들기도 했던 식민지 청년 심훈은 최원식의 언급처럼 새로운 것, 더 새로운 것에 탐닉하는 당대 모던보이의 전형이었다. 그런 심훈을 시각적 감각으로 충만한 영화가 아니라 다시 자신의 기원, 즉 글(소설) 쓰기로 향하게 한 것은 무엇일까.

소설가로 변신할 무렵, 스스로 파악하듯 "외모와 감정까지 서울놈"이요 "철두철미 도회인"[14]인 심훈은 공교롭게도 '에로·그로·넌센스'[15]의 매혹으로 충만한 도시와 결별하고, 비모던한, 그래서 여전히 '조선적인' 당진으로 내려간다.[16] "술과 실연과 환경에 대한 환멸과 생에 대한 권태와 그리고 회색의 인생

---

13 「일기」, 앞의 책, 609쪽.

관을 주었을 뿐"[17]인 도회의 삶을 청산하고 "모든 도회의 소음과 온갖 문화의 시설과는 완전히 격리된 원시지대"[18]인 당진에서 다시 소설을 쓰는 심경을 심훈은 다음과 같이 쓰고 있다.

> 나는 어려서부터 문예에 뜻을 두었었다. 시를 쓰는 체 각본을 꾸미는 체하고 영화박이는 흉내도 내고, 여러 해 보람 없는 저널리스트 노릇을 하다가 최근에는 엉뚱하게도 적어도 삼, 사만의 독자를 상대로 하는 신문에 서너 차례 나의 장편소설을 쓰고 있다. (중략) 그러나 나는 이기적인 고독한 생활을 무위하려는 것도 아니요 또한 중세기적인 농촌에 아취가 생겨서 현실을 도피하려고 '필경사'속에다 청춘을 감금시킨 것이 아니다. 다만 수도원의 수녀와 같이 무슨 계획을 꾸미다가 잡혀가서 근 십년 독방생활을 하는 셈만 치고 도회의 유혹과 소위 문화지대를 벗어나 다시금 일개의 문학청년으로 돌아가려는 것이다. 일단식반의 생활이라도 내 손으로 지탱해 나가면서 형극의 길을 제일보로부터 고쳐 걸으려는 것이다.[19]

---

14 「필경사잡기」, 앞의 책, 505쪽. 심훈은 1934년 소설 『직녀성』을 《조선중앙일보》에 연재하고 받은 고료로 당진군 부곡리에 직접 설계하여 집을 짓는데, 택호를 '필경사(筆耕舍)'라고 정한다. (「연보」, 앞의 책, 635쪽 참고.)

15 '에로'는 '에로티시즘', '그로'는 그로테스크의 약자로 '에로 그로 넌센스'는 1920, 30년대 도시화되어 가던 식민지 조선에서 유행한 용어였다. 당시 유행의 첨단을 쫓아가던 모던보이들에게 '에로 그로 넌센스'는 모던의 본질로 이해되었다고 한다.(소래섭, 『에로 그로 넌센스-근대적 자극의 탄생』, 살림, 2005, 7~11쪽 참조)

16 심훈전집에 실린 연보에 의하면 1932년 당시 충남 당진에는 1년 전(1931년) 낙향한 심훈의 양친이 거주하고 있었다. (「심훈문학전집」 3, 609쪽 참고)

17 「필경사잡기」, 『심훈문학전집』 3, 505쪽.

18 「필경사잡기」, 앞의 책, 503쪽.

19 「필경사잡기」, 앞의 책, 505~506쪽.

당진행을 선택하고 소설로 회유하던 무렵 심훈은 자신의 문학 혹은 문화 행위에 대한 반성 및 당대 문학에 대한 비판의 목소리를 높인다. 「필경사잡기」에서 그는 스스로를 향해 "어쭙지않은 사회봉사, 입에 발린 자기희생, 그리고 어떠한 주의에 노예가 되기 전에 맨 먼저 너 자신을 응시하여라! 새로운 생활에 말뚝을 모래성 위에 꽂지 말고, 질척질척한 진흙 속에다가 박아라. 떡메질을 해서 깊이깊이 박아라!"[20]고 주문하는가 하면, 생활(현실)이나 실천과 유리된 민족주의문학과 프로문학 양 진영을 모두 비판하고 있다. 「1932년의 문단전망-프로문학에 직언」에서 심훈은 과거 역사에서 소재를 취하는 민족주의문학 진영에 대해 "우리가 눈앞에 당하고 있는 좀 더 생생한 사실과 인물을 그려서 대중의 가슴에 실감과 감격을 아울러 못아 줄만한 제재를 골라가지고 기교껏 표현할"[21] 것을 요구하는 한편, 프로문학 진영에 대해서는 프로작가와 프로문학이 실제 무산계급과 유리되었음을 비판한다.

> 이제까지의 프로작가는 그 대부분이 작가로서 귀중한 체험이 적다고 봅니다. 들떼어놓고 농민, 노동자의 옹호자 같은 구문으로 일을 삼으나 그 자신이 결코 프롤레타리아는 아니외다. (중략) 허턱이는 무산계급과는 그네들의 실제생활과 감정이 너무나 상거가 먼 것 같습니다. (중략) 프로예술운동이 일어난 지 여러 해 동안에 괄목할 만한 작품이 나오지 못하고, 나왔다 하더라도 개념적이요 팜플렛 직역식이 되고 마는 원원이 이 점에 있다고 봅니다.[22]

---

20 「필경사잡기」, 앞의 책, 506쪽.
21 「1932년의 문단전망-프로문학에 직언」, 앞의 책, 565쪽.
22 「1932년의 문단전망-프로문학에 직언」, 앞의 책, 567~568쪽.

염군사의 일원이었고 이후 카프에 잠시 가담하기도 했으나 실상 심훈은 당시 프로예술 진영과는 일정한 거리를 두었던 것으로 보인다. 「1932년의 문단전망-프로문학에 직언」에서뿐만 아니라 1928년 발표한 논쟁적 평문 「우리 민중은 어떠한 영화를 요구하는가」를 논하여 「만년설군에게」에서 그는 "막시즘의 견지로써만 영화를 보고 이른바 유물사관적 변증법을 가지고 키네마를 척도하려함은 예술의 본질조차 파악하지 못한 고루한 편견에 지나지 않는다"[23]는 견해를 밝힌다. 카프의 강령과는 거리가 있는 발언이다.

그렇다면 자신의 문학 행위는 물론 시조나 역사소설 창작에 몰두하는 민족주의 문학, 예술을 압도하는 이념에 경도되거나 무산계급의 실생활 및 감정과 유리된 프로문학을 비판하고 '당진행'과 본격적 '(장편)소설 창작'을 선택한 심훈 욕망의 일단을 여기서 읽어낼 수 있지 않을까. 그것은 곧 이상과 생활의 조화 현실과 유리되지 않는 문학에 대한 열망일 것이다. "대중과는 하등 교섭이 없는"[24] 문학을 비판하고 하방한 농촌에서 심훈은 이념적 민중이 아닌 실재하는 민중을 생활과 밀착된 문학 창작에 대한 의지를 내보인다. 심훈이 톨스토이를 높이 평가하는 이유도 여기에 있다. 심훈에게 톨스토이는 '신념과 행동의 일치'에 성공한 작가이며 때문에 불일치를 경험하는 자신을 부끄럽게 만드는 "간 큼직한 인간"[25], 위대한 작가였다.

톨스토이에 대한 심훈의 지지는 일찍이 문학 습작기부터 확인된다. 습작기 심훈의 일기에는 톨스토이의 『부활』과 『성욕론』을 읽었다고 기록돼 있다. 한편 톨스토이와 더불어 초창기 심훈의 독서 기록에서 유독 눈에 들어오는 이

23 「우리 민중은 어떠한 영화를 요구하는가」, 앞의 책, 533쪽.
24 「우리 민중은 어떠한 영화를 요구하는가」, 앞의 책, 543쪽.
25 「수상록」, 앞의 책, 509쪽.

름은 '쿠니키다 돗포'이다. 1920년을 전후한 무렵 문학에 막 눈뜨기 시작한 심훈은 쿠니키다 돗포의 『운명론자』를 읽었고, 일기에 다음과 같이 쓴다. "나는 독보獨步의 글을 제일 좋아한다. 단명單明하고 힘이 있고 진眞의 예술인 까닭에".[26]

심훈이 '진의 예술'을 구현한 작가로 평가한 돗포는 누구인가. 가라타니 고진은 『일본 근대문학의 기원』에서 그를 '풍경을 발견'한 작가로 평가하고 있다. 일본 문학사에서 자연주의 문학의 선구자이며 이상주의적 낭만주의자로 평가받는 돗포는 당시 상당한 대중적 인기를 누렸지만, 청일전쟁 종군기자로 참가한 다음 해, 기존의 "문학의 언어로 뒤덮인 곳이 아닌 신세계"[27]를 찾아 '홋카이도'로 이주한다. 오래 전부터 '아이누인'이 거주하고 있던 홋카이도의 광활한 들판에 도착한 돗포는 "사회가 어디에 있는가, 인간이 자랑스러운 얼굴로 전하는 역사가 어디 있는가"라고 자신의 느낌을 밝힌다.[28] 그러므로 고진은 '풍경'의 발견이란 결국 역사와 타자의 배제를 통해서만 가능한 것이며, 이때 타자는 인간이 아닌 단순한 풍경으로 존재한다고 설명한다. 타자를 풍경으로 전유하고, 타자를 나(주체)와 동화시키는 낭만주의는 그래서 민족주의와 친연적일 수밖에 없다는 것이다.[29] '타락한' 귀족의 반대편에서 '건강한' 농민을 발견한 톨스토이와, 홋카이도와 아이누인들을 '풍경'으로 발견한 쿠니키다 돗포의 경우를 참조하는 것은 심훈의 당진행과 소설 『상록수』를 이해하는 데도 유용하리라 생각된다.

---

26 「일기」, 앞의 책, 605쪽.
27 가라타니 고진 저, 박유하 역, 『일본 근대문학의 기원』, 민음사, 1996, 11쪽.
28 가라타니 고진, 앞의 책, 11쪽.
29 가라타니 고진, 앞의 책, 32~48쪽 참고.

한편, 농촌 혹은 고향의 농민을 통해서 이념적 민중이 아닌 실재하는 민중을 재현하고자 했으나 그들을 하나의 풍경으로, 즉 새로운 '동포(민족)'로 표상한 심훈의 『상록수』를 해석하기 위해서 1920, 30년대 식민지 조선의 지적 풍경들에 주목할 필요도 있다. 특히 당시 문화적 민족주의 담론을 살펴보는 것은 중요하리라 판단되는데, 주지하다시피 심훈의 『상록수』를 당선작으로 선택한 인물은 1935년 당시 《동아일보》의 편집국장으로 있던 이광수였고, 이광수와 《동아일보》는 1920, 30년대 '개조'와 '갱생' 담론의 주체들이었다. 1922년 《개벽》에 발표한 대표적 논설 「민족개조론」(1922. 5.)에서 이광수는 조선인의 "타락된 민족성"[30]을 "허위, 무신無信, 비사회적 이기심, 사회성의 결핍"(24쪽), 한마디로 도덕성 결핍으로 진단했고, "민족의 근본적인 악성격을 가장 소량으로 이어받은 사람들, 즉 소수의 선인 중에서 한 사람"(26쪽)이 중심이 되어 민족을 개조해야 한다는 주장을 펼친 바 있다. 도덕성 결핍의 조선인들을 '현실태'로 규정하고 "소수의 선인"들에 의해 조선인들의 근본적 악성격이 치유된 "문명한 일개인"(34쪽), 건강한 민족성을 담지한 '조선 민족'이라는 '가능태'를 상상한 것이 이광수가 주장한 개조론의 내용이었다.

4년의 거리를 두고 최현배가 《동아일보》에 연재한 「조선 민족 갱생의 도」(1926. 12. 26.) 역시 「민족개조론」의 연장선에 있다. 이조 오백 년 동안의 악정이 배태한 조선의 질병을 의지의 박약함, 용기의 없음, 활동력의 결핍, 의뢰심의 많음, 신념의 부족, 도덕심의 타락 등으로 규정한 최현배는 '갱생'을 위해서 신교육의 정신, 계몽운동, 체육 장려, 도덕의 성장, 민족 고유문화의 발양

30 이광수, 「민족개조론」, 『한국근대비평사의 쟁점』, 동성사, 1986, 22쪽, 이하 인용은 페이지 수만 표시함.

등을 주장한다.[31] 김철의 지적대로, 생활개선이나 의식 혁명에 국한된 갱생의 문법은 근본적으로 식민 제국의 틀을 침범하지 않는 선에서 민족의 자족적 영역을 구축하는 것이기도 했다.[32]

현실태로서의 조선 민중을 응시하는 심훈의 태도 역시 이와 크게 다른 것은 아니었다. 예컨대 다음과 같은 그의 발언 속에는 개조와 갱생의 '대상'으로 조선 민중을 바라보는 식민지 지식인의 태도가 역력히 담겨 있다.

> 조선인종의 질투심이며 권리의 쟁투라는 망국의 근원되는 성질과 버릇은 할 수 없다. 누백대 부패한 조종의 유전인가? 아! 이천만이란 여러 형제가 일심으로 나아가고 전력하여 기초를 닦으며 앞길은 뚫어야 할 것을 이 악혼의 본성으로 인하여 나오려는 새싹을 순지르고 말터인가! 다시 두렵고 쓸쓸하고 쓰린 암흑시대로 돌아가려는가![33]

> 그러다가 금년에 와서는 두레를 보는 관점이 변해졌다. 조석으로 만나고 사이좋게 지내던 아래 웃 동리가 합하기만 하면 반드시 시비가 나고, 시비 끝에는 싸움으로 끝을 마친다. 그것은 유식 무식간에 두세 사람만 모여도 자그락거리고 합심단결이 되지 못하는 조선놈의 본색이 라, 씨알머리가 밉기도 하려니와, 한 편으로 돌이켜 생각하면 가엾기가 짝이 없다. (중략) 그네들의 혈색없는 「우리에게 육체와 정신의 영양을 달라!」고 부르짖을 줄 모른다. 자기네의 빈곤

---

31 김철, 「갱생(更生)의 도(道) 혹은 미로(迷路)」, 《민족문학사연구》 통권 28호, 2005. 8, 314~315쪽 참고.

32 김철, 앞의 글, 320쪽.

33 「일기」(1920년 3월 24일), 『심훈문학전집』 3, 606쪽.

과 무지를 아직도 팔자 탓으로만 돌릴 뿐. 오오 형해만 남은 백만 천만의 숙명론자여! 그대들은 언제까지나 그 숙명을 짊어지고 살려는가? 중추신경이 물러앉은 채로 그 누구를 위하여 대대손손 이 땅의 두더지 노릇을 하려는가?[34]

식민지의 엘리트 심훈에게 조선인종은 누대로 유전된 "악혼의 본성"을 지닌 "숙명론자"들이다. 이는 20년대를 통과해 30년대에 접어들어도 여전히 극복되지 않은 악성격이며, 식민의 현실을 타개하지 못하는 근본적인 원인으로 파악된다. 조선 민중을 바라보는 심훈의 이러한 시선은 문명(교육)으로 '악성격'을 치유한 소수의 선인들, 즉 식민지 지식인들의 공통된 시선이며[35], 『상록수』의 두 주인공 박동혁과 채영신이 담지한 시선이기도 하다. 그렇다면 '농촌' 혹은 '고향'이란 바로 이 일방적 시선의 주체들인 식민지 지식인들이 개조를 통해 갱생한 '순결하고 건강한 민족'을 상상하는 성소聖所가 아니었을까. 특히 강렬한 이념의 시대가 가고 새로운 중심의 부재 속에서 부유하던 1930년대 식민지 지식인들에게 고향(농촌)은 도시의 오염에 훼손되지 않은 순수한 원형공간이면서 동시에 개조되고 변형되어야 할 미래의 공간, 나아가 누추한 자신들의 현재를 망각할 만큼 유토피아적 비전으로 충만한 공간으로 발견된다.[36] 이 발견된 고향(농촌)의 계보 속에 『상록수』의 한곡리와 청석골이 있으며, 새

34 「이월(二月) 초(初) 하룻날」, 앞의 책, 496~497쪽. 「이월(二月) 초(初) 하룻날」을 쓴 정확한 연도나 날짜는 기록되어 있지 않지만 당진의 생활을 쓰고 있는 것으로 보아 1932년 이후에 집필된 것으로 판단된다.

35 이념적 지향의 다름에도 불구하고 식민지 지식인들 대부분이 이러한 시선을 공유했던 것으로 생각된다. 다만 식민지 지식인들이 취한 이념적 노선에 따라 그 원인에 대한 파악이나 극복방안에 대한 시각이 달랐다고 판단된다.

36 김철, 「프롤레타리아 소설과 노스탤지어의 시공」, 『근대의 문화지리-고향의 창조와 재발견』, 동국대학교 한국문학연구소 제25차 한국문학 국제학술회의, 2006. 2, 124~131쪽 참고,

로운 조선 민족으로 재구되는 한곡리·청석골의 농민들이 있다. 그렇다면 심훈의 『상록수』가 전유한 농촌과 농민의 구체적 실상은 어떠한가. 작품 속으로 들어가 보자.

3
구별 짓기의 정치학-언어·복장·질병의 수사

'농민소설'로 분류되지만 『상록수』의 주인공은 사실 농민이라기보다 농민을 계몽하는 지식인 청년들을 초점화한 소설이다. 계몽의 주체인 박동혁이나 채영신은 어떤 인물인가. 소설의 주 무대인 '한곡리'가 고향인 박동혁이나 동해 근처의 두메 출신인 채영신 모두 농촌에서 태어나 도회지로 이동해 문명의 세례를 받고 다시 농촌으로, 고향으로 돌아온 인물들이다. 이 순환의 과정을 통해서 "상놈인 박가의 자식"[37] 동혁이나 농촌의 가난한 홀어미의 딸 영신은 근대적 지식을 습득한 "지식분자"(23쪽)로 속신한다. '문명인'으로 거듭난 그들에게 고향은 더 이상 낯익은 장소가 아니다. 근대(문명)를 모범적으로 학습한 이들의 눈에 한곡리나 청석골은 그들의 출발지였던 고향이라기보다 미개한 "원시부락"(22쪽)이나 미개척의 낯선 "처녀지"(97쪽)로 발견된다.

문명화된 도시에서 근대적 지식을 학습하던 '학생' 채영신과 박동혁은 이 처녀지에서 새롭게 '교사'로 변신한다. 일찍이 이광수의 『무정』에서부터 식민지 지식인과 대중의 관계로 설정된 '사제관계'는 1930년대 『상록수』에 와서 재

37 심훈, 『상록수』, 『대표한국문학전집』, 신흥서관, 1983, 119쪽. 이하 작품 인용은 페이지 수만 표시함.

연된다. 근대적 문명을 착실하게 학습한 학생이 아닌, 브나로드 운동을 통해 문맹인 동족들의 계몽에 전신하는 교사로서의 역할을 부여받은 그들은 도회지를 떠나 농촌으로 귀환한다. “조선 사람이 제 힘으로 다시 살아나기 위한 기초공사”(23쪽)를 닦는 “선구자”(40쪽)로 스스로를 재규정한 동혁이나 영신은 한곡리와 청석골을 ‘개조’하고 개량하기 위한 사업에 착수한다. 개조의 주요한 방향은 물질보다 “모든 것을 지배하고 온갖 행동의 원동력이 되는 정신”(23쪽)이다. 교육을 통해 민족의 악성격을 먼저 개조한 ‘소수의 선인들’인 박동혁과 채영신은 불투명하고 모호한 각각의 조선 인민들, 즉 청석골·한곡리의 농민들을 개조된 ‘문명인들’로 갱생시키려는 의지로 충만하다. 전근대적 습속을 개량하고 타락한 민족성을 개조한 이들을 통해서 귀향한 지식인들은 건강하고 순결한 ‘민족’이라는 균질적 집단을 상상한다.

오염되지 않은 순일한 민족에 대한 이들의 욕망은 ‘민족인 것’과 ‘민족이 아닌 것’을 철저히 구별 짓는 견고한 이분법을 발동시킨다. 영신이나 동혁과 같은 식민지 지식인들이 민족이라는 동질적 ‘자기’를 구성하는 방식은 일제라는 외부적 타자와의 거리두기가 아니라 내부적 타자를 적극적으로 배제하는 것이다. 이들은 곧 계몽의 적敵이요 민족의 이물異物들이 된다. 이 내부적 타자들의 목록 속에 백현경이나 강기만, 강기천과 같은 인물들이 있다. 『상록수』가 이들을 축출하는 방식은 무척 흥미롭다. 그들은 조선적인 것과 서구적인 것, 전근대적인 것과 근대적인 것이 어지럽게 착종된 일종의 ‘혼종들’로 표상된다. 언어·복장·음식 등 다양한 생활의 세목들을 통해 『상록수』는 이들에게 부자연스러운 혼종의 표지를 기입한다. 그 중심에 있는 인물이 백현경이나 강기만과 같은 지식인 부류들이다. 개혁·계몽의 진정한 주체로 스스로를 규정한 영신과 동혁은 백현경이나 강기만과 같은 지식인의 형상으로부터 자신들을 분절해 내면서 식민지 지식인의 층위를 새롭게 구성하려는 강박을 내보인다.

『상록수』가 기독교 연합회 총무이며 영신의 조력자로 설정된 백현경을 재현하는 방식은 시종일관 부정적이다. 백현경은 유학을 다녀오고, 세계일주를 했으며, 농촌운동을 하는 여류 웅변가이기도 하지만, 동시에 말썽 많은 과거를 지니고 있으며 "개인 문제로 크나큰 이야깃거리를 제공하"(29쪽)는 스캔들 제조자이기도 하다. 동혁을 "미스터 박", 영신을 "미스 채"로 부르며 조선어 사이사이에 '영어'를 흔하게 섞어 쓰는 그녀는 독신이면서도 고급스러운 "문화주택"(34쪽)에 살고, "라이스카레와 오물렛 같은 양식"(34쪽)을 즐겨 먹는, 말하자면 '조선'이라는 얼굴에, 향락적이고 소비적인 '서구(근대)'라는 가면을 쓴 부정적인 신여성의 전형이 된다. 때문에 그녀의 침실을 몰래 훔쳐보는 남성 계몽 주체인 동혁의 시선 속에서 신여성 백현경은 기생과 별반 다르지 않은 실상을 지닌 존재로 강등된다.

> 여자의 더구나 독신으로 지내는 여자의 침실을 들여다보는 것이 실례인 줄 모르는 것은 아니나, 주인이 제가 앉은 바로 맞은쪽의 미닫이를 열고 드나들기 때문에 자연 눈에 띄는 데야 일부러 고개를 돌릴 까닭도 없었다. 그러다가, 『왜들 얘기도 안하고 있어요? 자, 이것들이나 들으면서 우리 저녁을 먹읍시다.』 하고 귀중품인 듯 빨간 딱지가 붙은 유성기판을 들고 나오는데, 그 등 뒤를 보니까 웃목에 반 간 통이나 되는 체경이 달려 있다. 동혁은 속으로, (오오라, 체경에 비쳐서 또 다른 방이 있는 것 같은 걸 몰랐구나.) (기생방이면 저만큼이나 차려 놨을까?)하면서도, 은근히 영신이를 기다리느라고 고개를 돌리곤 한다. (34쪽)

이러한 백현경과 수시로 대비되는 것이 채영신이다. 『상록수』는 양장을 하고 영어와 조선어를 섞어 쓰며 문화주택에 화려한 독신으로 사는 백현경과,

'조선옷'을 입고 아이들에게 '조선어'를 가르치며, 두메산골인 '청석골'에서 "개인의 향락을 위해 허비되는 것을 모조리 사업에 투여"(83쪽)하는 영신을 병치시키면서 그녀를 긍정적인 신여성상으로 부조한다. 영신 역시 동혁이라는 남성 계몽 주체와 조우하면서 정신적 조력자였던 백현경과의 거리 조절에 들어가고, 동혁과 더불어 도시를 떠나 농촌에 투신할 결심을 하게 된다.

백현경과 채영신의 병치를 통해서 신여성의 층위를 나누고, 그들을 각각 긍정과 부정의 표상으로 제시한 『상록수』는 다시 박동혁과 강기만을 대비시킴으로써 식민지 남성 지식인 역시 서열화한다. 강기만을 민족의 이물로 타자화하는 방식은 백현경과 그리 다르지 않다. 지주의 아들이자 일본 유학을 다녀온 엘리트이나, 조혼한 아내와 이혼하고 무위도식하는 강기만은 백현경과 마찬가지로 조선적인 것과 근대의 오염이 혼란스럽게 뒤엉킨 인물이다. 조선어에 일본어나 영어가 섞인 '혼란어'를 구사하는 그는 동네 청년들에게 "말과 당나귀 사이에서 태어난 트기"(63쪽)인 "노새"라는 별명으로 불린다. 궁벽한 한곡리에서 양복과 레인코트를 차려 입고 다니는 부자연스럽고 우스꽝스러운 인물로 형상화된 강기만은 육체적으로도 허약하다. 언어와 복장에 이어 '질병'의 수사는 〈상록수〉가 진眞과 위僞를 가르고, 동족과 동족 아닌 것을 구별하는 주요한 방식이다.

병을 얻어 유학을 접고 고향 한곡리로 내려와 있는 강기만과 나란히 놓이는 것이 건강한 상민의 아들인 교사 박동혁이다. 소설은 시종일관 동혁의 건강성을 강조한다. 육체는 동혁이 담지한 정신의 건강함을 증거하는 거울이 된다. 『상록수』에서 동혁은 다음과 같이 영신이 처음 그를 만났을 때의 건강함이나 태도를 내내 잃지 않는 인물로 그려진다.

그 구릿빛 같은 얼굴…… 황소처럼 건강한 체격…… 거기다가 조금도 꾸밀 줄 모르면서 혀끝으로 불길을 뿜어내는 듯한 열변……그리고 비록 처음 만났으나마 어두운 길거리로 제 뒤를 따라다니며 보호해 주면서도 조금도 비굴하거나 지나친 친절을 보이지 않던 그 점잖은 몸가짐…… (31쪽)

반면 『상록수』에서 가장 부정적인 가계로 그려지는, 한곡리의 지주이자 고리대금업을 하는 강씨 일가는 대개가 병약하며 결국 병으로 죽거나 방탕한 삶을 살아간다. 타락한 도덕성을 개조하지 못하고 갱생에 실패한 인물들로 그려지는 강기천·강기만의 아버지는 간암으로 죽고, 강기천은 성병으로 죽게 되며, 강기만 역시 일그러진 삶을 살아간다. 이들을 배제하고 박동혁이나 채영신이 진정한 민족으로 발견한 자들은 과연 누구인가.

4

아이들 혹은 동족同族의 발견

'문명화된 일개인'으로 변신한 동혁과 영신에게 한곡리와 청석골의 농민들은 '문맹文盲'이라는 단일한 형상으로 포착된다. 한만수에 따르면, 문맹이란 단어는 문자를 해득하지 못한 상태를 시각장애와 동일시하는 은유로 근대에 생겨난 것이다. 문자를 해득하지 못한 구술 대중들은 근대로 접어들면서 비정상적이거나 근대에 미달된 존재로 인식되었다. '문맹퇴치운동'은 근대적 문자매체를 통한 근대 사상 유포를 문명화(근대화)의 유력한 수단으로 찾았던 지식인들이 문자를 모르는 대다수의 대중을 근대성 최대의 장애이자 구제해야 할 대상으로 설정한 것이라고 한만수는 지적한다.[38]

『상록수』에서 조선 인민들의 알레고리인 한곡리와 청석골의 농민들은 근대화의 반대편에 있는 문맹인 '토인土人'들로 호명되며, 근대적 성장을 이루지 못한 불구적인 존재, 힘없는 약자로 전치된다. 이 약자들의 중심에 '아이들'이 있다. 영신이나 동혁이 문맹 퇴치, 곧 문명화의 대상으로 불러낸 존재가 바로 이 아이들이며, 한곡리·청석골의 농민들 역시 '아이와 같은 존재'로 낭만화된다. 계몽 주체들은 그들이 낭만적으로 전유한, 약자이지만 오염되지 않은 순결한 아이들, 혹은 아이와 같은 존재들을 통해서 '진정한' 민족을 상상한다. 사실 이러한 계몽 주체들의 욕망은 낯선 것이 아니다. 근대계몽기부터 근대의 기획자들은 아이들을 조선의 습속에 가장 적게 길들여진 순결하고 건강한 존재들로 재구再構했고, 이들과 '미래'라는 근대적 시간을 결합하면서 완전히 '개명진보'한 조선과 조선인을 선취했다. 국가와 국민이 이미 불가능한 1930년대를 사는 심훈은 한곡리·청석골의 아이들을 통해서[39] '민족'을 재사유하고 있다.

이런 점에서 강습소 기부금을 마련하기 위해 영신이 개최하는 '학예회' 장면은 매우 흥미롭다. 아이들은 학예회라는 근대적인 학교 축제를 통해 노동과 구별된 근대적 '유희'를 배우며, 어른들은 난생 처음 접하는 신기한 구경거리를 통해서 단지 '작은 어른'이 아닌, '아이다움'을 지닌 그들의 아이들과 새롭게 조우한다. 영신은 학예회라는 근대적 장치를 통해서 글눈도 뜨고 창가도 유희도 할 줄 아는 새로운 아이들을 전시함으로써 문명화 교육의 효과를 홍보한다.

---

38 한만수, 「식민지 시기 검열과 1930년대 장애우 인물 소설」, 《한국문학연구》 제29호, 동국대 한국문학연구소, 2005. ; 이혜령, 「신문·브나로드·소설」, 《한국근대문학연구》, 한국근대문학회, 2007. 2, 167쪽 재인용.

39 김경연, 「근대계몽기 여성의 국민화와 가족-국가의 상상력」, 《미일신문》을 중심으로』, 《한국문학논총》 제45집, 2007.4, 228~230쪽 참조.

그러나 실상 이러한 교육이란 동혁이나 영신이 하는 말과 글을 수동적으로 '따라' 읽고 '베껴' 쓰는 과정이며, 때문에 이들의 문명화 교육은 필연적으로 아이들이나 아이들로 표상된 한곡리·청석골 사람들의 자기 목소리를 침묵시키고, "앵무새처럼 선생의 입내를 내는"(124쪽) 수많은 동혁과 영신을 새롭게 생산하는 일이 된다. 말하자면 계몽교육 또는 문명화란 이질적인 타자들을 동일한 '자기'로 전유하는 식민화의 장치인 것이다.

『상록수』는 이 '자기화'에 다시 위계를 설정한다. 근대의 초입, 서구 따라잡기를 시도했던 동양의 지식인들 거개가 '문명의 연령'이라는 사회 진화론의 논리에 기초해 '야만-반개-문명'의 단계를 설정하고, 상위 단계로의 성장(발전)에 강박되었듯이,[40] 『상록수』에서 아이들은 교육(문명화)의 정도에 따라 하급반에서 상급반으로, 다시 청년으로 성장하며, 이 성장의 최정점에는 아이들과 청년들이 "선생으로 숭앙하는"(50쪽) 동혁과 영신이 위치해 있다. '문맹(야만)'인 아이들이나 '반개半開'한 청년들은 '문명'한 동혁·영신에 도달함으로써 성장을 완성하게 된다. 그러므로 청석골과 한곡리의 계몽사업은 스스로 사고하고 행동하는 자율적 '개인'이 아니라, 각자의 차이를 지우고 공공의 이익을 위해 전신하는 '동혁들'과 '영신들', 곧 '집단적 주체'로 성장하는 것이다. 동혁의 기상 나팔소리에 일어나 일사분란하게 운동장에 모여 함께 '체조'를 하고 '애향가'를 부르는 다음의 장면은 이러한 성장을 의미심장하게 재현한다.

> 샛된 기상나팔 소리는 황금빛 햇살이 퍼지듯이 비 뒤의 티끌 하나 없는 공기를 찢으며, 온 동리의 구석구석에 퍼진다. 배춧잎 노동복을 입은 청년들이 여

---

40 고모리 요이치 지음, 송태욱 옮김, 『포스트콜로니얼』, 삼인, 2002, 34~35쪽 참조.

기저기서 초가집을 튀어 나오더니 언덕위로 치닫는다. 나팔 소리가 난 지 오분쯤 되어 그들의 운동장인 잔디밭에는 중년, 청년, 소년 할 것 없이 한 오십여 명이나 되는 조기회원들이 그득 모여 섰다. (중략) 정말 체조가 시작되는 것이다. (중략) 십오 분 동안에 체조를 마치고 동녘 하늘을 향해서 산천의 정기를 다 마셔들일 듯이 심호흡을 한 뒤에 청년들은 동그랗게 손을 잡고 둘러섰다. 이번에는 건배가 한 가운데 우뚝 나서며, 『자, 애향가를 부릅시다!』하고 뽕나무 막대기를 지휘봉 대신으로 내젓기 시작한다. (52쪽)

동혁을 중심으로 함께 기상하고 체조하며 애향가를 부르는 이 동질적인 집단이 최대의 적으로 겨냥하는 것은 '개인주의'다. "개인의 향락을 위해서 허비되는 시간"(83쪽)을 온통 공공의 "사업"(83쪽)에 바치는 영신은 약혼자 정근에게 "개인주의를 버리고 어느 기회에든지 농촌이 아니면 어촌이나 산촌으로 들어가"(136쪽) 동족을 위해 헌신하라고 요구한다. 그런데 개인주의를 버리고 물질보다는 정신을 앞세우는 집단에 대한 강조는 상황에 따라 언제든 파시즘으로 변질될 수 있으며, 식민 제국의 논리와 의도하지 않게 공모할 수 있는 위험을 안고 있다. 이런 측면에서 한곡리의 '농우회'가 '진흥회'[41]로 탈바꿈하는 장면은 매우 문제적이다. 류양선은 농우회가 진흥회로 흡수되지만 농우회 회원 거의 전원이 진흥회 회원 대부분을 차지하고 진흥회의 회장 자리를 식민성 지주인 강기천에게 넘겨주는 대신 대개 소작인들인 농우회 회원들의 빚을 탕감한 점을 들어 궁극적인 농우회의 승리로 해석하지만,[42] 이는 좀 더 논의가 필요한 부분이라 생각된다. 비참한 한곡리의 현실을 초래한 첫 번째 원인으로

41 진흥회란 1920년대 이후 총독부가 기획한 농촌진흥운동을 효율적으로 수행하기 위한 단체이다.

42 류양선, 앞의 글, 25~26쪽.

동혁이 지적하는 것은 '고리대금업'이며 농민들의 주적主摘으로 지목하는 인물은 강기천과 같은 식민성 지주이다. 이 대목에서 농촌을 황폐화시킨 식민 제국인 일제는 배경으로 한참 물러나 있다. 진흥회 역시 동혁을 포함한 농우회 회원 대부분이 흡수되었다 하더라도, 더 이상 농우회 회원일 수 없는 그들은 진흥회의 논리로부터 더 이상 자유로울 수 없다. 작품의 종반부에 총독부가 조선의 농촌에 건설한 전시 부락인 '모범촌'을 무심히 둘러보는 동혁의 태도는 그래서 예사롭지 않다.

『상록수』에서 동혁의 동생으로 등장하는 '박동화'는 이런 측면에서 주목된다. 교육 받지 못한 그는 항상 술에 취해 있는데, 동혁이 유일하게 계몽에 실패한 인물이기도 하다. 진흥회로 넘어간 농우회 건물을 불태우고 만주로 달아나는 박동화의 문제성을 『상록수』는 광기와 도주로 서둘러 봉합하지만, 동혁이나 식민 제국, 그 어디에도 완전히 포섭되기를 거부하는 박동화의 존재는 『상록수』에서 흔치 않은 이질적 목소리이다.

5

계몽운동의 젠더-'쌍두취행진곡'에서 '최후의 일인'으로

기왕의 『상록수』 연구는 영신의 죽음에 크게 주목하지 않았다. 실제 인물인 '최용신'을 모델로 했다는 소설의 이면사로 하여 영신의 죽음은 줄곧 최용신의 죽음을 재현한 것으로 파악되거나, 기독교적인 의미망 속에서 해석되어 왔다. 그러나 사실에 구속되기보다 『상록수』라는 허구적 재현물 내에서 영신의 죽음을 좀 더 섬세하게 읽어낼 필요가 있다. 영신의 죽음은 『상록수』가 상상한 민족의 진정한 주인(중심)이 누구인가를 웅변하는 상징적 장치일 수 있기 때문이다.

계몽의 주체, 혹은 교사로서의 여성인물은 우리 근대소설에서 그리 흔한 형상은 아니다. 소설 속 대부분의 인물들을 '사제 관계'로 배치한 이광수의 『무정』에서도 온전한 교사의 형상은 '이형식'과 같은 남성 계몽 주체였다. 영채를 근대적으로 각성시키는 김병욱 같은 여성인물이 등장하긴 하나, 주지하다시피 소설의 종반부에서 김병욱 역시 이형식을 교사로 승인하는 학생이 된다. 때문에 동혁과 더불어 계몽의 한 축을 이루는 '교사-채영신'의 존재는 이채롭다.

이미 살펴본 바 있듯이 『상록수』에서 영신은 백현경과 대비되는 긍정적인 신여성의 전형으로 부각된다. 심훈이라는 남성 작가, 또는 박동혁이라는 남성 주체의 시선을 통과한 영신은 "연애를 하는데 소모되는 정력이나 결혼 생활을 하느라고 또는 개인의 향락을 위해서 허비되는 시간을 온통"(83쪽) 계몽 사업에 바치면서 가정이라는 사적영역 내에서의 아내이자 어머니의 자리를 포기하고, 청석골 아이들과 청년들, 그리고 여성들의 새로운 어머니가 되고자 한다. '공적인 어머니'로서의 영신은 성적인 구별이 지워진 무성적無性的인 존재인 동시에, 일종의 '여성-남성'인 혼성적混性的 존재이기도 하다. '교사'이자 '지도자'라는 공적인 지위를 부여받은 그녀는 줄곧 여성이면서도 남성을 환기하는 인물로 재현된다. 예컨대 남성인 동혁보다 "언권을 먼저 주지 않았다고 말하기를 딱 거절하"(30쪽)는가 하면 사내처럼 웃고 말하며, 무엇보다 남성인 동혁과 대등한 계몽의 주체로 자신의 위치를 분명히 하고자 한다. 때문에 영신은 의식적·무의식적으로 동혁의 한곡리와 자신의 청석골을 비교하며 자신이 하는 계몽 사업의 성과를 가늠한다,

"한곡리에서는 농우회관을 낙성하였다는 소식을 들은 영신은 슬그머니 성벽

이 나서, (청석골은 그보다 곱절이나 큰 학원 집을 짓고야 말겠다.)는 야심이 불 일 듯하였다."(121쪽)

계몽 사업에서 연인이자 동지이기도 한 동혁의 성과에 밀리지 않겠다는 영신의 '야심'은 남성 주체인 동혁에게는 일종의 '허영심'으로 이해된다.

> 한편으로 그가 영신을 될 수 있는 대로 호의로써 이해하려는 것도 물론이다. 그만한 나이에 다른 여자들 같으면 몸치장이나 하기에 눈이 벌겋고, 돈 있고 소위 사회에 명망 있는 결혼을 못하면, 첩이라도 되어서 문화생활을 할 공상과, 그렇지 않더라도 도회지에서 땀 안 흘리는 조촐한 직업도 많건만, 유독 채영신에게는 다만 한 가지 허영심이 있는 것을 알고 있다. (청석 학원을 온전히 저 한 사람의 힘으로 번듯하게 지어놓고, 교장 겸 고스까이 노릇까지 하더라도 내가 이만한 사업을 하고 있노라) 하고 백현경이나 다른 농촌 운동자들에게 보여 주고, 애인인 저에게도 자랑하고 싶은 그 허영심만이 충만한 것이 틀림없으리라하였다. 그러니까 자기의 사업이 기초는 어느 정도까지 잡혔더라도, 외형으로 눈에 번쩍 띄우는 것을 만들어서 보여 주기 전에는 저를 청석골로 부르지 않으려는 그 여자다운 심리가 들여다보이는 것 같았다.(106쪽)

계몽에 대한 영신의 열정이 남성 주체인 동혁에게는 일종의 '허영심'이나 '여자다운 심리'의 일단으로 해석되는 지점에서 영신의 죽음은 새삼 문제적으로 읽힌다. 동혁을 만나고 동혁이 청혼을 한 이후 일과 사랑 사이에서 고민하는 영신의 갈등은 소설이 진행될수록 더욱 심화된다. 물론 이러한 갈등은 대부분 영신의 몫이다. 동혁이라는 남성 주체를 만나면서, 백현경과 같은 영신의 여성 조력자의 지위는 강등되고, 동혁과의 사랑이 깊어지면서 기독교에 대한 영신의 믿음 역시 동요하기 시작한다.

(그러나 외로운 것은 어찌하나. 이다지도 지향 없이 헤매는 마음을 어디다가 붙들어 맨다는 말이냐?) (너에게는 신앙이 있지 않느냐. 어려서 부터 하나님을 불러왔고, 그의 독생자에게서 희생과 봉사의 정신을 배웠고, 가장 어려울 때에, 주를 부르며 아침 저녁 기도를 올리지 않았느냐?) (그렇다. 그러나 이제 와서는 무형한 그네들을 믿는 것만으로는 도저히 만족할 수가 없다. 사람을 믿고 싶다. 육안으로 보이는 좀 더 똑똑한 것, 확실한 것, 즉 과학을 믿고 싶다! 직접적으로 실험할 수 있는 것을, 노력하는 정비례로 그 효과를 눈앞에 볼 수 있는, 그러한 일을 하고 싶다!) (180쪽)

동지로 만났으나 연인으로 발전했고 그녀를 다시 배우자로 맞이함으로써 영신을 사적인 영역 내로 재위치 시키고자 하는 동혁의 욕망과, "조선의 인텔리 여성으로서 따로이 해야 할 사업이 있"(180쪽)으며, "결혼이 그 사업을 방해한다면 차라리 연애도 결혼도 하지 말아야 한다"(180쪽)는 영신의 욕망은 순조롭게 합치되지 못한다. 영신은 동혁과의 결혼을 유예하고 청석골 아이들의 어머니 역할도 잠시 반납한 채, 일본으로 유학을 떠난다. 더욱 충실한 계몽사업을 위한 유학이지만, 심훈이 영신의 유학을 처리하는 방식은 결코 긍정적이지 않다. "조선을 등지고"(195쪽) 떠난 유학길에서 영신은 그녀를 죽음에 이르게 한 각기병을 얻게 돼 다시 청석골로 돌아온다.

청석골로 돌아온 영신은 마지막까지 교육을 위해 헌신하다 청석골 주민들이 지켜보는 가운데 죽는다. 소설은 죽음이라는 미학적 장치를 통해 공적인 욕망을 포기할 수 없었던 혼성적인 여성의 갈등, 영신 내부의 이질적인 목소리들, 영신이라는 부자연스러운 여성의 흔적을 성스럽게 봉합한다. 영신의 죽음을 통해 동혁이라는 남성 주체 역시 사랑 혹은 연애라는 개인주의를 청산하고 "아무 데도 얽매이지 않는 몸을 오로지 농촌 사업에만 바치려는"(219쪽) 계몽의 단일한 주체로 부상한다. 동혁과 영신의 '쌍두취행진곡'으로 시작된 『상록수』는 '최후의 일인자'인 동혁을 소설 속에 선명하게 기입하면서 끝이 난다.[43] 이로써 민족주의의 젠더, 계몽운동의 젠더는 좀 더 선명해진다. 최후의 일인으로 남은 동혁은 영신이 떠난 청석골에서 영신을 따르던 청년회의 '원재'와 '형제'로 결속하고, 모범촌을 틀러 계몽 운동의 "지도분자들과 굳게 악수를 하고, 하룻밤씩 같이 자면서 의견을 교환하고 새로운 방침을 토론"(221쪽)하면서 형제애를 다지는가 하면, 자신을 배반한 의형제 '건배'를 다시 만나 형제애를 복구한다. 영신이 사라진 자리에서 동혁은 계몽 사업에 뛰어든 형제들과의 결속을 더욱 강화하며, 소설은 동혁과 형제들, 이 남성 영웅들의 무리가 계몽의 진정한 주인, 순결한 민족의 중심임을 환기한다. 영신이 죽고 '아무 데도 얽매이지 않는' 자유로운 몸이 된 동혁은 이제 한곡리나 청석골을 떠나 이동하며 전 조선을 '애향가가 울려퍼지는 고향'으로 발견하려는 웅대한 포부를 내보인다. 최용신의 모델이 아니더라도 영신은 동혁이라는 위대한 남성 영웅의 탄생, 민족 계몽의 진정한 주인의 출현을 위하여 끝내 사라질 수밖에 없는 존재였다.

> (이제부터 한곡리에만 들어앉았을 게 아니라 다시 일에 기초가 잡히기만 하면, 전조선의 방방곡곡으로 돌아다니며 널리 듣고, 보기도 하고, 또는 내 주의와 주장을 세워보리라. 그네들과 긴밀한 연락을 취해서 같은 정신과 계획 아래서 농촌 운동을 통일시키도록 힘써 보리라.) (221쪽)

---

43 『상록수』 1장의 제목은 '쌍두취행진곡'이며 마지막 14장의 제목은 '최후의 일인'이다.

동혁의 걸음은 차츰차츰 빨라졌다. 숨가쁘게 잿배기를 넘으려니까, 회관 근처에서 애향가를 떼를 지어 부르는 소리가 바람결을 타고 웅장하게 들려오는 듯하여서 그는 부지중에 두 팔을 내저었다. 그리고는 동혁의 초가집들을 내려다보며, 오랫동안 떠나 있던 주인이 저의 집 대문간으로 들어서는 것처럼 『에헴 에헴!』하고 골짜기가 울리도록 커다랗게 기침을 하였다. 그의 눈에는 회관 앞마당에 전보다 몇 곱절이나 빽빽하게 모여선 회원들이 팔다리를 벌렸다 오무렸다 하며 체조를 하는 광경이 보였다. (중략) 앞으로 가지가지 새로이 활동할 생각을 하며 걷자니, 그는 제풀에 어깻바람이 났다. 회관 근처까지, 다가온 동혁은 누가 <엇 둘! 엇 둘!> 하고 구령을 불러 주는 것처럼 다리를 쑥쑥 내 뻗었다. 상록수 그들을 향하여 뚜벅뚜벅 걸었다. (224쪽)

6
맺음말

기왕의 『상록수』 연구는 크게 세 방향으로 이루어졌다. 이 소설이 담지한 저항적 계몽성을 규명하거나 실제와 허구 사이의 길항 및 간극을 확인하는 작업, 그리고 『상록수』가 영화로 만들어진 사실에 주목하여 소설의 영화화에 따른 매체적 차이를 분석하는 것이었다. 방향은 각기 다르나 '농촌계몽소설'이라는 『상록수』의 의미 규정을 모두 자명한 것으로 인정한 접근이었다. 본고는 이러한 자명성에 대한 의문으로부터 시작하였다. 말하자면 '농촌계몽소설'이라는 매끄러운 규정을 농촌, 계몽, 소설로 분리시키고 이것이 '농촌계몽소설'로 결합되는 과정을 추적해 보고자 한 것이다. 이 과정은 『상록수』를 텍스트로 삼는 동시에 '심훈'을 텍스트화 하는 작업이기도 했다. 심훈이라는 텍스트를 해석하지 않고 『상록수』가 담지한 '농촌-계몽(민족) 소설'의 친연성을 규명하기란 불가능하다고 판단했다. 때문에 본고는 먼저 식민지와 제국, 민족이라는 특수성과 (사회주의) 이념이라는 보편성, 문학과 문화(영화·연극) 사이를 끊임없이 유동했던 심훈이 1930년대 충남 당진으로 하방한 이후 연극이나 영화가 아닌 문학으로 즉 장편소설 창작으로 선회한 사실에 주목했으며, 그를 농촌, 민족, 소설로 이끈 계기들에 주목했다. 이는 물론 농촌 민족-소설이 합체된 『상록수』를 이해하기 위해 반드시 통과해야 할 지점이었다. 그러나 여전히 아쉬운 부분이 남는다. 예컨대 톨스토이나 쿠니키다 돗포, 그리고 심훈의 독서 이력에서 주목되는 투르게네프 등의 소설과 심훈 소설의 연관성 및 영향관계는 앞으로 충분히 논의되어야 할 과제라 생각된다.

『상록수』는 당대 최고의 모던보이였던 심훈의 돌연한 농촌행과 소설 창작에의 전념, 그 회유回遊에 개입된 심훈의 욕망과 브나로드 운동을 장편소설로 결산하려는 《동아일보》의 욕망이 행복하게 조우한 작품이라 할 수 있다. 식민지 조선의 알레고리인 농촌의 농민들을 통해서 조선 인종의 근본적 악성격을 해소한 미래의 조선 민족을 상상하는 재현물은 '소설'이라는 장치를 반드시 필요로 했으며, 《동아일보》가 브나로드 운동의 성과를 마무리하는 장르로 소설을 선택한 것 역시 당연한 일이었다. 민족이라는 상상의 공동체를 재현하는데 신문이나 소설의 역할 및 협력 관계는 익히 알려진 바이다. 1935년 《동아일보》 장편소설 공모에 당선된 『상록수』는 그것을 다시 한 번 확인시키는 셈이다. 심훈은 『상록수』를 통해서 민족인 자들과 민족이 아닌 자들을 구별 짓고, 아이들 혹은 아이들과 같은 자들로 표상된 순결한 민족을 구상하며, 이 집단적 정체를 이끄는 주체의 성별을 환기한다.

앞으로 『상록수』가 발표된 1930년대 중반을 전후한 무렵부터 다량으로 쏟아져 나온 농촌(향토) 혹은 고향 재현 서사물들로 논의를 확대시키고, 그 확대된 논의의 자장 속에서 『상록수』를 새롭게 조명해보는 작업 또한 필요하리라 생각된다. 재현 주체들의 욕망과 재현의 시대적 맥락 속에서 농민은 때론 민족으로, 프롤레타리아트 전위로, 또는 황국 신민으로 부단히 거듭나야 하지 않았을까. 그렇다면 농촌 혹은 고향은 식민지 후반기 지식인들의 시선에 의해 줄곧 발견된, 식민지 엘리트들의 다양한 욕망이 들끓고 쟁투하는 문제적 공간일 것이다. 말하자면 식민지 지식인들이 발견한 처녀지, 곧 그들의 새로운 식민지가 바로 농촌 혹은 고향이었던 것이다.

■ 참고문헌

1. 자료

『심훈문학전집』 3, 탐구당, 1967.

『상록수』, 『대표한국문학전집』, 신흥서관, 1983.

2. 참고논저

구수경, 「심훈의 『상록수』 고」, 《어문연구》 제19집, 어문연구학회, 1989.12, 435~449쪽.

김경연, 「근대계몽기 여성의 국민화와 가족-국가의 상상력-《미일신문》을 중심으로」, 《한국문학논총》 제45집, 2007.4, 200~238쪽.

김구중, 「『상록수』 허구/역사가 교접하는 서사의 자아 변화 연구」, 《한국문학이론과 비평》 제6집, 한국문학이론과 비평학회, 1999, 125~153쪽.

김종욱, 「『상록수』의 '통속성'과 영화구성원리」, 《외국문학》 1993 봄호, 148~163쪽.

김　철, 「갱생(更生)의 도(道) 혹은 미로(迷路)」, 《민족문학사연구》 통권 28호, 2005.8.

———, 「프롤레타리아 소설과 노스탤지어의 시공」, 『근대의 문화지리-고향의 창조와 재발견』 동국대학교 한국문학연구소 제25차 한국문학 국제학술회의, 2006. 2, 117~140쪽.

김화선, 「한글보급과 민족형성의 양상」, 《어문연구》 제51집, 어문연구학회, 2006.8, 63~87쪽.

류양선, 「『상록수』론」, 《한국현대문학연구》 제4집, 한국현대문학회, 1995.2, 7~34쪽.

———, 「심훈의 『상록수』 모델론-상록수로 살아있는 사랑의 여인상」, 《한국현대문학연구》 제13집, 2003.6, 241~267쪽.

박선미, 『근대 여성, 제국을 거쳐 조선으로 회유하다』, 창비, 2007.

이혜령, 「신문·브나로드·소설」, 《한국근대문학연구》, 한국근대문학회, 2007.2, 165~196쪽.

정진석, 『일제하 한국언론투쟁사』, 정음사, 1975.

주　인, 「심훈 문학 연구 방법에 대한 서설」, 중앙대 《어문논집》 제34집, 2006, 249~269쪽.

최원식, 「심훈연구서설」, 『한국근대문학사의 쟁점』, 창작과비평사, 1990.

한기형, 「습작기(1910~1920)의 심훈」, 《민족문학사연구》, 2003년 상반기.

가라타니 고진 저, 박유하 역, 『일본 근대문학의 기원』, 민음사, 1996.

고모리 요이치 지음, 송태욱 옮김, 『포스트콜로니얼』, 삼인, 2002.

10

원본비평을 통해 본 『상록수』의 텍스트 문제

정홍섭
아주대학교 다산학부대학 교수

1

서론 : 연구사 비판과 『상록수』 원본비평의 의미

심훈(沈熏. 본명은 대섭大燮, 1901~1936)은 『상록수』 단행본의 교정을 보던 중 만 35세의 젊은 나이로 타계했다는 사실이 상징하듯, 『상록수』의 작가라는 이름표야말로 그를 설명하는 가장 일반적인 명명법이다.[01] 그런데 특히 "『상록수』로 대중적 성공을 거둔 민족주의계열의 통속작가라는 고정관념"[02]이 그와 이 작품을 둘러싸고 일반화되어 있는 바, 이것은 "무엇보다도 그와 동시대에 활약했던 문인들, 특히 카프계 작가들과의 불화에서 비롯되었다"[03]는 평가가 유력하다. 그와 그의 작품에 대한 카프 문인들의 폄훼 가운데 대표적인 경우는 이런 것이다.

---

01 그의 생애와 관련해서는 다음을 참조함.
유병석, 「심훈 연구 - 생애와 작품(沈熏 硏究-生涯와 作品)」, 서울대 석사논문, 1964.11.20.
최원식, 「심훈연구서설」, 『한국근대문학사의 쟁점』(김학성, 최원식 외), 1990.
「작가 연보」, 『상록수』(박헌호 책임 편집), 문학과지성사, 2005.

02 최원식, 위의 책, 230면.

03 위의 책, 229면.

> 중앙일보中央日報에 실린 소설小說 두 편(『영원의 미소』와 『직녀성』-인용자)과 동아일보東亞日報에 당선當選된 『상록수常綠樹』는 김말봉金末峯 씨에 선행先行하여 예술소설藝術小說의 불행을 통속소설通俗小說 발전의 계기로 전화轉化시킨 일인자一人者다. 심씨의 인기라는 것은 전혀 이런 곳에서 유래한 것이며(김씨의 인기도 역!) 다른 작가들이 신간소설新聞小說에서 이 작가들과 어깨를 겨눌 수가 없이 된 것도 이 때문이고, 그이들이 일조一朝에 유명해진 비밀도 다 같이 이곳에 있었다.[04]

필자는 이러한 평가와 관련하여, "당대 소설들에 대한 「세태소설론」의 평가는 세태 묘사와 심리 묘사라는 지극히 교조적인 단순 도식에 입각해 있어서 각각의 작품들이 지닌 의미 있는 특색들을 오히려 무화시켜 버리고 만다"[05]는 평가와 더불어, 분석정신을 바탕에 깔고 있는 묘사 훈련의 필요성을 특별히 강조하는 데에서도 나타나듯 이것이 "서구근대소설사를 중심에 놓고 조선근대소설의 수준과 전망을 보아 내는"[06] '근대주의적 단계론'이라 비판한 바 있다. 그런데 묘사와 분석을 유독 강조하는 논리적 배경을 지니고 있음에도 불구하고, 위 인용문의 필자는 각각의 작품에 대한 성의 있는 분석을 바탕으로 비판에 임하기는커녕 김말봉을 능가하는 통속소설의 일인자로서 심훈과 『상록수』를 낙인찍고 있는데, 역설적이게도 이러한 폭력적 규정이 부정적 방향으로건 긍정적 방향으로건 심훈과 『상록수』에 대한 예의 고정관념의 관행—특히

---

04 임화, 「통속소설론」, 『문학의 논리』, 학예사, 1940, 399면.

05 정홍섭, 「1930년대 후반 임화 문학론 비판-이식문학론 극복을 위하여」, 『소설의 현실평의 논리』, 역락, 2006, 66~67면.

06 위의 책, 76면.

문학사에서의 평가—을 만드는 데 결정적 역할을 한 것처럼 보인다. 그러나 일찍이, 예컨대 백철의 『조선신문학사조사』에서 이광수의 『흙』과 심훈의 『상록수』를 한데 싸잡아 농촌계몽소설로 규정하는 것에 대해 "각기 작자의 경험 과구도 발상에 있어 어긋남이 있"[07]는 바, 후자의 경우는 "도시에서 추구된 농촌이 아니었고, 실제의 경험에서 나온 울부짖음이 깔려 있는 것 같다"[08]는 의미심장한 이의 제기가 있었으며, 그 이후로도 "프로문학의 대중적 회로를 개척하기 위해 고투"[09]했다는 관점에서 "그의 장편문학을 재평가할 필요가 절실하다"[10]는 강력한 주장이 있었다.

그러나 '계급적' 관점에서 『상록수』의 한계를 비판하는 관점 또한 여전히 존재하는데, 이를테면 이기영의 『고향』에서 보는 것과 같은 계급적 농민 형상의 부재와의 대조를 통해 『상록수』를 '나로드니키의 로망스'로 규정하면서 그 통속성을 비판하는 경우[11]가 그러하다. "「상록수」의 줄거리는 근원적으로는 영웅들의 애정담에 의해 이끌리고 있다. 곧 저 전통적인 로망스 구조에 서"[12] 있다는 것이다. 『상록수』를 주로 그 줄거리에 주목하여 평가하는 관점에 대해서도 논의할 바가 없지 않지만, 이 글에서 보이는 단순하지만 결정적인 한 가지

---

07 홍이섭, 「30년대(年代) 초(初)의 농촌(農村)과 심훈문학(沈熏文學)-「상록수(常綠樹)」를 중심으로」, 《창작과비평》, 1972년 가을호, 584면.

08 같은 면.

09 최원식, 앞의 책, 246면.

10 같은 면.

11 유문선, 「나로드니키의 로망스-심훈의 「상록수」論」, 『장편소설로 보는 새로운 민족문학사』(정호웅외), 열음사, 1993. 유문선은 윗글에서 심훈에게 미친 투르게네프의 영향을 특별히 강조하면서 그것을 심훈의 나로드니키적 성향 형성의 주요 근거로서 제시한다. 그러나 투르게네프가 당대 조선의 뭇 작가들에게 두루 미친 영향력을 고려한다면, 이는 적절한 논거가 되지 못할 듯하다. 예컨대 채만식의 경우에도 자신이 투르게네프의 전집을 열심히 통독하며 사숙했음을 강조하면서 그 영향을 자랑스럽게 강조한다. 졸저, 『채만식 문학과 풍자의 정신』, 역락, 2004, 76~77&190면 참조.

12 유문선, 앞의 책, 146면.

문제는 『상록수』 읽기에서 일반적으로, 무반성적으로 나타나는 중대한 문제점과 동일한 것이다. 그것은 바로 이 작품의 텍스트에 대한 의식적·비판적 접근이 부재하다는 점이다. 예컨대 윗글에서는 이 작품의 몇몇 부분을 인용하고 있는데 어느 텍스트의 몇 면을 인용한 것인지조차 밝히고 있지 않다. 이처럼 인용 텍스트조차 밝히지 않은 채 이 작품에 관해 논한 기존 연구[13]는 이밖에도 더 찾아볼 수 있다.

기존의 '『상록수』론'은 위의 경우들과 다소 차이가 있을지언정 대상 텍스트에 대한 문제의식의 부재라는 면에서는 같은 지점에 서 있다. 우선, 근거로 삼고 있는 텍스트에 따라 기존 연구를 분류해 보자면, 『심훈문학전집』(탐구당, 1966)을 대상으로 한 경우[14], 신흥서관에서 1983년에서 출간한 『대표한국문학전집』을 인용하고 있는 경우[15], 『정통한국문학대계7 : 상록수』(어문각, 1994)를 대상으로 한 경우[16], 1993년에 간행된 문학사상사 본 『상록수』를 대상으로 한 경우[17], 문학사상사 본과 동아일보 연재본을 동시에 인용하고 있는 경우[18], 후술하게 될 서울대출판부 본(1996)과 두 개의 한성도서주식회사 본(1936&1954) 및 탐구당 본(1966)을 모두 참고문헌 목록에 올려놓고 있으나 실제로는 서울대출판부만을 인용하고 있는 경우[19], 또한 후술하게 될 문학과

---

13 김구중, 「상록수, 허구/역사가 교접하는 서사의 자아 변화 연구」, 《한국문학이론과 비평》 제6집, 1999.
———, 「『상록수』의 배경 연구」, 《한국언어문학》 제42집, 1999.
한희수, 「『상록수』에 나타난 담론과 구조의 변증법」, 《한국언어문학》 제43집, 1999.

14 김성욱, 「심훈(沈熏)의 『상록수(常綠樹)』 연구(硏究)」, 한양대 석사논문, 2003.

15 김경연, 「1930년대 농촌·민족 소설로의 회유(回遊)-심훈의 『상록수』론」, 《한국문학논총》 제48집, 2008.4.

16 이진경, 「수행적 민족성-1930년대 식민지 한국에서의 문화와 계급」, 《한국문학연구》 제28집, 2005.

17 임영천, 「심훈 『상록수』 연구」, 《한국문예비평연구》 제11집, 2002.12.

지성사 본(2005)을 가지고 논한 경우[20] 등으로 나누어 볼 수가 있다. 그리고, 다음 장에서 상론할 터인데, 서울대출판부 본『상록수』(조남현 해설·주석)는 동아일보 연재본(1935.9.10.~1936.2.15.)을 저본으로 한 것이며, 문학과지성사 본『상록수』(박헌호 책임 편집)는 앞서 언급한 탐구당 본을 저본으로 만든 것이다. 마지막에 소개한 두 가지 편저를 포함하여『상록수』와 관련된 기존의 연구는 이처럼 제각각의 텍스트를 근거로 논의를 펼치고 있는데, 문제는 그러한 텍스트 선정의 자의성에 대한 성찰이 이루어지고 있지 않다는 점이다. 이러한 사정에서는, 그것이 어떠한 관점에 입각하여 어떠한 방향을 추구하는 것이건, 온당한 논의와 평가가 애초부터 이루어질 수가 없다. 바로 이 점이 본고에서『상록수』원본비평textual criticism의 필요성을 제기하는 이유이다.[21]

원본비평을 수반하지 않은『상록수』론에 근본적인 문제가 있다는 것을 알려주는 또 하나의 방증은, 심훈 연구의 선참인 유병석의『상록수』평가에서 찾아볼 수 있다.

(전략) 그의 표현상表現上의 장점長点인 다음 몇 가지는, 최후의 장편長篇『상록수常綠樹』에서 절정絶頂에 달達하고 있다.

---

18 김화선,「한글보급과 민족형성의 양상-심훈의『상록수』를 중심으로」,《어문연구》제51집, 2006.8. 그런데 이 글의 필자는 동아일보 연재본을 옮겨놓은 서울대출판부 본의 존재를 모르고 있어 전자의 판독 가능한 부분만을 근거로 하여 논의를 진행하고 있다

19 류양선,「심훈의《상록수》모델론-'상록수'로 살아 있는 '사랑'의 여인상-심훈의《상록수》모델론」,《한국현대문학연구》제13집, 2003.6

20 이혜령,「신문·브나로드·소설」,《한국근대문학연구》15, 2007.

21 같은 맥락의 문제의식 하에 필자는 채만식의『탁류』에 대한 논문을 발표한 바 있다. 또한 이 논문의 서론에서는 '원본비평', '정본', '원본', '정본', '판본', '이본' 등의 용어 개념을 정리해서 설명했다. 정홍섭,「원본비평을 통해 본『탁류』의 텍스트 문제」,《우리어문연구》36집, 2010.1, 449~450면 참조.

> ① 토착어土着語의 구사驅使. 불과不過 삼년여三年餘의 농촌생활農村生活에서 얻은 경험經驗으로 이처럼 기발奇拔한 토착어土着語의 구사驅使가 자재自在로움은 놀라울 정도程度이다. 풍속風俗이나 방언方言은 물론勿論이요, 심리묘사心理描寫에 있어 농민農民다운 소박素朴한 표현表現에는 그의 선천적先天的 재질才質을 인정認定할 수밖에 없다.[22]

사실 이 선구적 연구 역시 위에서 지적한 것과 같은 맥락의 문제점을 지니고 있다. 이 연구 역시 원본비평을 수반하고 있지 못한 채 민중서관에서 간행한 『한국문학전집 제17권』(1959)을 가지고 위와 같은 평가를 내리고 있기 때문이다. 이때 '표현상의 장점'의 내용이란 단순한 기교가 아니라 앞서 언급한 바 "도시에서 추구된 농촌이 아니었고, 실제의 경험에서 나온 울부짖음"의 발로로서 읽혀지지 않으면 안 될 터인데, 위 연구의 바탕이 되고 있는 텍스트 역시 그것을 읽어내는 데 근본적인 한계가 있는 것이기 때문이다. 그것을 읽어내기 위해서는, 요컨대 제대로 된 원본비평 작업이 필요한 것이며, 본고는 그러한 『상록수』 원본비평 작업의 1차 보고서[23]이다.

22 유병석, 앞의 글, 81면.

23 지면 관계상 본고에서 『상록수』에 대한 원본비평 작업 전체를 담아낼 수는 없다. 본고의 후속 작업으로서 '2차 보고서'에 어떤 내용이 담길지에 대해서는 결론에서 언급할 것이다.

2
『상록수』 주요 판본의 의의·문제점과 원본비평의 기준 및 원칙

우선 본고에서 원본비평의 직접 대상으로 삼은 판본들을 소개하면 다음과 같다.

1 동아일보 연재본(1935.9.10.~1036.2.15.)(128회분)

: 최종회가 127회로 표기되어 있으나 115회(1936.1.30.&1.31.)가 두 번 반복되어 있기 때문에 실제로는 128회분이다. 아래의 한성도서주식회사에서 간행한 단행본과 더불어 작가가 생전에 스스로 집필한 판본으로서 중요성을 지닌다. 그러나 단행본 간행 시 작가의 교정 대상이 된 최초 판본이기도 하며, 실제로 개작된 단행본에서는 작중 채영신이 함경도 고향을 방문했을 때 어머니가 하는 말들이 모두 표준어에서 함경도 방언으로 바뀌는 장면 등에서 특히 큰 변화가 나타나기도 한다. 서울대출판부 간행본의 저본이면서 그 문제점을 비춰주는 판본이기도 하다.

2 서울대출판부 간행본(1996.12.10.)

: 위 신문연재본을 그대로 옮겨 놓은 판본이며, 이 판본의 편자는 이것을 "한마디로 '원본상록수原本常綠樹'이며 '정본定本 상록수常綠樹'"[24]로 자부하고 있다. 신문연재본을 책의 형태로 만들어 그 가독성을 높였으며, 일부 어휘에 대한 풀이를 각주로 덧붙이고 있다는 점에서 의의가 있다. 그러나 실제로 동아일보 연재본과 대조해보면 누락된 부분과 오식이 많고, 무엇보다도 개작된 단행본

---

24 『상록수』(조남현 해설·주석), 서울대학교출판부, 1996, ⅴ면.

과의 비교·대조 작업을 수행하지 않은 판본이라는 데 결정적인 한계가 있다.

3 한성도서주식회사 간행본(1937.1.21. 재판. 초판은 1936.8.28.)

: 초판은 구할 수가 없어 재판본을 검토 대상으로 삼았다. 앞서 언급했듯이 심훈은 단행본 출간을 위해 원고 교정에 몰두하다가 병을 얻어 1936년 9월 16일 사망한 것으로 되어 있다. 이것은 초판이 나온 지 20여 일 후, 그리고 재판이 나오기 몇 달 전 시점이며, 따라서 그는 타계 직전 재판본의 출간을 위한 교정 작업을 하고 있었던 듯하다. 어쨌든 이 단행본은 작가가 직접 손을 본 마지막 판본이라는 의미에서 원본비평의 기준판본으로 삼아야 할 판본이라 할 수 있다. 앞에서 말한 바와 같이 동아일보 연재본을 개작하여 변화된 부분이 뚜렷이 확인되며, 동아일보 연재본과 더불어, 이후 간행된 모든 판본들의 문제점을 검토할 수 있게 해주는 절대적 중요성을 지니는 판본이다.

4 신생출판사 간행본(1961.4.1.)

: 작가의 삼남인 심재호가 교열·편집한 판본이라는 점과 함께, 이 판본의 중요성은 다음과 같은 사실로도 알 수 있다. 즉 『상록수』의 주인공 박동혁의 모델인 작가의 장질 심재영이 자신을 포함하여 고향 마을사람 12인을 결집하여 만든 '공동경작회'의 구성원 중 한사람인 김태룡이 바로 신생출판사의 사장인 것이다.[25] 특별한 사명감을 가지고 작품 간행에 임했을 것임을 충분히 짐작할 수 있다. 또한 이 판본은, 역시 심재호가 책임 편집한 탐구당 본(1966)의 선행 저본이라는 의미도 지니고 있다.

25 유병석, 앞의 글, 75&83면 참조.

5 문학과지성사 간행본(2005.6.20.)

:『상록수』의 판본으로서는 가장 최근에, 문학과지성사라는 지명도 높은 문학 전문 출판사에서 '한국문학전집' 시리즈 가운데 하나(18권)로 간행되었기 때문에 오늘날 독자들이 가장 쉽게 접할 가능성이 높은 판본으로서 주목을 요한다. 심재호가 책임 편집한 탐구당 간행본『심훈문학전집』1권(1966. 4)을 저본으로 하여 박헌호가 책임 편집한 판본인데, 어째서 탐구당 본을 저본으로 했는지 또 그럴 때 어떤 문제점이 나타날 수 있는지에 관해서는 언급하고 있지 않다. 무엇보다도 텍스트 1또는 3을 저본으로 삼지 않았으며 참조도 하지 않았다는 데에 문제가 있다. 또한 4와 함께, 그리고 어떤 부분에서는 4보다 훨씬 더 큰 정도로 원본의 고졸古拙한 표현들을 모두 현대어 표현으로 바꾸어 버렸다는 데에 이 판본의 문제가 있다. 원문 오독도 적지 않게 나타난다.

6 북한 문학예술출판사 간행본(2004.1.15.)

:『상록수』원본비평 작업을 시작할 당시에는 포함시키지 않았다가, 최근에 텍스트를 입수하여 판본 대조 작업에 뒤늦게 추가한 판본이다. '현대조선문학선집' 가운데 31번째로 북한에서 비교적 최근에 간행된 판본이며, 특히 근대문학사에 대한 최근 북한의 관점과 더불어 문학 작품에 대한 일반적 '편집' 원칙과 방법을 알 수 있게 해주는 중요한 의미를 지닌 판본이다. 그런데 이 북한 판본은 여러 크고 작은 문제점을 지니고 있다. 1장 제목부터 잘못되어 있는 데에서 드러나듯[26], 한자를 모두 한글로 바꾸어 쓰는 북한 어문정책이-뜻하지 않게도-내용의 오독과 오해를 유발하여 많은 오류를 만들어내고 있다. 또 표현을 자의적으로 변개하거나, 위 4나 5와 마찬가지로 방언을 모두 표준어투로 바꿔버림으로써 원작의 맛을 살리지 못하고 있다. 이외에도 많은 문제점을 지적할 수 있기 때문에, 이 북한판본에 관해서는『상록수』의 다른 문제 지점들

과 더불어 지면을 달리하여 상세히 논하고자 한다.

이외에도 수많은 『상록수』 판본들 가운데에서 특히 동아출판사 간 『한국소설문학대계 21 상록수 휴화산 외』(1995)와, 앞서 언급한 민중서관 간행본과 탐구당 간행본 등을 함께 참고했다. 우선 동아출판사 본은 한성도서의 초판본을 저본으로 한 것으로 되어 있는데, 이 판본 역시 원본에 대한 오독과 오기가 적지 않게 나타나며, 나머지 두 판본들은 4나 5와 마찬가지 맥락의 문제점을 내포한 것들이다.

위와 같은 이유들 때문에 위 여러 판본들 가운데 기준판본을 3으로 하고 1(과 2)를 함께 근거 삼아 원본비평을 수행했으며, 이 두 가지(또는 세 가지) 판본에 비추어 나머지 판본들이 지니는 문제점을 검토해 나가는 방향으로 작업을 진행했다. 이때 원본비평을 통해 만들어질 결과물의 대원칙은 "오늘날 독자들의 가독성을 최대한 보장하는 것을 추구하면서도, 다른 한편으로는 당대의 '분위기'와 작가의 창작 의도를 최대한 그대로 살려내는, '두 마리 토끼' 잡기를 절묘하게 성공시킨 텍스트가 되어야 한다는 것이다."[27] 이런 원칙에서 보자면, 앞서 강조한 바와 같이 우선은 1과 3에 담겨 있는 작가의 의도를 충실히 읽어내야 할 터인데, 이때 다른 무엇보다도 작품 속에서 구사되고 있는 방언과 구어 및 당대의 어휘 등 민중들의 일상 어투와 고졸한 표현법을 생생하게 살려주는 것이 무엇보다도 중요하다고 판단된다. 본론에서는 위와 같은 몇 가지 사항들을 보여주는 대표적인 사례를 중심으로 하여 『상록수』의 판본

26 1장 제목인 '쌍두취행진곡(雙頭鷲行進曲)'이 '쌍두차행진곡'으로 되어 있다. 한자 병기가 되어 있지 않아 '차'가 어떤 의미의 한자인지조차 알 수가 없다.

27 정홍섭, 「원본비평을 통해 본 『탁류』의 텍스트 문제」, 《우리어문연구》 36집, 2010.1, 452~453면.

들이 지닌 문제점을 정리해 보고자 한다.

3

텍스트 문제 1 : 오독과 오해에 의한 오류

우선 원문의 맥락을 오독하거나 오해한 데에서 오는 오류만 보더라도 적잖이 발견되는데, 이것이 대부분 텍스트 [2]와 [5]에 해당함을 확인할 수 있다. 사소한 오식을 제외하고 몇몇 대표적인 유형의 경우를 제시하면 다음과 같다.

> ① 정각이 되자 P학당의 취주악대吹奏樂隊는 코넷, **트롬본**([5] **트럼펫**, 이하 강조는 모두 인용자의 것임) 같은 번쩍거리는 악기를 들고 연단 앞줄에 가 벌려 선다.([5]의 8면[28])

: 물론 단순 실수에 의한 오류라고 짐작되나, 텍스트의 내용을 꼼꼼히 살피는 것이 기본적으로 얼마나 중요한지를 보여주는 경우이다.

> ② 그는 언뜻 보기에도 수수한 굵다란 광당포 적삼에 검정 **해동저 치마**([2] **해동저고리치마**, [5] **해동치마**)를 입었고(19면)

: '해동저海東苧'란 '모시'를 가리키는 말인데, [2]와 [5]는 이 말의 의미를 제대로 알고 있지 못한 듯 다른 말로 바꿔놓고 있다.

---

28 이하에서는 편의상 텍스트 [5]의 면수만을 표시한다.

③ 떠오른 지 얼마 안 되는 **하현달은**([5] **하얀 달은**)(45면)

: 아주 단순한 문제이지만, 두 어휘가 전혀 다른 이미지를 전달한다는 점에서 매우 큰 오류라고 할 수 있다.

④ 그중에도 어느 사립학교 교원으로 있을 때 ○○사건에 앞잡이 노릇을 하다가, 이태 동안이나 **공밥**([1] **공ㅅ밥**, [2] **콩ㅅ밥**, [4][5] **콩밥**)을 먹고 나온 경력이 있는 건배는, 남의 일이라면 발을 벗고 나선다.(70면)

: 여기서 '공밥空-'이란 '제값을 치르지 않거나 일을 하지 아니하고 거저먹는 밥'을 가리키는 것으로, '콩밥'과는 전혀 다른 어휘이다. 『상록수』의 동혁이나 건배처럼, 『불사조』를 비롯해 다른 작품들에서도 감옥을 드나들며 정신적으로 단련되어 나가는 주의자 청년들의 모습을 작가는 의식적으로 그려 보이는데, 여기서도 감옥에서 먹는 밥을-'콩밥'이 아니라-'공짜로 주는 밥'이라는 말로 표현함으로써 작중 인물 또는 작가가 지닌 태도의 의연함과 강건함을 나타내고 있는 것이다.

⑤ 비는 또다시 이틀 동안을 **질금질금 오다가**([1][2] **줄기차게 쏟아지다가**, [6] **찔금찔금 오다가**), **씻은 듯 부신 듯이**([5] **씻은 듯이**) 개고 날이 번쩍 들었다.(73면)

: [6]이 '질금질금'을 '찔금찔금'으로 바꾼 것도 자의적이지만, [5]에서 '부신 듯'이라는 구절이 누락된 것은 더 큰 문제이다.

⑥ 늙은이 여편네들 할 것 없이 모여들어서, 무슨 구경이나 난 것처럼 운동장인 잔디밭이 **삑삑하도록**([2][5] **빽빽하도록**) 들어차는 날도 있었다.(109면)

: '삑삑하다'와 '빽빽하다'는 어감 자체부터 다른 엄연한 별개 어휘이다. 표

준국어대사전에서도 이 말의 용례를 『상록수』의 한 대목에서 소개하고 있다.

> ⑦ 영신이가 청석골로 내려가, 자리를 잡은 뒤에 야학의 교장 겸 소사의 일까지 **겸쳐**([2][5] **겹쳐**) 하고(116면)

: '겸치다兼-'는 '두 가지 일을 겸하여 하거나 겸하게 하다'라는 뜻으로 '겹치다'와 전혀 다른 말이다.[29] [2]와 [5]뿐만 아니라 북한 판본인 [6]도 어휘의 의미를 잘못 읽어내고 있음을 알 수 있다.

> ⑧ (전략)캄캄한 밤에 하늘의 별만 대중해서, 방향을 잡고 오는 날도 **경성드뭇**([2] **경성드뭇**, [3] **경성드묻**, [5] **건성드뭇**, [6] **경성 드문**)하였다.(165면)

: '경성드뭇하다'라는 어휘를 잘 모르고 있는 것이 아니라면, [2]와 [5]와 [6] 모두가 명백한 오식이다. 특히 [5]에는 이 잘못된 표기가 몇 번 반복해서 나타난다.

> ⑨ 아침부터 안 대청에서 **자여질**([1][2][5] **자녀질**)들이 헌수하는 술을 마시고 거나하게 취해 나온 한 낭청은(170면)

: 한자어의 의미를 모르는 데서 나오는 오류라 할 수 있다. '자여질子與姪'이란 '아들과 조카를 통틀어 이르는 말'이다. [3]은 [1]의 오기를 바로잡고 있다.

> ⑩ 이 채영신 양은, 연약한 여자의 몸으로 농촌의 개발과 무산 아동의 교육을 위해서, 너무나 과도히 일을 하다가, 둘도 없는 생명을 바쳤습니다. **완전히 희**

29 이 말은 예컨대 채만식의 『탁류』에서도 다음과 같은 용례로 나타난다. "뛰어서는, 북경으로 가서 당대 세월 좋은 금제품 밀수(禁制品密輸)를 해 먹든지, 훨씬 더 내려앉아 상해로 가서 계집장사나 술장사나, 또 두 가지를 겸쳐 해 먹든지 하자는 것이다."(『탁류』, 창작사, 1987, 90면.)

생했습니다(2에만 누락되어 있는 문장이다).(409면)

: 단순 실수에 의한 것으로 보이지만, 가볍지 않은 오류이다.

⑪ 팔짱을 끼고 **제절** 앞을 왔다 갔다 하다가, 봉분의 주위를 돌았다. 열 바퀴를 돌고 스무 바퀴를 돌았다.

: 이것은 표기의 오류가 아니라 뜻풀이가 잘못된 경우이다. 5는 이것을 '제절祭節' 즉 '제사를 지내는 절차'로 풀이하고 있는데 문맥에 맞지 않는다. 이 말은 '제절' 즉 '자손들이 늘어서서 절할 수 있도록 산소 앞에 마련된 평평하고 널찍한 부분'으로 풀이하는 것이 옳다.

4
텍스트 문제 2 : 저본 오류의 답습에 의한 오류

원본비평의 부재는 해당 텍스트가 저본으로 삼고 있는 문제의 무반성적 답습에 의한 오류를 낳기도 한다. 이와 관련해서도 대표적인 몇몇 경우를 제시한다.

① 으흠 으흠 하고 헛기침을 해서 목소리를 **가다듬더니,**(12 **가듬더니**)(8면)

: 2는 1을 원문 그대로 옮기면서 그것이 '원본'과 '정본'의 원칙을 지키는 것이라 주장하고 있지만, 사실 이것은 2가 1의 단순 오식을 답습한 것일 뿐이다. 3에서는 작가가 이를 바로잡고 있고, 그 이후 어느 판본에서도 이러한 오류를 답습하고 있지 않기 때문이다. 3을 동시에 검토하지 않은 문제점이 단적으로 드러나는 대목이다.

② 살림살이를 이 이상 더 **조리차를 해서**(④⑤ **조리차려 해서**) 저축을 할 여지도 없지만(111면)

: '조리차하다'란 '알뜰하게 아껴 쓰다'라는 뜻이지만, '조리차려 하다'라는 말은 존재하지 않는다. ⑤는 책 뒤편의 어휘풀이에서는 '조리차하다'라 표기하고 올바른 뜻풀이까지 하고 있기 때문에, 이 역시 선행 저본의 문제를 의식적으로 검토하지 못한 소치라 생각된다.

③ **하느님**(④⑤ **하나님**), 제가 그이를 사랑해도 좋습니까?(121면)

: '하느님'과 '하나님'은 명백히 다른 말이며, ④의 변개는 자의적인 것이다. ⑤가 이를 답습한 것 역시 물론 오류이다.

④ **김영근**金永根(④ **김정근**, ⑤ **김정근**金定根)이라구 시방 황해도 어느 금융조합에 취직을 했는데, 사람은 퍽 얌전해요.(130면)

: ④는 원문 이름에 병기된 한자 이름을 제거하면서 오독 또는 오식에 의한 오류를 범한 듯한데, ⑤는 그 오류를 답습한 데에서 더 나아가 그 이름에 자의적인 한자 작명까지 하고 있다. 그런데 사실 이 한자 작명은 탐구당 간행본(1966, 210면)에서 처음 나타난 것이다. 즉 ④(신생출판사 간행본)에서 탐구당 간행본으로 가면서 원본과 다른 엉뚱한 이름으로 뒤바뀐 것을 ⑤가 그대로 답습한 오류이다.

⑤ 그러나 혈기를 참지 못하고 **덧들렸다가는**(⑤ **떠들었다가는**), 제한받은 수효의 아이들마저 가르치지 못하게 될 것을 생각하고, 꿀꺽 참았던 것이다.(156면)

: '덧들다'란 '가려고 하는 길을 벗어나 다른 길로 들어서다'의 의미이다. 선

행 저본 오류의 답습이 얼마나 큰 문제를 낳을 수 있는지를 보여주는 대표적 사례 가운데 하나이다.

⑥ 구경꾼이 **백결**(1 2 **맥결**, 4 5 **물결**) 치듯 하는데 **거진**(5 **거의**) 오륙십 명이나 됨직한, 올망졸망한 아이들이 여선생의 인솔로 큰 대문 안으로 들어온다.(171면)

: '백결白-'이란 '흰 물결'이라는 뜻으로, 표준국어대사전에도 등재되어 있을 뿐만 아니라 그 예문 역시 바로 위 문장으로써 소개하고 있다. 위에서 보면 2는 그 저본인 1의 오류를, 그리고 5는 역시 4의 자의적 변개의 오류를 답습하고 있음을 알 수 있다. 이 대목에서뿐만 아니라 작품 전체에서 5는 방언 '거진'을 표준어 '거의'로 바꿔놓고 있는데 이 역시 적절치 않다.[30]

⑦ **재벽**(4 5 **새벽**)한 흙이 채 마르지도 않은 집을 쳐다보고 앉았다.(192면)

: '재벽하다再壁--'란 '목조 건물에 흙벽을 칠 때, 처음 바른 벽 위에 다시 한 번 시멘트나 황토 반죽을 바르다'라는 뜻이며, '새벽하다'는 '새벽질하다'와 동의어로서 '벽이나 방바닥에 새벽(=누런 빛깔의 차지고 고운 흙)을 재벌 바르다'라는 의미이다. 두 어휘가 혼동될 가능성이 없지 않다. 그러나 이렇게 의미 혼동이 일어날 가능성이 있는 경우에는 원본에 충실한 것이 중요하다고 생각된다. 물론 5는 1과 3을 검토하지 않고 있기 때문에 이러한 문제점을 의식할 수가 없다.

30 '21세기 세종계획'(http://www.sejong.or.kr)의 '방언 검색 프로그램'에서 보면 이 '거진'이라는 말은 한반도 전역은 물론 중국 동포들 사이에서도 광범위하게 여전히 사용되고 있는 방언이다.

⑧ 그러나 한 길이나 되는 볏단을, **자리개**(4 5 **조리개**)로 큼직하게 묶어서 개상에다가 둘러메치자(250면)

: '자리개'는 '옭아매거나 묶는 데 쓰는, 짚으로 만든 굵은 줄'을 뜻하는 말로 '조리개'와 아무런 관련도 없다.

⑨ 한곡리처럼 대접을 해드릴 수는 없어요. 우린 쩍의 반찬(배고플 적이란 뜻) 밖에 없으니까요. 당최 **벅**(1 2 **벅**, 4 5 **부엌**)에 들어설 틈두 없구요.(256면)

: '벅'이 '부엌'의 구어투 발음이며, 앞서 강조한 바와 같이 이것은 작가가 의식적으로 택하고 있는 표기이다. 신문연재본에서부터 그러한 의도를 일관되게 지키고 있음도 알 수 있다. 따라서 이 말을 '부엌'이라는 표준어로 고치는 것은 작가의 근본 의도를 훼손하는 것이다. 5는 물론 이 문제를 심각하게 고려할 수 없는 조건에 놓여 있다.

⑩ (전략) 미신 **비젓한**(2 **버젓한**, 4 5 **비슷한**) 운명론자運命論者가 되어 보기도 하였다.(275면)

: 표준국어대사전을 보면 '비젓하다'는 '비슷하다'의 방언(강원, 충남, 함경)으로 설명되어 있다. 그렇다면 2는 이 어휘의 의미를 알지 못해 전혀 엉뚱한 다른 말로 바꾸는 오류를 범한 것이라 추측할 수 있고, 4는 그 뜻을 알고 있되 위 경우와 마찬가지로 그것을 표준어로 바꾸어놓은 것임을 알 수 있다. 그러나 고향인 충남 당진에서 농사꾼으로 살아가고 있는 작중 주인공 박동혁의 내면을 설명하고 있는 이 장면에서 역시, 작가의 의도를 살려 방언 어휘를 그대로 쓰는 것이 적절하다고 판단된다. 5는 물론 '비슷한'이 '비젓한'의 변개라는 것을 확인할 수 없는 조건에서 나온 표기이다.

5

텍스트 문제 3 : 고졸한 표현의 현대어화와 어휘의 자의적 변개

앞서 원본비평이 목표로 하는 바를 오늘날의 독자를 위해 가독성을 제고하고 작가의 창작의도를 최대한 그대로 살리는 두 가지라 했는데, 이 가운데에서도 더욱 1차적이고도 규정적인 요소는 후자라 할 수 있다. 작가가 전달하고자 하는 바를 적어도 정확히 읽어내지 못한 채 독자에 대한 작품 내용 전달이 제대로 될 수는 없기 때문이다. 그런데 『상록수』가-예컨대 이광수의 『흙』과도 달리-"도시에서 추구된 농촌이 아니었고, 실제의 경험에서 나온 울부짖음"이라는 점을 상기한다면, 그 안에 담긴 민중적·농민적 언사言辭와 고졸한 분위기에 현대어·표준어 투로 자의적 변개를 가하는 것은 온당하지 않다. 사실 이것이 이 작품의 여러 판본들이 지니고 있는 가장 중대한 문제라 할 수 있는데, 이에 관해서도 몇몇 대표적인 유형을 매개로 하여 간략히 소개하고자 한다.

① 동혁은 천천히 수첩을 집어넣으며 집안 식구와 이야기하는 듯한 말씨로 "우리 고향은 워낙 원시 부락原始部落과 같은 농어촌이 돼서, 무지한 부형들의 이해가 전연 없는데다가, 관변의 **간섭두**([4][5] **간섭도**) 여간 까다로운 게 아니었어요. 그런 걸 별짓을 다해 가면서 **억지루**([4][5] **억지로**) 시작을 **했었지요**([5] **했지요**). 첫해에는 아이들을 잔뜩 모아는 놨어두 가르칠 장소가 없어서 큰 은행나무 밑에다 **널판대기**([5] **널판때기**)에 먹칠을 한 걸 칠판이라고 기대어 놓구 공석이나 가마니를 **깔구는**([4][5] **깔고는**) 밤 깊도록 이슬을 맞아가면서 가르치기를 시작했었는데, 마침 장마 때라 비가 자꾸만 와서 견딜 수가 있어야지요. 그래서 헐 수 없이 움을 **팠에요**([4][5] **팠어요**). 나흘 동안이나 장정 십여 명이 들러붙어서 한 **대엿**(탐구당 본&[5] **대여섯**) 간통이나 파구서 밀짚으로 이

엉을 엮어서 덮구, 그 속에 들어가서 진땀을 흘리며 '가갸거겨'를 **가르쳤지요**(4 5 **가르쳤어요**). 그러다가 어느 날밤은 밤새도록 비가 퍼붓듯이 쏟아졌는데, 그 이튿날 아침에 가보니까, 교실 속에 빗물이 **웅덩이**(6 **웅뎅이**)처럼 홍건하게 고였는데, 송판으로 **엉성허게**(4 5 **엉성하게**) 만든 책상 걸상이 **동실동실** (1 2 4 5 **둥실둥실**) 떠다니는군요."(13~14면)

: 원문의 방언과 구어 또는 고졸한 표현법을 표준어 투와 현대어 표현으로 바꾸었을 때 어떤 부정적 효과가 초래되는지를 보여주는 대표적인 대목이다. 4와 5, 특히 후자에서 이루어지는 이러한 변개는 "집안 식구와 이야기하는 듯한 말씨"로써 당대 농민 또는 민중들의 정서를 전달하고자 하는 작가의 의도를 근본적으로 훼손하는 것이다. 이러한 변개는 작품 전체에서 행해지고 있다. 예컨대 1의 '둥실둥실'을 3에서 '동실동실'로 바꿀 때의 작가의 세심한 배려조차 무시해서는 안 되는 것이다.

② 여러분, 조기회에 참가를 헙시오. 아침 일찍이 일어나 운동을 한바탕 허면 정신이 **쇄락해지구**(탐구당 본&5 **깨끗해지구**), **첫대**(탐구당 본&5 **깨끗해지구**) 소화가 잘 됩니다.(109면)

: '쇄락하다灑落-'란 '기분이나 몸이 상쾌하고 깨끗하다'라는 뜻으로 '깨끗하다'와 의미상으로 큰 차이가 없다고 할 수도 있다. 그러나 이 역시 원작이 주는 분위기를 해치는 변개이다. '첫대'는 '첫째로 또는 무엇보다 먼저'라는 의미로서 요즘은 잘 쓰이지 않지만 과거 소설작품에서는 심심치 않게 쓰이던 말이다. 표준국어대사전에서도 김유정의「형」이라는 작품에서 용례를 설명하고 있다. 이 역시 그대로 쓰는 것이 온당하다.

③ 제가 얼마나 **도고헌**(탐구당 본&5 **도도한**) 계집이길래, 내가 여러 번 청허

논데 안 온단 말이냐.(112면)

: '도고하다道高--'는 '스스로 높은 체하여 교만하다'라는 뜻이며, '도도하다'는 '잘난 체하여 주제넘게 거만하다'라는 뜻으로 두 단어가 완전히 똑같은 의미를 지니고 있지도 않다. 위의 경우보다도 더 자의적인 변개라 할 수 있다.

④ (전략) 가뜩이나 나 때문에 **지늙으신**(4 5 **지레 늙으신**) 우리 어머니가 얼마나 간장을 태우실까.(289면)

: 표준국어대사전을 보면 '지늙다'가 '나이에 비하여 지레 늙다'라는 뜻의 북한어로 풀이되어 있다. 따라서 '지늙으신'을 '지레 늙으신'으로 바꾼 것이 의미상으로는 틀리지 않은 것이라 할 수 있으나, 이 역시 원문의 고졸한 맛을 일부러 없애는 결과를 가져온다. 결론에서 제기하겠지만, 이 경우는 이른바 북한어 규정이 지니고 있는 문제를 고찰하지 않을 수 없는 예이기도 하다.

⑤ (전략) 맨 먼저 손을 든 석돌이의 멱살을 잡고 주먹으로 **볼치를**(탐구당본&5 **볼을**, 6 **볼기짝을**) 후려갈겼다. (295면)

: 표준국어대사전에서는 '볼치'가 '볼따구니'의 제주 방언이라고 설명하고 있다. 그러나 이 예에서 보듯 '볼치'라는 말은 제주 지방 이외에서도 사용되었거나 사용되고 있음을 알 수 있다. 어쨌거나 여기서도 방언 표현을 그대로 쓰는 것이 옳다고 생각되며, 또한 이것은 결론에서 제기할 방언(구획) 문제의 한 근거가 되기도 한다. 북한 판본에서는 '볼치'의 의미를 이해하지 못한 듯, 전혀 엉뚱한 말로 바꿔놓고 있다. 북한 판본의 문제에 대해서도 결론에서 다시 제기할 것이다.

⑥ 제가 한 깐이 있고, 반대파의 회원들이 저의 집을 습격이나 할 듯이 형세가

위룽튀룽(2 **위룽위룽**, 탐구당 본&5 **위태위태**, 6 **위룽위룽**)한데(313면)

: '위룽튀룽'이란 '분위기나 형세 따위가 불안정한 모양'이라는 순우리말로서 표준국어대사전에서도『상록수』의 위 문장과 염상섭의『젊은 세대』라는 작품의 한 대목을 예문으로 소개하고 있다. 2와 6이 오류임은 말할 필요도 없고, 탐구당 본과 그것을 답습한 5처럼 한자어로 변개하는 것은 자의적일뿐더러 의미 전달을 위해서도 바람직하지 않다.

6

결론 : 남는 문제와 향후 과제

영화로도 만들어지는 등 대중적으로 널리 알려져 있는 소설『상록수』는 그 명성에 걸맞지 않게도 작품의 본래 실상이 제대로 공유되지 못해 왔다. 본고의 검토를 통해 그 일부분을 확인했듯이 해방 이후 오늘날에 이르기까지 유통되어 온 이 작품의 대부분 판본들은 애초 원본에서 작가가 의도한 내용과 분위기를 온전히 전달할 수 없는 것들이었다. 본고에서는 이 작품에 대한 원본비평 작업에 근거하여 이 문제를 제기하고자 했다. 앞서 말한 바와 같이 이 원본비평 작업의 원칙은 오늘날의 독자를 위해 가독성을 제고하고 작가의 창작의도를 최대한 그대로 살리는 두 가지이며, 이 가운데에서도 더욱 1차적이고도 규정적인 요소는 후자이다. 따라서 진정한 의미의 '정본『상록수』'는 최초의 신문연재본과 작가 스스로 교정한 단행본에 담겨 있는 작가의 의도를 충실히 담아내는 것이어야 하며, 이때 다른 무엇보다도 작품 속에서 구사되고 있는 방언과 구어 및 당대의 어휘 등 민중들의 일상 어투와 고졸한 표현법을 생생하게 되살려주면서 가독성 또한 확보하는 방향으로 만들어내야 한다. 본고에서는 이러한 작업을 위해 수행한 원본비평의 주요 내용을 1차로 정리했다는 의미를 지닐 것이다. 본고의 후속 논의는 다음과 같은 것이 되어야 한다.

우선 앞서도 언급한 바와 같이 여러 층위의 크고 작은 문제점을 내포하고 있는 북한 판본에 관한 검토 논의를 본격적·체계적으로 할 필요가 있다. 이것은 이 작품뿐만 아니라 북한에서 간행하고 있는 여타 작품들에 나타나는 일반적 문제, 그리고 그 밑바탕에 있는 북한어문정책의 특성 및 문제점을 고찰하는 데에도 중요한 자료로 기여하리라 기대한다. 그리고 『탁류』 원본비평 작업에서 나타난 것과 마찬가지 문제로서 이 작품에 담겨 있는 다양한 방언과 북한어들의 성격에 관한 논의가 필요한데, 이것은 특히 현재 (남북한의) 여러 사전에서 이루어지고 있는 설명 내용의 타당성을 검토하는 의미도 있다. 방언과 관련해서는 그 사용 경계 획정 문제를 특별히 다루어야 할 것으로 보인다. 북한어와 관련해서는 한편으로 표준국어대사전 등의 북한어 규정의 타당성 문제를 일반적인 차원에서 논의하면서, 또 한편으로는 이렇게 북한어로 규정된 문학 작품 속 어휘가 향후 남북한 공통의 언어 자원으로 이용될 가능성 또한 타진하는 논의가 진행될 것이다.

■ 참고문헌

1. 기본 자료

《동아일보》(1935.9.10.~1036.2.15.)

『상록수』, 한성도서주식회사, 1937.

―――――, 민중서관, 1959.

―――――, 신생출판사, 1961.

『심훈문학전집』(1~3권), 탐구당, 1966.

『상록수』, 동아출판사, 1995.

―――――, 서울대출판부(조남현 해설·주석), 1996.

―――――, 평양 : 문학예술출판사, 2004.

―――――, 문학과지성사 간행본(박헌호 책임 편집), 2005.

채만식, 『탁류』, 창작사, 1987.

2. 연구 논저

김경연, 「1930년대 농촌 · 민족 소설로의 회유(回遊)-심훈의 『상록수』론」, 《한국문학논총》 제48집, 2008.4.

김구중, 「상록수, 허구/역사가 교접하는 서사의 자아 변화 연구」, 《한국문학이론과 비평》 제6집, 1999.

―――, 「『상록수』의 배경 연구」, 《한국언어문학》 제42집, 1999.

김성욱, 「심훈(沈熏)의 『상록수(常綠樹)』 연구(硏究)」, 한양대 석사논문, 2003.

김화선, 「한글보급과 민족형성의 양상-심훈의 『상록수』를 중심으로」, 《어문연구》 제51집, 2006.8.

류양선, 「심훈의 『상록수』 모델론-'상록수'로 살아 있는 '사랑'의 여인상-심훈의 『상록수』 모델론」, 《한국현대문학연구》 제13집, 2003.6.

유문선, 「나로드니키의 로망스-심훈의 「상록수」론(論)」, 『장편소설로 보는 새로운 민족문학사』(정호웅 외), 열음사, 1993.

유병석, 「심훈(沈熏) 연구(硏究)-생애(生涯)와 작품(作品)」, 서울대 석사논문, 1964.11.20.

이진경, 「수행적 민족성-1930년대 식민지 한국에서의 문화와 계급」, 《한국문학연구》 제28집, 2005.

이혜령, 「신문·브나로드·소설」, 《한국근대문학연구》 15, 2007.

임영천, 「심훈 『상록수』 연구」, 《한국문예비평연구》 제11집, 2002.12.

임 화, 「통속소설론」, 『문학의 논리』, 학예사, 1940.

정홍섭, 「1930년대 후반 임화 문학론 비판-이식문학론 극복을 위하여」 『소설의 현실 · 비평의 논리』 역락, 2006.

———, 「원본비평을 통해 본 『탁류』의 텍스트 문제」 《우리어문연구》 36집, 2010.1.

최원식, 「심훈연구서설」 『한국근대문학사의 쟁점』(김학성, 최원식 외), 1990,

한희수, 『「상록수」에 나타난 담론과 구조의 변증법』 《한국언어문학》 제43집, 1999.

홍이섭, 「30년대(年代) 초(初)의 농촌(農村)과 심훈문학(沈熏文學)-「상록수(常綠樹)」를 중심으로」 《창작과비평》, 1972년 가을호.

국립국어원 웹사이트 『표준국어대사전』(http://stdweb2.korean.go.kr/main.jsp)

———, '한글방언찾기'(http://www.korean.go.kr/09_new/dic/local/word_local.jsp)

웹사이트 『21세기 세종계획』(http://www.sejong.or.kr)의 한국 방언 검색 프로그램

웹사이트 『겨레말큰사전 남북공동편찬사업회』

(http://www.gyeoremal.or.kr:8080/navigator?act=index)

11

인문학적 상상력과 서사전략

심훈 시조 고考

신웅순

중부대학교 명예교수

1

서론

심훈의 시는 육필원고 64편과 『심훈문학전집 1』에만 수록된 15편, 『문학사상』에만 수록된 3편, 일기에 수록된 3편을 포함, 총 85편이다.[01] 이중 자유시가 66편, 시조가 19편이다. 시조가 시의 29%[02]나 차지하고 있다. 자유시에 비해 결코 적은 양이 아니다.

---

01 조재웅, 「심훈시 연구」, 영남대 박사학위 논문, 2006, 11면.

02 심훈, 『그날이 오면』, 한성도서주식회사, 1949, 43~46면에 '명사십리(明沙十里) 2수, 해당화(海棠花) 2수, 송도원(松濤園) 2수, 총석정(叢石亭) 2수', 위의 책, 154~165면에 '평호추월(平湖秋月) 3수, 삼담인월(三潭印月) 1수, 채련곡(採蓮曲) 3수, 소제춘효(蘇堤春曉) 1수, 남병만종(南屛晩鐘) 1수, 누외루(樓外樓) 1수, 방학정(放鶴亭) 1수, 악왕분(岳王墳) 1수, 고려사(高麗寺) 1수, 항성(杭城)의 밤 1수', 심훈, 『심훈문학전집 1』, 탐구당, 1966. 31~36면에 '농촌의 봄 11수(아침, 창을 여니, 마당에서, 나물 캐는 처녀, 달밤, 벗에게, 보리밭, 소, 내 친구, 버들피리, 원수의 봄), 영춘(咏春) 삼수(三首), 근음(近吟) 삼수(三首)(아침, 낮, 밤)', 심훈, 『심훈문학전집 3』, 탐구당, 1966, 582면의 '이규영 선생의 죽음을 슬퍼하며'와 607면에 '최철군에게(제목은 편의상 필자가 붙인 것임)', '농촌의 봄 11수'와 '근음 삼수(아침, 낮, 밤)'는 엄밀히 말하면 14수이다. 이를 합하면 실제로 31수나 된다. 자유시의 36%이다.

심훈에 대한 연구는 그의 다양한 문학 활동에도 불구하고 주로 소설 중심으로 이루어져왔다. 시에 대한 연구는 80년 중반에 들어와서부터이다. 시조는 시와 함께 논의되어 왔고 주로 저항의 관점에서 연구되어 왔다. 시조 자체만의 연구는 전무하다. 양이 적은 이유도 있겠지만 시와 함께 연구해도 큰 무리가 없을 것으로 판단되었기 때문이었을 것이다.

시조는 시와는 또 다른 장르적인 특성을 갖고 있다. 이를 간과한 채 같은 장르로 취급하여 연구한다면 시조의 특성을 무시하게 되어 시, 시조 문학사 연구에 역효과를 초래할 수도 있다. 시조 자체만의 연구가 필요한 이유가 여기에 있다.

심훈이 시조를 쓴 시기는 1920년에서 1933년에[03] 사이이다. 개화기 시조에서부터 1926년 육당의 시조부흥운동, 1932년 가람의 시조혁신론에 이르기까지의 기간이다. 개화기 시조에서 현대시조로 옮겨가는 과도기로 시조문학사 측면에서 볼 때는 매우 중요한 시기이다. 육당과 춘원을 비롯한 정인보, 이병기, 이은상, 조운 등이 주축이 되어 현대시조를 개척했던 시기이다. 시인들뿐만이 아니라 소설가들까지 동참하여 시조를 현대화시키는 데 많은 공헌을 한 시기이기도 하다.[04]

심훈도 여기에 동참하여 19편의 시조를 남겨놓았다. 당시 전문 시조 작가들을 제외한 심훈과 같은 권외 작가들의 시조 연구는 시조문학사에서 등한시

---

03 처음 시조는 1920. 3. 29. 일기 '최철군에게(제목이 없어 필자가 임의로 붙인 제목임)', 마지막 시조는 '농촌의 봄'이 1933. 4. 8.이다.

04 주요한·안확·김억·한용운·변영로·김영진·김소월·최현배·김상용·박용철·이희승·피천득·설의식·서명호·강유문·권덕규·현진건·김일엽·박노철·고두동·양상경·조종현·김어수·정기환·김오남·나운경·심훈·장정심·민동선·윤한성·오낙교·김태오·김찬영 등이다. 서벌, 「현대시조의 흐름」, 『한국문학개관』, 어문각, 1988, 329~330면.

하다시피 했다. 이들도 시조 현대화에 동참하였고 이들의 작품에도 당시의 일반적인 시조 특성들이 나타나고 있어 이들에 대한 연구도 함께 병행되어야 할 것이다. 이는 현대시조사 연구에 유용한 정보를 제공해줄 수 있으리라 생각된다.

심훈의 시조는 시와 함께 연구되어 별도의 심도 있는 연구는 이루어지지 않았다. 본 논문은 심훈 시조의 형식과 내용을 분석하여 이것이 어떤 특성을 갖고 있고 또한 현대시조문학사와 어떤 관련성을 갖고 있는가를 밝혀보기 위한 연구이다. 이는 권외의 시조 작가들이 시조문학사에서 어떤 위치에 있는가도 아울러 점검해볼 수 있는 하나의 사례가 될 수 있을 것이다.

2장에서는 시조의 형식과 내용의 특성에 대해, 3장에서는 이에 대한 시조문학사와의 관련성에 대해 검토해볼 것이다.

본고는 심훈의 『그날이 오면』[05]과 『심훈문학전집』[06]에 나오는 시조를 텍스트로 삼았다.

심훈의 시조는 1920년 2편, 1929년부터 1934년까지 17편이 있다. 1920년과 1929년의 시조 3편을 초기 시조로, 1930년 이후 16편을 후기 시조로 다루었다. 편수가 적기는 하지만 1930년 전후하여 심훈의 시조 특성이 확연히 구분되기 때문이다.

05 심훈, 『그날이 오면』, 한성도서주식회사, 1949, 153~165면.

06 『심훈문학전집 3』, 탐구당, 1966, 582, 607면. 제목은 편의상 필자가 붙였음.

2

형식과 내용

1) 초기 시조(1920~1929)

심훈은 1920년 자신의 일기에 두 편의 시조를 남겨놓았다. 1920년 1월 5일자 일기와 3월 29일자 일기이다. 전자는 이규영 선생의 죽음을 슬퍼하는 시조이고 후자는 아픈 최철군을 위로하기 위해 쓴 시조이다.

1929년부터 1934년까지 나머지 17편이 집중적으로 쓰였다. 1929년에 쓴 시조 「영춘咏春 삼수三首」는 1930년 이후 16편의 시조와는 달리 9년의 상간에도 1920년 2편의 시조 형식과 유사하다.

①

천국天國이 맑다한들 이보다 더 밝으며, 좋단들 이보다 더 좋을 수 있으랴. 백설白雪 덮인 지붕 위에 명월明月은 문안하는데 선생은 어디가고, 물 마른 시내 곁에 빈 집만 외따로[07]

②

천만리千萬里라 먼줄 알고 터볼려도 아셨더니
엷은 조희 한장 밖에 정情든 벗이 숨단말가
두어라 이 천지天地에 우리 양인兩人 뿐인가 하노라.
이향異鄕에 병든 벗을 내어이 메고 갈랴

---

07 심훈, 『심훈문학전집 3』, 탐구당, 1966, 582면.

이제 이제 허는 중에 봄날은 그므른제
어렴풋한 피리소래 객창客窓에 들리난고야.[08]

③
책상 위에 꺾어다 꽂은 복숭아 꽃
잎잎이 시들어선 향기 없이 떨어지니
네 열매는 어느 곳에 맺으려는고

개천 바닥을 뚫고서 언덕 위로
파릇파릇 피어오르는 풀 잎새
망아지나 되어지고 송아지나 되어지고.

창경원 벚꽃 구경을
휩쓸려 들어갔다가 등을 밀려 나오니
가등街燈 밑에 기다란 내 그림자여![09]

-「영춘 삼수」전문

①은 심훈 최초의 시조 작품이다. 시조의 형식을 제대로 보여주지 못하고 있다. 초장과 중장은 4음보로 시조 형식은 갖추고 있으나 종장은 첫 음보의 3음절도, 4음보도 지켜지지 않았다. 또한 맨 끝음절도 생략[10]되어 있고 종장이 10음보로 길어져 있다. 그리고 시조가 한 줄로 기사되었고 구두점을 찍어

08 위의 책, 607면.
09 위의 책, 34~35면.

장을 구분하고 있다. '천국이 맑다한들', '선생은 어디가고'와 같은 고투의 표현 방식도 그대로 나타나고 있다.

②의 첫째 수는 종장의 첫째 음보가 3음절로 맞게 처리했는데 둘째 수에서는 종장의 첫째 음보가 4음절로 처리되어 있다. 둘째 수에서 혼동을 일으키고 있다. 또한 종장의 둘째 음보의 음절수가 5음절 이상이 되어야 하는데 첫째 수, 둘째 수가 4음절로 처리되어 이도 또한 시조의 형식에서 벗어나고 있다. 시조의 형식을 제대로 처리한 것, 처리하지 않은 것들이 혼동되어 나타나고 있고 또한 '숨단말가', '두어라', '하노라' 등 고투 형식도 그대로 답습하고 있다.

③의 시조는 ①, ②의 시조 형식보다 더 멀어져 있다.

첫째 수의 종장은 음보도 맞지 않고 종장의 첫 음보 3음절, 둘째 음보 5음절도 지켜지지 않았다. 둘째 수 종장에서는 4음보는 지켜졌으나 역시 첫 음보 3음절, 둘째 음보 5음절이 지켜지지 않았다. 셋째 수 종장도 첫째 수 종장과 같이 4음보도 지켜지지 않았고 각 종장의 첫째, 둘째 음보의 3, 5음절도 지켜지지 않았다. '맺으려는고'와 같은 고투 또한 그대로 나타나고 있다.

②, ③은 연작 시조이다. 이 연작은 형식이 불완전하지만 각각 독립된 고시조와는 달리 한 제목에 세 수들이 서로 의존하면서 통일되도록 지어졌다. 심훈이 시도한 첫 연작시조이다. 세 수가 하나의 제목으로 시상이 연결되어 있기는 해도 형식이 맞지 않아 시조로서 완성된 작품으로 보기에는 어렵다.

내용면에서는 당시의 개화기 시조의 현실 의식이나 저항정신, 신시조의

10 이 끝음절의 생략은 시조창에서 끝음보를 부르지 않는 창법에 연유한하여 생략된 것으로 볼 수도 있고 의미가 없는 서술부를 생략함으로써 응축된 의미의 인상적인 전달을 위한 의도일 수도 있다. 일부의 엇시조나 사설시조까지도 종지사를 생략한 것은 개화기의 주된 경향이다. 종장의 완결적 의미를 강조하기 위한 의식적인 작시 태도에서 비롯된 것으로 보인다. 김제현, 『시조문학론』, 예전사, 1992. 215~216면.

조선심, 국토사랑 같은 주제들과는 달리 개인의 순수한 정서를 표현하고 있다. ①의 시조는 이규영 선생의 죽음을 독백 형식으로 슬픔을 토로하고 있고 ②의 시조는 이국에서의 아픈 최철군의 안쓰러움을 위로하는 고백체 형식으로 나타나고 있다. ③은 영춘을 맞이하는 주관적 느낌을 그대로 표현하고 있다.

심훈의 초기 시조의 형식과 내용의 특징은 다음과 같다.

- 종장의 첫 음보와 둘째 음보의 음절 처리 미숙
- 종장이 길어짐.
- 종지사의 생략.
- 시조를 한 줄글 또는 세 줄글로의 기술.
- 4음보의 결여.
- '두어라', '하노라' 등의 고투 형식의 답습.
- 연작시조 시도.
- 개화 주제에서 벗어나 자신의 개인적 정서를 노래함.

2) 후기 시조(1930~1934)

심훈은 1920년 중국으로 망명 유학을 떠났다. 처음엔 일본에 유학하려 했으나 집안의 반대로 뜻을 이루지 못했다. 중국에서 다시 불란서 등 유럽으로 유학하려고 했으나 그 역시 집안의 반대로 실패했다.

10년 후 1930년 중국 망명 유학을 회상하며 「평호추월平湖秋月」 3수, 「삼담인월三潭印月」 1수, 「채련곡採蓮曲」 3수, 「소제춘효蘇堤春曉」 1수, 「남병만종南屛晩鐘」 1수, 「누외루樓外樓」 1수, 「방학정放鶴亭」 1수, 「악왕분岳王墳」 1수, 「고려사高麗寺」 1수, 「항성杭城의 밤」 1수 등 시조 「항주유기抗州遊記」 10편을 썼다.

그리고 1931년에는 「명사십리明沙十里」 2수, 「해당화海棠花」 2수, 「송도원松濤園」 2수, 「총석정叢石亭」 2수[11] 등 4편을 썼다. 외에 1933년 「농촌의 봄」 11수[12],

1934년 「근음近吟 삼수三首」(아침, 낮, 밤)[13] 등이 있다.

1930년에 쓴 「평호추월」류[14] 10수 중 「채련곡」 둘째 수, 「악왕분」는 종장의 첫 음보 3음절이 지켜지지 않았다.

콧노래 부르면서 연근蓮根 캐는 저 고낭姑娘
걷어 붙인 팔뚝 보소 백어白魚 같이 노니누나
연蓮밥 한톨 던졌더니 고개 갸웃 웃더라

-「채련곡」 둘째 수

'연밥 한톨 던졌더니'에서 '연밥 한톨'은 종장 첫 음보이고 '던졌더니'는 둘째 음보이다. '연밥' 다음 조사 '을', 한 음절이 빠져 있다. '연밥을'을 하면 '연밥을'이 종장 첫 음보가 되고 '한톨 던졌더니'가 둘째 음보가 되어 시조 형식을 제대로 갖추게 된다. 그러나 '연밥을', '한톨 던졌더니'로 하지 않고 '연밥 한톨 던졌더니'로 했다. '연밥 한톨'이 종장 첫 음보가 되고 '던졌더니'가 둘째 음보가 되어 시조 종장 첫 음보가 4음절로 3음절에서 어긋나 있다.

천년 묵은 송백松柏은 얼크러져 뫼를 덮고
애달프다 만고萬古 충忠 길이길이 잠들었네
진회秦檜란 놈 쇠사슬 찬채 남의 침만 받더라

-「악왕분」 전문

11 심훈, 앞의 책, 43~46면.
12 심훈, 『심훈문학전집 1』, 탐구당, 1966, 31~34면.
13 위의 책, 35~36면.
14 십 년 전 「항주유기」를 회상하며 쓴 10수의 시조를 「평호추월」류로 칭함.

「악왕분」에서는 '진회란 놈'이 종장 첫 음보이다. 띄어쓰기 때문에 '진회란'이 종장 첫 음보 3음절로 보기 쉬우나 그럴 경우 '놈 쇠사슬 찬 채'가 둘째 음보가 되어 말이 맞지 않다. 종장은 '진회란 놈'과 '쇠사슬 찬 채'를 각각 한 음보로 처리해야 한다. 시조의 종장 첫 음보가 4음절로 이도 3음절에서 어긋나 있다.

심훈이 집중적으로 시조를 썼을 때도 시조 종장의 첫 음보에서 미숙한 점이 보였다.[15] 「항주유기」 머리말에서 심훈은 '다만 시조체로 십여 수를 벌여볼 뿐이다'라고 말했다. 겸손에서 나온 말이기도 하겠지만 이때만 해도 시조에 대한 전문가로서의 시조 창작보다는 명승지를 회고하는 정도의 관심사가 아니었나 생각한다.[16]

또한 '-느뇨, -단말가, -꼬, -누나, 어떠리, -ㄹ러라, -더라, -고나, -양하여, -는가'와 같은 고투들이 그의 초기 시조와 같이 시조 전반에 걸쳐 빈번하게 나타나고 있다.

「평호추월」류 10수는 기행에 대한 회포를 표현한 시조들이다.

당시에 현대시조와 같은 연작 시조를 쓴다는 것은 혁신이었다. 후기시조 「평호추월」 3수, 「채련곡」 3수는 연작시조이다. 고시조 「고산구곡가」, 「도산십이곡」과 같은 독립된 연작시조와는 다르다. 1, 2, 3의 숫자를 써서 제목 하나에 각각의 수들이 의존, 통일되도록 창작하려고 했던 것 같다. 그러나 연결이 매끄럽지 못해 각 수끼리의 시상이 끊겨진 것들도 보여 현대시조와 같은 완벽한 연작 시조에 이르지는 못했다.

---

15 1920~30년대 당시에 이은상, 이병기 같은 전문 시조창작인이 아닌 한용운이나 이육사 같은 시인들의 시조에서도 그런 경향이 나타나고 있다.

16 '그러나 항주와는 인연이 깊던 백락천, 소동파, 같은 시인의 명편을 예빙하지 못하니 생색이 적고 또 고문을 섭렵한 바도 없어 다만 시조체로 십여 수를 벌여볼 뿐이다.' 심훈, 위의 책, 153면.

심훈은 1931년에 4편의 시조를 창작했다. 「명사십리」 2수, 「해당화」 2수, 「송도원」 2수, 「총석정」 2수 등 4편의 시조이다. 우리의 명승지를 배경으로 하여 서경적인 풍광을 사실적으로 그려내고 있다. 각 수들이 서로 유기적으로 의존하면서 숫자를 붙이지 않고 ◇로 각각의 수를 구별하여 하나의 제목에 맞는 통일된 연작시조를 썼다. 이때에 와서야 비로소 현대시조와 같은 연작시조를 창작했던 것으로 보인다. 1930년에 쓴 「평호추월」, 「채련곡」의 연시조와는 달리 시조의 형식도 완벽하게 지켜지고 있다. 「명사십리」 2수를 제외하고는 세 작품에서 '-느뇨', '더라'와 같은 고투들이 보여 아직도 고시조의 전통 형식을 탈피하지 못한 아쉬움이 남는다.

1933년 작 「농촌의 봄」은 '아침, 창을 여니, 마당에서, 나물캐는 처녀, 달밤, 벗에게, 보리밭, 소, 내 친구, 버들피리, 원수의 봄' 등 11개의 각각 독립된 소품으로 되어 있다. 「농촌의 봄」이란 큰 제목에 작은 제목으로 각각 달리 쓰인 독립된 작품들이다. '다만 서경의 몇 조각'이란 부제가 붙어 있어 깊이 있는 중후한 작품이라기보다는 농촌의 풍경을 가볍게 스케치한 정도이다.

1934년 작 「근음 삼수」도 '아침, 낮, 밤' 등 3개의 독립된 소품으로 되어 있다. 큰 제목에 3개의 각각 독립된 작은 제목으로 되어 있다. 이도 어느 가을날의 '아침, 낮, 밤'의 시골 정경을 스케치하듯 묘사하고 있다.

이 두 작품들은 '-뇨'와 같은 고투가 남아 있으나 시조 형식을 완벽하게 갖추고 있으며 내용면에서는 기존 시조에 비해 훨씬 현대화되어 있다.

창窓 밖에 게 누구요, 부스럭부스럭
아낙네 이슥토록 콩 거두는 소릴세
달밤이 원수로구려 단 잠 언제 자려오.

-「밤」의 전문

후기시조 16수의 특징을 다음과 같이 요약할 수 있다.

- 16수 중 2수를 제외한 14수는 완전한 시조형식 유지.
- 일부 고투 형식 답습.
- 16수 중 6수가 연작시조.
- 기행에 대한 회포와 서경 스케치.

3

시조 문학사와의 관련성

심훈의 시조 창작은 1920년에서 1933년까지 13년 동안 이루어졌다. 짧은 기간임에도 형식에서 많은 변화가 일어났다. 이때는 개화기 시조를 거쳐 1927년 시조부흥운동, 1932년 시조혁신론에 이르기까지 현대시조로 이행하는 데 많은 변화를 겪었던 시기였다.

최남선, 이광수, 정인보, 이병기, 이은상 등 전문 작가들에 의해 시조가 지어지기 시작했고 김억, 한용운, 노자영, 박종화, 홍사용, 김소월 등 자유시인들도 한 몫을 했었던 때였다. 1927년 신민사에서 마련한 「시조는 부흥할 것인가」에서 시조에 대한 찬반논의가 분분하였는데 이때 심훈은 이병기, 김억 등과 함께 '시조를 계승하되 고풍을 버리고 혁신을 해야 한다'고 주장하기도 했다.

1920년대 심훈은 시조 3편을 썼다. 이때만해도 심훈은 시조를 혁신해야 한다는 생각은 갖고 있었으나 시조를 전문적으로 쓰지는 않은 것 같다. 일기장에서의 시조 2편과 영춘에 대한 시조 1편이 전부였다. 그러나 이런 단상의 시조라 해도 시조 부흥에 동참한 심훈이고 보면 당시의 심훈의 시조 인식이 어떠했는지 가늠해볼 수 있다.

언급한 바와 같이 20년대에 쓴 심훈의 초기 시조는 종장이 길어진 것이라든가 종지사가 생략된 것, 한 줄글을 구두점으로 장 구분을 표시한 것이라든가 고투 형식, 연작시조 시도 같은 특징들이 나타나고 있다. 이는 개화기 시조와 신시조에서 나타나는 일반적인 특성들이다. 그러나 종장의 첫 음보와 둘째 음보의 음절 처리의 잘못, 초, 중, 종장의 4음보 결여는 시조 창작의 미숙성을 드러내는 것이어서 시조를 습작하였거나 시험해본 정도가 아닌가 생각된다.

20년대는 신시조기로 내용들이 역사의식, 민족사상, 국토사랑, 기행시조, 민족의식 등이 주요 특징이었다. 심훈의 시조도 명승고적이나 기행을 표현한 것을 보면 이에서 크게 벗어나지 않고 있다.

초기 시조에서 개인의 정서를 표현했다는 점은 진일보한 것으로 보인다. 그러나 타설적 리듬[17]을 부여한 당시 일반적 작시 태도와 별반 차이가 없어 표현면에서는 혁신시조와는 다소 멀어져 있는 것으로 보인다.

1930년대에 들어와서야 시조에 대해 전문적인 작시 태도를 보이고 있다. 「평호추월」류 10수는 2수를 제외하고는 종장의 첫 음보 3음절을 제대로 지키고 있다. 이때부터 심훈은 시조 창작의 미숙성을 탈피, 완벽한 형식의 기행시조를 쓰게 된다. 또한 연작시조도 초기시의 연작과는 다른 모습을 보여주고 있다. 초기 시조 ②, ③에서는 각각의 시조 3수가 하나의 주제로 통일되어는 있지만 시조 형식을 완전하게 갖추지 못하고 있다. 반면 「평호추월」류 10수는 완벽한 시조 형식을 유지하고는 있지만 하나의 제목으로 각 수들이 제대로 전

17 박철희, 『국시사연구』, 일조각, 1993, 173면. 타설적 어법은 관습적 울안에 고정되어 있는 서정적 감정반응의 공식이다. 이는 호소력의 결핍으로 나타난다.

개, 통일되어 있지 못하다. 이듬해에 쓴 「명사십리」류 4수[18]는 시조 형식을 완벽하게 갖추고 있으면서 하나의 제목으로 각 수들이 전개, 통일되어 있어 비로소 현대시조 같은 연작시조를 창작하게 된다.

이병기의 시조혁신론은 1932년 1월 23일부터 2월 4일까지 11회에 걸쳐 연재되었다. 여기에서 연작을 쓰자는 주장이 제기되었다. 제목의 기능을 살리고 현대시작법 등을 도입하여 여러 수가 서로 의존하면서 전개, 통일되도록 짓자는 주장이었다.[19] 과거의 것은 연작이라 해도 큰 제목에 각각의 수가 독립되었었다.

이 「명사십리」류 4수는 1932년 8월 10일에 썼다. 시조혁신론 이후에 쓴 것으로 보아 이때의 분위기에 영향을 받지 않았나 생각된다. 1930년 이전에도 이미 이은상의 「봄처녀」(1925), 「옛동산에 올라」(1926)와 같은 현대시조와 같은 연작시조들이 시도되었고 당시에 연작시조에 대한 인식들이 무르익어갔던 것으로 보인다. 심훈도 이런 분위기와 함께 연작시조를 썼던 것이 아닌가 생각된다.

「명사십리」류 4수는 「평호추월」류보다 표현면에서 좀 더 세련되어져 있다. 「총석정」 2수는 서경적인 묘사이기는 하나 표현면에서 정교한 기교와 놀라운 솜씨를 보여주고 있다. 그러나 당대의 주경향인 서경적인 감정의 표출은 아직 가시지 않고 있어 30년 후반 혁신시조에서 보여준 실감 실정의 사물 표현과는 다소 거리가 있었던 것으로 보인다.

---

18 「명사십리」 2수, 「해당화」 2수, 「송도원」 2수, 「총석정」 2수를 「명사십리」류로 칭함.

19 『국어국문학자료사전』, 한국사전연구사, 2002, 1723면.

멀리선 생황笙簧이요 다가보니 빌딩일세

촉촉矗矗 릉릉稜稜 온갖 형용形容 엄청나 못붙일레

신기神奇ㅎ다, 조물주造物主의 손장난도 이만하면 관주러라.

벌집 같이 모난 돌이 창槍대처럼 뻗어 올라

창공蒼空이 구녕날듯 비바람 쏟아질듯

격랑激浪에 돌부리 꺾여질까 소름 오싹 돋더라

-「총석정」 전문

나머지 1933년 「농촌의 봄」 11수, 1934년 「근음 삼수」(아침, 낮, 밤)는 큰 주제에 각기 작은 주제로 단시조형으로 창작, 완벽한 시조의 형식을 갖추고 있다. 그러나 타설적 리듬에서 아직도 벗어나지 못하고 있음은 심훈의 시조에 대한 관심의 한계가 아닌가 생각된다.

4
결론

심훈의 쓴 시조 창작기는 개화기, 신시조기, 혁신시조기에 이르기까지 현대시조의 새로운 국면을 연 시기이다. 그는 소설가로 영화인으로 또한 시인으로서 많은 활약을 보여 왔다. 시조도 시 창작의 29%에 해당되는 것을 보면 그의 짧은 생애에 비하면 아주 적은 양은 아니다.

20년대에 쓴 심훈의 초기 시조는 종장이 길어진 것이라든지 종지사가 생략된 것, 한 줄글을 구두점으로 장 구분 표시, 고투 형식, 연작시조 시도 같은 특징들이 나타나고 있는데 이는 개화기 시조와 신시조에서 나타나는 일반적인 특성들이다. 그러나 종장의 첫 음보와 둘째 음보의 음절, 초, 중, 종장의 4음보 등 결여는 시조 창작의 미숙성을 드러내는 것이어서 초기 시조의 시조 습작이나 시험해본 정도가 아닌가 생각된다.

20년대는 신시조기로 역사의식, 민족사상, 국토사랑, 기행시조, 민족의식 등의 주제들이 주 특징이었다. 심훈의 시조도 명승고적이나 기행을 시조로 표현한 것을 보면 당시의 신시조에서 크게 벗어나지 않고 있다. 초기 시조에서 개인의 정서를 표현했다는 점은 진일보한 것으로 보여지나 타설적 리듬을 부여한 당시 일반적 작시 태도와 별반 차이가 없어 혁신시조와는 다소 멀어져 있다.

1930년대에 들어와서야 시조에 대해 전문적인 작시 태도를 보이고 있다. 「평호추월」류 10수에 와 이때부터 심훈은 시조창작의 미숙성을 탈피, 완벽한 형식의 기행시조를 쓰게 된다. 「명사십리」류 4수는 시조 형식을 완벽하게 갖추고 있으면서 하나의 제목으로 각 수들이 전개, 통일되어 있어서 비로소 현대시조 같은 연작시조를 창작하게 된다.

「명사십리」류 4수는 「평호추월」류보다 표현면에서 좀 더 세련되어져 있고 특히 「총석정」 2수는 서경적인 묘사이기는 하나 표현면에서 정교한 기교와 놀라운 솜씨를 보여주고 있다. 그러나 30년 후반 혁신시조에서 보여준 실감 실정의 표현과는 다소 거리가 있었던 것으로 보인다.

나머지 1933년 「농촌의 봄」 11수, 1934년 「근음 삼수」(아침, 낮, 밤)는 큰 주제에 각기 작은 주제로 단시조형으로 창작, 완벽한 시조의 형식을 갖추고 있으나 타설적 리듬에서 아직도 벗어나지 못하고 있음은 심훈의 관심의 한계가 아닌가 생각된다.

심훈의 시조는 19수로 분량이 적다. 당시 신시조와 혁신 시조기에 몇몇 작자들에 의해 시조 문학이 주도되어 왔던 것을 보면 이러한 권외 자료들을 소홀히 하고 시조 문학사를 기술한다는 것은 한계가 있을 수밖에 없다. 또한 시조 창작의 과다에 따라 중요 작가들의 연구에만 그쳐서도 올바른 시조문학사를 기대할 수 없다.

심훈은 짧은 일생을 살다가 갔다. 그에게 있어서 시조는 주 관심사가 아니었다. 소설, 영화인, 시인으로서 틈틈이 우리의 전통인 시조에 관심을 보여 왔던 것은 그의 신념으로 보아 전통을 말살하려 했던 일제에 맞서 저항했던 한 단편이 아니었을까 생각해보는 것이다.

■ 참고문헌

김제현, 『시조문학론』, 예전사, 1992.

『국어국문학자료사전』, 한국사전연구사, 2002.

박철희, 『한국시사연구』, 일조각, 1993.

서　벌, 「현대시조의 흐름」, 『한국문학개관』, 어문각, 1988.

신웅순, 『한국시조창작원리론』, 푸른사상, 2009.

심　훈, 『그날이 오면』, 한성도서주식회사, 1949.

———, 『심훈문학전집 1』, 탐구당, 1966.

———, 『심훈문학전집 3』, 탐구당, 1966.

조재웅, 「심훈시 연구」, 영남대 박사학위 논문, 2006.

12

심훈의 시와 희곡, 그 밖에 극과 아동문학 자료

동인지 《신문예》 제2호 발굴에 부쳐

권보드래
고려대학교 국어국문학과 교수

《신문예》 제2호는 1924년 3월 1일 발행된 동인지다. 당시 대부분의 동인지가 그러했듯 일반 독서대중을 상대로 유가 판매도 했다. 한 부 30전, 반년 치 구독료는 1원 80전이고 1년 치는 대폭 할인해 2원 80전을 받았다. 광고료 규정도 따로 둔 걸 보니 상업화에 대한 야심도 없지 않았던 모양이다. 그러나 실물이 확인되는 것은 제2호뿐이다. 발간됐을 것이 확실한 창간호는 전하지 않고, 제2호 말미에 목차를 예고했던 제3호는 계획대로 빛을 볼 수 있었는지 자체가 확인되지 않는다.

창간호가 나왔을 당시 신문기사를 참조하면 《신문예》는 "이계훈, 김준호 등 문예에 뜻있는 아홉 청년의 동인조직"에서 창간한 잡지다. 창간호가 발행된 것은 1924년 2월 1일이다. 《동아일보》 기사에서 요약했다시피 《신문예》가 창간될 당시는 "신잡지의 족생簇生"이 회자되던 때였다. 1923년 12월부터 1924년 1월 사이 창간된 잡지만도 《신세기》《애愛》《금성金星》《폐허이후》《산업계》의 다섯 종이요 《혼돈》과 《신세계》 외 수 종이 창간을 앞두고 있는 상황이었다고 한다. 1920~21년경의 잡지열을 상기케 하는 이런 현상을 두고 기자는 '창간호로 종간호를 삼지 마라'는 부제를 붙이고 있다.[01]

판권지를 보면 동인 중 《신문예》를 주도한 사람은 이계훈李癸薰이었던 듯 보인다. 《동아일보》와 《매일신보》의 창간 예고 기사에서도 공히 거론된 그는—《동아일보》는 그밖에 김준호를, 《매일신보》는 최승일을 거명했다—판권지에 편집 겸 발행자로 기재돼 있다. 발행소는 신문예사, 총판매소는 동양서원이다. 1924년이라면 1910년대에 전성기를 보냈던 동양서원이 쇠락하기 시작했을 무렵이요 민준호 체제의 마지막 시기에 해당한다.[02] 한성도서주식회사와 동인지 《창조》 사이 협조와 갈등·파란이 상징하듯 1920년대 초에는 대형 출판사와 문예 동인지 사이 거래가 드물지 않았는데, 《신문예》와 동양서원 사이에도 그런 면모가 있었을지 모른다. 그러나 발행소로 신문예사가 명기되어 있는 것을 보면 편집권은 명확하게 동인 측에 있었던 것으로 판단된다.

실물로 남아 있는 제2호 및 목차만 전해지는 제1·3호 필진을 보면, 총 9인이라는 동인은 강성주·고한승·김준호·심대섭(심훈)·유도순·유운경·윤기정·이계훈·최승일이었던 것으로 추측된다. 장정은 안석주가 담당했다. 창간호에는 유운경 외 여덟 명이 각 한 편씩 시·소설이나 희곡·동화를 실었고, 제2호에는 아홉 명 전원이 참가했다.[03] 제2호 말미에 소개된 목차대로라면 제3호에도 전원이 시와 소설, 그리고 시극과 상화想華 등을 기고할 예정이었던 것으로 보인다. 1924년 2월 1일 창간호를, 3월 1일 제2호를 발행한 것으로 보면 월간잡지가 목표였다고 판단해도 좋겠다. 가격은 권당 30전이었고 1년 치 구독료는 할인가를 적용해 2원 60전이었다. 참고삼아 신문 광고란에 소개된 창간호 목차를 옮겨본다.

---

01 「신잡지의 족생(簇生)」, 《동아일보》 1924.1.8.

02 http://bookgram.pe.kr/120147912925

03 제2호 편집후기에서 이계훈이 "이번 2호부터 유운경군이 우리 신문예 동인이 되온 것"을 보고하고 있으나 그렇다면 창간 당시 9인 중 남은 한 명이 누구인지 알 수 없다. 혹은 장정을 맡은 안석주까지 동인으로 쳤을지도 모른다.

패참자敗慘者(희곡)	………………	최승일崔承一
삶에눈뜸(신시)	………………	유도순劉道順
표랑漂浪의혼魂(장편소설)	………………	윤기정尹基鼎
신비神秘의나라(신시)	………………	고한승高漢承
열루熱淚(소설)	………………	이계훈李癸薰
목숨의행진곡行進曲(신시)	………………	심대섭沈大燮
떠나가는사람(소설)	………………	김준호金俊鎬
어린혼魂의방랑放浪(신시)	………………	강성주姜晟周
국긔소녀(동화)	………………	고한승高漢承
선술집(희곡)	………………	심대섭沈大燮
장정裝幀	………………	안석주安碩柱

제1~3호의 목차로 미뤄보면 동인 구성에 별 변화는 없었던 듯하다. 총 아홉 명의 동인 중 오늘날까지 문학사에 자취를 남긴 사람은 고한승·심대섭·유운경·윤기정·최승일 정도다. 식민지기와 해방기에 간헐적 활동을 보인 유운경은 그 후에는 유영柳鈴이라는 이름으로 시작詩作을 계속한 바 있다. 그 밖의 네 명, 강성주·김준호·유도순·이계훈은 《신문예》 외에 전해지는 흔적이 거의 없다. 이들 총 아홉 명이 어떻게 《신문예》를 창간키로 의기투합했는지도 미지수다. KAPF 이전의 문예조직이었던 염군사焰群社에 심대섭·윤기정·최승일이 속해 있었으니 그것이 공통분모 중 하나였을 테고, 고한승과 최승일은 1920년 일본 유학생들이 조직한 극예술협회에 함께 이름을 올렸으니 그 또한 고리가 되었음직하다. 고한승·심대섭·최승일은 1923년 결성된 극문회劇文會의 회원이기도 했다. 출신 지역이나 학교 등에서의 공통점은 별반 두드러지지 않는다.

목차만 두고 판단하자면 다른 문예잡지와 구분되는 《신문예》의 특징은 희곡 및 아동물에의 관심이다. 제1호에는 희곡으로 최승일의 「참패자」와 심대섭의 「선술집」이 실렸고 동화로는 고한승이 「국기소녀」를 기고했으며, 제2호에는 시극 「어린 처녀의 불타는 가슴」(강성주)과 동화극 「해와 달」(고한승)이 게재되었고, 제3호에는 희곡 「먼동이 틀 때」(심대섭)과 시극 「성영性英과 경애敬愛」(고한승)이 예고되어 있다. 동인 중 상당수가 극예술협회·극문회 및 염군사 연극부 등에서 활동한 이력을 갖고 있었던 만큼 당연한 일이라 할 수도 있겠다. 강성주와 고한승에 의해 각각 '시극'이라는 양식이 시도된 바 있다는 사실 또한 특이하다. 각각 한 차례씩 실린 동화 및 동화극을 집필한 사람은 고한승이다. 개성 출신 고한승은 초기 연극운동에 깊이 관여했으나 1923년경부터는 아동문학으로 관심을 돌려, 색동회 조직에 참여하는가 하면 해방기에는 잡지 《어린이》 복간을 주도했다.[04]

실물이 남아 있는 제2호만 두고 보면 극과 아동물의 실상은 대단치 않다. 강성주의 시극 「불타는 처녀의 어린 가슴」은 1920년대 초반 흔히 볼 수 있는 표제요 내용이다. 아리따운 농촌 처녀가 삼각관계 속에서 연인의 진심을 의심하지만 오래잖아 오해가 풀린다는 간단한 줄거리다. 도시의 시인이 비슷한 취향의 성악가 대신 농촌 처녀를 택한다는 것, 처녀의 어린 두 동생이 등장한다는 것, 연적이 직접 나서 "나는 그대의 사랑에 원수가 아니라/ 경축의 화환花環을 든 어린 누이로다"라며 사랑을 축복해 준다는 등의 특징이 있으나, 인물 설정의 차이에도 불구하고 표현은 단조롭고 시구 또한 평범하다. 고한승의 동화극 「해와 달」 또한 익숙한 '해와 달이 된 오누이' 설화를 옮겨놓은 수준을 크게 벗어나지 못한다. 전래 설화에 대한 관심 자체가 특이하달 수 있겠으나, 고한

04 박금숙·홍창수, 「두 작가를 동일인물로 혼동한 문학사적 오류: 아동문학가 고한승과 다다이스트 고한용의 생애 고찰을 중심으로」, 《한국아동문학연구》 23호, 2012 참조.

승 자신의 말대로 이 설화는 이미 주요섭에 의해 동화체로 서술된 바 있다. 고한승의 「해와 달」에서는 여신과 요정이 등장하는 등 설화의 서양식 변조라 할 대목이 눈에 띄는 정도다. 「불타는 처녀의 어린 가슴」과 「해와 달」이 모두 합창 장면으로 마무리되고 있다는 점은 독특한데, 당시 희곡 전반과의 비교 속에서 검토될 만한 사항이라고 생각된다.

희곡에 한하면 정작 제2호보다 궁금해지는 것은 목차만 전하는 《신문예》 창간호 및 제3호다. 특히 심대섭, 즉 심훈의 희곡이 주목된다. 심대섭은 제1호에 「선술집」을, 제3호에 「먼동이 틀 때」를 기고하고 있는데 먼저 눈에 띄는 것은 후자다. 잘 알려져 있는 대로 '먼동이 틀 때'는 1927년 심대섭이 감독한 영화 제목이다. 이 영화는 당시 나운규의 〈아리랑〉에 비길 만하다는 반응을 얻은 평판작이었다. 필름은 남아 있지 않으나마 콘티는 전해지는 만큼 《신문예》 제3호의 「먼동이 틀 때」가 발견된다면 흥미로운 비교의 자료가 될 것이다. 심대섭 자신은 영화 〈먼동이 틀 때〉는 신문 사회면 기사에서 착상한 "순전한 오리지널 시나리오"에 기반한 작품이라고 회상한 바 있다.

〈먼동이 틀 때〉는 본래 '어둠에서 어둠으로'라는 제목으로 기획되었다가 검열 때문에 제목을 바꾼 것으로 알려져 있는데, 일찍이 집필한 희곡 「먼동이 틀 때」에서 단순히 제목만 취한 것인지, 혹은 다른 연결점이 있는지 의문이다. 심대섭의 연극 활동에 대해서는 알려져 있지만 희곡 창작은 전하는 바 없으니, 「먼동이 틀 때」의 존재는 한층 흥미로워 보인다. 심대섭의 또 한 편의 희곡, 《신문예》 창간호에 발표된 것으로 돼 있는 「선술집」은 제목에서 당장 고리키의 「밤주막」을 연상시킨다. '밑바닥에서'란 제목으로 번역되기도 한 「밤주막」은 당시 '세계 3대 리얼리즘 희곡' 중 하나로 꼽히면서 연극계에 큰 영향을 주었다. 혹 《신문예》 창간호가 발굴된다면 「선술집」의 내용을 확인하는 것도 즐거운 일이 될 터이다.[05]

심대섭은 《신문예》 제2호에는 「미친놈의 기도」와 「돌아가지이다」라는 두 편의 시를 선보였다.[05] 정확히 말하자면 「미친놈의 기도」는 네 쪽에 달하는 전문이 삭제됐으니 남아서 전하는 것은 「돌아가지이다」 한 편뿐이다. "염통엔 더러운 피가 괴"어 버린 성년이 되어 유년기에의 노스탤지어를 노래한 이 시는 아동문학에 대한 《신문예》의 관심, 그 근저를 간접적으로 확인케도 해준다. "돌아가지이다 돌아가지이다/ 동요의 나라 동화의 세계로"라는 회한이 시의 첫머리이기 때문이다. 제목부터 격정적인 「미친놈의 기도」는 삭제돼 버린 내용이 자못 궁금하지만 현재로선 확인할 길이 없다. 검열은 그밖에도 《신문예》 제2호의 여러 군데 흔적을 남기고 있는데, 인력거꾼들의 계급적 각성을 다룬 이계훈 소설 「배고픈 설움」[06]은 초반부의 세 페이지가, 가난한 지식 청년들이 책 팔아 하룻밤 성性과 환락을 사는 경험을 그린 최승일의 「혼탁」은 중간 두 페이지와 또 몇 행이 삭제된 것으로 돼 있다.

소박한 낭만주의의 색채가 짙은 시편들, 유운경의 「환상의 월야月夜」와 강성주의 「허무한 동경」 외 두 편, 그리고 유도순의 「시인의 삶은 이러하답니다」 외 세 편을 제외하면 《신문예》 제2호에서 위에 든 텍스트 외 남은 몫은 윤기정의 연재소설 「방랑의 혼」이다. 이 소설 역시 1920년대 초 유행한 표박漂泊·표랑漂浪·방랑 계열의 단어를 표제로 삼은 것부터 전형적인데, 창간호에 실린 첫 부분을 확인할 수 없는 대로 대강의 내용은 읽어낼 수 있다. "악착스런 과거의

---

05 심훈은 《신문예》 제2호 말미의 동인기(同人記)에서 「선술집」을 두고 이렇게 쓰고 있다: "마음이 답답하거나 쓸쓸할 때면 이따금 선술집 출입을 곧잘 합니다. 그래 여기저기서 주워듣고 본 것을 현실 그대로 끄적거려 놓고 보니 「선술집」이란 1막짜리 희곡이 되었습니다(…) 검열의 망을 거쳐 나오고 보니 뼈다귀는 추려버리고 썩은 살만 붙어 나와서 아무짝에도 못쓸 물건이 되어 버렸습니다."

06 「동인기」를 참조하면 「배고픈 설움」은 원래 '열루(熱淚)'라는 제목이었던 듯하다.

환영"에 쫓겨 방랑에 나선 남매 영훈과 영애가 주인공으로, 소설은 서사에 의해 진행된다기보다 남매 사이 추상적 대화에 의해 밀려간다. "그날 밤 바로 그 눈 오던 그 밤", 서로 다른 사연에 의해 집에서 쫓겨난 남매가 이태쯤 지나 우연히 상봉한 후 동행하는 처지라 한다. "앞으로는 감정보다도 이지에 더욱 힘있고 또 강하"자는 오빠 영훈의 당부에도 불구하고 남매 사이 정서는 시종일관 애상적이다. 소설은 어느 어촌에 닿은 남매를 보여주는 데서 중단되고 있는데, 마지막 대목에는 애조哀調 띤 배따라기 노래가 삽입돼 있기도 하다.

이상에서 대강 살펴본 《신문예》 제2호 본문은 잘 보존돼 있는 상태다. 인쇄 상태도 또렷해 잘 읽힌다. 다만 편집후기격인 「동인기同人記」는 한두 쪽이 훼손된 듯하다. 심대섭·이계훈·고한승 세 동인의 글만 확인할 수 있는 채로 문장이 중단돼 있다. 이계훈은 "이 신문예는 어디까지든지 영리적이 아닌 것과 잡지 정가는 실비인 것"을 강조하면서 검열 때문에 잡지가 볼품없이 돼 버린 것을 탄식한다. 창간호의 경우 「동인기」마저 검열로 삭제되었다고 한다. 그럼에도 심대섭은 제2호 「동인기」에 제법 긴 글을 남기고 있는데, 그 중 일부는 시론詩論이라고 해도 좋을 내용이다. 《신문예》 제2호에 시 두 편을 기고한 심대섭은 "내가 쓰는 시는 화사한 수식이 없고 한데 꿰뚫은 일정한 필법이 없이 정감이 끓어오르는 대로 사물이 심오心奧에 부딪히는 대로 그대로 주책없이 쓴다"고 토로한다. "그래서 어떤 때에는 미친놈의 함부로 지껄이는 소리 같기도 하고 어쩌다가는 아기의 머리를 어루만지며 가늘게 부르는 자장노래 같기도 하"다는 것이다. 시인 자신은 이것이 "주위의 복잡한 음향이 가슴에 울리는 대로 색깔 다른 조율調律이 솟아오르므로 그렇게 되는 것"이라고 해명하고 있는데, 이런 자기 해석은 《신문예》에 실린(/실리지 못한) 「미친놈의 노래」와 「돌아가지이다」라는 시 두 편에 잘 조응하는 듯 보인다.

13

심훈의 장편소설 『상록수』 연구

계몽과 탈선의 의미화: 집짓기 모티브를 중심으로

이동길·남상권

계명문화대학교 교수·영남대학교 국어국문학과 강사

1

머리말

『상록수』는 이광수의 『흙』과 더불어 1930년대 농촌계몽소설로 인식되어 왔다. 현상응모 당선으로 신문에 연재되고 숭고한 이상을 실천하는 주인공을 내세웠음에도 애정관계가 서사의 중심에 놓인다는 점에서 통속소설로 보기도 한다.[01] 등장인물을 브나로드 운동에 참여한 실제 모델을 바탕으로 하였다는 사실에서 모델의 삶이 작품의 주제를 고착시켜 온 점도 있다.[02] 또 과도한 계몽 담론으로 인해 생동하는 인물로서의 개성적인 농민상을 구현하지 못했고 지식인의 시혜적 모습을 부각하는 데 그쳤다고 비판받기도 한다.[03] 이와 같은 견해는 『상록수』를 모델소설과 교화소설의 범주에서 파악했기 때문이다.

『상록수』는 '신문소설'이라는 공모 조건에 부합하여 당선된 소설이기 때문

---

01 송백헌(1985), 「심훈의 『상록수』-희생양의 이미지-」, 《언어문학연구》, 언어문학연구회.
김종욱(1993), 「『상록수』의 '통속성'과 영화 구성원리」, 《외국문학》 봄.
류양선(1995), 「『상록수』론」, 《한국현대문학연구》 제4집, 한국현대문학회.

에 대중성은 전제일 뿐이지 대중소설이냐 아니냐를 따지는 논의는 무의미하다. 『상록수』는 무지, 무기력한 절대 다수를 일깨우고자 빈곤이 지배하는 농촌의 한복판으로 달려간 청년들의 이야기를 유포함으로써 암흑기를 넘어설 희망을 독자에게 전달한 것이다. 식민권력의 강압과 민족적 차별, 그리고 자신들의 미래마저 암울한 상황에서 민중 속으로 들어가고자 했던 청년 지식인들이 있었기에 문학이 이를 따라가며 조명할 수 있었다. 이런 점에서 『상록수』에 대한 문학적 성과를 판단하기에 앞서 이 소설이 식민권력의 감시와 폭력을 어떻게 기록하고 있는가를 살펴보는 것도 중요하다.

1932년 대대로 서울토박이였던 심훈의 당진군 송악면 부악리로의 이주는 심훈 자신을 농촌의 삶과 농민운동에 관심을 가진 전업 작가로서의 길을 걷게 한다. 이주 이듬해부터 귀농 모티브를 제시한 『영원의 미소』(1933)와 『직녀성』(1934)을 집필하였고, 1935년엔 생애의 마지막 장편소설이자 농민소설인 『상록수』를 집필하였다. 『상록수』는 1929년에 시작된 조선일보의 '문자보급운동'과 1931년에 시작된 《동아일보》의 '브나로드 운동'을 소재로 삼았지만 이

02 김구중(1999), 「『상록수』 허구/역사가 교섭하는 서사 자아 변화 연구」, 《한국문학이론과 비평》 6집, 한국문학이론가비평학회.
류양선(1995), 「심훈의 『상록수』 모델로-상록수로 살아있는 사랑의 여인상」, 《한국현대문학연구》 제13집, 한국현대문학회.
조남현(1996), 「상록수 연구」, (조남현 해설·주석)『상록수』, 서울대학교 출판부.
김경연(2007), 「1930년대 농촌, 민족, 소설로서의 회유-심훈 『상록수』론」, 《한국문학론총》 48, 한국문학회.
구수경(1989), 「심훈의 『상록수』 고」, 《어문연구》 제19집, 어문연구회, 1989.
이혜령, 「신문.브나로드.소설-리터러시의 위계질서와 그 표상」, 《한국근대문학연구》 제15호, 한국근대문학회.

03 송백헌(1985), 「심훈의 『상록수』-희생양의 이미지-」, 《언어문학연구》, 언어문학연구회.
유문선(1993), 「나르도니키스의 로망스-심훈의 『상록수』론」, 『장편소설로 보는 새로운 민족문학사』, 열음사.

운동의 위기를 그려낸 소설이기도 하다. 일제는 1934년을 끝으로 브나로드 운동을 포함한 모든 농민운동을 전면 금지시키는데, 이는 1932년부터 '자력갱생'을 슬로건으로 한 대응 관제 운동인 '농촌진흥회 운동'을 통해 농촌의 말단 부락까지 일제의 행정지배력을 확대하였기 때문이다.[04]

『상록수』는 박동혁의 농민회가 농촌진흥회에 편입되는 과정을 정밀하게 그려내고 있다. 『상록수』에 등장하는 강기천과 한낭청 같은 지방 토호이자 유력자들이 일제의 총독정치에 내응하는 모습은 관찰에 따른 재현으로 볼 수 있다. 이런 점에서 박동혁과 채영신의 집(농우회관, 강습소)은 계몽운동과 관제 농민운동의 대결 공간을 상징한다. 박동혁과 채영신의 집은 식민지배에 대한 잠재적 대항세력을 양성하는 공간이기 때문에 집짓기로 인한 갈등과 파국은 넓게 보면 일제의 농촌진흥회 운동과의 충돌에서 비롯된다.[05] 따라서 이 글은 이와 같은 사실을 바탕으로 논의하고자 한다.

---

04 김민철은 1932년부터 시작된 일제의 농촌진흥회 운동은 지역 단위(부군—읍면—동리—촌락)에서 공공재의 생산과 동원, 그리고 분배를 둘러싸고 '식민권력—지역유력자—지역주민' 사이에 협력과 갈등의 긴장관계가 형성되고 있음을 지적한다. 김민철(2007), 「일제의 농민조직화 정책과 농가지도(1932~1945)」, 《역사문제연구》 18, 82쪽.

05 임헌영은 『상록수』에서 박동혁이 일제의 농촌진흥회 운동에 불가피하게 합류하게 되는 점을 주목하여 당시 좌익계 적색농조가 일제의 농촌진흥회에 위장 합류하였던 사실과 유사점을 찾는다. 다만 박동혁의 위장 합류는 적색농조의 성격보다 중립적 경제운동의 성격으로 보고 있다. 임헌영(1983), 「심훈의 『상록수』-농민운동의 이념적 분파소설로 종합-」, 《출판저널》 9월호, 4~5쪽. 박진숙은 일제의 동화정책과 근대문학과의 상관관계라는 면에서 농민소설의 농총진흥회 운동의 텍스트화를 논의했는데, 박영준의 단편 「모범경작생」과 이기영의 단편 「서화」를 중심으로 논의했다. 박진숙(2012), 「1930년대 농촌진흥운동과 농민소설의 텍스트화 양상」, 《동아시아문화연구》 52, 368~389쪽. 참고.

2
『상록수』의 시·공간적 의미

『상록수』는 1935년 《동아일보》 창간 15주년을 기념하는 장편소설 공모에 당선된 작품이다. 동아일보사는 장편소설을 공모하면서 '신문소설로서 흥미 있는 사건 전개'와 '조선 농어산촌 문화에의 기여'하는 '명랑하고 진취적인 성격'을 가진 인물을 그리도록 요구하였다.[06] 『상록수』가 당선된 후, 심훈은 《동아일보》가 내건 조건이 평소 생각해오던 바와 우연히 부합되어 『상록수』를 집필하여 응모하였음을 밝히고 있다.[07] 심사평에서도 '본사가 응모조건으로 제시한 모든 부분에 부합'하였다고 소개한다.[08] 1935년 4월 1일자로 낸 장편소설 현상공모는 불과 2달의 공모기간임에도 불구하고 52편의 작품이 투고되었고 20일의 심사를 거쳐 『상록수』가 당선된 것이다.[09]

『상록수』의 당선으로 1926년 철필구락부 사건으로 《동아일보》에서 해직됐던 기자 심훈이 1935년 소설가로서 《동아일보》와 재회한다. 심훈은 기자로서의 길도 순탄하지 못했지만 작가로서 일제의 검열로부터도 자유롭지 못했

06 《동아일보》는 "본사창간15주년기념 특별장편소설공모"라는 제명으로 장편소설을 모집하였는데 '사람을 찾는 것이 아니라 작품을 구한다'는 의도에서 신인뿐만 아니라 기성작가도 응모하도록 하였다. 《동아일보》, 1935.3.22.

07 심훈은 『상록수』를 《동아일보》에 예고하는 기고에서 "사에서 주문한 모든 조건이 작가가 생각하여 오던 바와 우연히 부합됨에 용기를 얻어 그 공약을 이행할 기회를 얻게 되었습니다."라 했다. 《동아일보》, 1935.8.13.

08 권영민은 《동아일보》의 장편소설을 공모 의도를 분석하면서 "조선 농어촌의 문화에의 기여"라는 부분을 주목하여 《동아일보》가 계몽소설이나 교화소설을 처음부터 원했던 것은 아니라고 주장한다. 조남현(1996), 「『상록수』 연구」, (조남현 해설·주석)『상록수』, 서울대학교 출판부, 366쪽.

09 "응모작 52편을 엄밀히 고선한 결과" '1차 21편을 고른 다음 30회 연재분을 읽은 후, 그중에서 9편을 52회까지 읽고 세 편을 뽑은 후 전부 통독한 후 1편을 택'하였는데 '이러기까지 20일 마지막 3일은 밤을 새웠다'고 한다. 《동아일보》, 1935.8.13.

다. 『동방의 애인』(1930)에 이어 『불사조』(1930)가 검열에 걸려 《조선일보》에서 연재가 중단되었고 시집 『그날이 오면』(1932)이 조선총독부의 검열에 걸려 출판이 금지되었다. 《조선일보》 퇴사(1930) 후 취업한 경성방송국 우리말 담당 프로듀서직도 사상문제로 해직되었다.[10] 영화와 문학을 넘나들던 심훈에게 검열은 몇 편의 평론과 영화소설 『탈춤』(1926)을 제외하곤 상당수 작품을 온전하게 지상에 내놓을 수 없게 했다. 3·1운동 참여로 옥고를 치른 이후 중국으로의 망명생활을 하였고 귀국(1923) 후 염군사와 카프(1925) 발기인으로 참여한 이력 등은 식민치하에서 기자로든 작가로든 감시와 검열로부터 자유로울 수 없었던 것이다.

(상략)

급사의 봉투 속이 부럽던

월급날도 다시는 안 올 성싶다

그나마 실직하고 스무 닷새 날

전등 끊어가던 날 밤 촛불 밑에서

나어린 아내 눈물지며 하는 말

'시골 가 삽시다. 두더지처럼 흙이나 파먹게요.'

오관으로 스며드는 봄

10 1930년 10월 13일 종로경찰서에서 경성지방법원으로 보낸 문서 「조선일보 동정에 관한 건」에는 심대섭(심훈)이 기자 맹휴 사건과 관련하여 1930년 10월 전후로 해고된 것으로 나타나 있다. 국사편찬위원회 소장, 「조선일보 동정에 관한 건」(경종경고비(京鍾警高秘) 제14488호), 『사상에 관한 정보철』 10책. 2쪽.

가을바람인 듯 몸서리쳐진다

조선 팔도 어느 구석에 봄이 왔느냐[11] (밑줄 강조; 필자)

(하략)

1932년 5월 《동방평론》에 발표된 시 「토막생각」은 재혼한 심훈이 신혼 초부터 실직과 함께 닥친 빈곤의 압박감을 절실하게 드러내고 있다. 실직하고 '스물 닷새'만에 맞은 봄기운조차도 '가을바람 같은' 차가움으로 느낄 정도로 심신이 위축되었음을 보여준다. 대대로 부유한 사족 가문의 후예로 성장했던 심훈이 전기료를 내지 못해 전기가 끊긴 날 밤 '촛불 밑'에서 느꼈던 절망감은 상대적으로 더 컸으리라 짐작된다. 더구나 '어린 아내가 두더지처럼 흙이나 파먹게 시골로 가자'고 호소했을 때 받았던 충격을 시를 통해 생생하게 재현하고 있다.

결과적으로 심훈의 당진으로의 이주는 심훈 자신의 불규칙한 생활 변화와 함께 작가로서의 재출발 계기가 된다.[12] 당진은 심훈 일가의 세거지가 아니라 선대로부터 물려받은 토지와 임야가 있었던 곳으로 심훈의 숙부 심상연이 앞서 정착하였고 심훈보다 일 년 앞선 1931년, 심훈의 어머니와 조카 심재영이 이곳으로 이주하였다.[13]

11 심훈(1996), 「토막생각」, 『심훈전집』 1, 탐구당, 99~101쪽.

12 심훈의 조카 심재영의 말을 옮긴 성기조는 「한국문단, 남기고 싶은 이야기」 27에서 "1931년 조선일보 기자를 사임하고, 경성방송국의 우리말 방송 문예담당 프로듀서가 되었다. 천황폐하란 말을 방송으로 내보내지 않다가 방송국에서 쫓겨나 서대문 평동의 단칸 셋방에서 고생하는 것을 본 조카 심옹이 당진으로 내려오기를 권해서 귀향했다고 한다."고 했다. 성기조(2010), 「한국문단, 남기고 싶은 이야기-심훈의 필경사」 27, 《수필시대》 31, 101쪽.

칠원짜리 세방 속에서 어린 것과 지지고 볶고 그나마 몇 달식 방세를 못 내서 툭하면 축출逐出명령을 받어 가며 **마음에 없는 직업職業에 노명露命**을 이어갈 때 보다는 맥반총탕麥飯葱湯일 망정 남의 눈치보지 않고 13끌여 먹고 저의 생명인 시간을 제 임의로 쓰고 띄끌 하나 없는 공기를 마음껏 마시는 자유나마 누리게 되기를 별르고 바란지 무릇 몇 해 엿든가.[14] (밑줄 강조; 필자)

이 글은 심훈이 『영원의 미소』와 『직녀성』을 연이어 발표한 이듬해인 1935년 1월 《삼천리》에 게재한 지상 서간이다. 심훈이 신혼기에 실직으로 인해 겪게 된 빈곤 체험을 당진 생활 3년째에 다시 언급한 것이다. 실직과 검열의 트라우마가 '그토록 벼르고 바랐던' 생활이 안정되어 '자유나마 누리게' 되었을 무렵에도 여전히 남아 있음을 보여준다. 이 글 서두에 제시한 「필경」이란 시가 삼 년 전(1932)에 검열로 '암장暗葬'당한 사실을 밝히며 『직녀성』의 고료로 집을 지을 때 '필경사'란 택호를 붙인 내력을 밝히고 있다.[15] 또 다른 수필 「필경사 잡기: 봄은 어느 곳에?」는 시집 『그날이 오면』이 검열로 출판금지 되었던 상황을 언급한 후, 함께 수록된 「토막생각」의 구절을 인용하면서 '이제는 스스

---

13 심훈은 실직과 당진으로의 이주에 대해 "그래서 한 고주(雇主)를 꾸준히 섬기지 못하고 수틀리면 누구 앞에서나 불평을 토하고 심술을 불끈블끈 내놓는 밥빌어먹을 성미(性味) 때문에 이 토박(土薄)한 시골 구석으로 조밥 보리밥을 얻어 먹으려고 그야말로 남부여대(男負女戴)하고 기어든 것이다."라며 자신의 성격과 기질에 원인이 있음을 말한다. 심훈, 「필경사잡기(筆耕舍雜記), 최근(最近)의 심경(心境)을 적어 K우(友)에게」, 《개벽신간》 3호, 1935.1.1. 7~8쪽.

14 심훈, 「필경사잡기(筆耕舍雜記), 최근(最近)의 심경(心境)을 적어 K우(友)에게」, 《개벽신간》 3호, 1935.1.1. 7쪽.

15 "이것은 3년 전에 출판을 하려 하다 암장(暗葬)을 당한 시집(詩集)(『그날이 오면』인 듯; 필자 주) 원고 중 「필경(筆耕)」이란 시(詩)의 제1련(第1聯)이다. 「필경사(筆耕舍)」란 그 시의 제목을 떼여다가 이른바 택호(宅號)를 삼는 것이다." 심훈, 「필경사잡기(筆耕舍雜記), 최근(最近)의 심경(心境)을 적어 K우(友)에게」, 《개벽신간》 3호, 1935.1.1. 6쪽.

로 봄을 느끼고 있음'을 말한다.[16] 심훈의 당진 이주 이후, 전업 작가로의 변모와 함께 생활 또한 일정한 안정을 얻었기 때문이다.

심훈의 당진 생활은 '어줍지 않는 사회주의, 입에 발린 자기희생, 어떠한 주의에 노예가 되기 전에 맨 먼저 자신을 응시'하는 현실을 택한 것이다.[17] 당진에서 집필한『영원의 미소』,『직녀성』이 신문소설로서 연재가 완료된 것은 서울 시절과는 다른 글쓰기를 하고 있음을 보여준 것이다. 이와 같은 글쓰기에 대해 심훈은 '바늘구멍에 약대(낙타)를 끄집어내려는 대담함에 식은 땀'을 흘릴 정도라고 고백한다.[18] 그만큼 집필 태도가 신중해졌음을 에둘러 표현한 것이다.『상록수』에 이르는 일련의 장편소설, 즉『영원의 미소』와『직녀성』을 통해서 전업 작가의 면모를 대중에게 드러낸 것이라 할 수 있다. 이런 점에서『상록수』는 신문사의 응모요건에 충족시키면서도 작가의 사상과 태도를 작품 속에 투영하고 있음을 볼 수 있다.

> 물질로 즉 경제적으로는 일조일석에 부활하기가 어렵겠지만, **무엇보다도 먼저 모든 것을 지배하고 온갖 행동의 원동력이 되는 정신精神, 요샛말로 이데올로기를 통일하기 위해서 전력을 기울여야 하겠습니다.**" (중략)
>
> 「옳소-」

16 "양지바른 책상머리에 정좌(靜坐)하여 수년전(數年前) 출판하려다가 붉은 도장 투성이가 되어 나온 시집을 몇 군데 뒤적이는데 **「토막생각」**이란 제목 아래에 이런 구절이 튀어 나왔다." 심훈, 「봄은 어느 곳에?」, 《동아일보》, 1936.3.14.

17 심훈, 「필경사잡기(筆耕舍雜記), 최근(最近)의 심경(心境)을 적어 K우(友)에게」, 《개벽신간》 3호, 1935.1.1. 9~10쪽.

18 최근에는 엉뚱하게 적어도 3,4만(萬)독자를 상대로 하는 신문에 서너 차례나 장편소설을 쓰고 있다. 바늘구녁으로 약대를 꺼집어 네리는 대담(大膽)함에 식은 땀이 등어리를 적심을 스스로 깨다를 때가 많다. 심훈, 앞 글, 9쪽.

「그렇소-」

하는 고함과 함께

「그건 탈선이오」

하는 반박하는 소리가들렷다. 그 소리를 듣자, 동혁은 눈고리가 실쭉해지더니

「어째서 탈선이란 말요?」

하고 눈을 커다랗게 부릅뜨며, 목소리가 난 편짝을 노려보는판에, 사회자는 동혁의 곁으로 가서 무어라고 귓속을 한다.(중략)

「박동혁 군의 말은 개념적이나마 누구나 존중해야 헐 좋은 의견으로 압니다.」

하고는,

「그러나 **현재의 정세로 보아서 어느 시기까지는 계몽운동과 사상운동을 절대로 혼동해서는 안됩니다.**

계몽운동은 어디까지든지 계몽운동에 그칠따름이지, 부질없이 다른데다 혼동해가지고 **공연헌데까지 폐해를 끼칠 까닭**은 털끝만치도 없습니다.」

하고 단단히 주의를 시킨다.[19] (밑줄 강조; 필자)

위의 예문은 '하계 학생 브나로드 운동', 즉 작품에서는 '학생계몽 운동'을 위로하는 다과회에서 발생한 보고자와 사회자의 의견충돌 장면이다.[20] 계몽운동에 참여한 박동혁이 성적이 가장 우수하여 참여대원 앞에서 그 성과를 보고하는 중에 주최 측 사회자가 발언을 제지시키는 상황이 발생한 것이다. 『상록수』의 첫 장인 「쌍두취행진곡」에서 이 장면을 재현한 것은 학생계몽 운동의 성과와 한계를 복기해보려는 의도가 있다고 생각된다.[21] 또 박동혁을 통해 심

19 심훈(1996), 『상록수』(조남현 해설 주석), 서울대학교 출판부, 13~14쪽.

훈의 '사상과 조선의 현실을 임하는 태도'를 드러낸 것이기 때문에 얼핏 보기에는《동아일보》의 현상응모 조건과 충돌할 수 있는 지점이다.[22] 이 계몽운동은 중학교 4, 5학년 참가자가 담당하는 조선문강습, 숫자강습과 전문대학생 참가자가 담당하는 위생강연, 학술강연으로 구분하여 학생들을 모집하여 농어산촌으로 파견하였다.[23] 따라서『상록수』를 당선시킨《동아일보》의 현상응모 조건인 '신문소설로서 흥미 있는 사건 전개'와 '조선 농어산촌 문화에의 기여'와 박동혁이 주장하는 '이데올로기 통일'은 배치된다.

박동혁은 농촌의 비참한 현상을 얘기하고 그들에게 다가가서 '희망 없는

20 「본사(本社) 브나로드운동(運動) 참가대원위안회(參加隊員慰安會), 여흥(餘興)으로 동서음악(東西音樂) 재명야(再明夜) 공회당(公會堂)에서//성황예기(盛況豫期)되는 정중(鄭重)한 회합(會合)」,《동아일보》, 1932.10.14. ;「문맹전선(文盲戰線)의 개선용사(凱旋勇士) 일당(一堂)에 회합(會合)한 위안(慰安)의 밤, 땀과 눈물자욱에 핀 앎의 꽃, 삼년(三年)에 타파(打破) 칠만팔천(七萬八千) 작야정동(昨夜貞洞)에 성대(盛大)히 거행(擧行)//유창한 음락(音樂)의 선율(旋律)에 만장(滿場)한 대원(隊員)은 도취(陶醉), 제1부(第一部)의 식(式)이 정중(鄭重)히 끝나고 시종주락(始終奏樂)으로 완료(完了)//간곡(懇曲)하고 정중(鄭重)한 제씨(諸氏)의 축사(祝辭)와 답사(答辭)[사(寫): 문화전선용사(文化戰線勇士)의 개선식(凱旋式)」,1933.10.15. ;「금야(今夜) 오라! 의의(意義)잇는 이 자리로! 학생계몽대원위안회(學生啓蒙隊員慰安會)」,《동아일보》, 1933.10.15. ;「문맹암야(文盲闇野) 전전삼천리(轉戰三千里) 계몽대원(啓蒙隊員) 개선식(凱旋式); 동정서벌(東征西伐)의 삼천군(三千軍)을 음악(音樂) 무용(舞踊)으로 위안(慰安), 입일일오후칠시(廿一日午後七時) 공회당(公會堂)에서, 오라! 승리(勝利)의 기쁨을 즐기자」,《동아일보》, 1934.9.19.

21 참가대원을 위한 위로연 순서는 격려사와 답사 음악회 등으로 진행되어 주최 신문사의 기사와 소설에서 묘사된 장면은 비슷하다. "구세군음악대원의 유창한 주악리에 회는 막을 열으니 때는 기보한바와 같이 오후7시 정각이었다. 만단의 대원과 내빈의 긴장한 공기를 흘리면서 거칠은 세파에 부대낀 몸의 괴로운막을 깨끗이 씻는듯 하였다. 식은 본사 서무부장 김철중 씨의 사회로 시작되었다. 송사장(송진우)의 정중한 식사가 잇은후 박창히 씨의 의미심장한 경과보고와 삼년간 계몽운동의 ○○를 보고하였다.……"《동아일보》, 1933, 10.15. 참고.

22 당시 동아일보 편집국장이었던 이광수도 1932년 7월16일 브나로드 운동대원 발대식에서 '글과 셈 이외에 아무것도 이 운동에 혼합하지 말 것, 지방 지국의 알선을 받아 당국의 허가를 받은 후에 할 것'을 학생들에게 요구했다. 이주형,『한국근대소설연구』, 창작과비평사, 1995, 88쪽.

23 「봉공적정신(奉公的精神)을 함양(涵養)하라, 하휴(夏休)와 학생(學生)「브나로드」운동(運動)에 붙여」,《동아일보》, 1931.7.16.

민족에게 희망을 불어넣는 것, 이데올로기 통일'을 주장할 때 사회자는 '탈선' 이라며 제지를 한다. 여기서의 이데올로기는 사회자가 해석하기로는 문화적 계몽운동이 아닌 사상운동이다.[24] 사회자가 '현재의 정세로 보아서 어느 시기까지는 계몽운동과 사상운동을 절대로 혼동해서는' 안 된다고 주의를 주는 것은 학생계몽 운동의 종결 시점을 의식한 발언으로 보인다.[25] 하지만 이 장면은 작중 인물로서의 박동혁의 개성을 강렬하게 드러내는 효과를 거둔다. 또 박동혁과 채영신이 만나게 되는 계기가 소설 속의 다과회이기 때문에 박동혁과 채영신의 발언 기회는 상대를 알게 하는 장치이기도 하다. 주최 신문사의 입장과 박동혁의 입장이 충돌하여 소란스러워졌지만 발언 순서를 문제 삼는 채영신의 당돌한 등장은 다과회의 분위기 전환뿐만 아니라 박동혁에 버금가는 개성을 부각시키게 하는 효과도 거둔다.

이런 점에서 『상록수』에서 박동혁 서사가 상대적으로 부각되거나 채영신의 서사가 빠졌을 경우 계몽운동이 아닌 사상운동이 소설의 주요 사건이 되었을 가능성이 있다. 따라서 심훈이 『영원의 미소』(1933~34)를 집필한 후 후편을 구상할 때와 《동아일보》 장편소설 현상공모에 응하여 『상록수』를 집필할 때의 등장인물은 상당한 변화를 가졌을 것으로 추측된다. 채영신의 모델 '최

---

24 지수걸은 이와 같은 신문사의 태도에 대해 '1931년 동아일보사는 학생 브나로드운동을 개시하면서 운동 목표로서 학생들의 "봉공적 정신의 함양" 혹은 "근로의식의 고취" 등을 앞세웠다. 이로부터 석 달이 지난 1931년 9월 총독부는 학무국 주관으로 30만원이라는 거금을 들여서 학생들의 좌경화 경향을 "근로의식의 고취"를 통해서 해소시키는 일련의 사업을 구상하였다 여기서도 우리는 양자가 결코 무관한 움직임이 아님을 쉽게 알 수 있다.'고 주장한다. 지수걸, 앞 책, 193쪽.

25 『상록수』는 1935년 《동아일보》 창간기념 공모소설로 등장하였지만 이 해부터 신문사 주최 학생계몽 운동뿐만 아니라 일체의 농민운동을 금지되고 관제 농촌진흥회 운동에 반하는 농촌에서의 활동이 탄압받는다. 소설에서 사회자가 제시한 '현재의 정세로 보아 어느 시기까지'라는 시간적 전제는 식민권력의 감시와 통제를 의식하는 것이기도 하지만 신문사 주최 학생계몽 운동의 종결 시점을 암시하는 것으로도 볼 수 있다.

용신'이 청석골(샘골)에서 사망한 날짜가 1935년 1월 23일인데 그의 죽음이 신문지상에 처음 알려진 것은 같은 해 3월 2일자 《조선중앙일보》 기사이다. 이때는 《동아일보》의 장편소설 공모 이전이다.[26] 이 무렵에 심훈이 원래 구상하던 작품에서 '최용신'이라는 모델을 추가하여 병치하는 방식으로 『상록수』를 집필했다고 보기는 어렵다.

《동아일보》의 장편소설 첫 공모가 1935년 3월 22일이고 심훈의 『상록수』 집필 시작 시기는 동년 5월 초로 추정한다. 심훈은 노천명의 〈'최용신' 전기〉(1935. 5. 1.)를 읽고 난 뒤에 『상록수』를 집필하였다.[27] 그렇다면 선행 구상에서 '최용신' 전기가 갑자기 들어가서 원래 구상한 바를 수정한 셈인데, 이는 《동아일보》의 투고 조건에 부합하기 위해서라고 볼 수 있다. 이런 점에서 박동혁과 채영신이 농촌계몽을 위한 동지적인 만남에서 연인 관계로 발전하지만 두 사람의 연애 서사는 공적 언어와 사명감으로 가득 채워져서 애욕을 표현하는 입체적인 인간미를 거의 드러내지 못하고 있다.

---

26 최용신의 죽음이 지상에 알려진 것은 1933년 3월 2일부터 3월 4일까지 3회 《조선중앙일보》의 일기자(一記子)란 필명으로 연재된 「썩은 한 개의 밀알, 브나로드의 선구자, 고 최용신양의 일생, 여성들아 여기에 한번 눈을 던져라」라는 기사가 처음인 것으로 확인된다. 《중앙》의 5월 1일자 노천명의 「최용신 양 전기」는 앞의 기사를 거의 그대로 옮긴(1회분 결본) 것인데 《조선중앙일보》의 기사 작성자 일기자(一記者)가 노천명과 동일인인지는 확인치 못했다. 잡지 《중앙》은 1934년까지 심훈이 편집인으로 활동했기 때문에 최용신 관련 기사를 접하였을 가능성이 크다.

27 심훈이 《조선중앙일보》의 최용신의 죽음과 관련된 기사를 접했을 가능성도 있다. 그럼에도 선행 논의에서 심훈이 노천명의 최용신 전기를 주목했다는 근거를 따랐다. 샘골에서 헌신적으로 일하던 최용신이 장중첩증으로 숨진 것은 1935년 1월 23일이고, 이에 관한 기사에 접한 심훈이 조사와 구상을 거쳐 『상록수』를 쓰기 시작한 것은 1935년 5월 초, 탈고한 것은 6월 26일이다. 200자 원고지 1,500매에 이르는 분량을 "한 오십일(五十日) 동안을 주야겸행(晝夜兼行)으로 펜을 달려 기한(期限)과 회수(回數)와 또는 그 밖의 모든 구속(拘束)을 받으면서 써낸 것"이다. 유양선, 「심훈의 『상록수』 모델론-'상록수'로 살아있는 '사랑'의 여인상」. ; 조남현(1996), 「『상록수』 연구」, (조남현 해설·주석)『상록수』, 서울대학교 출판부, 372쪽.

또 작품 내적으로 봐서도 개성이 확연히 다른 박동혁과 채영신의 결연을 위해 둘 사이의 종교적 불화 가능성을 일축하는 면도 있다. 박동혁의 종교 비판에 채영신이 침묵 내지 동의하는 형식으로 봉합하는 것도 부자연스럽다.[28] 박동혁의 결혼 요구에 대해 '계몽운동에 희생하기로 하나님께 맹세'했다는 이유로 후일로 기약하는 장면은 '최용신'의 전기적 사실을 따른다. 더구나 박동혁이 감옥에 갇힌 것을 목격하고 자신 역시 과로로 인해 쇠약해진 건강상태를 무시하고 일본으로의 유학을 감행하다가 더 큰 병까지 얻어 귀국하고 만다. 이는 모델 '최용신'의 전기적 사실을 왜곡할 수 없었기 때문으로 볼 수 있지만 이념과 이상이 과부하를 일으켜 박동혁이 채영신의 죽음을, 채영신이 박동혁의 영어囹圄를 서로가 방임하는 듯한 인상을 준다.[29]

무엇보다 『상록수』의 원 모델 '최용신'의 약혼자 K는 동지적 관계이지만 소설로 허구화될 때는 세속적인 인물로 낙인찍혀 파혼당하는 인물이다. 이 K의 역할을 박동혁이 수행하게 됨으로써 신학교 출신의 독실한 기독교 신자인 채영신이 박동혁의 일방적인 종교 비판에 저항하지 않음을 사랑 때문이라고만 할 수 없을 듯하다. 『상록수』는 '최용신'의 전기가 다소 부자연스럽게 작품 속에서 융합되었지만 '최용신'의 전기를 채영신의 숭고한 희생으로 재유포시

---

28 "교회 속은 누구보담도 직접 관계를 해온 내가 속속들이 잘 알아요. 아무튼 '루터-' 같은 분이 나와서 큰 혁명을 일으키기 전엔, 조선의 예수교회도 이대루 가다간 멸망을 당하고 말 게야요!" 하고 저 역시 분개하기를 마지않다가 "나는 '그리스도'가 인류를 위해서 십자가에 피를 흘리신 그 정열과, 희생적인 봉사(奉仕)의 정신을 숭앙허구 본받으려는 것뿐이니까요. 그 점만은 충분허게 이해해 주셔야 해요." 『상록수』, 앞 책, 242~243쪽.

29 채영신의 유학 결심에 동혁이 선뜻 동의하는 것은 건강 때문이다. "영신이를 다시 청석골로 보냈다가는 그의 성격이 몸만 자유로 쓰게 되면 잠시도 쉬지 않고 또 그러한 과도한 노동까지라도 하지 않고는 배기지 못할 것을 알고 있기 때문이다."라고 논평하지만 이와 같은 작가의 주장은 큰 병을 얻어 귀국한 채영신의 병세를 더욱 악화시키는 행동으로 나타난다. 『상록수』, 앞 책, 245쪽.

킴으로써 농촌계몽소설로서의 지위를 얻을 수 있었다. 또 소설 작품론과 별개로 모델 '최용신'의 삶을 재조명할 수 있게 한 것이다. 이런 점에서 『상록수』는 모델 '최용신'의 희생적 죽음을 전사한 강렬한 호소력 때문에 『영원의 미소』의 후속작으로 예고되었던 농민소설로서의 주제는 약화되었다고 볼 수 있다.[30] 따라서 "농민운동관을 대변하는 인물이 박동혁임에도 『상록수』가 주는 감동은 오히려 채영신의 희생과 죽음"에서 찾게 되는 결과를 낳은 것이다.[31] 이는 채영신 (문화계몽)서사를 박동혁 (농민운동)서사의 영역으로 끌어오려는 창작 의도와 달리 채영신의 죽음으로 인해 그녀의 정신과 유업을 박동혁이 수렴할 수밖에 없는 처지를 결말에서 제시했기 때문이라고 생각된다.

이와 같은 판단은 『상록수』의 주 스토리라인main story line이 박동혁 서사를 중심으로 형성되고 있다는 점을 근거로 한다. 채영신의 서사는 박동혁 서사와 병렬되지만 계몽의제의 제시와 연인관계로의 발전은 채영신 서사가 박동혁 서사에 부수되기 때문이다. 이러한 이유에서 박동혁의 농우회와 1930년대 농민운동의 시의성을 살펴보는 것은 『상록수』에 대한 해석의 폭을 넓힐 수 있다. 박동혁의 농우회가 일제의 농촌진흥회 운동에 편입되는 과정은 경험적 사실이자 허구적 진실이다. 이런 점에서 『상록수』에서 집짓기 모티브는 계몽운동의 지속과 확산의 징표이고 식민권력은 이에 대한 회유와 억압으로 대응함을 볼 수 있다.

---

30 유문선은 "『상록수』에서 계급간의 첨예한 대립이나 농민층 내부의 근본적인 모순·갈등을 야기하지 않는 한도의 활동과 그 성공, 이것이 『상록수』 '농민운동'의 도달점"이라고 규정하고 『상록수』는 "그 다음 단계로의 전망이나 계획을 제시할 수 없었"다고 주장한다. 또 '일제가 농촌진흥 운동을 주도하면서 귀농운동을 금지'했다고 해서 『상록수』에서 경제운동에 대한 전망을 부정한다. 이러한 주장에는 경제운동을 1930년대부터 광범위하게 번져간 적색농민조합과 같은 혁명적 농민운동과 별개의 것으로 보기 때문이다. 류문선, 앞 책, 133~146쪽.

31 이대규(1995), 『한국근대 귀향소설 연구』, 이문출판사, 124쪽.

3

집짓기에 함의된 '탈선'과 파국

『상록수』에서 박동혁과 채영신의 '집짓기'는 소설 속 분규의 시작이다. 또 집짓기를 통해서 등장인물의 헌신과 희생이 정점으로 끌어올려진다. 박동혁의 농우회관과 채영신의 강습소(청석학원)는 계몽운동의 실천공간이자 동지를 규합하는 공간이기도 하다. 박동혁과 채영신은 연인 사이로 발전하면서도 집짓기를 통해 경쟁관계를 드러내기도 한다.[32] 박동혁의 농우회관은 농민운동이 중심이고 한글강습은 종적인 계몽운동이다. 채영신의 청석학원은 한글강습이 중심이고 부인친목회 등은 종적인 활동이다. 집짓기에 있어 경제성, 효율성, 협동심 등도 현저한 차이를 보인다. 박동혁의 농우회관은 농우회원과 마을 주민들의 협력으로 갈등 없이 완공하지만 채영신의 강습소 짓기는 주변 환경과의 불화 내지 갈등을 극복하는 희생의 과정이다. 박동혁의 집(농우회관)은 농촌진흥회 운동과의 투쟁 공간으로 발전되고 채영신의 집(청석학원)은 헌신과 희생의 기념물이 된다.

> 여러 해 별러오던 농우회 회관을 지으려고 오늘 저녁에 그 지경에 닷는것이다. 회원들의 마음은 여간 긴장되지 안엇다.
> 자자손손 대를 물려가며 살려는 만년주택을 짓기 시작하는 것과 조금도 다름이 없는 생각으로 자기네들이 웅거할 회관을 지으려는 것이다.

32 그동안 한곡리에서는 농우회관을 낙성하였다는 소식을 들은 영신은 슬그머니 성벽이 나서, '청석골은 그버덤 곱절이나 큰 학원집을 짓고야 말겟다는 야심이 불일듯하엿다' 심훈(1996), 앞 책, 181쪽.

달구질하는 소리가 들리자, 야학을 다니는 아이들과 동네사람들이하나둘씩 모여든다. 이직도 이 시굴에는 누구나 집을 지면 터닦는 날과 새를올리는 날은 품삭을 받지 안고 대동이 풀려서 일을 보아주는 습관이 있다. 회원들외에도 어른들과 아이들이 벌서 들러붙엇다.[33]

박동혁의 한곡리 농우회는 야학과 주학을 하는 한편으로 금연, 금주, 공동경작, 이용조합, 포패조합捕貝組合 등으로 공동기금을 적립하는 등의 경제운동 토대를 다져가고 있다.[34] 이 기금으로 회관을 짓는 데 일부만 쓰고 '비상시기'에 쓰기 위해 기금을 꾸준히 적립할 정도로 계획적이다.[35] 이처럼 한곡리에서는 농우회 회원들이 두레 등의 마을공동체 협력과 농우회원들의 효과적인 역할 분담으로 수월하게 집을 짓는다. 농우회관은 열두 명의 회원들이 두 달간 서로 협력하여 지은 '긔념탑記念塔'으로 '자기네들이 웅거할' '만년주택'과 같은 것이다.

청석골의 채영신은 예배당을 임시로 빌려 쓰는 처지에 몰려든 학생이 130명에 이를 정도로 교육성과가 높다. 또 예배당이 좁은 데다가 사용 시간도 제한적이기 때문에 강습소 겸 공회당처럼 쓸 회관이 필요한 것이다. 강습소를

33 심훈(1996), 앞 책, 156쪽.

34 심훈은 『상록수』를 집필할 무렵 전국적으로 진행된 농민운동의 성격을 농우회로 집약시키고 있다. 이와 같은 농민운동은 실제 자작회(自作會), 물산장려회(物産奬勵會), 유신회(維新會), 조선산품소비조합(朝鮮産品消費組合), 토산장려회(土産奬勵會), 노동공제회(勞動共濟會), 농우회(農友會), 농민대회(農民大會), 소작인대회(小作人大會), 소작인운동(小作人運動), 금주동맹회 (禁酒同盟會), 소비조합(消費組合), 단연동맹(斷烟同盟), 단연회(斷烟會), 검약회(儉約會), 단연(斷烟), 금주동맹(禁酒同盟), 금연저축계(禁煙貯蓄契) 등으로 설립 목적에 따라 다양한 명칭을 가지고 있음을 볼 수 있다.

35 여기서 '비상시기'는 농우회가 강기천의 모략으로 넘어가고 진흥회로 개편될 때 박동혁이 담판으로 회원들이 진 빚을 원금으로 갚는 데 사용한다.

짓기 위해 기부금을 모금하지만 잘 걷히지 않는다. 친목계원들이 춘잠을 쳐서 보태지만 고치 값의 폭락으로 강습소를 지을 예산 5~6백 원에 턱없이 부족한 것이다. 이런 형편에 채영신의 기부금 모금행위가 집요한 데가 있어서 일부 마을 사람들의 반발을 사기도 한다.

(어디 누가 못견디나 보자)

하고 극성맞게 쫒아가서는 기어이 젊은 주인을 맞나보고 급한사정을 하엿다, 그러나

「여보 이건 빗졸리기버텀 더어렵구려. 글세 지금은 돈이없다는데 바득바득 내라니 그래소팔구 논 팔어서 기부금을 내란말요? 온 우리집 자식들이 한놈이나 강습손가 허는델 댕기기를 허나」[36]

채영신의 과도한 기부금 모금행위로 인해 임시강습소(청석학원)는 주재소로부터 폐쇄 경고를 받게 되고 강습생도 강제에 의해 80명으로 줄일 수밖에 없게 된다.[37] '한글과 여러 가지 과정을 강습해오다가 당국과 말썽이 생겨 강습소 인가가 취소'된 것은 이와 같은 계몽운동가의 열성 때문으로 볼 수 있다.[38] 실제 강습소 폐쇄와 같은 조치는 치안방해죄라는 명목이 빈번하게 적용되어 사회적인 문제가 되기도 하였다.[39] 주재소로부터의 이와 같은 처분은 채

36 심훈(1996), 앞 책, 140~141쪽.

37 "도의원 후보자로 군내에 세력이 당당한 한낭청의 맛아들은, 채영신이가 기부금을 강청해서 주민들의 비난하는 소리가 높다고, 경찰서에 가서 귀를 불었기 때문에 영신이가 주재소까지 불려가서 설유를 톡톡히 받아섯고, 강습하는 아동이 제한당한 것만 하더라도 그 여파인 것이 틀림없엇다." 심훈(1996), 앞 책, 146쪽.

38 심훈(1996), 앞 책, 354쪽.

39 「빈빈한 강습소 폐쇄의 명령, 당국의 교육에 대한 성의가 여하오」, 《동아일보》, 1930.12.6.

영신의 집짓기에 대한 사명감을 더욱 극화시킨다.

채영신은 정규교육을 받을 수 없는 아이들을 가르치기 위한 집짓기 열망이 강할수록 육체를 가혹한 환경으로 내몬다. 청석골(샘골)에서 헌신적인 가르침을 펼치는 채영신의 노력에 감동한 부인친목회에서 300원을 기부한다. 강습소 짓기에는 부족한 금액이지만 목수의 도움과 영신의 몸을 살피지 않는 노동력에 감화된 청석골 주민들의 협력으로 마침내 강습소는 완공된다. 한곡리의 농우회관 건립에 자극받아 더 크고 훌륭한 강습소를 짓겠다는 열망을 이룬 것이다. 채영신이 청석골에서 강습소를 완공한 후 박동혁에게 '문화사업에서 생활 방면에 치중한 생산을 위한 일'의 필요성을 말한 것은 집짓기 과정에서 경험했던 어려움의 토로이기도 하다. 결국 생활이 먼저 있어야 문화사업이 가능하다는 결론에 도달하면서 박동혁의 농민운동과 사상의 합일을 이룬다.[40]

박동혁의 한곡리 농우회관은 '200명 정도의 아이들을 수용'할 수 있고 모채와 사무실 도서실까지 갖추고 있다. 도서실에는 강기만으로부터 기부 받은 '농업강의록과 농촌운동에 관한 서적 5~6십 권여가 되고 일간신문, 《서울시보》, 《농민순보》 등의 정기간행물과 각종 잡지를 구비'하고 있다. 이런 서적은 한글강습을 위한 교재로서는 적합하지 않다. 『상록수』는 이와 같은 자료를 소개함으로써 한곡리에서 박동혁의 농민운동이 문화운동을 넘어선 경제운동 단계에까지 나아가고 있음을 보여준다.

---

40 "입때까지 우리가 헌 일은 강습소를 짓고 글을 가르친다든지 무슨 회를 조직해서 단체의 훈련을 시킨다든지 하는, 일테면 문화적인 사업에만 열중했지만, 앞으로는 실제 생활 방면에 치중해서 생산을 하기 위한 일을 해볼 작정이에요. 언제는 그런 생각을 못 헌 건 아니지만 외면치레가 아니고 내부적인 문제를 생각허구, 또 실행해야 될 줄루 생각해요." "참 그래요. 무엇버덤두 먼저 생활이 있구서, 그 다음에 문화사업이구 계몽운동이구 있을 것 같어요." 심훈(1996), 앞 책, 245~246쪽.

박동혁의 집짓기가 채영신에 비해 수월하였다는 것은 자립·자조를 기반으로 한 농민운동의 발전 가능성을 보여준 것이지만 농민운동의 성격과 방향에 따라 식민권력과 부딪힐 가능성도 있다. 농우회관을 갖출 정도의 농민단체가 농촌사회에 전반으로 확산되면 일제의 식민지 통치의 근간이 흔들리게 되는 것이다.

농우회관을 건립한 후 낙성식을 성대하게 치르자는 회원들의 의견에 대해 박동혁은 '동네가 부산할 정도로 놀면' 당국의 '오해'를 받을 수 있다며 낙성식을 반대한다. 지주이자 지역 유력자인 강기천이 '면소나 주재소까지 가서' 농우회에 대한 정보를 흘리고 다닌다는 사실을 박동혁은 알고 있기 때문이다. 당국의 오해란, 농우회가 조직화된 하나의 세력으로 여겨질 때 가해질 식민권력의 간섭이다.

박동혁은 '자력갱생'을 슬로건으로 조선총독부가 농촌진흥회 운동을 전국적으로 진행하고 있음을 알고 자칫 농우회의 역량이 노출되어 여기에 휩쓸리게 될까봐 걱정을 하고 있었던 터이다.[41] 박동혁은 농우회에 대한 정보를 접한 면장을 만나고 왔음을 알리고 회원들에게 주의를 단단히 시킨다. 면장은 한곡리의 농우회를 중심으로 농촌진흥회를 설치하기 위해 박동혁을 불렀던 것이다. 『상록수』에서 박동혁 서사는 이 지점에서 일제가 조직하려는 농촌진흥회와 갈등을 야기하고 있다. 이는 앞의 '학생계몽 운동' 위로 다과회에서 박동혁의 발언을 사회자가 '탈선'이라며 제지하던 순간과 겹쳐진다. 여기서 신문사 측 사회자가 어떤 기준에서 '탈선'이라 규정했을까 하는 점을 알아볼 필요가 있다.

---

41 『상록수』에서 박동혁의 농우회가 일제의 농촌진흥회 운동과 부딪히게 될 것임을 미리 설정하고 있다. 채영신이 한곡리에 처음 왔을 때(31회 연재 분), "세사람은 농촌문제를 토론하고, 한참 떠드는중에 잇는 「자력갱생」운동을 비판하는 데, 건배의 안악이 밥상을 들고 들어온다."는 장면을 제시하면서 작중 화자는 농촌진흥회 운동의 문제점을 슬쩍 언급한 바 있다. 심훈(1996), 앞 책, 91~92쪽.

1929년에 시작된 《조선일보》의 '문자보급 운동'과 1931년에 시작된 《동아일보》의 브나로드 운동은 1929년부터 시작된 세계적 경제공황의 여파가 일본 경제의 근간까지 흔든 시기와 맞물려 있다. 일본 내부 경제 사정의 불안은 식민지로 바로 전가되어 곡물 파동까지 겹치면서 식민지 농촌은 피폐상태가 극에 달하게 되었다. 이를 타계하기 위한 학생계몽 운동이 진행되고 1920년대부터 생겨나던 자생농민 운동이 전국적으로 급속히 확산되면서 이들 운동이 좌경화될 가능성이 높아진 것이다. 이에 따라 조선총독부는 이러한 계몽운동 및 자생농민 운동의 움직임을 주시하면서 대안농민 운동으로 농촌진흥회 운동을 기획하였다.[42]

> 만주사변을 둘러싼 구제적 고립의 심화, 경제공황의 충격으로 대내외적 긴장감이 증폭되는 가운데, 일제는 식민체계의 위기를 타개하기 위하여 농촌진흥운동(이하 농진운동)을 전개하였다. 우당宇垣 총독은 1932년 7월 도지사회의에서 농진운동의 취지와 방침을 밝히고, 총독부 사무분장규정을 개정하였다. 9월과 10월에는 총독부와 각 도·군도·읍면에 농촌진흥위원회가 설치되었다.[43]

> **'자력갱생**自力更生' 은 1930년대 조선총독부의 주요 관제운동이었던 농촌진흥운동의 슬로건이다. (중략) 식민지 국가는 **농민의 빈곤과 농촌경제 파탄의 원인이 농민 개개인의 나태와 무지에서 비롯**되었다고 보고, 근면과 부단한 노력으로 '자력갱생'할 것을 농민들에게 대대적으로 선전하였다.[44]

---

42 지수걸(1999), 「일제의 군국주의 파시즘과 '농촌진흥회운동'」, 《역사비평》 47. 16~17쪽.

43 김영희(2003), 「농촌진흥운동을 통한 일제의 농촌통제와 농민의 반응」, 《한국민족사학연구》 30, 한국민족운동사학회, 297~298쪽.

위의 '자력갱생' 논리는 농가 경제의 파탄 원인을 농민의 문지와 나태로 돌리는 대신 이 슬로건으로 진행하는 농촌진흥회 운동이 식민권력 개개 농가에까지 파고들어서 인적·물적 착취가 가능하도록 하는 데 있었다. 이처럼 식민권력이 피폐한 농가를 구제한다는 명목으로 자력갱생을 내세웠지만 이는 자급자족과 농가부채 해소 등을 해결할 능력이 없는 농민층에게는 아무런 도움을 줄 수 없는 기구였다. 이 조직은 오히려 빈농에게 유일하게 남은 육체, 즉 노동력마저 총력동원이라는 명분으로 빼앗아갈 것이었기 때문이다. 결국 일제의 농촌진흥회 운동은 대공황 이후 피폐한 농촌사회에 관심을 갖고 뛰어든 다양한 농민운동 세력을 제거하기 위해 결성된 것이다.[45]

『상록수』에서 면장이 한곡리의 진흥회장으로 강기천을 지목하고 진흥회를 구성할 것을 권고하는 것도 박동혁의 농우회를 잠재적 위험요소로 보고 제거하기 위함이다.[46] 강기천이 진흥회장이 되려는 것도 박동혁의 농민운동을 무력화하기 위해서다. 면장과 강기천이 한곡리에서 진흥회를 결성하기 위해 박동혁의 농우회관을 진흥회의 회관으로 삼고 농우회를 진흥회로 편입시키려는 노력이 실패하자 강기천은 매수를 통해 농민회를 분열시킨다.

박동혁이 채영신이 지은 강습소의 낙성식에 참여하기 위해 청석골로 간

---

44 최희정(2012), 1930년대 「'자력갱생'론의 연원과식민지 지배이데올로기화」, 《한국근현대사연구》 63, 139~140쪽.

45 김민철(2007), 「일제의 농민조직화 정책과 농가 지도(1932~1945)」, 《역사문제연구》 18. ; 지수걸(1993), (역사학자가 본 우리 소설)「식민지 농촌현실에 대한 상반된 문학적 형상화」, 《역사문제연구소 학술비평자료》, 역사문제연구소. ; 최희정(2012), 「1930년대 '자력갱생'론의 연원과식민지 지배이데올로기화」, 《한국근현대사연구》 63, 한국근현대사연구회. 참고.

46 "기천이는 면협 의원이요, 금융조합 감사요, 또 얼마 전에는 학교 비평 의원이 된 관계로 면장이 나와서 한곡리도 진흥회라는 것을 만들어서, 그 회장이 되도록 운동을 해보라고 권고를 하고 갓엇다." 심훈(1996), 앞 책, 172쪽.

사이에 강기천은 농우회원 소속 소작인과 김건배를 매수하여 농우회를 먼저 차지한 다음 농촌진흥회를 발족하려 한다. 뜻밖에 채영신은 낙성식에서 연설하다가 쓰러지고, 영신의 발병 원인이 급성맹장염이어서 수술을 한 후 입원하게 된다. 박동혁이 채영신의 간호를 위해 한곡리를 비운 사이에 농우회는 강기천에게 넘어가고 농우회관도 빼앗길 위기에 처한다. 박동혁이 급히 돌아왔지만 수습할 수 없는 상황이 되자 농민운동의 전략을 수정하고 농촌진흥회에 전략적으로 합류한다.

농우회관을 짓자마자 면장이 개입하고 강기천이 농우회원을 매수하여 진흥회관으로 탈바꿈하게 된 상황에서 박동혁은 농민운동의 방향 전환을 모색한다.[47]

> 「**집한채를 가지고 다툴 때가 아니다.** 동지가 배반한것은 분하게만 녀기고 흥분할것이없다」
>
> 하고 무릎을 탁 치고 일어나서 좁은 방안으로왔다 갔다 하다가
>
> **(이번 기회에 영신에게도 선언한것처럼 제일보부터 다시 내드디지 않으렴 안된다! 표면적**表面的**인 문화운동**文化運動**에서 실질적**實質的**인 경제운동**經濟運動**으로-)**[48] (밑줄 강조; 필자)

박동혁은 맹장염 수술 후 입원한 채영신과 토론했던 사실을 상기하면서

---

47 "이제까지 단체를조직하고 글을 가르치고, 회관을 번듯하게 지으려고 한것은 요컨대 매마른 땅에다가 「암모니아」나 과린산석회(過燐酸石灰) 같은 화학비료(化學肥料)를 주어 농작물이 그저엉부렁하게 자라는 것을 보려는 성급한 수단이 아니었던가" 심훈, 앞 책, 253쪽.

48 『상록수』 연재본에서는 이 부분을 「반역의 불길로」 소제목을 붙였다. 심훈, 『상록수』, 앞 책, 253쪽.

경제운동의 방법을 생각한다. '집을 놓고 다툴 것이 아니라' 오히려 집을 내어 줌으로써 새로운 농민운동의 진로를 모색하고자 한다. 이는 진흥회를 이용하여 '표면적인 문화운동에서 실질적인 경제운동'을 실천하는 것이다. 박동혁의 이와 같은 발상은 농촌진흥회가 '기존의 조직을 파괴할 목적으로 만들어졌지만 농촌진흥회가 오히려 농민운동 지도자들에게 역이용 당할 수 있는 사례'를 보여주는 것이다.[49]

『상록수』는 강기천의 주도로 한곡리에서 농촌진흥회가 결성되는 과정을 상세히 묘사한다. 축제와 같은 농우회관 건립 과정과 농우회관 건립 후, 자조와 자립의 가능성에 부풀어 올랐던 박동혁의 희망과 강기천에 의한 농촌진흥회 결성 장면은 뚜렷이 대비된다.

> 저녁때에야 회관문은 열렷다. **연합진흥회장**인 **면장**과 **협의원**들과 주재소에서 부장이 나오고, 금융조합 이사며 근처의 이른바 유력자들이 상좌에 버티고 앉앗다. **한곡리에 거주하는 백성들은 매호에 한 사람씩 호주가 참석을 하게 되엇는데,** 상투는 거진 다 잘랏지만 <u>**색의를장려한다고 면서기들이 장거리나 신작로에서 흰 옷 입은 사람만 보면 「잉크」나 먹물을 끼얹기 때문에 미처 흰 두루마기에 물감을 들여 입지 못한 사람은 핑계 김에 나오지를 만헛다.**</u> 그래도 대동의 큰 회합이니만치 회관이 빽빽하게 들어찻다.[50] (밑줄 강조; 필자)

이 장면에서 묘사된 농민은 피폐한 식민지 농촌 사회를 강제하는 지방권력과 그 협력자를 우러러봐야 하는 조선의 백성인 것이다. 농우회관이 진흥

49 임헌영, 앞 책, 4쪽.
50 심훈(1996), 앞 책, 288~289쪽.

회관으로 바뀌고 회장 선거를 위해 주민들을 소집한 이 장면에서 '자력갱생'의 힘이 솟아날 리가 만무하다.『상록수』는 일제하에서도 이와 같은 관제 선거가 있었다는 사실을 문학의 힘으로 기록하고 그 풍경을 담아낸 것이다. 일제가 개별 농가의 호구를 조사하고 호주가 참석하게 한 이 자리는 투표보다 농민에 대한 동원력을 점검하는 듯하다. 색의를 장려한다고 한복에 먹물을 뿌린 식민지 관리들의 행태에 삐친 사람들과 '호명이나 거수'라는 말을 알아듣지 못하는 농민들은 식민권력으로부터 그동안 먼 거리에 있었던 이 땅의 순수한 삶이었다. 이들이 어느덧 식민지 규율에 복무하기를 강요당하는 시기가 온 것이다.[51] 선거 결과는 부정선거를 한 강기천이 회장으로 피선되지만 박동혁의 동생 동화는 "썩은 돼지고기가 투표를 한" 것이라고 반발한다. 강기천이 병들어 죽은 돼지의 고기를 주민들에게 나누어 주면서 매표를 하였기 때문이다.

농우회관이 진흥회관으로 바뀌고 강기천이 회장으로 박동혁은 부회장 겸 서기로 선임되었지만 박동혁은 부회장직을 사양한 대신 실무를 맡을 역원은 신임하는 농우회원으로 앉힌다. 겉으로 농촌진흥회 운동에 참여하지만 이를 이용한 실질적 경제운동을 하기 위해서다. 이와 같은 박동혁의 계획을 모르는 동화는 농우회관을 빼앗겼다고 분개하여 농우회관에 불을 지른다. 박동혁이 급하게 불을 껐지만 밀고자에 의해 강기천에 알려지고 강기천은 박동혁에게 방화 혐의를 덮어씌워 구속시키고 만다. 강기천으로서는 가장 까다로운 농민

51 앞의 인용 부분은 일제의 농촌진흥회 운동 초기단계(1932~1935)를 반영하고 있다.『상록수』(1935)년의 창작 시기와 일치하는 부분이다. '농촌진흥회 운동은, 총독부-총독부 농촌진흥위원회-도 농촌진흥위원회-군도 농촌진흥위원회-읍면 농촌진흥위원회로 이어지는 계통적이고 전국적인 조직체계였다.'『상록수』의 한곡리의 진흥위원회를 강기천이 맡게 된 것은 면 아래 행정보조기구인 동리의 구장(강기천은 지주로서 면협위원 금융조합위원 등의 직함, 작품상 강기천의 동생이 구장)이 대체로 맡아 조선총독부에서부터 농촌 말단에까지 미칠 수 있는 조직체계로 형성되었다. 김영희(2003),「농촌진흥운동을 통한 일제의 농촌통제와 농민의 반응」,《한국민족사학연구》30, 한국민족운동사학회, 301쪽.

지도자를 제거한 것이다. 동화는 방화사건 직후 만주로 망명한다.

채영신은 병원에서 퇴원 후, 신학을 공부하기 위해 일본 유학길로 가기 전에 박동혁을 면회한다. 이 면회가 두 연인의 마지막 만남이 되고 만다. 채영신은 일본으로 갔지만 각기병에 걸려 되돌아온다. 박동혁은 감옥에 있고 채영신은 병마와 싸우며 강습소에서 강습을 계속하려 하나 마침내 병을 이기지 못하고 죽음을 맞는다. 박동혁은 집과 채영신을 잃었고 채영신은 집을 남기고 목숨을 잃은 것이다.

『상록수』는 식민지 조선의 농촌에 누가 어떤 희망을 불어넣고 있는가를 말한다. '단 한 사람의 농촌청년', '시래기죽을 먹고 "가갸 거겨"를 가르치는 것을 천직이나 의무로 여기는 순진한 농촌 계몽운동자'가 탄압받는 시대를 이야기한다. 일제가 수탈하면서 방임한 농민의 삶을 이야기한다.[52] 이를 통해 박동혁과 채영신이 왜 그곳에 있어야 했는가를 말한다. 빈곤과 무지, 희망마저 잃은 농촌 사회에 몸을 던졌던 계몽이성들의 희생정신을 소설을 통해 발설함으로써 이들에게 핍박을 가한 식민권력을 고발하는 것이다. 소설 속의 한곡리와 청석골은 일제강점기를 살아온 민족적 삶의 한가운데이기도 하다. 따라서 '송백'처럼 청청하고 '바위처럼 버텨야' 함을 노래할 때, 이 노래는 애향가가 아닌 애국가가 된다.[53] 따라서 박동혁이 감옥으로부터, 채영신의 무덤으로부터 한곡리로의 귀환은 상실로부터의 복원과 상록수로 상징되는 미래이다.

52 심훈, 『조선의 영웅』, 『심훈전집』, 탐구당, 1966, 494쪽.

53 『상록수』의 애향가는 일제강점기에 불렀던 애국가 가사를 개사한 것이다. 원곡은 스코틀랜드 민요 「Auld lang syne」이다.

4
마무리

이 논문은 『상록수』에서 집을 둘러싼 등장인물의 분규 양상을 중심으로 살폈다. 『상록수』에서 집은 강습소(청석학원)로서 회관(농우회관)으로서 계몽의 이념과 공공의 선을 추구하고 공동체의 자산이다. 한곡리로 귀향한 박동혁의 농우회관과 청석골의 채영신의 청석학원은 이러한 필요와 요구에 의해 짓게 된 것이다. 그러나 집짓기(농우회관, 청석학원)가 목적과 효용에 비해 지나친 사명감이나 공명심, 그리고 성과주의-작중의 박동혁은 이를 '하나의 허영'이라 함-로 비춰지는 것은 바람직하지 않다고 생각된다. 이런 점에서 박동혁의 신중한 집짓기가 농민운동, 나아가 농촌계몽 운동의 전형처럼 보이게 한다. 물론 채영신이 청석학원을 짓기 위해 건강을 완전히 잃을 만큼 헌신한 건 충격과 감동을 주는 게 사실이다. 『상록수』의 작가적 논평은 박동혁 편이었지만 독자는 작품의 모델 '최용신'을 더 기억하고 있다.

『상록수』는 시간적으로 브나로드 운동(학생계몽 운동)에 참여했던 두 주인공이 '농촌을 붙들고 그들에게 희망을 불어넣기' 위하여 학교를 그만두고 각기 귀향하여 계몽운동을 하는 것을 그린다. 한곡리로 내려간 박동혁과 청석골로 내려간 채영신은 동지로 만나 연인 관계로 발전한다. 이들은 집짓기에 약간의 경쟁의식을 가지고 농우회관과 청석학원을 연이어 짓게 되지만 채영신은 건강을 잃고 박동혁은 농촌진흥회에 농우회관을 빼앗길 처지에 놓인다. 식민권력이 수많은 박동혁과 채영신이 나타나는 것을 두려워했기 때문이다.

1929년 대공황 이후, 식민지 농업경제의 파탄과 일제가 지나치게 보호한 지주에 대한 반감으로 전국적인 소작쟁의가 발생하고 각종 농민운동 단체가 조직된 다음에야 일제는 '자력갱생'을 앞세운 관제 농민운동을 기획한다. 『상록수』가 이 운동의 허위성과 운동 주체의 맨얼굴을 그려낸 것은 심훈이 당진 생활과 함께 농촌문제에 관심을 적극적으로 가진 결과로 볼 수 있다. 박동혁의 농우회도 강기천이 조직하려는 한곡리 농촌진흥회로 강제로 편입되고 농우회관이 농촌진흥회관으로 변한다. 박동화의 농우회관 방화 사건으로 박동혁이 강기천의 음모로 구속된다. 채영신의 죽음과 박동혁의 석방, 그리고 한곡리로의 귀환에 이르는『상록수』의 서사적 시간은 1932~1935년이다.

■ 참고문헌

《개벽》

《동아일보》

《삼천리》

《조선일보》

《조선중앙일보》

심　훈(1995), (조남현 해설·주석)『상록수』 서울대학교 출판부.

구수경(1989), 「심훈의 『상록수』 고」, 《어문연구》 제19집, 어문연구회, 435~449쪽.

권철호(2014), 「심훈의 장편소설에 나타난 사랑의 공동체」, 《민족문학사연구》 55, 179~210쪽.

김경연(2007), 「1930년대 농촌, 민족, 소설로서의 회유-심훈 『상록수』론」, 《한국문학론총》 48, 한국문학회, 193~223쪽.

김구중(1999), 「『상록수』 허구/역사가 교섭하는 서사 자아 변화 연구」, 《한국문학이론과 비평》 6집, 한국문학이론가비평학회, 125~153쪽.

김민철(2007), 「일제의 농민조직화 정책과 농가 지도(1932 ~ 1945)」, 《역사문제연구》 18, 81~120쪽.

김영희(2003), 「농촌진흥운동을 통한 일제의 농촌통제와 농민의 반응」, 《한국민족사학연구》 30, 한국민족운동사학회, 297~342쪽.

김종욱(1993), 「『상록수』의 '통속성'과 영화 구성원리」, 《외국문학》 봄, 148~163쪽.

류양선(2003), 「심훈의 『상록수』 모델로-상록수로 살아 있는 사랑의 여인상」, 《한국현대문학연구》 제13집, 한국현대문학회, 241~268쪽.

박진숙(2012), 「1930년대 농촌진흥운동과 농민소설의 텍스트화 양상」, 《동아시아문화연구》 52, 367~394쪽.

성기조(2010), 「한국문단, 남기고 싶은 이야기-심훈의 필경사」 27, 《수필시대》 31, 96~104쪽.

송백헌(1985), 「심훈의 『상록수』-희생양의 이미지-」, 《언어문학연구》, 139~149쪽.

신헌재(1989), 「1930년대 로망스의 소설기법-심훈의 『상록수』」, 『한국현대장편소설연구』, 삼지원.

오현주(1993), 「심훈의 리얼리즘 문학연구: 『직녀성』과 『상록수』를 중심으로」, 《현대문학의연구》, 88~114쪽.

유병석(1968), 「심훈의 생애 연구」, 《국어교육》 14, 한국어교육학회, 10~26쪽.

유문선(1993), 「나르도니키스의 로망스-심훈의 『상록수』론」, 『장편소설로 보는 새로운 민족문학사』, 열음사.

이대규(1995), 『한국근대 귀향소설 연구』, 도서출판 이회.

이정옥(2000), 『1930년대 한국 대중소설의 이해』, 국학자료원.

이주형(1995), 『한국근대소설연구』, 창작과비평사.

이혜령(2007), 「신문·브나로드·소설-리터러시의 위계질서와 그 표상」, 《한국근대문학연구》 제15호, 한국근대문학회, 165~196쪽.

임영천(2002), 「상록수 연구-그 여자의 일생 과의 대비적 고찰을 겸하여-」, 《한국문예비평연구》 11, 한국현대문예비평학회.

임헌영(1993), 「심훈의 『상록수』-농민운동의 이념적 분파소설로 종합-」, 《출판저널》 9월호.

지수걸(1993), (역사학자가 본 우리 소설)「식민지 농촌현실에 대한 상반된 문학적 형상화」, 《역사문제연구소 학술비평자료》, 191~206쪽.

지수걸(1999), 「일제의 군국주의 파시즘과 '농촌진흥회 운동'」, 《역사비평》 47, 16~36쪽.

최희정(2012), 「1930년대 '자력갱생'론의 연원과 식민지 지배이데올로기화」, 《한국근현대사연구》 63, 한국근현대사연구회, 139~177쪽.

홍이섭(1972), 「30년대 농촌과 심훈문학-『상록수』 중심으로-」, 《창작과비평》 7권 3호, 581~595쪽.

14

심훈의 장편소설 『직녀성』 재고

권철호
서울대학교

■

1
서론序論

문학사에서 심훈沈熏은 『상록수常綠樹』와 『그날이 오면』의 작가로 기억된다. 다수의 선행 연구가 두 텍스트에 집중되어 있으며, 이로 인해 심훈의 작품세계는 '민족주의民族主義'나 '계몽주의啓蒙主義', '농촌문학農村文學' 등의 개념으로 규정되어 왔다. 그러나 작가의 행보行步와 여타餘他의 텍스트들로 시선을 확장시켜 본다면, 심훈이라는 고유명은 이러한 개념만으로는 설명되지 않는다. 《동아일보東亞日報》에 연재한 『탈춤』은 '영화소설'이라는 독특한 소설 문법을 취하고 있으며, 《조선일보朝鮮日報》에 연재했었던 미완성 소설 『동방의 애인』과 『불사조』는 '민족주의'보다는 '사회주의社會主義'라는 이념적 지향성을 보여주고 있는 작품들이다. 작가作家의 전기적 사실에서 드러나는 다양한 활동과 이력—예컨대 중국中國에서의 유학생활遊學生活, '극문회'나 'KAPF'와 같은 사회주의 예술단체藝術團體로의 투신投身, 영화감독과 배우로써의 활동, 신문기자新聞記者와 번역가翻譯家로써의 집필 활동, 당진 필경사筆耕舍에서 펼친 귀농운동歸農運動 등—은 심훈이라는 고유명이 보다 입체적으로 조망되어야 할 대상임을 보여준다.

'민족주의'나 '계몽주의'라는 개념을 초과한 작가의 면모를 이해하기 위해 장편소설 『직녀성織女星』(《조선중앙일보朝鮮中央日報》, 1934. 3. 24.~1935. 2. 26.)에 관심을 기울일 필요가 있다. 신문연재소설인 『직녀성』은 당대에는 통속소설로 평가받았지만, 심훈의 작품 연보에서 중요한 위치에 놓인 작품이다. 『직녀성』은 창작 순서상으로는 후기後期 농촌소설農村小說인 『영원永遠의 미소微笑』와 『상록수』 사이에 위치하고 있지만, 계열상으로는 초기작初期作인 『불사조』의 모티프와 주제의식을 구현한 작품이기 때문에 심훈의 전기前期와 후기를 매개媒介하고 있는 작품이다.[01]

『직녀성』에 대한 기존의 연구 성과는 두 가지 계열로 나눠진다. 첫 번째는 작품에 대한 서사론적敍事論的 분석分析이다. 최원식과 권희선은 『직녀성』이 동아시아의 로망스roman에서 서구적西歐的 근대소설近代小說·novel의 형식으로 넘어가는 지점에서 독자적인 형태로 변화해 나간 사례라고 설명하고, 전통성傳統性과 근대성近代性이 착종錯綜된 서사형식敍事形式을 보여준다고 평가했다.[02] 한편 남상훈은 작가의 가계도家系圖를 실증적으로 규명糾明하고, 이를 작품 속 인물들과 비교함으로써 '가족사소설家族史小說'로써 『직녀성』의 의미를 부각시켰다.[03] 송

01 심훈의 작가의식이 변모하는 과정에 대해 선학들은 크게 두 가지 도식(圖式)을 제시한다. 첫 번째는 1기 『탈춤』에서 2기 『동방의 애인』, 『불사조』를 거쳐 3기 『영원의 미소』, 『직녀성』, 『상록수』로 넘어가는 과정에서 '급진적 계급의식'이 '점진적 계몽주의'로 변화했다는 설명이 있다.(한점돌, 「심훈의 시와 소설을 통해 본 작가의식의 변천과정」, 《국어교육》 41, 국어교육학회, 1982. ; 조남현, 「심훈의 「직녀성」에 보인 갈등상」, 『한국소설의 갈등상』, 문학과비평사, 1990.) 두 번째로는 심훈의 소설 작품을 모티프와 주제로 계열화해서 '『영원의 미소』-『상록수』 계열'과 '『동방의 애인』-『불사조』-『직녀성』 계열'로 양분하는 것이다.(유병석, 「심훈의 작품세계」, 『한국현대소설사연구』, 민음사, 1984.) 첫 번째 도식에서 『직녀성』은 창작순서상 농촌소설 연작인 『영원의 미소』와 『상록수』 사이에 놓여 있다는 점에서, 두 번째 도식에서는 『영원의 미소』, 『상록수』와 함께 작가의 후기작에 속하는 『직녀성』이 초기작인 『동방의 애인』-『불사조』와 같은 계열에 놓인다는 점에서 이질적인 텍스트이다.

지현과 문광영처럼『직녀성』을 드라마나 영화의 문법으로 분석한 연구도 서사론적 관점觀點에서 텍스트를 분석한 사례로 볼 수 있다.[04]

두 번째로는『직녀성』에 내재하고 있는 작가의식에 초점을 맞춘 주제론적主題論的 연구硏究가 있다. 이러한 관점을 취하고 있는 연구는 다시 두 가지 경향으로 분화分化된다. 첫 번째는『직녀성』에 등장하는 인물들 간의 갈등양상葛藤樣相에 초점을 맞춰『직녀성』을 '계급갈등階級葛藤'이나 '세대갈등世代葛藤', '남녀갈등男女葛藤'이 드러난 작품이라고 평가한 조남현과 유병석의 연구가 있다.[05] 두 번째로는 여주인공인 '이인숙'에게 초점을 맞춰 작품을 분석한 경우다. 이러한 연구는 '이인숙'을 '식민지植民地 구여성舊女性'의 전형典型으로 바라보고 페미니즘적 관점에서『직녀성』을 분석했다. 이상경은『직녀성』은 조선의 '식민지 근대성' 속에서 이중二重으로 타자화他者化된 구여성의 목소리를 재현한 작품이라고 분석했고, 박소은은『직녀성』이 콜론타이의 사회주의적 '신여성상'과 '동지적 사랑'이라는 개념의 영향 아래서 창작된 작품이라고 평가했다.[06] 박정희는 입센의『인형의 집』과『직녀성』의 상호텍스트성을 분석하고 심훈의 여성관과 정치적 (무)의식을 밝히려고 시도했다.[07]

---

02 최원식, 「서구 근대소설 對(대) 동아시아 서사-심훈『직녀성』의 계보」,《대동문화연구》40, 성균관대학교 대동문화연구원, 2002. ; 권희선, 「중세 서사체의 계승 혹은 애도-심훈의『직녀성』연구」,《민족문학사연구》20, 민족문학사학회, 2002.

03 남상권, 「『직녀성』 연구 -「직녀성」의 가족사(家族史) 소설의 성격-」,《우리말글》39, 우리말글학회, 2007.

04 송지현, 「심훈『직녀성』고(考)」,《한국언어문학》31, 한국언어문학회, 1993. ; 문광영, 「심훈의 장편『직녀성』의 소설 기법」,《교육논총》20, 인천교육대학교, 2002.

05 조남현, 앞의 책. ; 유병석, 앞의 책.

06 이상경, 「근대소설과 구여성-심훈의『직녀성』을 중심으로-」,《민족문학사연구》19, 민족문학사학회, 2001. ; 박소은, 「새로운 여성상과 사랑의 이념 -심훈의『직녀성』-」,《한국문학연구》24, 동국대학교 한국문학연구소, 2001.

선학先學들의 이러한 연구 성과가 『직녀성』의 해석解釋에 기여寄與했음을 부인否認할 수는 없다. 하지만 이들이 연구대상으로 삼은 『직녀성』 텍스트에 대해서는 의문을 제기할 필요가 있다. 대다수의 선학들은 연구 대상으로 『직녀성』(한성도서주식회사漢城圖書株式會社, 1937)이나, 이를 저본底本으로 삼은 『심훈문학전집沈熏文學全集 2』(탐구당, 1966)을 선본善本으로 삼아 연구를 진행해왔다.[08] 단행본單行本 『직녀성』은 한성도서주식회사가 1936년부터 기획해왔던 '현대조선장편소설전집現代朝鮮長篇小說全集'의 일환으로 1937년도에 출간되었다. 여기서 문제가 되는 것은 심훈이 『직녀성』을 단행본으로 출간하는 작업을 마무리 짓지 못한 채 요절했다는 점이다.[09] 이로 인해 『직녀성』의 단행본 출간 작업은 작가 사후死後, 중형仲兄 심명섭沈明燮에 의해 완수完遂되었다.[10]

그렇다면 편집자로서 심명섭의 역할에 관심을 가질 수밖에 없는데, 흥미로운 점은 그가 심훈의 미완성 소설이었던 『불사조』를 자의恣意로 보충해서 출간한 이력이 있다는 점이다. 『불사조』의 사례에 비추어본다면, 한성도서주식회사판 『직녀성』이 편집자 심명섭에 의해 변형되고, 이 과정에서 원작자 심훈의 의도가 변형變形되거나 축소縮小되었을 가능성을 배제하지 않을 수 없다.

만약 선학들이 연구대상으로 삼은 단행본 『직녀성』이 편집자에 의해 변형

---

07 박정희, 「'가출한 노라'의 행방과 식민지 남성작가의 정치적 욕망 -『인형의 집을 나와서』와 『직녀성』을 중심으로」, 《인문과학연구논총》 35, 명지대학교 인문과학연구소, 2014.

08 조남현의 연구가 예외적으로 단행본이 아닌 신문연재본을 대상으로 연구를 진행했다. 그러나 신문연재본과 단행본이 보여주는 차이점을 언급하지 않았다는 점은 아쉬움을 남긴다.

09 "(저자로부터=이 소설은 미진한 채로 그만 끝을 맺습니다. 방금 단행본으로 출판하고자 첫 회분부터 고쳐 쓰는 중이온대, 오자와 낙자는 물론, 내용에 있어서도 부주의한 것과 모순되는 것이 많사오니 애독자로부터 지적해주시고 비판을 내려주시면 완전한 작품을 만드는데 크게 참고가 되겠습니다.)" 『직녀성』, 《조선중앙일보》, 1935.2.26. 『직녀성』의 신문연재본 마지막 호에 실린 작가의 말을 살펴보면, 심훈이 『직녀성』을 수정하는 작업이 연재 직후부터 이루어졌음을 추측할 수 있다.

된 판본이라면, 이 텍스트를 '선본'으로 삼아 심훈의 『직녀성』을 해석한 연구들은 일정 부분 한계를 지닐 수밖에 없다. 그렇다면 『직녀성』은 재독再讀의 대상이 될 수밖에 없으며, 그간의 『직녀성』 연구들 역시 재고再考의 대상이 되어야 할 것이다. 본고의 문제의식은 이 지점에서 출발한다. 심훈이 생전에 《조선중앙일보》에 연재했던 신문연재본과 작가 사후에 발행되었던 한성도서주식회사판 단행본을 비교·분석함으로써 『직녀성』이 갖고 있던 본래의 서사구조를 재구再構하고, 작품 속에 담겨 있던 작가의 주제의식과 텍스트의 의미를 새롭게 가늠하고자 하는 것이 본고의 목적이다.

2
신문연재본과 단행본의 낙차落差

한성도서주식회사판 단행본과 《조선중앙일보》 신문연재본의 서사는 이 한림의 딸 인숙(방울)이 윤 자작의 아들 봉환과 조혼早婚을 한 후 겪는 부침浮沈을 형상화했다는 점에서는 공통점을 보여준다. 그러나 신문연재본과 단행본

10 "심훈이 이세상을 떠난뒤에 그의 증씨명섭군(仲氏明燮君)이 내게오는 신간 「상록수」한권을 손소가지고와서 길이간사람의 아까운자최와 남아있는사람의 슬픈심회를 하소연하듯 말한 끝에 미간「직녀성」도 장차 간행하게 될터이니 미리서문을부탁한다 말하므로 나는두말없이 승인하였다.…(중략)…「직녀성」도 내가 서문을 쓸것은 발서 예정한일인즉 명섭군의부탁과 나의 승락이 모다 군일이다." 벽초(碧初) 홍명희(洪命憙), 「서(序)」, 『직녀성』(上) 한성도서주식회사, 1937, 1면. ; "너의 심혈을 짜어낸 「직녀성」 교정을 마치고 희망에 가득찻든 네 생각 어루만지면서 영생의 너를 맛날줄 믿고 각필한다." 중형 설송, 「대섭의 영전에」, 『직녀성』 한성도서주식회사, 1937, 3면. 한성도서주식회사에서 간행된 단행본 『직녀성』의 「서문」과 『직녀성』의 「대섭의 영전에」를 살펴보면, 심명섭이 단행본 『직녀성』을 교정 및 편집을 맡았음을 짐작할 수 있다.

을 비교해보면 플롯의 구성이나 주제적 측면에서 몇 가지 의미 있는 차이점이 발견된다. 『직녀성』의 신문연재본은 《조선중앙일보》에 1934년 3월 24일부터 1935년 2월 26일까지 총 311회 연재되면서 25개의 소제목으로 구성되어 있다.[11] 한편 한성도서주식회사에서 발간된 단행본은 연재본과 마찬가지로 25개의 장으로 구성되어 있지만, 총 297회의 연재분만을 수록하고 있어 14회분의 내용을 누락하고 있다.[12] 또한 연재본과 단행본은 분량의 차이만을 보여주는 것이 아니라, 25개의 장章에 붙여져 있는 소제목에서도 차이점이 존재한다.

11 신문연재분 최종본이 313회로 되어 있지만 이는 연재 번호의 오류다.

12 『직녀성』의 신문연재본 1회분은 단행본에서 소제목 하 1회의 분량으로 구성되어 있다.

■ <신문연재본과 단행본의 소제목 대조표>

순서	《조선중앙일보》		한성도서주식회사	
1	달밤의 비극	6회	각시노름	12회
2	각시노름	12회	인형의 결혼	8회
3	인형의 결혼	12회	노리개와 같이	11회
4	노리개와 같이	7회	임종	7회
5	임종臨終	7회	싹트는 사랑	13회
6	싹트는 사랑	13회	유혹	17회
7	유혹	17회	정조	11회
8	정조貞操	11회	원앙의 꿈	13회
9	원앙의 꿈	13회	은하를 건너서	13회
10	은하銀河를 건너서	13회	망명가의 아들	13회
11	망명가의 아들	13회	혼선	11회
12	혼선混線	11회	인간지옥	12회
13	인간지옥	20회	끊어진 오작교	27회
14	끊어진 오작교烏鵲橋	27회	약혼	14회
15	약혼	14회	반역의 깃발	10회
16	반역의 깃발	20회	희망	10회
17	편지의 풍파	11회	편지의 풍파	11회
18	봄은 왔건만	6회	봄은 왔건만	6회

19	신혼여행	5회	신혼여행	5회
20	조그만 생명	12회	조그만 생명	12회
21	장중보옥	12회	장중의 보옥	12회
22	이혼離婚	18회	이혼	18회
23	잃어진 진주	7회	잃어버린 진주	7회
24	비극 이후	13회	비극 이후	13회
25	백의白衣의 성모聖母	10회	백의의 성모	10회

위 표를 살펴보면 연재본과 단행본에 나타나는 목차 구성의 차이를 네 가지 차원에서 정리할 수 있다. 첫 번째는 연재본에 존재하고 있는 1장 <달밤의 비극>이 단행본에서는 누락되어 있음을 확인할 수 있다. 단행본에서는 1장에서 <달밤의 비극>과 함께 2장 <각시노름>의 1회분이 일부가 삭제되어 있다. 연재본과 단행본은 파블라fabula의 차원에서는 동일한 서사 진행을 보여주고 있지만, 수제sujet의 차원에서 단행본이 '연대기적 순서'를 취하고 있는데 반해 신문연재본에서는 '비연대기적 순서'를 취하고 있다. 후술하겠지만 <달밤의 비극>이 삭제되면서 단행본 『직녀성』은 심훈의 드라마트루기Dramaturgy와 작품 공간이 갖고 있는 상징적인 의미가 상당 부분 삭제된다.

두 번째로는 장별 연재 분량이 재분배됐다는 점이 눈에 띈다. 연재본에서는 <인형의 결혼>이 12회로 되어 있고 <노리개와 같이>가 7회로 구성되어 있지만, 단행본에서는 <인형의 결혼>이 8회로 구성되어 있고 <노리개와 같이>가 11회로 구성되어 있다. 연재본에서는 <인형의 결혼>이 12회까지 연재된 후, <노리개와 같이>의 1회가 연재될 차례에 <노리개와 같이>가 5회부터 연재되는 오류가 발생한다.[13] 연재본에서 <인형의 결혼> 8회에 인숙과 봉환의 조혼 시퀀스sequence가 끝난다는 점이나, 〈인형의 결혼〉의 9~12회가 인숙의 시집 생활을 다룬다는 점에서, 이 부분이 〈노리개와 같이〉하에 구성되는 것이 바람직해 보인다. 즉 단행본이 연재본의 신문연재의 과실過失을 바로잡은 것이라고 볼 수 있다.[14]

그러나 연재본에서 단행본으로 편집되는 과정에서 또 다른 오류가 추가된다. 연재본 〈인형의 결혼〉 11회와 12회의 순서가 뒤바뀐 채 〈노리개와 같이〉 3회와 4회로 구성되는 문제가 발생한다.[15] 이 때문에 단행본에서는 과천집에 있던 경직이 서울 '○○궁'에 있는 인숙이를 찾아오는 장면에서 서사적 비약이 나타나는 문제가 발생한다.

세 번째는 연재본에서는 13장 〈인간지옥〉이 20회로 구성되어 있지만, 단행본에서는 12회로 대폭 삭제되었음을 확인할 수 있다. 단행본에서 〈인간지옥〉을 구성하고 있는 시퀀스는 봉환의 여동생 봉희가 야경夜警을 도는 고학

---

13 신문사(新聞社)에서 착오로 연재본의 소제목이 잘못 구성된 것으로 보인다. 『직녀성』 연재본을 살펴보면 1934년 4월 22일과 23일에 <인형의 결혼>의 11회가 2번 반복해서 연재된 후, 24일에 <노리개와 같이>가 5회부터 연재된다. 추측컨대 <인형의 결혼>은 8회까지 연재된 것이 맞고, <노리개와 같이>가 11회로 구성되어 있었던 것으로 보인다.

14 심훈은 『직녀성』의 소제목을 구성할 때 각 시퀀스에서 등장하는 주제어를 이용했다. 연재본<인형의 결혼> 7회에서, 작가는 인숙의 오빠 경직이와 봉환의 형 용환의 시선으로 인숙과 봉환이 조혼을 하는 모습을 "인간을 장난감으로 취급하는 야만의 제도다."라고 비판한다. 한편 연재본 <인형의 결혼> 12회에는 병석에 누운 시증조모가 셋째 며느리인 인숙에게 자신의 수발을 들게 하는 장면을 서술하고, 서술자는 "할머니가 벼르고 별러서 얻어 찬 귀여운 노리개를 손쉽게 내어 놓을 리가 없었다."라고 운운하는 장면이 실려 있다. 이를 통해 추측해보면, <인형의 결혼> 9~12회가 <노리개와 같이> 1~4회로 구성된 것은 단행본으로 편집하는 과정에서 연재본의 연재 오류를 수정한 것으로 보인다.

15 <인형의 결혼> 11회가 두 번 연재되었기 때문에 일어난 현상으로 보인다. 신문연재 일자로 봐도 단행본 <노리개와 같이> 4회가 3회보다 먼저 연재되었을 뿐 아니라, 단행본 <노리개와 같이> 3회의 마지막 부분에서 대방에 있는 인숙이를 윤 자작이 부르는 장면이 나오고, 5회 첫 장면에 경직이가 ○○궁에 방문하는 것으로 되어 있다.

생苦學生인 세철에게 사랑의 편지를 보내고, 봉희와 세철이 서로 사랑하는 마음을 확인하는 장면으로 구성되어 있다. 단행본에 수록된 내용만을 살펴보면 13장의 내용과 <인간지옥>이라는 장의 소제목은 어울리지 않아 보인다. 그러나 단행본에서 삭제된 <인간지옥>의 13~20회의 내용을 살펴보면 13장의 제목이 <인간지옥>인 이유가 명확하게 나타난다. 후술하겠지만 <인간지옥>의 13~20회는 세철과 봉희가 식민도시植民都市·colonized city 경성京城의 밤거리를 야경도는 장면이 형상화하고 있다.[16]

네 번째로 연재본에서는 16장 <반역의 깃발>이 20회였던 것이 단행본에서는 <반역의 깃발>과 <희망>이라는 소제목으로 분장分章되어 있다. 연재본 <반역의 깃발>은 봉희가 한 참판의 아들 문여리에게 시집을 보내려고 하는 집안의 어른들에게 반발하는 시퀀스와 인숙이가 임질淋疾을 앓는 남편으로부터 강제로 겁탈을 당하는 시퀀스로 구성되어 있다. 심훈은 <반역의 깃발>이라는 소제목 하에 봉희와 인숙의 시퀀스를 병립竝立시키면서, 조선의 가족제도에 내재되어 있는 부녀와 부부 사이의 갈등 관계를 형상화하고자 했던 것으로 추측된다.

한편 단행본 편집자였던 심명섭은 연재본 16장의 시퀀스를 온전히 봉희에게 초점이 맞춰 분장한 것으로 보인다. 심명섭은 <반역의 깃발>의 1~10회가 집안 어른들에 대한 봉희의 저항을 드러낸 시퀀스라고 판단해 <반역의 깃발>

16 단행본으로 편집되는 과정에서 <인간지옥>장이 삭제된 이유를 두 가지 차원에서 추측해볼 수 있다. 우선 이 장에서 당대 사회에 대한 작가의 비판의식이 강하게 나타나고 있기 때문에, 당국의 검열에 의해 삭제되었을 가능성을 열어둘 수 있다. 그러나 해방 후에 간행된 『직녀성』 판본에서도 이 부분이 복구되지 않은 것을 보면 그 가능성은 낮다고 볼 수 있다. 두 번째는 편집자 심명섭이 기독교 목사였다는 점에 주목할 필요가 있다. <인간지옥>의 13~20회에서는 당대 경성에 있던 유곽의 모습이 가감 없이 묘사가 되어 있기 때문에 이를 자의적으로 삭제했을 가능성이 높다.

이라는 소제목을 유지한 반면, 〈반역의 깃발〉의 14~17회에서 봉희가 감옥에 갇힌 약혼자 세철이 석방되기를 기다린다는 내용이 담겨져 있기 때문에 〈희망〉이라는 장으로 새롭게 구성한 것처럼 추측된다. 그러나 이러한 분장은 〈반역의 깃발〉 19~20회의 의미를 축소시킬 수 있다는 문제점을 보여준다. 19~20회에서 인숙은 임질에 걸린 남편 봉환으로부터 '강간'을 당하고, 이로 인해 결혼제도와 부부관계에 대해 본질적인 회의를 품게 된다. 이 사건을 기점으로 인숙의 가치관이 크게 변화하기 때문에, 이 장의 의도대로 〈반역의 깃발〉로 구성하는 것이 바람직해 보인다.

연재본과 단행본의 차이점은 장의 구성과 소제목의 변화에서만 나타나는 것은 아니다. 연재본이 단행본으로 편집되는 과정에서 몇 가지 차이점들이 나타나며, 이러한 변화로 인해 『직녀성』에 담겨 있는 작가의 이념적 측면은 상당 부분 약화된다. 예를 들어 〈인간지옥〉 6회에는 세철이 봉희의 연하장에 답장을 보낸 내용이 담겨 있는데, 편지 내용이 변화되어 있다. 연재본에서 세철은 "새해가 왓다해도 일녁한장이 떨어져달어 난것박게 온세게에는 아모런 새로운 사실이 나타나지 안는거와 마찬가지로, 악한세상을 뒤덥흔 시컴언구름도 불시에 거치지지 안켓지요."[17]라고 운운하면서, 세철이 식민지 조선의 현실을 '악한세상'이라고 인식하는 내용이 담겨 있다. 그런데 심명섭이 편집한 단행본에서 이 '악한세상'이라는 표현이 '환한세상'으로 변화되어 있다. 편집자에 의한 이러한 수정은 식민지 조선을 바라보는 작가의 세계관世界觀을 왜곡시키는 결과를 만들어 낸다.

〈인간지옥〉 7회에서 봉희가 세철에게 보내는 편지의 내용도 일부 삭제

---

17 심훈, 『직녀성』, 《조선중앙일보(朝鮮中央日報)》, 1934.8.24. (방점-인용자)

되어 있다. 봉희는 세철에 대한 자신의 마음을 표현하기 위해서 주요한의 시 「사랑」을 적어 보내는데, 단행본에서는 연재본에서 인용하고 있는 시의 내용이 일부 삭제되어 있다. 연재본에서는 "사랑하기 때문에/나는 싸호지 안흐면/아니되겟사외다/사랑하기 때문에/나는 피를 뿜지안흐면/아니 되겟사외다./학대받고 짓밟힌/인류가 잇는동안/사랑은 나를 명령합니다./××의 기ㅅ발을/압세우라고—"[18]라고 인용되어 있는데, 단행본에서는 방점이 찍힌 부분이 삭제된 채 인용되고 있다. 봉희가 보내는 이 편지에서 '사랑'의 의미는 이성간異性間의 사랑이나 종교적宗教的 사랑의 의미보다, 혁명적革命的 열정熱情과 동지애적同志愛的 사랑의 의미가 강하게 나타나는데 단행본에서는 이러한 의미가 축소되어 있다.[19]

이러한 변화는 〈약혼〉 6회분에서도 다시 한 번 나타난다. 봉희는 할머니가 자신의 혼처로 한 참판댁 문여리를 잡았다는 사실을 알고, 세철의 하숙집으로 찾아가서 자신이 약혼했다는 사실을 알리고 그의 마음을 알고자 한다. 그러나 세철은 봉희를 사랑하기 때문에 그녀와 결혼할 수 없다고 선언한다. 그러나 이 부분 역시 일부가 삭제되어 있다.

---

18 위의 글, 1934.10.6. (방점-인용자)

19 주요한의 「사랑」은 "T선생에게"라는 부재가 붙어 있는데, 여기서 "T선생"은 도산(島山) 안창호(安昌浩)를 의미한다. 주요한은 '상해청년동맹회'의 일원으로 참여했던 경험을 갖고 있었으며, 조병옥과 함께 수양동우회를 전위적인 정치 단체의 형태로 변형시키려고 시도했다.(정기인, 「주요한 문학연구」, 서울대학교 석사논문, 2006, 61면 참고.) 조병옥과 주요한은 기독교적 실천을 통해 자본주의 사회의 문제를 극복하려고 시도했다는 점에서 사상적 공통점을 갖고 있었다.(김권정, 「일제하 조병옥의 민족운동과 기독교사회사상」, 《한국민족운동사연구》 64, 한국민족운동사학회, 2010, 참고) 「사랑」은 수양동우회의 정치화를 막았던 안창호에게 자신의 정치적 의식을 표출하기 위해 쓰인 시라고 평가할 수 있다. 심훈이 자신의 소설에서 다른 작가의 작품을 인용한 경우는 보기 드물다. 심훈이 『직녀성』에 이 작품을 인용한 것으로 염두 한다면 두 사람이 사상적(思想的)으로 공명(共鳴)했음을 추측할 수 있다.

『사랑은 의를 위해서붉은피로 력사를 물들인다』고 세철의 얼굴의 근육은 찌저질듯이 긴장하고 전신의피는 머리로 끌어 오르는듯이 상긔가 되엿다. 봉희는 잡힌 손에 전류가 통하는것가티뜨거워지는 것을 느꼈다. 세철은 봉희의 손을 으스러지 도록 꽉 쥐며 끌여 다리면서

『우리는 사랑을 ××의 원동력으로 삼읍시다! ××밧고 ××× 인류가잇는동안 우리들은 ×를 ××준비를 합시다!』

하고는 봉희의 손을노코 물러안지며 이제까지 한말의 결론을 짓는다.

『봉희씨! 나는 당신을사랑하기 때문에 극진히사랑하기때문에 약혼은 할수업서요』[20] (방점-인용자)

위 인용문에서 방점으로 처리된 부분은 단행본에서 삭제된 채 수록되어 있다. 누락된 부분은 세철이 봉희에게 하는 발언을 중심으로 삭제되어 있다. 작가는 세철이라는 페르소나를 통해 사회주의적 의식을 표출하고 있는데, 그가 보여주는 급진적인 발언들은 초기작인『동방의 애인』에 등장하는 박진이나 이동렬에 비해 후퇴했다고 볼 수 없다. 그러나 단행본『직녀성』은 봉희와 세철이 만들어내는 사랑의 강렬도를 축소시키면서, 연재본에 비해서 작가의 이념적 지향성이 소거되고, 심훈이 강조했던 혁명적 열정으로서의 '사랑'의 의미가 반감되고 있다. 선학)들은 작가의 후기작들이 초기작인『동방의 애인』이나『불사조』에 비해 이념적 색채가 약화된다고 주장하지만, 연재본『직녀성』을 살펴본다면 전작에 비해 작가의 이념성理念性이 후퇴했다고 평가할 수만은 없다.

20 심훈, 앞의 글, 1934.10.14.

3
신문연재본 『직녀성』의 서사구성

전술前述한 바와 같이 연재본은 단행본과 서사의 도입부가 다르다. 단행본에서는 <달밤의 비극> 장과 <각시 노름>의 1회 일부가 삭제되면서 "갑오甲午년 이후 이땅을 뒤덮는 풍운이 점점 험악해 가는 것을 보자 불원간 세상이 바뀌일 것을 짐작한 인숙이 아버지 이한림李翰林은 선영先塋이 있는 과천果川 땅으로 낙향을 하였다."라고 시작한다. 가계의 내력을 소개하는 것으로 시작하는 단행본은 파블라나 수제의 시간 구성이 '연대기적 순서chronological order'로 동일하게 구성되어 있다. 단행본이 가계의 내력을 소개하고 '연대기적 구성'을 취하고 있다는 점은 고소설古小說의 상투적인 도입부와 서사구성 방식과 유사한다. 이 때문에 단행본 『직녀성』을 고소설의 '여성수난담女性受難談'이나 인숙의 과천집과 봉환의 ○○궁이 몰락해가는 과정을 그린 '가족사소설'로 분류하기도 했다.

그러나 연재본 『직녀성』은 <각시 노름>이 아닌 <달밤의 비극>으로 서사의 도입부를 시작하면서 파블라와 수제의 시간 구성이 어긋나는 '역순행적逆順行的 구성'을 취하고 있다. 신문연재본의 1장 <달밤의 비극>은 23장 <잃어진 진주>과 24장 <비극 이후> 사이에 놓인 시퀀스의 내용을 담고 있다. <잃어진 진주>는 아들 일남이 죽은 후, 히스테리를 일으킨 인숙이 봉희에게 유서遺書를 남기고 자살自殺을 위해 한강행漢江行 전차電車를 타는 내용으로 끝나고, 24장 <비극 이후>는 잠을 자던 봉희가 불길한 꿈을 꾸고 인숙을 찾으러 가는 장면으로 시작한다. 단행본은 한강인도교에서 인숙이 자살을 기도企圖하는 시퀀스가 누락되어 있어 서사의 극적 긴장감이 이완되고 서사의 진행이 비약하는 것처럼 보인다. 그러나 실상 연재본에서 이 시퀀스는 서사의 맨 처음 도입부에 배치되어 있다.

<달밤의 비극>은 한강행 전차에 타고 있는 인숙의 모습을 제시하는 것으로 시작한다. 서술자는 인물에 대한 정보를 전달하거나 인물의 내면에 초점화焦點化를 시도하거나 하지 않고, 초조함과 불안감에 시달리는 인숙의 모습과 한강 인도교의 적막하고 애상적인 분위기만을 제시함으로써 비극적인 작중 분위기를 형성한다. 이후 인숙이 갑작스럽게 한강으로 투신을 시도하고 잇따라 자동차를 타고 온 봉희에게 구출되는 장면을 도입부에 배치하면서 작품의 긴장감을 높인다.[21] 심훈은 신문연재소설을 읽는 독자讀者 대중大衆들이 서사에 몰입할 수 있도록 극적 긴장감이 가장 높은 장면을 소설의 맨 앞부분에 배치했다. 또한 자살을 시도한 이유를 묻는 순사巡査에게 아무런 대답도 하지 않는 인숙의 모습을 통해, 독자들은 인숙이 자살이라는 극단적인 행동을 결심하게 된 연유에 대해 호기심을 갖고 앞으로의 서사 진행에 주목하도록 도입부 <달밤의 비극>을 구성했다. 연재본은 단행본과 달리 독자들을 연재소설에 포섭하기 위한 '끌어들이는 서사engaging narrative'의 구성을 취하고 있다.

심훈은 '끌어들이는 서사'를 구성하기 위해 극적 긴장감이 가장 높은 시퀀스를 서사의 처음에 배치하는 '사태 중심으로in medias res' 기법을 종종 구사해 왔다. 일반적으로 '사태 중심으로'는 서사시敍事詩에서 자주 사용되는 관습적인 구성으로 알려져 있지만, 심훈의 이러한 '서사 구성plotting'은 영화적 기법에서

21 인숙이가 한강인도교에서 투신자살을 결심하는 것은 당대 대중 소설에서 유행했던 클리셰(cliché)를 차용한 것으로 추측된다. 심훈은 1926년 이경손이 감독한 영화 <장한몽>에서 주연으로 출현한 바 있는데, <달밤의 비극> 장은 조일재의 번안소설 『장한몽(長恨夢)』의 대동강 시퀀스를 차용한 것처럼 보인다. 조일재가 『김색야차(金色夜叉)』를 『장한몽』으로 번안하는 과정에서 유일하게 시퀀스를 변형시킨 부분이 심순애가 대동강가에서 몸을 던졌다가 이수일의 친구 백락관에게 구원을 받는 장면이다. 『장한몽』의 대동강 시퀀스는 이후 대중 소설들에서 다양한 형태로 반복 변주되었는데, 심훈은 자신이 영화로도 출현했던 『장한몽』의 대동강 시퀀스를 차용해 『직녀성』의 <달밤의 비극>을 구성한 것으로 추측된다.

기인하는 것처럼 보인다. 심훈은 『탈춤』이나 『동방의 애인』에서도 '사태 중심으로' 기법으로 서사의 긴장감과 독자의 몰입도를 높이는 플롯 구성을 보여준 바 있다. 『직녀성』이 젊은 여성의 자살이라는 극적인 장면에서 플롯이 시작한다면, 『탈춤』은 결혼식에 괴한이 난데없이 침입해서 결혼식을 파탄 놓는 장면으로, 『동방의 애인』은 주인공이 기차에서 탈주하는 장면으로 시작한다. 이들 작품에서 서술자는 등장인물의 내면 심리에 초점화를 시도하거나, 작중 상황에 대한 배경 정보를 독자에게 제시해주지 않는다. 서술자는 인물들이나 작중 상황으로부터 객관적인 거리감을 유지한 채 서사를 진행해나가다가, 긴박한 사건을 연속적으로 제시하며 아무런 사전 준비가 없는 독자들을 서사 속으로 끌어들인다. 마치 할리우드 영화에서 첫 시퀀스부터 스펙터클한 '클리프행어 cliffhanger'의 시청각적 이미지들로 관객들을 스크린에 몰입시키듯, 심훈은 독자들을 서사의 한가운데로 끌어들이기 위해 '사태 중심in medias res'을 서사 구성의 전략으로 활용한다.

연재본 1장 〈달밤의 비극〉은 신문연재소설의 특성상 독자를 서사 속으로 끌어들이기 위한 대중영합적大衆迎合的 서술기법을 사용하고 있지만, 이를 단순히 통속적인 흥미만을 고려한 구성이라고는 볼 수 없다. 〈달밤의 비극〉에서 인숙이 자살을 시도하는 '한강인도교'는 대중소설에 등장하는 상투적인 투신의 장소가 아니라, 서사의 공간구조에서 상징적 의미를 갖고 있다.

> 신부를 태운 서인교가 한강인도교를 건는지도 벌서 십여년이나 되었다. 그때도 해빙머리잇고 그날저녁도 달이 밝았었다. 인도교를 새로논지가 얼마되지 안허서 다리난간에 붉은「페키」칠을 한 것이 기름을 바른것처럼 윤이흘렀다. 길우에는 초저녁부터 바람이 일어서 교군꾼의 후의ㅅ자락이 기ㅅ발처럼 펄펄날리고, 등불의 초ㅅ불이 작구만 꺼졌다. 그것은 열네살밧게 아니된 신부, 인숙이

를 태워가지고 문안 윤자작의 집으로 신부례를 하여 들어가는 행립이엿다.

그날저녁에도 나어린 인숙이는 인도교를 건느며 울엇다. 사인교 유리창으로 얼레빗가튼 반달을 반달을 내어다 보며 소매를 적셧다. 작구만 압흐로 숙는 침족도리를 몃번이나 치켜 썻다. 그래도눈물을 흘리면, 수모가 정성것 성격을 해준 두 뺨의 분이 지워질가보아, 의삼ㅅ자락으로 눈두덩을 눌러가며 소리를 죽이다가는 흐늣겨 울군하엿다.

그러나 인숙이는 으스름한 달빗 아래에 울렁거리는 물결과, 사인교 발에 부듸치는 파도소리가트 바람소리를 듯고, 처량한 생각이 들어서 눈물을 흘닌 것이 아니다. 저를 길러내다십히한 유모와 친 오라버니가 든든히 뒤를 따르는데 새삼스러히 외로운 생각이 들어서 운것도 아니었다.

「이 다리를 언제나 다시 건너오나」

「이번에 가면 졸연히 어머니 아버지를 뵐수가 업겟구나」

하는 생각이, 그야말로 인형가튼 인숙의 작은 가슴을 설음에 떨게 하엿든 것이다.

「너 집생각을랑 아주 이저버려야 헌다」

「시집에 가서두 쭉쭉 울기만하면 쫏겨온다」

하고 집을 떠나올 때에 사인교채를 붙잡고 열 번 스무 번 당부를 하시던 어머니의 말씀은 잊어버린 듯이, 작구만 훌쩍거리며 울었다.

그 때의 그 설움은 오늘날까지 인숙의 마음을 떠나지 않았다.

「이제부터 정다운 부모의 슬하를 떠나거니」하던 그 당시 소녀의 애상적哀傷的인 설움과,

「아아 이 야속한 세상하고는 영겁이로구나!」하는 후일의 절망적絶望的인 ○○○ ○○○○○ 하여금 같은 달밤, ○○ 한강물위에 피눈물을 뿌리게 한 것이었다.[22] (○은 해독 불가-인용자)

위 인용문은 단행본『직녀성』에서는 삭제된 〈각시노름〉 1회 연재분으로 인숙이 사행교를 타고 '한강인도교'를 건넘으로써, 조혼으로 상징되는 조선의 불합리한 가족 제도로 편입되는 장면을 그리고 있다. 〈달밤의 비극〉에서 '한강인도교'에서 투신을 시도하는 인숙의 모습과 〈각시노름〉에서 경성 ○○궁으로 사행교를 타고 시집가는 인숙의 모습은 영화의 '디졸브dissolve' 기법처럼 겹쳐진다. 작가는 한강인도교라는 공간적 배경을 중심으로 여주인공인 인숙의 과거와 현재를 대비시키면서『직녀성』의 주제를 암시한다. '한강인도교'는 인숙의 고향 과천과 경성의 ○○궁을 잇는 물리적인 통로인 동시에 유년시절의 행복했던 과천의 유년시절과 다사다난多事多難한 ○○궁에서의 시집 생활을 구분 짓는 경계로 기능한다. 작품 속에서 여주인공인 인숙의 투신 장소로 '한강인도교'를 선택하는 것은 그녀가 더 이상 유년시절의 공간인 과천으로 되돌아갈 수 없음을 암시주기 위한 서사적 장치다. 작가는 '한강인도교'를 건넘으로써 인숙이 가족제도의 희생양이 되었으며, 이로 인해 죽음을 선택할 수밖에 없음을 보여준다.

'한강인도교'는 불합리한 가족제도로의 편입되는 과정을 의미할 뿐만 아니라,『직녀성』을 관통하고 있는 '농촌/도시'의 대립적 공간구조가 만들어지는 시발점始發點이기도 하다. '한강인도교'는 '농촌-과천'과 '도시-경성'이라는 대립적인 공간의 경계선이자 연결통로로 작품 속에서 활용된다.『직녀성』의 작중 공간은 '과천'을 떠난 인숙이 '경성'에 있는 ○○궁으로 시집을 가서 시련을 겪다가 함경도의 '어촌' 마을에서 새로운 공동체를 구성한다는 '농촌→도시→농촌'으로 이어지는 공간구조를 띄고 있다. 이러한 공간구성은 경성의 도시문명

22 심훈, 앞의 글, 1934.3.30.

속에서 고통을 받던 인숙이 농촌 속에서 새로운 희망을 찾는다는 의미를 내포하고 있다. 인숙이 경원선을 타고 한강철교를 지나는 길에 관악산을 보고 고향 산천을 떠올리는 것은 그녀의 영혼이 함경도의 어촌 마을에서 회복될 것임을 암시한다.

심훈은 전작 『영원의 미소』에서부터 '농촌/도시'의 대립적 공간을 활용해 근대 도시문명이 농촌공동체를 착취하고 파괴하는 모습을 형상화하는 데 주목해왔다.[23] 『직녀성』에서도 이러한 문제의식이 은연중에 이어지고 있다. 『직녀성』에서는 '농촌/도시'이라는 대립적 공간은 인숙의 오빠 경직을 통해 드러난다. 이 한림은 조선의 근대화 과정을 피해 과천으로 귀향을 결심한다. 고루한 아버지 때문에 신학문이나 새로운 풍조風潮로부터 단절되어 있던 아들 경직은, 동생의 혼사 문제로 '한강인도교'를 건너 경성의 ○○궁에 드나들게 되면서 도시문명과 근대문물에 대한 동경憧憬이 점차 커져간다. 1917년에 준설된 한강인도교는 농촌인 과천과 근대화가 이루어지고 있는 경성을 잇는 관문이자 경계선이다. 경직이 드나드는 한강인도교를 통해 경성의 새로운 사조와 근대적 혜택이 농촌인 과천으로 유입되어야 할 테지만, 작품 속에서 한강인도교는 경직을 타락의 길로 빠트리는 통로로 작동한다. 경직은 경성을 통해 근대문명에 대한 동경을 품게 되고, 이를 매개로 '상해'로 건너가 민족운동을 펼치겠다는 포부를 갖는다.

23 심훈 소설에 나타나는 '농촌/도시'의 대립 구조는 무로후세 코신[室伏高信]의 문명 비판론에 영향을 받은 바 있다. 졸고(拙稿), 「심훈의 장편소설에 나타나는 '사랑의 공동체'」, 《민족문학사연구》 55, 민족문학사학회, 2014. 무로후세 코신은 도시와 농촌의 관계가 착취와 피착취의 관계에 놓여있음을 지적하고, 금융자본주의에 의해 형성된 '국제도시(metropolis)'가 농촌을 경제적으로 수탈하고 있으며, 이 과정에서 '도시 문명'이 '농촌 문화'를 파괴시키고 있다고 지적한다. 室伏高信, 『農民は起ちあがる』, 平凡社, 1932, 57~100면.

그러나 경직은 '국제도시' 상해에서 '해사했던 선비'의 면모를 잃어버리고, 담배와 마작 그리고 주량만 는 '부랑자'로 타락해버린다. 조선으로 돌아온 경직은 결국 방탕한 생활로 과천집을 몰락시키고 아버지의 죽음에 원인을 제공한다. 상해라는 도시공간은 경직이라는 개인만을 파멸로 이끄는 것이 아니라 과천집이라는 공동체를 파괴시키는 공간으로 그려진다. 작가는 『동방의 애인』에서 '상해'를 동양의 런던이라 부르며, 조선의 임시정부가 있는 정치적 해방구이자, 퇴폐적인 도시 문명을 갖고 있는 국제도시로 그려낸 바 있다. 『직녀성』의 '상해'는 정치적 해방구로서 상해의 의미는 퇴색되고 퇴폐적인 도시문명의 공간으로만 부각되고 있다.

메트로폴리스에서 순수했던 인간성이 타락하는 과정은 인숙의 남편 봉환에게서도 다시 한 번 반복된다. 봉환은 "모-던 남녀가 어깨를 겻고 다니는 은좌의 아스팔트"로 상징되는 동경의 근대 도시문명을 동경하며 미술 유학을 꿈꾼다. 인숙으로부터 여비旅費를 받아 동경으로 떠난 봉환은 처음의 결심과 달리, 카페와 댄스홀로 대표되는 동경의 향락적인 도시문명에 빠져들고 일본인 모델 사요꼬와 교제하면서 임질에 걸린다. 경직의 상해 행처럼 봉환의 동경행은 소설 속에서 ○○궁을 몰락시키고 아내 인숙과의 관계를 파멸로 몰고 가는 계기로 작동한다. 심훈은 전작 『영원의 미소』에서 '농촌/도시'의 대립항을 보여줬다면, 『직녀성』에서는 남성 주인공의 외국행을 통해 공간 구조를 확장시키고 있다. 경직을 통해서 '과천/경성/상해'를 봉환을 통해서는 '경성/동경'의 위상관계位相關係를 보여줌으로써 '과천/경성/상해·동경'이라는 공간의 위상을 작품 속에서 그려내고, 이를 통해 '농촌/(식민)도시/국제도시'의 대립 구조를 형상화한다. 『영원의 미소』가 식민지 내부에서 나타나는 '농촌/도시'의 위계적 공간 구조만을 보여줬다면, 『직녀성』은 '농촌/(식민)도시'에 '국제도시'를 추가시키면서 농촌과 도시의 착취관계를 보다 확장시킨다.

4
식민도시 경성의 매춘賣春 사회학

연재본에서 단행본으로 편집되는 과정에서 가장 많은 분량이 삭제된 것은 13장 〈인간지옥〉이다. 단행본에서 〈인간지옥〉은 봉희가 세철에게 사랑하는 자신의 마음을 편지로 고백하고, 세철이 봉희에게 자신의 불우했던 어린 시절을 고백하는 것으로 끝이 난다. 그러나 연재본 〈인간지옥〉의 13~20회는 야경꾼인 세철을 좇아 봉희가 경성의 밤거리를 살펴보는 시퀀스가 등장한다. 1930년대 경성은 조선총독부의 정책과 제국의 자본 투입으로 근대적 도시화를 이룩한다. 그렇지만 도시화로 인한 반대급부反對給付로 기형적畸形的인 도시문명都市文明이 만들어낸 다양한 부작용들이 야기惹起된다. 작가는 세철과 봉희, 두 인물의 시선을 통해서 제국-자본주의가 만들어낸 식민도시 경성의 암면暗面을 보여준다.

세철은 봉희와 함께 "인간지옥의 초입"으로 불리는 우미관 뒷골목에 있는 카페로 들어간다. 모더니즘 작가들은 1930년대 카페를 도시 유목민들의 오아시스로 묘사하지만, 심훈은 카페를 동경의 퇴폐적 근대성이 모방·이식된 공간으로 그려낸다. "이랏샤이마세"를 외치며 일본어로 손님을 받아들이는 뽀이와 "일본옷 양복 조선옷의 가지각색의 괴상스런 복색을" 갖춰 입은 여급, 전기 축음기에서 흘러나오는 재즈에 춤을 추며 정종을 들이키는 신사와 학생들이 뒤섞인 카페는 조선의 지역성地域性과 문화적文化的 정체성正體性이 상실된 무국적無國籍의 장소다. 세철은 봉희에게 지금 경성에서 늘어나고 있는 것이 "카페와 전당포"밖에 없다고 설명하면서 경성의 기형적인 도시화를 비판한다.

카페에서 나온 두 사람은 종로鐘路의 명월관 앞에서 ××여학교 이사와 변호사가 기생을 쫓는 행각을 목격한다. 전대의 계몽주의 지식인이자 조선의 지도자를 자처했던 이들은 경성의 유흥문화 속에서 헤어나오지 못한다. 카페가 무국적의 유흥 장소라면 명월관은 기생으로 대변되는 전통문화가 퇴폐적頹廢的인 유흥업遊興業으로 변질變質되는 양상을 보여준다. 봉희는 카페와 음식점에서 노는 신사축들과 학생들의 모습에 두 오빠를 겹쳐보면서 ○○궁이 몰락해 가는 원인이 소설 속에 등장하는 남성인물들의 개인적인 성격 결함 때문이 아니라, 경성의 도시문명이 만들어내는 병폐病弊 때문임을 깨닫게 된다.

세철과 봉희의 야경이 "인간지옥 입성목"으로 불리는 신정新町을 향하면서, 소설은 제국-자본주의가 식민도시 경성에서 작동하는 방식이 뚜렷하게 보여준다.

> 붉은 전등이 수업시 달린 드노픈 이층집이 언덕길 좌우에 촘촘히 늘어섯는데 사미센三味線을 뜻는 소리와 남녀가 뒤석겨서 손ㅅ벽을 쳐가며 웃고 떠드는 소리가 집집마다 들린다.
>
> 『오하이리 오하이리』
>
> 『단나상, 좃도 좃도』
>
> 귀신이 다된 늙은 나까이仲居들이 문깐에 죽 늘어서서「게다」짝을 껄고 지나가며 이집저집 기웃거리는 손들의 소매를 잡어 다리면서 애가 말라「좃도 좃도」를 연방 불은다. 대개「알콜」기운이 얼큰하게 돈 손들은, 백화점으로 물물은나사러 오듯이 자동차를 몰아가지고 오거나 혹은 어슬렁거리고 걸어와서 음침한「홀」속으로 끌려들어간다. 유두분면을 한 계집들은새빨안『고시마끼』를 펄렁거리며 우루 루 쏘다져나와서 해죽거리면서 손들을 에워싸고 우중으로 떠메어 올라간다. 그와 교대를 해서 먼저 올라갔든 자들은 모자를 푹 숙여쓰고 나려와서는 도적놈 처럼 흘금흘금 좌우를 돌려다 보며 어둑침침한 골목속으로 몸뚱이를 감춘다.[24]

세철과 봉희가 들어선 신정은 경성에 들어 선 최초의 유곽遊廓 지대地帶이다. 심훈은 신정 유곽을 전시展示와 소비消費 자본주의資本主義의 대명사代名詞인 백화점百貨店과 동일시同一視함으로써 제국주의帝國主義와 자본주의가 결합되어 있는 양상을 보여준다. 『영원의 미소』가 백화점에서 일하는 여주인공 계숙을 통해 자본주의의 현란한 표면을 보여줬다면, 『직녀성』은 자본주의의 암면인 유곽을 작품의 전면에 내세운다. 백화점과 유곽은 자본주의의 양화와 음화로 도시문명에서 물화된 여성들이 교환가치와 전시가치를 갖는 상품처럼 거래되는 공간이다.

작가는 유곽지대인 신정에 짙게 깔린 왜색倭色을 통해 제국주의와 자본주의가 결합된 형태로 식민도시 경성에 침투하고 있음을 보여준다. 또한 경성의 밤거리를 일본어 공간으로 묘사함으로써, 퇴폐적인 유흥문화가 제국 일본에 기인하고 있음을 간접적으로 암시한다. 이는 세철과 봉희의 행로를 통해서도 드러나는데, 두 사람의 야경은 북촌北村인 종로에서 시작해 장충동을 지나 남촌南村인 신정으로 향하고 있다. 이들의 행로는 인간지옥의 중심부에 제국-자본주의가 존재하고 있음을 보여준다.

19세기 말부터 이루어진 일본의 제국주의적 침략정책侵略政策은 군인이나 남성 이민자들과 함께 일본인 매춘부들이 식민지로 수출하는 계기가 되었다. '카라유키상唐行きさん'이라고 불렸던 매춘부들이 본격적으로 조선에 이민을 감행하면서 공창公娼 유곽이 형성되기 시작했다.[25] 공창은 재조在朝 일본인들의 주요 수입원이자 총독부總督府 세입예산稅入豫算의 상당 부분을 차지하는 사업이

24 심훈, 앞의 글, 1934.9.6.

25 강혜경, 「일제시기 성병의 사회문제화와 성병관리」, 《한국민족운동사연구》 59, 한국민족 운동사학회, 2009, 92면.

었다.[26] 공창 유곽은 제국-자본주의가 식민지를 착취하기 위한 거점으로 작동하며, 그 영역을 확장해 나가 조선인 유곽가를 형성하는 등 경성의 기형적 도시화에 일조했다.[27] 제국의 공창정책은 식민지 조선 여성을 매매춘의 대상으로 전락시킴으로써 이들을 이중으로 착취한다.

인간지옥의 중심부격인 조선인 유곽가인 병목정竝木町에는 전국 각지에서 모여든 조선인 여성들이 있다. 세철은 봉희에게 병목정에 있는 매춘부들 대다수가 농촌의 여성들로 부모의 빚이나 계집장사의 꾐에 넘어가 자유를 잃게 된 이들이라고 설명한다. 그는 "여자로서 가장 추악한 짓을 하지 않을 수 없게 만들어 놓은 이 문명하다는 사회가 어떻다는 것두 실지로 보면서 연구"해야 한다고 주장한다. 작가는 세철을 통해 병목정을 가득 채운 매춘부들이 동정이나 멸시의 대상이 아니며 제국-자본주의가 만들어낸 사회적 산물임을 강조한다.

> 『녀자의 생명이라는 정조를 불과 일원 이원이란 돈에 공공연하게 파는 것을 허가해준, 유곽 이라는 것이 전조선의 도회지치구 없는데가 업지만, 이 서울만 해두 신정 병목정 구룡산 「모모야마」라는데 할것업시 서너군데나 잇세요. 일전에 어느 신문에 난 통계를 보니까, 소위 예기니 창기니 작부니 하는 매음녀가 조선안에 만명도 훨신 넘드군요. 게다가 아까 카페-서 보든 녀급, 땐싱껄, 안마허는 계집애, 더구나『우동』집 간판을 걸고 살을 파는 갈보등속 까지치면 적어두 몃만명이나 될거예요.』
> (…중략…)

26 야마시타 영애(山下英愛),「식민지 지배와 공창제도의 전개」,《사회와 역사》51, 문학과지성사, 1997.
27 박현,「1904년~1920년대 경성(京城) 신정유곽(新町遊廓)의 형성과 공간적 특징」, 서울시립대학교 석사논문, 2015, 49~61면.

『들어보세요. 이것두 신문에서 본겐데 똑똑이 긔억은못해두 작년 일월일일버텀 엿새동안에 신정유곽에만 다녀나간 사람이 삼백여명인데, 그 사람들이 소비헌 돈이 놀나지 마세요, 이ㄷ만이ㄷ천여원 이엇대요.』[28]

세철이 인용문에서 설명하는 경성의 기형적인 성풍속도는 송순일宋順鎰의 논설論說 「사회社會의 암癌인 창기문제娼妓問題에 대對하야-매음론일별賣淫論一瞥-」(《조선중앙일보》, 1934.8.4.~18.)에 기반하고 있다.[29] 『직녀성』이 연재되던 시기 발표된 송순일의 이 논설은 매매춘과 공창제를 베벨A. Bebel과 엥겔스F. Engels의 관점에서 비판한 글이다. 송순일은 매매춘이 자본주의와 일부일처제라는 형식적인 가족제도에서 기원한다고 지적하는데, 심훈은 이러한 논의를 빌려 식민도시 경성, 더 나아가 당대 조선이 거대한 유곽 지대이라는 사회학적 진단을 내린다.

『직녀성』은 거대한 유곽이 되어버린 조선이 병 들어가는 모습을 화류병花柳病이라 일컬어지던 성병性病이 감염되는 모습으로 보여준다. 일제는 성병을 국가가 관리·통제한다는 명목 하에 '창기 단속령' 등의 법을 입안하고 공창제를 전국적으로 실시했다. 하지만 공창제는 성병 예방에 별다른 성과를 내

28 심훈, 앞의 글, 1934.9.5.

29 세철이 봉희에게 설명하는 조선의 성풍속도는 송순일(宋順鎰)이 언급하고 있는 아래 내용에 바탕한 것이다.

"소화칠년일월중 조선중앙일보사발표에 의하면 일월 일일부터 육일간 경성신정화류객이 이천삼백이십오인 소비액이 이만이천오백이십삼원 이다 소화사년모신문에 조사발표된것에 의하면 그 전년에 관북수해 남선일대애 한재로 남북이 흉년임에 불구하고 평양 화류계는 ○○하야 창기집에 다닌 화류객이 일만칠천육백오십일인 전년도보다 이천육백삼인이 증가 그유흥비는 육만이천삼백칠십팔원으로 그전년보다 구천육백원증가 예기를 불러논 시간수가 십만원간화대십오만오백삼십일원 기전년보다 이만이천이백팔원증가 총화대십오만이천오백삼십일원 인데 평양 조선인구십만에 배당하면 일인당일원오십전식 소비한셈이다. (하략……)" 송순일, 「사회의 암인 창기문제에 대하야-매음론일별-」, 《조선중앙일보》, 1934.8.18.

지 못했으며 오히려 조선 내에 매매춘을 확산시키는 계기가 되었을 뿐이다.[30] 『직녀성』은 식민지 조선의 화류병 예방을 위해 공창제가 필요하다는 일제 당국의 주장이 모순이라는 것을 봉환을 통해 보여준다. 봉환이 대표적인 화류병인 임질에 감염된 것은 식민지 조선의 여성들에 의해서가 아니다. 봉환은 제국의 수도이자 도시문명의 중심지인 동경에서 만난 일본인 여성 사요꼬에 의해서 임질에 감염된다. 작가는 제국의 여성인 사요꼬가 화류병의 근원임을 보여주면서, 화류병의 발원지는 식민도시 경성이 아니라 제국의 수도 동경東京임을 겨냥하고, 위생과 성병 통제를 위해 조선 내에 공창제를 유지할 수밖에 없다는 제국의 담론이 거짓임을 소설 속에서 드러낸다. 당대 지식인들에게 성병은 '문명병文明病'이라는 인식이 강하게 자리 잡고 있었다.[31] 심훈은 '문명병'이라는 은유적 의미를 갖고 있는 성병을 통해 제국의 '도시문명'이 조선을 병 들이고 있음을 보여준다. 『직녀성』에서 '제국-도시'를 상징하는 사요꼬로부터 시작된 임질이 봉환을 매개로 해서 '식민지-농촌'을 상징하는 인숙에게 감염되는 과정은 제국의 국제도시로부터 식민도시로, 다시 식민도시가 농촌을 병들게 하는 과정을 상징적으로 드러낸다.

30 강혜경, 앞의 글, 107~113면.

31 성병은 인구의 집중, 교통의 발달, 도시의 확장 등처럼 문명의 발달에 의해 만연해졌다는 인식을 당대 신문 잡지의 담론들 속에서 발견할 수 있다. 김찬두, 「조선사회와 화류병」, 《개벽》, 1922.5. ; 「시평-화류병자문제」, 《조선일보》, 1926.8.29. ; 「화류병에 대한 특별 계심」, 《동아일보》, 1935.4.10.

5

혈연가족血緣家族를 넘어선 공동체共同體: '대가정 제도'

심훈은 「『직녀성』 작자의 말」에서 조선의 생활 이면에 있는 "연애, 결혼, 리혼 문제의 전반"와 "성애性愛 방면"의 문제를 다루겠다고 예고한 바 있다. 단행본이 인숙과 봉환, 그리고 봉희와 세철의 문제를 통해서 첫 번째 문제를 다루었다면, 두 번째 문제는 단행본에서는 누락된 채 연재본에서만 확인할 수 있는 문제였다. 『직녀성』은 단순히 조혼과 가부장제 사회에서 희생되는 여성들의 문제를 다룬 것이 아니라, 식민지 여성들이 겪는 문제들을 다각도에서 바라보고 있다. 조혼 후 ㅇㅇ궁에서 고통을 받는 인숙, 인력시장에서 '오마니'로 불리며 값싼 노동력으로 착취당하고 있는 경직의 전처, 유곽에서 자본주의 사회의 상품으로 전락해버린 매매춘 여성들. 『직녀성』은 조선 여성들의 다양한 모습을 병치함으로써 제국-자본주의로 인해 억압받고 착취당하는 식민지의 이중적 약자임을 보여준다.

이러한 작가의 문제의식은 1925년에 발표했던 논설 「결혼結婚의 예술화藝術化」에서부터 이미 준비되고 있었다. 이 논설에서 심훈은 현대사회의 결혼은 자본주의의 "소유所有의 원리原理"에 근거하고 있으며 대상을 "속박束縛하고 전제專制하고자" 하는 욕망이 그 근저에 놓여 있다고 주장한다. 결혼이 만들어낸 가족 제도에는 자본주의의 원리가 강하게 작동하고 있는 것이다. 심훈의 「결혼의 예술화」는 무로후세 코신室伏高信의 문명 비판에 근거한 것으로, 무로후세의 논설 「예술로서의 결혼藝術としての結婚」을 초역抄譯한 것이다.[32] 심훈이 초역한 「예술

32 졸고(拙稿), 앞의 글, 191면.

로서의 결혼」은 대정大正 시대 베스트셀러였던 『문명의 몰락文明の沒落』의 3권에 해당하는 『여성의 창조女性の創造』(비평사批評社, 1925)에 실려 있다. 무로후세 코신의 여성관이 담겨 있는 『여성의 창조』는 심훈이 『직녀성』에서 보여주고 있는 문제의식을 해석하는 데 참조점이 될 수 있다.

문명비판가文明批判家를 자임했던 무로후세는 기본적으로 농촌은 도시로부터, 임금 노동자는 자본가로부터, 여성은 남성으로부터 착취당하고 있다는 인식을 가지고 있었다. 그는 사회 소수자들의 연대와 투쟁으로 국제도시로 대변되는 금융자본주의의 문제를 극복할 수 있다고 생각했다. 여성 문제에 국한시켜 보면, 그는 남성과 여성의 차별이 나타나게 된 기원을 밀J.S. Mill의 『여성의 종속 The Subjection of Women』으로부터 빌려온다. 밀은 남녀차별의 기원이 원초적으로는 완력腕力의 차이로 나타났지만, 이러한 차이가 법률과 도덕을 통해 사회적으로 견고화되었다고 주장한다. 밀은 여성들이 남성들의 억압을 벗어나기 위해서는 지식을 향상시켜야 한다는 계몽주의적 관점을 취한다. 그러나 무로후세는 이러한 계몽주의적 관점에 전적으로 동의하지만은 않는다. 그는 지식 계급이 현대사회에서 임금 노동의 노예에 불과하기 때문에, 계몽주의가 자본주의 사회에서 여성 해방의 궁극적인 해결책이 될 수 없다고 주장한다.

무로후세 코신은 여성이 남성의 지배와 가정의 굴레로부터 벗어나기 위해서는 경제적인 독립이 일차적 조건이라고 주장한다. 자유주의 여권운동이란 남성으로부터 경제적 독립을 성취하려는 노력이며, 이러한 현상으로 나타나는 것이 당대에 전 세계적으로 나타나는 직업여성들의 증가 현상이라고 지적한다. 그러나 무로후세 코신은 직업여성이 되는 것만으로는 진정한 여성해방이 이루어질 수는 없다고 주장한다. 왜냐하면 여성들이 직업을 갖게 된다는 것은 자본주의 사회의 노동시장으로 진출한다는 것을 의미하는데, 자본주의 노동시장에 여성들이 진출하게 되면 기계문명에 의해 여성들은 비인간적非人

間的이고 비창조적非創造的인 존재로 변질變質되기 때문이다. 여성의 사회 진출이 남성으로부터 경제적 독립은 이루어낼 수는 있지만, 여성 본연本然이 갖고 있던 '창조성創造性'이나 '직관력直觀力' 등은 상실하게 된다. 무로후세 코신은 이러한 문제를 해결하기 위해 새로운 가족 제도를 그 대안으로 제시한다.

> 직업과 모성은 양립하지 않는 두 가지다. 따라서 또한 아내인 것과 직업부인인 것은 양립하지 않는 두 가지다. 그래서 사람들은 직업으로써의 모성 보호를 생각하고, 그렇지 않으면 대가정大家庭 제도마저도 이제는 진지하게 사람들이 생각하기에 이르렀다. 다시 대가정이다. Grosshaushalt이다. 하나의 부부, 하나의 결혼이, 하나의 가정 중심을 이루는 것이 아니다. 다수의 결혼, 다수의 부부가 하나의 가정을 이루는 것이다. 그래서 가계는 전문화된다. 남자가, 돈 버는 여자가, 소비하는 것이 아니다. 양부良夫와 처와, 함께 돈을 버는 것이다. 함께 아침 8시에 출발하고, 함께 밤 5시에 귀가한다. 가계도 또한 하나의 직업화된다. 직업적 가계계家計係가 집을 돌보고, 주방에 있고, 아이들을 보육하고, 그리고 남자와 여자는, 그들의 직업에 전념하게 될 것이다. 직업부인의 자유를 위해, 대가정 제도가 요구될 것이다. 일부일부一夫一婦의 소가정을 대신해서, 다부다부多夫多婦의 대가정이 요구될 것이다. 가정의 개인주의로부터 가정의 공산주의로 시대로 옮겨가고 있다.[33]

무로후세는 하나의 일부일처제의 소가족제도小家族制度는 자본주의 시스템의 부수물임을 지적하고, 이를 극복하기 위한 형태로 '대가정 제도Grosshaushalt'를

33 무로후세 코신(室伏高信), 『여성의 창조(女性の創造)』, 비평사(批評社), 1925, 88~89면.

주장한다. 『여성의 창조』에 '대가정 제도'의 구성 원리가 구체적으로 서술되어 있지는 않지만, 인용문의 내용만을 살펴보면 일부일처제의 핵가족 제도를 대신해서 만들어진 일종의 대안 공동체다. 무로후세가 주장하는 '대가정 제도'에서 주목할 만한 것은 여성들의 역할 분업이다. '대가정 제도'에서는 '직업여성'과 '직업적 가계계'가 분리되어, 여성들은 서로 각자의 역할을 맡아 직업과 보육을 책임진다. 그는 '대가정 제도'를 '가정의 공산주의' 형태라고 주장한다.

작품 속에서 복순과 세철이 인숙과 봉희에게 남성으로부터 경제적으로 자립할 수 있는 직업여성이 되어야 함을 강조하는 것은 계몽주의나 사회주의적 여성주의 운동과 커다란 차이를 보이지 않는다. 그러나 일남을 잃은 인숙이 보육원 교사가 되기로 결심하면서 여성의 '모성애母性愛'를 강조하는 것은 여성 본연의 특질을 강조하는 무로후세의 사상에 심훈이 일정 부분 공감하고 있음을 보여준다. 『직녀성』의 결말부에서는 『여성의 창조』에 형상화되어 있는 '대가정 제도'가 변형되어 나타난다.

> 이 고장의 형편과 인정풍속을 이야기 하고 또한 여러 식구가 소임은 각각 다르나 앞으로 한 마음 한 뜻으로 활동해 나아갈 것을 의논하느라고 밤이 이슥해가는 줄을 몰랐다. 다 각기 적으나마 벌어들이는 대로 공평히 추렴을 내어서 생활을 하여나 갈 것과, 될 수 있는 데까지 생활비를 절약해서 여유를 만들어 ××학원과 유치원에 바칠 것이며 (인숙의 월급은 삼십 원으로 정하였다하나 이십 원만 받으리라 하였다) 조그만 나라를 다스리듯이 이 공동 가정의 대표자로는 복순을 내세워 외교를 맡게 하고, 살림을 주장해 하는 것과 어린애를 양육하는 책임은 인숙이가 지고, 회계 위원 노릇은 봉희가 하는데 세철은 몸을 몇으로 쪼개고 싶도록 바쁜 터이라 무임소대신無任所大臣격으로 대두리 일을 통찰하게 하기로 약법을 제정하였다 그리고 봉희가 십 리나 되는 학교로 간 동

안이나 다녀온 뒤라도 희철은 이웃집 여편네에게 맡겨 젖을 먹이고 보아주게 한 후, 밤에도 쉬지를 말고 집안 식구가 청년회관으로 총동원을 하여서 오직 공변된 사람으로서 글눈이 먼 아이들과 어른들과 여자들을 반을 나누어 가르치고 지도하기로 의론이 귀일하였다.[34]

함경도 어촌 마을에 모인 인숙과 봉희, 그리고 세철과 복순은 그들이 말하는 대로 각계각층의 사람들로 구성된 대안代案 가족공동체家族共同體다. 이들은 인숙과 봉희는 사돈 관계, 세철과 복순은 의남매, 봉희와 세철의 결혼이란 형태로 결속結束되어 있지만, 정작 혈연을 기반으로 한 가족공동체는 아니다. 무엇보다 봉희와 세철은 자신들이 낳은 희윤을 인숙에게 양자로 들여보내면서 육아에서 마저도 혈연에 집착하지 않은 공동체 의식을 강조한다. 혈연을 넘어선 이러한 가족의 형태는 조선의 봉건적 폐풍弊風이나 일부일처제의 형태로 나타나는 자본주의적 소유원리로부터 벗어나 있는 새로운 가족공동체를 기획하려는 시도이다. 이들이 만드는 가족공동체는 여성의 역할이 가사노동이나 보육에만 한정되는 것이 아니라, 각자의 직업에 따라 그들이 맡는 가정 내 역할이 달라진다. 복순이나 봉희와 같은 직업여성들이 있는 한편, 인숙처럼 가사와 보육을 책임지는 '가계계'를 맡은 여성도 존재한다. 여성들이 각자의 역할에 따라 직업노동과 가사노동을 나눠 갖는 형태는 무로후세의 '대가정 제도'를 닮아 있다. 심훈은 인숙을 통해서 남성과 동일하게 직업을 갖고 있으면서도 성적 특수성인 모성母性과 여성성女性性의 중요성을 강조하고 있다.

그러나 심훈이 무로후세가 제안한 '대가정 제도'를 소설 속에서 형상화하

34 심훈, 앞의 글, 1935.2.25.

는 것에 그치는 것은 아니다. 작가는 가족 구성원들이 맡은 각각의 소임을 국가의 행정에 비유적으로 대응시킨다. 복순은 공동대표로 외교를, 봉희는 회계를, 인숙은 내무를, 세철은 무임소대신을 맡은 소국가 형태의 가족공동체는 정치적 활로가 상실되어 있던 조선에서 대안적인 정치의 장으로 그려지고 있다. 제국과 도시문명으로부터 벗어난 공간에 세워진 '대가정 제도'는 농촌 속에서 새롭게 형성될 유토피아적 공동체로, 소설 속 인물들은 새로운 가족공동체를 기반으로 조선의 농촌사회를 변화시키기로 결심한다. 이들이 지리적으로는 조선에 머물고 있지만, 이들의 이상은 일제의 지배하에 놓여 있는 조선을 넘어서 있다. 세철이 만든 라디오를 통해 북쪽에서 들려오는 교향악을 듣는 이들은 일제로부터 벗어나 소비에트와 유대감을 형성하고 있다. 심훈의 『직녀성』은 제국-자본주의로부터 이중으로 억압을 받고 있는 소수자인 여성들이 해방되는 것을 시작으로 제국으로부터 탈주한 대안적 정치공동체를 형성하는 것으로 나아가고 있다.

6

결론結論

심훈의 『직녀성』은 흔히 한성도서주식회사에서 발행한 단행본이나, 이를 저본으로 한 전집을 대상으로 연구되어 왔다. 이로 인해 작가가 생전에 의도했던 『직녀성』의 의미가 정확히 가늠되지 못했다. 본 논문은 《조선중앙일보》에 연재되었던 『직녀성』을 살펴봄으로써, 작가가 의도했던 『직녀성』의 서사구조를 살펴보고 작품이 담고 있던 주제의 진폭을 살펴봤다. 『직녀성』은 신문연재소설로서 독자 대중들을 몰입시키기 위한 서사적 장치가 삽입되어 있으며, 이러한 서사적 장치는 작가가 평소 애용해왔던 서술기법을 활용한 것이다. 또한 『직녀성』은 '농촌/(식민)도시/국제도시'라는 공간적 대립구조를 통해 도시문명을 비판하고 있을 뿐 아니라, 식민지 조선 여성들의 매매춘 문제를 본격적으로 다룸으로써 제국-자본주의를 비판하고, 그 대안을 제시한 소설이다.

■ 참고문헌參考文獻

1. 자료(資料)

《동아일보(東亞日報)》, 《조선일보(朝鮮日報)》, 《조선중앙일보(朝鮮中央日報)》, 《개벽(開闢)》

심　훈(沈熏), 『직녀성(織女星)』상(上)하(下), 한성도서주식회사, 1937.

2. 국내논저(國內論著)

강혜경(2009), 「일제시기 성병의 사회문제화와 성병관리」, 《한국민족운동사연구》 59, 한국민족운동사학회.

권철호(2014), 「심훈의 장편소설에 나타나는 '사랑의 공동체'」, 《민족문학사연구》 55, 민족문학사학회.

권희선(2002), 「중세 서사체의 계승 혹은 애도-심훈의 『직녀성(織女星)』연구」, 《민족문학사연구》 20, 민족문학사학회.

김권정(2010), 「일제하 조병옥의 민족운동과 기독교사회사상」, 《한국민족운동사연구》 64, 한국민족운동사학회.

남상권(2007), 「『직녀성(織女星)』 연구 -「직녀성(織女星)」의 가족사(家族史) 소설(小說)의 성격-」, 《우리말글》 39, 우리말글학회.

유병석(柳炳奭)(1984), 『한국현대소설사연구』, 민음사.

야마시타 영애(山下英愛)(1997), 「식민지 지배와 공창제도의 전개」, 《사회와 역사》 51, 문학과지성사.

송지현(1993), 「심훈 『직녀성(織女星)』 考(고)」, 《한국언어문학》 31, 한국언어문학회.

이상경(2001), 「근대소설과 구여성-심훈의 『직녀성(織女星)』을 중심으로-」, 《민족문학사연구》 19, 민족문학사학회.

문광영(2002), 「심훈의 장편 『직녀성(織女星)』의 소설 기법」, 《교육논총》 20, 인천교육대학교.

박소은(2001), 「새로운 여성상과 사랑의 이념 -심훈의 『직녀성(織女星)』-」, 《한국문학연구》 24, 동국대학교 한국문학연구소.

박정희(2014), 「'가출(家出)한 노라'의 행방과 식민지 남성작가의 정치적 욕망 -『인형의 집을 나와서』와 『직녀성(織女星)』을 중심으로」, 《인문과학연구논총》 35, 명지대학교 인문과학연구소.

박　현(2015), 「1904년~1920년대 경성(京城) 신정유곽(新町遊廓)의 형성과 공간적 특징」, 서울시립대학교 석사논문.

정기인(2006), 「주요한 문학연구」, 서울대학교 석사논문.

조남현(1990), 『한국소설의 갈등상』, 문학과비평사.

최원식(2002), 「서구 근대소설 심훈 대(對) 동아시아 서사- 『직녀성(織女星)』의 계보」, 《대동문화연구》 40, 성균관대학교 대동문화연구원.

한점돌(1982), 「심훈의 시(詩)와 소설(小說)을 통해 본 작가의식(作家意識)의 변천과정(變遷過程)」, 《국어교육》 41, 국어교육학회.

3. 국외논저(國外論著)

室伏高信(1925), 『女性の創造』, 批評社.

室伏高信(1932), 『農民は起ちあがる』, 平凡社.

심훈 문학 연구 총서 3

심훈 문학의 사유

2018년 12월 31일 펴냄

펴낸이 김재범
펴낸곳 ㈜아시아

지은이 권보드래 외
기획·엮음 (사)심훈선생기념사업회
편집 이근욱, 최지애, 백수정, 김형욱
관리 강초민
디자인 박아름

출판등록 2006년 1월 27일
등록번호 제406-2006-000004호
주소 서울시 동작구 서달로 161-1 3층(흑석동 100-16)
전화 02-821-5055
팩스 02-821-5057
홈페이지 www.bookasia.org
이메일 bookasia@hanmail.net

ISBN 979-11-5662-399-1 (93800)

*값은 뒤표지에 있습니다.